穿过荒野

的女人

华文女性小说世纪读本

苏伟贞 刘 俊 主编

南京大学出版社

目　录

序一：女性·原初·想象

苏伟贞

一本选集标示了该书的主旨与作家的文学定位，同时呈现了编者的眼光、品味与用心。

2007 年，成功大学中国文学系现代文学所（后改为现代文学组）开创，我应聘专任，离开待了二十年的《联合报》副刊，回到我出生成长之地台南。赴任之初，系里建议开授课程包括女性文学专题。初进学院，不免忐忑，幸好有写作身份的支撑，我暗忖不妨编选一套华文女性小说世纪读本，一方面可当教材，另一方面思考梳理自身对文学作品的认知。此刻，距 1973 年离家北上读大学，转眼三十五年，时空洄游，重返路径生出一种原初之感，浮凸效果，此写作原初的内倾，发为文字往往以一种朴素的面貌开始，成为日后作品风格与实践的源头。换言之，重返之路，不意促发了我对写作原初的内省与取径择拣，亦成为此读本编选的视角与基调。李渝《朵云》、施叔青《壁虎》、李昂《花季》、苏伟贞《陪他一段》、朱天文《这一天》，日后作品都可以在这里找到原型。

着手编选华文女性小说世纪读本之初，形式上"女性小说"既是清楚的主体核心，那么要面对的便是"华文"、"世纪读本"的名词界定。这就涉及了文学时空横向的发展与纵向的承续。

新文学以降，小说写作以往构造的是中国文学，然随着时代裂变，海外、台港澳文学开枝散叶,既是地理政治,也是人文发声的修辞,近年流行的词汇是中文或华文文学①。值此,想要编选一套文学读本,当然是个大工程,文学仍是个进行式,从史的概念,我有意收束定焦于新文学源起的二十世纪以及女作家发表于二十世纪之小说,文本主题则订定为女性相关议题。

在此基础上,我开始进入不断列写、修改作家名单的流程,及至大量阅读作品的时间压力、反复思考作家文学史影响的焦虑合并浮现,事实很清楚,这不是我一个人能完成的事。我毫不犹豫地去信邀请南京大学好友刘俊教授共同编选,一如既往,他二话不说立即答应"下海",除了情谊,这当然与个人学养胜任有关。我们初步分工,订下体例,他主选大陆女作家且负责撰写作家生平与导读,我则负责台港和海外华文女作家。之后我们持续交换意见,商榷名单及调整所选作品,因受限厚度,不得不做出割舍与退让,主要说服自己,最终不得不强迫自己接受无可奈何的共识。

但真正开始前,考虑对张爱玲研究的掌握,我先开了张爱玲专题,已经写好及未写的作家生平介绍和导读一并拖了下来。不想刘俊快手快脚地依约在来年夏交稿,不久出国任加拿大滑铁卢大学孔子学院中方院长,再回到南京大学,已是 2012 年元旦。他去国两年,从未问我编书之事,我猜想,他是君子,放心一切,殊不知 2008 年全球金融风暴延烧,牵连出版日益困难,台湾市场小,我不忍增添出版社负担,唯有压着书稿。2013 年,刘俊淡定地说起也许先出大陆版,此时角色对调,我二话不说一口同意。

---

① 　王德威:《媒体·文学与家国想像》,苏伟贞编《时代小说联合报文学奖短篇小说首奖集》(上),台北:联经出版公司,2001 年版,页 xvii。

重回那张终选名单，真有隔世之感。

凝视我所编选的台港、海外华文女作家名单，其实到现在，以一名读者的角度，我仍有许多不甘与诘问；以一名编者，自知也只能如此：林海音（1918—2001）、张爱玲（1920—1995）、童真（1928—　）、於梨华（1931—　）、陈若曦（1938—　）、西西（1938—　）、欧阳子（1939—　）、李渝（1944—　）、施叔青（1945—　）、李昂（1952—　）、平路（1953—　）、苏伟贞（1954—　）、朱天文（1956—　）、朱天心（1958—　）、黄碧云（1961—　）、邱妙津（1969—1995）、赖香吟（1969—　）、陈雪（1970—　）、黎紫书（1971—　）。

不甘与诘问的女作家，如康芸薇、孟瑶、徐钟佩、张漱菡、琦君、郭良蕙、聂华苓、吉铮、叶陶、李黎、蒋晓云、萧飒、曹丽娟、严歌苓、袁琼琼等，都因不一因素，于是回避视线让她们侧身而过，这将成为编选者永远的沉痛。

不争的是，综理此读本，依年序从陈衡哲到黎紫书，在世代接续与书写位上，奇特地形成前文所言文学的横纵发展与承继。诚如刘俊的陈衡哲生平与导读所言，1917 年陈衡哲创作的白话短篇小说《一日》，发表在《留美学生季报》，反映中国女留学生在美国的一天流程及人际互动，此时鲁迅的《狂人日记》尚未问世。从此角度看，《一日》称得上是中国现代文学中第一篇白话小说，陈衡哲更是中国女性留学海外的先驱。反观马来西亚华文作家黎紫书的作品，多取材马来西亚家乡人事阴暗面，以此建构海外女性族群异质书写的图腾，可说是海外华文小说的开拓者。从留学生到移民异乡，女性处境从来不是进步或退步的问题。奇特的是，黎紫书《推开阁楼之窗》以及读本所收陈衡哲《巫峡里的一个女子》都写女性的命运困厄。《巫峡里的一个女子》写女子逃匿婆婆打骂和丈夫避走巫峡山界，《推开阁楼之窗》里的小爱和母亲却走进被诅咒似的五月花旅社。逃避的母题奇特地连接到童真《穿过荒野的女人》,小说中婚姻不幸的女子杨薇英,在失婚后独自带孩子离家进入学校,最后因祸得福,既出走也走出自己的路。童真形塑笔下女性追求自我不失乐观厚道,她让杨薇英拥有谋生能力后对追求者如是说:"我已经试着走过了最艰难的一段,我想独自走下去。"壮哉斯言,杨薇英不是拒绝幸福,而是诚实面对自己,反写了女性处境。从宽处看,林海音《殉》、张爱玲《心经》、於梨华《黄昏·廊里的女人》、欧阳子《蜕变》、西西《像我这样的一个女子》、平路《婚期》、朱天心《新党十九日》、黄碧云《呕吐》、赖香吟《岛》,都具有这样的成色与反思。陈若曦《查户口》则是少数"文革"题材的小说,女主人公彭玉莲是我行我素的共和国潘金莲,丈夫是大学副教授却不吵不闹不离,以此保全知识分子的独立思考和尊严。彭玉莲如动物本能的女性意识,成为社会制度最大的嘲讽与挑战。

此外,一篇带有同志成色的作品,邱妙津的《玩具兵》,是她将自我从女性身体"流放"出去拟仿男性身体语言之作。

实践与变形,上述作品皆演绎了法国女性学壮者西苏(Cixous)倡议女性写作的意义,即在"把自己写进文本",通过书写,将女性自身的奋斗嵌入世界和历史。[①] 至于作品折射的女性想象,出入家国、身世、情欲等虚实课题,则形成一"想象的共同体",具体而微扩大并深化文学版图与对话。

大陆女作家部分,刘俊辑选的是陈衡哲(1890—1976)、庐隐(1898—1934)、冰心(1900—1999)、凌叔华(1900—1990)、冯沅君(1900—1990)、林徽因(1904—1955)、丁玲(1904—1986)、萧红(1911—

---

① 埃莱娜·西苏(Hélène Cixous):《美杜莎的笑声》,黄晓红译,顾燕翎、郑至慧主编《女性主义经典》,台北:女书文化出版社,1999年版,第87页。

1942)、苏青（1914—1982）、施济美（1920—1968）、茹志鹃（1925—1998）、王安忆（1954—　）。相关编选理念请参阅他所写的编序。

要说明的是，最初拟定的选单中，张爱玲《心经》后来版权生变，黄碧云《呕吐》无意授权，因此两篇小说存目，仅收作品导读。陈雪《寻找天使遗失的翅膀》也因故放弃，对此唯无言与遗憾。

是女性主义先驱伍尔夫（Virginia Wolf）的话："事实上，身为一个'外人'，我没有国家；身为一个女人，我不需要国家；身为一个女人，我的国家就是全世界。"①敏感的读者也许一眼便洞见句式关键词：外人、女人、国家、世界。而"外人"，又是关键的关键。然而，对女性而言，对"国家＝全世界"的跨界思辨未必切身或感兴趣，但"外人"之感，却可能时时刻刻都有。因此，如何反映自身与突围？写作往往成为通往世界的一条秘径。

综观新文学以降，华文女性书写场与批评的荒芜，曾经牛步辗转，来到新世纪，究竟是进步还是退步？女性角色与遭遇反映于书写，究竟是开阔还是狭幅？女性主义学者伊兰·修华特（Elaine Showalter）的名篇篇名《走过荒野中的女性主义批评》勾描女性文学处境十足贴切，而童真的《穿过荒野的女人》书写小说角色不畏荒野穿越自我，则是作为这本女性作家代表人物选集的书名，给予的一个肯定的回应。

---

① Virginia Woolf, *Three Guineas*, New York: Harbing Book, 1938, p.108.

序二：女性生活和女性心理的历史写照

刘　俊

　　按照本书的定义，女性小说是"由女作家创作的关于女性生活反映女性心理的小说"。在"五四"时期出现，是与当时的反封建思潮结合在一起的。由于妇女在中国几千年的封建社会结构中处于最底层，受压迫最烈，因此"五四"反封建的一个重要内容和突破口，就是提倡"妇女解放"。"五四"时期号召"打倒孔家店"的吴虞，在1917年6月以其夫人吴曾兰的名义，发表了一篇《女权平议》。在文章中，他认为"天尊，地卑，扶阳，抑阴，贵贱，上下之阶级，三从七出之谬谈，其于人道主义，皆为大不敬，当一扫而空之"①。李大钊在《现代的女权运动》一文中，则提出"二十世纪是被压迫阶级的解放时代，亦是妇女底解放时代；是妇女们寻觅伊们自己的时代，亦是男子发现妇女底意义的时代"②。在这种社会思潮的影响和推动下，"五四"女作家们以她们的创作实绩，开创了中国二十世纪女性文学(小说)的新纪元。

　　在反封建这个大前提下表现女性的现实人生和心灵世界，构成了二十世纪华文女性小说的最初姿态。虽然此时的反封建与反男权具有

---

① 吴虞：《女权平议》，见《吴虞文录》，上海亚东图书馆，1921年版。
② 李大钊：《现代的女权运动》，1922年《民国日报》副刊《妇女评论》第二十五期，署名守常。

某种"同构"的关系——封建势力对女性的压迫,常常是借助男性的力量呈现出来的,但刚刚进入新文学世界的女作家们在最初却并没有表现出强烈的反男权意识,因此"五四"时期女作家们对封建势力的反抗,也就没有通过反男权这样的角度或渠道展开,而是将反封建指向对准了有"问题"的社会和传统的封建文化。作为"五四"新文学女作家先驱的冰心,在她最初的女性小说写作中,就不自觉地将对女性世界的展示和对社会问题的思考结合了起来。作为一个女性作家,冰心在她的《秋雨秋风愁煞人》中虽然具有女性视角,书写的也是女性世界,可是却并没有特别突出和强调女性意识,而是将自己对女性的思考,纳入到当时盛行的"问题小说"之中——也就是说,冰心的《秋雨秋风愁煞人》不过是以女性为载体,来表现"社会问题"。

相对于《秋雨秋风愁煞人》较为明显的"社会化"倾向,庐隐的《丽石的日记》则在将女性纳入"社会问题"思考的同时,带有了更多从女性自身来思考问题的迹象。在这篇表现女性同性爱的小说中,庐隐在通过表现女性借助"恋爱自主、婚姻自由"以反封建这一"五四"主题的同时,也对女性"恋爱"和"婚姻"的对象——男性——表现出了一种不太信任的姿态。这既使《丽石的日记》在表现社会问题时具有了一种"另类"的色彩,也使庐隐的女性书写带有了性别思考的色彩:女性"自主"和"自由"的获得,到底是体现在同性爱中还是体现在异性恋中。小说最后虽然女主角还是回归了异性恋的"传统",但庐隐在小说中颇具"前卫"色彩的思考,使"五四"时的女性小说,具有了一种别具特色的高度。

与冰心和庐隐通过女性书写表现"反封建"的宏大主题不同,凌叔华显然更关注女性的日常人生。她的《中秋晚》写的是个女人使小性子的悲剧,因为对一个观念和心理感觉(虽然这个观念和心理感觉带有浓烈的封建意味)的坚持,女主角失去了她的婚姻。在这篇小说中,凌叔华写出了那个时代的一种女性悖论：女性在坚持自己的观念和心理感觉时，似乎体现了对男性的反抗，可是这种反抗的无力以及反抗理由的荒谬本身，却使女性陷入更深的悲剧——而更为可悲的，是女性身陷悲剧而不自知。对女性身上这种悖论的发现和表现，表明凌叔华的女性小说，具有一种对女性命运个人化的独特思考。

如果说冰心、庐隐和凌叔华在"五四"时期的女性小说书写，更多地是写实地描述女性在那个时代的各种现实遭遇、心理反应、情感形态，并融入作者自己的感受心得和女性关注，那么陈衡哲的小说《巫峡里的一个女子》，则是以写实和象征兼具的方式，对女性的现实处境和精神特质，进行了高度概括式的表现。虽然小说在人物塑造方面缺乏艺术的精致，但聚焦于对女性"出走"（现实层面）和"坚韧"（象征层面）这两方面的表现，体现了作者对女性命运的独特思考，而在写实基础上融入象征手法，也使二十世纪二十年代的女性小说，在艺术上具有了某种先锋性。

当陈衡哲在自己的笔下关注女性的出走姿态和坚韧气质之时，冯沅君却在女性的出走姿态中发现了内在的精神矛盾。在《旅行》中，冯沅君写出了在时代转换之际，一个现代女性"将毅然和传统战斗，而又怕敢毅然和传统战斗"①的决断和犹豫——这样的决断和犹豫当然不只属于小说中的女主人公，而是属于那一整个时代的女性。冯沅君写这篇小说的时候，"五四"运动已经过去快十年了，可是女性仍然在战胜传统和战胜自己的"旅途"上苦苦挣扎。

从冰心的《秋雨秋风愁煞人》到冯沅君的《旅行》，正是"五四"以后

---

①　鲁迅：《中国新文学大系·小说二集序》，《鲁迅全集》第六卷，人民文学出版社，1981年版，第245页。

的第一个十年，在文学史上，这十年常被统称为"第一个十年"或文学史上的"五四时期"。从这十年的女性小说中不难看出，对女性与传统、与同性、与异性、与自身关系的思考和表现，成为这个时期女性小说关注的焦点。

进入二十世纪三十年代，因应着时代风云的变幻，女性小说在表现女性自身的状态和处境时，有了新的特点。萧红的《王阿嫂的死》在表现女性命运时，引入了残酷而又血淋淋的阶级压迫。萧红笔下的王阿嫂不但是个女性，而且是个受阶级压迫的女性，她的死就是阶级压迫的结果——于是，女性作者在关注女性与传统、与同性、与异性、与自身关系之外，又添入了女性与阶级的关系——作为弱势群体，女性在阶级关系中的受压迫状况，显然要比男性来得更为惨烈，这或许就是为什么萧红在写王阿嫂的时候，其笔触给人一种粗粝和强悍的印象——在某种程度上讲，与其说这是萧红的文字粗粝和强悍，不如说是王阿嫂这样遭受惨烈的阶级压迫的女性命运非如此粗粝和强悍的文字不足以表达。

二十世纪三四十年代在中国历史上是充满血与火的年代，战争和革命成为这个时代裹挟民众的巨大洪流，女性在其中载浮载沉自难幸免——事实上女性在其中的生存处境较之男性更加艰难。当萧红三十年代在《王阿嫂的死》中着重表现女性遭受阶级压迫的惨状之时，四十年代的丁玲则在《我在霞村的时候》中表现了女性在时代洪流中面临的另一种遭遇：革命。当贞贞为了革命而献身（贞操），革命却用封建意识对之加以道德谴责之际，在贞贞身上背负的女性与封建传统、女性与革命、女性与身体、女性与民族国家几种关系的纠缠，使得丁玲的《我在霞村的时候》对女性的书写显得更加复杂，女性在面向时代时的处境和姿态也显得颇为委屈和尴尬。在这个过程中，身为女性同时又是革命者的作家丁玲，可能比其他二十世纪的女作家都更深地以自己的人生介入了女性小说的书写。她因女性小说书写而造就的个人命运，成为二十世纪女性小说的另一种"文本"——革命维度的介入，无疑使二十世纪女性小说所表现的那种女性特有的内在矛盾，更具张力。

在革命的维度上，《我在霞村的时候》中那种利用女性同时又谴责女性的描写并不是反思女性处境和女性命运的唯一走向，五十年代茹志鹃在《百合花》中塑造的"我"和"新媳妇"形象，就在革命的氛围和语境下，塑造了一种新型的"男"、"女"关系：小战士在"我"面前十分羞涩，而"新媳妇"对小战士的态度，则体现了女性在男性面前已经具有一种决定性的力量——这一切当然都是革命造成的，如果不是在革命队伍中，按照当时一般的中国社会和乡村男女关系的结构，男性在女性面前何来羞涩？更别说在女性面前受挫了。茹志鹃的《百合花》着实借助"革命"的力量，对传统的"男"、"女"两性关系进行了颠覆。

当萧红、丁玲和茹志鹃从三十年代到五十年代在阶级压迫和革命世界里表现女性的处境、状态和命运的时候，林徽因、张爱玲、苏青、施济美却从与女性密切相关的美、欲望和自主性维度展开对女性的生命探索——这一维度的存在表明，即使是在血与火交织的残酷年代，女性的世界中也仍然有着对美、对自身欲望和对自己自主性的自觉追求。林徽因的《钟绿》记录了林徽因对女性"美"的感叹——"美"的人和物，似乎都有不长久的命运。于是，对"美"的发现、怜惜和悲叹，就成了林徽因表现三十年代女性时不同于萧红的突出特点——她是温婉的、精致的，即便是在表现对"美"的悲剧结局的时候，林徽因的姿态和文字也是优雅的。

与林徽因在《钟绿》中对女性"美"进行聚焦并以温婉、精致和优雅的笔墨对之加以表现不同，张爱玲的《心经》表现的是女性在感情世界中的迷失——女儿对父亲的不伦之恋，给女儿和母亲都带来了巨大的痛苦，然而这种痛苦的根源在于"以幻为实，以梦为真"①，体现的是人类更为广大的痛苦——也许张爱玲的深刻就在于，她对女性迷失的表现以爱上了不该爱的人为"表"，以呈现人类的共同痛苦为"里"，这就使得她的女性小说具有了"哲理"的高度，在二十世纪的华文女性小说中独树一帜。

同为四十年代作家的苏青，在对女性表现的深刻性上或许不如张爱玲，但她以自己的率真和坦白，对在女作家笔下一向讳莫如深的女性欲望，进行了大胆的揭示，形成了自己的特色。在《蛾》中，苏青不但充分肯定女性的自然生理欲望，而且对女性为了生理欲望如飞蛾扑火般奋不顾身的精神大加赞赏——从"五四"时期女性争取"恋爱自主、婚姻自由"到四十年代对欲望的肯定，女性从对社会结构和文化制度的"外在"反抗，发展到对生理本能和身体欲望从观念到肉体的双重"内在"释放。很显然，女性小说的发展到了苏青笔下，又有了新的特质。

对女性欲望的主动把握，成为女性控制自己身体乃至把握世界的一种自主方式。在稍后于《蛾》的《悲剧和喜剧》中，施济美通过她小说中的女主人公，表现了一种女性在男女交往和感情互动中掌握主动权的新姿态。在这篇小说中，女性的自主性相对于"五四"时期和三十年代乃至四十年代的其他女性小说，有了极大的提升。女主人公对自己感情、身体和人生的把握，已不再受时代、社会、家庭、经济和男性的约束，而是完全依靠自己的意志，作自由的选择。施济美的这篇小说，呈现了四十年代女性在"革命"维度的另外一维，如何沿着"五四"开创的"女性解放"的道路，经由庐隐、凌叔华、陈衡哲、冯沅君、苏雪林、林徽因、张爱玲、苏青，在经历了各种曲折之后，逐步实现了对自己从身体到

---

① 见本书"张爱玲"篇苏伟贞的导读。

情感的完全掌控——男性在施济美的笔下，已成为等待女性"判决"并且只能接受判决结果的被动者。

　　女性成长和解放在"革命"的一维也经历了从饱受阶级压迫(《王阿嫂的死》)到在革命队伍中经受革命行为与封建思想造成女性的两难困境(《我在霞村的时候》)，再到因为革命使女性在男性面前翻身解放(《百合花》)这样一个同样充满曲折但也最终走向女性自主的过程。这一过程在二十世纪八十年代初的王安忆笔下，则以《雨，沙沙沙》中雯雯的抒情化姿态，走向了"革命"之后的日常生活性——二十世纪华文女性小说的"革命"一维，至此与"五四"以来在日常人生中表现女性的自主、独立和解放这一维度最终合流。

冰心:《秋雨秋风愁煞人》

作家介绍

冰心(1900—1999),原名谢婉莹,福建长乐人。1918年进协和女子大学(后并入燕京大学)学医,后改学文学。"五四"时期被"震"上文坛。1919年发表处女作《两个家庭》,早期作品包括短篇小说《斯人独憔悴》《去国》,散文《笑》《往事》等,在文坛颇有影响。1921年参加文学研究会,1923年赴美国学习英国文学,在美期间写成《寄小读者》等散文寄回国内发表,轰动一时。新文学运动早期最有成就和影响的女作家之一。

1926年自美回国后,冰心先后在燕京大学、清华大学和北京女子文理学院任教。1929年与社会学家吴文藻结婚。抗战胜利后东渡日本,任教于日本东京大学。1951年回到大陆,曾任中国文联副主席、中国作家协会顾问。

在近半个世纪的创作生涯中,冰心著有诗集《繁星》(1923)、《春水》(1923),短篇小说集《超人》(1923)、《往事》(1930)、《南归》(1931)、《姑姑》(1932)、《去国》(1933),散文集《寄小读者》(1926)、《关于女人》(1943)、《归来以后》(1958)、《我们把春天吵醒了》(1960)、《樱花赞》(1962)、《拾穗小札》(1964)、《记事珠》(1982),散文小说集《晚晴集》

(1980),儿童文学作品《小桔灯》(1960)等。

冰心出身海军军官家庭,家庭氛围较为温馨和开化,因此从家庭中感受到了较多人生的温暖,也比同龄女性能更早地呼吸到自由的空气,这对她后来的人生和创作产生了重大影响,使她既能以母爱、童真和自然三位一体去构想美好的人生,也能对人间的种种不平投以关注、思索和同情的目光。前者突出地体现在她的诗作中,后者则主要以小说来表现。1949年以后,冰心的创作重心转向"最喜爱的文学形式"——散文,这个时期的散文创作,在延续早期散文清新隽丽风格的同时,还充满了喜悦明朗的乐观精神。

作品导读

冰心在"五四"时期创作的小说,以探究人生问题的"问题小说"为重点,《两个家庭》《斯人独憔悴》《秋雨秋风愁煞人》等重在揭示"旧社会、旧家庭的不良现状"①,目的在"感化社会","叫人看了有所警觉","想去改良",②表现了冰心强烈的社会关怀。1921年发表的《超人》,体现了冰心思想的深化——如果说此前冰心在她的"问题小说"中对社会问题还是"只问病源,不开药方",那么在《超人》中,冰心则开出了自己的"药方":"爱的哲学"。小说中的主人公何彬,原本是个冷心肠的青年,信奉尼采的超人哲学,觉得"世界是虚空的,人生是无意识的。人和人,和宇宙,和万物的聚合,都不过如同演剧一般……"。然而,幼年的往事——"慈爱的母亲,天上的繁星,院子里的花……"——感动了他,使他对病中的禄儿伸出了援助之手。当禄儿病好以后送来花篮感激他

①② 冰心:《我做小说,何曾悲观呢?》,原载《晨报》,1919年11月1日。

的时候，何彬在回信中宣告了他（也是冰心）"爱的哲学"的诞生："世界上的母亲和母亲都是好朋友，世界上的儿子和儿子也都是好朋友，都是互相牵连，不是互相遗弃的。"在随后发表的《烦闷》（1922）和《悟》（1924）中，冰心更进一步发展了她的"爱的哲学"，将"爱的哲学"推向了人间万物。

冰心的家乡福建自近代以来得风气之先，较早受到西风东渐的吹拂，加上冰心父亲是海军军官，见识开阔，思想新潮，因此中国传统文化对女性的压制，在冰心那里并没有产生太大的作用。这使冰心自幼能够在一种相对自由、宽容和开放的环境下成长，并在中学、大学阶段接受新式教育——家庭环境和新式教育的共同作用，使得身为女性的冰心，较早地对置身于新旧文化发生剧烈激荡时代的女性命运，形成了自觉的反思意识。当她在文学（小说）中表现社会问题的时候，女性问题自然会成为她"问题小说"的一个重要方面。

《秋雨秋风愁煞人》写的是几个女性在新旧时代转换时期不同的命运。"我"（冰心）和英云、淑平是中学同学，淑平是个"性格非常的幽娴静默"、"极其用功"的学生，可是她为了准备大考，用功过度，竟因病而亡。至于英云，"要论到她的道德和学问，真是一个绝特的青年。性情更是十分的清高活泼，志向也极其远大"，"天然的自有一种超群旷世的丰神"，"显得和众人不同"。然而，就是这样一个优秀的新女性，却最终没能摆脱落入旧家庭成为纨绔公子太太的命运，不但中学没有毕业就成了"何太太"，而且当初要上大学，"往下研究高深的学问"的理想，也成了泡影。

在某种意义上讲，英云有点类似鲁迅说的"铁屋子"里被"惊起"的"较为清醒的几个人"，她在新式学校接受了新思想的教育，最终却要回到旧生活中去，这无疑使她痛苦万分。"我要做的事情，都要消极的摒绝,我所不要做的事情,都要积极的进行。像这样被动的生活,还有一毫人生的乐趣吗?"正如她在给"我"(冰心)的信中所写的那样:"淑平是死了,我也可以算是死了。"

在《秋雨秋风愁煞人》中,三个新女性"我"(冰心)、淑平和英云,淑平肉体死亡,英云精神死亡,"我"(冰心)虽然侥幸置身"温煦如春"的室内,可是由于想到昔日好友淑平和英云的悲剧结局,不禁在心中也"秋雨秋风愁煞人"起来。"死者长已矣,生者且偷生",面对英云在信中的嘱托,"只有你还是生龙活虎一般的活动着! 我和淑平的责任和希望,都并在你一人的身上了。你要努力,你要奋斗,你要晓得你的机会地位,是不可多得的,你要记得我们的目的是'牺牲自己服务社会'","我"(冰心)决心"要以你们的精神,常常的鼓励我。要使我不负死友,不负生友,也不负我自己"。

一般而言,时代变化对女性产生的影响要强于对男性的影响,在中国社会,传统文化对女性形成的结构性压迫,也使这一悠久传统在松动之际会在女性那里形成强烈的反应——这也就是为什么《秋雨秋风愁煞人》中的三个女性会在时代变化面前,付出更多(淑平甚至因为努力用功上进而付出了生命的代价)、期许更大("牺牲自己服务社会")、痛苦更深(英云回到"旧轨道"的痛苦不用说了,就是三人中看上去最幸福的"我",也还是从同为女性的其他两人的结局中,感到了"秋雨秋风愁煞人"的凄苦)。通过这三个人物的人生遭际,作者冰心显然是要借助女性,在小说中展示变化中的时代所带来的社会问题——新人物在旧势力面前挣扎的无力和悲剧的结局。只不过,相对于那些被"惊起"的铁屋子中的男性,醒来的新女性似乎痛苦更深。

身为女性作者,冰心以女性人物、女性视角和女性立场,对"五四"时期的社会问题——新旧时代转型期人们(女性)的处境和命运——进行了自己的思考。值得注意的是,虽然冰心几乎是本能地从自己的女性立场,揭示了"五四"时期的女性处境,但从总体上看,此时的冰心,对女性问题的思考是与当时蔚为大观的思想潮流和"问题小说"相一致、相同步的——也就是说,《秋雨秋风愁煞人》虽然以"女性人物、女性视角和女性立场"展开呈现,但它在很大程度上只是提供了一种女性题材和女性人物,在深入表现女性主题(更为强烈自觉的女性意识)方面,并不明显。甚至,从某种意义上讲,它几乎可以被视为一位女作家进行的男性写作——就此而言,它反映了中国现代女作家在女性意识苏醒的初期,她们的着力点,主要还是以表现女性生活为载体,呈现一般的社会问题。更明确地说,也就是通过女性反映男性社会中的一般问题,就此而言,冰心的《秋雨秋风愁煞人》,还处于女性主义写作模仿男性、以男性标准为自己标准的第一阶段。

秋雨秋风愁煞人

一

秋风不住的飒飒的吹着，秋雨不住滴沥滴沥的下着，窗外的梧桐和芭蕉叶子一声声的响着，做出十分的秋意。墨绿色的窗帘，垂得低低的。灯光之下，我便坐在窗前书桌旁边，寂寂无声的看着书。桌上瓶子里几枝桂花，似乎太觉得幽寂不堪了，便不时的将清香送将过来。要我抬头看它。又似乎对我微笑说："冰心呵！窗以外虽是'秋雨秋风愁煞人'，窗以内却是温煦如春呵！"

我手里拿着的是一本《绝妙好词笺》，是今天收拾书橱，无意中捡了出来的，我同它已经阔别一年多了。今天晚上拿起来阅看，竟如同旧友重逢一般的喜悦。看到一阕《木兰花慢》："故人知健否，又过了一番秋……更何处相逢，残更听雁，落日呼鸥……"到这里一页完了，便翻到那篇去。忽然有一个信封，从书页里，落在桌上。翻过信面一看，上面写着"冰心亲启"四个字。我不觉呆了。莫非是眼花了吗？这却分明是许久不知信息的同学英云的笔迹啊！是什么时候夹在这本书里呢？满腹狐疑的拆开信，从头到尾看了一遍。看完了以后，神经忽然错乱起来。一年前一个悲剧的印象，又涌现到眼前来了。

英云是我在中学时候的一个同班友，年纪不过比我大两岁，要论到她的道德和学问,真是一个绝特的青年。性情更是十分的清高活泼,志向也极其远大。同学们都说英云长得极合美人的态度。以我看来,她的面貌身材,也没有什么特别美丽的地方。不过她天然的自有一种超群旷世的丰神,便显得和众人不同了。

她在同班之中,同我和淑平最合得来。淑平又比英云大一岁,性格非常的幽娴静默。资质上虽然远不及英云,却是极其用功。因此功课上也便和英云不相上下,别的才干却差得远了。

前年冬季大考的时候,淑平因为屡次的半夜里起来温课,受了寒,便咳嗽起来,得了咯血的病。她还是挣扎着日日上课,加以用功过度,脑力大伤,病势便一天一天的沉重。她的家又在保定,没有人朝夕的伺候着,师长和同学都替她担心。便赶紧地将她从宿舍里迁到医院。不到一个礼拜,便死了。

淑平死的那一天的光景,我每回一追想,就如同昨日事情一样的清楚。那天上午还出了一会子的太阳,午后便阴了天,下了几阵大雪。饭后我和英云从饭厅里出来,一面说着话便走到球场上。树枝上和地上都压满了雪,脚底下好像踏着雨后的青苔一般,英云一面走着,一面拾起一条断枝,便去敲那球场边的柳树。枝上的积雪,便纷纷的落下来,随风都吹在我脸上。我连忙回过头去说道:"英云!你不要淘气。"她笑了一笑,忽然问道:"你今天下午去看淑平吗?"我说:"还不定呢,要是她已经好一点,我就不必去了。"这时我们同时站住。英云说:"昨天雅琴回来,告诉我说淑平的病恐怕不好,连说话都不清楚了。她站在淑平床前,淑平拉着她的手,只哭着叫娘,你看……"我就呆了一呆便说:"哪里便至于……少年人的根基究竟坚固些,这不过是发烧热度太高了,信口胡言就是了。"英云摇头道:"大夫说她是脑膜炎。盼她好却未必是容易呢。"我叹了一口气说:"如果……我们放了学再告假出去看看罢。"这时上堂铃已经响了,我们便一齐走上楼去。

二

四点钟以后,我和英云便去到校长室告假去看淑平。校长半天不言语。过了一会,便用很低的声音说:"你们不必去了,今天早晨七点钟,淑平已经去世了。"这句话好像平地一声雷,我和英云都呆了,面面相觑说不出话来。以后还是英云说道:"校长!能否许可我们去送她一送。"校长迟疑一会,便道:"听说已经装殓起来,大夫还说这病招人,还是不去为好,她们的家长也已经来到。今天晚车就要走了。"英云说:"既然已经装殓起来,况且一会儿便要走了,去看看料想不妨事,也不枉我们和她同学相好了一场。"说着便滚下泪来,我一阵心酸也不敢抬头。校长只得允许了,我们退了出来,便去到医院。

灵柩便停在病室的廊子上,我看见了,立刻心头冰冷,才信淑平真是死了。难道这一个长方形的匣子,便能够把这个不可多得的青年,关在里面,永远出不来了吗!这时反没有眼泪,只呆呆的看着这灵柩。一会子抬起头来,只见英云却拿着沉寂的目光,望着天空,一语不发。直等到淑平的家长出来答礼,我们才觉得一阵的难过,不禁流下泪来,送着灵柩,出了院门。便一同无精打采地回来。

我也没有用晚饭,独自拿了几本书,踏着雪回到宿舍。地下白灿灿的,好像月光一般。一面走着,听见琴室里,有人弹着钢琴,音调却十分的凄切。我想:"这不是英云吗?"慢慢地走到琴室门口听了一会,便轻轻的推门进去。灯光之下,她回头看我一眼,又回过头去。我将书放在琴台上,站了一会,便问道:"你弹的是什么谱?"英云仍旧弹着琴,一面答道:"这调叫做'风雪英雄',是一个撒克逊的骑将,雪夜里逃出敌堡,受伤很重,倒在林中雪地上,临死的时候做的。"说完了这话,我们又半天不言语。我便坐在琴椅的那边,一面翻着琴谱,一面叹口气说:"有志的青年,不应当死去。中国的有志青年,更不应当死。你看像淑平这样一个人物,将来还怕不是一个女界的有为者,却又死了,她的学问才干志向都灭没了,一向的预备磨砺,却得了这样的收场,真是叫人灰心。"英云慢慢的住了琴,抬起头来说:"你以为肉体死了,是一件悲惨的事情。却不知希望死了,更是悲惨的事情呵!"我点一点头,也不知道她是什么意思。英云又说道:"率性死了,一切苦痛,自己都不知道不觉得了。只可怜那肉体依旧是活着,希望却如同是关闭在坟墓里。那个才叫做……"这时她又低下头去,眼泪便滴在琴上。我十分的惊讶,因为她这些话,却不是感悼淑平,好像有什么别的感触,便勉强笑劝道:"你又来了,好好的又伤起心来,都是我这一席话招的。"英云无精打采地站起来,擦了眼泪说:"今夜晚上我也不知为何非常的烦恼焦躁,本来是要来弹琴散心,却不知不觉弹起这个凄惨的调来。"我便盖上琴盖,拿起书籍道:"我们走罢,不要太抱悲观了。"我们便一同步出琴室,从雪花隙里,各自回到宿舍。

三

　春天又来了,大地上蓬蓬勃勃地充满了生意。我们对于淑平的悲感,也被春风扇得渐渐的淡下去了,依旧快快乐乐地过那学校的生活。

　春季的大考过去了,只等甲班的毕业式行过,便要放暑假。

　毕业式是那一天下午四点钟的。七点钟又有本堂师生的一个集会。也是话别,也是欢送毕业生。预备有游艺等等,总是终业娱乐的意思。那天晚上五点钟,同学们都在球场上随意的闲谈游玩。英云因为今晚要扮演游艺,她是剧中的一个希腊的女王,便将头发披散了,用纸条卷得鬈曲着。不敢出来,便躲在我的屋里倚在床上看书。我便坐在窗台上,用手摘着藤萝的叶子,和英云谈话。楼下的青草地上玫瑰花下,同学们三三两两的坐着走着,黄金似的斜阳,笼住这一片花红柳绿的世界。中间却安放着一班快乐活泼的青年,这斜阳芳草是可以描画出来的,但是青年人快乐活泼的心胸,是不能描画的呵!

晚上的饯别会,我们都非常的快乐满意。剧内英云的女王,尤其精彩。同学们都异口同声地夸奖,说她有"婉若游龙、翩若惊鸿"的态度。随后有雅琴说了欢送词,毕业生代表的答词。就闭了会。那时约有九点多钟,出得礼堂门来,只见月光如水,同学们便又在院子里游玩。我和英云一同坐在台阶上,说着闲话。

这时一阵一阵的凉风吹着,衣袂飘举。英云一面用手撩开额上的头发,一面笑着说着:"冰心! 要晓得明年这时候,便是我们毕业了。"我不禁好笑,便道:"毕了业又算得了什么。"英云说:"不是说算得什么,不过离着服务社会的日子,一天一天的近了。要试试这健儿好身手了。"我便问道:"毕业以后,你还想入大学么?"英云点首道:"这个自然,现在中学的毕业生,车载斗量,不容易得社会的敬重。而且我年纪还小,阅历还浅,自然应当再往下研究高深的学问,为将来的服务上,岂不更有益处吗!"

我和英云一同站了起来,在廊子上来回地走着谈话。廊下的玫瑰花影,照在廊上不住的动摇。我们行走的时候,好像这廊子是活动的,不敢放心踏着,这月也正到了十分圆满的时节,清光激射,好像是特意照着我们。英云今晚十分的喜悦,时时的微笑,也问我道:"世界上的人,还有比我们更快乐的吗?"我也笑道:"似乎没有。"英云说:"最快乐的时代,便是希望的时代。希望愈大,快乐也愈大。"我点一点头,心中却想到:"希望愈大,要是遇见挫折的时候,苦痛也是愈大的。"

这时忽然又忆起淑平来,只是不敢说出,恐怕打消了英云的兴趣。唉!现在追想起来,也深以当时不说为然。因为那晚上英云意满志得的莞然微笑,在我目中便是末一次了。

暑假期内,没有得着英云的半封信,我十分的疑惑,又有一点怪她。

秋季上学的头一天,同学都来了,还有许多的新学生,礼堂里都坐满了。我走进礼堂,便四下里找英云,却没有找着。正要问雅琴,忽然英云从外面走了进来,容光非常的消瘦,我便站起来,要过去同她说话。这时有几个同学笑着叫她道:"何太太来了。"我吃了一惊。同时看见英云脸红了,眼圈也红了。雅琴连忙对那几个同学使个眼色,她们不知所以,便都止住不说。我慢慢地过去,英云看见我只惨笑着,点一点头,颜色更见凄惶。我也不敢和她说话,回到自己座上,心中十分疑讶。行完了开学礼,我便拉着雅琴,细细的打听英云的事情。雅琴说:"我和她的家离的不远,所以知道一点。暑假以后,英云回到天津,不到一个礼拜,就出阁了,听说是聘给她的表兄,名叫士芝的,她的姨夫是个司令,家里极其阔绰。英云过去那边,上上下下没有一个不夸她好的。对于英云何以这般的颓丧,我却不知道,只晓得她很不愿意人提到这件事。"

从此英云便如同变了一个人,不但是不常笑,连话都不多说了。成天里沉沉静静的坐在自己座上,足迹永远不到球场,读书作事,都是孤孤零零的。也不愿意和别人在一处,功课也不见得十分好。同学们说:"英云出阁以后,老成的多了。"又有人说:"英云近来更苗条了。"我想英云哪里是老成,简直是"心死"。哪里是苗条,简直是形销骨立。我心中常常的替她难过,但是总不敢和她做长时的谈话。也不敢细问她的境况,恐怕要触动她的悲伤。因此外面便和她生分了许多,并且她的态度渐渐的趋到消极,我却仍旧是积极,无形中便更加疏远了。

一年的光阴又过去了。这一年中因为英云的态度大大的改变了，我也受了不少的损失，在功课一方面少得许多琢磨切磋的益处。并且别的同学，总不能像英云这样的知心，便又少了许多的乐趣。然而那一年我便要毕业，心中总是存着快乐和希望，眼光也便放到前途上去，目前一点的苦痛，也便不以为意了。

四

我们的毕业式却在上午十点钟举行，事毕已经十二点多钟。吃过了饭，就到雅琴屋里。还有许多的同学，也在那里，我们便都在一处说笑。三点钟的时候，天色忽然昏黑，一会儿电光四射，雷声便隆隆地震响起来，接着下了几阵大雨。水珠都跳进屋里来，我们便赶紧关了窗户，围坐在一处，谈起古事来。这雨下到五点钟，便渐渐地止住了。开起门来一看，球场旁边的雨水还没有退去，被微风吹着，好像一湖春水。树下的花和叶子，都被雨水洗得青翠爽肌，娇红欲滴。夕阳又出来了，晚霞烘彩，空气更是非常的清新。我们都喜欢道："今天的饯别会，决不至于减了兴趣了。"

开会的时候，同学都到齐了。毕业生里面，却没有英云。主席便要叫人去请，雅琴便站起来，替她向众人道歉，说她有一点不舒服，不能到会。众人也只得罢了。那晚上扮演的游艺，很有些意思。会中的秩序，也安排得很整齐，我们都极其快乐。满堂里都是欢笑的声音，只是我忽然觉得头目眩晕。我想是这堂里，人太多了，空气不好的缘故。便想下去换一换空气，就悄悄的对雅琴说："我有一点头晕，要去疏散一会子，等到毕业生答词的时候，再去叫我罢。"她答应了。我便轻轻的走下楼去。

　　我站在廊子上,凉风吹着,便觉清醒了许多。这时月光又从云隙里转了出来。因为是雨后天气,月光便好似加倍的清冷。我就想起两句诗:"冷月破云来,白衣坐幽女。"不禁毛骨悚然。这时忽然听见廊子下有吁叹的声音,低头一看玫瑰花下草垫上,果然坐着一个白衣幽女。我吃了一惊,扶住阑干再看时,月光之下,英云抬着头微笑着:"不要紧的,是我在这里坐着呢。"我定了神便走下台阶,一面悄悄的笑道:"你一个人在这里做什么? 雅琴说你病了,现在好了吗?"英云道:"我何尝是病着,只为一人向隅满座不乐,不愿意去搅乱大家的兴趣就是了。"我知道她又生了感触,便也不言语,拉过一个垫子来,坐在她旁边。住了一会,英云便叹一口气说:"月还是一样的月,风还是一样的风,为何去年今夜的月,便十分的皎洁,去年今夜的风,便吹面不寒,好像助我们的兴趣。今年今夜的月,却十分的黯淡,这风也一阵一阵的寒侵肌骨,好像助我们的凄感呢?"我说:"它们本来是无意识的,千万年中,偶然的和我们相遇。虽然有时好像和我们很有同情,其实都是我们自己的心理作用,它们却是绝对没有感情的。"英云点首道:"我也知道的,我想从今以后,我永远不能再遇见好风月了。"说话的声音,满含着凄惨。——我心中十分的感动,便恳切地对她说道:"英云——这一年之中,我总没有和你谈过心,你的事情,虽然我也知道一点,到底为何便使你颓丧到这个地步,我是始终不晓得的,你能否告诉我,或者我能以稍慰你的苦痛。"这时英云竟呜呜咽咽地哭将起来。我不禁又难受又后悔,只得慢慢的劝她。过了一会,她才渐渐的止住了,便说:"冰心! 你和我疏远的原故,我也深晓得的,更是十分的感激。我的苦痛,是除你以外,也无处告诉了。去年回家以后,才知道我的父母,已经在半年前,将我许给我的表兄士芝。便是淑平死的那一天下的聘,婚期已定在一个礼拜后。我知道以后,所有的希望都绝了。因为我们本来是亲戚,姨母家里的光景,我都晓得，是完完全全的一个旧家庭。但是我的父母总是觉得很满意，以为姨母家里很从容，我将来的光景，是决没有差错的，并且已经定聘，也没有反复的余地了。"这时英云暂时止住了，一阵风来，将玫瑰花叶上的残滴，都洒在我们身上。我觉得凉意侵人，便向英云说："你觉得凉吗？我们进去好不好？"她摇一摇头，仍旧翻来覆去的弄那一块湿透的手巾，一面便又说："姨母家里上上下下有五六十人，庶出的弟妹，也有十几个，都和士芝一块在家里念一点汉文，学做些诗词歌赋，新知识上是一窍不通。几乎连地图上的东西南北都不知道，别的更不必说了。并且纨绔公子的习气，沾染的十足。我就想到这并不是士芝的过错，以他们的这样家庭教育，自然会陶冶出这般高等游民的人材来。处在今日的世界和社会，是危险不过的，便极意的劝他出去求学。他却说：'难道像我们这样的人家，还用愁到衣食吗？'仍旧洋洋得意的过这养尊处优的日子。我知道他积锢太深，眼光太浅，不是一时便能以劝化过来的。我姨母更是一个顽固的妇女，家政的设施，都是可笑不过的。有一天我替她记账，月间的出款内，奢侈费，应酬费，和庙寺里的香火捐，几乎占了大半。家庭内所叫做娱乐的，便是宴会打牌听戏。除此之外便不知道世界上还有什么乐境。姨母还叫我学习打牌饮酒，家里宴会的时候，方能做个主人。不但这个，连服饰上都有了限制，总是不愿意我打扮得太素淡，说我也不怕忌讳。必须浓妆艳裹，抹粉涂脂，简直是一件玩具。而且连自己屋里的琐屑事情，都不叫我亲自去做，一概是婢媪代劳。'戏罢曾无理曲时，妆成只是熏香坐。'便是替我写照了。有时我烦闷已极，想去和雅琴谈一谈话，但是我每一出门，便是车马呼拥，比美国总统夫人还要声势。这样的服装，这样的侍从，实在叫我羞见故人，也只得终日坐在家里。五月十五我的生日，还宴客唱戏，做的十分热闹。我的父母和姨母想，这样的待遇，总可以叫我称心满意的了。哪知我心里比囚徒还要难受,因为我所要做的事情,都要消极的摒绝,我所不要做的事情,都要积极的进行。像这样被动的生活,还有一毫人生的乐趣吗?"

五

我听到这里,觉得替她痛惜不过。却不得不安慰她,便说:"听说你姨母家里的人,都和你很有感情的,你如能想法子慢慢的改良感化,也未必便没有盼望。"英云摇头道:"不中用的,他们喜欢我的缘由:第一是说我美丽大方,足以夸耀戚友。第二便是因为我的性情温柔婉顺,没有近来女学生浮嚣的习气。假如我要十分的立异起来,他们喜悦我的心,便完全的推翻了,而且家政也不是由我主持,便满心的想改良,也无从下手。有时我想到'天生我材必有用'和'大丈夫勉为其难者'这两句话,就想或者是上天特意的将我安置在这个黑暗的家庭里,要我去整顿去改造。虽然家政不在我手里,这十几个弟妹的教育,也更是一件要紧的事情。因此我便想法子和他们联络,慢慢的要将新知识,灌输在他们的小脑子里。无奈我姨父很不愿意我们谈到新派的话。弟妹们和我亲近的时候很少,他们对于'科学游戏'的兴味,远不如听戏游玩。我的苦心又都付与东流,而且我自己也卷入这酒食征逐的旋涡,一天到晚,脑筋都是昏乱的。要是这一天没有宴会的事情,我还看一点书,要休息清净我的脑筋,也没有心力去感化他们。日久天长,不知不觉地渐渐衰颓下来。我想这家里一切的现象,都是衰败的兆头,子弟们又一无所能,将来连我个人,都不知是落个什么结果呢。"这时英云说着,又泪如雨下。我说:"既然如此,为何又肯叫你再来求学?"英云道:"姨母原是十分的不愿意,她说我们家里,又不靠着你教书挣钱。何必这样的用功,不如在家里和我作伴。孝顺我,便更胜于挣钱养活了。我说:'就是去也不过是一年的功夫，中学毕业了就不再去了，这样学业便也有个收束。并且同学们也阔别了好些日子，去会一会也好。我侍奉你老人家的日子还长着呢。'以后还是姨夫答应了，才叫我来的。我回到学校，和你们相见，真如同隔世一般，又是喜欢，又是悲感，又是痛惜自己，又是羡慕你们。虽然终日坐在座上，却因心中百般的纠纷，也不能用功。因为我本来没有心肠来求学，不过是要过这一年较快乐清净的日子，可怜今天便是末一天了。冰心呵！我今日所处的地位，真是我做梦也想不到的。"说到这里，英云又幽咽无声。我的神经都错乱了，便站起来拉着她说："英云！你不要……"这时楼上的百叶窗忽然开了一扇，雅琴凭在窗口唤道："冰心！你在哪里？到了你答词的时候了。"我正要答应，英云道："你快上去罢，省得她又下来找你。"我只得撇了英云走上楼去。

我聆了英云这一席话，如同听了秋坟鬼唱一般，心中非常的难过。到了会中，只无精打采地说了几句，完了下得楼来，英云已经走了。我也不去找她，便自己回到宿舍，默默的坐着。

第二天早晨七点钟，英云便叩门进来，面色非常的黯淡。手里拿着几本书，说："这是你的《绝妙好词笺》，我已经看完了，谢谢你！"说着便将书放在桌子上，我看她已经打扮好了，便说："你现在就要走吗？"英云说："是的。冰心！我们再见罢。"说完了，眼圈一红，便转身出去。我也不敢送她，只站在门口，直等到她的背影转过大楼，才怅怅的进来。咳！数年来最知心的同学，从那一天起，不但隔了音容，也绝了音信。如今又过了一年多了，我自己的功课很忙，似乎也渐渐的把英云淡忘了，但是我还总不敢多忆起她的事情。因为一想起来，便要伤感。想不到今天晚上，又发现了这封信。

这时我慢慢地拾起掉在地上的信，又念了一遍。以下便是她信内的话。

　　敬爱的冰心呵！我心中满了悲痛,也不能多说什么话。淑平是死了,我也可以算是死了。只有你还是生龙活虎一般的活动着!我和淑平的责任和希望,都并在你一人的身上了。你要努力,你要奋斗,你要晓得你的机会地位,是不可多得的,你要记得我们的目的是"牺牲自己服务社会"。

二十七夜三点钟英云

　　淑平呵!英云呵!要以你们的精神,常常的鼓励我。要使我不负死友,不负生友,也不负我自己。

　　秋风仍旧飒飒的吹着,秋雨也依旧滴沥滴沥的下着,瓶子里的桂花却低着头,好像惶惶不堪的对我说:"请你饶恕我,都是我说了一句过乐的话。如今窗以内也是'秋风秋雨愁煞人'的了。"

庐隐:《丽石的日记》

作家介绍

庐隐(1898—1934),原名黄英,福建闽侯人。1917 年毕业于北京女子师范学校,1919 年就读于北京女子高等师范学校。1921 年参加文学研究会,并开始小说创作。1922 年曾去朝鲜、日本游历,同年回国后从女高师毕业,先后在安徽、上海、福建等中学和师范学校任教。1923 年与郭梦良结婚(郭梦良 1925 年因病去世)。1927 年任北京女子中学校长,并兼任北京平民教育促进会编辑,参与开办华严书店,编辑《华严》杂志。1930 年与李唯建结婚,旋去日本,同年回国。1931 年执教于上海工部局女子中学,1934 年因难产去世。

"五四"时期庐隐和冰心在文坛齐名。1921 年文学研究会成立时,庐隐是出席者中唯一的女性,同年她在《小说月报》上发表短篇小说《一个著作家》,早期作品《余泪》《或人的悲哀》《海滨故人》《沦落》《前尘》等大都发表于《小说月报》。著有短篇小说集《海滨故人》(1925)、《曼丽》(1928)、《灵海潮汐》(1931)、《玫瑰的刺》(1933),中篇小说《归雁》(1930)、《女人的心》(1933),长篇小说《象牙戒指》(1931)、《火焰》(1935),散文集《云鸥情书集》(与李唯建合著,1931)、《东京小品》

(1936),传记《庐隐自传》(1934)等。

　　庐隐自幼家境贫寒,靠自己的苦读才获得在社会上立足的能力,因此对于女性在现代社会的艰难处境,有深切的体会和感受。她的早期创作虽然大都为"问题小说",但自《海滨故人》发表后,庐隐关注的"问题"更多地与女性的社会处境有关,她日益强化的女性立场和女性意识,最终使她笔下的社会问题更多地体现为"与妇女相关的问题"。遗憾的是,由于庐隐的早逝,她的文学世界没能充分地展开,即便如此,庐隐仍然以自己短暂的一生和她笔下众多的女性形象,给后人留下了难以忘怀的身影——那是一个(一群)在新旧交替时代奋身与时代、制度和命运抗争的女性身影。

作品导读

　　对于庐隐,茅盾曾经说过:"'五四'时期的女作家能够注目在革命性的社会题材的,不能不推庐隐是第一人。"①那些表现社会问题的"问题小说"(如《一个著作家》《一封信》《两个小学生》《灵魂可以买吗?》等)和另一类追问"人生是什么"的小说(如《海滨故人》《或人的悲哀》《丽石的日记》《沦落》),共同构成了庐隐第一个短篇小说集《海滨故人》的主要内容。或许与庐隐自幼的生存环境和后来的成长历程有关,从总体上看,庐隐的小说始终弥漫着一种悲哀的色调,给人以感伤与悲观的印象。庐隐自己曾经说过,人生"比作梦还要不可捉摸",这样的人生观显然带有一种强烈的不稳定性和不确定性意味。在庐隐的小说中读者不难发现,无论是露莎(《海滨故人》的人物),还是丽石(《丽石的日记》

_____

①　茅盾:《庐隐论》,原载《文学》3卷1号,1934年7月1日。

的人物），看上去她们似乎是在追求人生的意义，可是对人生的前途究竟在哪里却颇为茫然，人生总是在"悲哀的海里"挣扎而不得解脱几乎成了庐隐小说的一个基本主题和核心基调。苏雪林就曾经说过，庐隐的作品"总是充满了悲哀，苦闷，愤世，嫉邪，视世间事无一当意，世间人无一惬心"①。

《丽石的日记》以庐隐喜欢用的日记体形式，借"我"把好友丽石的日记公开的方式，袒露了丽石和沅青两位女子之间的同性之爱。对于小说（日记）中的丽石来说，她的身边友人有各种"爱情故事"：归生在海兰那里遭遇失败；雯薇婚后感到"劳碌、烦躁"、"厌烦"和"无法解脱"。这样的爱情人生使丽石对一般的爱情和婚姻充满畏惧，使得她不但"不愿从异性那里求安慰，因为和他们——异性——的交接，总觉得不自由"，而且和沅青两人"从泛泛的友谊上，而变成同性的爱恋了"。在二十世纪二十年代初，庐隐在自己的笔下涉及同性恋题材，不可谓不"前卫"。

在《丽石的日记》这篇小说中，丽石的情感追求和人生道路，显露出在一个对女性的压制开始松动的时代，女性在选择自己的生活方式时，已具有强烈的自主性。丽石对异性交往感觉不自由，却在与同性的爱恋中感到"乐趣"和"兴奋"，并作着"未来的快乐梦"，敢于大胆地承认沅青是她的"安慰者"和"鼓舞者"，坦言"不是为自己而生"而"实在是为她（沅青）而生呢！"。这样的女性形象，出现在"五四"运动刚刚过去的1923年，不能不说是作者庐隐思想观念"前卫"的体现。

不过从根本上讲，《丽石的日记》的"前卫"性，并不完全体现在对同性恋题材的涉及和对独特的女性形象的塑造上，更能体现庐隐思想观

---

① 苏雪林：《二三十年代作家与作品》，台北：广东出版社，1979年版。

念"前卫"性的,是她对"五四"时期关于"妇女问题"一般思考的超越。在"五四"时期,众多思想启蒙者们对"妇女问题"的关注,集中体现在如何将妇女从封建专制下解救出来,使"妇女"能够获得与男性平等的经济权、恋爱权、人格权和生存权,在这个过程中,通过自由恋爱婚姻自主来实现对封建压迫的反抗,就成为这一时期思想启蒙者和新文学作家对于妇女解放所能提供的主要答案。然而,作为一个女性作家,庐隐却从自身的性别立场出发,发现了女性通过婚姻恋爱——将希望寄托在男性身上——寻求自身解放的某种不可靠性和虚妄性。在《海滨故人》中,庐隐就表露出女性对于异性能否像女性自身一样可靠有所怀疑的念头,这样的念头到了《丽石的日记》,就更是明确为只有在同性身上,才能寻找到感情的寄托和人生的"乐趣"。如果从女性不但要从封建压制下解放出来,同时也需要从对男性的"依附"中摆脱出来这样的角度来理解庐隐,她的女性身份给她带来的超拔见识,以及对"五四"时期有关"妇女问题"的一般性解决方案的超越,就显而易见了。

然而,庐隐对女性自身解放的"另类"思考,在展现她的女性意识深度的同时,也对女性希冀摆脱"依附"男性这一想法在现实中难有获得实现的可能,有着充分的认识。在《丽石的日记》中,沅青最后还是离开了丽石,接受了家庭的安排,到天津去会她的表兄去了。虽然沅青要走的消息令丽石倍感痛苦,可最终她却不得不接受这严酷的事实——更严酷的事实是,沅青在和表哥接触后,不但对自己和丽石的爱情进行了否定,"我们从前的见解,实在是小孩子的思想,同性的爱恋,终久不被社会的人认可,我希望你还是早些觉悟吧",而且还对表兄大加赞赏:"我表兄的确是个很有为的青年,他并且对我极诚恳,我到津后,常常和他聚谈,他事事都能体贴入微,而且能任劳怨!……"可以说,这又回归了"依附"男性的"正途"(老路)。沅青的改变,不但体现了"人类真是固执、自私的呵！我们稚弱的生命完全被他们支配了！被他们戕贼了！我们理想的生活，被他们所不容"，同时也令丽石产生"我更不幸，为什么要爱沅青"的念头。

或许是庐隐对女性现实处境和感情宿命的认识具有一种"另类"的深刻，使得她的观念在现实中有些"超前"——自然也就难以获得实现的机会。"另类"、"深刻"和"前卫"都会导致庐隐在现实面前总是遭遇挫折和无奈，这或许就是她的作品"都要染上悲哀的色调"①最为根本的原因吧。

---

① 庐隐：《庐隐自传》，昆明：云南人民出版社，2011年版。

丽石的日记

今日春雨不住响的滴着,窗外天容惝淡,耳边风声凄厉,我静坐幽斋,思潮起伏,只觉怅然惘然!

去年的今天,正是我的朋友丽石超脱的日子,现在春天已经回来了,并且一样的风凄雨冷,但丽石那惨白梨花般的两靥,谁知变成什么样了!

丽石的死,医生说是心脏病,但我相信丽石确是死于心病,不是死于身病,她留下的日记,可以证实,现在我将她的日记发表了吧!

十二月二十一日

不记日记已经半年了。只感觉着学校的生活单调,吃饭,睡觉,板滞的上课,教员戴上道德的假面具,像俳优般舞着唱着,我们便像傻子般看着听着,真是无聊极了。

图书馆里,摆满了古人的陈迹,我掀开了屈原的《离骚》念了几页,心窃怪其愚——怀王也值得深恋吗?……

下午回家,寂闷更甚;这时的心绪,真微玄至不可捉摸……日来绝要自制,不让消极的思想入据灵台,所以又忙把案头的《奋斗》杂志来读。

晚饭后,得归生从上海来信——不过寥寥几行,但都系心坎中流出,他近来因得不到一个归宿地,常常自戕其身,白兰地酒,两天便要喝完一瓶……他说:"沉醉的当中,就是他忘忧的时候。"唉!可怜的少年人!感情的海里,岂容轻陷?固然指路的红灯,只有一盏,但是这"万矢之的"底红灯,谁能料定自己便是得胜者呢?

其实像海兰那样的女子,世界上绝不是仅有,不过归生是永远不了解这层罢了。

今夜因为复归生的信,竟受大困——的确我搜尽枯肠,也找不出一句很恰当的话,那是足以安慰他的……其实人当真正苦闷的时候,绝不是几句话所能安慰的哟!

十二月二十二日

今天因俗例的冬至节,学堂里放了一天假,早晨看姑母们忙着预备祭祖,不免起了想家的情绪,忆起"独在异乡为异客,每逢佳节倍思亲",怆然下泪!

姑丈年老多病,这两天更觉颓唐,干皱的面皮,消沉的心情,真觉老时的可怜!

午后沉青打发侍者送红梅来,并有一封信说:"现由花厂买得红梅两株,遣人送上,聊袭古人寄梅伴读的意思。"我写了回信,打发来人回去,将那两盆梅花,放在书案的两旁,不久斜阳销迹,残月初升,那清淡的光华,正笼照在那两株红梅上,更见精神。

今夜睡得极迟,但心潮波涌,入梦仍难,寂寞长夜,只有梅花吐着幽香,安慰这生的漂泊者呵!

十二月二十四日

穷冬严寒,朔风虎吼,心绪更觉无聊,切盼沅青的信,但是已经三次失望了。大约她有病吧? 但是不至如此,因为昨天见面的时候,她依旧活泼泼地,毫无要病的表示呵,咳! 除此还有别的原因吗? ……我和她相识两年了,当第一次接谈时,我固然不能决定她是怎样的一个人,但是由我们不断的通信和谈话看来,她大约不至于很残忍和无情吧! ……不过:"爱情是不能买预约券的,也不是一成不变的……"变幻不测的人类,谁能认定他们要走的路呢?

下午到学校听某博士的讲演,不期遇见沅青,我的忧疑更深,心想沅青既然没病,为什么不来信呢? 当时赌气也不去理她,草草把演讲听完,愁闷着回家去了;晚饭懒吃,独坐沉思,想到无聊的地方,陡忆起佛经所说:"菩萨畏因,众生畏果。"我不自造恶因,安得生此恶果? 从此以后,谨慎造因罢! 情感的漩涡里,只是愁苦和忌恨罢了,何如澄澈此心,求慰于不变的"真如"呢……想到这里,心潮渐平,不久就入睡乡了。

十二月二十五日

昨夜睡时,心境平稳,恶梦全无,今早醒来,不期那红灼灼的太阳,照满绿窗了。我忙忙自床上坐了起来,忽见桌上放着一封信,那封套的尺寸和色泽,已足使我澄澈的心紊乱了。我用最速的目力,把那信看完了,觉得昨天的忏悔真是多余,人生若无感情维系,活着究有何趣? 春天的玫瑰花芽,不是亏了太阳的照拂,怎能露出娇艳的色泽? 人类生活,若缺乏情感的点缀,便要常沦到干枯的境地了。昨天的芥蒂,好似秋天的浮云，一阵风洗净了。

下午赴漱生的约，在公园聚会，心境开朗，觉得那庄严的松柏，都含着深甜的笑容，景由心造，真是不错。

十二月二十六日

今天到某校看新剧，得到一种极劣的感想——当我初到剧场时，见她们站在门口，高声哗笑着，遇见来宾由她们身边经过，她们总作出那骄傲的样子来，惹得那些喜趁机侮辱女性的青年，窃窃评论。他们所说的话，自然不是持平之论，但是喜虚荣的缺点，却是不可避免之讥呵！

下午雯薇来——她本是一个活泼的女孩，可惜近来却憔悴了——当我们回述着儿时的兴趣，过去的快乐，更比身受时加倍，但不久我们的论点变了。

雯薇结婚已经三年了，在人们的观察，谁都觉得她很幸福，想不到她内心原藏着深刻的悲哀，今天却在我面前发现了。她说："结婚以前的岁月，是希望的，也是极有生趣的，好像买彩票，希望中彩的心理一样，而结婚后的岁月，是中彩以后，打算分配这财产用途的时候，只感得劳碌，烦躁，但当阿玉——她的女儿——没出世之前，还不觉得……现在才真觉得彩票中后的无趣。孩子譬如是一根柔韧的彩线，被她捆住了，虽是厌烦，也无法解脱。"

四点半钟雯薇走了，我独自回忆着她的话，记得《甲必丹之女》书里，有某军官与彼得的谈话说："一娶妻什么事都完了。"更感烦闷！

十二月二十七日

呵！我不幸竟病了，昨夜觉得心躁头晕，今天竟不能起床了，静悄悄睡在软藤的床上，变幻的白云，从我头顶慢慢经过，爽飒的风声，时时在我左右回旋，似慰我的寂寞。

我健全的时候，无时不在栗栗中觅生活，我只领略到烦搅，和疲敝的滋味，今天我才觉得不断活动的人类的世界，也有所谓"静"的境地。

我从早上八点钟醒来，现在已是下午四点钟了。我每回想到健全时的劳碌和压迫，我不免要恳求上帝，使我永远在病中，永远和静的主宰——幽秘之神——相接近。

我实在自觉惭愧，我一年三百六十日中，没有一天过的是我真愿过的日子。我到学校去上课，多半是为那上课的铃声所勉强；我恬静的坐在位子上，多半是为教员和学校的规则所勉强；我一身都是担子，我全心也都为担子的压迫，没有工夫想我所要想的。

今天病了，我的先生可以原恕我，不必板坐在书桌里，我的朋友原谅我，不必勉强陪着她们到操场上散步……因为病被众人所原谅，把种种的担子都暂且搁下，我简直是个被赦的犯人，喜悦何如？

我记得海兰曾对我说："在无聊和勉强的生活里，我只盼黑夜快来，并望永永不要天明，那末我便可忘了一切的烦恼了。"她也是一个生的厌烦者呵！

我最爱读元人的曲，平日为刻板的工作范围了，使我不能如愿，今夜神思略清，因拿了一本《元曲》就着烁闪的灯光细读，真是比哥伦布发现了新大陆还要快活呢！

我读到《黄粱梦》一折，好像身驾云雾，随着骊山老母的绳拂，上穷碧落了。我看到东华帝君对吕岩说："……把些个人间富贵,都作了眼底浮云。"又说:"他每得道清平有几人?何不早抽身?出世尘,尽白云满溪锁洞门,将一函经手自翻;一炉香手自焚,这的是清闲真道本。"似喜似悟,唉!可怜的怯弱者呵!在担子底下奋斗筋疲力尽,谁能保不走这条自私自利的路呢!

每逢遇到不如意事时,起初总是愤愤难平,最后就思解脱,这何尝是真解脱,唉!只自苦罢了!

十二月二十九日

二十八日热度稍高,全身软疲,不耐作字,日记因阙,今早服了三粒"金鸡纳霜",这时略觉清楚。

回想昨天情景,只是昏睡,而睡时恶梦极多,不是被逐于虎狼,就是被困于水火,在这恐怖的梦中,上帝已指示出人生的缩影了。

午后雯薇使人来问病,并附一信说:"我吐血的病,三年以来,时好时坏,但我不怕死,死了就完了。"她的见解实在不错!人生的大限,至于死而已;死了自然就完了。但死终不是很自然的事呵!不愿意生的人固不少,可是同时也最怕死;这大约就是滋苦之因了。

我想起雯薇的病因,多半是由于内心的抑郁,她当初作学生的时代,十分好强,自从把身体捐入家庭,便弄得事事不如人了——好强的人,只能听人的赞扬,不幸受了非议,所有的希望便要立刻消沉了。其实引起人们最大的同情,只能求之于死后,那时用不着猜忌和倾轧了。

下午归生的信又来了,他除为海兰而烦闷外,没有别的话说,恰巧这时海兰也正来看我,我便将归生的信让她自己看去,我从旁边观察她的态度,只见她两眉深锁,双睛发直。等了许久,她才对我说:"我受名教的束缚太甚了……并且我不能听人们的非议,他的意思,我终久要辜负了,请你替我尽友谊的安慰吧!……这一定没有结果的希望!"她这种似迎似拒的心理,看得出她智情激战的痕迹。

正月一日

今天是新年的元旦,当我睡在床上,看小表妹把新日历换那旧的时,固然也感到日子的飞快;光阴一霎便成过去了。但跟着又成了未来,过去的不断过去,未来的也不断而来,浅近的比喻,就是一盏无限大的走马灯,究有什么意思!

今天看我病的人更多了,她们并且怕我寂寞,倡议在我房里打牌伴着我,我难却她们的美意,其实我实在不欢迎呢!

正月三日

我的病已经好了,今天沅青来看我,我们便在屋里围着火炉清谈竟日。

我自从病后,一直不曾和归生通信——其实我们的情感只是友谊的,我从不愿从异性那里求安慰,因为和他们 ——异性——的交接,总觉得不自由。

沅青她极和我表同情,因此我们两人从泛泛的友谊上,而变成同性的爱恋了。

的确我们两人都有长久的计划,昨夜我们说到将来共同生活的乐趣,真使我兴奋! 我一夜都是作着未来的快乐梦。

我梦见在一道小溪的旁边,有一所很清雅的草屋,屋的前面,种着两棵大柳树,柳枝飘拂在草房的顶上,柳树根下,拴着一只小船,那时正是斜日横窗,白云封洞,我和沅青坐在这小船里,御着清波,渐渐驰进那芦苇丛里去。这时天上忽下起小雨来,我们被芦苇严严遮住,看不见雨形,只听见淅淅沥沥的雨声。过了好久时已入夜,我们忙忙把船开回,这时月光又从那薄薄凉云里露出来,照得碧水如翡翠砌成,沅青叫我到水晶宫里去游逛,我便当真跳下水,忽觉心里一惊,就醒了。

回思梦境,正是我们平日所希冀的呵!

正月四日

今天因为沅青不曾来,只感苦闷! 走到我和沅青同坐着念英文的地方,更觉得忽忽如有所失。

我独自坐在葡萄架下,只是回忆和沅青同游同息的陈事:玫瑰花含着笑容,听我们甜蜜的深谈;黄莺藏在叶底,偷看我们欢乐的轻舞;人们看见我们一样的衣裙,联袂着由公园的马路上走过,如何的注目呵!唉! 沅青是我的安慰者,也是我的鼓舞者,我不是为自己而生,我实在是为她而生呢!

晚上沅青遣人送了一封信来说:"亲爱的丽石! 我决定你今天必大受苦闷了! ……但是我为母亲的使命,不能不忍心暂且离开你。我从前不是和你说过,我有一个舅舅住在天津吗? 因为小表弟的周岁,母亲要带我去祝贺,大约至迟五六天以内,总可以回来。你可以找雯薇玩玩,免得寂寞!"我把这信,已经反复看得能够背诵了,但有什么益处,寂寞益我苦! 无聊使我悲! 渴望增我怒!

正月十日

沅青走后,只觉恹恹懒动,每天下课后,只有睡觉,差强人意!

今天接到天津的电话,沅青今夜可以到京,我的心怀开放了,一等到柳梢头没了日影,我便急急吩咐厨房开饭;老妈子打脸水,姑母问我忙甚么?我才觉得自己的忘情,不禁羞惭得说不出话来。

到了火车站,离火车到时还差一点多钟呢!这才懊悔来的太早了!

盼得心头焦躁了,望得两眼发酸了,这才听见呜呜汽笛响,车子慢慢进了站台,接客的人,纷纷赶上去欢迎他们的亲友,我只远远站着,对那车窗一个个望去;望到最后的一辆车子,果见沅青含笑望我招手呢!忙忙奔了过去,不知对她说什么好,只是嘻嘻对笑,出了站台,雇了车子一直到我家来,因为沅青应许我今夜住在这里。

正月十一日

昨夜和沅青说的话太多了,不免少睡了觉,今天觉得十分疲倦,但是因沅青的原故,今夜依旧要睡的很晚呢!

今天沅青回家去了,但黄昏时她又来找我,她进我屋门的时候,我只乐得手舞足蹈!不过当我看她的面色时,不禁使我心脉狂跳。她双睛红肿,脸色青黄,好像受了极大的刺激。我禁不住细细追问,她说"没有什么!作人苦罢了!"这话还没说完,她的眼泪却如潮涌般滚下来,后来她竟俯在我的怀里痛哭起来,急得我不知怎样才好,只有陪着她哭。我问她为什么伤心?她始终不曾告诉我,晚上她家里打发车子来接她,她才勉强擦干眼泪走了。

沆青走后，我回想适才的情境，又伤心，又惊疑，想到她家追问她，安慰她，但是时已夜深，出去不便。只有勉强制止可怕的想头，把这沉冥的夜度过。

正月十二日

为了昨夜的悲伤和失眠，今天觉得头痛心烦，不过仍旧很早起来，打算去看沆青。我在梳头的时候，忽沆青叫人送封信来，我急急打开念道：

丽石！丽石！

人类真是固执的，自私的呵！我们稚弱的生命完全被他们支配了！被他们戕贼了！

我们理想的生活，被他们所不容，丽石！我真不忍使你知道这恶劣的消息！但是我们分别在即了，我又怎忍始终瞒你呢！

我的表兄他或者是个有为的青年——这个并不是由我观察到的，只是我的母亲对他的考语，他们因为爱我，要我与这有为的青年结婚，咳！丽石！你为什么不早打主意，穿上男子的礼服，戴上男子的帽子，妆作男子的行动，和我家里求婚呢？现在人家知道你是女子，不许你和我结婚，偏偏去找出那什么有为的青年来了。

他们又仿佛很能体谅人，昨晚母亲对我说："你和表兄，虽是小时常见面的，但是你们的性情能否相合，还不知道，你舅舅和我的意思，都是愿意你到天津去读书，那末你们俩可以常见面，彼此的性情就容易了解了。如果合得来，你们就订婚，合不来再说。"丽石！母亲的恩情不能算薄，但是她终究不能放我们自由！

我大约下礼拜就到天津去。唉！丽石！从此天南地北，这离别的苦怎么受呢？唉！亲爱的丽石！我真不愿离开你，怎么办？你也能到天津来吗？……我希望你来吧！

唉！失望呵！上帝真是太刻薄了！我只求精神上一点的安慰，他都拒绝我！"沉青！沉青！"唉！我此时的心绪，只有怨艾罢了！

正月十五日

我自得到沉青要走的消息，第二天就病了，沉青虽刻刻伴着我，而我的心更苦了！这几天我们的生活，就如被判决的死囚，唉！我回想到那一年夏天，那时正是雨后，蕴泪的柳枝，无力的荡漾着，阶前的促织，切切私语着，我和沉青，相倚着坐在浅蓝色的栏杆上。沉青曾清清楚楚对我说："我只要能找到灵魂上的安慰，那可怕的结婚，我一定要避免。"现在这话，只等于往事的陈迹了！

雯薇怜我寂寞和失意，这两天常来慰我，但我深刻的悲哀，永远不能销除呵！

今天雯薇来时，又带了一个使我伤心的消息来，她告诉我说："可怜的欣于竟堕落了！"这实在使我惊异！"他明明是个志趣高尚的青年呵？"我这么沉吟着，雯薇说："是呵！志趣高尚的青年，但是为了生计的压迫——结婚的结果——便把人格放弃了；他现在作了某党派的走狗，谄媚他的上司；只是为四十块钱呵！可怜！"

唉！到处都是污浊的痕迹！

二月一日

懊恼中,日记又放置半月不记了,我真是无用!既不能彻悟,又不能奋斗,只让无情的造物玩弄!

沅青昨天的来信,更使我寒心,她说:"丽石,我们从前的见解,实在是小孩子的思想,同性的爱恋,终久不被社会的人认可,我希望你还是早些觉悟吧!

我表兄的确是个很有为的青年,他并且对我极诚恳,我到津后,常常和他聚谈,他事事都能体贴入微,而且能任劳怨!……"

唉!人的感情,真容易改变,不过半个月的工夫,沅青已经被人夺去了,人类的生活,大约争夺是第一条件了!

上帝真不仁,当我受着极大的苦痛时,还不肯轻易饶我,支使那男性特别显著的少年郦文来纠缠我,听说这是沅青的主意。她怕我责备,所以用这个好方法堵住我的口,其实她愚得很,恋爱岂是片面的?在郦文粗浮的举动里,时时让我感受极强的苦痛,其实同是一个爱字,若出于两方的同意,无论在谁的嘴里说,都觉得自然和神圣,若有一方不同意,而强要求满足自己的欲望,那是最不道德的事实,含着极大的侮辱。郦文真使我难堪呵!唉!沅青何苦自陷?又强要陷人!

二月五日

今天又得到沅青的信,大约她和她表兄结婚,不久便可成事实。唉!我不恨别的,只恨上帝造人,为什么不一视同仁,分什么男和女,因此不知把这个安静的世界,搅乱到什么地步?……唉!我更不幸,为什么要爱沅青!

我为沅青的缘故,失了人生的乐趣!更为沅青故得了个可医治的烦纤!

唉!我越回忆越心伤!我每作日记,写到沅青弃我,我便恨不得立刻与世长辞,但自杀我又没有勇气,抑郁而死吧!抑郁而死吧!

我早已将人生的趣味,估了价啦,得不偿失,上帝呵!只求你早些接引!……

我看着丽石的这些日记,热泪竟不自觉的流下来了。唉!我什么话也不能再多说了。

凌叔华:《中秋晚》

作家介绍

凌叔华(1900—1990),原名凌瑞棠,广东番禺人。先后就读于直隶第一女子师范学校和燕京大学。1922年进入燕京大学读书,1924年发表处女作《女儿身世太凄凉》,1925年发表成名作《酒后》,1926年与陈源(西滢)结婚。1928年出版第一部短篇小说集《花之寺》,是《现代评论》社中唯一的女作家,也是后来"新月派"的重要小说家。1929年与丈夫一起到武汉大学任教,并主编《武汉文艺》。1940年起在燕京大学任教。1946年因丈夫出任联合国教科文组织常驻代表而与其双双出国,曾旅居英国、法国、美国、加拿大等国。1954年赴新加坡任南洋大学文学院教授。1961年返回英国后,长期旅居英国,曾多次在伦敦大学、牛津大学、爱丁堡大学作关于中国近代文学及中国书画的演讲,并举办个人画展。自1960年开始多次回国参观访问,1989年回国定居,1990年在北京去世。

凌叔华的创作数量总的看来不算很多,计有短篇小说集《花之寺》(1928)、《女人》(1930)、《小孩》(1930)、《小哥儿俩》(1935),散文集《爱山庐梦影》(1960),英文自传《古韵》(*Ancient Melodies*)等。

虽然凌叔华的创作数量不大，但影响不小。凌叔华出身世家，其父与康有为是同榜进士，喜文章善丹青，为"北京画会"的骨干，与齐白石等人过从甚密。这样的家学渊源，为凌叔华日后的为文作画，打下了典雅精致的古典底子；上大学后凌叔华学的是外文系，同时师从周作人等新文学名家，这使她接续上了外国文学和新文学的血脉；与陈源结婚后，又进入了"现代评论派"和"新月派"的绅士圈子；在后来的写作与教学过程中，她又和英国著名女作家弗吉尼亚·伍尔夫有过通信联系，得到过后者的点拨……种种人生因缘和文学际会，使凌叔华在中国现代文学史中，成为一名融古今中外于一体、受到鲁迅等一代名师充分肯定而风格独具的现代女作家。

作品导读

鲁迅在《中国新文学大系·小说二集序》中，这样评价凌叔华的小说创作："她恰和冯沅君的大胆，敢言不同，大抵很谨慎的，适可而止的描写了旧家庭中的婉顺的女性。即使间有出轨之作，那是为了偶受着文酒之风的吹拂，终于也回复了她的故道了。这是好的，——使我们看见和冯沅君、黎锦明、川岛、汪静之所描写的绝不相同的人物，也就是世态的一角，高门巨族的精魂。"

鲁迅关于凌叔华小说创作的这段评价，可谓既深刻又准确。凌叔华和同时代的作家冰心一样，出身名门，但她庶出的地位，似乎又与冰心在家中的处境有所差别，因此冰心能够将她在家中感受到的无尽的"爱"，转化成她文学世界中的"爱的哲学"，而凌叔华则将她在家中的所见、所闻和所感，转化成了"世态的一角，高门巨族的精魂"。虽然凌叔华和冰心都有"闺秀"的"来历"，但很显然，冰心从"闺秀"的背景中升华出的是"爱"和更广大的社会关怀,而凌叔华则从"闺秀"的底子里渗出了"怨"和精英社会的人性波澜。

从总体上看,凌叔华的小说视野,基本上聚焦在"微观"世界,她的目光,似乎总是在家族、家庭的范围内徘徊,寄托其上的思索,也大致以家族、家庭的小小悲欢为限——当然,她借以表现这些悲欢的载体,通常是女性。在她的作品(如《绣枕》《酒后》等)中,那些有着高门巨族投影的女性,虽有"旧家庭中的婉顺的女性"和"间有出轨之作"的现代女性之别,但是在这些女性无以言说却挥之不去的"怨",以及渴望"出轨"却又最终回复故道的人性波澜中,正体现出凌叔华对于社会巨变中的女性人生有着自己独特的思考。

《中秋晚》这篇小说,极具巧凑性:中秋之夜,敬仁与新婚太太正在甜蜜地一起过婚后的第一个中秋,不巧敬仁的干姐姐此时病危,敬仁急着赶过去。太太则觉得团圆节要有团圆宴,而团圆宴的核心则是要吃团鸭——太太认为团圆宴不吃团鸭,很可能是不祥的征兆。就是为了等吃这个团鸭,敬仁失去了和干姐姐见最后一面的机会,这直接导致了敬仁和太太感情的恶化,也最终导致在随后的四年里,他们的爱情和家庭走向完全破裂——也不过短短的四个中秋节,一场人生的梦,就做完了。

如同凌叔华的其他小说一样,《中秋晚》结构精致,冲突精微,夫妻间的日常琐碎小事,引发的后果却颇为严重——敬仁太太一生的幸福,就毁在了她对团圆节要吃团鸭的迷信和坚持中。美好的愿望和期盼耽误了敬仁五分钟,却影响了她后来的整个人生,也成了她人生悲剧的最终根源。这样平淡、平凡的人生悲剧,呈现的却是凌叔华对人生底蕴的洞察和深思,精巧的构思,突显的是凌叔华不凡的艺术功力。

凌叔华是善于描写心理的,这个特点甚至使她被沈从文、苏雪林等作家比作英国女作家曼殊斐尔。对于笔法细腻注重心理描写的曼殊斐尔,徐志摩认为:"随你怎样奥妙的、细微的、曲折的,有时刻薄的心理,她都有恰好的法子来表现。"苏雪林借用徐志摩对曼殊斐尔的评价来评论凌叔华,认为"凌叔华的作品对于心理的描写也差不多有这样妙处"。在《中秋晚》中,我们看到敬仁对于干姐姐的微妙感情,朦胧而又坚定——在敬仁的内心深处,他真正爱的,恐怕是他的这个干姐姐吧。如果没有她的死亡和太太对"团圆"的坚持,也许敬仁心中的这两个世界——干姐姐和太太——不会这么早就发生冲突,然而,这一切还是不可避免地、非常凑巧地在中秋之夜发生了。敬仁幽深的心理世界在一个冲突的场景中不自觉地暴露了出来。

徐志摩和凌叔华是好朋友,在《新月》创刊号上,他对于凌叔华的小说曾经有过一个很别致的评价,认为"作者是有幽默的,最恬静最耐寻味的幽默"。回顾《中秋晚》中敬仁太太的一生,经历了从坚持(要求敬仁吃团鸭)到抗争(与敬仁争吵赌气回娘家)、到妥协(默认敬仁的放纵荒唐)、到承受(独自躲到厨房默默流泪)、到无奈(认命)的发展过程。从凌叔华对"太太"的这个人生展示中,我们似乎可以感受到她不无嘲讽意味的幽默——人生的一切盘算,最后都只能落个空。

当然,凌叔华对"太太"不只是嘲讽式的幽默——那与其说是针对"太太"的,不如说是针对人类的。对于"太太",凌叔华其实是同情的,在那样一个妇女没有经济权的时代,妇女的观念摆脱不了"旧"的因袭,妇女的人生离不了对男人的依附,她人生的悲剧性结局,其实早就注定了吧。"干姐姐"只是一个由头而已。正如"太太"的母亲所说:"……这都是天意,天降灾祸,谁躲得过! 我看你也要看开点,修修福,等来世吧。"

光看这段话,凌叔华似乎在作品中表达了女性"认命"的"心声",细想想其实又不尽然，写出"太太"母亲的感慨，正表明了凌叔华认识到女性身陷悲剧而不自知的悲哀。她的这一笔在看似"低头"中表现出了批判的力量。她的好友苏雪林曾说："叔华女士文字淡雅幽丽秀韵天成，似乎与力量二字合拍不上，但她的文字仍然有力量，不过这力量是深蕴于内的，而且调子是平静的。"这段话，可谓知音之论。

中秋晚

中秋节的那晚,月儿方才婷婷的升上了屋脊,澄青的天不挂一丝云影,屋背及庭院地上好像薄薄的铺了一层白霜,远近树木亦似笼罩在细霰中。正厅里不时飘出袅袅的香烟及果饼菜肴的气味。

敬仁此时正拜过祖先,仍旧穿着马褂,戴着瓜皮帽,在厅上来回走,笑吟吟的望着他的夫人亲手收拾上供的东西。她一边吩咐厨子——

"一会儿开饭,这碗鱼不必再烧了,栗子鸡得加些料酒再煨,素菜里放些糖煮一煮……这盘团鸭没有炖软和,再炖炖吧。"

"对哪,再炖炖这盘团鸭。里边再加些玉兰片,可以吗?"敬仁走到她的身前问她。从他的笑容上,就知道他是十分满意她的布置了。

"好的,再放些玉兰片,把火腿骨头都捞出来,千万不要把这汤弄肥腻了。"厨子听罢,收了菜碗出去。

敬仁坐在一张大椅上,把帽子摘下,斜挨在椅子扶手上迷蒙着眼在那里休憩,他认得她今晚穿的衣裙,是春天新婚第三天穿过的那一套湖色华丝葛,肩帔上袖口及裙脚都绣着金碧折枝花。今日因为走动多些,她脸上不似平日那样苍白,从颊上匀着的淡淡胭脂里透露出可爱的桃花色。他觉得她今晚非常的美。他想如果他是欧美人,此时一定就上去搂抱着她热烈的接吻了,但在中国人,夫妻的爱情是不兴外露的。

"你今晚喝花雕,还是葡萄酒?"太太走近他微笑着问。

他心里正在甜糊的迷醉,也没听清她问的是什么,只知道不是吃

的，便是喝的，也就随口应道，

"你喜欢那样便那样。"

"我不懂喝酒的，今晚请人陪你喝喝，好吗？"

"我今晚只要同你喝酒，不用别人陪的。"他眯眼笑着，示意叫太太坐在他旁边。

"我喝两杯就要醉的，你喝十几杯也不显得怎样。"她会意的坐在他左手椅上，圆圆的下嘴巴，衬上含情的笑靥更觉得可爱。

他此时忍不住一把拉住她的手，笑道，

"我要你喝醉……我们俩是第一次一同过中秋呢。这是团圆节……应该团圆的……可惜妈妈不在这里，你做菜的口味她也喜欢的。"

他想到他的爱母在乡间单身与妹妹过节的孤寂，不觉神驰了一晌。

"我娘告诉我，吃过了团圆宴，一年不会分离。"

"……我们出去看看月亮再开饭吧。"敬仁同太太并肩走出院中。

回头吃饭的时候，刚上到第二盘菜，太太还没有喝完一杯酒，敬仁正要同她干杯，忽然看门的老董跑进来回说——

"老爷，大石作那边打电话来请老爷即刻过去说话，大夫说姑太太快不行了。"

"那一个大夫说？"敬仁变了色，站起就想走。

"没有说那个大夫说的。电话已经挂上了，他们是借人家的电话。"老董退出了厅门。

"怎么干姐姐病得这样快？前天王大夫不说能治好吗？我想不会怎样吧。"太太说着，脸上也立刻罩上了一层霜。

"我去给她再找两个好医生看看罢，可怜她家公婆都不舍得钱治她的病……"他说着离了席要走。太太也觉不好过，但是极不愿敬仁此时

就走,因为团鸭还没有上。没有吃团鸭,团圆宴还是不团圆,她恐怕这是他们来日的征兆。因此她一把拉他坐下说,

"吃些饭再去吧。今晚上的饭是要吃的。"

敬仁心里难受,想着上回相见时,十姐姐那枯瘦死白的脸上,一双无神晦暗的困眼望着帐顶流泪,他再也无心吃菜。但他知道中秋宴的饭是要吃的,他就喊说——

"拿饭来吧,预备车,我就要出门!"

当差盛上饭来,他急急泡上些鱼汤,匆匆吃了。

"怎么还不端上团鸭来?老爷快吃完了。"太太此时有些发急,她怕他不能吃到团鸭便走。

团鸭端上桌时,他已在漱口,匆匆穿马褂。她心下十分不快,腮上桃色全没了。很可怜的望着他说,

"你吃块鸭子再去,大节下团鸭也不吃一块!"她拣了一块肥的,夹到敬仁的小碟子里。

"没有工夫吃了,人家在那咽气盼我,我那能吃得下!"

她觉得十分委屈,又怕这不吃团鸭,真会成了朕兆,她就低声央着他——

"不吃团鸭是不好的,敬仁,你得吃这一块。"

敬仁觉得情不可却,只得坐下夹了起来达到嘴内,觉得油腻,又吐了出来。又胡乱咽口饭,重新漱了口,喝了一口茶。

"车预备齐了吗?"他匆匆往外走。

"早齐了。他们又打电话来催,说姑太太要找老爷说话。"

"告诉他们我这就去了。"他匆匆坐上了车,车夫拉着就飞跑。

此时已近夜半,月儿已到中天,那清澈惨白的月光射在玻璃窗上,

格外使人觉到凄寂生感。太太坐在卧室窗前惘惘胡思,想到今夜家宴,便觉得悚然,好像恶运的魔神此时正在围住那一小块没有吃进去的鸭肉,商议如何摆布敬仁。

她好像置身在迷暗的森林中,恐怖,寒栗,忧愁缠住了她。她只盼望有个人来看慰她,用手领她出来。她想只要能默默拉着她的亲人的手——自然头一个是敬仁——她就可以去了大半的恐怖忧愁了。

好了,敬仁回来了。她跑出院子迎住问,

"怎样了,还不要紧吧?"

敬仁满脸苍白,眼睛红晦,一进大厅便倒身在客座炕床上,嘶喊道,

"还问呢? 我早去五分钟,就见到她了。都是你要我吃那碗饭,耽误了十分钟……可怜她只有一个干弟弟在京城里,临死都会不到……死得太可怜了。"他嗓子有些发涩。此时仿佛看见方才干姊的景况,一张瘦削惨白的脸,睁着阴晦带泪渍的眼,披着稀松乱发,盖着张白布被单,上头撒了些黄钱,床前地上一对死白油烛点着,中间插了一股香。越想越凄惨,不觉长长叹了口气。

"咳,我们真对她不住……可怜她嫁了一年就守寡,又没有一男半女,临死时连一个干弟弟都不见着。……都是你强我吃那碗饭,张妈告诉我她咽气时,还喊人找我呢。咳,我真对她不住!"

太太本来最忌讳大节日说死人,听敬仁连连埋怨自己心里未免不耐烦,只得勉强忍住搭讪道——

"别只埋怨我吧,大节下少见一个死人好多着呢。"

不想这一个好字刺激了敬仁的耳,他很不以为然她那不耐烦的神气——

"想不到你这个年青青的女人,心肠这样硬,人家孤冷冷的死了,你还说不要去看她好多着呢。有什么好?"他转悲为怒,愤愤的说。这是

结婚后第一次他觉得他的太太不对。他说完伸脚把鞋子使劲向上一摔,不想一只沉重的鞋,竟把小茶几上的花瓶碰了下来,落地砸一个粉碎。

太太怔怔的听他发作,正想想话回敬,发泄发泄她今晚的委屈;不料他又发气把花瓶砸破了,又是一个不吉祥,一时间又悲又气的再也撑不住了。

"怎的了,你今晚是不是成心给我过不来!"她带哭声说。"大节下,饭也不肯吃,瓶子也摔破了。……还过什么好日子! 我也……"

她抽咽的哭起来,敬仁也想不到他太太竟至如此生气。心下正十分懊丧,不觉也烦躁起来。

"谁有意摔破瓶子? 你大节下还咒我过什么好日子呢? ……'你也'怎样? 怎不说了?"

太太呜咽呜咽,把一块白洋纱手帕都用湿了,还断续的说,

"谁说谁也怎样? ……你……你……大节下来找我别扭。"

从太太换手巾擦泪时,他望见她红肿的鼻子显得非常硕大,那两片觉得可爱的嘴唇,已褪尽胭红的颜色,只见一个酱紫的扁着想哭的嘴。她的眼睛平常本来就不美俏,因为相爱,所以觉不出毛病来,此时他看出她的眼角是吊起的。忽想起母亲说过"吊眼女人最难斗"。这是结婚以后第一次他觉得他的女人难看。

"谁找你的别扭? ……咳,没法子同你们女人讲话。"他惘惘怆怆走到中庭,抬头望望圆圆的皓月好像正对他冷笑,不觉长长吁了口气。绕着院子走了几匝,摸摸身上夹衫沾了冷露微微湿了。他于是走回卧房。

太太还在抽咽,他不耐烦去理她,一个人先上床睡倒了。

他一晚上睡不着,偷眼望见他太太哭得唇也青了,眼也肿了,又是

可怜,又是可恨,但是他拿定主意不肯下气先去理她。快近天明了,他望她已经连着衣服躺在小炕床上休息,他便也合眼睡着了。

他方才合上眼,便梦见新死的干姐姐穿戴着七八年前在他家同住时的装束,笑着招手唤他,他惊醒了。他辗转回想前七年他发疟疾时,她坐在他床前,替他母亲招呼他吃药的情境。他不肯吃那金鸡脑丸,嫌它不干净的样子,她含了一眶泪苦苦哄他吃下去。他从她手里一口一口的喝那杯白糖水送丸药下去。末了一口,他的唇碰到她滑腻带着粉香的手上,心里另有一种说不出甜蜜的感触,不觉狂嗅了一下。她的腮飞红,他微微笑了笑便睡倒。以后干姊见了他,虽是有些不好意思,但是对他的事,更显出关切的样子。干姊是从幼年便许给了冯家。第二年出嫁时,她哭的很痛,他也陪着难受。嫁后一年,就成了寡妇。整五年不相见,直到今年春天,他们才在京城见面。他想到这里,不觉又叹起气来。

“对不起她!我竟不能守住她咽气。她恨我吗?”他想着便从床上爬起来,窗纱发白,已经六点半了。

他满心不痛快,回想昨晚同他太太闹气,很是无聊。见他太太拿袖子盖着眼睡,不觉动了怜惜。但他不肯下气去认不是,他觉得自己并没做错。走过小炕床前搭讪说了句,

“还不到床上睡去!这地方那能睡觉?”

太太默不出声。他出了卧房,急忙穿了衣,跑去料理干姐姐的丧事去了。

这一天直到晚上十点,他才料理停妥那些衣衾棺椁。冯家不能多出钱,他觉得干姐脸上过不去,于是自己把铺子里收回的余利二百多块钱都掏出垫着花。只那付棺木,他便垫了一百六十元。棺材铺里人说这棺材还不是好的。

"我这回总算尽了我的心了。"他摸着他口袋里的空皮夹,走到家院子里自语道。

太太蓬乱着头发,眼睛哭得非常红晦,好像看不见人的样子。挨在床栏上正同一个陪房女仆讲话,见他进来都住了口。他搭讪着拣了张椅子坐下,叹了口气道,

"咳,可忙完这丧气事了!"

"老爷吃过晚饭了吧?"女仆端过一碗茶问道。

"也算吃过了。办丧事人家,那能吃着舒服饭。你们开了饭了吧?"

"我们等到九点半才吃的饭。太太只吃一口儿。……"女仆歇了歇又说,"这桌上两条账单老爷看见了吗? 他们说老爷答应在今天算清的。"

"哎呀,我没想起来还账的钱今天花掉了,怎好呢?"敬仁挠着前头的短发有些着急,向着太太问道。

"我前天交给你手的一百块钱,用完了没有? 先拿出来还这笔账吧。"

"不是我昨天已经开了单给你了吗? 你昨天不看,这时却问我要钱,我却没白花你一个钱。……我又没有个干弟弟送我钱花,来照管我的事。"

太太一肚皮委屈,正想借题发泄,所以唠叨了起来。

"嘿,你这人奇怪,这两天中了什么邪气,只想找我别扭。你说的什么话,什么干弟弟送钱花。人家已经死了,你不要造罪瞎说话吧。……我真要躲开你。"

"我也早知道你是多嫌我。我回娘家躲了你就是了,何必找我闹气,……大节下就给我下不了台,我什么亏负了你!"她又哭起来,一边喊道,

"杨妈,捡东西,回娘家去,我家里也不在乎多养我一口人。……我不是……"她哭着站起来捡东西。

敬仁一声不响,只在地上走。等她捡完了东西,走出去,自己叹了口气,也走出门去了。

这晚上她满眶眼泪回到娘家,一住就是三天。敬仁的朋友都劝敬仁去接她,他心下不高兴,也没去接。每天下太阳时候,他便跟着几个以前不常来往的朋友逛逛游艺园,听听戏;跟在时髦女人的后头看看热闹;时常到小饭馆吃便饭,喝白干酒;醉了时便去坤书场放高嗓子叫好;夜间常到一两点钟回家。

一个月以后,敬仁丈母娘已听了不少敬仁在外游荡的话柄,心下替女儿着急起来。重阳节那天,她便送了女儿回到敬仁的家来。夫妻之间,虽不再龃龉,总觉得彼此心中新立了一块冰冷的石碑,上边刻着你们不过是同吃饭同衾枕的人而已一些字。

敬仁游艺园逛熟了,第二年春天便升了格,做了石头胡同一家的熟客。他的杂货铺在第二个中秋节便典给了人。拿这款的一半替石头胡同的两个姑娘还宝成金店和老介福绸缎庄的账。

他的太太在春天二月小产了一个才七个月的很美貌的小男孩,大夫说怀孕时动了肝火,急怒伤了胎的原故。太太因此恹恹的病了三个月,面貌枯黄憔悴,老了许多。敬仁常不在家,渐渐觉得她是非常丑陋,说话也懒得答她。

第三年敬仁的母亲来,看见敬仁专好冶游,一个祖遗的铺子都典走了,只剩下一间纸行,虽不曾典,已经把契纸押了给人。她说自己儿子不听,只得埋怨媳妇太笨,不能服侍儿子,所以他才出外游散了家财,所以一天到晚也不拿好脸给媳妇看。第三个中秋晚上,太太独自躲到厨房望着炉火擦泪,不敢哭出声来。

这晚上敬仁忽然想起前三年的中秋夜他干姊姊咽气的事来。对他母亲诉说他太太一顿。老太太素来爱重干女儿的。当夜听完,便骂了她一场。

八月底敬仁太太又小产了一个才六个月的男孩子。因为他没长出正式的鼻子,只有一只耳朵,手指也不全的。大家都说是精怪,医生看了,说,这是受了杨梅毒的流胎罢了。

第四年的中秋节,敬仁住过的正厅,已经蜒满了蜘蛛网子,月亮升上屋脊时,只见几个黝黑森人的蝙蝠,支起双翅在月下飞来飞去扇弄它们的影子。厨房旁边一间小屋里有两个女人说话,一个是敬仁太太,一个是太太的母亲吧。

"咳,你后天一定得搬出去吗?"

"不搬怎行呢?明天已经到期交割。还亏我央乞人家多留一天。"

"敬仁一定不来接你吗?"

"他不会来。昨儿听王二爷说,他已经去三不管住闲了。"

"咳,……想不到他们家落到这样地步!"

"……谁也没想到……可是,娘呵,都是我的命中注定受罪吧!"她擤了擤鼻涕,咽哽道:"我出嫁后的头一个八月节晚上就同他闹气,他吃了一口团鸭,还吐了出来,我便十分不高兴,后来他又一脚碰碎了一个供过神的花瓶,我更知道不好了。"

"……这都是天意,天降灾祸,谁躲得过!我看你也要看开点,修修福,等来世吧。"

老太婆说过,连连嗽了几声。接着擤鼻涕声。

两点钟后,小屋内灯油渐尽,纸窗慢慢暗下来,还有两三只灯蛾迎住纸窗"碰,碰""不,不"的乱扑,不一会儿灯灭了,灯蛾也掉在冷露里,滚了一身白霜,带着去见造物主了。此刻小屋内已送出呼鼾声,时时夹着，"哎——哟，哟，哟"，似乎继续作灯蛾扑窗的尾声。

月儿依旧慢慢的先在院子里铺上薄薄的一层冷霜，树林高处照样替它笼上银白的霰幕。蝙蝠飞疲了藏起来，大柱子旁边一个蜘蛛网子，因微风吹播，居然照着月色发出微弱的丝光。

陈衡哲:《巫峡里的一个女子》

作家介绍

陈衡哲(1890—1976),笔名莎菲,湖南衡山人,出生在江苏武进。幼年在父亲、舅舅和姑妈的辅导、帮助下,接受了传统和现代两种教育,打下了较好的"旧学"和"新学"的基础。1911 年陈衡哲到上海进爱国女校;1914 年考入清华学堂留学生班,成为清华选送公费留美的女大学生之一,同年赴美留学。留美期间,陈衡哲先在纽约瓦沙女子大学(Vassa College)攻读西洋史,兼修西洋文学,1918 年获文学学士学位。接着她以该校的奖学金入芝加哥大学继续深造,1920 年获硕士学位。同一年,陈衡哲应北大校长蔡元培之邀,回国到北京大学任教授,并与任鸿隽结婚。1922 年后又在东南大学、四川大学等校任教。抗战期间辗转昆明、香港、广州、重庆等地。抗战胜利后,陈衡哲全家回到上海。1946 年再度赴美,翌年回国,留居上海,1949 年后曾任上海政协委员,长期因病在家休养,1976 年在上海去世。

1917 年陈衡哲创作的白话短篇小说《一日》,以"莎菲"的笔名发表于《留美学生季报》,此时鲁迅的《狂人日记》尚未问世,故此篇小说成为中国现代文学中的第一篇白话小说。回国后陈衡哲又陆续在《新青年》

《独立评论》《努力周报》《东方杂志》《小说月报》和《现代评论》上发表小说、散文和评论。这些作品后来结集为短篇小说集《小雨点》(1928)和散文集《衡哲散文集》(1938)。1935年，出版了英文自传《一个年轻中国女孩的自传》(*Autobiography of A Chinese Young Girl*)。

虽然陈衡哲的小说《一日》在"五四"时期的影响力不如鲁迅的《狂人日记》，但从现代白话小说出现的时间上看，陈衡哲可以说是中国新文学小说"第一人"。由于陈衡哲是中国女性留学海外的先驱，加上她在美国时交往的朋友为一时俊彦，如胡适、任鸿隽（后成为她的丈夫）等均为推动"五四"新文化运动的重要人物，因此她能站在时代的前沿，以女性身份和立场介入、看待和思考这一时代的巨变。从她的小说、散文以及自传中，不难发现中国现代知识女性在迈向现代的过程中，勇敢而又挣扎的身影。

作品导读

陈衡哲是学西洋历史出身的历史学家，文学不是她的本行，但她的好友胡适说她"身上每一个细胞都充满着文艺气息"，在中国新文学诞生的初期，"她曾作奋斗的歌吼"，是新文学史上颇有贡献的女作家。

陈衡哲出身官宦家庭，在她的成长过程中，她的舅舅和姑姑对她影响极深。舅舅在华南任职，感受欧风美雨，将各种世界见闻告诉陈衡哲，并鼓励她读书求知上进，教导她"应该努力的去学习西洋的独立的女子"。多少年后陈衡哲还记得舅舅"常常对我说，世上的人对于命运有三种态度，其一是安命，其二是怨命，其三是造命。他希望我造命，他也相信我能造命，他也相信我能与恶劣的命运奋斗"。舅舅的一番话对于少女陈衡哲而言："在当时真可以说是思想革命，它在我心灵上所产生的影响该是怎样的深刻!"除了舅舅以外,姑姑的影响也非常重要,陈衡哲的姑姑不但"是一位任重致远的领袖人才",而且有"艰苦卓绝的修养",远胜于"那些佳人才子式的'才女'们"。

舅舅为陈衡哲带来的"西风"和姑姑为她树立的女性榜样,影响了陈衡哲的一生:"西风"所蕴含的开放性和女性应具有的自强、自立、自信精神,正体现了陈衡哲往后人生的主要内容和基本特点:以包容的眼光看待世界,以女性的立场思索人生。

在美国留学时的陈衡哲,与胡适、任鸿隽(叔永)等人为友,开风气之先,在海外率先以自己的创作实践支持新文学。胡适在《小雨点·序》里这样写道:"当我们还在讨论新文学问题的时候,莎菲(陈衡哲)却已开始用白话做文学了。《一日》(1917 年刊于《留美学生季报》)便是文学革命讨论初期的最早的作品。《小雨点》也是《新青年》时期最早的创作的一篇。民国六年以后,莎菲也作了不少的白话诗。我们试想那时期新文学运动的状况,试想鲁迅先生的第一篇创作——《狂人日记》——是何时发表的,试想当时有意作白话文学的人怎样稀少,便可以了解莎菲的这几篇小说在新文学运动史上的地位了。"对陈衡哲的小说创作给予高度肯定的还有后来成为她丈夫的任鸿隽,在他为《小雨点》所作的序中,任鸿隽认为"作者是专修历史的人,她的文学作品,不过是正业外的小玩意。但她的文学作品却也未尝没有她的训练与修养,我们看了这十来篇小说,至少可以看出她文学技术的改变与进步。"从总体上看,任鸿隽认为陈衡哲的小说特色主要体现在如下三点:一是技巧成功,二是感受锐敏,三是人生见解独特。

《巫峡里的一个女子》写的是一个女子的奇遇:为了躲避婆婆的打骂,她和丈夫逃到了巫峡的山上。结果到了巫峡山中之后,起初"他们靠着那洞外的野粮和偶然打到的飞禽走兽,也就勉强能支持下去。但天气是渐渐的冷起来了,树叶渐渐的落了,草也渐渐的枯了,他们应该再想个方法去找些粮食呵",于是丈夫下山去想办法,不料丈夫的"办法"竟是"偷"——这自然维持不了多久,丈夫一次下山后再也没有回来。女子就一个人带着孩子,在巫峡的荒山中,悠悠地度过了五载,"峡外的生活,峡外的世界,她已经记不得;就是记得,也不过是些梦境罢了"。

这篇小说,似写实似象征,如真似幻。从写实的层面解读,小说表现了旧势力(丈夫的后妈婆婆)对年轻人的压迫,最后年轻人只能"出走"以求生路;从象征的层面理解,小说表现了女性的坚韧、处境的艰难以及对艰难处境的克服。或许在小说中的"她"看来,虽然到了巫峡之中,没有了平地,没有了邻居,过去的一切犹如梦境,但这个世界,是个真正属于自己的世界。

在陈衡哲所处的时代,像她这样能走出国门的女性,实属凤毛麟角,自然地,对于女性自身的地位和处境的思考,也就成为最能引发陈衡哲关注的兴趣所在。在《衡哲散文集》中,第二编"妇女问题",就是专门讨论妇女解放及社会责任等相关问题的——由此可见陈衡哲对妇女问题相当重视并有着长期的、一贯的投入和思考。《巫峡里的一个女子》在某种意义上讲,也可以看作陈衡哲在以文学的方式,实现着她对妇女问题的思考。小说中的女子"我"是个受压迫者(婆婆打骂),也是个反抗者(出走);是个困顿者(陷于巫峡中),也是个坚韧者(带着自己的孩子在山中坚守了五年);是个孤独者(与世隔绝),也是个开创者(走出了新的人生路)……考虑到陈衡哲喜欢以寓言、童话的方式表现对世界的理解和认识(如《小雨点》《西风》《运河与扬子江》等),因此不妨把《巫峡里的一个女子》也视为陈衡哲在以一种象征的方式,凝聚起她对妇女处境、命运和生存形态的综合思考。

　　陈衡哲在《小雨点·自序》中说:"我的小说不过是一种内心冲动的产品。……他们存在的唯一理由,是真诚,是人类感情的共同与至诚。"从这段话中不难看出,陈衡哲的小说创作,主要不是源自她的个人经验,而是出于对"人类情感的共同与至诚"的感应。难怪阿英认为:"她的取材也不像一般女性作家的狭小,她是跳出了自己的周圈在从事创作。"陈敬之则认为,"她之所以显然与一般女作家有所不同者",就在于"她不仅能够从各方面找寻写作题材,而不必以身边人物和身边琐事为限;而且还能够以卓越的意境,华丽的词藻,运用她的类似象征派的手法与几乎接近理想主义的作风,借以表现她在文艺创作上的独特风格"①。于是,怀着真诚的感情,超越个人生活经验,以女性的视角和立场,常用寓言、童话和象征的手法,表现人生,呈现思考,就成为陈衡哲小说的个人特色。

----

　　①　陈敬之:《现代文学早期的女作家》,台北:成文出版社,1980 年版。

巫峡里的一个女子

她到了峡里已经五年了。她已经不记得那峡外的生活。她不能记得世界上有平地。她仿佛记得，从前她住的地方，是有邻居的。况且邻居很多，大家有时还要吵嘴。但是现在都模糊得像梦境一样了。

她怎么会到这个峡里来的呢？她自己也不很记得清楚了。五年前，她不是还在她的婆婆的家里吗？她的婆婆是她丈夫的后妈。她在家里的时候，天天挨打挨骂；他们又穷，她的丈夫又找不到工作。有一天，他们两人商议，不如逃到荒山中去罢，在那里或者能找到一点活路，反正不会比在家里更苦的。他们商议定了，有一晚，乘着月光，她背着一包破旧衣服，他手里拿着一袋粗贱食物，背上背了他们的三岁儿子，悄悄的逃了出来。

他们走了大半晚，到了天明的时候，实在走不动了。他们就吃了一点生红薯，倒在地下睡着了。他们醒来时，太阳已经照在头上。他们一看，不好了，不要被她的婆婆追上了。于是各人背着各人的担负，再向深山里进行。可是越向里走，越是荒野。山上都是光光的，连石缝里也找不出一点青草来。于是他们悔起来了。但他们又不敢退回去，知道回去是要被她的婆婆打死骂死的。他们只得努力向前行。偶然碰着些青草矮树，他们便坐下来吃一点嫩芽草根，因为他们不敢多吃那袋粮食，恐怕吃完了就要饿死。

他们这样的走，走了三天，忽然远远的看见一带树林。他们走近前去看看,原来是一林的矮小松树。但是这个地方并不恶,松林下还有黄黄的土,土上还乱生着些野草。他们喜欢极了,便放下了各人的担负,在树下休息着。但他们的小儿子却不肯休息,他到处乱跑,觉得很有趣。不一会儿,他忽然跑得不见了。他们着了急,立刻分头去找他。可是他已经跑回来了,口里还嚷着,说那里有多大的一间屋子呢。他们跟了他去看看,原来隔松林不远,倒有一个山洞,那洞深得很呢。他们再走进去看看,那洞却还洁净,也很舒服。他们就决计不再走了,就在这里住下了。

于是他们又走出洞外,看这里到底是个什么地方。他们朝下一看,只见很远很远的下面,有一条黄泥的沟子。她说这莫非就是她的公公常常来往的大江吗? 他起初说不是,因为那个大江——他自己也曾走过的大江——是很宽的一条江,况且那里的水流得很急,这条河的水倒好像是停着不动的。但他再仔细看时,觉得那条河到底就是大江。因为他们现在已经到了一座很高的山上了。他们又朝上一看,山还高着呢,他们不过是在半山中罢了。但是对面的山也高着呢,他们差不多看不见天了。他们再四面望望,只见到处是壁立的高山,一些儿人影也没有,不要说房子了。这到底是什么地方呢? 他们从前听见他的爹爹说过,离开他们的村庄六十里路,有一个大峡,叫做巫峡,那里的山都是和天相接的,那山里不但没有人住,连老鹰也飞不上去。他们现在所到的地方,莫非就是那个巫峡吗? 于是她哭起来了,这样的荒山中,怎能住呢? 但前后左右,都是一样的高山,你要走也走不到别的地方的。她哭了一会,只得决计住下了再说。

他于是出外再去察看那块黄土,看能不能种点谷子。不一刻他回来了,面上带着笑容说,那松林底下的土倒很肥呢。他们就打开那个盛食物的袋子,取出了些包谷红薯和麦子,预备去把他们种在那块地上。

他们都是年壮的人，三岁的儿子，也会帮着搬搬泥土了，所以竟能勤勤恳恳的，把那块荒地垦植起来。那峡中的雨水又多，倒也不愁干旱。

他们又看看他们带来的杂粮，知道还够他们三人十几天的吃，况且即便吃完了，他们也不至于饿死，因为那里的草木很多，其中颇有可以充饥的。还有一棵树，结着果子，好像就是花红果。他们于是就把那个山洞打扫起来。他们把他们带来的一个布包，用来挂在洞口，居然是一间房子了。他们又找些枯草和松针，把他们铺在洞底里；又用石头来砌了一个小炉子，烧些树枝和松果，洞里也就不冷湿了。

他们勤勤恳恳，忍忍耐耐，居然把一块斜坡上的土地，变成一片谷田，不到半年，将够他们三口儿的吃食了。同时，他们靠着那洞外的野粮和偶然打到的飞禽走兽，也就勉强能支持下去。但天气是渐渐的冷起来了，树叶渐渐的落了，草也渐渐的枯了，他们应该再想个方法去找些粮食呵！于是他们又商量着，天寒水枯的时候，上水的船是很多的，船只过峡的时候，不是要加用几个人工吗？他决计下山到船上去找一点活做，回来时好带点粮食和别的需要物给她。

他要下坡了，她心里觉得很难过，觉得要哭。她自己也不免奇怪起来。他们从前也曾常常分离的，为什么这一会觉得那样悲伤呢？她觉得他若走了，她就成为一个孤身了，孤身的生活，是从来没有经过的，从前至少还有一个打她骂她的婆婆和她同住着。她此刻差不多情愿被她的婆婆打骂，不愿一人独居在荒山中了。

但他终于下坡了，下去，下去。他愈变愈小了，看不见了。不，看得见的。那下面远远的一点黑子，不是她的丈夫吗？但那个黑子终于看不见了。于是她哭着，抱着她的儿子，回到那个洞里去。那洞里多么冷呵，多么黑暗呵！为什么她从前不曾觉得呢？到了晚上，她更怕了。她又怕鬼来要她的命，又怕野兽来吃她的儿子。她紧紧的抱着他，坐了一夜,到了天明,才合了一合眼。但是一合眼,便看见无数的恶鬼饿兽,把她骇得叫不出声来,睁开眼睛看看,又不见了。

她这样的过了三天,看看她的丈夫还是不回来。但她也渐渐的惯了,不像前几天那么怕了。到了第五天晚上,她正抱着她的儿子睡觉,忽然看见一个黑影子,在洞外一晃。她说不好了,这回一定是那个鬼来要她的命了。但她再看一看,可不是她的丈夫回来了吗? 他还挟着一个大包呢。打开包来一看,吃的,用的,样样都有。他们喜极了。但这些东西是从那里来的呢? 她知道他在五天之内,决计赚不到那么多钱的。他告诉她,他很惭愧,这是他在一只木船上偷来的,但他也是迫于不得已呵!

她也没有话说。于是他就常常的去干这件营生。她独自在山洞中也过惯了,鬼和野兽也不来吓她了。但有一次,他竟不回来了。他向来至多不过十日,一定回来的。但是现在已经十日了。十日,十一日,半个月,一个月,两个月,半年,一年……看上去他是永不会回来的了。她成天成夜的哭着,但有什么用处呢? 她又想,他为什么不回来呢? 莫不是淹死在水里吗? 但他是会游水的。莫不是偷物的时候被人捉到了吗? 那或者他还有回来的一天。但那个一天又似乎永远不会到的。呀! 他一定是死了。于是她又怕起来了。从前的鬼和野兽又来要她的命了。

一年,一年,她这样的过她的苦生活。但慢慢的她也就惯了。她的儿子也渐渐的大了,他已经能帮她种田了。但她始终不敢叫他下坡去,怕他一去又不回来,像他的爸爸一样。现在她是决计不能再把他失去的了。

是的,她在那巫峡里的荒山中,已经过了五年了。她的儿子是已经八岁了,她的丈夫是已经不见了四年半了。峡外的生活,峡外的世界,她已经记不得；就是记得，也不过是些梦境罢了。她有时看看山下的河，仿佛看得见船只。她想那些船上难道真的有人吗？世界上除了她和她的儿子以外，难道还有别的人吗？但是她又模糊记得，她从前也曾和别的人同住过的，走出屋外，还有邻居呢，还有卖什物的人呢。这真奇怪，难道她从前真的过过这样的生活吗？难道她曾经在平地上住过吗？她的儿子不能信，她自己也不能信。

冯沅君:《旅行》

作家介绍

冯沅君(1900—1974),原名冯淑兰,字德馥,另有笔名淦女士、沅君、易安等,河南唐河县人,为著名哲学家冯友兰的胞妹。自幼学习四书五经、唐宋诗词及古典文化。1910 年入县立端本女子小学堂。辛亥革命兴起后,辍学在家自修。1917 年考入北京女子高等师范学校。"五四"运动前后,参与学生运动。1922 年毕业于北京女子高等师范学校国文系并考取北京大学研究所研究生,研习中国古典文学,1925 年毕业,先后在金陵大学、中法大学、暨南大学、复旦大学、安徽大学、北京师范大学、北京大学等校任教。1929 年与文学史家陆侃如结婚。1932 年赴法国,在巴黎大学学习。1935 年获博士学位后回国,先后在河北女子师范学院、中山大学、武汉大学、东北大学、山东大学等校任教。1949 年起,长期任山东大学中文系教授。1955 年任山东大学副校长,曾任山东省文联副主席等职。1974 年 6 月 17 日病逝。

冯沅君自 1923 年开始进行小说创作,以淦女士为笔名在《创造季刊》与《创造周报》上发表《旅行》《隔绝》和《隔绝以后》等篇。计出版有短篇小说集《卷葹》(1926)、《春痕》(1926)和《劫灰》(1928),另著有学术著作《中国诗史》(与陆侃如合著,1931)、《中国文学史简编》(与陆侃如合著,1932)等。

　　冯沅君出身官宦之家,童年和兄长一起接受较为严格的传统家塾教育,少女时代进新式学堂接受现代教育,这使她能够在具有旧文化根基的基础上用新思想进行思考,这对她的小说创作和学者人生产生了重大影响。"五四"时期,她以一个新文学作者的姿态出现,创作的作品大都描写为获得婚姻自由、恋爱幸福而反抗旧礼教的青年之情绪和生活。在她的小说中,充满了"五四"青年大胆的行为和叛逆的精神,在当时震动和感动过许多读者。中年以后,她则以著述丰硕的女学者身份活跃在大学讲堂上,用学术行为传承中国传统文化(文学)。如果说冯沅君在她的小说世界中,以形象感性地为现代女性争取思想、情感和生存的自由空间,那么在她的学术世界中,冯沅君则以自己的成功,证明了现代女性完全可以凭自己的才智和努力,获得这样的自由空间。

作品导读

　　与冰心、庐隐、陈衡哲等"五四"时期的同时代女作家相比,冯沅君与他们既有相似之处,也有不同之点。相似之处,是她们都在作品中从现代女性的角度,表现了对封建礼教的反抗,对自由恋爱的向往和对爱情的全新认识;不同之点,则在于冯沅君在作品中对现代爱情的思考和表达方式,有自己的个人特色。

　　鲁迅在论及凌叔华时,曾说比较起来冯沅君大胆、敢言,在同一篇文章中,他这样评价冯沅君:

　　　　冯沅君有一本短篇小说集《卷葹》——是"拔心不死"的草

名……其中的《旅行》是提炼了《隔绝》和《隔绝之后》（并在《卷葹》内）的精粹的名文，虽嫌过于说理，却还未伤其自然。那"我很想拉他的手，但是我不敢，我只敢在间或车上的电灯被震动而失去它的光的时候，因为我害怕那些搭客们的注意。可是我们又自己觉得很骄傲的，我们不客气的以全车中最尊贵的人自命"，这一段，实在是"五四"运动之后，将毅然和传统战斗，而又怕敢毅然和传统战斗，遂不得不复活其"缠绵悱恻之情"的青年们的真实的写照。和"为艺术而艺术"的作品中的主角，或夸耀其颓唐，或炫鬻其才绪，是截然两样的。

鲁迅的这段评价，可以说把冯沅君的创作特色，画龙点睛地勾勒了出来。相对于冰心的"爱"、庐隐的"另类"、凌叔华的"怨"和陈衡哲的"至诚"，冯沅君的特点在于，当她以女性立场表现爱情的时候，常常会体现为一种"思想的果敢"和"行动的犹豫"——所谓"思想的果敢"，是指在她的笔下，主人公（常常是女主人公）对于自己的精神、情感和人生追求，有着自觉的意识、明确的目的、冲决藩篱的勇气和敢为天下先的自豪；所谓"行动的犹豫"，则是指这些人物当她们将自己的精神、情感和人生追求付诸行动的时候，表现出的却常常是怯懦、畏缩、缺乏决断和首鼠两端。

在《旅行》这篇小说中，"我"和"他"为了爱而外出旅行，可是在旅行中，他们一方面在心里为自己的行为自豪和骄傲，另一方面却也在为"我不敢"拉"他"的手而苦恼，现代的"婚姻自主恋爱自由"观念和传统的"男女授受不亲"思想在他们的内心正进行着剧烈的交战——正如鲁迅所说的那样，"将毅然和传统战斗，而又怕敢毅然和传统战斗"，思想和行为的分裂所形成的巨大张力，构成了"我"和"他"的内心痛苦，也使

"我"和"他"的这趟旅行,在某种意义上具有了一种象征性:这将是一趟意义深远却又相当艰难的"旅行"。

《旅行》所呈现的故事情节,放诸当时的时代环境,既有离经叛道的色彩,也有男女私会、第三者插足闹婚外情的意味,这使这篇小说在带有社会批判性力量(针对封建道德)的同时又不无情感探险剧的浪漫。从"我"的叙述中,可以知道"他"并不是一个自由人,在"他"的身上还有着与另一个女子"旧礼教旧习惯造成的关系",这对身为女性的"我"来说,与"他"外出旅行,所承受的心理压力和社会但当,要比男性的"他"来得更为沉重。相应的,"我"的内心波澜,也要比"他"来得更加巨大。

在《旅行》中,冯沅君对女性的表现,是从两个方面展开的。一方面,作为"新女性","我"对与"他"外出旅行乃至在旅馆同居,迈出了勇敢的一步,表现出了精神上的强悍:"无论别人怎样说长道短,我总不以为我们的行为是荒谬的。退一步说,纵然我们这行为太浪漫了,那也是不良的婚姻制度的结果,我们头可断,不可负也不敢负这样的责任。"另一方面,"我"也在与"他"的爱的关系问题上,充满了一种理想的乌托邦式的想象,那就是:"我"和"他"虽然"夜夜同衾共枕,拥抱睡眠",但却能保持柏拉图式的"纯洁的爱",仿佛拥有了这种战胜了肉体之爱的精神之爱,向世人昭示了"我"和"他"不是为了欲望而走到一起的,"我"和"他"的爱情才具有了道德的正当性和合法性。

这样的一种女性心理,从更深的层面,体现了冯沅君在表现女性追求爱情的过程中,那种"思想的果敢"和"行动的犹豫"两者间的矛盾。她笔下的那些女性,在向旧传统和旧道德反抗时,观念上是如此明晰和决断,可是在行动上却又总是有所折扣——并且还下意识地为自己的这种折扣寻找理由。这样的女性心理,固然反映了女性在挣脱"旧"的束缚时极其不易的程度,同时也意味着女性要想完全走向"解放",获得

"绝对的无限的"爱,她们要"旅行"的路途还很遥远——这个遥远既指社会历史发展进程,也是指女性彻底打碎内心无形枷锁的艰难过程。

值得注意的是,冯沅君在她作品中对女性的思考,不仅只是站在"新女性"的角度思考"新女性"本身,她还通过作品中的人物,对"新女性"所"侵犯"到的"旧女性",寄予了无限的同情,并对"新女性"自身有所反省。在《旅行》中,"我"对"他"的"旧关系"就曾经有过这样的心理悸动:"要减少他在法律上的罪名与我们在社会上得来的不好的批评,只要把他们中间名义上的关系取消。怎么我的心会这样险!怎么这样不同情于我们女子呵!我明知道是不应该的,但我不能否认我心里真希望他们……"身为现代女性知识分子,在为"新女性"的爱情呐喊、反映"新女性"的人生追求的同时,却能反省"新女性"的行为会对同为女性的"旧女性"带来怎样的影响,这样的思想深度,也是冯沅君在表现女性爱情时,有别于同时代其他女作家的地方。

旅　行

　　人们作的事，没有所谓经济的和不经济的。二者的区别全在于批评的观察点是怎样。就如我们这次旅行罢，在别的人看来，也许是最不经济，因为虽然我们所打的旅行的旗帜也和别的旅行者一样的冠冕堂皇，而事实上却是醉翁之意不在酒，白白地每人旷了一个多礼拜的课，费了好多的钱。但就他方面想——我们都是这样想的——这一个多礼拜的生活，在我们生命之流中，是怎样伟大的波澜，在我们生命之火中，是怎样灿烂的火花！拿一两个礼拜的光阴，和几十块钱，作这样贵重的东西的代价，可以说是天下再没有的便宜事。

　　这是很能使我奇怪的。同行的计划虽是由他提出的，然也得过我的同意，并且为了要使这个计划实现，我还费了无限心机，去骗平素很相信我的人。那知计划虽实现了，我们俩虽能促膝谈心了，而我又觉得周身都不自在起来，同平常见了不相识的阔太太们一样的不自在。固然我们也是有说有笑的，但我却发现了这些谈笑不是从心坎中流露出来，是用来点缀寂寞的场面的。

　　在我们俩座位中间，放的是件行李，它可以说是我们的"界牌"，也可以说是我们彼此注视的目光所必经过的桥梁。假使目光由此过彼，也像人们走路似的必须经过相当的空间。

　　我很想拉他的手，但是我不敢，我只敢在间或车上的电灯被震动而失去它的光的时候，因为我害怕那些搭客们的注意。可是我们又自己觉得很骄傲的,我们不客气的以全车中最尊贵的人自命。他们那些人不尽是举止粗野,毫不文雅,其中也有很阔气的,而他们所以仆仆风尘的目的,是要完成名利的使命,我们的目的却是要完成爱的使命。他们所要求的世界是要黄金铺地玉作梁的,我们所要求的世界是要清明的月儿与灿烂的星斗作盖,而莲馨花满地的。不过同时我又这样想想,如果他们不是这样粗俗,也许要注意我们的行动,恐怕我们连相视而笑的自由也被剥夺了。

去年暑假他回家的时候,曾报告过沿途在火车中看见的景物。他说,"在日光下的景物,仿佛是幅著色的五彩图画。月光下的景物则似淡墨画的。"这天因为天气不很好,他的话都未被证实。可是又因为微阴的缘故,在浮去稀薄处露出的淡黄色的阳光,及空气中所含的水气把火车的烟筒中喷出的烟作成了弹熟的棉花似的白而且轻的气体。微风过处,由大而小的一团一团的渐渐分散,只余最后的一点儿荡漾空际。那种飘忽,氤氲,暧昧,若即若离的状态,我想只有人们幻想中的穿雾縠冰绡的女神,在怕惊醒了她的爱人的安眠而轻轻走脱时的样儿可以仿佛一二呵。它是怎样的美丽呵,怎样的轻软呵! 如果我们的生活也像这样,那是多么好呵。

在将到目的地点的时候,他的面孔上不知为什么渐渐现出极紧张的样儿,虽然他那双眼睛里充满了愉快的希望似的,而且不时的伏在我们中间的那件行李上对我极温柔的微笑。此时他所最爱说的话,就是到那里恐怕已是十点多了,吃吃饭,收拾收拾东西,我们只能有六个钟头休息的时间。每一站路他总要把他的小表从衣袋中摸出三五次,来看上面的针已走到那里了。时间若不是冷酷的铁面无私的,怕要受他的运动而改日常的步骤了。我呢,我此时也体验不出这样的变态心理,我只觉得对于晚上将要实现的情况很害怕,——但是仅仅用害怕二字来形容我所觉得的也不甚妥当，因为害怕的情绪中，实含有希望的成分。

这是很自然的，彼此都有些害臊，两个青年男女初次住在一起的时候。我所稀奇的就是，我们既经相爱到这样程度，还是未能免俗。当他把两条被子铺成两个被窝，催我休息的时候，不知为什么那样害怕，那样含羞，那样伤心，低着头在床沿上足足坐了一刻多钟。他代我解衣服上的扣子，解到只剩最里面的一层了，他低低的叫着我的名字，说，"这一层我可不能解了。"他好像受了神圣尊严的监督似的，同个教徒祈祷上帝降福给他一样，极虔敬的离开我，远远的站着。我不用说，也是受着同样的感动——我相信我们这种感动是最高的灵魂的表现，同时也是纯洁的爱情的表现，这是有心房的颤动和滴在襟上的热泪可以作证据的。他把我抱在他怀里的时候，我周身的血脉都同沸了一样，种种问题在我脑海中彼起此伏的乱翻。我想到我的一生的前途，想到他的家庭的情况，别人知道了这回事要怎样批评，我的母亲听见了这批评怎样的伤心，我哭了，抽抽咽咽的哭。但另一方面我觉得好像独立在黑洞洞的广漠之野，除了他以外没有第二个人来保护我，因而对于他的拥抱，也没有拒绝的勇气。到底此时他发生了些什么感想，他也不曾告诉我，但依据我的感想，他至少也要同泰戈尔所做的《尊严之夜》里的主角"我"，所谓此时此际 Surabala 脱离了世界而来到"我"这里了。

在我们所住的那个旅馆里住的客，大都是社会上所说的阔人，差不多可以说没有第三个学生可以在此处发现，除了我们俩。可是我们要住在这样的旅馆的原因，也就是为此。

当我们离京的时候，因为同住的问题，我曾大大的难过他一次。此次南来他所带的卧具，只有一床很薄的被同一条毯子，虽然他极力辩护说是走时匆促忘带了，他的用意我却早明白了。不过当时我却这样想：

哪怕他一床被子都不带,我给他向旅馆赁都可以,那样是不成的,不料计算的结果还是输给他了。

他那一间房简直是作样子的,充其量也只是他的会客室而已。起初我自然是很难为情,尤其是当他的朋友们来找他,他从我的房里出去会他们,和我的表妹来看我,他在我的房里读书的时候,后来也就安之若素了。好像我们就是……其实除了法律同……的关系外,我们相爱的程度可以说已超过一切人间的关系,别说……

因为要作样子,只好把被子分出两床铺在他那间房里的床上,结果弄得我们两人就只剩一床被了,而他的知友又不在此,只好由我向我的表妹借来。有一天她又来看我,刚刚他的被子在我的床上放着。没有法子我就对她扯谎,说这是向旅馆赁的,因为我的被子弄脏了,拿出去洗去。呵,我怎样成了这种虚伪的人呢,我现在发现这也是不得自由的结果。

爱情发展的程序,最初是任何一方面先向对手那方面表示爱的意思,再进时两方面对爱,最后是你也怕我别有所爱,我也怕你别有所爱,于是乎就有了嫉妒心。所以嫉妒心的轻重,实与相爱的程度的深浅为正比例。"爱情是自私的"一条定律,怕就是据此而成的。他同我谈起话来常要求我不要再爱别人,纵然他的躯壳已经消灭了。因为万一死而有知,他的灵魂会难受的。我素来是十二万分反对男子们为了同别一个女子发生恋爱,就把他的妻子弃之如遗,教她去"上山采蘼芜"的。我以为这是世间再不人道没有的行为,并且还亲自作过剧本来描画过这般男子的像。但是现在我觉得那人是我的情敌,虽然我明知道他们中间只有旧礼教旧习惯造成的关系。我觉得我们现在已经到了不可分离的程度,而要减少他在法律上的罪名与我们在社会上得来的不好的批评,只有把他们中间名义上的关系取消。怎样我的心会这样险!怎样这样不同情于我们女子呵！我明知这是不应该的，但我不能否认我心里真希望他们……

一切，一切，世间的一切我们此时已统统忘掉了。爱的种子已在我的心中开了美丽的花了。房中——我们的小世界——的空气，已为爱所充满了，我们只知道相偎倚时的微笑，喁喁的细语，甜蜜热烈的接吻，我的旗子上写些什么也是不足轻重的。读书也只是用以点缀爱的世界中的景色，别人对于我们这样行为要说闲话，要说贬损我们人格的闲话，我们的家庭知道了要视为大逆不道，我们统统想得到，然而我们只当他们是道旁的荆棘，虽说是能将我们的衣服挂破些，可是不能阻止我们的进行的。

再就别种事实上说，我们的爱情在肉体方面的表现，也只是限于相偎倚时的微笑，喁喁的细语，甜蜜热烈的接吻罢。我知道别的人，无论是谁都不会相信。饮食男女原是人类的本能，大家都称柳下惠坐怀不乱为难能，但坐怀比较夜夜同衾共枕，拥抱睡眠怎样？不过我以为不信我的话的人并不是有意轻蔑我们，是他不曾和纯洁的爱情接触过，他不知爱情能使人不做他的爱人不同意的事，无论这事是怎样企慕的。

我总是不喜欢他出去，无论是买东西，或瞧朋友。这里面的原因一方面固由于怕他跑得心野了，抛荒他的功课，他方面实为我自己怕受独处的寂寞。有一次我正在好好的读书，他忽然因事出去了，我也昏昏的伏在桌上睡着。到我醒时，发现我已在他怀里。所以我总把他爱出去这回事当他的短处看待。这天晚上他又九点多钟才回来，而第二天所应作的事一点也不曾预备。当他未回来的时候我真气极了。我把他所要看的书都检出送到他的房里，并且打算如果他到十点还不曾回来，就教茶房把火盆送到他那里，我自己闭门高卧了。九点多钟他回来了，一看头绪不对，半句话也不敢多说，拿本书就坐在我对面的椅子上读。读了一会,觉得这样还不是事,又起来同我温存。我始终板着面孔不理他。他真急了,在未到一点钟之久,凡可以使我复悦的方法,几乎都用尽了。结果还是爱神出来排难解纷,我略微退让了些,这桩事才算了。后来我问他,"假如你回来时,我已经关上门睡了,你怎样呢?"他说,"我就站在门外候一夜。"不过如果他真那样做下去,旅馆的人怕要以为他得神经病了。

我最恨灯光,它把我们相拥抱时的影子都映在窗帘子上。爱的图画原只配深藏艺术之王国的宝库里,怎可让它留下痕迹在人间呵!

这是多么不幸呵,我的爱的图画竟于人间留了痕迹了。在我们将走的前一两天,已有好多人注意我们同住这回事了。这并不是我多心。他们每问我在什么地方住的时候,辞意中都含着讥笑的神气。他们送了他好多不好的批评,说他是个大骗子,这些话使他很伤心——自然我也是同样——他说他什么都可以牺牲,可以不要,但他不能离开他的爱人。我们所要求的爱是绝对的无限的。我们只有让它自由发展,决不能使它受委屈,为讨旧礼教旧习惯的好。在新旧交替的时期,与其作已经宣告破产的礼法的降服者,不如作个方生的主义真理的牺牲者。万一各方面的压力过大了,我们不能抵抗时,我们就向无垠的海洋沉下去,在此时我们还是彼此拥抱着。"爱的人儿!"(此时他在床上横着睡下,我在床沿上坐着,彼此紧紧的拉着手。)"要是将来他们把我毁谤得不为人所齿,你怎样呢?"唉,匹夫无罪,怀璧其罪,他有什么地方开罪他们,他们现在拼命的骂他,不是为的我吗? 固然这是胜利的悲哀,然而"伯仁由我而死",我应该作何感想? 我将他紧紧的抱了,回答他:"我们是永久相爱的。"在这彼此拥抱的时间内,我似觉得大难已经临头了,各面的压力已经挟了崩山倒海的势力来征服我们了。我想到了如山如陵的洪涛巨波是怎样雄伟,黄昏淡月中,碧水静静的流着的景色是怎样神秘幽妙,我们相抱着向里面另寻实现绝对的爱的世界的行为是怎样悲壮神圣,我不怕,一点也不怕! 人生原是要自由的,原是要艺术化的,天下最光荣的事,还有过于殉爱的使命吗? 总而言之,无论别人怎样说长道短,我总不以为我们的行为是荒谬的。退一步说,纵然我们这行为太浪漫了,那也是不良的婚姻制度的结果,我们头可断,不可负,也不敢负这样的责任。

因为家庭方面的关系,他对于这两天外面对于我们的批评,不能不着急,所以在走的头一天晚上,他去访他的知友讨论怎样对付这回事。他是五点多钟出去的,直到晚上十一点钟才回来。这几个钟头里,我真饱尝了待人的滋味。风是冷的,灯是很无光的。我们这个小世界里,都是寂寞的,只有我的心弦是紧张的,不住在那里计算他什么时候可以回来。每听见窗外的走路声,总使我"可是他回来了吧?"的想一次。他回来后,同我望了阵月,吃了几个元宵,就忙着消受我们这最后的一夜了。

时光老人真是残酷的,梦也似的十天甜蜜的生活又快完了,我们在此只能留一夜了。这一夜应该怎样过,在下午同我的朋友谈话时,已偷偷的在张纸上写了好几遍,其实既没有停止时间使它不要快快过去的能力,无论怎样计算,都是枉然的。再进一步说,若不能使时间进行的步骤与我们上爱的功课所需要的一致时,纵然能使不快快的过去,也是枉然的。这一夜里我们都几乎不曾安眠,我们用了各种各样亲密的称呼叫着,我们商量回去后怎样好好读书。要不是怕我表妹清早来送行撞见了不雅,怕要到十一点才起床呢。

除了我们俩之外,知道我们这十天生活最真的,只有旅馆的茶房,他每次给我们送东西进来的时候,总先要作个使我们知道他来了的表示,出去的时候总把房门给我们关起来。不过我想关于我们的关系,他总要觉得很奇怪的。我们占了两间房,并且我们告诉查店的警察说,我们是同学，而我们却亲密到这步田地。世间种种惨剧的大部分都是由不自然的人与人间的关系造出来。我们的爱情原不要那种不自然的关系的头衔加上。

我们在郑州车站上遇见了一位上京的朋友，曾托他代买车票，所以上车的时候他教我同这位朋友先上车去占地方，他随后递东西上来。谁想我们上车后，竟被挤得再也不能见面了。直到车开行好久方才找到。当我看不见他的时候，不知怎样心中感到一种说不出的不安；找到他了，坐在他面前的行李上，面对面的拉着手，我又觉得同经过大难分散之后，又冒着千辛万苦聚在一起似的。怎样弄的呵，我们竟爱得成这样了。

北京到了，我们自然是照旧的——未旅行以前的——生活状态过下去。这次旅行的结果，对于我的身心两方面的影响，没有别的，只是头昏了，心乱了好几天；并且对待别人，无论是谁，都觉感情不能似从前那样的专。三天后，他来了电话，说，"往事不堪回首！"

萧红:《王阿嫂的死》

作家介绍

　　萧红(1911—1942),原名张迺莹,另有笔名悄吟、玲玲、田娣等,黑龙江省呼兰县人。1920 年入呼兰县县立第二小学女生部读书,1924 年升入县立第一初高两级小学,1927 年就读于哈尔滨东省特别区第一女子中学。1930 年,萧红初中毕业,为逃避包办婚姻,离家去北平,进入北平女子师范大学附中读书。1931 年已有身孕的萧红被丈夫汪恩甲抛弃在旅馆,无奈之中萧红向《国际协报》求助,得以结识萧军,两人一见钟情,不久同居。1933 年萧红开始小说创作,并与萧军一起积极参加社会活动和文学活动。1934 年去青岛,同年去上海,与鲁迅过从甚密。1936 年,因与萧军在感情上出现裂痕,萧红离开上海,只身东渡日本。1937 年回到上海,因抗战爆发于同年赴汉口。1938 年应李公朴之邀,到山西临汾民族革命大学任教,这一年萧红与萧军正式分手,并与端木蕻良结婚。1940 年萧红随端木蕻良离开重庆,飞抵香港。1942 年在香港病逝。

　　萧红人生虽然短暂,但创作数量却颇为惊人,出版的作品计有小说散文集《跋涉》(与萧军合著,1933)、《桥》(1936)、《牛车上》(1937)、《旷野的呼喊》(1940),长篇小说《生死场》(1935)、《马伯乐》(1941)、《呼兰河传》(1941),散文集《商市街》(1936)、《萧红散文》(1940)、《回忆鲁迅先生》(1940)等。

萧红的一生充满坎坷,历经磨难,她敏感的心灵和不幸的人生,使她的作品既洋溢着丰沛的文学才情,又浮现着血与火的苦难人生。女性纤敏的观察力、感受力和表现力,与充满不羁、野性和血泪的社会描写、人物塑造与文字表达,构成了萧红文学世界独特的艺术魅力——那是一种以温柔与刚烈二重性为核心,体现在萧红作品的题材选择、人物刻画、叙述方式和文字风格等各个方面,令人惊奇也令人震撼的艺术魅力和艺术震撼力。

作品导读

在中国现代女作家中,萧红的人生充满"神秘"和传奇。一个集坎坷的身世、过人的才华、丰富的情感、浪漫的气质、率真的个性和自毁的冲动于一身的女作家,她那难以理喻和不可复制的人生轨迹,她与同为作家的萧军、端木蕻良的感情纠葛,以及与鲁迅之间相知相惜的深厚友谊,都使她成为中国现代文学中"独具一格"的女作家。当然,萧红最能引发人们对她的好奇的,是她那与众不同的文字风格和艺术特质——强悍的文字构成充满力度的文学世界,恰和她柔弱的体质和楚楚可怜的身世,形成了强烈的对比。在某种意义上讲,萧红文字的强悍和"粗暴",体现了她内心世界具有一种以阴性为底色的阳刚气质;而她身为女性,总是在男性世界遭受打击和挫折的人生,又使她的呈现姿态带有一种悲凄柔弱的女性色彩。两者的对比和混合,既构成了萧红文学世界的独特气象,也形成了萧红人生特有的神秘魅力。

鲁迅在《萧红作〈生死场〉序》中,这样评价萧红的作品:"北方人民的对于生的坚强,对于死的挣扎,却往往已经力透纸背;女性作者的细致的观察和越轨的笔致,又增加了不少明丽和新鲜。"这些话固然是针对《生死场》而言的,不过推而广之萧红的其他作品,应该说也很贴切。

《王阿嫂的死》写的是一个东北农村女子王阿嫂在地主的压迫下,被逼致死的故事——其实在小说中,被逼死的远不止王阿嫂一人,可以说王阿嫂一家,都命丧张地主之手:王阿嫂的丈夫王大哥给张地主赶车,马腿被折,张地主扣他一年工钱,王大哥从此乱发酒疯,被张地主遣人乘他睡在草堆上时,将他活活烧死;王阿嫂因为怀孕,做农活时疲累,"坐在地梢的一端喘两口气",结果被张地主狠踢了一脚,因此早产,母子双亡;而王阿嫂收养的女儿小环,其母也是被张地主的大儿子强暴后"气愤而死"。小说与其说是"王阿嫂的死",不如说是"王阿嫂一家的死"。

萧红的这篇小说,带有她小说创作的两大主要特点,即主题上关注女性命运,文字上呈现强悍的风格。在《王阿嫂的死》中,萧红对女性命运的关注,不同于在《小城三月》《呼兰河传》等作品中展示女性在男性社会遭遇结构性的不平等,而是聚焦于阶级的压迫——对女性而言,阶级的压迫是女性在面对性别压迫之后,承受的更加残酷的压迫。

在《王阿嫂的死》中,王阿嫂面对的最直接威胁,是张地主的凶残。张地主对王阿嫂一家的压迫,是全面性的。首先,这种压迫来自经济方面——他扣王大哥一年工钱,直接导致了王大哥的"失常"和家计的窘困;其次,这种压迫来自家庭和精神方面——他让人烧死王大哥,不但中止了王大哥的生命,而且直接导致了王阿嫂家庭的解体和她精神的痛苦;再次,这种压迫来自直接的肉体伤害——他踢王阿嫂不但导致了王阿嫂的早产,而且这也成为王阿嫂和她的孩子毙命的直接原因。张地主的阶级压迫,或许并不只是落在女性的身上,不过这种阶级压迫在女性身上体现得尤为惨烈——如果注意到小说中小环和她的亲生母亲这两个角色,萧红在这篇小说中表现阶级压迫对女性尤为惨烈的意图,或许会更加完整:在某种意义上讲,小环的亲生母亲可以说是王阿嫂的补充,而小环则很可能是王阿嫂的继续。

二十世纪中国女作家在关注女性命运时,更多地聚焦于旧传统对女性的压制,以及新女性在新旧交替时代处境的艰难、奋身前行的不易,表现阶级压迫对女性的摧残,这样的作家和作品并不是很多。萧红的《王阿嫂的死》,可以说用触目惊心的场景,呈现了女性在阶级压迫面前,其无助、无力和无奈的悲惨遭遇。将阶级压迫引入对女性命运的思考,显示了萧红的独特和深刻。

萧红是个在艺术上有着鲜明个人特色的作家,鲁迅说她具有"女性作者的细致的观察和越轨的笔致",非常准确地概括了萧红的这种个人特色。虽然鲁迅对何谓"越轨的笔致"没有多加说明,但把它理解成一种对语言表述常规的摆脱和突破,并因此而在语言风格上别有韵致,大致可以成立。

萧红的小说从总体上看具有一种粗粝、强悍的气质,当她在表现"生的坚强"和"死的挣扎"的时候,通常会将这种"坚强"和"挣扎"与暴力、血腥和死亡联结在一起,很常见的情形是,"生的坚强"和"死的挣扎"正是通过暴力、血腥和死亡表现出来的。《王阿嫂的死》虽然只是一个短篇,但它却相当典型地体现了萧红小说的这一艺术特征。

在小说中,王阿嫂所生活的世界,是个风景凄凉的人间地狱。小说起首一段风景描写,就烘托出了王阿嫂的生存环境充满了肃杀之气,"灰白色霜","黄了叶子的树"以及被雾蒙蔽了的山岗,构成了环绕王阿嫂的自然环境。与自然环境相比,王阿嫂生活的人间生态更为恶劣,萧

红用她那强悍的文字,这样描写王阿嫂的人生片段:

> 当王阿嫂奔到火堆旁边,王大哥的骨头已经烧断了!四肢脱落,脑壳直和半个破葫芦一样,火虽熄灭,但王大哥的气味却在全村飘漾。
>
> ……
>
> 等到村妇挤进王阿嫂屋门的时候,王阿嫂自己在炕上发出她最后沉重的嚎声,她的身子早被自己的血浸染着,同时在血泊里也有一个小的、新的动物在挣扎。
>
> 王阿嫂的眼睛像一个大块的亮珠,虽然闪光而不能活动。她的嘴张得怕人,像猿猴一样,牙齿拼命地向外突出。
>
> ……
>
> 王阿嫂就这样的死了!新生下来的小孩,不到五分钟也死了!

这两个死亡场面,有一种令人触目惊心的丑陋和不堪,生命的动物性被活生生地原生态展示出来——而对人类生命这种状态的描摹和展示,正是萧红擅长并喜爱的书写风格。女性的细腻使她在细节描写上细致入微,而她对"强悍"的热衷则使她的文字风格在粗粝中具有一种"越轨的笔致"——萧红那过人才华的最集中体现和她个人风格的最突出表现,也就在这里。

王阿嫂的死

一

草叶和菜叶都蒙盖上灰白色霜。山上黄了叶子的树,在等候太阳。太阳出来了,又走进朝霞去。野甸上的花花草草,在飘送着秋天零落凄迷的香气。

雾气像云烟一样蒙蔽了野花,小河,草屋,蒙蔽了一切声息,蒙蔽了远近的山岗。

王阿嫂拉着小环每天在太阳将出来的时候,到前村广场上给地主们流着汗;小环虽是七岁,她也学着给地主们流着小孩子的汗。现在春天过了,夏天过了……王阿嫂什么活计都做过,拔苗插秧。秋天一来到,王阿嫂和别的村妇们都坐在茅檐下用麻绳把茄子穿成长串长串的,一直穿着。不管蚊虫把脸和手搔得怎样红肿,也不管孩子们在屋里喊叫妈妈吵断了喉咙。她只是穿啊,穿啊,两只手像纺纱车一样,在旋转着穿。

第二天早晨,茄子就和紫色成串的铃当一样,挂满了王阿嫂的前檐;就连用柳条编成的短墙上也挂满着紫色的铃当。别的村妇也和王阿嫂一样,檐前尽是茄子。

可是过不了几天茄子晒成干菜了!家家都从房檐把茄子解下来,

送到地主的收藏室去。王阿嫂到冬天只吃着地主用以喂猪的乱土豆，连一片干菜也不曾进过王阿嫂的嘴。

太阳在东边放射着劳工的眼睛。满山的雾气退去，男人和女人，在田庄上忙碌着。羊群和牛群在野甸子间，在山坡间，践踏并且寻食着秋天半憔悴的野花。

田庄上只是没有王阿嫂的影子，这却不知为了什么？竹三爷每天到广场上替张地主支配工人。现在竹三爷派一个正在拾土豆的小姑娘去找王阿嫂。

工人的头目，愣三抢着说：

"不如我去的好，我是男人走得快。"

得到竹三爷的允许，不到两分钟的工夫，愣三跑到王阿嫂的窗前了：

"王阿嫂，为什么不去做工呢？"

里面接着就是回答声：

"叔叔来得正好，求你到前村把王妹子叫来，我头痛，今天不去做工。"

小环坐在王阿嫂的身边，她哭着，响着鼻子说："不是呀！我妈妈扯谎，她的肚子太大了！不能做工，昨夜又是整夜的哭，不知是肚子痛还是想我的爸爸。"

王阿嫂的伤心处被小环击打着，猛烈的击打着，眼泪都从眼眶转到嗓子方面去。她只是用手拍打着小环，她急性的，意思是不叫小环再说下去。

李愣三是王阿嫂男人的表弟。听了小环的话，像动了亲属情感似的，跑到前村去了。

小环爬上窗台，用她不会梳头的小手，在给自己梳着毛蓬蓬的小辫。邻家的小猫跳上窗台,蹲踞在小环的腿上,猫像取暖似的迟缓的把眼睛睁开,又合拢来。

远处的山反映着种种样的朝霞的彩色。山坡上的羊群,牛群,就像小黑点似的,在云霞里爬走。

小环不管这些,只是在梳自己毛蓬蓬的小辫。

二

在村里,王妹子,愣三,竹三爷,这都是公共的名称。是凡佣工阶级都是这样简单,而不变化的名字。这就是工人阶级一个天然的标识。

王妹子坐在王阿嫂的身边,炕里蹲着小环,三个人寂寞着。后山上不知是什么虫子,一到中午,就吵叫出一种不可忍耐的幽默和凄怨的情绪来。

小环虽是七岁,但是就和一个少女般的会忧愁,会思量。她听着秋虫吵叫的声音,只是用她的小嘴在学着大人叹气。这个孩子也许因为母亲死得太早的缘故?

小环的父亲是一个雇工,在她还不生下来的时候,她的父亲就死了!在她五岁的时候她的母亲又死了。她的母亲是被张地主的大儿子张胡琦强奸而后气愤死了的。

五岁的小环,开始做个小流浪者了!从她贫苦的姑家,又转到更贫苦的姨家。结果为了贫苦,不能养育她,最后她在张地主家过了一年煎熬的生活。竹三爷看不惯小环被虐待的苦处。当一天王阿嫂到张家去取米,小环正被张家的孩子们将鼻子打破,满脸是血,王阿嫂把米袋子丢落在院心,她走近小环,给她擦着眼泪和血。小环哭着,王阿嫂也哭了!

有竹三爷作主,小环从那天起,就叫王阿嫂做妈妈了!那天小环是扯着王阿嫂的衣襟来到王阿嫂的家里。

后山的虫子,不间断的,不曾间断的在叫。王阿嫂拧着鼻涕,两腮抽动,若不是肚子突出,她简直瘦得像一条龙。她的手也正和爪子一样,为了拔苗割草而骨节突出。她的悲哀像沉淀了的淀粉似的,浓重并且不可分解。她在说着她自己的话:

"王妹子,你想我还能再活下去吗?昨天在田庄上张地主是踢了我一脚。那个野兽,踢得我简直发昏了,你猜他为什么踢我呢?早晨太阳一出就做工,好身子倒没妨碍,我只是再也带不动我的肚子了!又是个正午时候,我坐在地稍的一端端两口气,他就来踢了我一脚。"

拧一拧鼻涕又说下去:

"眼看着他爸爸死了三个月了!那是刚过了五月节的时候,那时仅四个月,现在这个孩子快生下来了!咳!什么孩子,就是冤家,他爸爸的性命是丧在张地主的手里,我也非死在他们的手里不可,我想谁也逃不出地主们的手去。"

王妹子扶她一下,把身子翻动一下:

"哟!可难为你了!肚子这样你可怎么在田庄上爬走啊?"

王阿嫂的肩头抽动得加速起来。王妹子的心跳着,她在悔恨的跳着,她开始在悔恨:

"自己太不会说话,在人家最悲哀的时节,怎能用得着十分体贴的话语来激动人家悲哀的感情呢?"

王妹子又转过话头来:

"人一辈子就是这样,都是你忙我忙,结果谁也不是一个死吗?早死晚死不是一样吗?"

说着她用手巾给王阿嫂擦着眼泪,揩着她一生流不尽的眼泪:

"嫂子你别太想不开呀！身子这种样,一劲忧愁,并且你看着小环也该宽心。那个孩子太知好歹了！你忧愁,你哭,孩了也跟着忧愁,跟着哭。倒是让我做点饭给你吃,看外边的日影快晌午了！"

王妹子心里这样相信着:

"她的肚子被踢得胎儿活动了！危险……死……"

她打开米桶,米桶是空着。

王妹子打算到张地主家去取米,从桶盖上拿下个小盆。王阿嫂叹息着说:

"不要去呀！我不愿看他家那种脸色,叫小环到后山竹三爷家去借点吧！"

小环捧着瓦盆爬上坡,小辫在脖子上摔搭摔搭的走向山后去了！山上的虫子在憔悴的野花间,叫着憔悴的声音啊！

三

王大哥在三个月前给张地主赶着起粪的车,因为马腿给石头折断,张地主扣留他一年的工钱。王大哥气愤之极,整天醉酒,夜里不回家,睡在人家的草堆。后来他简直是疯了！看着小孩也打,狗也打,并且在田庄上乱跑,乱骂。张地主趁他睡在草堆的时候,遣人偷着把草堆点着了！王大哥在火焰里翻滚,在张地主的火焰里翻滚;他的舌头伸在嘴唇以外,他嚎叫出不是人的声音来。

有谁来救他呢？穷人连妻子都不是自己的。王阿嫂只是在前村田庄上拾土豆,她的男人却在后村给人家烧死了。

当王阿嫂奔到火堆旁边,王大哥的骨头已经烧断了！四肢脱落,脑壳直和半个破葫芦一样,火虽熄灭,但王大哥的气味却在全村飘漾。

四围看热闹的人群们，有的擦着眼睛说：

"死得太可怜！"

也有的说：

"死了倒好，不然我们的孩子要被这个疯子打死呢！"

王阿嫂拾起王大哥的骨头来，裹在衣襟里，她紧紧的抱着，她发出嗬天的哭声来。她这凄惨泌血的声音，遮过草原，穿过树林的老树，直到远处的山间，发出回响来。

每个看热闹的女人，都被这个滴着血的声音诱惑得哭了！每个在哭的妇人都在生着错觉，就像自己的男人被烧死一样。

别的女人把王阿嫂的怀里紧抱着的骨头，强迫的丢开，并且劝说着：

"王阿嫂你不要这样啊！你抱着骨头又有什么用呢？要想后事。"

王阿嫂不听别人，她看不见别人，她只有自己。把骨头又抢着疯狂的包在衣襟下，她不知道这骨头没灵魂，也没有肉体，一切她都不能辨明。她在王大哥死尸被烧的气味里打滚，她向不可解脱的悲痛里用尽了她的全力的攒呵！

满是眼泪小环的脸转向王阿嫂说：

"妈妈，你不要哭疯了啊！爸爸不是因为疯才被人烧死的吗？"

王阿嫂，她不听到小环的话，鼓着肚子，涨开肺叶般的哭。她的手撕着衣裳，她的牙齿在咬嘴唇。她和一匹吼叫的狮子一样。

后来张地主手提着苍蝇拂，和一只阴毒的老鹰一样，振动着翅膀，眼睛突出，鼻子向里勾曲调着他那有尺寸的阶级的步调从前村走来，用他压迫的口腔来劝说王阿嫂：

"天快黑了！还一劲哭什么！一个疯子死就死了吧！他的骨头有什么值钱。你回家做你以后的打算好了！现在我遣人把他埋到西岗子去。"

说着他向四周的男人们下个口令:

"这种气味……越快越好!"

妇人们的集团在低语:

"总是张老爷子,有多么慈心,什么事情,张老爷子都是帮忙的。"

王大哥是张老爷子烧死的,这事情妇人们不知道,一点不知道。田庄上的麦草打起流水样的波纹,烟筒里吐出来的炊烟,在人家的房顶上旋卷。

苍蝇拂子摆动着吸人血的姿势,张地主走回前村去。

穷汉们,和王大哥同类的穷汉们,摇煽着阔大的肩膀,王大哥的骨头被运到西岗上了!

四

三天过了! 五天过了! 田庄上不见王阿嫂的影子,拾土豆和割草的妇人们嘴里念道这样的话:

"她太艰苦了! 肚子那么大,真是不能做工了!"

"那天张地主踢了她一脚,五天没到田庄上来。大概是孩子生了,我晚上去看看。"

"王大哥被烧死以后,我看王阿嫂就没心思过日子了! 一天东哭一场,西哭一场的,最近更厉害了! 那天不是一面拾土豆,一面流着眼泪?"

又一个妇人皱起眉毛来说:

"真的,她流的眼泪比土豆还多。"

另一个又接着说:

"可不是吗？王阿嫂拾得的土豆，是用眼泪换得的。"

在激动着热情，一个抱着孩子拾土豆的妇人说：

"今天晚上我们都该到王阿嫂家去看看，她是我们的同类呀！"

田庄上十几个妇人用响亮的嗓子在表示赞同。

张地主走来了！她们都低下头去工作着。张地主走开，她们又都抬起头来；就像被风刮倒的麦草一样，风一过去，草稍又都伸立起来；她们说着方才的话：

"她怎能不伤心呢？王大哥死时，什么也没给她留下。眼看又来到冬天，我们虽是有男人，怕是棉衣也预备不齐。她又怎么办呢？小孩子若生下来她可怎么养活呢？我算知道，有钱人的儿女是儿女，穷人的儿女，分明就是孽障。"

"谁不说呢？听说王阿嫂有过三个孩子都死了！"

其中有两个死去男人，一个是年轻的，一个是老太婆。她们在想起自己的事，老太婆想着自己男人被车轧死的事，年轻的妇人想着自己的男人吐血而死的事，只有这俩妇人什么也不说。

张地主来了！她们的头就和向日葵般在田庄上弯弯的垂下去。

小环的叫喊声在田庄上，在妇人们的头上，响起来：

"快……快来呀！我妈妈不……不能，不会说话了！"

小环是一个被大风吹着的蝴蝶，不知方向，她惊恐的翅膀痉挛在振动。她的眼泪在眼眶里急得和水银似的不定形的滚转。手在捉住自己的小辫，跺着脚破着声音喊：

"我妈……妈怎么了？……她不说话呀……不会呀！"

五

等到村妇挤进王阿嫂屋门的时候,王阿嫂自己在炕上发出她最后沉重的嚎声,她的身子是被自己的血浸染着,同时在血泊里也有一个小的、新的动物在挣扎。

王阿嫂的眼睛像一个大块的亮珠,虽然闪光而不能活动。她的嘴张得怕人,像猿猴一样,牙齿拼命的向外突出。

村妇们有的哭着,也有的躲到窗外去,屋子里散散乱乱,扫帚水壶,破鞋,满地乱摆。邻家的小猫蹲缩在窗台上。小环低垂着头在墙角间站着,她哭,她是没有声音的在哭。

王阿嫂就这样的死了! 新生下来的小孩,不到五分钟也死了!

六

月亮穿透树林的时节,棺材带着哭声向西岗子移动。村妇们都来相送,拖拖落落,穿着种种样样擦满油泥的衣服,这正表示和王阿嫂同一个阶级。

竹三爷手携着小环,走在前面。村狗在远处受惊的在叫。小环并不哭,她依持别人,她的悲哀似乎分给大家担负似的,她只是随了竹三爷踏着贴在地上的树影走。

王阿嫂的棺材被抬到西岗子树林里。男人们在地面上掘坑。

小环,这个小幽灵,坐在树根下睡了! 林间的月光细碎的飘落在小环的脸上。她两手扣在膝盖间,头搭在手上,小辫在脖子上给风吹动着,她是个天然的小流浪者。

棺材合着月光埋到土里了！像完成一件工作似的，人们扰攘着。

竹三爷走到树根下摸动小环的头发：

"醒醒吧！孩子！回家了。"

小环闭着眼睛说：

"妈妈，我冷呀！"

竹三爷说：

"回家吧！你哪里还有妈妈？可怜的孩子别说梦话！"

醒过来了！小环才明白妈妈今天是不再搂着她睡了！她在树林里，月光下，妈妈的坟前，打着滚哭啊！……

"妈妈！……你不要……我了！让我跟跟跟谁睡……睡觉呀？"

"我……还要回到……张……张张地主家去挨打吗？"——她咬住嘴唇哭。

"妈妈！跟……跟我回……回家吧！……"

远近处颤动这小姑娘的哭声，树叶和小环的哭声一样交接的在响，竹三爷同别的人一样在擦揉眼睛。

林中睡着王大哥和王阿嫂的坟墓。

村狗在远近的人家吠叫着断续的声音……

林徽因:《钟绿》

作家介绍

　　林徽因(1904—1955),原名林徽音,曾以"徽音"为笔名。福建闽侯(福州)人。1904 年出生于浙江杭州,五岁时由大姑母林泽民授课发蒙。八岁时移居上海,入虹口爱国小学学习。1916 年举家迁往北京,就读于英国教会办的北京培华女子中学。1920 年,林徽因随父游历欧洲,在伦敦时立下了攻读建筑学的志向,并在此期间结识了来英留学的诗人徐志摩,开始对新诗产生浓厚兴趣。翌年随父回国后,仍到培华女中续学。1923 年,徐志摩、胡适等人在北京成立新月社,林徽因常常参加新月社举办的文艺活动。

　　1924 年,印度诗人泰戈尔访华,林徽因和徐志摩等人陪同。同年与梁启超长子梁思成双双赴美攻读建筑学,先在宾州大学后在耶鲁大学学习。1928 年春与梁思成结婚。同年回国,夫妻一起受聘于东北大学建筑系。1931 年受聘于北平中国营造学社。抗战时林徽因随丈夫所在的中央研究院迁往四川宜宾附近的李庄。抗战胜利后,林徽因全家于1946 年回到北平。1949 年受聘为清华大学建筑系教授,1955 年病逝于北京。

1931 年,林徽因以"徽音"为笔名发表了她的第一首诗《谁爱这不息的变幻》,以后几年,她连续在《诗刊》《新月》《北斗》、天津《大公报》、《文学杂志》等报纸杂志发表了几十篇作品。出版的作品集包括剧本《梅真同他们》(1937),以及《林徽因诗集》(1985)和《林徽因》(1992)等。

林徽因出身名门,自幼及长见识结交的都是文化界名流,个人感情生活除了丈夫梁思成之外,徐志摩和金岳霖在她心中也占据重要位置。她的女性魅力和文学才情,吸引了众多的文学界才俊凝聚在她的周围,她的客厅,成了"京派"活动的主要"公共空间"。名门闺秀和"太太的客厅",从两个方面概括了林徽因个人形象和公众魅力的两大特点,而她的诗作、散文和小说,在某种意义上讲也正是她典雅的闺秀气质和温婉的"太太"风韵交融的产物。

作品导读

林徽因的本色当行是建筑,行有余力则进行文学创作,因此,与中国现代文学史上的许多女作家比起来,她只是个业余作家。然而,她的"业余"因为家学的铺垫和自身才情的过人,倒也不比那些"专业"作家逊色。

林徽因既美丽又聪明,家境优裕,见识开阔,有传统的家学熏陶,也有现代的留洋背景,立志去西方学习建筑,却又对文学情有独钟。通过徐志摩,她和"新月派"发生了联系;因为《大公报》,她又成为"京派"的活跃人物。"她美貌、活泼、可爱,和任何人在一起总是成为中心人物",美国友人费正清夫人费慰梅的这段话,又充分表明林徽因的文学影响力,超出了她的创作本身。

就创作体裁的数量分布看,林徽因诗作最多,散文次之,小说再次之,剧本最少。其中诗歌的"知名度"最高,《你是人间的四月天——一句爱的赞颂》更因改编成电视剧《人间四月天》而名满天下。不过,林徽因的小说数量虽不算多,却极有特色。她的《九十九度中》是当年不多见的"片段组合"式人物群像。小说通过不同场景的片段以及活动其中的人物,构成了一个多视角的北平社会,"作者把一天的形形色色披露在我们的眼前,没有组织,却有组织;没有条理,却有条理;没有故事,却有故事,而且那样多的故事;没有技巧,却处处透露匠心"。《模影零篇》则是通过四个人物的"个案"系列,展现了不同中外人士的各种姿态——《钟绿》就是其中极具特色的一篇作品。

或许是与林徽因自身的家庭背景和个人资质有关,林徽因对"美"有一种超乎常人的敏感——这种"美"不仅是指人外在的形象美,也包括人内在的气质美、智慧美、思想美和情感美,并波及自然美、人情美、民俗美。除了对"美"的形态敏感,林徽因对"美"的结局也十分敏感。在她的诗中,多的是对美好情感的歌唱,对美好爱心的赞颂,对美好人间的感叹;在她的小说中,固然有对人间不平的揭示,但也不乏对人间"美"的记录,其中的《钟绿》,就是一篇记录和感叹"美"的小说。

小说一开头就说,"钟绿是我记忆中第一个美人",这个美人在作品中一直是个悬念。"我"总是在别人的叙述中获得美人"钟绿"的消息,通过别人的介绍,"我"知道了钟绿的"好看"、"傲慢潇洒"、"纯朴"、"天真"和"古典"。终于,"我"有机会和"钟绿"同住一晚,和她有直接的接触。面对钟绿的美丽,"我"不禁发出了"钟绿你长得实在太美了"的惊叹。然而,这样一个从肉体到灵魂都美丽无比的女性,却迭遭不幸:先是爱人在结婚前一星期骤然死去,后来她自己也"死在一条帆船上"。钟绿的人生,不禁令我"有点儿迷信预兆。美人自古薄命的话,更好像有了凭据"——而小说开始时"我"幼时听到的一个美人故事,也与"红颜薄命"相关,于是,"好像美人一生总是不幸的居多"在小说中就有了首尾呼应。

　　"五四"以来的中国现代女作家,身跨新旧交替的两个时代,既有"新生"的希望,也有"传统"的羁绊,因此她们如同铁屋中的清醒者,对自己的处境十分明了:知道自己的出路所在,可面对着坚固的铁屋,要想挣脱出来又谈何容易——这使她们相当痛苦,也难以在自己的作品中呈现光明和欢乐,对女性的关注,也主要集中在女性在时代转换中所要面对的种种"现实"问题,而较少对女性自身的体貌特征和与此相关的命运结局有超越性的形而上思考。林徽因由于出身名门,成长的环境相当优越,即便是同时代的新知识女性,也很少有她那样的"得天独厚"——自然也使她难以对同时代女性的"现实"问题有较为深刻的切肤之痛和感同身受。相反,对于女性的形貌之"美",以及作为"美"的化身的女性命运的形而上思考,倒成了林徽因不懈关注并在笔下时有表现的重要主题。

　　《钟绿》这篇小说写的虽然也是女性,可是林徽因笔下的钟绿却不是一个身陷新旧冲突时代的中国女性——她是一个外国人,因此那个时代中国新知识女性或旧女性所面临的种种问题,对钟绿来说都不存在。这样,林徽因写钟绿,就可以绕开那个时代中国女性必须面对的许多"现实"问题,而较为超越地专门写钟绿的"美",并表达在钟绿的女性"美"中体悟到的"红颜薄命"的人生哲理。

　　这就使林徽因的小说与同时代的女作家比起来,具有了一种超越性,即她对女性的关注和思考,不再拘泥于同时代女性具体的"现实"处境,而对更具抽象意味和普泛价值的女性问题——"美"和"命运",表现出了更多的兴趣。

　　对女性"美"和与"美"相关的女性"命运"的关注,无疑与林徽因自身的条件以及成长的经历有关:因为她自己"美",所以她对"美"更加专注和敏感;因为她自己"美",所以她对"美"的女性的人生遭际和命运结局更加关心。林徽因由于自身的"美"和精英式的成长环境而形成的这种女性立场和女性视角,在她那个时代,无疑是属于"小众"的——而这种"小众"性,既体现了林徽因女性思考的独特性,也在客观上丰富了她那个时代的女性书写。

钟 绿

　　钟绿是我记忆中第一个美人，因为一个人一生见不到几个真正负得起"美人"这称呼的人物，所以我对于钟绿的记忆，珍惜得如同他人私藏一张名画轻易不拿出来给人看，我也就轻易的不和人家讲她。除非是一时什么高兴，使我大胆地，兴奋地，告诉一个朋友，我如何如何的曾经一次看到真正的美人。

　　很小的时候，我常听到一些红颜薄命的故事，老早就印下这种迷信，好像美人一生总是不幸的居多。尤其是，最初叫我知道世界上有所谓美人的，就是一个身世极凄凉的年轻女子。她是我家亲戚，家中传统地认为一个最美的人。虽然她已死了多少年，说起她来，大家总还带着那种感慨，也只有一个美人死后能使人起的那样感慨。说起她，大家总都有一些美感的回忆。我姊娘常记起的是祖母出殡那天，这人穿着白衫来送殡。因为她是个已出嫁过的女子——其实她那时已孀居一年多——照我们乡例，头上缠着白头帕。试想一个静好如花的脸，一个长长窈窕的身材，一身的缟素，借着人家伤痛的丧礼来哭她自己可怜的身世，怎不是一幅绝妙的图画！姊娘说起她时，却还不忘掉提到她的走路如何的有种特有丰神，哭时又如何的辛酸凄惋动人。我那时因为过小，记不起送殡那天看到这素服美人，事后为此不知惆怅了多少回。每当大家晚上闲坐谈到这个人儿时，总害了我竭尽想象力，冥想到了夜深。

　　也许就是因为关于她，我实在记得不太清楚，仅凭一家人时时的传说，所以这个亲戚美人之为美人，也从未曾在我心里疑问过。过了一些年月，积渐地，我没有小时候那般理想，事事都有一把怀疑，沙似的挟在里面。我总爱说：绝代佳人，世界上不时总应该有一两个，但是我自己亲眼却没有看见过就是了。这句话直到我遇见了钟绿之后才算是取消了，换了一句：我觉得侥幸，一生中没有疑问地，真正地，见到一个美人。

我到美国××城进入××大学时，钟绿已是离开那学校的旧学生，不过在校里不到一个月的工夫，我就常听到"钟绿"这名字，老学生中间，每一提到校里旧事，总要联想到她。无疑的，她是他们中间最受崇拜的人物。

关于钟绿的体面和她的为人及家世也有不少的神话。一个同学告诉我，钟绿家里本来如何的富有；又一个告诉我，她的父亲是个如何漂亮的军官，哪一年死去的；又一个告诉我，钟绿多么好看，脾气又如何和人家不同。因为着恋爱，又有人告诉我，她和母亲决绝了，自己独立出来艰苦的半工半读，多处流落，却总是那么傲慢、潇洒，穿着得那么漂亮动人。有人还说钟绿母亲是希腊人，是个音乐家，也长得非常好看，她常住在法国及意大利，所以钟绿能通好几国文字。常常的，更有人和我讲了为着恋爱钟绿，几乎到发狂的许多青年的故事。总而言之，关于钟绿的事我实在听得多了，不过当时我听着也只觉到平常，并不十分起劲。

故事中仅有两桩，我却记得非常清楚，深入印象，此后不自觉地便对于钟绿动了好奇心。

一桩是同系中最标致的女同学讲的。她说那一年学校开个盛大艺术的古装表演，中间要用八个女子穿中世纪的尼姑服装。她是监制部的总管，每件衣裳由图案部发出，全由她找人比着裁剪，做好后再找人试服。有一晚，她出去晚饭回来稍迟，到了制衣室门口遇见一个制衣部里人告诉她说,许多衣裳做好正找人试着时,可巧电灯坏了,大家正在到处找来洋蜡点上。

"你猜,"她接着说,"我推开门时看到了什么?……"

她喘口气望着大家笑(听故事的人那时已不止我一个)。"你想,你想一间屋子里,高高低低地点了好几根蜡烛;各处射着影子;当中一张桌子上面,默默地,立着那么一个钟绿——美到令人不敢相信的中世纪小尼姑,眼微微地垂下,手中高高擎起一枝点亮的长烛。简单静穆,直像一张宗教画!拉着门环,我半天肃然,说不出一句话来!……等到人家笑声震醒我时,我已经记下这个一辈子忘不了的印象。"

自从听了这桩故事之后,钟绿在我心里便也开始有了根据,每次再听到钟绿的名字时,我脑子里便浮起一张图画。隐隐约约地,看到那个古代年轻的尼姑,微微地垂下眼,擎着一枝蜡走过。

第二次,我又得到一个对钟绿依稀想象的背影,是由于一个男同学讲的故事里来的。这个脸色清癯的同学平常不爱说话,是个忧郁深思的少年——听说那个为着恋爱钟绿,到南非洲去旅行不再回来的同学,就是他的同房好朋友。有一天雨下得很大,我与他同在画室里工作,天已经积渐地黑下来,虽然还不到点灯的时候,我收拾好东西坐在窗下看雨,忽然听他说:

"真奇怪,一到下大雨,我总想起钟绿!"

"为什么呢?"我倒有点好奇了。

"因为前年有一次大雨,"他也走到窗边,坐下来望着窗外,"比今天这雨大多了,"他自言自语地眯上眼睛。"天黑得可怕,许多人全在楼上画图,只有我和勃森站在楼下前门口檐底下抽烟。街上一个人没有,树让雨打得像囚犯一样,低头摇曳。一种说不出来的黯淡和寂寞笼罩着整条没生意的街道,和街道旁边不做声的一切。忽然间,我听到背后门环响，门开了，一个人由我身边溜过，一直下了台阶冲入大雨中走去！……那是钟绿……

"我认得是钟绿的背影，那样修长灵活，虽然她用了一块折成三角形的绸巾蒙在她头上，一只手在项下抓紧了那绸巾的前面两角，像个俄国村姑的打扮。勃森说钟绿疯了，我也忍不住要喊她回来。'钟绿你回来听我说！'我好像求她那样恳切，听到声，她居然在雨里回过头来望一望，看见是我，她仰着脸微微一笑，露出一排贝壳似的牙齿。"朋友说时回过头对我笑了一笑，"你真想不到世上真有她那样美的人！不管谁说什么，我总忘不了在那狂风暴雨中，她那样扭头一笑，村姑似的包着三角的头巾。"

这张图画有力地穿过我的意识，我望望雨又望望黑影笼罩的画室。朋友叉着手，正经地又说：

"我就喜欢钟绿的一种纯朴，城市中的味道在她身上总那样的不沾着她本身的天真！那一天，我那个热情的同房朋友在楼窗上也发现了钟绿在雨里，像顽皮的村姑，没有笼头的野马，便用劲地喊。钟绿听到，俯下身子一闪，立刻就跑了。上边劈空的雷电，四围纷披的狂雨，一会儿工夫她就消失在那水雾迷漫之中了……"

"奇怪，"他叹口气，"我总老记着这桩事，钟绿在大风雨里似乎是个很自然的回忆。"

听完这段插话之后，我的想象中就又加了另一个隐约的钟绿。

半年过去了，这半年中这个清癯的朋友和我比较的熟起，时常轻声地来告诉我关于钟绿的消息。她是辗转地由一个城到另一个城，经验不断地跟在她脚边，命运好似总不和她合作，许多事情都不畅意。

秋天的时候，有一天我这朋友拿来两封钟绿的来信给我看，笔迹秀劲流丽如见其人，我留下信细读觉到它很有意思。那时我正初次的在夏假中觅工,几次在市城熙熙攘攘中长了见识,更是非常地同情于这流浪的钟绿。

"所谓工业艺术你可曾领教过?"她信里发出嘲笑,"你从前常常苦心教我调颜色,一根一根地描出理想的线条,做什么,你知道么? ……我想你决不能猜到两三星期以来,我和十几个本来都很活泼的女孩子,低下头都画一些什么,……你闭上眼睛,喘口气,让我告诉你! 墙上的花纸,好朋友! 你能相信么? 一束一束的粉红玫瑰花由我们手中散下来,整朵的,半朵的——因为有人开了工厂专为制造这种的美丽! ……"

"不,不,为什么我要脸红? 现在我们都是工业战争的斗士——(多美丽的战争!)——并且你知道,各人有各人不同的报酬;花纸厂的主人今年新买了两个别墅,我们前夜把晚饭减掉一点居然去听音乐了,多谢那一束一束的玫瑰花! ……"

幽默地,幽默地她写下去那样顽皮的牢骚。又一封:

"……好了,这已经是秋天,谢谢上帝,人工的玫瑰也会凋零的。这回任何一束什么花,我也决意不再制造了,那种逼迫人家眼睛堕落的差事,需要我所没有的勇敢,我失败了,不知道在心里哪一部分也受点伤。……"

"我到乡村里来了,这回是散布知识给村里朴实的人! ××书局派我来揽买卖,儿童的书,常识大全,我简直带着'知识'的样本到处走。那可爱的老太太却问我要最新烹调的书,工作到很瘦的妇人要城市生活的小说看,——你知道那种穿着晚服去恋爱的城市浪漫!"

"我夜里总找回一些矛盾的微笑回到屋里。乡间的老太太都是理想的母亲,我生平没有吃过更多的牛奶,睡过更软的鸭绒被,原来手里提着锄头的农人,都是这样母亲的温柔给培养出来的力量。我爱他们那简单的情绪和生活,好像日和夜,太阳和影子,农作和食睡,夫和妇,儿子和母亲,幸福和辛苦都那样均匀地放在天秤的两头。……"

"这农村的妩媚,溪流树荫全合了我的意,你更想不到我屋后有个什么宝贝?一口井,老老实实旧式的一口井,早晚我都出去替老太太打水。真的,这样才是日子,虽然山边没有橄榄树,晚上也缺个织布的机杼,不然什么都回到我理想的以往里去。……"

"到井边去汲水,你懂得那滋味么?天呀,我的衣裙让风吹得松散,红叶在我头上飞旋,这是秋天,不瞎说,我到井边去汲水去。回来时你看着我把水罐子扛在肩上回来!"

看完信,我心里又来了一个古典的钟绿。

约略是三月的时候,我的朋友手里拿本书,到我桌边来,问我看过没有这本新出版的书,我由抽屉中也扯出一本叫他看。他笑了,说,你知道这个作者就是钟绿的情人。

我高兴地谢了他,我说:"现在我可明白了。"我又翻出书中几行给他看,他看了一遍,放下书默诵了一回,说:

"他是对的,他是对的,这个人实在很可爱,他们完全是了解的。"

此后又过了半个月光景。天气渐渐地暖起来,我晚上在屋子里读书老是开着窗子,窗前一片草地隔着对面远处城市的灯光车马。有个晚上,很夜深了,我觉到冷,刚刚把窗子关上,却听到窗外有人叫我,接着有人拿沙子抛到玻璃上,我赶忙起来一看,原来草地上立着那个清癯的朋友,旁边有个女人立在我的门前。朋友说:"你能不能下来,我们有桩事托你。"

我蹑着脚下楼,开了门,在黑影模糊中听我朋友说:"钟绿,钟绿她来到这里,太晚没有地方住,我想,或许你可以设法,明天一早她就要走的。"他又低声向我说:"我知道你一定愿意认识她。"

　　这事真是来得非常突兀，听到了那么熟识，却又是那么神话的钟绿，竟然意外地立在我的前边，长长的身影穿着外衣，低低的半顶帽遮着半个脸，我什么也看不清楚。我伸手和她握手，告诉她在校里常听到她。她笑声地答应我说，希望她能使我失望，远不如朋友所讲的她那么坏！

　　在黑夜里，她的声音像银铃样，轻轻地摇着，末后宽柔温好，带点回响。她又转身谢谢那个朋友，率真地揽住他的肩膀说："百罗，你永远是那么可爱的一个人。"

　　她随了我上楼梯，我只觉到奇怪，钟绿在我心里始终成个古典人物，她的实际的存在在此时反觉得荒诞不可信。

　　我那时是个穷学生，和一个同学住一间不甚大的屋子，恰巧同房的那几天回家去了。我还记得那晚上我在她的书桌上，开了她那盏非常得意的浅黄色灯，还用了我们两人共用的大红浴衣铺在旁边大椅上，预备看书时盖在腿上当毯子享用。屋子的布置本来极简单，我们曾用尽苦心把它收拾得还有几分趣味：衣橱的前面我们用一大幅黑色带金线的旧锦挂上，上面悬着一副我朋友自己刻的金色美人面具，旁边靠墙放两架睡榻，罩着深黄的床幔和一些靠垫，两榻中间隔着一个薄纱的东方式屏风。窗前一边一张书桌，各人有个书架，几件心爱的小古董。

　　整个房子的神气还很舒适，颜色也带点古黯神秘。钟绿进房来，我就请她坐在我们唯一的大椅上，她把帽子外衣脱下，顺手把大红浴衣披在身上说："你真能让我独占这房里唯一的宝座么？"不知为什么，听到这话，我怔了一下，望着灯下披着红衣的她。看她里面本来穿的是一件古铜色衣裳，腰里一根很宽的铜质软带，一边臂上似乎套着两三副细窄的铜镯子，在那红色浴衣掩映之中，黑色古锦之前，我只觉到她由脸至踵有种神韵，一种名贵的气息和光彩，超出寻常所谓美貌或是漂亮。她的脸稍带椭圆,眉目清扬,有点儿南欧曼达娜的味道;眼睛清棕色,虽然甚大,却微微有点羞涩。她的头、脸、耳、鼻、口唇、前颈和两只手,则都像雕刻过的形体! 每一面和她一面交接得那样清晰,又那样柔和,让光和影在上面活动着。

我的小铜壶里本来烧着茶,我便倒出一杯递给她。这回她却怔了说:"真想不到这个时候有人给我茶喝,我这回真的走到中国了。"我笑了说:"百罗告诉我你喜欢到井里汲水,好,我就喜欢泡茶。各人有她传统的嗜好,不容易改掉。"就在那时候,她的两唇微微地一抿,像朵花,由含苞到开放,毫无痕迹地轻轻地张开,露出那一排贝壳般的牙齿。我默默地在心里说,我这一生总可以说真正的见过一个称得起美人的人物了。

"你知道,"我说,"学校里谁都喜欢说起你,你在我心里简直是个神话人物,不,简直是古典人物;今天你的来,到现在我还信不过这事的实在性!"

她说:"一生里事大半都好像做梦。这两年来我飘泊惯了,今天和明天的事多半是不相连续的多;本来现实本身就是一串不一定能连续而连续起来的荒诞。什么事我现在都能相信得过,尤其是此刻,夜这么晚,我把一个从来未曾遇见过的人的清静打断了,坐在她屋里,喝她几千里以外寄来的茶!"

那天晚上,她在我屋子里不止喝了我的茶,并且在我的书架上搬弄了我的书,我的许多相片,问了我一大堆的话,告诉我她有个朋友喜欢中国的诗——我知道那就是那青年作家,她的情人,可是我没有问她。她就在我屋子中间小小灯光下愉悦地活动着,一会儿立在洛阳造像的墨拓前默了一会,停一刻又走过,用手指柔和地,顺着那金色面具的轮廓上抹下来,她搬弄我桌上的唐陶俑和图章。又问我壁上铜剑的铭文。

纯净的型和线似乎都在引逗起她的兴趣。

一会儿她倦了，无意中伸个懒腰，慢慢地将身上束的腰带解下，自然地，活泼地，一件一件将自己的衣服脱下，裸露出她雕刻般惊人的美丽。我看着她耐性地，细致地，解除臂上的铜镯，又用刷子刷她细柔的头发，来回地走到浴室里洗面又走出来。她的美当然不用讲，我惊讶的是她所有举动，全个体态，都是那样的有个性，奏着韵律。我心里想，自然舞蹈班中几个美体的同学，和我们人体画班中最得意的两个模特，明蒂和苏茜，她们的美实不过是些浅显的柔和及妍丽而已，同钟绿真无法比较得来。我忍不住兴趣地直爽地笑对钟绿说：

"钟绿你长得实在太美了，你自己知道么？"

她忽然转过来看了我一眼，好脾气地笑起来，坐到我床上。

"你知道你是个很古怪的小孩子么？"她伸手抚着我的头后（那时我的头是低着的，似乎倒有点难为情起来。），"老实告诉你，当百罗告诉我，要我住在一个中国姑娘的房里时，我倒有些害怕。我想着不知道我们要谈多少孔夫子的道德，东方的政治；我怕我的行为或许会触犯你们谨严的佛教！"

这次她说完，却是我打个呵欠，倒在床上好笑。

她说："你在这里原来住得还真自由。"

我问她是否指此刻我们不拘束的行动讲。我说那是因为时候到底是半夜了，房东太太在梦里也无从干涉，其实她才是个极宗教的信徒，我平日极平常的画稿，拿回家来还曾经惊着她的腼腆。男朋友从来只到过我楼梯底下的，就是在楼梯边上坐着，到了十点半，她也一定咳嗽的。

钟绿笑了说："你的意思是从孔子庙到自由神中间并无多大距离！"

那时我睡在床上和她谈天，屋子里仅点一盏小灯。她披上睡衣，替我开了窗,才回到床上抱着膝盖抽烟。在一小闪光底下,她努着嘴喷出一个一个的烟圈,我又疑心我在做梦。

"我顶希望有一天到中国来,"她说,手里搬弄床前我的夹旗袍,"我还没有看见东方的莲花是什么样子。我顶爱坐帆船了。"

我说,"我和你约好了,过几年你来,挑个山茶花开遍了时节,我给你披上一件长袍,我一定请你坐我家乡里最浪漫的帆船。"

"如果是个月夜,我还可以替你弹一曲希腊的弦琴。"

"也许那时候你更愿意死在你的爱人怀里! 如果你的他也来。"我逗着她。

她忽然很正经地却用最柔和的声音说:"我希望有这福气。"

就这样说笑着,我朦胧地睡去。

到天亮时,我觉得有人推我,睁开了眼,看她已经穿好了衣裳,收拾好皮包,俯身下来和我作别。

"再见了,好朋友,"她又淘气地抚着我的头,"就算你做个梦吧。现在你信不信昨夜答应过人,要请她坐帆船?"

可不就像一个梦,我眯着两只眼,问她为何起得这样早。她告诉我要赶六点十分的车到乡下去,约略一个月后,或许回来,那时一定再来看我。她不让我起来送她,无论如何要我答应她,等她一走就闭上眼睛再睡。

于是在天色微明中,我只再看到她歪着一顶帽子,倚在屏风旁边妩媚地一笑,便转身走出去了。一个月以后,她没有回来,其实等到一年半后,我离开××时,她也没有再来过这城的。我同她的友谊就仅仅限于那么一个短短的半夜,所以那天晚上是我第一次,也就是最末次,会见钟绿。但是即使以后我没有再得到关于她的种种悲惨的消息,我也知道我是永远不能忘记她的。

那个晚上以后，我又得到她的消息时，约在半年以后，百罗告诉我说：

"钟绿快要出嫁了。她这种的恋爱真能使人相信人生还有点意义，世界上还有一点美存在。这一对情人上礼拜堂去，的确要算上帝的荣耀。"

我好笑忧郁的百罗说这种话，却是私下里也的确相信钟绿披上长纱会是一个奇美的新娘。那时候我也很知道一点新郎的样子和脾气，并且由作品里我更知道他留给钟绿的情绪，私下里很觉到钟绿幸福。至于他们的结婚，我倒觉得很平凡；我不时叹息，想象到钟绿无条件地跟着自然规律走，慢慢地变成一个妻子，一个母亲，渐渐离开她现在的样子，变老，变丑，到了我们从她脸上、身上再也看不出她现在的雕刻般的奇迹来。

谁知道事情偏不这样的经过，钟绿的爱人竟在结婚的前一星期骤然死去，听说钟绿那时正在试着嫁衣，得着电话没有把衣服换下，便到医院里晕死过去在她未婚新郎的胸口上。当我得到这个消息时，钟绿已经到法国去了两个月，她的情人也已葬在他们本来要结婚的礼拜堂后面。

因为这消息，我却时常想起钟绿试装中世纪尼姑的故事，有点儿迷信预兆。美人自古薄命的话，更好像有了凭据。但是最使我感恸的消息，还在此后两年多。

当我回国以后，正在家乡游历的时候，我接到百罗一封长信，我真是没有想到钟绿竟死在一条帆船上。关于这一点，我始终疑心这个场面，多少有点钟绿自己的安排，并不见得完全出自偶然。那天晚上对着一江清流。茫茫暮霭，我独立在岸边山坡上，看无数小帆船顺风飘过，忍不住泪下如雨，坐下哭了。

我耳朵里似乎还听见钟绿银铃似的温柔的声音说："就算你做个梦，现在你信不信昨夜答应过请人坐帆船？"

丁玲:《我在霞村的时候》

作家介绍

丁玲(1904—1986),原名蒋伟,字冰之,另有笔名彬芷、丛喧等。湖南临澧人。1918 年就读于桃源湖南省立第二女子师范学校预科,次年转入长沙周南女子中学。1922 年初赴上海,曾在平民女子学校学习。1923 年入上海大学中国文学系学习。次年夏转赴北京,曾在北京大学旁听文学课程。1925 年与胡也频同居。1927 年发表处女作《梦珂》,1928 年发表代表作《莎菲女士的日记》,引起文坛热烈反响。1929 年与胡也频、沈从文等创办红黑出版社,出版《红黑》杂志和"红黑创作丛书"。1930 年参加中国左翼作家联盟,后出任"左联"机关刊物《北斗》主编及"左联"党团书记。1936 年到陕北,历任西北战地服务团主任、《解放日报》文艺副刊主编等职,1948 年完成了长篇小说《太阳照在桑干河上》,1952 年凭此作获斯大林文艺奖二等奖。1949 年后,丁玲曾任中国文协(后改为中国作家协会)常务副主席、中央文学研究所所长、中共中央宣传部文艺处处长、《文艺报》主编、《人民文学》主编等职。1955 年和1957 年被定为"丁玲、陈企霞反党集团"和"丁玲、冯雪峰反党集团"主要成员,1958 年又受到"再批判",并下放北大荒劳动改造。"文化大革命"

期间深受迫害并被投入监狱。1979 年平反后重返文坛,先后出任中国作家协会副主席、《中国》杂志主编等职。1986 年在北京逝世。

丁玲一生著作丰硕,代表作有短篇小说集《在黑暗中》(1928)、《自杀日记》(1929)、《一个女人》(1930)、《一颗未出膛的枪弹》(1938)、《我在霞村的时候》(1944)等,中篇小说《韦护》(1930)、《水》(1932)等,长篇小说《母亲》(1933)、《太阳照在桑干河上》(1949)等,散文集《一年》(1939)、《欧行散记》(1951)、《到前线去》(1980)、《访美散记》(1984)等。

外受政治环境的影响,内受女性的丁玲、作家的丁玲和政治的丁玲三者之间纠葛缠磨折冲斗争,丁玲的一生,充满了坎坷、矛盾和传奇。

作品导读

丁玲在中国现代文学史上一直是个比较有争议的作家,从知识女性到革命干部的不寻常经历固然是重要原因,个人良知、女性立场和政治追求之间的矛盾可能起的作用更大。丁玲是以对女性内心苦闷的大胆表现走上文坛的,她的《梦珂》《莎菲女士的日记》在二十世纪二十年代后期曾轰动一时,产生过深远的影响。后来的左翼政治追求使她将书写的重点转向了政治,《韦护》《一九三○年春上海》《水》《田家冲》等作品标志着丁玲创作的左翼转向,女性在她的笔下也从表现的中心转换成了表现的载体——也就是说,过去是表现女性自身的叛逆、苦闷和追求,现在则变成了通过女性表现政治对女性的作用力。由于政治的介入,女性在丁玲的笔下不再是单纯的女性问题,而是政治如何作用于女性的问题,这使女性在丁玲的笔下从中心退缩到了边缘(当然并没有消失),从主体变成了载体。

到了延安,女性形象在丁玲的作品中再次成为表现的重点,不过,这时的女性已经置身于共产党统治区的环境中,她们的命运也必然会因此而带有一些新的特点——如果说初登文坛的丁玲关注女性,右转后的丁玲重视政治,那么到了延安的丁玲,则在女性与政治的重叠中表现女性与政治的关系。在这样一个书写重点不断转移的过程中,延安时期丁玲笔下的女性形象自然也就与以往不同。

在《我在霞村的时候》这篇作品中,女主人公贞贞以忍受日本兵凌辱为代价为游击队做地下工作,可是当她从敌营归来时,却不为身边的民众所理解,而遭到强烈的道德谴责——认为她身为女人不贞,身为中国人无节。在这篇小说中,丁玲涉及了这样一个现象,那就是,按照马克思主义理论的社会发展观来看,共产党统治区应该是妇女获得真正解放的地方,然而在丁玲笔下的贞贞身上,呈现出来的结果却与此大相径庭:在共产党统治区,封建主义以"贞"、"节"的道德正当性,继续维持着对妇女的精神压迫。贞贞去"鬼子"那里虽然有为游击队刺探情报的革命正当性,但这种正当性却被她周围的大多数民众忽略了。他们看到的是贞贞"给鬼子糟蹋","起码一百个男人总'睡'过","还做了日本官太太",于是判定贞贞是个"缺德的婆娘",认为"不该让她回来"。这种源于封建思想的民间舆论压力,竟然覆盖掉了贞贞为革命所做的贡献,不但使贞贞毫无革命功臣的光荣感,反而在内心深处深感自惭形秽,并因此不敢面对和接受夏大宝忠贞不渝的爱情,决定远离故土,去延安学习。

当丁玲在创作《我在霞村的时候》的时候,她其实具有双重身份,即既是女性作家,又是革命的女性作家。当她以女性作家面对贞贞的时候,她是同情贞贞的;可是作为革命的女性作家,她又不能否定革命大众。于是,丁玲的女性视角、女性立场和政治倾向、政治追求之间的拉扯,就构成了作家丁玲内心的深刻矛盾,也导致了《我在霞村的时候》这篇小说的复杂。如果把丁玲创作于同一时期的另一篇小说《在医院中》结合起来考察,就会发现,丁玲在延安时期创作中所具有的这种矛盾性,并不是一种偶然的作为,而是具有某种"稳定"的特质。

王德威在《做了女人真倒霉——丁玲的"霞村"经验》一文中,认为"丁玲的问题包括了:在以'解放'为号召的政权下,妇女的地位如何才算解放?两性间的不平等关系,可以用民族意识(中对日)或阶级斗争论来轻轻化解么?女性身体如何成为男性权力放纵或禁抑的对象?还有女作家如何在男性中心叙述传统下,突破障碍,发出独特的声音?对于左派乌托邦主义者而言,这些问题只要随着'革命'的成功,自可迎刃而解。但是丁玲似乎不作如是观。小说也许没有提出明确的答案;我们所见的,是叙述者游移于各类角色所代表的立场间,企图包容彼此的矛盾,却终究更无奈地泄露其破绽间隙"。这段论述,不但深刻地阐述了《我在霞村的时候》这篇小说的核心底蕴,而且也道尽了延安时期丁玲自身在女性、政治、革命等关系之间左支右绌艰难摇摆的尴尬和窘境。

事实上延安时期的丁玲可以说是由两个丁玲组成的,一为感性的个人的女性的丁玲,一为理性的集体的革命的丁玲。前者使丁玲近乎本能地站在女性立场为女性说话——在《我在霞村的时候》和《在医院中》,丁玲将自己的所有同情都倾注在了贞贞和陆萍的身上,而对那些"庸众"(那些身在共产党统治区思想却还停留在封建时代的民众,即便是在共产党统治区也仍然是"庸众")的"精神奴役创伤"进行了充满嘲讽的揭露和批判。后者则使丁玲以政治原则和革命要求为优先,对前一个丁玲进行修正乃至压制,在作品中则体现为对"庸众"的揭露和批判是有分寸和节制的。两个丁玲彼此争斗互相搏击所形成的张力,显示的其实是像丁玲这样的女作家在进入了左翼的轨道之后,其个人的女性意识和组织化的革命情怀之间,内在的结构性矛盾。而两个丁玲的难以整合和协调,最终导致了丁玲的个人悲剧。

不过,丁玲的这种矛盾,倒反而成了她的特色,成就了她的创作,并因了她的这种左翼女性书写,丰富了二十世纪中国现代女作家的创作风貌。

我在霞村的时候

因为政治部太嘈杂，莫俞同志决定要把我送到邻村去暂住，实际我的身体已经复原了，不过既然有安静的地方暂时休养，趁这机会整理一下近三月来的笔记，觉得也很好，我便答应他到霞村去住两个星期，那里离政治部有三十里路。

同去的还有一个宣传科的女同志，她大约有些工作，她不是个好说话的人，所以一路显得很寂寞。加上她是一个"改组派"的脚，我的精神又不大好，我们上午就出发，太阳快下山了，才到达目的地。

远远看这村子，也同其他村子差不多。但我知道，这村子里还有一个未被毁去的建筑得很美丽的天主教堂和一个小小的松林，我就将住在靠山的松林里，从这里可以直望到教堂。现在已经看到靠山的几排整齐的窑洞和窑洞上的绿色的树林，我觉得很满意这村子。

从我的女伴口里，我认为这村子是很热闹的；但当我们走进村口时，却连一个小孩子，一只狗也没有碰到，只是几片枯叶轻轻地被风卷起，飞不多远又坠下来了。

"这里从先是小学堂，自从去年鬼子来后就毁了，你看那边台阶，那是一个很大的教室呢。"阿桂（我的女伴）告诉我，她显得有些激动，不像白天那样沉默了。她接着又指着一个空空的大院子："一年半前这里可热闹呢，同志们天天晚饭后就在这里打球。"

她又急起来了："怎么今天这里没有人呢？我们是先到村公所去，

还是到山上去呢？咱们的行李也不知道捎到什么地方去了，总得先闹清才好。"

村公所大门墙上，贴了很多白纸条，上面写着"××会办事处"、"××会霞村分会"……但我们到了里边，却静悄悄地找不到一个人，几张横七竖八的桌子空空的摆在那里。我们正奇怪，匆匆地跑来一个人，他看了一看我，似乎想问什么，接着又把话咽下去了，还想往外跑，但被我们叫住了。

他只好连连地答应我们："我们的人嘛，都到村西口去了。行李？嗯，是有行李，老早就抬到山上了，是刘二妈家里。"他一边说一边也打量着我们。

我们知道了他是农救会的人，便要求他陪同我们一道上山去，并且要他把我写给这边一个同志的条子送去。

他答应替我们送条子，却不肯陪我们，而且显得有点不耐烦的样子，把我们丢下独自跑走了。

街上也是静悄悄的，有几家在关门，有几家门还开着，里边黑漆漆的，我们也没有找到人。幸好阿桂对这村子还熟，她引导着我走上山，这时已经黑下来了，冬天的阳光是下去得快的。

山不高，沿着山脚上去，错错落落有很多石砌的窑洞，也常有人站在空坪上眺望着。阿桂明知没有到，但一碰着人便要问：

"刘二妈的家是这样走的么？""刘二妈的家还有多远？""请你告诉我怎样到刘二妈的家里？"或是问："你看见有行李送到刘二妈家去过么？刘二妈在家么？"

回答总是使我们满意的，这些满意的回答一直把我们送到最远的、最高的刘家院子里，两只小狗最先走出来欢迎我们。

接着有人出来问了。一听说是我，便又出来了两个人，他们掌着灯把我们送进一个院子,到了一个靠东的窑洞里。这窑洞里面很空,靠窗的炕上堆得有我的铺盖卷和一口小皮箱,还有阿桂的一条被子。

他们里面有认识阿桂的,拉着她的手问长问短的,后来索性把阿桂拉出去了。我一个人留在这屋子里,只好整理铺盖。我刚要躺下去,她们又拥进来了。有一个青年媳妇托着一缸面条,阿桂、刘二妈和另外一个小姑娘拿着碗、筷和一碟子葱同辣椒,小姑娘又捧来一盆燃得红红的火。

她们殷勤地督促着我吃面,也摸我的两手、两臂。刘二妈和那媳妇也都坐上炕来了。她们露出一种神秘的神气,又接着谈讲着她们适才所谈到的一个问题。我先还以为她们所诧异的是我,慢慢我觉得不是这样的,她们只热心于一点,那就是她们谈话的内容。我只无头无尾的听见几句,也弄不清,尤其是刘二妈说话之中,常常要把声音压低,像怕什么人听见似的那么耳语着。阿桂已经完全变了,她仿佛满能干的,很爱说话,而且也能听人说话的样子,她表现出很能把握住别人说话的中心意思。另外两人不大说什么,不时也补充一两句,却那么聚精会神地听着,生怕遗漏去一个字似的。

忽然院子里发出一阵嘈杂的声音,不知有多少人在同时说话,也不知道闯进了多少人来。刘二妈几人慌慌张张的都爬下炕去往外跑,我也莫名其妙地跟着跑到外边去看。这时院子里实在完全黑了,有两个纸糊的红灯笼在人丛中摇晃,我挤到人堆里去瞧,什么也看不见,他们也是无所谓的在挤着而已,他们都想说什么,都又不说,只听见一些极简单的对话,而这些对话只有更把人弄糊涂的:

"玉娃,你也来了么?"

"看见没有?"

"看见了,我有些怕。"

"怕什么,不也是人么,更标致了呢。"

我开始以为是谁家要娶新娘子了,他们回答我不是的;我又以为是俘虏兵到了,却还不是的。我跟着人走到中间的窑门口,却见窑里挤得满满的是人,而且烟雾沉沉地看不清,我只好又退出来。人似乎也在慢慢地退去了,院子里空旷了许多。

我不能睡去,便在灯底下整理着小箱子,翻着那些练习簿、相片,又削着几支铅笔。我显得有些疲乏,却又感觉着一种新的生活要到来以前的那种昂奋。我分配着我的时间,我要从明天起遵守规定下来的生活秩序,这时却有一个男人嗓子在门外响起了:

"还没有睡么? ××同志。"

还没有等到我答应,这人便进来了,是一个二十岁左右的、还文雅的乡下人。

"莫主任的信我老早就看到了,这地方还比较安静,凡事放心,都有我,要什么尽管问刘二妈。莫主任说你要在这里住两个星期,行,要是住得还好,欢迎你多住一阵。我就住在邻院,下边的那几个窑,有事就叫这里的人找我。"

他不肯上炕来坐,地下又没有凳子,我便也跳下炕去:

"呵,你就是马同志,我给你的一个条子收到了么? 请坐下来谈谈吧。"

我知道他在这村子上负点责,是一个未毕业的初中学生。

"他们告诉我,你写了很多书,可惜我们这里没有买,我都没有见到。"他望了望炕上开着口的小箱子。

我们话题一转到这里的学习情形时,他便又说:"等你休息几天后,我们一定请你做一个报告;群众的也好,训练班的也好,总之,你一定得帮助我们,我们这里最难的工作便是'文化娱乐'。"

像这样的青年人我在前方看了很多很多,当刚刚接触他们的时候常常感到惊讶,觉得这些同自己有一点距离的青年们实在变得很快,我又把话拉回来。

"刚才,他们发生了什么事么?"

"刘大妈的女儿贞贞回来了。想不到她才了不起呢。"即刻我感到在他的眼睛里面多了一样东西,那里面放射着愉快的、热情的光辉。

我正要问下去时,他却又加上说明了:"她是从日本人那里回来的,她已经在那里干了一年多了。"

"呵!"我不禁也惊叫起来了。

他打算再告诉我一些什么时,外边有人在叫他了,他只好对我说明天他一定叫贞贞来找我。而且他还提起我注意似的,说贞贞那里"材料"一定很多的。

很晚阿桂才回来睡,她躺在床上老是翻来覆去地睡不着,不住地唉声叹气。我虽说已经疲倦到极点了,仍希望她能告诉我一些关于今晚上的事情。

"不,××同志! 我不能说,我真难受,我明天告诉你吧,呵! 我们女人真作孽呀!"于是她把被蒙着头,动也不动.也再没有叹息,我不知道她什么时候才睡着的。

第二天一早我到屋外去散步,不觉得就走到村子底下去了。我走进了一家杂货铺,一方面是休息,一方面买了他们很多枣子,是打算送给刘二妈家里煮稀饭吃的。那杂货铺老板听我说住在刘二妈家里,便挤着那双小眼睛,有趣地低声问我道:

"她那侄女儿你看见了么? 听说病得连鼻子也没有了,那是给鬼子糟蹋的呀。"他又转过脸去朝站在里边门口的他的老婆说:"亏她有脸面回家来,真是她爹刘福生的报应。"

"那娃儿向来就风风雪雪的，你没有看见她早前就在街上浪来浪去，她不是同夏人宝打得火热么！要不是夏人宝穷，她不老早就嫁给他了么？"那老婆子拉着衣角走了出来。

"谣言可多呢，"他转过脸来抢着又说。这次他的眼睛已不再眨动了，却做出一副正经的样子："听说起码一百个男人总'睡'过，哼，还做了日本官太太，这种缺德的婆娘，是不该让她回来的。"

我忍住了气，因为不愿同他吵，就走出来了。我并没有再看他，但我感觉到他又眯着那小眼睛很得意地望着我的背影。

走到天主堂转角的地方，又听到有两个打水的妇人在谈着，一个说：

"还找过陆神父，一定要做姑姑，陆神父问她理由，她不说，只哭，知道那里边闹的什么把戏，现在呢，弄得比破鞋还不如……"

另一个便又说："昨天他们告诉我，说走起路来一跛一跛的，唉，怎么好意思见人！"

"有人告诉我，说她手上还戴得有金戒指，是鬼子送的哪！"

"说是还到大同去过，很远的，见过一些世面，鬼子话也会说哪……"

这散步于我是不愉快的，我便走回家来了。这时阿桂已不在家，我就独自坐在窑洞里读一本小册子。

我把眼睛从书上抬起来，看见靠墙立着两个粮食篓子，那大约很有历史的吧，它的颜色同墙壁一般黑，我把一块活动的窗户纸掀开，看见一片灰色的天（已经不是昨天来时的天气了）和一片扫得很干净的土地，从那地的尽头，伸出几株枯枝的树，疏疏朗朗地划在那死寂的铅色的天上。

院子里没有什么人走动。

我又把小箱子打开，取出纸笔来写了两封信。怎么阿桂还没回来呢？我忘记她是有工作的，而且我以为她将与我住下去似的了。

冬天的日子本来是很短的，但这时我却以为它比夏天的还长呢。

后来我看见那小姑娘出来了，于是跳下炕到门外去招呼她，她只望着我笑了一笑，便跑到另外一个窑洞里去了。我在院子里走了两个圈，看见一只苍鹰飞到教堂的树林子里边去了。那院子里有很多大树。

我又在院子里走起来，走到靠右边的尽头，我听见有哭泣的声音，是一个女人，而且在压抑住自己，时时都在擤鼻涕。

我努力地排遣自己，思索着这次来的目的和计划，我一定要好好休养，而且按着自己规定的时间去生活。于是我又回到房子里来了，既然不能睡，而写笔记又是多么无聊呵！

幸好不久刘二妈来看我了，她一进来，那小姑娘跟着也来了，后来那媳妇也来了。她们都坐到我的炕上，围着一个小火盆。那小姑娘便察看着那小方炕桌上的我的用具。

"那时谁也顾不到谁，"刘二妈述说着一年半前鬼子打到霞村来的事，"咱们住在山上的还好点，跑得快，村底下的人家有好些都没有跑走，也是命定下的，早不早迟不迟，这天咱们家的贞贞却跑到天主堂去了，后来才知道她是找那个外国神父要做姑姑去的，为的也是风声不好，她爹正在替她讲亲事，是西柳村一家米铺的小老板，年纪快三十了，填房，家道厚实，咱们都说好，就只贞贞自己不愿意，她向着她爹哭过。别的事她爹都能依她，就只这件事老头子不让，咱们老大又没儿，总企望把女儿许个好人家。谁知道贞贞却赌气跑到天主堂去了，就那一忽儿，落在火炕了哪，您说做娘老子的怎不伤心……"

"哭的是她的娘么？"

"就是她娘。"

"你的侄女儿呢?"

"侄女儿么,到底是年轻人,昨天回来哭了一场,今天又欢天喜地到会上去了,才十八岁呢。"

"听说做过日本人太太,真的么?"

"这就难说了,咱也摸不着,谣言自然是多得很,病是已经弄上身了,到那种地方,还保得住干净么?小老板的那头亲事,还不吹了,谁还肯要鬼子用过的女人!的的确确是有病,昨天晚上她自己也说了。她这一跑,真变了,她说起鬼子来就像说到家常便饭似的,才十八岁呢,已经一点也不害臊了。"

"夏大宝今天还来过呢,娘!"那媳妇悄声地说着,用探问的眼睛望着二妈。

"夏大宝是谁呢?"

"是村底下磨房里的一个小伙计,早先小的时候同咱们贞贞同过一年学,两个要好得很,可是他家穷,连咱们家也不如,他正经也不敢怎样的,偏偏咱们贞贞痴心痴意,总要去缠着他,一来又怪了他;要去做姑姑也还不是为了他?自从贞贞给日本鬼弄去后,他倒常来看看咱们老大两口子。起先咱们大爹一见他就气,有时骂他,他也不说什么,骂走了第二次又来,倒是一个有良心的孩子,现在在自卫队当一个小排长呢。他今天又来了,好像向咱们大妈求亲来着呢,只听见她哭,后来他也哭着走了。"

"他知不知道你侄女儿的情形呢?"

"怎会不知道?这村子里就没有人不清楚,全比咱们自己还清楚呢。"

"娘,人都说夏大宝是个傻孩子呢。"

"嗯,这孩子总算有良心,咱是愿意这头亲事的。自从鬼子来后,谁还再是有钱的人呢？看老大两口子的口气，也是答应的。唉，要不是这孩子，谁肯来要呢？莫说有病，名声就实在够受了。"

"就是那个穿深蓝色短棉袄，戴一顶古铜色翻边毡帽的。"小姑娘闪着好奇的眼光，似乎也很了解这回事。

在我记忆里出现了这样一个人影：今天清晨我出外散步的时候，看见了这么一个年轻的小伙子，有着一副很机灵也很忠厚的面孔，他站在我们院子外边，却又并不打算走进来的样子；约莫当我回家时，又看他从后边的松林里走出来。我只以为是这院子里人或邻院的人，我那时并没有很注意他，现在想起来，倒觉得的确是一个短小精悍、很不坏的年轻人。

我的休养计划怕不能完成了，为什么我的思绪这样的乱？我并不着急于要见什么人，但我幻想中的故事是不断的增加着。

阿桂现出一副很明白我的神气，望着我笑了一下便走出去了。

我明白了她的意思，于是来回在炕上忙碌了一番；觉得我们的铺、灯、火都明亮了许多。我刚把茶缸子搁在火上的时候，果然阿桂已经回到门口了，我听见她后边还跟得有人。

"有客人来了，××同志！"阿桂还没有说完，便听见另一个声音扑哧一笑："嘻……"

在房门口我握住了这并不熟识的人的手了。她的手滚烫，使我不能不略微吃惊。她跟着阿桂爬上炕去时，在她的背上，长长的垂着一条发辫。

这间使我感到非常沉闷的窑洞，在这新来者的眼里，却很新鲜似的，她用满有兴致的眼光环绕地探视着。她身子稍稍向后仰地坐在我的对面，两手分开撑住她坐的铺盖上，并不打算说什么话似的，最后把眼光安详地落在我的脸上了。阴影把她的眼睛画得很长，下巴很尖。

虽在很浓厚的阴影之下的眼睛,那眼珠却被灯火和火光照得很明亮,就像两扇在夏天的野外屋宇里洞开的窗子,是那么坦白,没有尘垢。

我也不知道如何来开始我们的谈话,怎么能不碰着她的伤口,不会损害到她的自尊心。我便先从缸子里倒了一杯已经热了的茶。

"你是南方人吧? 我猜你是的,你不像咱们省里的人。"倒是贞贞先说了。

"你见过很多南方人么?"我想最好随她高兴说什么我就跟着说什么。

"不,"她摇着头,仍旧盯着我瞧,"我只见过几个,总是有些不同。我喜欢你们那里人,南方的女人都能念很多很多的书,不像咱们,我愿意跟你学,你教我好么?"

我答应她之后忽的她又说了:"日本的女人也都会念很多很多书,那些鬼子兵都藏得有几封写得漂亮的信:有的是他们的婆姨来的,有的是相好来的,也有不认识的姑娘们写信给他们,还夹上一张照片,写了好些肉麻的话,也不知道她们是不是真心,总哄得那些鬼子当宝贝似的揣在怀里。"

"听说你会说日本话,是么?"

在她脸上轻微地闪露了一下羞赧的颜色,接着又很坦然的说下去:"时间太久了,跑来跑去一年多,多少就会了一点儿,懂得他们说话很有用处。"

"你跟着他们跑了很多地方么?"

"不是老跟着一个队伍跑的,人家总以为我做了鬼子官太太,享富贵荣华,实际我跑回来过两次,连现在这回是第三次了。后来我是被派去的,也是没有办法,我在那里熟,工作重要,一时又找不到别的人。现在他们不再派我去了,要替我治病。也好,我也挂牵我的爹娘,回来看看他们。可是娘真没有办法，没有儿女是哭，有了儿女还是哭。"

"你一定吃了很多的苦吧。"

"她吃的苦真是想也想不到，"阿桂露出一副难受的样子，像要哭似的，"做了女人真倒霉，贞贞你再说吧。"她更挤拢去，紧靠她身边。

"苦么，"贞贞像回忆着一件辽远的事一样，"现在也说不清，有些是当时难受，于今想来也没有什么；有些是当时倒也马马虎虎地过去了，回想起来却实在伤心呢，一年多，日子也就过去了。这次一路回来，好些人都奇怪地望着我。就说这村子的人吧，都把我当一个外路人，有亲热我的，也有逃避我的。再说家里几个人吧，还不都一样，谁都偷偷地瞧我，没有人把我当原来的贞贞看了。我变了么，想来想去，我一点也没有变，要说，也就心变硬一点罢了。人在那种地方住过，不硬一点心肠还行么，也是因为没有办法，逼得那么做的哪！"

一点有病的样子也没有，她的脸色红润，声音清晰，不显得拘束，也不觉得粗野。她并不含一点夸张，也使人感觉不到她有什么牢骚，或是悲凉的意味，我忍不住要问到她的病了。

"人大约总是这样，哪怕到了更坏的地方，还不是只得这样，硬着头皮挺着腰肢过下去，难道死了不成？后来我同咱们自己人有了联系，就更不怕了。我看见日本鬼子吃败仗，游击队四处活动，人心一天天好起来，我想我吃点苦，也划得来，我总得找活路，还要活得有意思，除非万不得已。所以他们说要替我治病，我想也好，治了总好些。这几天病倒不觉得什么了，路过张家驿时，住了两天，他们替我打了两次药针，又给了一些药我吃。只有今年秋天的时候，那才厉害，人家说我肚子里面烂了，又赶上有一个消息要立刻送回来，找不到一个能代替的人，那晚上摸黑我一个人来回走了三十里，走一步，痛一步，只想坐着不走了。要是别的不关紧要的事，我一定不走回去了，可是这不行哪，唉，又怕被鬼子认出来，又怕误了时间，后来整整睡了一个星期，才又拖着起了身。一条命要死好像也不大容易，你说是么？"

她并没有等我的答复，却又继续说下去了。

有的时候，她停顿下来。在这时间，她也望望我们，也许是在我们脸上找点反应，也许她只是思索着别的。看得出阿桂比贞贞显得更难受，阿桂大半的时候沉默着，有时说几句话，她说的话总只为的传达出她的无限的同情，但她沉默时，却更显得她为贞贞的话所震慑住了，她的灵魂被压抑，她感受了贞贞过去所受的那些苦难。

我以为那说话的人丝毫没有想到要博得别人的同情，纵是别人正为她分担了那些罪过，她似乎也没有感觉到，同时也正因为如此，就使人觉得更可同情了。如果她说起她这段历史的时候，并不是像现在这样，心平气和，甚至使你以为她是在说旁人那样，那是宁肯听她哭一场，哪怕你自己也陪着她哭，都是觉得好受些的。

后来阿桂倒哭了，贞贞反来劝她。我本有许多话准备同贞贞说的，也说不出口了，我愿意保持住我的沉默。当她走后，我强制自己在灯下读了一个钟头的书，连睡得那么邻近的阿桂，也不看她一眼，或问她一句，哪怕她老是翻来覆去的睡不着，一声一声地叹息着。

以后贞贞每天都来我这里闲谈，她不只是说她自己，也常常很好奇地问我许多那些不属于她的生活中的事。有时我的话说得很远，她便显得很吃力地听着，却是非常要听的。我们也一同走到村底下去，年轻人都对她很好；自然都是那些活动分子。但像杂货店老板那一类的人，总是铁青着脸孔，冷冷地望着我们，他们嫌厌她，卑视她，而且连我也当着不是同类的人的样子看待了。尤其那一些妇女们，因为有了她才发生对自己的崇敬，才看出自己的圣洁来，因为自己没有被敌人强奸而骄傲了。

阿桂走了之后，我们的关系就更密切了，谁都不能缺少谁似的，一忽儿不见就会彼此挂念。我喜欢那种有热情的，有血肉的，有快乐、有忧愁、又有明朗的性格的人；而她就正是这样。我们的闲谈常常占去了很多时间，我总以为那些谈天，于我的学习和修养，就是非常有帮助的。可是日子一天天过去，贞贞对我并不完全坦白的事，竟被我发觉了；但我绝不会对她有一丝怨恨，而且我将永远不去触她这秘密，每个人一定有着某些最不愿告诉人的东西深埋在心中，这是指属于私人感情的事，既与旁人毫无关系，也不会关系于她个人的道德。

到了我快走的那几天，贞贞忽然显得很烦躁，并没有什么事，也不像打算要同我谈什么的，却很频繁的到我屋里来，总是心神不宁的，坐立不安的，一会儿又走了。我知道她这几天吃得很少，甚至常常不吃东西。我问过她的病，我清楚她现在所担受的烦扰，决不只是肉体上的。她来了，有时还说几句毫无次序的话；有时似乎要求我说一点什么，做出一副要听的神气。但我也看得出她在想一些别的，那些不愿让人知道的，她是正在掩饰着这种心情，装出无所谓的样子。

有两次，我看见那显得很精悍的年轻小伙子从贞贞母亲的窑中出来，我曾把他给我的印象和贞贞一道比较，我以为我非常同情他，尤其当现在的贞贞被很多人糟蹋过，染上了不名誉的、难医的病症的时候，他还能耐心的来看她，向她的父母提出要求，他不嫌弃她，不怕别人笑骂。他一定觉得她这时更需要他，他明白一个男子在这样的时候对他相好的女人所应有的气概和责任。而贞贞呢，虽说在短短的时间中，找不出她有很多的伤感和怨恨，她从没有表示过她希望有一个男子来要她，或者就说是抚慰吧；但我也以为因为她是受过伤的，正因为她受伤太重，所以才养成她现在的强硬，她就有了一种无所求于人的样子。可是如果有些爱抚，非一般同情可比的怜惜，去温暖她的灵魂是好的。我喜欢她能哭一次,找到一个可以哭的地方去哭一次。我希望我有机会吃到这家人的喜酒,至少我也愿意听到一个喜讯再离开。

"然而贞贞在想着一些什么呢? 这是不会拖延好久,也不应成为问题的。"我这样想着,也就不多去思索了。

刘二妈,她的小媳妇、小姑娘也来过我房子,估计她们的目的,无非想来报告些什么,有时也说一两句。但我总不给她们说话的机会,我以为凡是属于我朋友的事,如若朋友不告诉我,我又不直接问她,却在旁人那里去打听,是有损害于我的朋友和我自己,也是有损害于我们的友谊的。

就在那天黄昏,院子里又热闹起来了,人都聚集在那里走来走去,邻舍的人全来了,他们交头接耳,有的显得悲戚,也有的满感兴趣的样子。天气很冷,他们好奇的心却很热,他们在严寒底下耸着肩,弓着腰,笼着手,他们吹着气,在院子中你看我,我看你,好像在探索着很有趣的事似的。

开始我听见刘大妈的房子里有吵闹的声音,接着刘大妈哭了。后来还有男人哭的声音,我想是贞贞的父亲吧。接着又有摔碗的声音,我忍不住,分开看热闹的人冲进去了。

"你来的很好,你劝劝咱们贞贞吧。"刘二妈把我扯到里边去。

贞贞把脸藏在一头纷乱的长发里,望得见两颗狰狰的眼睛从里边望着众人。我走到她旁边便站住了。她似乎并没有感觉我的到来,或者也把我当做一个毫不足介意的敌人之一罢了。她的样子完全变了,几乎使我不能在她的身上回想起一点点那些曾属于她的洒脱、明朗、愉快,她像一个被困的野兽,她像一个复仇的女神,她憎恨着谁呢,为什么要做出那么一副残酷的样子?

"你就这样的狠心,全不为娘老子着想,你全不想想这一年多来我为你受的罪……"刘大妈在炕上一边捶着一边骂,她的眼泪像雨点一样,有的落在炕上,有的落在地上,还有的就顺着脸往下流。

有好几个女人围着她,扯着她,她们不准她下炕来。我以为一个人当失去了自尊心,一任她的性情疯狂下去的时候,真是可怕。我想告诉她,你这样哭是没有用的,同时我也明白在这时是无论什么话都不会有效的。

老头子显得很衰老的样子,他垂着两手,叹着气。夏大宝坐在他旁边,用无可奈何的眼光望着两个老人。

"你总得说一句呀,你就不可怜可怜你的娘么?……"

"路走到尽头总要转弯的,水流到尽头也要转弯的,你就没有一点弯转么?何苦来呢?……"

一些女人们就这样劝贞贞。

我看出这事是不会如大家所希望的了。贞贞早已表示不要任何人可怜她,她也不可怜任何人。她是早已决定,没有转弯的,要说赌气,就算赌气吧。她现在是咬紧了牙关要坚持下去的神情。

她们听了我的劝告,让贞贞到我的房里边去休息,一切问题到晚上再谈。于是我便领着贞贞出来了。可是她并没有到我的房中去,她向后山上跑了。

"这娃儿心事大呢!……"

"哼,瞧不起咱乡下人了……"

"这种破铜烂铁,还搭臭架子,活该夏大宝倒霉……"

聚集在院子中的人们纷纷议论着,看看已经没有什么好看的了,便也散去了。

我在院子中踌躇了一会,便决计到后山去。山上有些坟堆,坟周围都是松树,坟前边有些断了的石碑,一个人影也没有,连落叶的声音都没有。我从这边穿到那边,我叫着贞贞的名字,似乎有点回声,来安慰一下我的寂寞,但随即更显得万山的沉静。天边的红霞已经退尽了,四周围浮上一层寂静的、烟似的轻雾,绵延在远近的山的腰边。我焦急,我颓然坐在一块碑上,我盘旋着一个问题:再上山去呢,还是在这里等她呢? 我希望我能替她分担些痛苦。

我看见一个影子从底下上来了,很快我便认识出就是夏大宝。我不做声,希望他没有看见我,让他直到上面去吧。但是他却在朝我走来。

"你找了么? 我到现在还没有看见她。"我不得不向他打个招呼。

他走到我面前,就在枯草地上坐下去。他沉默着,眼望着远方。

我微微有些局促。他的确还很年轻呢,他有两条细细的长眉,他的眼很大,现在却显得很呆板,他的小小的嘴紧闭着,也许在从前是很有趣的,但现在只充满着烦恼,压抑住痛苦的样子,他的鼻是很忠厚的,然而却有什么用?

"不要难受,也许明天就好了,今天晚上我定要劝她。"我只好安慰他。

"明天,明天,……她永远都会恨我的,我知道她恨我……"他的声音稍稍的有点儿哑,是一个沉郁的低音。

"不,她从没有向我表示过对人有什么恨。"我搜索着我的记忆,我并没有撒谎。

"她不会对你说的,她不会对任何人说的,她到死都不饶恕我的。"

"为什么她要恨你呢?"

"当然啰……"忽的他把脸朝着我,注视着我,"你说,我那时不过是一个穷小子,我能拐着她逃跑么? 是不是我的罪? 是么?"

他并没有等到我的答复就又说下去了,几乎是自语:"是我不好,还能说是我对么，难道不是我害了她么？假如我能像她那样有胆子，她是不会……"

"她的性格我懂得，她永远都要恨我的。你说，我应该怎样？她愿意我怎样？我如何能使她快乐？我这命是不值什么的，我在她面前也还有点用处么？你能告诉我么？我简直不知我应该怎样才好，唉，这日子真难受呀！还不如让鬼子抓去……"他不断的喃喃下去。

当我邀他一道回家去的时候，他站起来同我走了几步，却又停住了，他说他听见山上有声音。我只好鼓励他上山去，我直望到他的影子没入更厚的松林中去，才踏上回去的路，天色已经快要全黑了。

这天晚上我虽然睡得很迟，却没有得着什么消息，不知道他们怎样过的。

等不到吃早饭，我把行李都收拾好了。马同志答应今天来替我搬家。我准备回政治部去，并且回到延安去；因为敌人又要大举"扫荡"了，我的身体不准许我再留在这里，莫主任说无论如何要先把这些伤病员送走。我的心却有些空荡荡的，坚持着不回去么？身体又累着别人；回去么？何时再来呢？我正坐在我的铺上沉思着的时候，我觉得有人悄悄的走进我的窑洞。

她一耸身跳上炕来坐在我的对面了，我看见贞贞脸上稍稍的有点浮肿，我去握着那只伸在火上的手，那种特别使我感觉刺激的烫热又使我不安了，我意识到她有着不轻的病症。

"贞贞！我要走了，我们不知何时再能相会，我希望，你能听你娘……"

"我就是来告诉你的，"她一下就打断了我的话，"我明天也要动身了。我恨不得早一天离开这家。"

"真的么？"

"真的!"在她的脸上那种特有的明朗又显出来了,"他们叫我回……去治病。"

"呵!"我想我们也许要同道的,"你娘知道了么?"

"不,还不知道,只说治病,病好了再回来,她一定肯放我走的,在家里不是也没有好处么?"

我觉得她今天显得稀有的平静。我想起头天晚上夏大宝说的话了。我冒昧的便问她道:

"你的婚姻问题解决了么?"

"解决,不就是那么么?"

"是听娘的话么?"我还不敢说出我对她的希望,我不愿想着那年轻人所给我的印象,我希望那年轻人有快乐的一天。

"听她们的话,我为什么要听她们的话,她们听过我的话么?"

"那么,你果真是和她们赌气么?"

"……"

"那么,……你真的恨夏大宝么?"

她半天没有回答我,后来她说了,说得更为平静的:"恨他,我也说不上。我觉得我已经是一个有病的人了,我的确被很多鬼子糟蹋过,到底是多少,我也记不清了,总之,是一个不干净的人了。既然已经有了缺憾,就不想再有福气,我觉得活在不认识的人面前,忙忙碌碌的,比活在家里,比活在有亲人的地方好些。这次他们既然答应送我到延安去治病,那我就想留在那里学习,听说那里是大地方,学校多;什么人都可以学习的。大家扯在一堆并不会怎样好,那就还是分开,各奔各的前程。我这样打算是为了我自己;也为了旁人,所以我并不觉得有什么对不住人的地方,也没有什么高兴的地方。而且我想,到了延安,还另有一番新的气象。我还可以再重新做一个人,人也不一定就只是爹娘的,或自己的。别人说我年轻，见识短，脾气别扭，我也不辩，有些事情哪能让人人都知道呢？"

我觉得非常惊诧，新的东西又在她身上表现出来了。我觉得她的话的确值得我们研究，我当时只能说出我赞成她的打算的话。

我走的时候，她的家属在那里送我，只有她到公所里去了，也再没有看见夏大宝。我心里并没有难受，我仿佛看见了她的光明的前途，明天我将又见着她的，定会见着她的，而且还有好一阵时日我们不会分开了。果然，一走出她家的门，马同志便告诉了我关于她的决定，证实了她早上告诉我的话很快便会实现了。

张爱玲:《心经》

作家介绍

张爱玲(1920—1995)的传奇,无须多说,未经授权的传记众声喧哗新旧版迭次问世,说明她的追随者众。但一直要等到 2009 年《小团圆》、2010 年中译本《雷峰塔》《易经》相继出土,这几本张爱玲生前亲笔写就的往事追忆录,最是与她已知的人生形成互文,真的是尘埃落定之终极版本?谁也说不准。可确定的是,这些自白体作品的出土,落实了毛尖所言:"清楚表明了张爱玲的才华不在想象力。"①或者可以这么说,张爱玲的才华不在想象力,而在张所自诩的:"我是一个古怪的女孩,从小被视为天才,除了发展我的天才外别无生存的目标。"②"有种才能,近乎巫,能预感事情如何发展。"③天才与巫,写作是最大的实践。吊诡的是,这种预感事情如何发展的能力,竟真的贯穿到张爱玲逝后,她生前写下的各类文字于逝后仿佛细胞增生,每次出土都导向一些新的议题与事证,将张爱玲推向比生前更"传奇"的位置。

---

① 毛尖:《所有能发生的关系》,《"中国时报"》,2009 年 3 月 22 日。
② 张爱玲:《天才梦》,《张看》,台北:皇冠出版公司,1991 年版,第 240 页。
③ 张爱玲:《张爱玲私语录》,台北:皇冠出版公司,2010 年版,第 50—51 页。

张爱玲1940年代成名于上海,1941年太平洋战事爆发,香港大学停课,时在此求学的张爱玲只能重返上海,揭开了一辈子卖文为生故事的序幕。1944年出版了第一本短篇小说集《传奇》与散文集《流言》。失落的童年、与胡兰成短暂的婚姻,都造成她的情感创伤,更成为她赴美后小说不断出现的母题,《小团圆》1976年完成后迟迟未出版可鉴。可以说,张一生的作品都没有超出以上经验,她曾辩言自己的作品没有战争主题,此战争可作广义解,才能解释情感对她的重要。她接着说:"人在恋爱的时候,是比在战争或革命的时候更素朴,也更放恣的。"而放恣的渗透于人生全面的是情感,这样的爱"对于自己是和谐"①。也许,这正是她反复描摹自己一生的主要原因,唯有不断回到写作原初,才能与自己和解。

张爱玲创作多元,其他则有:舞台剧《倾城之恋》,电影剧作《不了情》(1947)、《太太万岁》(1947)、《六月新娘》(1960)、《小儿女》(1963)、《一曲难忘》(1964),英译、国语本《海上花》,英文著作 *The Fall of the Pagoda*、*The Book of Change*、*The Rice-Sprout Song* 等。

作品导读

《小团圆》(2009)在张爱玲逝后出版,在这之前她对母女关系的书写已不少,《倾城之恋》的白流苏、《金锁记》的长安、《半生缘》的顾曼桢,《花凋》的川嫦、《心经》的许小寒、《多少恨》的卢家茵、《连环套》的霓喜、《童言无忌》的自述……但《小团圆》出版后,我们才知道张爱玲笔下的母女本事绝非想象,反观人物塑造与情节推演上,女儿让母亲失望,母

---

① 张爱玲:《自己的文章》,《流言》,台北:皇冠出版公司,1991年版,第20页。

亲伤女儿的情节总是一再搬演,①《心经》是少数的例外。亲子伦常的颠覆,明证了张爱玲的呐喊其来有自,好比《倾城之恋》女主人公白流苏孤立于家人时的感慨:"她所祈求的母亲与她真正的母亲根本是两个人。"白流苏还说:"人人都关在他们自己的小世界里,她撞破了头也撞不进去。"②这就不难理解,母女关系书写何以成为张爱玲世界非常的悬念与议题。而《小团圆》与 2010 年相继出版的中译本《易经》《雷峰塔》,不仅构成她自传体小说三部曲,补实了张爱玲成长过程中种种母女过节与细节,揭示了张爱玲作品中母亲何以缺席,以及伤害她最深的人,母亲要算一个。参照她的自传体小说,回过头来梳理《倾城之恋》《金锁记》《半生缘》《花凋》《连环套》《心经》等母女情节,大都有更深的依据与理解,正是在这样的基础上,解读《心经》才可能有更大的突破。

　　《心经》的主要角色许峰仪、许太太和刚过二十岁生日的女儿许小寒有个表面美满的家庭。相对破碎的家庭是小寒同学段绫卿和寡母。小说由小寒邀段绫卿等女同学庆生揭开序幕为日后家变埋下伏笔,许家表面平静实际却暗潮汹涌,小寒出生后算命的说她克母,母亲不舍送

---

① 张爱玲的自传体小说《小团圆》中,九莉(张爱玲)对母亲提到父亲伤了她的心时的反应,是父亲"怎么会伤我的人,我从来没爱过他。"来对比伤她的是她爱过的母亲。见张爱玲:《小团圆》,台北:皇冠出版公司,2009 年版,第 138 页。

② 张爱玲:《倾城之恋》,《回顾展:张爱玲短篇小说集之一》,台北:皇冠出版公司,1992 年版,第 193 页。

给亲戚留了下来,发展出小寒恋父的"俄狄浦斯情结"①。关键在许峰仪不想继续下去,在小寒生日后离家与小寒长相神似的绫卿同居,小寒奋力挣扎,说服自己,找上段家老太太说项:

> 篱上的藤努力往上爬,满心只想越过篱笆去,那边还有一个新的宽敞的世界。谁想到这不是寻常的院落,这是八层楼上的阳台。过了篱笆,什么也没有,空荡荡的,空得令人眩晕。她爸爸就是这条藤……②

许太太半路拦截下来强拉小寒上车回家,一步步失援,小寒最后唯有回归女儿的身份,"紧紧挤压着她的,温暖的,他人的肌肉。啊,她自己的母亲!"③她觉悟到自己将"父母之间的爱慢吞吞的杀死了",本能痛苦地叫唤道:"妈,你早也不管管我!你早在那儿干什么?"许太太做了母亲该做的事情:"过去的事早已过去了。好在现在只剩了我们两个人了。"④重新回复女儿身份的小寒觉醒道:"你——你别对我那么好呀!

---

① 弗洛伊德最早提到"俄狄浦斯情结"是从希腊剧作家索福克勒斯的巨著《俄狄浦斯王》的内容来解释心理病症。《俄狄浦斯王》讲的是俄狄浦斯王杀父娶母的悲剧故事,此情结特质是人的第一个性冲动的对象是自己母亲,第一个仇恨对象是父亲。弗洛伊德称之为"俄狄浦斯情结"。俄狄浦斯情结原指男童的恋母情结,后来泛指幼孩对同性父母妒恨对异性父母依恋之情。弗洛伊德后来进一步发展相关论点,指出女孩原本是爱母亲的,但由于同性,便对父亲产生"阳具羡慕",从而爱恋父亲,妒恨母亲。前者见弗洛伊德:《梦的解析》,赖其万、符传孝译,台北:志文出版社,1990年版,第187—190页。后者见弗洛伊德:《性爱三论》,林克明译,台北:志文出版社,2007年版,第79—120页。

② 张爱玲:《心经》,《回顾展:张爱玲短篇小说集之二》,台北:皇冠出版公司,1992年版,第394页。

③ 张爱玲:《心经》,《回顾展:张爱玲短篇小说集之二》,第407页。

④ 张爱玲:《心经》,《回顾展:张爱玲短篇小说集之二》,第407页。

我受不了! 我受不了!"①女性主义诗人安卓·里奇(Adrienne Rich)曾说过:"母亲失去了女儿,女儿失去了母亲,那是女性最主要的悲剧。"②

所以我不认为《心经》是在进行父女伦理意义的社会思考或道德批判,而主要是勾勒身份与转念,石杰便认为是"通过有限事物的毁灭和根本性困境的展示,引导人去领悟一种无限的超实体的存在"③。何谓"超实体"?"心经"为佛教经典,核心思想是空:"色不异空,空不异色,色即是空,空即是色,受想行识……是故空中无色,无受想行识……"此即超越实体。但何谓根本性困境? 我认为主要是小寒和母亲之间的竞争:

> "你要是爱她,我在这儿你也一样爱她,你要是不爱她,把我充军到西伯利亚去你也还是不爱她。"……丰泽的,象牙黄的肉体的大孩子……峰仪猛力擘回他的手,仿佛给火烫了一下……
>
> ……小寒道:"她老了,你还年轻——这也能够怪在我身上?"
>
> 峰仪低声道:"没有你在这儿比着她,处处显得她不如你,她不会老得这样快。"④

正因为这是困境,唯有摆脱表象的神似才能"远离颠倒梦想"的困境:

---

① 张爱玲:《心经》,《回顾展:张爱玲短篇小说集之二》,第409页。

② 平路:《伤逝的周期——张爱玲作品与经验的母女关系》,杨泽编《阅读张爱玲——张爱玲国际研讨会》,台北:麦田出版,1999年版,第212页。

③ 石杰:《神话性文本的精神内核——论张爱玲小说〈心经〉兼及古希腊神话〈俄狄浦斯〉》,《西北大学学报》,第36卷第3期(2006年5月),第108页。

④ 张爱玲:《心经》,《回顾展:张爱玲短篇小说集之二》,第392—393页。

小寒道："……你别以为她是个天真的女孩子！"

峰仪微笑道："也许她不是一个天真的女孩子。天下的天真的女孩子，大约都跟你差不多罢！"

小说中父女、母女、友朋角色、情感的颠倒，说来，正是《心经》要阐释的："以幻为实，以梦为真。"[1]张爱玲认为明白了一件事的内情及一个人内心的曲折，"如得其情，哀矜而勿喜"。

《心经》（存目）

---

①　圣严法师：《心经新释》，台北：法鼓文化，1999 年版，第 66 页。

苏青:《蛾》

作家介绍

苏青(1914—1982),本名冯和仪,字允庄,浙江宁波人。十二岁时入鄞县女子师范学校读书,后入鄞县女子中学学习,1930年毕业后进入浙江省立第四中学上高中,1933年考入国立中央大学外文系,1934年大二时与李钦后结婚,从中央大学退学,同年开始投稿《论语》杂志。不久随丈夫去上海,在《宇宙风》《逸经》等杂志上发表大量文章。四十年代后作品主要发表在《古今》《中华周刊》《天地》《杂志》等报刊。1943年任汪伪政府上海市专员,并创办天地出版社。1944年与丈夫离婚,并任汪伪政府"中日文化协会"秘书。1951年任"芳华越剧团"编剧。1955年因受"胡风案"及"潘汉年、杨帆案"牵连入狱,1957年出狱。1959年任上海红旗锡剧团编剧,1975年从上海黄浦区文化馆退休。1982年因病逝世。

苏青早年发表作品时署名冯和仪,后以苏青为笔名,也曾用冯允庄做过笔名。主要作品有散文集《浣锦集》(1944)、《涛》(1945)、《饮食男女》(1945)、《逝水集》(1945),小说集《结婚十年》(1944)、《续结婚十年》(1946)、《歧途佳人》(1948),剧本《江山遗恨》(1952)、《卖油郎》(1954)、

《屈原》(1954)、《红楼梦》(后改名为《宝玉与黛玉》1954)等。

　　苏青是中国现代文学史上极少数靠卖文为生的女性职业作家(另一位与她类似的作家是张爱玲)。她的创作,以直接而又大胆地书写女性生活见长,女性生儿育女、爱情姿态、结婚离婚、职业经历、人生感受、心理特点,都是她的散文和小说一再言及和反复表现的话题/主题,而她对这些话题/主题在当时颇具震撼性的大胆见解,在使她名动一时的同时,也使她能以一种新的女性姿态,将二十世纪上半叶的女性书写,导向一种新的风格。

作品导读

　　苏青在二十世纪中国现代女作家中可以说是个异数,她后来在作品中表现出的强烈的女性自主意识,很大程度上源自她的个性。由于她个性倔强而又有些清高孤傲,所以婚后与婆婆、丈夫相处并不融洽。婚姻的破裂使她成为中国的"娜拉",离家后她走上了自食其力、职业女性的道路——她的这一人生改轨和角色转换,某种意义上讲逼使着她要对妇女问题进行不懈的思考和反复的言说。因为,这些问题既是妇女的问题,也是她的个人问题。也就是说,苏青对妇女问题的思考,她的女性意识的形成,是从她个人的生活经历和亲身感受中,融炼提升出来后,由己及人,推而广之的。

　　除了从自己的人生经历中,感受到女性的困苦处境,认识到女性的性别劣势之外,敢于将这种感受和认识,以大胆坦率的方式形诸文字,也体现了苏青独特的个性。在苏青的那个时代,与苏青感同身受者应该不乏其人,可是像苏青那样,将自己的人生和思想通过散文和小说的方式,非常直白地示于人前,却不多见——也因此,苏青以她对女性世界和女性人生表现的大胆、坦率和真诚,在二十世纪四十年代的文坛,形成了冲击,并在整个中国现代女作家中,形成了自己女性书写的特色。

相对于二十世纪二十年代中国女作家们在表现女性生活时,因新旧时代交替的跨越性而导致在她们的作品中会呈现出一种新旧撕扯的矛盾性,以及三四十年代左翼女性作家们因革命追求和女性立场的冲突而在作品中形成摇摆不定的矛盾性。苏青的作品在对女性世界进行描摹、刻画和展示的时候,表现出来的却是一种明晰、单纯的统一性,一种对社会既定观念和正统思想具有冲击力和杀伤力的统一性。究其原因,主要在于,首先,苏青创作的时代,是一个已进入相对成熟的现代社会,苏青的观念已不再有太多的旧传统旧思想的牵扯;其次,苏青个人的立场,选择了远离革命理想追求个人幸福,这又使她少了革命意识形态的束缚;再次,苏青倔强、孤傲的个性,和不管不顾、我行我素的行事风格,又使她在自己的作品中,敢于正视女性的欲望、心理、追求,直面女性的处境、状态、出路,并大声说出(坦率写出)自己对女性从生理到心理、从感情到婚姻、从夫妻到子女、从家庭到社会等一系列问题的思考。所处时代、立场选择和个性特点,决定了苏青的女性书写干净、利落、单纯、坦白、直露、痛快。

苏青不幸的婚姻,使她无法依赖丈夫生活,而不得不以职业女性、女作家的身份直接面对社会,她的这种人生经历,决定了她对社会、人生的思考重点,基本上是以女性问题为中心。光是看看她众多的文章题目,就知道女性在她的作品中占有多么重要的位置:散文有《生男与育女》《我的女友们》《现代母性》《女生宿舍》《论女子交友》《论夫妻吵架》《论离婚》《恋爱结婚养孩子的职业化》《我国的女子教育》《再论离婚》《论红颜薄命》《谈女人》《敬告妇女大众》等众多篇什,小说则有《结婚十年》《续结婚十年》《歧途佳人》等主要产品。假使说苏青的散文作品对女性话题的涉及是以坦率的言论直抒胸臆，那么苏青的小说，则是以自己的经历，用形象化的方式，来印证、丰富和强化她在散文中表达的观点。

苏青在自己的作品中处理女性问题时，最大的特点一是对女性的自由和欲望给予充分肯定，二是用直白的方式大胆地表达出她的这一观念。散文如此，小说亦然。在散文中，她说当男人自以为在玩女人的时候，事实上却早已给女人"玩弄去了"——她的这番言论令女人震惊，更令男人不堪，彻底颠覆了男性在女性面前的优越感。对于男人自以为占了便宜的桃色事件和强奸，苏青也有自己的高论："没有一件桃色事件不是先由女人起意，或是由女人在临时予以承认的。世界上很少会有真正的强奸的事件，所以发生者，无非是女人事后反悔了，利用法律规定，如此说说而已。"——这样的见解，简直惊世骇俗。

对于苏青来说，她既不能容忍女性的惺惺作态，也难以接受男性的自我感觉良好，因此她在文章中，常常左右开弓，既戳破女性的"虚伪"，也粉碎男性的骄傲。她说，"女人是神秘的！神秘在什么地方，一半在假正经，一半在假不正经。譬如说，女人都欢喜坏的男人，但表面上却伴嗔他太不老实，那时候男子若真个奉命惟谨的老实起来了，女子却又大失所望，神色马上就不愉快起来，于是男人捉摸不定她的心思，以为女人真是变幻莫测了，其实这是他自己的愚蠢"。她又说："女人所说的话，恐怕多不可靠，因为虚伪是女人的本色。……譬如说：性欲是人人有的，但是女人就绝不肯承认；若是有一个女人敢自己承认，那给人家听起来还成什么话？"她还说："这是个退潮的时期，人心彷徨畏缩，什么都行不通，女人究竟如何是好呢？目前只有一条路，即卖淫是也。……因为一切权力都集中在少数男人之手，女人没有别的特殊东西可以与之争衡,只剩下一个女性的肉体,待不卖淫,又将何为?"这些对女性深刻自剖而又对男性不无蔑视的观点,体现了苏青与众不同的性别观。

在小说《蛾》中,苏青笔下的明珠就是一个即便被欲望所累,也仍然对自己的欲望无怨无悔的女子形象。明珠在寂寞空虚时渴望男性的抚慰,在期待中真的有男性客人来"爱"她了,虽然她明知道"她此刻在他的心中,只不过是一件叫做'女'的东西,而没有其他什么'人'的成份存在",但"欲望像火,人便像扑火的蛾,飞呀,飞呀,飞在火焰旁,赞美光明,崇拜热烈,都不过是自己骗自己,使得增加力气,勇于一扑罢了"。满足欲望疯狂做爱的代价是明珠怀孕了,为了解决肚里的孩子,她忍受了极大的痛苦,然而,即便如此,对于这次"疯狂"的行为,明珠并不后悔:"我是还想做扑火的飞蛾,只要有目的,便不算胡闹。"——很显然,苏青对明珠作为一个女子正当的欲望,给予了充分的肯定。

二十世纪中国女作家们在自己的作品中呈现的对于女性自身处境、命运的思考,到了四十年代苏青这里,终于从对女性的情感关注、婚姻关注、社会关注、政治关注、"美"的关注和命运关注,发展到了欲望关注,从对女性遭受社会、男性的压迫这一认识发展到了对女性自身弱点的认识。就此而言,苏青作为一个女性作家,她为二十世纪中国文学中的女性书写,提供了她的独特贡献。

蛾

　　幽幽的月光,稀疏的星,庭院静悄悄地。明珠站在窗口,心想今夜要防空,恐怕没有朋友会到这里来了吧。没有朋友来的时候是寂寞,朋友来得多了的时候会烦恼,来得少了的时候可无聊,而当他们回去之后却又使她感到无限的空虚。她对他们说:她爱静。于是他们都走了,走得干干净净。

　　她一面想,一面对着庭院痴痴望。只见门外有辆车子停下来,她的心里就一惊。接着她瞧见隐隐绰绰地飘进来两个影子,是男与女,手挽手儿,看上去像在交头接耳地谈话。他们走到明珠站着的窗前,男的忽然把嘴更加凑紧女的耳际去说了句话,于是女的就把头一偏,低声啐他道:“当心给人家听见!”可是明珠已听见了,而且听得很清楚,两个影子很快地又飘逝而去。

　　明珠瞧了眼幽幽的月光,稀疏的星,马上就把黑绒窗帘放下来。厚的,重的,黑沉沉的帘幕,替她隔开了这静悄悄的庭院,隐隐绰绰的影子,以及外边的整个使她不安的世界。

　　她茫然站在房中央,房间黑黢黢地。是春天了啊,空气还是这么的阴凉。她看不清这房里的一切,但是嗅着,嗅着,她能够嗅出一切东西的所在:当中是一张床,床边有台灯,灯罩是绿玉色的,只要用手一扳开关机,它马上就会吐出幽幽的光辉来。“要不要开灯呢?”她暗暗问着自己。自己说:“不开灯真是太阴凉了。”但是她虽然找出了要开的理由,却仍旧没有勇气去实行,脚是僵冷的,手指也僵冷,动弹不得。

刹那间,黑暗与僵冷,寂静与恐惧,一齐袭击到她身上来了。她觉得自己的膝盖已经冷得发抖,但是她得用力支持着,深恐一不留心会乘势跪下去,向全世界的人类屈膝。她想:她是只肯向上帝求救,而决不肯向这个庸俗的世界屈膝的。

但是今夜里上帝似乎也冷酷得很。他像是冰块塑成的东西,晶莹洁白得连尘埃也染不上。他不能接触热情,她的热情才一流向他,他便溶化了,很快地变成水。她怕水。她常把自己的心境比做蔚蓝的天空,可以挂一轮红日,可以铺密密浓云,就是怕下雨。雨水冲洗过,一切都干干净净,便又空虚了。

她不能不怕空虚,犹如她不能逃避空虚一样。她走到那儿,空虚便追到那儿,向她挑衅,把她包围,终于使她无以自存为止。她也知道,唯一解脱的办法,便是睡觉。她睡着了,空虚便给挡驾在外,不能追随她入梦,侵扰她的梦中的热闹。有时候,实在睡不着,她也想多做些事情来消遣时光,但是事情做完了,或者好梦醒转来之后,空虚又会找上她,冷冷地向她一笑道:"你总不能撇弃我吧?我的乖乖!"

她茫然站在房中央,瞧到的是空虚,嗅到的是空虚,感到的也还是空虚。没有快乐,没有痛苦,什么也没有,黑暗的房间冷冰冰地,只有她一人在承受无边的,永久的寂寞与空虚。

我要!……

我要!……

我要……呀!

她想喊,猛烈地喊,但却寒噤住不能发声,房间是死寂的,庭院也死寂了,整个的宇宙都死寂得不闻人声。她想:怎么好呢?开了灯,一线光明也许会带来一线温暖吧?……但是她的眼睛直瞪着,脚是僵冷的,手指也僵冷。

渐渐地房间门开启了，一个颀长的影子悄悄溜了进来。是鬼还是人，她也不暇细问，只向他做个手势，似乎在命令他速速开灯。拍的一声，绿幽幽灯光喷射到床上了，被单是洁白的，湖色织锦缎棉被折成小方块放在上面，显得单薄，也显得有些孤寒。

"你一个人住在这里很寂寞吧?"客人笑嘻嘻地说，样子有些轻薄。明珠更不答话，心里很恨他，同时也有些喜欢他。

"怎么? 你的脸色这样坏! 病了吧?"客人逼近问，伸开双臂，似乎想抱她，但马上就放下了。明珠仍不答话，身躯本能地颤动了一下，似乎有温暖从心内发散出来，弥漫到全身。

灯光幽幽地流着，流到洁白的被单上，流到湖色织锦缎的被面上，流到站在床前的客人身上。客人穿着黑漆光亮的皮鞋，笔挺的条子西装裤子，深蓝色，象征着庄严的美。渐渐地，灯光似乎集中了力气，一齐照向他身上来，他也知道自己已成为焦点，于是便挺起前胸，肩膀显得更阔了。白衬衫领子硬绷绷地，高托着他的俊秀的面庞。他的皮肤是象牙色的，眼珠乌黑，眉毛很浓，头发有些儿卷曲。

"明珠!"他颤抖着叫唤一声，声音低而嘶哑。灯光强烈地刺着他的眼，他的眼睛带着迷惑，但却富有吸引力，终于把明珠牵过来了。"明珠!"他再喊一声，热情地，迫切地。明珠没有作声，她的颊上发热，眼睛再不敢瞧他，只默默对着床旁的灯。

于是房间里空气都换了样，阴冷是没有了，却有些陌生与新鲜刺激。各人的心里似乎都像火药般要爆炸起来，但却又恐惧爆炸，紧紧地按着使不许动。光与热，情欲与理智，在紧张地战斗着，灯望着客人，客人望着明珠，明珠又望着床旁的灯。

"今夜是防空呵!"客人说了声，明珠没有回答。深蓝色的条子西装裤移向床旁去了,拍的一声,电灯随着熄灭。明珠觉得很紧张,但是紧张更加逼近人来,顾长的身躯似乎就站在她面前,她的心里像马上要爆炸,但是手指却阴凉的。

阴凉的手指颤抖着,不知安放处,摸摸自己头发,却又滑到胸口下去了,另外一只手很快地就把它捉住,接着它感到那只手又热,又软,又有力。便是一阵无声地诉说,他的嘴已经凑紧在她的耳际了,她颤抖着,欲答无话,欲哭无泪。

房间是黑黝黝的,空气紧张得很。她嗅着,嗅着,便知道一切东西的所在。她知道他拥她到了床旁,洁白的被单,湖色织锦缎棉被……一切的阴凉都消失了,火般的热情,手挽手儿,两人同入于疯狂的世界。

他说:"我不会使你养孩子的。"她点点头,眼泪直流下来。她知道,她此刻在他的心中,只不过是一件叫做"女"的东西,而没有其他什么"人"的成份存在。欲望像火,人便像扑火的蛾,飞呀,飞呀,飞在火焰旁,赞美光明,崇拜热烈,都不过是自己骗自己,使得增加力气,勇于一扑罢了。

"请你……请你不要让我有孩子呀!"明珠垂泪恳求他,屈辱地,似乎已经向这个庸俗的世界求饶了。但是他更不理会,只是猛烈地吻着她,她咬他耳朵,他也不退避,两个人身子贴得更近,心思却离得更远了。

黑暗的房间,更加黑暗了起来。明珠的心里充满着气恼,厌恶,恐怖,以及莫名其妙的新的空虚,他吻着她,轻轻说:"恕饶了我吧,明珠!"但是听出这声音里没有温存,没有喜悦,只有无限的疲乏与冷漠。

"别同我敷衍!"她恨恨地说,猛力推开他。但是他更不靠近来,只是懒洋洋地摸一摸她的下巴,说道:"不会有孩子吧,只这么一次。"

扑灯的蛾,为了追求热烈,假如葬身在火焰中,还算是死得悲壮痛快的。只怕是灼着而未死,损伤了翅膀,给人家笑话,飞又飞不动,跌落在阴冷的角落里,独个子委委屈屈地受苦。"不会有孩子吧……只这么一次……"明珠痛苦地反复辨味这句话。这是句不负责任的话,他说过后就要扬长而去了,她还能向他要求些什么?

她对他说:她爱静。

他想了一想回答道:他知道,以后再不敢多来吵扰。

于是他们便分了手,陌生的,平淡的,再也没有新鲜的刺激,他知道她不爱他,她也知道男女间根本难得所谓爱,欲望像火,人便是扑火的蛾!

于是她更加沉默了,即使在白天,也要放下黑绒窗帘,把房间遮得黑黝黝的。她不再咒诅空虚,只想解除痛苦,唯一的留在她身上的最大的痛苦。

她找到了一位产科女医生,女医生说,要解决这件事起码要两万元,手术是靠得住的,她犹疑着自己钱不够,但是那位女医生却不耐烦地嗤之以鼻道:"何不向那位荒唐的先生去要呢? 他做错了事,不该负责任吗?"

明珠退了出来,默默地更不说话。她想起教堂里碰见过的一位外科老医生,从来不结婚,性情相当怪僻,然而待她却好,她找到了他,羞惭地把一切经过说了出来,老医生更不多话,只把她引进手术室里,关上门,只让她一个人坐着。

当你笑的时候,

全世界向着你笑,

但在哭的时候,

却只有一个人了。

明珠默默地念着这两句话,空虚地,却又带些感伤。她想到了自己的房间：有床，床旁有台灯，灯罩是绿玉色的，拍的一声把它开了，它便吐出幽幽的光辉来，照耀着洁白的被单，湖色的织锦缎棉被，以及床周围的一切。但是眼前这些东西都不见了，就想嗅，也嗅不到，生命是值得留恋的，就是给火灼伤了翅膀，也还想活着。

手术室的门开了，老医生穿着白外套幽幽地进来。他严肃地握住明珠的手，说道："好孩子，不用怕，快睡到床上去。"

一阵阵剧痛，痛得明珠快晕了过去。她想不到不要养一个孩子也要受这番痛苦，痛苦得没有代价，究竟是为了什么？老医生严肃地在旁边站着，瞧着她痛苦，似乎并没有不安。她的心里骤然起了阵反感，心想可恶的老东西，原来他不肯结婚，就是不愿女人有小孩，不想人类有后代……

但是老东西的脸也模糊起来了，瞧不清楚。她只痛得忘记了愤恨，忘记了恐惧，忘记了自己，也忘记了这个庸俗的世界。突然间，一阵热血直冲了出来，她知道这是一个小生命完结了，没有见过太阳，没有呼吸过空气，没有在人世上生存过一刻。

她觉得后悔起来，人世毕竟是可恋的，生命也应该宝贵。她杀了自己的孩子，为了顾全面子，为了怕麻烦，可耻的妇人呀。她现在才知道扑火般欲望为什么有这般强烈，有了孩子，便什么痛苦也可以忍受，什么损失也可以补偿，什么空虚也可以填满的了。

多愚笨呀，她自己！多残忍呀，那个老医生！

于是她恨恨地瞧了他一眼，低声向他说：请你走开吧，我要静。

老医生默默地走开了，临去不敢再望她，脸色似乎很悲哀。

明珠独躺在手术室中，心里只感到后悔。假如有一个孩子能带回家去，放在当中的床上，捻开了绿玉色罩子的台灯，用幽幽的光辉瞧着他小脸，那又该多么好。那时候，阴凉的房间便变成温暖，沉寂的空气便被咿哑的声音打破了，永远是春天，春天般兴奋。扑火般热情不是无目的的，它创造了美丽的生命，快乐的气氛。

但是现在呵！

老医生幽幽地进来了，两眼噙着泪。他颤着声音对明珠说："孩子，我害了你了，我早知你如此，便不该替你动手术。现在你是后悔了，我也后悔得很，这都是我的错误。但是你要知道，我是一个私生子，从小受人奚落，因此起了变态心理，一方面怨恨自己的母亲，一方面看轻一切的女人。自从我在教堂里遇见了你，孩子，我便觉得你的可爱。我是不想害你的。不料今天你犯了罪，我深恐那个孩子养下来要遭受同我一般的命运，因此我便把你引进手术室里来了。可是，孩子，如今我亲眼看见了你的痛苦，我便觉得后悔起来，我觉得以前我母亲……"

"你的母亲是不错的！"明珠流下泪，认真地说。

"是吗？"老医生替她拭去眼泪，一面额上直冒汗："我想不到你会如此痛苦，现在我是连后悔也来不及了。现在我只好先送你回家，替你安顿好，希望你早日复原，好好嫁个人吧，不要再胡闹了。"

明珠默默地听从老医生把她送到了家里，房间仍是黑黝黝地，因为老医生恐防她吹风，早已替她把黑绒窗帘全放下了。她侧卧在洁白的被单上，盖着湖色织锦缎薄被，眼睛只望着绿玉色的台灯。老医生歉仄地问："孩子，你在想些什么，可要告诉我吧？"于是明珠翕动着嘴唇低低地回答道："老医生，请你不要笑我，我是还想做扑火的飞蛾，只要有目的，便不算胡闹。"

施济美:《悲剧与喜剧》

作家介绍

施济美(1920—1968),曾用笔名梅子、方洋、梅寄诗等,浙江绍兴人。童年到少女时代在扬州祖父故居度过,父亲为外交官。十五岁赴上海就读于培明女中。1937年中学毕业后考入东吴大学经济系。1942年大学毕业后,先后任集英中学和正中女中教师。

抗战时期,由于施济美的朋友中有一些爱国人士,她也一度成为日本宪兵队捕捉对象,为此施济美曾避走苏州。由于恋人在抗战中遭日机轰炸遇难,施济美因此终身未婚。抗战胜利后,施济美先后在上海市立第一女子中学、进德女子中学担任国文教员。

1949年后,施济美曾任上海七一中学语文教师兼语文教研组组长。由于她讲课生动,解说中肯,教学水平极高,因此被誉为"施济美水平"。在"文化大革命"中,施济美因遭受迫害自杀身亡。

施济美早在中学时代即开始写作,大学时期继续写作。当时出身东吴大学和东吴附中的"东吴女作家"不少,较著名的有程育真、郑家瑷、杨绣珍、汤雪华、俞昭明、施济美等,其中以施济美的作品最多,影响最大。1947年,施济美出版了两本小说集《凤仪园》和《鬼月》,受到广大读者喜爱。她的长篇小说《莫愁巷》在香港出版后，曾被改编为电影。

作品导读

施济美是个有着强烈民族感情的现代女性，她心地善良、敬业乐教、热爱写作。抗战时她的恋人被日机炸死，自己也因友人抗日差点遭日军逮捕——她的民族意识和民族立场由此可见。恋人死后，为了安慰恋人的父母，她多年模仿恋人笔迹给老人写信——她的心地善良令人感动。她在中学教书因为教法得当，曾获"施济美水平"称号——她的敬业精神和专业水平令人印象深刻。她在四十年代笔耕不辍，是"东吴女作家"群的代表人物——她的文学才华和创作水准显然不同凡响。

施济美虽然创作数量不多，声名也不如同时期前后的张爱玲、苏青、梅娘、潘柳黛等人卓著，但在中国现代女作家中，却自有特色。或许与她自己的身世有关（终身未婚），对于女性"独立性"（特别是情感独立性）的强调，构成了施济美小说创作的一大特色，而注重对女性情感把握自主性的刻画，也就成了她的小说与其他女作家最大的不同之处。

在施济美的小说中，我们通常都能看到一个家世修养俱佳的女性，在貌似柔弱的外表下面，其实有一双世事洞明的明眸和一颗刚强坚定的心灵。她们在与男性交往的过程中，虽然也有纯情洋溢的时刻，可最终理性都会战胜感情，在浪漫的爱情和平稳的日常生活之间，她们常常会回归普通的人生轨道，因为那才是人生不变的底子。

《悲剧与喜剧》这篇小说从它的名字看，似乎不太像是一篇小说，倒更像是一篇哲学论文或戏剧论述，然而仔细看去，小说描写的世界，却是一个悲剧和喜剧交织，甚至令人难以分辨何为悲剧何为喜剧的复杂人间。小说中的蓝婷，十八岁时在姑父家，对姑父的学生范尔和一见钟情,"一见面就喜欢这年青的客人,固然大半原因是由于范尔和潇洒美好的凤仪使她十分心折,同时也因为两个都是父母双亡的孤儿,寄人篱下的可怜虫,于是一缕身世飘零之感,同病相怜的爱念遂起自这天真少女的心田"。同是天涯沦落人的蓝婷与范尔和,就在都"睡去了,人静了"的凌园大宅里,"只有他和她两个人","眼与眼相逢,又相避"……"许久许久,他不说一句话,只用一双灼灼的乌黑的眼睛谛视着她",他是"特地来讲故事给她听的,那故事是《罗密欧与朱丽叶》……"

　　然而范尔和却最终没有和蓝婷走到一起,因为他为了蓝婷姑父"唯一的多病的女儿黛华",被姑父招赘为婿——尽管"好心的黛华却并不愿意这样做,她患有不治的心脏病,同时她又知道蓝婷和范尔和的恋情,不欲夺人所爱",范尔和却反对逃婚,最终"在那桂子飘香的八月,黛华与范尔和结婚了"。而蓝婷,也"在那一年的冬天"嫁给了年老有钱的周医生。

　　九年后,蓝婷与范尔和在朋友爱玛家的宴会上重逢,丧妻的范尔和在和蓝婷重逢的最初竟然没认出昔日的恋人,当他重新认出蓝婷之时,对蓝婷展开了热烈的追求。而蓝婷在与范尔和重逢的当日,就在心底激起了强烈的情感涟漪,九年前的美好时光,一幕幕地又涌现到她的眼前——这样的情感状态实在令人担心在范尔和的猛烈攻势下,她还能守得住道德的底线。

　　蓝婷确实动摇了,在范尔和的鼓动下,她又想起九年前说过的话:"我愿意走!"然而,"九年后的蓝婷和九年前的蓝婷到底不同了,她想起许多名利场中的事,她想起许多繁华世界中的人,最后,她的眼里的那点痴痴的情意没有了,她使劲的撒开了他的手"——她终于决定斩断过去的情思,情感、心灵和身体都回到爱她的丈夫的怀抱。在"多余的喜剧"和"未完成的悲剧"之间,她以一种嘲讽的姿态看着"多余的喜剧"上演完毕,又用一种理性的态度终结了"未完成的悲剧",在"喜剧"与"悲剧"之间,她最终选择了"正剧"。

二十世纪二十年代的中国现代女作家,在作品中表现女性对爱情的追求,曾是她们诠释妇女解放的最佳注脚。她们作品中的女主人公从男性那里获得的爱情,是这些置身社会转型期的女性最强有力的精神支撑,也是她们摆脱封建家庭关系最强大的动力,更是她们通过个性解放婚姻自主实现自己人生解放最有力的证明。然而,到了二十世纪四十年代,一些女作家开始对这个问题有更深入的思考,那就是,女性从具有新思想的男性那里寻找自主的爱情,究竟是妇女拯救并解放自己的有效手段,还是它也可能成为一种新的桎梏——因为,具有新思想的现代男性,他在婚姻观念和婚姻行为上或许能为渴望走出封建束缚的女性提供帮助,但这并不意味着就一定能给这些怀有现代追求的女性带来幸福的保证——如果这个男性是个"多情的种子"呢? 如果这个男性是个爱财爱权爱势甚于爱人的现代于连呢?

女作家在自己的作品中对理想化男性的破解,实际上意味着她们对男女两性关系认识的深入:当女性眼中的男性从一种拯救者的形象平凡化为现实中的俗人时,女性和男性才可能实现性别间的真正平等,女性也只有在这个时候,才能够从"人"的角度,来平视乃至审视男性。女性看待男性的这种姿态,虽然在张爱玲、苏青等作家的作品中时有所见,但在施济美这里,它成了一种不断出现的常见姿态。

这应当说是一种历史的进步,也是施济美(们)相对于她(们)的前辈而言,女性意识不断深化和成熟的表现。在《悲剧与喜剧》中,当蓝婷十八岁那年在面对范尔和的爱情主动表示"我愿意走"时,这一行为无疑是女性的自主选择,而九年后当范尔和问蓝婷"你愿意走么?"时,蓝婷回答"希望以后你不要再来见我",就更是女性的自主选择——施济美笔下的女性在面对爱情时,无论她们对男性说"愿意"还是"不要再来",都是她们自己的决定,都体现了女性的自主性,都表明了他们在处理男女两性关系时具有了更大的主动性,自然也意味着女性在男性面前已拥有了更多的力量和自信。

女性在男性面前能够自主做出决定,体现了女性随着时代的发展,已能对自己的感情和人生"做自己的主"。施济美在作品中对之加以表现,表明这一时期的女性作家,对女性在两性关系中的个人尊严和自主地位,有了更加自觉的认识。作品中蓝婷对范尔和的态度,从初恋的仰视到重逢的平视,再到面对范尔和表白时的俯视,这个变化过程,正昭示了女性在男性面前自我意识不断觉醒和强化的过程。从施济美在她的作品中所体现出来的女性观的成熟度,不难看出,中国现代女作家的女性思考,到二十世纪四十年代,已上升到了一个新的阶段。

悲剧与喜剧

九年了,蓝婷没有想到今天晚上会碰见他。

还是那样翩翩的潇洒的风采,还是那样的笑,那双眼睛,深而黑,有一种迷人光辉的眼睛……这些年来,她不想记得而又不能忘记的一个人;没有变,一点儿也没有变,也许事实上苍老了一些,然而在蓝婷的眼里,仍是当年一往情深魂梦中也惦念的范尔和!

蓝婷现在想起:刚才在爱玛的宴会里,她第一眼看见这来自遥远山城的不速之客,立刻就知道是谁。但是对方却似乎将蓝婷给淡忘了,当爱玛为他介绍周太太的时候,他握着蓝婷的手,点头微笑,像对一个陌生人一样;范尔和居然将自己整个的,完全的忘怀了,这无情义的人。蓝婷无法排除这些伤心和忿怒,然而她只淡然的一笑,藏过了不安的情绪。

他就这样的记忆力不强么?九年的时间诚然不短,但也未见得就怎样的长,长得连人也会不认识了?那么自己又为什么会将他记得这样清楚?再就是自己老了,不复是当初的年轻与娇丽,女人的青春原只有一刹那,不像男人几年后再见还是那个样子……可是无论如何,他忘记她,当她是一个初见的陌生人,是千万个不该的。蓝婷喝了多量的葡萄酒,有些醉了,她跳舞,唱歌;唱歌,跳舞,开大家的玩笑。

范尔和像在座的其他男子一样,向她表示好感,献殷勤,蓝婷虽然有了醉意,但也能觉察到。酒阑人散的时候,她家里的车子还没有来接,范尔和开着自己的车子送她回去。他故意将车子开得很慢,为的是可以说一些话:"周太太,你的酒量真好,人家说聪明的女人都是会喝酒的。"

"也许是的,但是,"她说,并且嫣然一笑,"会喝酒的女人却不一定聪明。"

"周太太这样会说话,还不够聪明吗?"

"范先生过奖了。"她停了一会儿,"不过聪明又有什么好处呢?"

范尔和微笑不言,他似乎不知怎样回答这一个简单的问题。

车子拐了个弯,快到了。

"你允许我以后到府上来吗?"他说,"来拜见周先生。"

"十分欢迎你的光临,只是,我也可以认识范太太么?"

"内人已经去世了。"

一个苍白纤美的脸在她眼前掠过,蓝婷觉得一阵辛酸;但是她只低低的:"真抱歉,不该撩起你的伤心,请原谅我的不是。"

他摇摇头:"没有什么——"车子在这时候忽然停了,他为她开了车门,有礼貌的说着"再会",又道"晚安";她谢了他。

这一别九年后的意外重逢,令她又惊又喜,半悲半恨。如果世界上的许多事情真的是由命运在安排的话,那么,今夜,命运是在和她恶作剧? 还是给她一个巧妙的安排? ……蓝婷可不敢想下去了。

她对着梳妆台的长镜,许久许久,欣赏和顾盼,亭亭的倩影,这绝代的风华,这夺人的魔力,不说话也像是在说话的红唇,不表情也像是在表情的眼睛,谁说她老了? 她正像挂在黑丝绒衣襟上的那朵玫瑰红色的花一样的有美丽的青春。啊! 范尔和,如此艳丽的容颜,那样青山绿水的爱情,你竟全都轻轻的忘却么? 连一点点儿记忆都没有了么? 男人真是狠心的,随后她又想起范尔和的太太,她的表姊,好朋友,情敌,全世界最温良贤淑的人，可怜的黛华，她死了，虽然明知道她将年青而早逝，但是这消息也太突然，意料之内的意料之外；蓝婷心里一阵难受，眼泪止不住的往下流，流不完的流，伤心委屈生离死别爱和恨并在一起的眼泪，她哭了一会子……

　　隐隐的有缥缈的音乐，来自不远的近处，悠扬的琴韵奏着缠绵无比的曲调，是谁家的女孩子在唱《One Day When We Were Young》?

　　　　那一天，当我们正是年青时，
　　　　一个美妙的五月之晨，
　　　　你告诉我你爱我，
　　　　当我们正是年青时；
　　　　……

　　清亮无比的嗓音，唱着，唱着，忽然听不见了，许是关上了窗门。现在，蓝婷脸上的泪水虽干，心里可极乱，极乱，究竟是一种何等样的情绪，自己也无法给它一个名字。她怔怔的抬起头来，目光射到对面的墙壁上，那儿挂着一张画像，画像上的女孩子活泼泼的，穿着翻领的运动衫，头发用缎带束起，正中有一个挺大的蝴蝶结；小小的微微向上弯的嘴唇，有如熟透的红菱，笑得像新月一样的眼，好似对整个的世界永是那么乐观。这是蓝婷十七岁时候的画像。

　　虽然现在她还很年青，美，甚至比以前更为动人，但是现在的蓝婷再也不是当初的蓝婷了，连她自己也搜寻不出一些当年活泼天真的影子。难怪范尔和不认识，这无法形容的改变，她对着镜子只是凝眸，凝眸，好久好久忽然凄凉的一笑，她原谅了他。她老是这样慷慨自卑的对他加以原谅，可怜的委屈的爱。

　　歌声又起了,若有若无的飘进来一句,还是那一句:那一天,当我们在年青的时候。

　　啊!那一天,当我们在年青的时候……于是蓝婷的回忆像春云般展开,展开,不知其所届……

　　首先留入回忆的该是那雪在江南的冬之晨,姑父的学生范尔和到杭州,在凌园住下了,十八岁的蓝婷一见面就喜欢这年青的客人,固然大半原因是由于范尔和潇洒美好的风仪使她十分心折,同时也因为两个都是父母双亡的孤儿,寄人篱下的可怜虫,于是一缕身世飘零之感,同病相怜的爱念遂起自这天真少女的心田。

　　那无数个甜美的晚上,姑父是早睡惯的,蓝婷和黛华表姊,还有他,一同在灯下读书或是谈天,多病的黛华也不能迟眠,于是整个的凌园大宅都是睡去了,人静了,只有他和她两个人。他曾告诉她多少美丽动人的故事,《茶花女》、《茵梦湖》、《黛丝姑娘》,还有《复活》……听到伤心的地方,蓝婷为那些悲剧的主人而流泪了,范尔和温言的安慰,眼与眼相逢,又相避,泪光晶莹的眸子含着娇羞,笑开了芙蓉脸。

　　那一个美丽迷人的暮春之夜,永不能忘,蓝婷穿着睡衣独自在阳台上欣赏凌园的夜景,月色与花香,远远的湖山上的灯火稀少了,夜莺在树枝上啼,范尔和不知什么时候走到她的身边,许久许久,他不说一句话,只用一双灼灼的乌黑的眼睛谛视着她。啊!他的眼睛,后来他告诉蓝婷特地来讲故事给她听的,那故事是《罗米欧与朱丽叶》……

　　这该是最伤心的往事,回想起来也够断肠的——姑父患病了,老人家担心唯一的多病的女儿黛华还没有归宿,他看中了范尔和,立刻要招赘为婿,好心的黛华却并不愿这样做,她患有不治的心脏病,同时她又知道蓝婷和范尔和的恋情,不欲夺人所爱,并且拿出钱来劝他们离开杭州,蓝婷感激表姊的恩惠流下了泪,但是有什么用呢? 范尔和却反对逃婚,他告诉蓝婷:"黛华太可怜了,凌老师一死,我们一走,留下她一个有病的女孩子,怎样办呢?"她是爱表姊的,于是在英雄主义的天真憧憬之下,带着含泪的微笑料理这件婚事。"我们也许是爱情上的弱者,在人情上,却是勇士。"她这样对范尔和说,连得嗓音都激动得有些颤抖了。

在那桂子飘香的八月,黛华与范尔和结婚了。以后的事情想起来有点模糊,似乎不久姑父逝世,自己就在那一年冬天嫁给年老有钱的周医生,就是蓝婷现在的丈夫了。

婚后的蓝婷,一直住在上海,周医生对人类有广博的爱,对工作有极深的热情,白天忙着医治病人、晚上忙着化验、著述等等的事情,直到每一个夜深。他的十九岁的娇艳如花的夫人对他十分崇敬,他也深爱这年轻的妻,一种坦白无私的像父亲似的爱。周医生有足够的钱供她使用,她出入上流社会,渐渐的在交际场中成了名,一个美丽豪华而并不浪漫轻浮的名声。就这样,蓝婷度过了九个姹紫嫣红却又没有玫瑰的春天……

多少悲欢离合的旧事都被蓝婷一一的记起来了。想不到在这沧海桑田的大变动之后他居然还在?居然还和自己再一次的相逢?

这是多余的喜剧呢?还是未完成的悲剧呢?

蓝婷在失眠的深夜里,好像听见夜莺的啼声,那声音和九年前她在凌园的阳台上听见的一样,但是一凝神却又没有了,窗外是万籁俱寂。

第二天晚上,徐太太家里举行一个跳舞会,蓝婷原是打算赴宴的,夜服已经换好,一切装扮全都停当,忽然想起又要碰见范尔和,她临时换了主意不去了。

她真的就永远不想再看见范尔和吗?事实上并不,这一点她私心不愿承认却又不能否认。但是为什么又避着他呢?那是因为范尔和的忘怀侮辱了她,对方那种相见不相识的神情刺伤了她的自尊心。

她一个人在屋子里徘徊,沉思;沉思,徘徊,不知过去了多少时辰。

窗子外面,树枝上有不知名的鸟在叫,她又想起凌园的夜莺。

"太太,有一位客人要见你。"芳云,她的十六岁的小婢走进来。

"是谁?这样夜深了。"微微的蹙起两弯柳叶眉,此时此心,她真不想接见什么客人。

芳云递过来一张名片。

范尔和!

他为什么会来?这时候,该是徐公馆跳舞会正热闹的辰光。

"请范先生在客厅里坐一会儿,我就下去。"她这样的吩咐着。

范尔和从客厅的大镜子里,看见她由数十级的扶梯上姗姗的走下来,海水绿的衣裳,海水绿的耳星,海水绿的鬓发上的花,范尔和的眼前,有一片海水绿了。

他握了一握她的手,她的手冰凉,正像她的微笑一样。

"在这样晚的夜来扰乱你,我太抱歉了。"

"哪儿的话,十分欢迎你的光临。"极其淡定的样子,"只是,范先生也没有参加徐太太的跳舞会吗?"

"我刚打那儿来,今晚每一个人都惊奇你为什么不到?"

"我原没有不去的意思,因为——忽然有点儿头痛,所以不去了。"

"现在好点儿吗?"

"谢谢你,似乎好了些。"

"今天的跳舞会,每一个人都感觉到没有预想中那样快乐。"

"为什么呢?"

"为了没有你。"

"范先生,你真会说笑话。"她潇洒的笑着,现出长于交际的表情,"我有这样伟大的魔力?我的上帝。"

"你有。至少我就没有预想中那样快乐。"他沉吟着,灼灼的乌黑的眼睛向她凝视,"不过,也可以这样的说:我比预想中还要更加快乐。"

她摇摇头:"我不懂你的意思。"

"刚才,在徐家的晚宴上,一个杭州年老的绅士,坐在我的旁边,我们说了许多话,并且谈起了你。"那声音里藏着无限惭愧不安的情绪,"我真抱歉,昨天晚上我是何等的疏忽和粗心呀!连这样要好的人,也……不过,你的样子,态度,说话,甚至走路都变了,虽然还是这么美……你完全不同了。……"

她低下头,半闭起眸子,冷然的轻轻的说:"我还是不懂你……说些什么。"

"我太对不住你,你说什么都可以,但是千万别假装不懂,蓝婷——"

"不要叫我蓝婷。"她再也不能控制自己,"蓝婷早就死了,在她自己的回忆里,也在别人的记忆里……"

"你不相信我么?"

"我没有法子相信。"

"你能原谅我么?"

"完全原谅。"陪上一个疲乏的笑。

"你恨我?"

"一点儿也不,那是多余的情感。"

范尔和转过身来,像一个孩子似的,央求着:"我要你恨我,不原谅我,因为这是应该的;但是蓝婷你不能不相信我。"

"怎么我的三个答案,全是适得其反呢?"轻盈的一笑,渐渐的有些心平气和了。可怜的委屈的爱。

芳云托着镂花的银质圆盘走进来,送上两碗热热的杏仁茶。

"拿这样的东西敬客,太简慢了。"

"不,在此地,即使一杯白开水,也是无上的光荣。"他谄媚的说,端起朱红瓷上写着金色"百年好合"字样的碗,一口一口的喝着,他觉得有一些受刺激,如同饮了烈性的酒。

"还可口吗?"她问。

"甜得带一丝淡淡的苦,真够味儿。"

"恕我不客气的批评,你的生活态度比从前高明一些了。"

"高明?"

"是的,在我看起来,一个能欣赏杏仁茶滋味的人,总比一个专爱喝牛奶的人懂得一点儿生活的艺术。"

他永远也不会忘记她说这些话时候的神情,一种压抑住的皇后的骄态,娇媚的自信的力,美丽的不可侵犯的力。范尔和忽然觉得自己是这样的微小,低卑,再也无法接近尊贵的她。

她的手不住的播弄着沙发上的靠垫,银红缎子的靠垫和海水绿丝绒的衣裳,配合得像夹竹桃的花和叶,又是鲜明,又是刺激。

好久以后,他才说:"我的生活态度没有变得高明,你的人情世故可比从前深了,你懂得那许多。"

"一个什么都不懂的女孩子是可爱的,但是人们对她只是轻视;一个懂得太多的女人是可怕的,人们却偏欢迎。"她叹了一口气。

"你是说我吗?"带点惶恐的情绪。

"我没有说你,甚至都没有说我自己。"微笑着否认了他的问话,她答,"我只不过随便谈谈而已,你太多心了。"

"我真惭愧,蓝婷! 从前你在我跟前是个小孩子,现在完全倒过来,我在你面前,像个大傻子。"

"哈,大傻子……"蓝婷格格的笑着,声音似一串银铃。

银铃的声音没有了,钟声响了起来,十二点钟,夜深十二点钟。

范尔和告辞了。临走的时候,他握着她的手说:"明天见!"

蓝婷刚走进卧室,年老的周医生也从实验室里回来了。

在祈祷之后,周医生还对着壁上银光灿烂的十字架出神,沉思……

十字架下,瓶里有欲谢的晚菊和早开的腊梅,吐着清香幽艳的芬芳,灯光里,细细的菊瓣,小朵的梅蕾,影子映在他们的结婚相片上,周医生的眼光也渐渐移到相片上。后来,他坐在靠床的椅子里。

"我们可以谈谈么? 假使你不累的话。"苍老的声音又是宁静又是和平。

"好的。"蓝婷走到床边,坐下,心里猜测到将要有什么事情发生了。

"蓝婷,你试计算一下,这张相片已有多少日子?"

她翻了翻日历,会心的一笑:"——下一个周末,整九年。"

"日子过得真快。"

"像烟云和流水……"

"我的头发由花白变为全白了。"他叹息着。

"你为社会服务得更多了。"她低声的安慰。

"你还记得吗? 当年我们结婚的时候?"

"自从第一晚我作新娘来到这间屋子里,我全记得清清楚楚。"垂下眼睛,她脸上现出做梦一般的微笑:"烛台上点着绛色的花烛,一个孤苦伶仃的女孩子开始有这么荣华的家了,我觉得是奇迹,但是你却怕我不快乐,因为我很年轻,你却老了,你轻轻的跟我说:'恕我娶你,'我至今还记得这句话。"

他抬起头来,将椅子移近了些。

"当时,我的心里充满着感谢,我太激动了,告诉你一个故事……"

"是的,一个'罗米欧与朱丽叶'的故事,我记得。"老人喃喃的说。

"你听了那个故事之后,慷慨的原谅了我,没有辱骂,也没有责备,甚至连轻视都没有;我更觉得自己错误,对不住你。"带着梦醒过来的苦痛,她十分感动的望着他。

他握住蓝婷的双手,温存而又柔和,低低的说道:"罗米欧又来了,你将怎样呢?"

"什么? 你……"

"我知道的,刚才那客人就是,不要奇怪,蓝婷,这是很简单的事情,芳云将通实验室的那个小门锁上了,我不能直到卧室里来,客厅里又有生客,只好在帘幕后边坐了些时候,所以任何的话我全听见了,但并不是我故意如此的。"

她低下头来:"请恕我。"

"这是你的自由,而且我并不反对你,你的话全是对的,我同情你。"

"啊! 告诉我……我怎么好呢?"抬起头,于是老人看见那双泪水盈盈的眸子;他替她拭去了眼泪,说:"我不能回答你,你应当问你自己,因为无论是谁也应当自己决定。"

"这一回,你轻视我了? 我不该对他那样的。"

"一点也不轻视你,你是对的,这仅是生命的错。"

"那么,你为什么不回答我呢?"

"也许我可以帮助你。"老人沉思了一下:"蓝婷,你必须对我说实话,在十字架前,是不可以说谎的,你告诉我,你爱那个年青人吗?"

"我不说谎,从前我很爱他。"幽声的答。

"我问的是现在。"

"现在,我对他只有恨。"

"可是这种恨的情绪,来自最热烈的爱。"他柔声的说:"蓝婷,我很不安,因为我已浪费了你九年的青春,一个如花似玉兰质蕙心的美女陪伴着像我这样的老头子,是残酷的;假使可能的话,我并不阻止你去爱他……"

"不,不要这样说,我爱的是你,是你。"事实上蓝婷的确是爱她的丈夫,一种崇敬而又感激的爱心。

年老的周医生点点头,抚着她的纤手,像对他的小女儿似的:"亲爱的孩子,不要顾虑到我。"他咳嗽了一下:"我已经够幸福的了,在这些年……"

蓝婷俯下身子,伏在她丈夫的怀里,低低的哭了起来,是无限真情的感谢的泪,他轻轻的拍着她,他吻着她的头发。

窗外,枝上的鸟又在啼了,蓝婷这回听得很分明,那不是凌园的夜莺,不是凌园的夜莺……

明天,范尔和又来了。

明天的明天,范尔和仍是来。

明天的明天的明天,范尔和还是来。

范尔和成了蓝婷的影子,她走到那里,他跟到那里,至于蓝婷,在范尔和看起来,她成了他的灵魂,没有她,他好像在梦中,永远不会醒,虽然他醒着的时候也是惺忪。

那一晚,从某公馆的晚会归来,照例范尔和用车子送她回家,半途中,汽车抛锚了,僻静的马路上,又叫不着街车,望夜的月色,银光洒了一地。

蓝婷说:"这样好的月亮,就走回去吧!"

附近人家的灯火熄了,偶然有一两处窗子里还有光辉,隔着橙红的或是翠绿的窗纱透出来,令人起甜醉的幻想,那个俄罗斯女人的店门早就上了锁,橱窗中红绿黄蓝的小电灯也不亮了,在迷蒙的月光下,玻璃里面的布置像一张美丽的圣诞卡,真的,再过几天,圣诞节就要来了。

夜已经很深,马路上没有车辆,连行人也极其稀少,显得比白天阔许多,好像路是他们两个人的;他们从左边的人行道上走到右边的人行道上,一会儿又从右边的人行道走到马路当中,好像路是他们两个人的。

蓝婷的高跟鞋子走到电车轨道里,身体稍微有些倾斜,于是范尔和又扶着她走到左边的人行道上。

"蓝婷,对着这样好的月色,美丽的夜,你有什么感想么?"

"没有,要末就是'故国不堪回首月明中',但是现在战争不再,河山已还。"

他笑起来说:"你这样崇拜李后主?那么你为什么不想起虞美人的第一句?"

"春花秋月何时了……"

"是的,往事知多少?蓝婷,你记得不记得凌园的月色和夜莺?"他带着诱惑的音调说。

"我不记得。"她沉下脸,"请你也不要再记得。"

"我不能够,看见美丽的花和月,我不能忘记,我相信你也不能忘记。"

"请你不要再谈这些了,先生!"

"蓝婷,你为什么这样固执?你的眼睛告诉我你没有忘记,你的眼睛告诉我你仍是爱我,你为什么一句甜蜜的话也不肯说?这几天来。"

"……"

"是不是你还在生我的气?因为那天我不认识你了,我想不是的,你早就原谅了我。"他停了停,"是不是那年老嫉妒的周医生,你的丈夫——"

"你胡说,他是个光明磊落的君子人。"蓝婷觉得对方太"以小人之心度君子之腹",她大声的不问情由的说下去,"他完全明白,并且还劝我离开他,跟着你走,他是那样的不自私,他太好了。"

"什么?"范尔和睁大了眸子,"他劝你走? 和我?"

她点点头。

"和当年黛华的说话一样?"

"和黛华一样的善良。"想起好心肠的表姊,蓝婷呜咽了。

"那么,蓝婷,你为什么不早告诉我?"

她怔住了,向他投了一瞥,很快的却是深刻的一瞥,啊,他的那双眼睛,叫她记起凌园的夜,于是她笑起来,长睫毛上的泪珠还在,范尔和从来没有看见过如此甜蜜而诱惑的笑,他醉了。蓝婷低低的说:"现在告诉你也并不晚啊!"

"你愿意走么?"他挨近了她,握着她的手。

"我愿意走……"她的眼睛里带点痴痴的情意,她的声音是细细的;但是这细细的声音在时间的回廊里生了反响,"我愿意走!"九年前的夏末,蓝婷在凌园大宅说过这句话,那时候,她是那样的天真,纯洁,热恋着他,他不愿意带她走! 现在,他倒欢喜一个青春转眼即逝的有夫之妇么? 世界上也许会有罗曼蒂克的傻子,却还没有发现过这种有奇怪爱情的人物;九年后的蓝婷和九年前的蓝婷到底不同了,她想起许多名利场中的事,她想起许多繁华世界中的人,最后,她的眼里的那点痴痴的情意没有了,她使劲的撒开了他的手。

走完一节长路,他们拐了个弯,快到家了。

蓝婷说:"你记得从前你告诉我的那个故事?"

"罗米欧与朱丽叶……"

"不是,是那个《复活》里的女主角,卡秋莎曾经怎样拒绝了公爵爷,宁愿被流放到寒冷辽远的西比利亚。"

"怎么这一刹那,你换了主意?"他失望的叫着。

"是的,不但改变了主张,并且希望以后你不要再来见我。"

"连见面都不可以,你不怕伤我的心吗?"

"先生,你自己就没有伤过人家的心么? 啊! 范尔和,你为什么要来,要再看见我?"她叹息着,"否则,我只以为你虽是爱情的弱者,还是人情的勇士和英雄;然而现在我明白透了你,你不但是爱情的罪人,还是人情的奴隶,你把我的偶像给打碎了,虽然那偶像就是你自己……对不起,我到家了……"

"蓝婷,我们就这样分手么? 连亲爱的话也不说一句。"范尔和拉着她,不让她去撳电铃,"你何必做得这样过分呢?"

她回过身来,背倚在门上,月光下的脸,美丽而又忧伤,她笑着,凄凉的微笑:"范尔和,那时我多年青,人比现在漂亮,而且我又爱你,可是一个孤苦伶仃的女孩子的爱情,是算不了什么的;你就那样丢弃了我,像赏花的人丢弃了一朵玩腻了的花。现在,赏花的人为什么忽然又会注意起那朵花呢? 是不是因为它被插在碧玉的瓶中了? 你为什么步步的跟着我? 是不是因为我现在有了钱,成了'上流社会'的有名人物,受着欢迎?"她的笑容没有了,"但是在我,这一切的财富,这豪华的奢侈生活,富丽的花园,热闹的宴会,全觉得虚空;我愿意抛弃这一切,换得一间朴素的小屋,几册爱读的书,和你住在一起,在九年前的时候;但是在幸福逼近你身边的一刹那,你放弃了机会。"她含着眼泪请范尔和离开,"我不能接近你,有爱心可以成为情人,有信心可以结为知己,但是你既非情人,又不是知己;而且我已结了婚,我尊敬我的丈夫。"她撳了撳电铃,然后伸出手来和他握着:"忘记我吧,在我没有忘记你之先。你会快乐的;祝福你的一切……"

话没有说完,大门开了,她走了进去,挥着手,回了一回头,门又关上了。

她觉得有一个看不见的门，也永远关上了。

今夜，那数十级的扶梯显得分外的长，好容易才走完。

芳云在卧室里整理床铺，她看见蓝婷，天真的说："太太，今天晚上的月亮太好了，我没有拉上窗帘。"

窗子外面果然好月亮，像暗蓝的幕帷上挂了一面团圆镜，寒天里的月色，分外的清辉皎洁，虽然不是秋天，但是月亮到底还是那个月亮……

蓝婷微蹙着眉："芳云，你还是把窗帘拉上。"

这天真的小婢不解她主人的心意，觉得颇为无趣，拉上窗帘，快快的走出去了。

周医生在此刻走进卧室，他的手里拿着两枝绛色的蜡烛，蓝婷看见日历上的日子，想起明天是周末，她连忙走过去，接过那两枝绛蜡，插在烛台上。

今夜，她的心里又充满着感谢……

林海音:《殉》

作家介绍

林海音(1918—2001)本名林含英,台湾苗栗头份人,父亲林焕文日占时代携眷往日本发展,1918 年林海音于日本大阪出生,三岁返台,五岁时再随父母迁居北京,直到 1948 年才由"第二故乡北京返回第一故乡台湾",展开编辑、写作、出版人生涯。担任《联合报》副刊主编十年(1953—1963),因行世达练热情,赢得"林海音的家就是台湾半个文坛"称誉。①

林海音五十年代前后开始写作,初期作品多刊于《"中央日报"》及《新生报》,1949 年年底至 1952 年,共发表近三百篇文章,称得上多产作家。1955 年林海音出版了首本散文小说合集《冬青树》,笔下身心健全、贤慧的女性角色,不脱"家常人"型女作家书写身边琐事的范围,评者司徒卫喻其创造了"我们社会与生活中缺少"的女性,给人一种"新鲜的感觉"。② 学者彭小妍评林海音的作品"创造了一个女性书写的空间"③。

---

① 夏祖丽:《林海音传》,台北:天下远见,2000 年版,第 318 页。

② 夏祖丽:《林海音传》,第 143 页。

③ 夏祖丽:《林海音传》,第 236 页。

但一直要到 1960 年,林海音出版了北京生活"回忆童年,使之永恒"[1]的自传体小说《城南旧事》,才真正写出了她的传世之作,成为"难以超越的文坛代表"[2]。小说由小女孩英子贯穿全局,叙述童年时在北京从七岁到十三岁时家常生活的悲欣聚散,如果说英子就是林海音,那么这是她为台湾人写的"异乡"故事,又同时是"怀乡"之作。在那个女性主义、女性意识还未成胎的年代,林海音记录了一个有别于西方观点的女性小世界,在那个世界里,"错综复杂的人际关系各就其位"[3],自有善美的一面。之后,长大的英子,写出新旧时代交替的"婚姻的故事",如《金鲤鱼的百裥裙》《烛》《烛芯》等,她笔下充满对"没有跳到时代这边"的女性的同情,尤其是"自幼以来所见到的许多'姨太太'"。[4] 以今天的眼光及价值批判,这些姨太太可说是破坏婚姻的第三者,但在旧时代,她们是被命运摆弄者。就因为这些女性几乎各有所本,所以林海音的小说不仅写尽旧时代女性性别不公的遭遇,也保存了一段段女性史料。

作品导读

《殉》勾勒出一个旧式女性生活图样,在那张样本上,女人们靠着小物件撑起一个小传统的秩序,且成为样本人物。

《殉》里的女主人翁朱淑芸十四岁和方家麒定亲,从此人生意义聚拢于婆婆的鞋面、公公的眼镜盒、小姑的绸绢子……"绣活不知有多少

---

① 齐邦媛:《超越悲欢的童年》,林海音《城南旧事》,台北:游目族,2000 年版,第 9 页。

② 齐邦媛:《难以超越的文坛代表》,《联合报》,2001 年 12 月 3 日。

③ 齐邦媛:《超越悲欢的童年》,第 10 页。

④ 夏祖丽:《重读母亲的小说》,林海音《烛芯》,台北:纯文学,1981 年版,第 5、6 页。

件"的嫁妆。① 这桩父母之命定亲的开始,某方面来说是淑芸一生的结束。等待过门的日子因家麒染上肺病一拖八年,最后却因要给家麒冲喜才完了婚,哪知喜没冲成,进方府一个月丈夫就过世了。

小说中,淑芸毕生没赶上任何适当时间点。父亲火车上巧遇同学方椿年,相谈投机,订下她的婚事,但如果她赶上了"对"的时间点,还是嫁进方家,若是两老迟几年巧遇,那肯定不会是和生病的老大家麒订亲,而是和健康的老二方家麟。要不就算许给家麒,早几年几个月完婚,她或有机会怀上一儿半女;再不济,晚一个月进门,家麒已死,她成不了寡妇还有机会展开另一段人生。不由人掌握的时间,为时代阻隔,以现代的眼光看来,要说"时代"是这篇小说的一个隐形主题确不为过。

淑芸的世界被绣住了,如一张平面的人生绣图。延宕的婚期,守寡的岁月,唯一陪着她的只有"栩栩如生"的绣活,"坐在敞亮的玻璃窗下刺绣,是她一生中主要的生活"②。因此,思考这篇小说的女性处境,便不能忽视小物件的功能,如果"时代"是小说的隐形主题,这些小物件是无所不在的主要象征。譬如小说中有两段描写透过小物件来展示淑芸日复一日无望的生活,令人读之黯然。叙述由淑芸的一天开始:早上帮婆婆篦头;寂静的下午仆人俞妈在廊檐下洗老太太的水烟袋,呱哒呱哒呱哒——呱哒;她去婆婆屋里掀开帘子,又是呱哒一声;她替婆婆装烟丝,婆婆咕噜咕噜抽起来边说着琐事,她边听着,手上不停地搓着燃烟的纸媒儿;大钟摆一秒一秒摆来摆去;夕阳照到廊檐下,送花的来了,她挑好鲜花篮,交给张妈送回屋里,她跟在后头走:

---

① 林海音:《殉》,《绿藻与卤蛋》,台北:纯文学,1980 年版,第 25 页。
② 林海音:《殉》,第 37 页。

　　张妈把花篮挂进珠罗帐里,满屋立刻清幽幽的散出花香来。擦得晶亮的煤油灯送进屋来,白天算是过去了。(《殉》)

　　她的时间不是通过钟面,而是由小物件堆出来的。以为一天(生)捱到夕照时分算是过完了,还没完呢!当夜里点燃了煤油灯,火光把大黑影子投映满屋子,她冷冷清清上了床,躺下后第一眼看见箱上高叠着婚前一针一针绣出来的十六床缎被,每天都得复习一遍:

　　就凭她一个人,今年才二十三岁,要到什么年月,才能把这十六床被子盖完呢?①

　　但林海音显然无意要她的女主角争取女性解放。作者逆向操作,让淑芸活脱是西蒙·波娃(Simone De Beauvoir)女性是"第二性"的实践角色,没有"主体性",是男性的"他者",活在"非本真"(inauthenticity)的状态中。② 家麒出葬时她把一张照片放进亡者的贴身口袋,"她这一生和殉葬又有什么不同"③。但这并不代表她也死了,淑芸对家麟有着微妙的感情与投射,"两家的名声要紧",于是夜里拉上(陪嫁的)被子,蒙住头,眼泪撒开地流。天亮后,她重拾绣花针,圆形棚子框到哪儿,她就绣哪儿,不逸出,最安全,这是二度"陪葬"。但作为安于"第二性"的女子,她也有快乐的时候,因她贞洁守寡,家麟第二个孩子小芸由家族做主过继给她,通过孩子,最终她还是拥有了家麟。自有了"家麟的孩子"

---

　　① 林海音:《殉》,第32页。

　　② 托莉·莫(Toril Moi):《性/文本政治:女性主义文学理论》,王奕婷译,台北:巨流,2005年版,第107、108页。

　　③ 林海音:《殉》,第36页。

后,所有的无着无落全被"没了主意,便去找小芸的叔叔(家麟)"的心念给弥补了。直到小芸要出嫁,不安和悲凉再度袭来,而第一次有这感觉是家麟回国时带着妻子。这次,感情的寄托又要失落,毕竟不是第一回了,所以"随它自生自灭,慢慢就会好的"①。从女性意识来看淑芸的处境,一定有人要问小说的女性主义成分、女性看法呢? 时代不同了,女人可以自由恋爱再嫁了,淑芸心想:"怎么就没有一个人出来主张让大奶奶再嫁呢?"②这想法是无法说与人知的,她继续着"不知有汉"的存在状态,或者这样的状态正是她的救赎。可不是,小说最后,家麟和太太可不"正围着她的绣活在欣赏"③。她的绣活人生,从来没有褪色。

---

①　林海音:《殉》,第 42 页。

②　林海音:《殉》,第 42 页。

③　林海音:《殉》,第 42 页。

殉

绣花绷子绷得很紧，每一针扎下去，都会发出"砰"的一声，然后又是丝线拉过软缎，长长的一声："嘶——"绣花的人心无二用，专心在绣花的工作上。因为太专心了，竟弄得鼻孔张着，嘴唇翘着，整个的脸也像绣花绷子一样的绷得很紧。

最后的一张叶子就要完成了，然后拿去让小芸她婶婶用缝衣机给打上边，比较快当些。但是配个什么颜色的边呢？方大奶奶想着便停下了针，把绣花绷子举到眼前一比。如果照她的意思，葱心绿的边，一寸半宽，最合适。可是谁知道小芸愿意不愿意呢？年轻人现在脑筋不一样了，配起颜色来，也是怪里怪气的，这孩子就许这么说："妈！来个灰色儿的！"那可使不得，是结婚用的哪！

砰，嘶——，砰，嘶——，方大奶奶接着绣她的叶子。没几针，线完了，得再穿根新线，这可难了她。一根绣花针比近比远都穿不进去，虽然戴着老花镜。她不得不叫小芸了，可是她们同学几个正在隔壁屋里说得高兴呢！在方大奶奶正要喊的时候，隔着纸门，她听见刘家的小姐说话了：

"方小芸，你倒是去不去呢？"

"吃完饭再去吧，妈说留你们吃饭，她还特意上街给你们添菜去了呢！"

"现在还早，我们可以去了赶回来吃饭。我跟你说的那家委托行，有许多新到的耳环,花纱手套,都是你结婚要用的。我陪你去买,可以打个折扣。"

"说实话,"小芸很和婉的解释:"我妈正在给我赶绣花枕头,她眼睛不太好,每根线差不多都得我替她穿。快绣完了,我出去没人给她穿针引线,工作就得停顿,不好意思。"

"哦——! 那就难怪了,人家方小芸急着等这对鸳鸯枕好入洞房呀!"

"别胡说,我妈才不那么俗气,绣什么鸳鸯!"

"那么伯母绣的是什么花样儿呢?"

"你们猜。"

"麒麟送子?"

"呸!"

"花好月圆?"

"无聊!"

"祝君早安?"

"又不是绣洗脸毛巾! 我告诉你们吧,妈绣的是一枝初放的浅粉色的荷花,荷叶上露珠滚滚,旁边是一只蜻蜓点水。"

"好雅致,伯母怎么想出这么一个别出心裁的花样儿呢? 自己绣可也真麻烦,为什么不花钱找人用机器绣呢?"

"是呀,我也说过,现在也没什么嫁妆的那一套了,可是母亲满心想趁我结婚温习一下她旧日的手艺,我怎么好拦阻她? 我不是跟你们说过吗,我的母亲还是一个处女,她是最纯洁不过的女人,所以她的艺术眼光也不同凡俗……"

——唉! 这孩子今天怎么这么多话!

方大奶奶听到这里,不由得皱了下眉头,她不愿再听下去了,她真不知道,小芸一向对她的同学们都是怎么形容自己的母亲?还预备怎么说下去?她把绣花针别在软缎上,轻轻放在桌上,便起身蹑手蹑脚的走出这间屋子。她知道小芸以为她到厦门街买熟菜去了,所以才这么放肆的谈论着母亲。

她一边穿鞋又不由得想起半年前的事,她记得清清楚楚,小芸向她提出要和敏雄结婚的事。她早就看出在一群追求小芸的张三李四里面,她的女儿是看中了那个驾喷气机的陆敏雄了。喷气机!从天空上"刷"的一下飞过去,总害得她的心也"刷"的一下被摘了去。可是说老实话,她确实很喜欢敏雄。第一,他朝气,生龙活虎的。不过,驾飞机,而且驾的是那么快的喷气机,三长两短是保不住的,唉!她怕打仗,怕听到死,怕快。所以她忍不住把利害对小芸说个明白:

"小芸,敏雄样样好,没得挑剔,婚姻也是你自己的事,这年头儿的父母做不了什么主,可是——可是嫁给一个生命随时有危险的军人,尤其是敏雄,是驾喷气机的,要有个什么的话,你可得认命呀!"

她是过来人,她知道认命是什么滋味,她可不愿意叫小芸也有一天走上她的路。但是小芸这孩子听了后,脸向着她,双手搭在她的肩头上,穿着紧裹着屁股的牛仔裤的两腿分开站着,一条马尾儿甩了一下,侧着头,倒像哄孩子似的笑说:

"妈!您那认命的时代早就过去了!我知道,是因为爸爸的缘故,您才替我担这份心的。不过做军人的,在他的责任中,却应当随时有牺牲生命的精神,这和爸爸的情形又不同了。如果敏雄——他真有什么不幸发生,在这个大时代里,我想我应当承当得起。妈!您放心,别为我多虑。答应我——嫁给他。"

小芸说到后来显得激昂起来了,两眼噙着泪水,搭在母亲肩上的两手,摇撼了两下,跟着小湿嘴儿吻了母亲的老脸。她没有把这套话背得很清楚,但是她听得最明白的是小芸说的认命,"您那认命的时代早就过去了",小芸这孩子几时变得这么会说话的? 她只知道小芸会撒娇,会哄人,居然也会讲大篇道理,还不肯认命哩! 她没了主意,便去找小芸的叔婶,她把自己的意见和小芸的话,叙述了一遍之后,便下了这么个结论:"叔叔做主。"等着小芸的叔叔家麟来回答。谁知叔叔也站在小芸那一头。

"也对,这不是讲认命的时代了,如果小芸真有这样理智的见解,她就不怕嫁给一个随时有性命之危的军人。大嫂,你就随了她吧!"

哦! 叔叔也是这么不认命的人,那么讲认命的该就是她一个人了,认命不对么? 她有点迷惘,愣愣的看着在屋里来回踱着的家麟。她忽然发现家麟脑后的头发怎么也白了许多呢? 老了,大家都老了,扰不过年轻人了。记得家麟刚从法国回来的时候,穿着一身藏青哔叽的西服,站在堂屋地上喊大嫂。呀,莫非他现在身上穿的还是那套? 应当是,裤子后面磨的油亮了,哔叽穿旧了,就是这样。"大嫂,不用犹豫了,就放心给小芸张罗结婚的事罢!"直到婶婶说了话,她才从漫无目的的遐想中醒过来。

方大奶奶想着这半年前的往事,脚步不知怎么竟走到后院厨房来,看见阿满在切牛肉,她才想起她到厨房来是没有什么事的。她在厨房里转了一圈,掀掀锅盖,开开碗橱,阿满不高兴了,鼓着嘴在瞪她。她这才从墙壁的钉子上取下了线网袋来,向阿满絮叨着说:"牛肉不要切成大直丝哟! 我再去买点儿什么来,三个大姑娘,一定很能吃的。"

穿出两条横巷,本来是到厦门街的捷径,可是方大奶奶没这么走,她出了家门便一直朝高处去,走上了水源路,眼界立刻开朗,但是有点喘,心也跳着。眼睛朝堤下望去,秋高水也涨了吗? 怎么今天看起来,水流得这么急似的。她跟着流水的方向抬头向上看,呀!川端桥西面是通红的半个天!太阳是金黄黄的一个大轮子,就要沉下去了。是眼睛不好吗?水流得那么快,金轮子也滚得那么急。她不常看见落日的情景,但是她还记得那次在北海的白塔顶上所看见的落日,比这沉静多了,也是这么一个黄澄澄的金轮子,徐徐的沉下,沉下,终于沉到她的视线所不能及的下面去了。她的心,就遥远的随着那金轮子坠下去了。那时北海是一片黄昏的苍茫,水面上闪着一层微弱的金光,几只小船正向五龙亭划去。那刹那间的情景,深深的印在她的心上,有二十几年,不,三十几年喽!日子也跟流水似的,急急忙忙的向前追,把她追老了,把小芸追到有一天要嫁人了,还不肯认命,这孩子!

认命,第一次告诉她要认命的,是她的二姐,也就是从暮色苍茫中走下白塔来的事。也许二姐看她沉默不语,以为她心怀悲痛,所以挨近她,拉起她的手安慰说:"三妹,命里注定的事也没办法,自己的身子要紧,看你瘦多了。闲下来绣绣花,看看书,回娘家来散散心,女人天生就得认命。"其实她不言不语,满怀的是另一件心事,但是听了二姐的话,她也不禁轻轻的叹口气说:"我都知道,二姐。"

命里注定的事怎能不认呢!如果那年父亲不在火车上遇见他的同年方椿年,怎么会有她和家麒的一段婚姻?或者父亲在火车上遇见的不是家麒的父亲,而是李景铭年伯,张东坡年伯,也许她做了李家或张家的少奶奶。即使父亲遇见的是家麒的父亲,而时间迟个几年的,情形就许不同,她虽仍是方家的少奶奶,但不是大少奶奶,而是二少奶奶了呢!小芸常把"时代"挂在嘴头,她的命运何尝不是她那个时代所造成的呢?那年父亲为什么回南方?是民国初的一次什么内战来着,祖父在扬州原籍病倒了,父亲匆匆的决定回家探望,顺便料理家里的盐务,她的娘家姓朱,是扬州的大盐商呢!但是父亲有书呆子气,不能承继祖父的盐业，竟老远的跑到北京读书、做官，把母亲接了来，就算在北京成家落户了。怎么这么巧，方家的老爷了也回南方，也是这趟车。

那天她正在书房里写大楷，临的是柳公权玄秘塔。二姐开门进来了，先喊一声："三妹。"探头左右看看，又问说："今天你一个人？老师和四弟五弟呢？"

"老师回家探母去了，四弟五弟到土地庙买蛐蛐儿去了。"二姐这时才从怀里掏出一封信来，她知道这是父亲刚从扬州寄来给母亲的，密密层层的写了好几张，二姐从中间抽出一张来递给她，笑着说："看吧！别脸红。"

……方府系金陵世家，椿年又与我有同年之谊，其长公子家麒现就学于京师高等学堂，英年秀发，前程远大，与吾家芸女堪称佳配，此次南归与椿年同车，因谐此议，殆亦所谓天作之合也。汝意云何……

她怎能不害羞，红着脸把信扔给二姐，二姐直羞她："不笑话我了吧？你也一样了呀！"她和二姐只差两岁，二姐自从去年和昆山顾家订婚后，便停止到书房来读书，赶学绣花忙嫁妆了。在那年月，嫁妆真是一件要紧的事，光是绣活就不知有多少件。除了自己用的以外，还要打听好夫家都有什么人，给婆婆绣鞋面，公公的眼镜盒，小姑子的绸绢子，伯婆、婶婆，都不可缺少。

她十四岁和方家麒订了婚，便走出书房，回到绣房，孝女经还没念完呢。本来说是十八岁和二姐同时出嫁的，但是她被延迟下来了，是因为家麒身体不好，有病。这样一拖，竟五年下来，二姐已经生了两个孩子。她呢，枕头一对对的绣，绣到后来，也不知道是给谁绣的了，一对寄给二姐，送顾家的小姑陪嫁；一对寄回扬州给表妹添妆；一对……她曾歇了一阵子没有绣，但不久因为无聊又随着时兴样儿绣十字布了，数着那细小的格子，交叉，交叉，红线，绿线，紫线的绣下去。忽然有一天，一个重大决定的消息送到她耳边来；说是家麒的病并无起色，方家要求索性给完了婚，冲冲喜气。她的父母听了先是一惊，但经过一阵考虑和商量，终于答应了。她虽然有点害怕，但糊涂的成分更多；她暗想，嫁过去也好，四弟五弟也订了婚，如果她不嫁，弟弟们也成不了亲。不是她女心向外，反正是方家的人了，嫁过去虽然厮守着多病的丈夫，也许真的冲了喜气，病就好了也说不定。可是，万一——不想，不想，不想这些。

五彩的丝绒线，红纸剪成的双喜字，染得大红大绿的花生、白果、桂圆，在她的每一件嫁妆上都系着，贴着，藏着。每个人，做每件事，说每句话，都把吉祥的字句挂在嘴边。那气氛，不容易使人想到那个病人的身上去。所以在婚前，忧虑只算是一闪，并没有使她十分不安。

日子终于到了，她被装扮得凤冠霞帔的上了轿。那轿子有规律的颠呀，颠呀，颠呀的，似梦非梦，一直把她颠到了另一个境界。她迷迷糊糊，被搀下了轿，拜过天地，进了新房，直到那红盖头被掀开了，她的头还是深垂着的。坐床之后，当她把眼皮稍一抬起，往横一斜，首先看见的是旁边地上的两只脚，穿的是青缎子千层底的双脸鞋，雪白的洋袜子。她乘着屋里没有人的时候，闪快的又把眼睛向上溜了一眼，吓她一跳——是个纸扎的人！不，不，不，该是她的丈夫。除非她的丈夫，谁有资格挨着她坐在一起！除非她的丈夫，谁会有那样一副模样！她这才梦醒了，心"咚"的往下一沉，一下就掉到深渊里去了。她低头看自己脚下穿的绣花鞋，被绣金的百褶裙盖住了一半，只露出一段鞋尖来。一眨眼，两滴泪正好落到捏在手里的手绢上，她把手绢揉呀揉的，想把它揉碎了。

哄哄嚷嚷的过了许久，好像有长辈的女人在要求客人退出新房，以便新郎早些休息。人果然散了，跟着她听到一些声音：他在咳嗽，喘气，痰盂拿来了，大口的血喷出来——有人说："还是躺下吧，大少爷。"于是那青缎子双脸鞋移动了，他被搀扶着上了床，从她的身边蹭过，吃力的躺下去，跟着长久的呼出一口轻松的气。又有人说：“今天晚上大少奶奶在老太太房里歇着吧！”于是她被搀下了床，两腿有点发麻，差点儿没站稳。珠罗帐外，烛影摇红，火红缎子被，一层层叠上去。朱漆描金的箱子上，黄铜大锁被映得发着金红的光。到处都是红的，红的烛，红的被，红的箱子，红的血！但她被挽出了这红色的新房。这是她的新婚之夜。

她在家麒的有生之日，确实尽了为妻的责任，家麒也真正的感激她。过了新婚的三朝，她把伺候丈夫的责任从婆婆和老仆妇的手里接过来。为他换衣褥，煮莲子羹，端汤喂药，为他抹去嘴角猩红的血。在他精神好一点的日子，也能从床上坐起来，要她从书架上拿这书那书来看，这时她的心情也会随着开朗，觉得他会渐渐好起来的。

有一天，他要她打开书桌中间的抽屉，取出他的一叠文稿。他抽出一张给她看，那上面写着：

余与扬州朱淑芸女士订婚已八年矣，鱼轩屡误，盖因余病肺久不愈也，故每诵“过时而不采，将随秋草萎”之句，必深怅触，而对淑芸女士深感愧疚。今试写新体诗一首，寄余相思之苦云：

啊！淑芸吾爱！

病魔的折磨，

日复一日，年复一年，

误却我俩的佳期。

使我愁绪恹恹！

啊！淑芸吾爱！

悠悠白云，蔚蓝的天，

寄我相思一片，

飘到吾爱的身边。

……

……

　　她不太习惯这种显得太露骨，没有平仄，又不像旧诗那样文雅铿锵的白话体，因此觉得有点好笑。但是那诗里边的意思也的确使她感动，那总算是情诗呀！总算是一个男人为她而写的情诗呀！她看完不由得微笑的递还给家麒。家麒接过纸片，又伸过手来握住她的；那手不像手，温都都、软囊囊的搭在她的手背上。她心一麻，不由得把自己的手抽缩回来，伺候他躺下。看他两颊泛着微微的红潮，她在想：他不会总这么瘦弱，等他一胖起来，就会像他的弟弟家麟一样，因为她看过他健康时和他弟弟合拍的照片，兄弟俩很像。家麟在清华大学住读，回来过两次看哥哥，她都曾见到的，所以她这么想。

　　但是像这样心情开朗的时光并不多见，自从家麒昏厥过两次以后，她知道他已经病到什么程度，她不能再欺瞒自己了。有一天，她刚从参局子买来的高丽参和阿胶还没拆包，家麒便把她叫到床边来，微弱的对她说："淑芸，我不行了，委屈你了！"他连伸出那软囊囊的手的力量都没有，便昏了过去，这一次，他就永远没醒过来。

　　"一日夫妻百日恩"，她和家麒夫妻做了不止一日，足足有一个月，可是那也算是夫妻么？她哭得很伤心，别人看了也心酸，但是，她哭的是什么呢！

　　日子渐渐要靠打发来揣度了，白天，她还可以磨磨蹭蹭守在婆婆的身边一整天。早晨帮婆婆梳头，从把棉花撕碎塞进篦子里到给婆婆篦头、扎绳、抿刨花、挽髻、别横簪、插上九连环金簪，就费去了大半个上午。接着弄这弄那。太阳升到中天了，看驼背老王把天棚拉上。下午很寂静，偷懒的仆妇们都躲到下房去了，只有老俞妈在廊檐下洗老太太的水烟袋,呱哒呱哒呱哒——呱哒,三拍停一拍,这样有节奏的呱哒下去,是因为老俞妈一边干活,一边打瞌睡。她从厢房出来到老太太堂屋去,经过老俞妈跟前,总要拍拍她的肩头咳一下,老俞妈睁开了眼冲着少奶奶傻笑。大竹帘子很重,掀开时帘子上的铜片儿敲着门框,又是呱哒一声,把坐在太师椅上打瞌睡的婆婆也惊醒了。她进来先替婆婆装烟,从大榆木柜里拿出一包双狮牌的福建烟丝来,那烟丝真细,捏着软绵绵的。听婆婆抽烟有三个步奏,"呼笃",吹燃那纸媒儿,"咕噜咕噜"的抽起来,然后提出那小筒子,倒过来向痰盂里一吹,热烟灰掉进水里"嘶"的一声,熄了。婆婆一面抽着水烟,一筒一筒的,一面絮谈着家中的琐事。她就站在硬木方桌旁,一边谛听着,一边搓纸媒儿;黄色的表芯纸裁成一寸多宽,用掌心在光滑的桌面上一根一根的搓,搓了满满的一大把,放在条案的帽筒里。正中的自鸣钟,金色的大圆锤正一秒一秒的摆来摆去。"五点多了!"不论是谁这么提醒一声。天棚拉开了,夕阳照到廊檐下。老俞妈又牙疼了,她摘下一片夹竹桃的叶子,含在嘴里嚼着,说这是治牙疼的。这时也许送花的来了,用晚香玉和茉莉串成的鲜花篮,中间插几朵红绣球。她挑了一个,交给陪嫁的张妈送回自己屋里,她跟在后面走。到屋里看张妈把花篮挂进珠罗帐里,满屋立刻清幽幽的散出花香来。擦得晶亮的煤油灯送进屋来,白天算是过去了。

她最怕晚饭后的掌灯时光,点上煤油灯,火光噗噗噗的跳动着亮起来,立刻把她的影子投在帐子上,一回头总吓她一跳,她不喜欢自己的大黑影子跟着她满屋子转,把灯端到大榆木柜旁边的矮几上去,那影子才消灭了。就这么,闻着晚香玉和茉莉混合的香气,她冷冷清清的把自己送进帐子。躺下去,第一眼从帐子里看出去,就是箱子上高叠着十六床陪嫁过来的缎被。她几乎每天都想一遍,就凭她一个人,今年才二十三岁,要到什么年月,才能把这十六床被子盖完呢? 有个人,哪怕就是那么病央央的一辈子,让她无休无止的伺候着,也是好的,好歹是个人呀! 或者——跟他圆过一次房呢,给她留下一儿半女,也让她日子过得有盼头儿!

转过年来的清明,她守寡快一年了。那天早上,她起得特别早,因为要准备家里上供烧纸的事。家里的女人们都忙着叠元宝,她也拿了一叠锡箔到自己房里来叠。她一边叠一边想着刚才公公亲自在装元宝的白纸包袱上写祖宗们名字的情景;老鬼写完写到新鬼家麒的名字时,公公深深的叹了一口气,是的,还有什么比老来丧子更痛心的? 可是站在一旁新寡的她,岂不是更悲痛吗? 公公到底还有他的第二个儿子可以盼,家麟像铁打的那么结实,又聪明,又孝顺,洋学旧学都能来,都已经大学快毕业了。她呢? 她怎么才是个了局? 一样的兄弟,家麒为什么就没有像家麟那样的身子骨呢? 一样的姐妹,她为什么就不能跟二姐一样,丈夫儿女的福集一身呢?

她很纳闷儿,竟心不在焉的停了手边的工作,在愣愣的想着。忽然外面传来了一阵皮鞋声,她惊醒的抬头向窗外望望,原来是家麟进来了,先叫:"嫂嫂!"

"哦——是二弟,你几时进城的?"

"回来一会儿了,爹写信叫我别忘了今天要回家来行礼。"

"是呀,人太少了,上起供来也冷清。"

"嫂嫂,我是要找一本《天演论》,记得哥哥有。"

"是有这么一本书,我给你找。"

她里里外外的翻了一阵,都没有找到。"也许在书架上。"她一边对家麟说,一边走上了书架的垫脚凳。就在回头的一瞥下,心里一愣,家麟的眼为什么这样看着她? 她心慌了,取书时差点儿歪倒下来。"我来,嫂嫂。"家麟说着,很快的走过来了,就在她一歪之间,他扶住了她,她伸出手来,手就被他握住了,紧紧的。她更心慌了,脸也发烧,轻轻的把手缩回来。那奇异的　握究竟有多久?只　刹那吧?可是在她却是个永恒。在这一生中,她有一种最不明白的事,就是家麟为什么那样看她,那样握住她的手?他不是轻薄的人,她知道。那么他是怜悯她的遭遇?还是她自己把手伸出去的错误呢?她也不明白自己,为什么在那急促间竟不由得伸出手去呢?她并不讨厌家麟,一直把从来没有见过的健康时代的丈夫的影像,投在家麟的身上,难道这便是那小小罪过的根源吗?当时他是怎样走出她的屋子,她简直不记得了。但是她记得很清楚的是过后不久,她就站在院子里看烧包袱了,火势顺着春风向西吹,纸灰飘飘扬扬的升上去。公公奠酒,很严肃的端了一杯酒,绕着包袱洒泼。她的心乱糟糟的,却随着纸灰儿飘呀,绕呀的。

她没有喝酒,可是觉得醉沉沉的。这点感觉,今生也只给过她那么一次而已。就在那天的下午,二姐派了车子来接她到北海散散心,走到白塔顶上,便看了那一次最美的日落,她的些许沉醉的心绪,就随着那个日落坠下去,再也找不到了。太阳还是那个太阳,天天在升在落,人的情形就不同了。……

呀!怎么这样糊涂的,要到厦门街,竟追着那个日落走过了头,跑到川端桥上来干吗?方大奶奶从桥上退回来,责备着自己;真是老了,精神总是这么恍恍惚惚的,早上绣花针别在自己胸前的衣襟上,却到处乱找,还是小芸看见了:"喏喏喏,不就别在您心口上了吗!"

"记性坏透了,总是忘。"

"可是有件事你没忘,放在爸爸纺绸小褂左上口袋里陪葬的那张全身小照!"

小芸就是这么淘气,惹人疼爱,小嘴儿一会儿是蜜,一会儿是针。

陪葬,也许小芸比喻得不错,她是为陪葬而嫁给家麟的吗?从北海回来的那天晚上,她老早就睡下了。她翻来覆去的想了许久,二姐说得最对,她得认命,因为她是女人。无论她觉得家麟怎么不讨厌,那也是一件不可原谅的事,她要躲着他些,出了笑话,两家的名声要紧,父亲和公公的名字说出来都是叮当响的,他们可不是随随便便的人家呀!她把被子拉上来,蒙住头,眼泪撒开的流。远处鸡叫了,她才迷迷糊糊的睡着。醒来,东昌纸的窗格子上,满是太阳光。她支起身子来,头发重,十字布枕头上绣的"春眠不觉晓,处处闻啼鸟"的诗句,沾满了黄色的泪渍。

那张陪葬的照片,她只对小芸说了一次,这孩子就记住了,还常常说出来取笑她呢!那张照片的姿势她很喜欢,是十六岁时照的,元宝领子敞开着,高高的,头发前面的留海是剪的像个人字形,胸前捧着一把芍药,站在书房门口,是那年父亲的生日叫了厂甸的铸新照像馆到家里来拍的。照片摆在家麟的枕头边,给他看着玩的,他死后换装时,她就顺手拿了塞进死鬼贴身纺绸小褂的口袋里了。唉!随了他去吧!在更早的年月里,女人还得活生生的以身相殉呢,她虽没这么做,但是自从两张小照陪着他一同进了那口楠木棺材以后,她这一生和殉葬又有什么不同!

她是听从了二姐的话,在寂寞中又拿起了绣花针。那时的眼力可真好,她记得绣一只鹦鹉就用了十六色的丝线,放在现在可要难死她了,到了晚上连蓝绿色都分不清楚。提起绣线,她最想念三婶婆,那时三婶婆也像她现在的岁数吧?可是她就眼不花,耳不聋的。也喜欢缝缝绣绣,她们常一同到绒线胡同的瑞玉兴去买绣线,坐在玻璃柜台的旁边,伙计端茶拿烟,从楼上把大批的绣花线拿下来,随她们慢慢的挑选。

坐在敞亮的玻璃窗下刺绣,是她这一生中主要的生活。绣线分色夹在一本厚厚的洋书里,一根根的抽出来,扎在软缎上,十字布上,白府绸上。有一个时期她坐在窗下绣花,盼望着一个奇怪的日子——礼拜六。常常是在驼子老王把天棚拉开了,她就把手中的活计扔在桌子上,伸伸懒腰站起来,隔着镂空纱的窗帘向外发愣。外院响起了皮鞋声,是家麟从郊外的大学回来了,那高大健壮的身影走进垂花门来,就会使她心胸澎湃,像海浪那样的鼓动着。他还像个大孩子,低头用脚点数着墁着大方砖的院子向公婆的房里走。婆婆也许早慈爱的等待在院子里了,他看来满心快活,迎上去叫一声"姆妈",就被婆婆拥进堂屋里去了。她觉得很孤寂,心里没着落,望着对面通跨院的四扇绿屏门上的四个大红字"紫气东来",好久好久。

　　她要保留一份矜持,所以虽然满心牵挂,却也不肯轻易在这时到婆婆屋里去。她知道婆婆给他唯一的儿子预备了点心,是馄饨或是蒸饺,实在这都是她忙了一下午帮着婆婆做的。婆婆会告诉他"这是你大嫂做的"么? 他吃了会怎么想? 他怎么不再到她房来借这书那书了呢?还是因为她躲避他,而使他不敢来了呢? 常常是直到晚饭桌上,他们才相见,他会很礼貌的叫声"大嫂",那么自然,就像从来没发生过什么事似的。唉! 本来那也算不得什么吧! 是她自己在牵肠挂肚,她不该的。

　　一个礼拜一次的盼望,到底也有了结束,家麟大学毕业就到法国去留学了,公婆虽然舍不得唯一的儿子远游,时代潮流,可也阻挡不住。婆婆最怕的有一件事,临行之前还再三的嘱咐:"记住,不要讨了洋婆子回来呀!"满屋的人听着都笑了。家麟是方家最年轻,也是最维新的人物,他一直反对家庭给他订婚,父母也没办法。其实在那个年月,外面的新潮流已经冲到许多古老的家庭里了,像她差不多岁数的女学生,她早就听说有反抗家庭婚姻的啦! 守寡再嫁的啦! 跟人私奔的啦! 孤身到外国留学的啦! 老人家听了在叹息,她也不免惊异那些女子的大胆。说这些女子不该吗? 可是她在家麟买回来的杂志书本里却读到了赞扬这种女子的文章。当然,她也是被赞扬的;亲友之间谁不赞扬她的绣工,她的为人,她的贞洁和孝顺?公婆确实很疼爱她,财产早就给她留下来不动的,每月账上分到的零用钱也特别丰富,这也是对她的一种补偿吧!买绣花线能花得了多少钱呢!大红大绿的中交票子,一叠叠的存在箱底,够了个数便送到廊房头条的开泰金店去,拧麻花的赤金镯子一对对的换了来。有时她很纳闷儿,觉得这些补偿似乎仍是缺欠了什么。她茫然的想到杂志上赞扬那些女子的话,是有些道理吗?

家麟一去七年才回来,带回来的二奶奶虽不是洋婆子,确也给了她一些不安。这七年中,是经过了北伐的革命,北京城变了,春明旧梦已经成了过去,潮流带来了新的思想,新的事务,在她那古老的家庭里听起来很新奇,有些赞成的,有的很反对,但无论赞成或反对,好像都与她的家庭不相干,仿佛他们只是站在一旁看热闹罢了。那是因为这家里缺少了一个能领着迎上前去的人物。一直到家麟回来以后,这家才显得不同些。

是严冬的晚上,堂屋里灯光辉煌的等待着游子归来。去时一个人,回来三个人,老人有无限的欣慰。她掀开厚重的棉门帘子,一眼就看见家麟正站在堂屋地的中央,穿着藏青哗叽西服,头上戴着法国小帽。"大嫂!好!"他虽满面风霜,可是眼里闪着光采,精神好极了。她也展开了笑容说:"二弟,你一路辛苦了。"然后他把身旁的女人介绍给她:"大嫂,这是您的弟妹露西。——露西,这是我们的大嫂。"她一看,新来的二奶奶露西,粉白的脸上架着金丝眼镜,头发烫得短短蓬蓬的,头上也顶着法国帽,穿的是绿丝绒的洋装。再往下看,哟!站在地上搂着妈妈腿的那个小崽子,也是一项法国帽。三项怪帽子!她笑了,赶紧把下嘴唇咬住,才算没笑出声来。

新人物的确给老方家带来了许多新气象,三项法国小帽,二少奶奶的洋装,都渐渐看惯了。还有和他们交往的一些朋友所说的舌头打颤的法国话,总算也听惯了。刚一听时,老俞妈会忘记牙疼,捧着腮帮子一路笑到下房去。婆婆有病也不坚持非要四大儒医的汪六爷按脉了,而且竟打破方家的纪录,居然那一次住到德国医院请洋鬼子狄伯尔主治的。二奶奶是个很和气的人,虽是一个人离家远到巴黎去留学,但也和家常的女人一样有说有笑的,她没有理由看二奶奶不顺眼。二奶奶常常说一些新女性应有的新观念给家里上上下下的人听。不错,女人可以离婚啦,自由恋爱啦,再嫁啦,都是应当的,因为时代不同了。可是,怎么就没有一个人出来主张让大奶奶再嫁呢?当然,当然,当然,这决不是说她想再嫁了,她只是随便想想罢了。

小芸的诞生,确实给她的生命带来了新希望。她记得前些日子听家麟和朋友聊天儿,家麟说了这么一句话:"对于目前要有信心和希望,不然日子就难熬。"她很能体会这话的意思;她不就是因为身边有了小芸,日子才算熬——熬到现在?是二十四年前,当二奶奶怀第二胎的时候,一个非正式的家族会议举行了,要求二奶奶生下来的,不论是男是女都过继给大奶奶。二奶奶非常同意,她在教书,正乐得免去带孩子的辛苦。红胖的小芸一出世就送到大奶奶房里来。那年她已经三十四岁了,才第一次尝到做母亲的滋味。

她很爱小芸,每逢她紧紧搂着小芸胖胖的小肉体时,除了亲子之爱以外,在内心中还荡漾着一种神秘的快乐。她常常想:这是她的孩子,也是家麟的孩子。许多人都说小芸的眼睛很像她,但是她更喜欢逗着小芸对人说:"大手大脚的,跟她叔叔一样!"然后举起小芸的肥手送到自己的唇边亲吻着。就凭着自己内心常常泛起的这点点神秘的快乐,和对下一代成长的希望,唉!这么许多年竟也过来了。

……

"方老太太,买点什么?"店伙看见老主顾进门,立刻热心的招呼。

"啊!家里来了客人,怕菜不够。给我切上四根,不,五根腊肠,盐水鸭也来半只好了。"方大奶奶在这家南京人开的小店买了好几味熟菜,看店伙包好了,付过钱。走出小店的门口,仰头看看,西天还有一点点残余的晚霞,这边星辰已经急赶着上了中天。——可得快些了,这回可不要走水源路,还是穿小巷回去吧。小芸等急了会跑出来找她的。这孩子,是个懂事的孩子,二十四年来,如果没有小芸,她的日子怎么过!可是她长了翅膀会飞了!想到小芸就要结婚,她不免心酸。当然,小芸会把母亲接了去,她说过不止一次了:"等结婚后换了大些的房子,我就接您去。以后我当家,说好了,不许您下厨房,只要您享老福!"她自己也知道,近来太忧郁了,不安和悲凉袭击着她,这种感觉就和家麟刚回国时一样,那次是因为出现了二奶奶,这次是敏雄。都是摘她心肝的人!她知道这忧郁是多余的,可是避免不了,随它自生自灭,慢慢就会好的。

巷口的街灯是个标记,一转过去就到家了,脚底下尽是泥,可得小心哟!

方大奶奶推开虚掩的街门进去。嗯?屋里有好几个人影?啊!是小芸的叔叔婶婶来了。他们正围着她的绣活在欣赏。

——幸亏多买了半只盐水鸭,再炒一盘茭白,都是叔叔喜欢吃的。她这么算计着,提着线网袋就直往厨房走去。

童真:《穿过荒野的女人》

作家介绍

　　童真(1928—　　)出生于中国浙江慈溪,上海圣芳济学院毕业。1947年来台。童真写作始于二十世纪五十年代初,短篇小说《最后的慰藉》1955年获香港《祖国周刊》"李白金像奖"。童真创作勤奋,1958年即出版了首本短篇小说集《古香炉》,1960年再接再厉出版短篇小说集《黑烟》。司马中原评论这本集子"已经显示出现代感觉和淡淡的现代色彩。就气韵说,是清丽典雅的"①,道出了童真小说的女性气质。

　　创作四分之一世纪,童真共完成五本短篇小说集、五本中篇小说集、七部长篇小说,超过三百万字量。若说她笔下写出了一个时代的女性处境缩影,耐人寻味的却是,那些小说很多是在"厨房"里构思成型的。除了第一部长篇小说《爱情道上》先有大纲外,她几乎都在厨房边做饭边先在脑海里构思故事、人物,接着着手书写。童真剖白:"写小说不光是写故事,我写的是人物、我的见解、我的人生观。"②就因为这样的

①　夏祖丽:《乡下女作家童真》,童真《楼外楼》,台北:文史哲,2005年版,第391页。

②　钟丽慧:《女作家童真》,童真《花之梦》,台北:文史哲,2005年版,第312页。

诉求,她的小说内容看似平淡又令人回味,且娓娓道来条理清楚见出思考性,笔下角色有种舒缓的情调,人物心理与性格互为影响,复杂度增生,这也使她的小说始终是世尘味最少的,即使在最心理挣扎的作品里,也终会归向自成完整系统的"童真"宁静世界。有别于五六十年代教育、"反共"题材当道的小说,这种气质也成为她的作品风格难被企及描摹之部分。

童真1977年因健康因素,辍笔至今。1993年旅居美国新泽西州,2005年她择选以往作品编成七册自选集交文史哲出版社出版,共收三十八篇短篇小说、五部长篇小说。

作品导读

写于二十世纪五十年代的《穿过荒野的女人》,[①]童真让她笔下只有小学程度的女主角,带着襁褓中的女儿离开旧式婚姻束缚,自立门户苦读出头的作为,新世纪什么都不惊的新女性相较之下恐怕也要减色三分。

女主角杨薇英家道中落,凭着容貌出色,给杨父攀上富亲沈家希望借此安置儿子的工作,沈家则看上了她的娟丽。薇英夹在两个家中间进退不得。四年的婚姻,随着丈夫大学毕业,女儿出生后,她的地位愈形低落。丈夫性格尖刻,看穿了这笔交换婚姻,在一次与岳家对骂后,迁怒薇英,提出离婚要求,薇英接受了。娘家觉得她伤风败俗,薇英落得有(娘/婆)家却都归不得,剩下只有挺身前进离家出走。其实早在上个世纪初,易卜生的剧作《玩偶之家》(*A Doll's House*)介绍到中国以

---

① 童真:《穿过荒野的女人》,《黑烟》,台北:明华,1960年版,第158—176页。

来，人们对他笔下女主角娜拉的出走之举并不陌生，童真应也有所耳闻。薇英受尽婚姻摆布，不是傀儡是什么。鲁迅是最早讨论娜拉的出走意义者，他在《娜拉走后怎样》一文中提出一个严肃的问题："她除了觉醒的心以外，还带走了什么？"①时代转变，不变的是家庭具有遮挡风雨的功能，对大部分女性，家之外，到处都是荒野，我以为这正是《穿过荒野的女人》的主题。荒野是一个现代的"中途之家"，转换得宜，就有穿过的一天，由小说中作者安排几次荒野的象征可证。第一次当丈夫要离婚时：

　　她站着，觉得自己站在一片荒野上，那里，没有一座屋，没有一株树，没有一块光滑的巨石，也没有一处平坦的土地。满地都是荆棘夹着乱石。她要歇一下，或者靠一下，都不可能。假如她要离开这片荒野，唯一的办法就只有她自己挺身前进。

薇英正穿过第一片荒野，她在离家很远的农家租了间草屋日夜苦读，以中学同等学力考上了师范，她把女儿寄养在农家，离开女儿入学时，女儿大哭，她往前走不敢回头：

　　她现在是在荒野上行走，她不能畏缩，不能犹豫，她只有笔直走下去。她屏住呼吸，一直往前赶……

童真文如其名，有股单纯正义的天真，也难怪会安排薇英毕业回乡间教书后，当念师范期间支持她的吴老师追来时，吴老师要一个携手走

① 　鲁迅：《娜拉走后怎样》，《鲁迅散文选》，台北：洪范书店，1995年版，第163页。

下去的答案,薇英的回答却是:"我已经试着走过了最艰难的一段,我想独自走下去。"吴老师尊重她的决定,祝福她后告辞离开。这一次,她已经穿过属于她的荒野,目送吴老师,"灰色的身影在田间越移越远",吊诡的是,此时穿过荒野的,是一位男子。

无独有偶,童真穿过荒野的女性启示录,早了女性主义批评重量学者伊兰·修华特篇名雷同,写女性主义批评的经典之作《走过荒野中的女性主义批评》①。两者都阐述女性要穿过荒野,才能找到真正力量及自我。童真的荒野女子不见容于家庭、社会,对她伸出援手的,是知识低的农民、单身男老师;同样,修华特的《走过荒野中的女性主义批评》见证女性主义理论仍处荒野境地,而一直以来荒野是男人专有的领域。文章开宗明义引诗描摹"拓荒者"女性的内在:

> 女人心中无荒野,
> 她们代之以谨慎绸缪
> 心满意足地在狭小温情的心房中
> 嚼食干硬无味的面包

穿过也好,走过也好,"穿过荒野的女人"最后拒绝了可托付终身的男人,如此看来,她的选择对或错且先放置一旁。重要的是,拓荒者的角色不只是"男性专属,女性免谈"。

---

① 伊兰·修华特:《走过荒野中的女性主义批评》,张小虹译,《中外文学》第十四卷第十期(1986年3月),第77—114页。

穿过荒野的女人

一

谁都说,今年夏天台湾南部特别热,热得像处身在火山口的边缘。然而薇英的感觉却正相反,她一直觉得身畔老是回旋着一股不散的凉风,吹进了她的心里。二十年来,她从没有这样轻快、舒适过。她差不多整天都跟女儿筱薇在一起。小屋门前是个小院,一株凤凰木,枝叶像鹰翅一样地伸展开来,遮掩住整个的院子。下午,娘儿俩总要搬上两张椅子,坐在树荫下聊天;或者是,女儿看书,她在旁边冥思遐想。绿荫笼罩着她俩,纱绡似的,梦影似的,她会倏地一惊,以为自己果真在做梦,及至目光触到了旁边的女儿,她又不禁笑了;笑得这样轻松,就像她头上凤凰木的微微摇曳的叶子。

她想,这树长得可真快,才不过七八年,就像一个丰满的少女了。如今,筱薇终究也已长大成人,二十三岁啦。她立直身子,比妈妈还要高半个头呢!娘儿俩在外面走,只要逢到什么高低不平、狭窄泥泞的路,筱薇总会伸过一只手来,搀住她,一边说:"妈,当心,别摔倒!"其实,即使她没有人扶,也能稳稳过去,她还不至于衰老到这样;不过,她总依着女儿,让她扶她,有时,还故意把整个身子靠在她的臂上。

她喜欢有这种安全感,觉得自己毕竟也有一个人可资依靠、可受庇护了。她抬起头，瞧瞧女儿，此刻，她正微俯着头，在专心看书。淡远的眉，细长的眼，鼻梁窄窄挺挺的，那条直线直往下溜，在鼻端忽然圆圆地弯了起来，使它显得庄丽而又柔美。嘴巴紧闭，坚毅多于妩媚；这也许是多年来，她做母亲的影响了她。她记得，女儿小时，给裹在湖色软缎的披风里，模样儿也挺可爱。她还给她照了相，这是她童年的唯一的照片，因为以后，纵使她长得更好看了，但却已不再允许她把钱花在这上面了。那张照片至今还被珍藏着，连同她中学、大学时代的几张留影以及最近那张戴方帽子的肖像。那最近的一张，是女儿不久以前从师大邮寄给她的。她拆开信封，那照片便滑落在她手里。背向上，她看见上面写着两行字：

愿她的努力，能补偿母亲的辛劳于万一。

她把照片翻过来，见是戴着学士帽的女儿。她紧紧地捏着它，怔怔地望着它，然后哭了。哭着，哭着，恍惚觉得手中拿的就是她自己那张师范的毕业证书。她又站在小茅屋里了，头碰着那低矮的屋顶，暗黄的霉稻草像缨似地垂下来。她凄凄地抽泣着，这时，她的身畔突的响起了清脆的小女孩的声音："妈妈，你一回来就哭，你不喜欢看见筱薇吗？"她头一低，瞧到筱薇正站在她的脚边，她穿着一套旧印花布的短衫裤，两眼闪动，鼻翅微掀，嘴巴张开。她整个的神情是期待而又恐惧。"不，筱薇是妈的心肝，妈什么都为你，怎么会不喜欢看见你？"她弯身去抱她……蓦地，身边那个小女孩消失了，展在眼前的是照片上那个端庄稳重的女学士。在晶莹的泪光中，她透出一丝笑意，她用力把头一甩，宛如要抖掉往昔落在她头上的稻草梗子。

筱薇南下的那天，她曾去车站接她。这孩子一下车，看见妈妈，第一句就说："妈，以后我们再不会天南天北离得这么远了。我可能被分派到这儿的一所中学里教书，我们每天都能见面。以前，我们离开的日子太多,以后我们要补偿一下。"

她抓住女儿的胳臂,说不出话,因为一开口,她准又会掉泪的。女儿的一片孝心,是她所有安慰中的最大安慰。就说这个夏天吧,她拒绝了好几个朋友的邀游,宁可陪着她,同她闲谈,帮她理家。有时,她疼她,说:"筱薇,那种劈柴起火的事情,你做不来,放着,让妈来。"但她偏不依,回嘴顶她:"妈,你不是说你二十来岁的时候什么都会做?"她只得依了她,她俩一聊天,就免不了聊到大陆的故乡。做妈的有时会感慨地说:"我们现在住的小屋子,跟大陆上你外婆家或你父亲家的大屋子比起来,真有天壤之别。"她自己的经历女儿全知道,女儿便会撅起嘴回她:"我不稀罕!那种大房子没有这房子明亮,住着舒服。妈,那两座大房子给你的痛苦还不够,你还想它们干什么?"

当然,她不再作声了。女儿说的不错,那两座大房子给她的痛苦确是太深、太重了,而且,那种大房子也委实太阴暗、太缺乏光亮了。就像在这种暑天,大房子里虽然跟树荫下一样凉快,但同样是凉快,滋味却有不同。那里的凉快带着阴涩、潮湿,这里的凉快却是爽朗、干燥。尤其是自己娘家的那座大房子,终年是灰暗暗、凄惨惨,一副没落的气象。她是父母的幼女,没来得及赶上家业的辉煌时代,一生下来,家就迅速地直向下坡路走,所以她碰到的仅是一些拉长的脸。从十二三岁起,嫂嫂姊姊便把好多事情都推给了她。父亲睁一只眼闭一只眼,装做没看见;母亲呢,虽然疼她,但也无能为力。直到十八九岁,大家这才换了一副面孔,对她笑脸相迎了,因为瘦瘦小小的她,到那时,忽然出落得非常妩媚了。

她想,要是生得平凡庸俗些,或许也不致挨这许多年的苦,但是美原没有罪,怪的是:即使是一家人,为什么也有这么多的私心?父亲哥哥都以为凭她的娟丽去攀一门富亲,该是挽回家运的唯一途径。她只读过小学,即使她的两个哥哥,也只进了一两年的中学。他们并不重视学问。有钱时,觉得钱是一切;没钱时,也觉得钱是一切。他们拥在家里,一天到晚只在钱上动脑筋。他们到处探听,想为她觅一个理想的对象,结果终于给探听到有一家姓沈的,在上海开着几爿店,正在为他们还在大学念书的独子物色一房媳妇。于是,父亲便托媒人去说亲。亲事是巴结上了,因为照片拿过去,做公婆的看了都中意;至于这里的家庭状况,媒婆加酱加醋的,当然扯得离事实很远了。

她结婚是二十岁。父母打肿脸充胖子,给她办了一份就他们家境来说不算菲薄的妆奁。那些日子,家里最热闹,人们挺高兴,好似她一嫁出去,家里就会好起来。婚期近了,男的忽然提议到上海完婚,理由是他不愿多旷学业。好吧,就到上海去。父母兄嫂陪着她,带着一些细软嫁妆。男家的父母也赶到上海。女家满望男家能够包个像样的饭店,一方面作为礼堂,一方面作为他们歇脚的地方,好让自己节省一笔开支。但男家的想法却不相同,他们要把礼堂和筵席设在自己的店里。因此,女家也就只得找家旅馆来安顿。后来,事情又发生了,新郎主张新娘坐汽车,而她的父亲却坚持要她坐花轿。双方僵持。她偷偷地流着泪,忽然预感到前途的不幸!这里是没落的大家庭,那边是新兴的大财主;这里恪守着旧的传统,那边却在接受着新的文明。两个截然不同的家庭,却硬结成了亲戚。她,一个无用的女子,势将夹在这两堵石壁之间。她甚至巴望着这僵持会得继续下去,终而至于撤消这门亲事。

然而这种僵持持续到结婚的前日,就像春雪似的溶化了。父亲刚想收回己见,男的竟也同意了他的要求。下午,花轿"啊哩,啊哩,嘭!"地吹打过来,一切又如艳阳天那样美好了。她戴着胸花、手表、手镯、戒指、耳环,穿着绣花的大红软缎礼服,头上蒙着一方红绸,手中握着捧花。父亲一再地叮嘱她:"薇英,爹给你结上这门亲,可不容易,离开了爹娘,可别忘记爹娘。你在那里,事事都要为家里着想,家里的情形你当然了如指掌的呀!"母亲也哭哭啼啼地说着这些话。嫂嫂扶着她上轿,还在她脚下放了一只燃着芸香的铜炉。花轿门给上上了。她猝然哭了起来。花轿的外表五光十色、晶莹灿烂,但里面却是黑黝黝的。她的命运会不会跟它一样,隐藏在美丽下面的是一片黯淡?美丽是给人家看的,黯淡却是自己身受的。他们要她事事为他们着想,可是又有谁为她着想?

乐器吹打着,炮竹乒乓地燃放着,她的低低的哭声自然没有人听得见。花轿抬起来了,摇摇晃晃的,芸香也一阵阵地冒上来,醉醺醺的。她不是没有坐过便轿,但坐便轿跟坐花轿是两回事。坐在便轿里,她是便轿的主人;但坐在花轿里,花轿却是她的主人了。她一切得迁就它。她不能说一句话,她不能把屁股移一下,母亲关照她:移一下,就得嫁一次。但越不准移动,心里就越想移动,好像这样坐着,总不对劲儿。她硬忍着,忍得浑身都酸麻麻的。她试着透过红绸和玻璃看看轿外,但什么都看不到。她只能看到自己的手:戴着手套,佩着戒指、手镯和手表。这不是她素常的手。一切都是陌生的。她正被抬往一个陌生的世界,那里的生活是好是坏,她已完全交托给花轿了。穿过一条马路,又是一条马路,好长的路!覆在头上的红绸,抖抖地擦着脸,好痒……啊,真的好痒,她抬起手,往脸上一摸,捉到几片凤凰木上落下来的细叶子。

二

她把叶子放在手心上,摆弄着。那细叶子,就像西瓜子大小。她记起来,她做新娘那天,坐在新房里,朱红泥金的格子果盘摆在她椅旁的梳妆台上。女宾和小孩都吃着,要她尝一点,她婉却了,一方面是怕羞,一方面也委实吃不下。但她们一定不依,她拗不过,抓了一撮酱油瓜子,抿着嘴,慢慢地嗑瓜子,这是女人消磨时间的最好方法。嫂嫂姊姊们老把歪曲的、小小的瓜子留下来给她,但她有一口整齐无缝的牙齿,只要把瓜子送进去,核肉就会完整地、笔挺地脱颖而出,可爱得就像她那细小的牙齿。那天,来宾们交口称赞新娘的漂亮,待宾客散尽,她丈夫伟博就回到房间里,对她细加端详。也就在那时,她看清楚了他。他身材颀长,前额高阔,宛如红木床上的床楣,但他的脸却是清癯的,尤其是下颌,尖巴巴地,这应该是个美女的下颌,但配在他的大前额下却并不出色。他尖利、机敏、能干,这些都显明地现露在他的脸上,跟浮在镜面上的光一样清晰。她在心里祈祷,最好她的美能够赢得他的爱;她也明知这种专重美色的男人并不好,但对她,这或许还是好事。然而,他却调转身子,燃起一支烟,说:“我不会说你漂亮的,人家说得太多,太过分了。让我听来,好像是说我这张脸配不上你。”他竟是这样地自私和善妒,她差点掉下泪来。她闭紧嘴,望着那对熊熊地燃烧着的龙凤烛,红色的泪一点一点地往下滴,滚烫地落在她的心窝里,但她却硬忍住了。她想,在以后的生活中,她是免不掉要忍的。幸而在娘家,她已经忍惯了。她得依顺他,伺候他,并且设法去爱他;无论如何,她得把他当作一切。目前新式的女子可能不会有这种想法,但她既没读过几年书,又没偌大的勇气。她从旧家庭里出来,旧式女子的命运还紧缚在她的身上,即使要挣脱,怕也没有这份力量。

　　三天回门,伟博换上了西装,她也穿上了最时式的旗袍,两口子坐上汽车,嘟嘟嘟地掠过马路。繁华的上海尽在眼前。伟博忽然搂住她的腰,说:“薇英,上海好,你还是住在这里。满月后,爸妈都回乡下去,那时我代你求情。”她低着头,脸一直红到耳根,是喜? 是羞? 她想,他终究爱她了。结婚那天全是她在胡思乱想。她的路像马路一样,宽阔的两旁是多彩多姿的。她轻轻地说:"谢谢你。"

刚说完,车便停在她父母所住的那家旅馆门前了。她被扶下车来,一脸喜气,以前那不快的阴影全部消失了。他们从楼梯口走上去,到房间里,向父母行一大礼。坐不多久,母亲就拉着她往里室走,低而急地问她:

"薇英,你觉得他到底怎样? 待你好不好?"

她那时心中只存留着刚才的情景,便说:"好,很好。"她母亲说:"谢天谢地。你爹硬把你配到他家去,当然是为了他们有钱,但是如果真的为这而苦了你,那就太划不来了。囡是娘生的,娘也是女人,明白这不是三两天的事情,这是一辈子的事情。"

她只是微笑。

"这样我就放心了。这里花费太大,明后天,我们就要回家去。你那边怎样打算?"

她把刚才伟博所说的话告诉了母亲。"我不表示什么意见,跟公婆回乡下去住也好。"

"对,这样好。不过,看来,你十九是住在上海了。他是独子,父母总得让他一着。薇英,说起来,我倒忘了,你爹刚才还在跟我说,他家几爿店里的经理,都是他们的一些远房亲戚,以后,你有机会,总得给你的两个哥哥想想办法。"

"妈,这恐怕……"

"不要急,慢慢来,以后日子久了,两夫妻有什么话不好说的。你不要老记住你哥哥的不是,自己人,事情过了,也就算了。"

回到外房,哥哥嫂嫂已到外面去,父亲跟伟博正谈得起劲。父亲是个胖子,说得高兴时,总要点头摆脑的。伟博的腰、背、头颈都挺得笔直,跟他坐的椅子的靠背一样僵直。她最初看到他这副样子时,心里便替他感到吃力，后来看久了，倒也惯了。那时，他们正谈到上海几爿店里的情况。她只听见父亲说：

"嘿，有你这样能干的小东家去时常督察照料，还怕这些店不会兴隆起来？"

"哪里，我只是有空去走走，什么也不懂。听来，爸爸倒是对这些很在行的！"

"唉，老了，懂也没有什么用了，倒是薇英的两个哥哥对这很有一些经验。"

父亲弓着背，伸着颈，像在等候伟博把话接下去，但伟博却端起面前的茶喝了。父亲这才看见她进来了，忙又说：

"小女一向在老妻膝下，什么事都不懂，一切还要令尊令堂和你包涵些。"

"爸爸，现在时代不同了，只要两口子能够互相了解，互相爱恋，什么都不要紧，谈不上什么包涵不包涵了。"

父亲又碰了一个软钉子。老年一代的思想已经不再适合年轻的一代。父亲终于不再作声了。

回去是傍晚。在车中，伟博只是冲着她笑。她问他："你笑什么？"他不答，依然笑。"是不是我的头发乱了？还是我的脸上有污点？"他摇摇头，仍旧笑个不停。他的微笑像根抖动的丝带，擦得她浑身不自在。她急了，说："你怎么啦？老是笑我？你不告诉我什么地方不对劲，难道还要叫别人来笑我？"

"不是笑你，笑你爸爸。"他说。

"他说话的样子很滑稽，是不是？"

"不是。他真有两下，我以前不知道，我佩服他。"他的笑容收敛了。她突然感到他还是笑的好，不笑，他的面孔就平板得像他西服的前襟，仿佛脸皮、后面也给衬上了硬绷绷的东西。这样，他们一直到达住所，谁都没有说过一句话。

　　她是预备住在上海的，预备学习在这个时代、这个环境中所要学的一切，如穿高跟鞋、吃西菜、跟年轻的朋友见面或分别时的握手等等。凡是他喜欢的，她都愿学。使她也像一个新派的女子，配得上他；使她又像一个旧式的女人，能服侍他。她想得太好了。但快满月时，他却对她说：

　　"你还是跟我爸妈回去的好，我考虑过了，你留在这里，或者不留在这里，都是一样。我请你两个哥哥到上海来帮忙就是了。"他又笑了，像那天车中的笑。这笑使她恐怖，使她战栗，她说：

　　"你这是什么意思？"

　　"我的意思很好。你家里要你嫁给我，无非是想要我给你两个哥哥安插位子；我家里要叫我娶你，也无非是想有个美丽的媳妇。这样不是两全其美了？"他又笑了，这么尖锐，这么激动，这一次，它像一条钢鞭似的抽着她。她眼前一黑，坐倒在椅子上，觉得自己直在往下沉，而推倒她的，却正是她最亲爱的人。

　　她跟公婆回到乡下，住在一座大房子里。那房子虽不像自家的凋落破旧，但两进房子只住了四五个人；这就觉得连自己的影子也是可爱的了，不幸的是，在那阳光照不到的大房子里，连自己的影子也很少碰到。她常独个儿坐在那里，浸在一片灰扑扑的孤寂中，或者去公婆那边，听婆婆唠叨，替公公装水烟，呼噜噜——噗！火亮了，又熄了，希望的火是这么短暂。一个连一个，留下的则是满地希望的残渣。她抖了一下，捻紧烟丝，小心地把它装到小孔里去，像把自己的心塞了进去；她吹燃纸捻，公公弯过头，把嘴凑在烟嘴边，却没马上吸，看了她一会，说：

　　"薇英，这里住得好，吃得好，穿得好，不要你操心劳力，就是来我家里的佣人，也只要待上几个月，就发胖了，怎么你反瘦了？"

她没言语。婆婆接了下去。"你在这里不称心吧，公婆是外人，不及自己的爹娘好！"婆婆有时尖起来像钻子，丈夫的尖就有些像他母亲。她连忙否认，但委屈的眼泪已经夺眶而出，婆婆更是乘机进袭：

"我又没说你什么，你就哭了，让外人看来，还以为我做婆婆的在欺负你呢！"她没给她道歉赔罪的时间，就气冲冲地推开椅子站了起来，走了出去，小脚踩在弄堂的石板上，像用木槌在敲打：咚！咚！咚！婆婆之不让她亲近她，就像丈夫之不让她了解他一样。当时，她穿的是月白色的府绸旗袍，一手捧着水烟壶，一手捏着纸捻，弯着腰站着：苍白、纤长、僵呆，就像白铜水烟壶的那根弯弯的长颈子。

她的生活越来越乏味了。她希望丈夫回来，丈夫总是丈夫，但他只能在假期回来；而且像客人一样，住不多久就走了。有时想回娘家去住，可是回头一想，自己毕竟已经出嫁了，何况那边的境况并不好。第二年丈夫在大学毕了业，她着实高兴了一阵子。丈夫回来了，还邀来了几个男朋友以及他们的爱人，四五个男女一关进房子，整个的屋子就充满了笑声和闹声。她羡慕两个跟她年龄相若的女人，她们打扮得跟外国女郎一样，跟几个男的一同去打球、爬山、划船，甚至有时还去游泳。她们大吃大喝，高声谈笑，跟男人一样爽朗。她的丈夫很称赞她们。后来，有一次，他们要去野宴，她也想参加，她穿戴得整整齐齐，夹在他们的中间忙着。那两个女的便邀请她，她正想答应，不料丈夫在旁边说：

"她不会这一套，也不爱这一套。"

啊，这么两句婉转轻松的话语，就毁灭了她的希望。晚上，临睡时，她禁不住问他：

"伟博，你喜欢别人作各种运动，为什么独独不喜欢我去？你待朋友都好，为什么独独待我不好？"

"你配跟她们比?"他翘起的尖尖下巴,就像一柄锋利的斧头。"她们都读过很多书,你斗大的字认识几扭?"他把下巴放下,斧口正砍在她的心上。

没有哭,她只问着自己:为什么她不多念几年书? 为什么她的家庭在前进的潮流中还拼命地攀附着腐朽的木桩? 为什么伟博不在婚前提出这一点,而在婚后却这样无情地伤害她而不同情她? 这是一个错误的婚姻,错误得好像把石子当作鸡蛋,放到锅子里去煮。他不会爱她的,因为他根本不想爱她。

这一气,害她生了两三天的病。就在这期间,那班快快乐乐的客人走了,她的丈夫也走了,她好像在病中做了一场恶梦,醒来时,依然是空寂的房间,空寂的大屋子,婆婆的疾言厉色以及公公的白铜水烟壶!

这个大房子更阴暗、更冷静了,连屋旁树叶的飒飒声也成了叹息。

三

她也轻喟着……从轻喟中回到现实。此刻,微风正在轻拂,但这不是哀怨的叹息,而是欢乐的低语,它溜过凤凰木的叶间,叶子都高兴得翩然起舞。她略微觉得有些口渴,弯身拿起放在地上的一杯冷红茶汁,细细呷着。赭红色的液体,在白玻璃杯中荡漾,浓郁郁的,像一杯糖酒。她不会喝酒,只有在筱薇出生的一个月中,她喝酒喝得最多。黄酒里加入了红糖,大半碗一次,大半碗一次,一天喝上三四次,简直把酒当作了茶。说也奇怪,当时喝起来竟然并不难受,喝下后,昏沉沉,热哄哄,蒙着头,睡上一大觉,醒来时,浑身舒服。侧过脸就可看见婴孩那红喷喷的小脸,像一朵娇丽的玫瑰花。那时候,她的心情很快乐,这孩子带给她无穷的希望,好像自己幽黯的前途,突趋光明。她满以为这个娇丽的小女儿能够扭转夫妻间的感情。只要丈夫爱她的女儿,就可能也爱她。即使他只爱她的女儿,她也不会像以前那样难受,因为女儿的身上有着她自己的血肉。她生筱薇是二十四岁,满月后,她就给裹在湖色软缎披风里的女儿照了一个相,并且寄了一张给她的丈夫。她等待着,幻想着:幻想着他回信中的喜悦和颂赞。幻想像一幅幅壁画,把四周都装饰得富丽辉煌了。

但回信来得太迟,迟得已经把等待化作煎熬,把幻想撕成碎片了。一张白信纸,上面写着几行大字:"来信和照片都已收到。我高兴你生了一个女儿,爸给她起名筱薇,我当然没有意见。"淡淡的墨水,漠漠的感情,白信纸变成了一张冷面孔,她转脸看看女儿,睡梦中笑得很甜,她却一阵心酸,把一点泪滴在无辜的小脸上。他不爱她,她倒还可以忍受,可是她不能忍受他不爱他自己的女儿!

盛夏时节,他像往年一样,回到家来。住了几天,他抱起女儿,说:"到外婆家去。"这是他第一次自动提议到她娘家去。她觉得一切毕竟好转了。她是一个容易满足的女人,只要他能略施小惠,她就会感激涕零。她不是一个自私的女人,只要他能稍微爱她一点,她就能为他牺牲一切。他们坐着轿子去。十几里的路程不算远。然而由于多方面的顾虑,近几年来,她一共只去过十来次;尤其是一年前,老母的亡故更减少了她归宁的兴致。

那天,天气特别热,到达娘家,已近中午。大块头父亲最怕热,坐在堂屋里,穿着白短裤,赤着膊,虽然不断打着扇,白白胖胖的身上还不断流着汗,就像见了阳光的雪人淌着雪水。两个哥哥在面对面地弈棋,看到他们进来,只抬起头来淡淡地招呼一下,这是因为她的丈夫始终没有为他们着想,他们以前的计划全成泡影,真是合上了"赔了夫人又折兵"的那句话。两个嫂嫂一听见声音,便从厨房里奔出来,尖声地嚷:"啊呀，小姑姑，这么久不来啦。贵人多忘事，忘了我们两个穷嫂嫂啦。"说着，一个搭上她的肩，一个从她手里把薇薇接过去。表面是亲热，骨子里却是妒忌、讽刺。她们还以为她在过着天堂般的生活呢！然后，她们又对她的丈夫说：

"小姑丈，请坐哪，我们家比不得你们家，邋邋遢遢的，孩子多哪。"

说声孩子多，一帮孩子，大房的三个，二房的两个，不知从什么地方钻了出来。最大的十来岁，最小的两三岁，一律穿短裤，没穿上衣，活像一班喽啰。他们叽叽喳喳的，吵闹得像麻雀，蹦蹦跳跳的，顽皮得又像猴子。他们的母亲粗着声音，瞪着眼睛，这样把他们赶了出去。这时，她和伟博才开始坐下来。

他们拉拉杂杂地谈着，谈着，饭菜端上来了。一共两桌，大人一桌，孩子一桌。嫂嫂预先声明，因为没来得及准备，所以只好粗菜淡饭招待客人了。大人的桌上多了一瓶杨梅烧酒，一碗支鱼羹，两盆酒菜：肉松和皮蛋。父亲喝了酒，话更多了。上了年纪的人，就是这么悖时，开头说到伟博从上海回来，不知怎样一转，竟又扯到那几爿店上去了。她微微蹙了一下眉，她不知关照过父亲多少次了，请他不要再向伟博提起这种事，以免双方闹得不愉快。但酒却把一切的思虑都蒸发了，淀下来的，只是那个牢记在心头的意念。

伟博喝了一口酒，舀了一匙支鱼羹到嘴里，满口黏糊糊的；他对这，本来不愿置答，现在当然更可借此来延长回话的时间了：支鱼羹始终留在口中没咽下去。大嫂说："怎么，有刺？"他摇摇头，这才嘐碌一声滑下喉咙去，然后转脸向她父亲说：

"近来，这几爿店比不得以前了。我虽然在上海，但自己事情忙，也很少去看，所以也不知道详细的情形怎样。"

她父亲把酒杯一顿，严重地说："哎，原来这样，不去点督点督，赚钱当然少了。那些人……唉,不是我说,如果店铺不由至亲来照管,迟早……"

她又蹙了一下眉,伟博又吃了一口支鱼羹。他低着头,要答不答,要笑不笑,那副模样的确叫人讨厌。坐在他对面的大哥看在眼里,心里当然老大的不痛快,便闷闷地用骨筷去夹皮蛋。骨筷碰上皮蛋,二者都滑,所以夹了许久还是夹不起来。他狠狠地把筷子一放,说:

"嘿,当我什么人,连这王八蛋也要欺侮我!"一桌人全向他望去,但他却乜着眼,看着别处。弦外之音,谁都听得出来。伟博的脸孔泛白,他向来不肯让人,冷冷地说:

"大哥,有话明说,何必指桑骂槐的?"

"怎么?难道我在自己家里骂不得?你到底是什么皇亲国戚,这么欺人?"他站起来。

"我倒要问你凭什么欺人?"伟博也站起来了。

刹那间,饭桌上剑拔弩张,弥漫着战斗的气息。她左右为难,一边是哥哥,一边是丈夫,两个都不好惹。想了想,还是劝丈夫。她用手拉他,他用开了她。她说:

"伟博,不要这样,他是大哥,让他一句。"

"让他一句有什么用?只有我把一爿店让给他,他就肯让我十句!"

这一下刺中了对方的心,他跳出凳外。"沈伟博,你不要拿几爿芝麻绿豆店来臭美,我杨某也看得多了。待你好,还不是抬举你?"

两方于是大吵大闹起来。劝的人虽然比吵的人多,可是依然没有用,伟博更是有意把范围扩大,最后竟牵涉到妻子的身上,说他们一家连成一气,对付他一个人。他怒冲冲地戴上草帽,独自上路了。

她呆呆地站着,不知自己该不该跟上去。跟上去,怕得罪哥嫂;不跟上去,又怕得罪了丈夫。算了吧,住一夜再走,娘家这条路总也不能轻易斩断。

不料,第二天一早,丈夫就派人送来了一封信,他开门见山地向她提出离婚。说:女儿归她,妆奁退还,再给她一笔赡养费。这像是一场迂回战,她一点也不知道自己竟成了敌人攻击的主要目标。她就是这么可怜,被人利用,被人摆布,像一架秋千,任人推荡。如果自己真有一个堪资掩护的家,离了婚,也就算了。而这个家,哪容得她插足? 即使硬挤进去,但她前面的日子却还长着哪。纵使她能忍受这种日子,但她怎能忍心让她的女儿也去忍受这种日子? 她自己的一生毁了也就算了,她可不能连带毁了女儿!

她站着,觉得自己站在一片荒野上,那里,没有一座屋,没有一株树,没有一块光滑的巨石,也没有一处平坦的土地。满地都是荆棘夹着乱石。她要歇一下,或者靠一下,都不可能。假使她要离开这片荒野,唯一的办法就只有她自己挺身前进。

她站着,慢慢地挺直身子。这多年来,她太软弱了,只知道依从、忍受,像乞丐一样,在人家的怜悯下讨生活,躲在高墙的阴影下叹息。她以为软弱能够赢得同情,但现在,她才知道赢得人家的同情,除非自己先坚强起来。

她站着,在这大房子的大天井里,四周是她的那些窃窃私议的兄嫂。她用从未有过的勇气昂起头,大声说:

"好,烦你传话给伟博,我完全接受他的提议。"

她说完,丢下面现惊异的人们,迈开大步子,穿过天井,回到房间里,抱起女儿。只一会,就听见窗口外一片谈话声,是哥嫂们故意赶到那里说给她听的。

大嫂说:"啊呦,你们兄弟俩,一定得在公公面前替我说说话,多一个人吃饭,每月就要增加开支,这个家,我实在当不下去。"

二哥说:"大嫂说得对,哪里还添得起一个人吃闲饭! 现在每月的开支也还是东挪西凑的呢!"

二嫂说:"你倒说得好听,单吃闲饭也罢了,我们还得好好地供养她,人家在那里是享福惯了的。"

大哥说:"要想享福,就回去,嫁出去的女儿,本来就是泼出去的水。我从来没有听说过,男的要休掉女的,女的连哭也不哭一声就答应下来。她要面子,就回去当场死给他看!"

她早知道,早知道他们会这样的呵。她咬紧牙齿,把昨天带来的一些衣物收进小包袱里。哥嫂们都走了。不一会,她就听见父亲在大声地叫唤她。她一手抱着女儿,一手拿着包袱,走到那里去。

父亲的脸在狂怒时也不峻严,只是哥嫂们围着他,把他烘托成一家之主罢了。他说:

"薇英,你真入了魔,你怎么轻易就答应跟伟博离婚? 不要说他没打你,骂你,就是打你骂你,做女的也只好忍,不能离婚。我杨家是书香门第,容不了离婚的女人,即使我们能容,但你年纪还轻,也不是长久之计。况且,近来家里的情况,你也不是不明白。"

她突然走到父亲面前,跪了下来。"爸,沈家不要我,我也没有办法。我也不想吃娘家的饭。如果家里的人对我还有一点情谊,就让我住过这几天,否则,我现在就走。"说完,她站起身来,大家都愣住了,好像看到一个纸扎的人竟走起路来。父亲下不了台,拍着桌子,嚷:

"走,走! 我不要你这个伤风败俗的女儿!"

她就这样地走了出来——走出了一切亲友之间……

四

她安适地坐在凤凰木下,旁边是业已成长的女儿。如今她四十六,那时她是二十四,比筱薇现在大一岁。筱薇今年已经大学毕业,而二十四岁时的她,还正以初中毕业的同等学历投考师范呢。软弱的女人一坚强起来,是谁都会惊讶的,连她自己。办妥了离婚手续之后,她便在离家很远的一个熟识的农家那里租了一间草屋,住下来,以有限的时日,准备应考的课程。以后的日子长着哪,她如不自食其力,无异是在走绝路!她就灯夜读,豆油灯光幽暗、昏黄,朦胧中仿佛是亮在天边的一颗大星星,又仿佛是女儿的眼睛。她惊觉过来。她不像别人,她去读书,是只许成功,不许失败的啊。

师范的秋季第二次新生入学考试中有她,录取新生的榜示上也有她的名字。她把女儿寄养在农家,启程上学。农妇抱着筱薇,倚着柴扉,向她道别。她走了几步,听见女儿在啼哭,这几个月大的娃娃已经能认得出母亲,依恋母亲了。她回过头来,说:"小宝乖,妈离开你,为的是你。"她往前走,女儿哭得更响了。她不敢回头。她现在是在荒野上行走,她不能畏缩,不能犹豫,她只有笔直走下去。她屏住呼吸,一直往前赶……。

在学校里,除体育外,她什么功课都好。她很少跟一班年轻的女同学在一起。她空下来,总喜欢独自坐着思念女儿,或者拿着一支铅笔、一张纸,给记忆中的女儿描绘肖像,一个连一个,画不完,就如那心中的想念之丝,一根连一根,抽不尽。有时,她白天想久了,晚上就做梦,嚷呀,哭呀;大家都说她有些神经质,她也没加否认。

学校离女儿寄养的地方很远,她几个月都没回去一次。她的想念越来越深,连上课有时都想到女儿。书页上都是女儿的影子,课室里满是女儿的哭声,那个训导主任兼教历史的吴老师在讲台上叫她。杨薇英! 她没有听到。杨薇英! 她还是没有听到。杨薇英! 杨薇英! 他在讲台上猛地一拍,她这才惊醒过来。

"站起来,杨薇英!"那个吴老师,年纪约莫三十五六岁,方方正正的脸,浓眉毛,大眼睛,天生一副凛然的模样。说话响亮、肯切,每个字咬得清清楚楚,斩钉截铁,没有回荡的尾音。"你上课不专心——请出去!"

"我……"她站起来,满脸通红,讷讷着。

"请出去,下课到训导处来。"没有还价。她穿越两排课桌之间的狭走道,走向门口去。她觉得那走道越来越仄,挤不过去——前面一定没有路了,她自己把希望毁了。

下课后,她跟着吴老师走到训导处。吴老师在办公桌后面的椅上坐下,说:

"杨薇英,你最近上课老是心不在焉,为什么?"

"想……"

"想什么? 你知道,上课不能一心二用!"

"想——女儿!"她把话冲了出去,用力得像抛出一只她抛不动的铁饼。

"女儿? 说清楚些!"

她想了一会。"我是一个结过婚又离了婚的女人。家里的人都不原谅我。我不得已把女儿寄养在别人家里,自己来这里读书。"

"还有呢?"

· "就是这么一回事,我女儿还没满一岁,我想念她。"

他抚弄了一会红墨水瓶。"杨薇英,"他说,"你很坚强,我希望你好好读下去。现在,你去吧。"

此后,她听讲的确比以前专心多了。吴老师对她也很具好感,并且还常叫她去谈话,跟她说,她有什么困难的地方尽可以问他。她慢慢发觉他本性并不严苛,有时还很和蔼。他的感情,也如他方方正正的脸孔,平平稳稳,不必担心它会失掉平衡。他们隔着一张桌子坐着,他的话语依然是斩钉截铁,溅在桌面上仿佛会铿锵作声,落在她的心上,成了一根金属的柱子,支撑着她的努力。

三年的学校生活简直比四年的结婚生活还要长。有时,她直以为这日子过不完,她将永远跟女儿生活在两个不同的地方;有时,她又会担心女儿会不再爱她。这样想时,她几乎想放弃一切,回去抱女儿。但每当自己有这种念头时,她便去吴老师那里,向他诉说,听他安慰她:三年是会过去的,虽然不短,也不会太长。她又静下心来,日子流过去了……流过去了。女儿从婴孩变成四岁的小女孩,她也终于毕了业。

那天,她到吴老师那里去道别。他似乎知道她要来,还例外地买了几色糖果。他说:"恭喜你,你终于等到这一天了。"她笑笑。他又说:"出了学校,不要忘了学校和老师呀。"

她说:"忘不掉的,尤其是你吴老师,我永生感激你。"

他并不在这话题上接下去。只问:"你的出路大约没有什么困难吧?"

"没有困难,吴老师。去年冬天,我遇到邻村一个小学的校长,那边师资缺乏,他要我毕业后到他那里去。"

"很好。如果你有困难,可以写信给我,我会替你设法——当然,如果你自己想好了办法,也请写信告诉我。"

他们说了几句;她便起身告辞。他像往日一样,并没站起来送她。她走到门口,他喊住她:"杨薇英!"

"什么,吴老师?"

"呃,没什么,愿你保重。再见!"

她带了行李,乘船回到女儿那里。推开柴扉,农妇和女儿都不在家。她打开箱子,把那张文凭拿出来;想到三年中女儿和她所受的痛苦,她不禁凄然泪下。低矮的屋顶压着她的头顶,霉黄的稻草一绺一绺地垂下来,晃动得像花轿四边的五色流苏。这三个年头还只不过是她生活的一个开始!她哭着,哭着,身畔忽然有女儿说话的声音,她弯身把她抱了起来。

她在乡村的小学校里做了教师,过着一种自由自在的生活。一天下午,她正在自己的房间里教女儿认字,突然,门外响起了一阵轻轻的叩门声,她以为是学生,说:"进来。"门开了,一个人走进来,她惊喜地唤:"啊,是吴老师!"

吴老师穿的依然是那套灰色中山装,依然是那副表情,他从从容容地坐下,仿佛他依然坐落在他自己办公桌后面的那张椅子上。"杨薇英,你在这里很好吧。"

"是。"

"她就是你日夜想念的女儿?"他想把筱薇拉到他的身边,但筱薇却挣脱他,逃回妈妈的身畔。他没有再作第二次尝试,只说:"她很美,像你。"

她不知怎么回答,他从来没有说过这种话,她忙着沏了一杯茶。"不忙,薇英。"他说,他的声音还是有力而清楚。"我自己知道,我来得太突然。我想问你一件事。自你走后,我就觉得这事不向你问清楚,是挺愚蠢的。"

她不知道他要问什么事,不由得慌张起来。"吴老师,写信问我好了。"

"我不喜欢写信谈这种事。我这人喜欢干脆、利落,当面解决。你不要着急,我不会为难你的。我只想知道,在以后漫长的人生路上,你是否会感到寂寞? 你是否愿意跟一个真正爱你的人携手前进?"

她沉吟了一会。"我谢谢那个人。或许我会感到孤独,但这是片刻的,因为我有一个女儿。我已经试着走过了最艰难的一段,我想独自走下去。"

"很好,你很坚强。我高兴听到你这个肯定的回答。"他的语声依然平静,他的感情是内敛的。"我记得你以前的日记中有过一句话,你说,你仿佛是处身在一片无人的荒野上。现在我知道,你是有足够的坚强穿过它的。当然,如果你需要我帮忙,仍可以去找我。祝你健康! 快乐!"他向她告辞,她送他到校门口,他们依然像师生那样分了手。灰色的身影在田野间越移越远。她知道她伤了他的心,但她没有办法,而且,她知道她怕永远不会再去看他,她抱起身边的女儿,含着泪,狠命狠命地吻着她。

她想,这一决定,离现在也有十九年了。从那时起,她一直没有离开过岗位,虽然也曾换过好几个学校,且从大陆迁到了台湾。

她放下茶杯,从椅子上慢慢站起,对女儿说:"筱薇,时候不早了,进屋去吧。"

这个用功的孩子,丢下书本,走近母亲。"妈,真对不起,一下午,我都在看书,冷落了你,现在我扶你进去。"她伸手挽住她,她故意把整个身子依在她的胳臂上。

她感到她的身畔回旋着一股不散的凉风。

茹志鹃:《百合花》

作家介绍

茹志鹃(1925—1998),曾用笔名阿如、初旭。祖籍浙江杭州,1925年9月生于上海。自幼家庭贫困,丧母失父,靠祖母做手工带大。十一岁以后断断续续在一些教会学校、补习学校念书。1943年随兄参加新四军,在部队担任过话剧团演员、组长、分队长、创作组组长等职。1955年从南京军区转业到中国作家协会上海分会工作,历任《文艺月报》编辑、小说散文组副组长、组长。1958年发表短篇小说代表作《百合花》并一举成名。1960年后从事专业文学创作。1977年起历任《上海文学》编委、副主编,中国作家协会理事、主席团委员,中国作家协会上海分会副主席等职。1998年去世。

在长期的创作生涯中,茹志鹃出版的作品计有短篇小说集《关大妈》(1955)、《百合花》(1958)、《高高的白杨树》(1959)、《静静的产院》(1962)、《茹志鹃小说选》(1983)等。她的短篇小说《剪辑错了的故事》获中国作家协会第二届(1979)全国优秀短篇小说奖。

茹志鹃的小说,多以中国现代历史为题材,善于从微观的角度反映宏大的历史和复杂的人性,擅长刻画历史变动和战争硝烟中小人物的平凡人生和心理律动,并在其中融入她对历史、战争、爱情、人性的深层思考。茹志鹃的小说笔调清新俊逸,情节单纯明快,细节丰富传神,风格刚中带柔,许多作品如《百合花》《静静的产院》等受到过茅盾、冰心、魏金枝、侯金镜等老一辈作家的好评,一些作品被译成日、法、俄、英、越等多国文字在国外出版。

作品导读

身为女性,茹志鹃自然是个女作家;十二年的军旅生涯,则使茹志鹃带有了"军中作家"的气质;而长期的革命经历,又使茹志鹃成为一个对中国现代史有着深刻体验和独特认识的革命作家。这几种身份的叠加和交织,使茹志鹃在以女性立场审视和反思历史大变动过程中人性的复杂表现和具体形态时,能同时具有女性、军人和革命者这三种立场和视野。

于是,将女性与战争和革命结合起来,或者说,在战争和革命中表现女性,就成为女作家茹志鹃表现女性生活的一个重要特色,并因此使她与其他女作家区别开来。在她的代表作《百合花》中,"我"和新媳妇这两个形象,可以说是与以前的女作家笔下之女性形象完全不同的两个人物,她们一个代表了革命者(叙事人"我"),一个代表了支持革命的普通民众(新媳妇),在她们和作品中唯一的男性主人公小通信员的交往过程中,体现了一种新型的男女关系。

《百合花》的小说情节十分简单:年轻的通讯员护送"我"到前沿包扎所去,军队中的质朴小伙子,见到"我"这个异性,显得分外羞涩,不但走路总是和"我"保持距离,而且因为跟"我"说话还出了一头大汗——在中国现代文学史上,男性在女性面前的局促不安,似乎只有到了茹志鹃的笔下，才开始真正出现。男性在女性面前，终于失去了"启蒙者"和"拯救者"的导师姿态，而蜕变为一个年轻稚气、淳朴可爱的青涩后生。

通讯员这个男性在女性面前的地位改变，还表现在他在新媳妇面前的受挫——他去借棉被时，遭到了新媳妇的拒绝。原来新媳妇并不是不愿意借棉被，而是不愿意借给通讯员这个年轻的男性。尽管不排除新婚媳妇面对年轻后生有所顾忌怕惹来是非议论的原因，但她确确实实令通讯员这个男性在女性面前遭受了强烈的挫折感。因为通讯员说的是和"我"同样的话，结果却截然相反——"我"从新媳妇那里借到了棉被，为此通讯员很是恼火。即便"我"用行动为他向新媳妇缓解，他也不领情，"竟扬起脸，装作没看见"——男性的自尊，着实受到了女性沉重的打击。

无论是"我"还是新媳妇，她们在男性面前，已经不再是过去那种等待男性来拯救的弱女子，而是在男性面前掌握主动权并自动结成同盟的"新"女性。应当说，女性地位的提升和男女性别关系的换位，与革命和战争有着密切的关系，因为只有在革命队伍中，女性"我"才能借助革命的契机与男性通讯员形成"上级"与"下级"的关系（"我"是年龄较长的资深革命者，而通讯员则是年幼的小战士）；也只有在革命战争中，军队不许向老百姓强征强取，女性新媳妇才能凭借物质的优势（有棉被）与男性通讯员形成"出借"与"求借"的关系（新媳妇是棉被的拥有者，而通讯员则要向她求借）。"上级"与"下级"的关系，以及"拥有者"与"求借者"的关系，导致了"我"与新媳妇两位女性，在与通讯员这个男性的关系上，结构性地处于主动和主导的地位，而通讯员这个男性，则处于被动和附属的地位。

然而，如果把茹志鹃的《百合花》视作要对二十世纪"五四"以来的中国现代男女关系进行一种新的定位，那可能就"误读"了茹志鹃的本意。从整体上看,《百合花》是要歌颂"军民鱼水情"的,只不过在进行这种歌颂的时候,融入了较为复杂的心理因素和人性因素——理解了这一点,就不会对小说后来的发展感到意外了。当通讯员牺牲的时候,新媳妇不但帮通讯员缝好了"衣肩上的那个破洞",而且还把新婚唯一的嫁妆(就是当初拒绝借给通讯员的那床有百合花图案的棉被)放进了通讯员的棺材。

看到这样的结果,我们可能会觉得前面关于小说中男女关系的分析,有些偏离作品的主题,"误解"了作者的原意。我们或许会恍然大悟:原来《百合花》是以一种较为复杂的方式来表现民众与军队和谐的新型关系——新媳妇与通讯员在"借被"问题上的别扭(新媳妇对通讯员的拒绝),不过是这种新型关系在展开过程中因种种原因(心理的、文化的、观念的等)而复杂化了的表现;这种复杂化对军民的新型关系并不构成本质性的损害,相反,它丰富了这种新型关系。

尽管如此,我们仍然要说,茹志鹃创作《百合花》,也许其本意不是要展示新型的男女性别关系,但她在作品中表现新型军民关系的同时,事实上也有意无意地涉及了对男女关系新的形塑。如果把她的创作放在整个二十世纪中国女作家的序列中加以比对和考察的话,不难发现,在冰心、庐隐、凌叔华、陈衡哲、冯沅君、苏雪林、萧红、林徽因,乃至与茹志鹃同属一个文学阵营的丁玲这些作家的笔下,作品中的男女性别关系,都没有出现像"我"、新媳妇和通讯员三者之间这样一种"女性"完全"主宰""男性"的全新关系。这样一种男女性别关系,显然是茹志鹃的独创——尽管可能是一种无意间的独创。

需要指出的是,茹志鹃在《百合花》中独创的男女性别关系,是在革命和战争中自然形成的。在某种意义上讲,它可能是一个革命和战争附带的产品——正如它在《百合花》中,只是茹志鹃所要表现的新型军民关系的附带产品一样。不过这也从一个角度说明了，革命和战争对男女性别关系的影响，即便是在"无意间"，其后果也已相当惊人。

至于《百合花》的艺术特色，茅盾在《谈最近的短篇小说》一文中，曾有过这样的评价："它是结构严谨、没有闲笔的短篇小说，但同时它又富于抒情诗的风味。"①茅盾的这个评价，应当说相当准确地指出了《百合花》那简洁、清爽，既有女性的细腻，又富刚毅果决气质的文字风格。

---

① 茅盾：《谈最近的短篇小说》，《人民文学》1958 年第 6 期。

百合花

一九四六年的中秋。

这天打海岸的部队决定晚上总攻。我们文工团创作室的几个同志，就由主攻团的团长分派到各个战斗连去帮助工作。大概因为我是个女同志吧！团长对我抓了半天后脑勺，最后才叫一个通讯员送我到前沿包扎所去。

包扎所就包扎所吧！反正不叫我进保险箱就行。我背上背包，跟通讯员走了。

早上下过一阵小雨，现在虽放了晴，路上还是滑得很，两边地里的秋庄稼，却给雨水冲洗得青翠水绿，珠烁晶莹。空气里也带有一股清鲜湿润的香味。要不是敌人的冷炮，在间歇地盲目地轰响着，我真以为我们是去赶集的呢！

通讯员撒开大步，一直走在我前面。一开始他就把我撩下几丈远。我的脚烂了，路又滑，怎么努力也赶不上他。我想喊他等等我，却又怕他笑我胆小害怕；不叫他，我又真怕一个人摸不到那个包扎所。我开始对这个通讯员生起气来。

嗳！说也怪，他背后好像长了眼睛似的，倒自动在路边站下了，但脸还是朝着前面，没看我一眼。等我紧走慢赶地快要走近他时，他又蹬蹬蹬地自个儿向前走了，一下又把我摔下几丈远。我实在没力气赶了，索性一个人在后面慢慢晃。不过这一次还好，他没让我撩得太远，但也不让我走近,总和我保持着丈把远的距离。我走快,他在前面大踏步向前;我走慢,他在前面就摇摇摆摆。奇怪的是,我从没见他回头看我一次,我不禁对这通讯员发生了兴趣。

刚才在团部我没注意看他,现在从背后看去,只看到他是高挑挑的个子,块头不大,但从他那副厚实实的肩膀看来,是个挺棒的小伙。他穿了一身洗淡了的黄军装,绑腿直打到膝盖上。肩上的步枪筒里,稀疏地插了几根树枝,这要说是伪装,倒不如算作装饰点缀。

没有赶上他,但双脚胀痛得像火烧似的。我向他提出了休息一会后,自己便在做田界的石头上坐了下来。他也在远远的一块石头上坐下,把枪横搁在腿上,背向着我,好像没我这个人似的。凭经验,我晓得这一定又因为我是个女同志的缘故。女同志下连队,就有这些困难。我着恼地带着一种反抗情绪走过去,面对着他坐下来。这时,我看见他那张十分年轻稚气的圆脸,顶多只有十八岁。他见我挨他坐下,立即张惶起来,好像他身边埋下了一颗定时炸弹,局促不安,掉过脸去不好,不掉过去又不行,想站起来又不好意思。我拼命忍住笑,随便地问他是哪里人。他没回答,脸涨得像个关公,讷讷半晌,才说清自己是天目山人。原来他还是我的同乡呢!

"在家时你干什么?"

"帮人拖毛竹。"

我朝他宽宽的两肩望了一下,立即在我眼前出现了一片绿雾似的竹海,海中间,一条窄窄的石级山道,盘旋而上。一个肩膀宽宽的小伙,肩上垫了一块老蓝布,扛了几枝青竹,竹梢长长地拖在他后面,刮打得石级哗哗作响。……这是我多么熟悉的故乡生活啊!我立刻对这位同乡,越加亲热起来。我又问:

"你多大了?"

"十九。"

"参加革命几年了?"

"一年。"

"你怎么参加革命的?"我问到这里自己觉得这不像是谈话,倒有些像审讯。不过我还是禁不住地要问。

"大军北撤①时我自己跟来的。"

"家里还有什么人呢?"

"娘,爹,弟弟妹妹,还有一个姑姑也住在我家里。"

"你还没娶媳妇吧?"

"……"他飞红了脸,更加忸怩起来,两只手不停地数摸着腰皮带上的扣眼。半晌他才低下了头,憨憨地笑了一下,摇了摇头。我还想问他有没有对象,但看到他这样子,只得把嘴里的话,又咽了下去。

两人闷坐了一会,他开始抬头看看天,又掉过来扫了我一眼,意思是在催我动身。

当我站起来要走的时候,我看见他摘了帽子,偷偷地在用毛巾拭汗。这是我的不是,人家走路都没出一滴汗,为了我跟他说话,却害他出了这一头大汗,这都怪我了。

我们到包扎所,已是下午两点钟了。这里离前沿有三里路,包扎所设在一个小学里,大小六个房子组成品字形,中间一块空地长了许多野草,显然,小学已有多时不开课了。我们到时屋里已有几个卫生员在弄着纱布棉花,满地上都是用砖头垫起来的门板,算作病床。

我们刚到不久,来了一个乡干部,他眼睛熬得通红,用一片硬板纸

---

① 一九四五年日本鬼子投降后,共产党为了全国人民实现和平的愿望,和国民党进行和平谈判,并忍痛撤出江南。但时隔不久,国民党竟背信撕毁"双十"协定,又向我中原、苏中等解放区大举进攻。

插在额前的破毡帽下,低低地遮在眼睛前面挡光。他一肩背枪,一肩挂了一杆秤;左手挎了一篮鸡蛋,右手提了一口大锅,呼哧呼哧地走来。他一边放东西,一边对我们又抱歉又诉苦,一边还喘息地喝着水,同时还从怀里掏出一包饭团来嚼着。我只见他迅速地做着这一切。他说的什么我就没大听清。好像是说什么被子的事,要我们自己去借。我问清了卫生员,原来因为部队上的被子还没发下来,但伤员流了血,非常怕冷,所以就得向老百姓去借。哪怕有一二十条棉絮也好。我这时正愁工作插不上手,便自告奋勇讨了这件差事,怕来不及就顺便也请了我那位同乡,请他帮我动员几家再走。他踌躇了一下,便和我一起去了。

我们先到附近一个村子,进村后他向东,我往西,分头去动员。不一会,我已写了三张借条出去,借到两条棉絮,一条被子,手里抱得满满的,心里十分高兴,正准备送回去再来借时,看见通讯员从对面走来,两手还是空空的。

"怎么,没借到?"我觉得这里老百姓觉悟高,又很开通,怎么会没有借到呢?我有点惊奇地问。

"女同志,你去借吧!……老百姓死封建。……"

"哪一家?你带我去。"我估计一定是他说话不对,说崩了。借不到被子事小,得罪了老百姓影响可不好。我叫他带我去看看。但他执拗地低着头,像钉在地上似的,不肯挪步。我走近他,低声地把群众影响的话对他说了。他听了,果然就松松爽爽地带我走了。

我们走进老乡的院子里,只见堂屋里静静的,里面一间房门上,垂着一块蓝布红额的门帘,门框两边还贴着鲜红的对联。我们只得站在外面向里"大姐、大嫂"地喊,喊了几声,不见有人应,但响动是有了。一会,门帘一挑,露出一个年轻媳妇来。这媳妇长得很好看,高高的鼻梁,弯弯的眉,额前一溜蓬松松的刘海。穿的虽是粗布,倒都是新的。我看她头上已硬挠挠地挽了髻,便大嫂长大嫂短地向她道歉,说刚才这个同志来,说话不好别见怪等等。她听着,脸扭向里面,尽咬着嘴唇笑。我说完了,她也不作声,还是低头咬着嘴唇,好像忍了一肚子的笑料没笑完。这一来,我倒有些尴尬了,下面的话怎么说呢!我看通讯员站在一边,眼睛一眨不眨地看着我,好像在看连长做示范动作似的。我只好硬了头皮,讪讪地向她开口借被子了,接着还对她说了一遍共产党的部队,打仗是为了老百姓的道理。这一次,她不笑了,一边听着,一边不断向房里瞅着。我说完了,她看看我,看看通讯员,好像在掂量我刚才那些话的斤两。半晌,她转身进去抱被子了。

通讯员乘这机会,颇不服气地对我说道:

"我刚才也是说的这几句话,她就是不借,你看怪吧!……"

我赶忙白了他一眼,不叫他再说。可是来不及了,那个媳妇抱了被子,已经在房门口了。被子一拿出来,我方才明白她刚才为什么不肯借的道理了。这原来是一条里外全新的新花被,被面是假洋缎的,枣红底,上面撒满白色百合花。她好像是在故意气通讯员,把被子朝我面前一送,说:"抱去吧。"

我手里已捧满了被子,就一努嘴,叫通讯员来拿。没想到他竟扬起脸,装作没看见。我只好开口叫他,他这才绷了脸,垂着眼皮,上去接过被子,慌慌张张地转身就走。不想他一步还没有走出去,就听见"嘶"的一声,衣服挂住了门钩,在肩膀处,挂下一片布来,口子撕得不小。那媳妇一面笑着,一面赶忙找针拿线,要给他缝上。通讯员却高低不肯,挟了被子就走。

刚走出门不远,就有人告诉我们,刚才那位年轻媳妇,是刚过门三天的新娘子,这条被子就是她唯一的嫁妆。我听了,心里便有些过意不去,通讯员也皱起了眉,默默地看着手里的被子。我想他听了这样的话一定会有同感吧！果然，他一边走，一边跟我嘟哝起来了。

"我们不了解情况，把人家结婚被子也借来了，多不合适呀！……"我忍不住想给他开个玩笑，便故作严肃地说：

"是呀！也许她为了这条被子，在做姑娘时，不知起早熬夜，多干了多少零活，才积起了做被子的钱，或许她曾为了这条花被，睡不着觉呢。可是还有人骂她死封建。……"

他听到这里，突然站住脚，呆了一会，说：

"那！……那我们送回去吧！"

"已经借来了，再送回去，倒叫她多心。"我看他那副认真、为难的样子，又好笑，又觉得可爱。不知怎么的，我已从心底爱上了这个傻呼呼的小同乡。

他听我这么说，也似乎有理，考虑了一下，便下了决心似的说：

"好，算了。用了给她好好洗洗。"他决定以后，就把我抱着的被子，统统抓过去，左一条、右一条地披挂在自己肩上，大踏步地走了。

回到包扎所以后，我就让他回团部去。他精神顿时活泼起来了，向我敬了礼就跑了。走不几步，他又想起了什么，在自己挂包里掏了一阵，摸出两个馒头，朝我扬了扬，顺手放在路边石头上，说：

"给你开饭啦！"说完就脚不点地地走了。我走过去拿起那两个干硬的馒头，看见他背的枪筒里不知在什么时候又多了一枝野菊花，跟那些树枝一起，在他耳边抖抖地颤动着。

他已走远了，但还见他肩上撕挂下来的布片，在风里一飘一飘。我真后悔没给他缝上再走。现在，至少他要裸露一晚上的肩膀了。

包扎所的工作人员很少。乡干部动员了几个妇女，帮我们打水，烧锅，做些零碎活。那位新媳妇也来了，她还是那样，笑眯眯地抿着嘴，偶然从眼角上看我一眼，但她时不时地东张西望，好像在找什么。后来她

到底问我说:

"那位同志弟到哪里去了?"我告诉她同志弟不是这里的,他现在到前沿去了。她不好意思地笑了一下说:"刚才借被子,他可受我的气了!"说完又抿了嘴笑着,动手把借来的几十条被子、棉絮,整整齐齐地分铺在门板上、桌子上(两张课桌拼起来,就是一张床)。我看见她把自己那条白百合花的新被,铺在外面屋檐下的一块门板上。

天黑了,天边涌起一轮满月。我们的总攻还没发起。敌人照例是忌怕夜晚的,在地上烧起一堆堆的野火,又盲目地轰炸,照明弹也一个接一个地升起,好像在月亮下面点了无数盏的汽油灯,把地面的一切都赤裸裸地暴露出来了。在这样一个"白夜"里来攻击,有多困难,要付出多大的代价啊!我连那一轮皎洁的月亮,也憎恶起来了。

乡干部又来了,慰劳了我们几个家做的干菜月饼。原来今天是中秋节了。

啊,中秋节,在我的故乡,现在一定又是家家门前放一张竹茶几,上面供一副香烛,几碟瓜果月饼。孩子们急切地盼那炷香快些焚尽,好早些分摊给月亮娘娘享用过的东西,他们在茶几旁边跳着唱着:"月亮堂堂,敲锣买糖,……"或是唱着:"月亮嬷嬷,照你照我,……"我想到这里,又想起我那个小同乡,那个拖毛竹的小伙,也许,几年以前,他还唱过这些歌吧!……我咬了一口美味的家做月饼,想起那个小同乡大概现在正趴在工事里,也许在团指挥所,或者是在那些弯弯曲曲的交通沟里走着哩!……

一会儿,我们的炮响了,天空划过几颗红色的信号弹,攻击开始了。不久,断断续续地有几个伤员下来,包扎所的空气立即紧张起来。

我拿着小本子,去登记他们的姓名、单位,轻伤的问问,重伤的就得拉开他们的符号,或是翻看他们的衣襟。我拉开一个重彩号的符号时,

"通讯员"三个字使我突然打了个寒战,心跳起来。我定了下神才看到符号上写着×营的字样。啊!不是,我的同乡他是团部的通讯员。但我又莫名其妙地想问问谁,战地上会不会漏掉伤员。通讯员在战斗时,除了送信,还干什么,——我不知道自己为什么要问这些没意思的问题。

　　战斗开始后的几十分钟里,一切顺利,伤员一次次带下来的消息,都是我们突破第一道鹿砦,第二道铁丝网,占领敌人前沿工事打进街了。但到这里,消息忽然停顿了,下来的伤员,只是简单地回答说:"在打。"或是"在街上巷战。"但从他们满身泥泞,极度疲乏的神色上,甚至从那些似乎刚从泥里掘出来的担架上,大家明白,前面在进行着一场什么样的战斗。

　　包扎所的担架不够了,好几个重彩号不能及时送后方医院,耽搁下来。我不能解除他们任何痛苦,只得带着那些妇女,给他们拭脸洗手,能吃的喂他们吃一点,带着背包的,就给他们换一件干净衣裳,有些还得解开他们的衣服,给他们拭洗身上的污泥血迹。

　　做这种工作,我当然没什么,可那些妇女又羞又怕,就是放不开手来,大家都要抢着去烧锅,特别是那新媳妇。我跟她说了半天,她才红了脸,同意了。不过只答应做我的下手。

　　前面的枪声,已响得稀落了。感觉上似乎天快亮了,其实还只是半夜。外边月亮很明,也比平日悬得高。前面又下来一个重伤员。屋里铺位都满了,我就把这位重伤员安排在屋檐下的那块门板上。担架员把伤员抬上门板,但还围在床边不肯走。一个上了年纪的担架员,大概把我当做医生了,一把抓住我的膀子说:"大夫,你可无论如何要想办法治好这位同志呀!你治好他,我……我们全体担架队员给你挂匾……"他说话的时候,我发现其他的几个担架员也都睁大了眼盯着我,似乎我点一点头,这伤员就立即会好了似的。我心想给他们解释一下,只见新媳妇端着水站在床前,短促地"啊"了一声。我急拨开他们上前一看,我看见了一张十分年轻稚气的圆脸,原来棕红的脸色,现已变得灰黄。他安详地合着眼,军装的肩头上,露着那个大洞,一片布还挂在那里。

"这都是为了我们,……"那个担架员负罪地说道,"我们十多副担架挤在一个小巷子里,准备往前运动,这位同志走在我们后面,可谁知道狗日的反动派不知从哪个屋顶上撂下颗手榴弹来,手榴弹就在我们人缝里冒着烟乱转,这时这位同志叫我们快趴下,他自己就一下扑在那个东西上了。……"

新媳妇又短促地"啊"了一声。我强忍着眼泪,给那些担架员说了些话,打发他们走了。我回转身看见新媳妇已轻轻移过一盏油灯,解开他的衣服,她刚才那种忸怩羞涩已经完全消失,只是庄严而虔诚地给他拭着身子,这位高大而又年轻的小通讯员无声地躺在那里。……我猛然醒悟地跳起身,磕磕绊绊地跑去找医生,等我和医生拿了针药赶来,新媳妇正侧着身子坐在他旁边。

她低着头,正一针一针地在缝他衣肩上那个破洞。医生听了听通讯员的心脏,默默地站起身说:"不用打针了。"我过去一摸,果然手都冰冷了。新媳妇却像什么也没看见,什么也没听到,依然拿着针,细细地、密密地缝着那个破洞。我实在看不下去了,低声地说:

"不要缝了。"她却对我异样地瞟了一眼,低下头,还是一针一针地缝。我想拉开她,我想推开这沉重的氛围,我想看见他坐起来,看见他羞涩的笑。但我无意中碰到了身边一个什么东西,伸手一摸,是他给我开的饭,两个干硬的馒头。……

卫生员让人抬了一口棺材来,动手揭掉他身上的被子,要把他放进棺材去。新媳妇这时脸发白,劈手夺过被子,狠狠地瞪了他们一眼。自已动手把半条被子平展展地铺在棺材底,半条盖在他身上。卫生员为难地说:"被子……是借老百姓的。"

"是我的——"她气汹汹地嚷了半句,就扭过脸去。在月光下,我看见她眼里晶莹发亮,我也看见那条枣红底色上洒满白色百合花的被子,这象征纯洁与感情的花,盖上了这位平常的、拖毛竹的青年人的脸。

欧阳子:《蜕变》

作家介绍

欧阳子(洪智惠,1939—),创作生涯始于1953年初中二年级,那年这位小作者写了三则学校趣闻投《"国语日报"》,刊出后得到生平第一笔稿费新台币五元,小说处女作为同年发表的《小英的故事》。

1957年进入台大外文系,1960年3月她大三时与白先勇、王文兴、陈若曦等同班同学创办《现代文学》,除主管总务及财务外,开始以"欧阳子"为笔名在《现代文学》发表小说。洪智惠时期(高中至大一),她自剖创作风格十分"女性化";进入欧阳子时期,首篇"自认够格的小说《半个微笑》"发表在《现代文学》第二期;之后受现代主义影响,弃绝朦胧,改用"客观理性"的创作手法,言语及主题侧重心理分析,开发出"文字干爽朴素、运用反讽、强调人性弱点人心缺陷"的风格,向世人宣示:"今日读者所知的欧阳子是和《现代文学》一同诞生的。"欧阳子以行动实际支持这个宣示,除了《小南的日记》《花瓶》外,作品悉数在《现代文学》发表,共十四篇,主题多为表现现代女子的生存困境与心理反应,女性自觉也成为欧阳子最重要的探讨话题。在《现代文学》发表的最后一篇小说为《秋叶》(第三十八期,1969年7月),自谓:"个人这一阶段写作生涯的结束与交待。"《秋叶》之后,欧阳子未有小说新作发表。

1973年9月《现代文学》停刊,同年年底,欧阳子两眼视网膜相继剥离,视线严重受损,来年,视力回转。欧阳子体悟人生短暂,以三年时间发奋写就白先勇《台北人》系列评论,结集《王谢堂前的燕子》出版,此书亦为白先勇专论最早的一本。之后再接再厉细读《现代文学》两百余篇小说,独力选编完成必将"留传后世"的《现代文学小说选集(一、二册)》(1977)。

相对小说的关注心理分析,欧阳子的散文题材家常味十足,主题多围绕在亲情、家庭生活、人生价值正面意涵,如写父亲《爸爸》《一封无法投递的信》,写儿女"我儿世松"、"吾女世和"系列,写友朋故乡《一个留学生之死》《乡土·血统·根》,显现温柔敦厚、平心直述的不同创作风格。出版有散文集《移植的樱花》(1978)、《生命的轨迹》(1988),文评《王谢堂前的燕子》(1976)、《跋涉山水历史间》(1998)。

欧阳子1962年出国赴美就读爱荷华大学小说创作班,1965年移居德州至今。

作品导读

以欧阳子经营心理小说的能耐,说她是二十世纪六十年代女性小说家中的异数绝不为过。欧阳子只出版了一本短篇小说集《那长头发的女孩》(1967),日后改写、增补篇章,更名《秋叶》(1971)重出。就因专攻心理层面操控,她的小说不乏"疯狂"的父母子女大演伦常变奏、恋母、恋子的情节(结)戏码,《魔女》《近黄昏时》《秋叶》都是。相较起来,《蜕变》的"恋子情结"、母亲控制欲,只算"点到为止"意思意思了,但就因为如此,反而使得读者精神上较有余裕无负担地去阅读。

　　《蜕变》原刊于《现代文学》第十二期,曾易名《那长头发的女孩》。顾名思义,"蜕变"、"长头发的女孩"便是小说的主要意象。小说廾头便切入晚饭后儿子敏申在房里看信,见母亲敦治走近立刻用手按住内容。儿子出门学琴,敦治急欲偷看却找不到。她记起多年前丈夫偷腥洗衣女孩被她撞见的幻灭情境,就是那时起,敦治将心力全放在儿子身上。丈夫生前她拒绝他的感情,丈夫病逝,她拒绝回忆他。如今"情感出轨"的主角换成儿子,以母亲的直觉,象征小男孩长大了的情书是皑云所写,敏申二十岁庆生会上有着一头长发想抢走英俊挺直儿子的"无耻的女孩"[1]。于是她近乎歇斯底里地厌恶皑云,她比较自己和皑云抵触的部分,譬如她们都有一头长发,只不过皑云乌黑她灰白,皑云年轻她老了;但联系她们的部分却最伤她——敏申。如此关系,看得我们好不眼熟。欧阳子小说中,分明可以看到现代主义精神分析的符码,根据弗洛伊德接触歇斯底里女病人的过程,导证出"身心运作机制",进而发展出潜意识架构。初始于一位女病人丧父后,有一次在与姐夫单独相处时,突然膝盖痛得站不起来,弗氏问知女病人家中男丁单薄没有兄弟的情况,推演出病人在父亲逝后,经济社交都成了问题,于是不自觉暗恋起个性温和的姐夫,是所谓的"身心运作机制"启动。同样,敦治等于失去了丈夫,儿子遂成为她"身心运作机制"的载体。弗洛伊德"俄狄浦斯情结"是老生常谈的理论了。小男孩幼童时会爱母亲排斥父亲,后来发现女生的性器官跟他不同,从而产生"阉割情结",怕变得跟女生一样,这时他会放弃恋母,转而认同父亲,但父亲是爱女生的,所以他也爱,而女生爱不爱他呢?在母亲苦逼下,敏申坦承了自己的痛苦:"皑云看不起我(敦治也看不起丈夫),她说她不爱我(敦治不爱丈夫)。"敏申在女生

---

　　[1]　欧阳子:《那长头发的女孩》,《现代文学》第十二期(1962 年 1 月),第 55 页。

那里受挫,回到幼童状态,"身心运作机制"自动重启,转投母亲怀抱:"我知道,只有你永远关怀我。"不要以为母子关系,是以男性为主,弗洛伊德的两性关系是一种世代论。从女性角色出发,小女孩最早也是爱母亲的,直到有一天她发现男女生性器官不同,女生的远不如男生,她的母亲和她的器官是一样的,这使得她瞧不起母亲,是为阴茎羡慕,她会转而爱父亲。但女孩长大后,如果生了"带把"的儿子,她的"阴茎羡慕"会得到替代,她会把爱恋移转到儿子身上。弗氏结论,这说明何以母子关系是所有人际关系中,最能免于爱恨纠葛[①],母亲对儿子的爱,是两性关系的理想状态。母亲爱儿子是母性,却无碍残忍的真相显示:

> 敏申不过是个极其平凡的男孩,也会被女孩子拒绝的(敦治拒绝丈夫,儿子拒绝她),她一向认为每个女孩子都争着引诱他(是洗衣女引诱她的丈夫),想把他从她手中抢走(洗衣女抢走丈夫)。现在,她明白他仍稳稳操在自己手里,也许,世界上就从来没有一个人,曾企图把他(丈夫)抢走。

奉行亚里士多德"三一律"戏剧原理,即故事在集中一日、同一地点、单一事件里表现,欧阳子曾自白,为附合单一紧凑的戏剧效果,与小说动作无关的细节一概免掉。[②] 很明显《蜕变》集中一天、一屋、一事件的三一律法则,也形成这篇小说相对于叙述形式的单一观点,存在着创作上绝对复杂的元素。

小说最后,敏申追求爱情如此卑微可怜,到底让敦治失望,觉得被

---

① 刘毓秀:《精神分析女性主义》,顾燕翎编《女性主义理论与流派》,台北:女书文化出版社,1996年版,第161—120页。

② 欧阳子:《关于我自己》,《移植的樱花》,台北:尔雅,1978年版,第177、178页。

愚弄了,都因敏申不符合她理想。反而是傲慢的长头发的女孩,才是自我的投射,于是情况瞬息移转完成,敦治"深深爱上她了"。这莫名的感情之扭转使她惊异,一场突如其来的蜕变,她开始真正思念起逝去的丈夫,并且透过敏申,"觉得自己已经完完全全原谅了他"。

就为敦治深深爱上不爱儿子的皵云,简直神来一笔,要说欧阳子开创了女性心理觉醒空间,实不为过。

蜕 变

一等敏申离开家门，敦治便走进敏申的房间，在书桌前坐定，匆匆打开左边的抽屉。里面全是一些书籍和纸片堆得零乱不堪；她搜寻了好一会，但是，信已经不在了。她明明看到他放进这只抽屉里的。仅只隔了一小时，信就不见了。刚才，吃过晚饭，她送茶到敏申房里的时候，他正在看一封信。她轻轻走过去，但他立刻感觉到她的到来。她知道他感觉到，因为在那一片刻，他突然改变了姿态：他的两手，很自然地压向信纸，头半仰起，嘴抿着，脸上装出一付正在凝思的样子。

她走近他，从他背后把茶放到桌子上。敏申转向她，仓促地，并向她咧一咧嘴。"谢谢，妈，"他说。他的手臂略微一动，就在这一瞬间，她看到信纸上几个字："也许，你永远不会懂得……"字迹是她熟悉的。"邮差来过？"敦治问，用蛮不在乎的口吻；然后踱到窗边，望向窗外逐渐晦黯的天空。她停留在窗边站着，等待敏申开口。不，倒不如说等着听他说话时的语气。敏申确曾迟疑片刻，没有立即回答。"皑云寄的，"他终于说，眼睛望着别处。敦治听出他声音里似有隐含的忿怒。"答得多么中肯，"她想。

敦治把左边的抽屉推回。右边的抽屉是上锁的，她很想知道里头锁着些什么东西。虽然如此，她从未设法打开它，她觉得那是不道德的。以前，敏申的信件全放在左边没有锁的抽屉里，可是不久以前有一天，她打开抽屉，发觉信件突然全部失踪了。当然，最大的可能便是搬了家,被敏申锁进右边抽屉。"为的什么呢?"她想。她其实很知道那些信,事实是,她能辨认出敏申每一个朋友的字迹。但这一切并不重要。重要的是,她明明看见他把那封信放进左边抽屉,而现在却不见踪影。从敏申房间退出的时候,她故意不曾把房门带上。她在客厅沙发一角坐了一会,佯装看报,实际上却窥伺敏申的动静。她看着他很快地看完信,折叠好,装回信封,放进左边抽屉。然后他站起身,开始拉提琴。他一向不太用心练提琴,总是到要上课的晚上,才赶着拼命练。他拉了整整一小时,拉得很糟,常常中断。于是他换了衣服,拿着提琴,匆匆走出门口。他甚至忘了跟妈说声再见。

敦治试着拉了拉右边的抽屉。拉不开。敏申从来不忘记上锁。她奇怪他乘什么时候把信拿开的。他不是一直练着提琴吗? 是锁进右边抽屉里呢,还是带在身上? ……"皑云寄的,"他这样说,眼睛不敢看她。当然她知道那是皑云寄的。他那样偶然地把手按到信纸上,这点就说明了一切。"也许,你永远不会懂得……"不会懂得什么呢? 这个名叫皑云的女孩,真未免太自作聪明了。敦治厌恶她。她虽只见过她两三面,但透过她寄来的那些信,敦治觉得很熟悉她。皑云的信里谈的总是哲学,心理学,都是年轻人喜欢的一套。

敦治的眼睛,落在桌面玻璃片下压着的一张旧相片上。相片里的她,是年轻的。敏申那时刚刚足岁,乖乖地坐在她膝上,吮着拇指;椅子后面站着鸿年,挺直,英俊。近年来,敦治很少想起鸿年,他显得多么遥远,模糊! 但这个男人,曾深深地影响过她。曾经有那么一度,他们诚挚地相爱,可是那段日子很快地过去,他所留给她的,只有失望与幻灭。她永远记得那个雾气弥漫的可怕的傍晚,她突然发现了他的丑恶,在院子一隅,仓库后面的草地上……就在那一瞬间,她对人类的信心粉碎了。她默默地忍受,并不说什么。只是,当他有意再对她温存时,她曾冷冷地说了一句："我们不妨也到院子睡觉去。"这一句话，注定了他们夫妇间的命运。她不曾再跟他同床，虽然她再也没看到过那个洗衣服的姑娘。

她记得有那么一个夜里，鸿年穿着睡衣，走近她，迟疑地在她床缘坐下。她躺着，睁着两眼呆呆地看他。鸿年低头，俯下身子，开始亲她的前额。她几乎屈服于他。但是，突然，一股怒潮狂卷而来，她陡地坐起，狠狠掴了他一巴掌。过后她曾经暗自后悔，甚至落泪，但她确知自己再也无法接触他了。一经他摸触，她就会有一种感觉，好像自己是个妓女一般。

开头，她确实忍受着难堪的痛苦，但逐渐地，痛苦减轻了，甚至觉察不出来了。然而她的感情并未麻痹。她把她的一颗心，完完整整地给了敏申，她唯一的孩子。在这不安定的世界里，她觉得只有这个孩子是永恒的，永远在她身边，真正属于她。他给予她新的生命。她不再关心鸿年，夫妻俩变得像住在同一屋顶下的陌生客。后来鸿年得了癌症，病在床上，日渐清瘦。但对于那段日子，她甚至没有什么痛苦的记忆。她耐心地服侍他，像一个尽忠职守的护士；因此他的去世，不曾使她感到良心不安。

敦治叹了一口气。她觉得近来一直生活在低气压里，闷得她难受极了。同时，她还觉得肩上有什么东西压着似的，疲乏得很。也许我老了吧，她颓丧地想。老，这真是个可怕的字眼。她绝不怕老，如果敏申伴她一同老；但敏申是年轻的，皑云也是年轻的。年轻男女碰在一起，开始总喜欢谈论奥妙的哲学，心理学；谈论的结果，便是鬼鬼祟祟，把信藏到人家找不到的地方。"也许，你永远不会懂得……"不会懂得什么呢？……"但我却懂得，"敦治怀恨地想，"这无耻的女孩，一心想抢走我的儿子。"陡地她觉得热流上升，心跳急促起来。"我知道的。这无耻的女孩一心想抢走我的儿子,"她自语道。她不难猜知皑云的优势,因为敏申把手压在信纸上,然后又偷偷摸摸把信藏了起来。

半年前,敏申生日,请了十几个朋友到家里来玩;那天,敦治第一次看到皑云。这披着一头长发的女孩,说不上美,却有一张年轻男人喜欢的面孔:高傲的,自信的。第一眼,敦治就不喜欢她。她深深感到自己心里有一点什么,是跟这女孩互相抵触的。以后敦治又见过她几回,印象愈来愈坏。"难道我的憎厌写在脸上了吗?"敦治想。敏申近来神色不定,虽然有时还跟她聊天,但谈吐保守,她直觉地感到他心里隐瞒着什么。他不再提起皑云。她知道他回避着。有一次她故意问起皑云,敏申支吾几句,显得很不自在。

时钟敲了八点。敦治望望窗外,已是黑暗一片。于是她站起,伸伸懒腰,开始替敏申铺床。敏申一直跟她睡到初中毕业。记得以前他睡着的时候,总喜欢伸出一只胳膊,绕向她的脖子,有时嘴巴微微蠕动,像婴儿在吮奶。那时日子过得多么美好。敏申每天放学回家,总是妈妈这个,妈妈那个,好逗人怜爱。孩子一大就不行了。想飞了。你捉不定他心里想些什么。他会背弃妈妈,偷谈恋爱,然后把情书藏了起来。愈是妈妈讨厌的女孩子,他就愈是喜欢。女孩子的几句软话,就能使他迷了眼睛。

铺好床,敦治回到自己的卧房。坐在梳妆台前,她仔仔细细把脂性面霜抹到脸上,手上。为了保护皮肤,她从不间断地每晚抹面霜;尽管如此,她依旧在镜子里找到自己额上、颊上的皱纹。头上的白发也是隐藏不住的。她对镜子蹙蹙眉。突然,她松开发髻,拿起发刷,用力把头发梳开,长长地披在肩上。于是镜中赫然出现一个怪物,像一个妓女,苍老而憔悴。敦治赶紧又把头发挽成一个髻,轻轻吁了一口气。

她听到敏申的脚步声,知道他回来了。好一会儿,她一动不动地坐在梳妆台前,盼望着他过来找她。但他不来。于是她起身,悄悄走进客厅。敏申的房门是半掩着的。她听到他在房里来回走动的声音。这就是了,她想,这就是你所得的报应。你把孩子养大,你爱他,疼他,而他从不想看你一眼。甚至连房门也不舍得为你打开。敦治颓然坐下,埋进沙发里,感到难堪的寂寞向她袭来。

"敏申,"她唤道。

"我刚回来,妈。"房门依旧半掩,她看不到他。

"不出来跟我聊聊?"

他出来了。一脚跨到她对面,他在长沙发上坐下,两手交握,眼睛低垂。

"提琴拉得怎么样了?"敦治问。

敏申耸耸肩膀。"老师说我没天才,又不肯努力。要我重拉过。"他停顿一下。"我不想学了,"他又加上一句。

"别这样说,"敦治温和地,"你说着玩的吧?"

敏申顿时皱起眉头。"我说,我不想学了!"声音很重,显得烦躁不堪。

敦治惊异地望向她的儿子。"就是不学,也犯不着对我这样凶呀,"她说。

敏申不作声,只呆呆地看着自己膝上交握的双手。

"你只是心情不好,我知道。"敦治说。

"可是,妈,我真的对提琴不再感到兴趣。"

"不再感兴趣?"敦治说,心中感到一阵痛楚,"我倒想知道,敏申,你近来究竟对什么感到兴趣?"

敏申蹙紧眉头,没有回答。两人沉默半晌。四周是静寂的,只有壁钟单调的声音:滴答、滴答。敏申仍旧两手交握。他有这样一双好看的手,是艺术家的手:白皙的,指头很长,但骨骼宽大,跟女孩子的不同。

"敏申,"敦治突然说,凄楚地,"我知道我老了。"

"没老,妈,你还没老。"

"变得不好看了。"

"妈没变,"敏申说,头依旧低着。

"有时你讨厌妈,是吧?"

"怎么会?"敏申说,显得不自在。

敦治用温柔的眼光,望向她的儿子。敏申有宽阔的肩膀和方形的脸。胡子已经长齐,但还是嫩嫩的,是二十岁少年的胡子。真年轻,敦治想,他们都这样年轻!

"她很漂亮?"

"谁?"敏申抬头。

"皑云。"

敏申迅速瞥她一眼。"妈见过她,"他说。

"不错,我见过她,"敦治说,"好长的头发。"

敏申紧抿嘴唇,绞动两手,显得不知所措。我是不甘受骗的,敦治想,我不愿蒙在鼓里。她决心让敏申明白这一点。那个名叫皑云的自作聪明的女孩,居然想抢走敏申。"为什么却又偷偷摸摸的,不敢让我知道?"敦治想,"当然因为她知道我不肯轻易放弃儿子。"在这一点上,皑云确是聪明的,聪明到了使人厌恨的地步。而敏申呢? 到底他有何感觉? 他一向爱妈妈,但近来他变得多么沉默。儿子一到二十岁,就麻烦了。他们不自量力,以为自己已经长成大人,没人能管得着。其实,他们的意志再脆弱不过。他们喜新厌旧。他们最经不起年轻女子的诱惑。

"她追求你?"敦治问。

"瞎说，"敏申急促地说，脸色泛红。

"她看上你，我知道，我懂得这种女孩子。"敦治冷冷地，近乎残酷地，"你也看上她了，对吧？当然啰，谁不喜欢那样黑亮的头发？可是她很傻，她该把头发剪得短短的，就体面些。长头发的女人，人家一看，就觉得是个坏女人。不管怎样，你总归已经看上她了，对吧？那样年轻，那样俏……"

敏申突然起身。他满面通红，眼里闪着忿怒的光。

"别走，"敦治说，声音阴郁，充满威胁。

敏申欲言又止，耸耸肩，坐下。

"她怎么说的？'也许，你永远不会懂得，'不会懂得什么呢?"敦治喃喃道。然后，她突然加重语调，问道："她讲过了吧？讲过她爱你了吧?"

"别这样，妈，我求你，别这样管我。"敏申把头埋进两手之中，显得异常苦恼。

"瞧，这就是了，你开始嫌我了。"敦治酸楚地，"但又何需装出这付苦相？你心里正得意着，不是么？难道你苦着一张脸，我就……你就……"突然，她停止说话，发出奇怪的笑声。"别这样……别这样管我，"她学着敏申的话，继续笑着；好像这几个字里面，藏有世上最可笑的秘密。后来，笑声完全变了。先是，她不断地喘气，像只正在窒息的野兽，接着，她突然靠向椅背，开始啜泣起来。

"你巴不得我死，"她哽咽着，"敏申，你巴不得我死!"

"别这样，妈!"敏申抬头，叫道，"别这样，我已经够痛苦了!"他重新把头埋进手中，紧咬下唇，像在跟什么挣扎着似的。

"痛苦？你?"敦治抹掉眼泪，怀疑地，"我能使你痛苦？你知道真正痛苦的滋味?"

敏申没有回答。

敦治摇摇头，长叹一口气。她已逐渐平静下来，但凄凉的感觉依旧郁集不散。痛苦？他痛苦？为着想不出怎样隐瞒"秘密"而痛苦？为着找不出对付妈妈的策略而痛苦？他必知道她恨皑云，否则他不须如此惶悚不安。但这点，多少倒还有点令她宽慰。从敏申的不安，还可看出他良心未泯。"他知道他不该离弃我，"敦治想。

但是，任何仅由"责任感"而引致的行动，不能使她满足。她要的是感情，她要收回自己付出去那样多的感情。她自己也有深厚的责任感。事实是，她早就计划好再隔几年，就让敏申娶一个太太。即使敏申不想结婚，她也不会容许的。然而敏申的太太，绝不可能是皑云那种人。关于这点，敦治确信不疑。敏申的太太应当是柔顺的，而且，在她想像中，是短头发的。他们三人将住在一起，相亲相爱，一无猜忌。她将死心塌地服侍他们夫妇俩，像奴隶一般。她心甘情愿做他们的奴隶。她将疼爱敏申的太太，像疼爱敏申那样。事实上，她好像早已认识并爱上这未曾谋面的不知名的姑娘。

"你总不至于现在就想结婚吧？"敦治说。

"结婚？我？"敏申说，唇上浮现一丝苦笑。"我这一辈子，是不想结婚的了。"

"哟，这又是为的什么？"

"假如我决心独身，妈不会在乎吧？"敏申问，声音迟滞。

"噢，妈在乎的，"敦治说，但她的面颊顿时温热起来，唇上浮起一丝微笑。她可以感觉到自己唇上的笑意；天真的，近乎孩子气的。"我们别谈这些了，好无聊，"她说。她开始以柔和的眼睛审视她的儿子，于是，突然间，她明白他很不快活。敏申的头一直垂到胸前，两手按着头顶，像在苦思，神情异常沮丧。不知为什么，她骤然感到一阵内疚，于是她起身，走到敏申旁边，坐下，迟疑地伸出一只手臂，轻轻搭在他蜷缩的肩膀上。

一滴眼泪沿着敏申面颊流下，落在他裤子上。

"敏申，"敦治轻轻说，温柔地拍他的肩膀。

突然敏申咬住自己的拳头，避免哭出声音。他的面颊抽搐着，眼泪泉涌而下。敦治不响，只不断地拍着他的肩膀。这样过了好一会，敏申终于稍稍镇定下来，放下拳头，摊开手，无力地把手搁在他妈妈的膝上。敦治看到他手背上深陷的牙痕。

"妈，你不知道，她根本不爱我。"

"什么？谁？"

"皑云看不起我，她说她不爱我。"

敦治狐疑地望着她的儿子，一时不能了解过来。这里，敏申颓唐地坐着，手放在她膝上，显得这般可怜，无助。二十岁的男孩，原是这般脆弱的东西。而他说着些什么？心里想着些什么？……偷偷摸摸藏信；对提琴失掉兴趣；妄想过独身生活；嘴里说："妈不会在乎吧？"而心里，却抱怨皑云不爱他。这一切，到底怎么解释呢？

"那么，你是真的爱她了，"敦治说，声音干涩。

敏申脸上闪过一丝苦笑。

"这又有什么区别呢？"他说。

区别才大着呢，敦治想。那么，敏申果然爱着皑云，而他的"痛苦"，只是皑云"根本不爱他"。这也就是他想独身的理由。敏申从来没有体谅过妈妈的心。当敦治惟恐失去他而感受痛苦的时候，他心里原来只存有皑云的影子。他把信藏了起来，为的是怕妈妈干扰他的痛苦。自私呵！即连痛苦也不肯让妈妈共担……但也可能只是敏申自尊心的作祟。谁知道？二十岁的男孩也有他们的虚荣。敦治开始明了，敏申之所以隐瞒她,提防她,并非为了感情的矛盾或冲突,只是为着掩饰他受伤的自尊。皑云不爱他?她根本不爱他?……敦治这才第一次明白,敏申不过是个极其平凡的男孩,也会被女孩子拒绝的。她一向认为每个女孩子都争着引诱他,想把他从她手中抢走。现在,她明白他仍稳稳地操在自己手里,也许,世界上就从来没有一个人,曾企图把他抢走。不知怎的,突然她有种受人愚弄的感觉;她觉得敏申从来没有这般使她失望。皑云确是个傲慢的女孩,但突然间,敦治觉得深深爱上她了。她觉得此刻她爱皑云远甚敏申,这莫名其妙的感情之扭转确实使她惊异。她有种欲望,很想把皑云拥在怀里,抚摸她那又黑又长的头发。而敏申却坐着,垂头,含泪,一只手平平搁在她膝盖上。他显得这般卑微,可怜。

"是她信里告诉你的?"敦治问。

敏申点点头。"她说这是给我的最后一封信,"敏申颓丧地说。隔了一会,他问:"妈想不想看?"

"不,"敦治回答,厌恶地。

她又开始轻轻拍敏申的肩膀,但这次是机械般的,是她无意识中的动作。当然,敏申仍是她的儿子。她依旧爱他,像任何其他的母亲,永远张开两臂,等着拥抱她迷途的孩子。然而,敦治觉得,毕竟有什么东西已从她心中失去,永远回不来了。她不能确切地说出那是什么;但这感觉是不会错的。她微微有点惆怅,却并不感到悲哀。

突然,敏申从沙发滑到地板上,把脸埋进他妈妈的怀里。

"妈,我只有你了,"他说,声音里充满了绝望的感情,"只有你,我知道,只有你永远关怀着我。"

敦治微叹一声,茫茫然抚摸敏申的头。

"现在,这又有什么区别呢?"她低低地,像在自语。

　　两小时以后，敦治推开敏申的房门，走了进去。她捻亮台灯，悄悄走到床边。敏申已经睡熟了，脸色平静，呼吸均匀。年轻人是幸福的，她想。的确，年轻人所谓的"痛苦"，能随着睡眠奇迹般快速地消失。只是枕头上，染有潮湿一片，是泪痕，唯一"痛苦"的遗迹。敦治弯下身子，轻轻把棉被拉到敏申脖子下。突然，她觉得很久很久以前，曾经有一个晚上，她也做过这同样的动作。"鸿年……"她心里，陡地又响起这古老的名字。这名字早已从她记忆中隐退，她奇怪为什么在这短短半天之内，竟想起两次。此刻，她开始真正思念他起来。她多么渴望他尚在人间，紧紧地靠着她。至少，他能给她一丝儿安慰。突然她觉得自己已经完完全全原谅了他；她开始明白她那样惩罚他，是很不对的。他们曾经相爱，相属，这就够了，何需追求什么永恒的完美？在这个世界上，"永恒"只存在于梦幻之中，是虚无的。

　　敦治在床沿坐了一会儿，想起一些许久没想过的事。然后她站起身，捻熄电灯，拖着疲乏的步子，走回自己的卧房。

於梨华:《黄昏·廊里的女人》

作家介绍

於梨华(1931—　)祖籍浙江镇海,生于上海,1947年随家人到台湾,1949年入台湾大学就读。1953年赴美留学,1956年以《扬子江头几多愁》得到米高梅电影公司文艺奖第一名。离开台湾十年,於梨华1962年带回长篇小说《梦回青河》书稿,并于次年出版,从此展开写作生涯至今。学者夏志清教授为於梨华《又见棕榈·又见棕榈》写序,论其小说艺术,"描写景物的细腻逼真,制造恰当意象时永远不落俗套",是"最精致的文体家"。[①]

於梨华笔下多写美裔华人知识分子"没有根的一代"的遭遇。自《又见棕榈·又见棕榈》(1967)提出这个说法,为身处异域的华人,创造了一个最贴切的名词,之后的《会场现形记》《考验》等,都围绕这个主题,是留学生文学最早的代言人。

夏志清称赞她小说文字"最突出的地方,是在她善于复制感官的印

---

① 　夏志清:《序》,於梨华《又见棕榈·又见棕榈》,台北:皇冠出版公司,1996年版,第14页。

象,还给我们一个真切的、有情有景的世界"①。

　　於梨华对海外女性处境的刻画尤其用心,不无自况意味。譬如她透过《又见棕榈·又见棕榈》家庭主妇佳利的阅读品味,以及借着与男主角天磊的交谈,交代了她喜爱的女子形象,更托出对笔下女子描绘的掌握:"亨利·詹姆斯形容一个女人,从不写她眼睛怎样,鼻子怎样,只让读者感到她的样子。"佳利心思晶莹剔透,神态自若善体人意,但海外生活平淡固定及人际的狭窄,使她早早便习惯承受寂寞之苦。有寂寞便有挣扎,於梨华定有所感,经营"不可名状的悲哀"(夏志清语),於梨华早期小说不乏这样的故事。

　　於梨华曾在1988年将写作二十五年的作品(除了《考验》),结集出版"於梨华作品集"十五本,包括长短篇小说、散文,游记《傅家的儿女们》《归》《会场现形记》《焰》《谁在西双版纳》等,共两三百万字,喻其"做一个二十五年的总结"。现今写作近半世纪,早已不止三百万字量。

作品导读

　　从女性竞逐的角度看,《黄昏·廊里的女人》写的是两个旧友间的交锋秘教仪式。关于秘教仪式使用的语言,女性主义重量级学者伊兰·修华特指出,有些女性语言,只在神秘宗教及女巫集会中保存,另外有些人种杂志上的证据亦指出,某些文化中女人公众生活的沉默,会发展出一种私有的沟通形式。② 我们不妨以这样的角度去解读《黄昏·廊里的女人》中的两位女子。

---

①　夏志清:《序》,於梨华《又见棕榈·又见棕榈》,第16页。
②　伊兰·修华特:《走过荒野中的女性主义批评》,张小虹译,《中外文学》第十四卷第十期(1986年3月),第90—91页。

　　小说主场景设定于人生暮年及时空模糊的一天黄昏屋廊下。瘦女人、若柏是一对,到胖女人、京兴的京里做客。男人走开去钓鱼,忙场了腾出来,两人才好进行仪式。

　　第一回合,先集中在彼此儿女身上,抽丝剥茧带出两家关系网络。瘦女人年轻时忙着玩,儿女都丢给奶娘。相形之下,瘦女人儿女的状况比较多,唯一的儿子长大结婚后几乎音讯全无,最疼爱的大女儿承美十四岁就怀孕打胎。但承美行为最叫胖女人愤然的是,有丈夫的承美和她的儿子欧文来了段姊弟恋。胖女人诉说承美的劣行,诅咒难怪生不出儿子,幸好欧文后来发誓不再见承美才断了恋情,好像胖女人占了上风,却是瘦女人听闻后,"从容不迫地笑起来。藤椅似乎负荷不起她的笑,轻微的颤抖着"[1]。娓娓道来,根本是欧文仍找承美,直到被承美的丈夫毒打了一顿,胖女人这才有点失措:"是这样吗? ……这些年我一直以为她是个好儿子。"进行到这里,好戏才要上场呢,要知道,这场二十五年才有的秘教仪式,哪会只这么点内容。

　　扳回一城的瘦女人乘胜追击:"俗话说,儿子是自己的好,丈夫是人家的好,对我说来,正好相反。"

　　不要紧,懂得打牌的都知道,王牌总得留在最后一翻两瞪眼。胖女人反扑丢出一个问题开始做牌:"你认为若柏是个好丈夫?"明眼人,恐怕立刻明白"王牌"是什么,没错,"丈夫"。双方过五关斩六将,见招拆招,真像伍子胥过昭关白了头,可不是,多年后再见,已是白头,终于来到最后背水一战,瘦女人祭出丈夫若柏,"从不曾找过一个女人"。胖女人反攻:"从不曾找过一个女人?"瘦女人信得过丈夫,拉上胖女人来背书:"你对若柏应该最清楚。"胖女人若有所思:"是的。"瘦女人再逼进:

---

① 於梨华:《黄昏·廊里的女人》,《带泪的百合》,台中:蓝灯,1971年版,第74页。

"你总还记得的。"胖女人:"怎么可能忘记。"胖女人显得别有情肠——"三十年前的旧事,如一圈远逝的烟,溶在陈旧的日子里,找不出它的影子。唯有吐烟的人,仍记得它是如何飘去的。"

上海生活时期,瘦女人成天骑马、开车、溜冰、游泳,主妇的位置空了下来,一场秘密恋情衍生了出来。瘦女人三番四次家庭生活缺席,胖女人住在她家于是递补上去,瘦女人的家庭生活记忆只有一半:瘦女人没去看的电影,胖女人陪若柏去了;没去的舞会、野餐……都由胖女人去了。瘦女人声音逐渐缩得很窄,像箭,"刺划着黄昏的空气。……指甲刮划着磁青,发出细微的刺心的声音,落在碎了的黄昏里。"是瘦女人最后的振作:"还有什么我不知道的?""还有忆若! 我们有了忆若。"忆若柏!

这时,她们的男人,无事人般从远处走来,这场仪式已到尾声,谁握有最大的秘密谁就拥有最大的权利,胖女人数十年来一清二楚掌握着瘦女人家所有消息,她才是那个家的地下女主人,讽刺的是,胖女人明明是第三者。但人生走到最晚的黄昏,已容不得她们任性,但如何能真平静?於梨华不愧是夏志清称赞的精致文体家,笔下短短数十字描写瘦女人的反应——"'……你比我好,你比我幸福!'尖尖的声音,穿过沉寂的黄昏,流过廊外的小石路,跌落在归人的脚旁。两个行人站住了。"见出了造句迷人、节制的效果。

秘教仪式既完成,没有留下来的理由了,于是怀着秘语来,又怀着秘语离开。她们历经了彼此的一切与生命,命运比谁都纠葛得紧,她们才是真正的生命共同体。如此看来,两个女子才是秘教仪式的祭品。於梨华是勇于挖掘伤痛的,只是,一场内在风暴于焉完成,而男人们全无知晓。

黄昏·廊里的女人

宽宽的后廊里，一个圆的高脚藤几，四把圆背的藤椅。两把空的。茶几上四杯茉莉茶，两杯满的。廊里的两个半老妇人，坐在茶几的两侧，对着廊外的黄昏；地上沙沙滚动的枯叶，池里渐渐腐化的枯叶，枝上摇摇欲坠的枯叶，深秋的季节。深秋的年代。

那个瘦的，干瘪的手指上带着一个巨大的宝石戒，慢慢的转动着白磁上斜印着四根瘦竹叶的茶杯，转了一圈，啜一口茶，吸了一片苍白的茉莉在两片狭薄的嘴唇里，用四颗狭长的，往里侚着背的门牙结结实实地嚼着，嚼完了，刷的一声，吐在廊外的黄昏里。

另外那个较胖，较白皙，也因此较和善的妇人，伸过头来，对她杯内看看，笑着说："廿五年了，你还是那个脾气。喜欢嚼茶叶吃。"

瘦的那个，咚的一声，把杯子放在茶几上，牵着颈上的松皮，扭过头来，怔怔地望着那个胖的。"真的有廿五年了？我们分开真有那么多年？"

"怕不是！你想想看，你们承德今年都过三十岁了，是吧？我离开上海时他才六岁，刚进哈同小学，是吧？我还记得他那个样子，胖得连颈子都找不到。一个头，好像直接粘在肩膀上。笑的时候下巴都可以碰到胸口，那样子真有趣。"胖的那个说，带着浓浓的笑意。眼角的皱纹一直放射到两鬓花白的发根。她的白发就聚在两鬓，别处仍是乌黑的，初看，好像她头上戴了顶黑绒线帽，两边嵌着两条宽宽的白绒线。她的嘴厚浑浑的,和气而没有主意。"他现在还是那么样胖?"

"谁知道! 好久也没有收到他的信了。儿子一结婚,虽然没有换姓,倒是换了个心,哪里还记得父母。积谷防饥,养儿防老,说得倒是好! 所以我劝你哪,想得开一点,趁着自己还走得动,吃得下,多享享福! 不必为你们欧文忙得团团转。我们承美说,欧文回来一次,你恨不得把心也挖出来炖给他吃了,真是,何苦来。"

"没有的事。你就是爱听承美的话。不过欧文难得回来一次,来了,做点他喜欢吃的东西给他吃吃而已,他们夫妇俩都做事,哪有工夫在吃食上下功夫。可惜我们忆若不能回家,不然,我还不是照样弄给她吃。不像你,一向只把你们承德当宝一样。"她悄悄地瞟了那瘦的一眼,眯弯着眼笑起来,说:"记得你生了承德之后,连着四胎都是女的。你们老幺承秀出世那天,若柏深更半夜来我家,硬拉家兴出去散心,喝得醉沉沉的回来,若柏就在我们书房里过夜。你大概不知道这件事吧?"

"不知道?! 若柏哪一件事瞒过我?"

那胖的怔了一怔,想说,却端起茶杯嘟嘟地喝,连要说的话都咽下去了。然后,用杯沿轻轻击着两颗陈旧的门牙,发出平板的答答声音,敲碎了廊外的黄昏。

那瘦的朝她瞪着。"你在想什么?"

"我在想你们的承秀,我们走时她刚会站,现在居然也做了母亲,叫人难以相信。你说她生得很出色? 我一点也记不得她是什么样了。"

"论相貌,当然是我们承美,老二承贤就差多了,老三承丽生得倒不比她大姊差,就是举动不够秀气,承秀也不错,而且为人厚道,得人喜欢。"

"承美、承贤、承丽三个人,我都相处过。外表上,承美的确好看,不过我倒觉得承贤的脾气品格不但在她们姊妹淘里最好,而且是我接触过的女人中最上乘的。有时我真想不透你为什么独对她薄,那么样宠着承夫。"

"你一共接触过多少女人?说好听点,承贤人老实,说得切实点,就是她无用!你看她现在嫁的人,连话都说不清楚,一到大场面里,就是一副缩头缩脑的样子,好像有人要吃他似的!也只有承贤这个草包才会嫁给他!"

那胖的平着声气说:"我的好邻居,你大概不知道你的大女婿无伦从前就是承贤的男朋友吧?那时候两人都快订婚了,要家兴做现成介绍人,想不到承美从香港来,还不到三个月,就把他抢过去了。承美就是这样,凭着她的容貌与她那点能干,什么事都做得出来。我总觉得她未免太狠一点,太不择手段了。"

"现在这个时势,不比我们做姑娘那个时候啦!不狠一点就给人家狠去,吃亏一辈子。"

"也不尽然吧,老实人自有老实人的福。我看承贤的男人虽然木讷一点,待承贤却是体贴得很,现在生了三个胖男孩,个个都叫人喜欢,一家子也过得和和睦睦的。不像承美,左一个女,右一个女,就是没有儿子。而无伦又借了这个名,在外面乱搞女人。有一次,承美半夜哭到我家来,说是无伦玩了女人回来,她和他吵,他居然把她毒打一顿,还骂了一大堆肮脏话,比流氓都不如。第二天我把无伦叫来,他说承美的行为比妓女还不如,两人又斗了起来,我劝解了半天,夫妻才勉强回去了。他们这样,对下一代才叫不好哪!她们那个大女儿,才有多大,却整天不读书,和街上的太保混在一起。有一次,她一个人和十八个太保关在一个黑屋子里跳扭扭舞,给无伦捉到了,用皮带抽打她,打得她遍身流血,她都不讨饶。这事给承美晓得了,几乎要和无伦拼命,无伦连她也打了,说她荒唐得不像个做母亲的,打了也活该。我本来不说的。不过

凭你我的交情，想你也不会生气。我觉得，你不要再护着承美，好好劝
劝她，这样吵下去，迟早要出事的。"

那瘦的脸上一根毫毛都不动，用两根瘦长的手指夹起杯里的茉莉
花，一朵一朵地嚼着。嚼完了，一口口地吐到廊外的草坪上，落叶上，在黄
昏里长眠。然后她牵着喉口的松皮，说："亏你活到这一把年纪，还这么
天真！天下哪有不吵架不打闹的夫妻？那时候，你们家兴在外面胡搞，
你们不是天天吵得天翻地覆的？不但吵，家兴还拿忆若出气，常常把她
打得头脸青肿。你们忆若左颊上的疤，不就是他用碎玻璃割的吗？我
那时就觉得你们不会长久的，看，你们现在不是过得蛮好。"

那胖的突然垂下眼睑，看看手里的茶杯，茶杯里没有茶，她就空口
地吸着气。"过得蛮好？天地良心。"

那瘦的黑脸上突然闪着胜利的光，像那颗暗红宝石，闪着不透明
的，鬼鬼祟祟的光亮一样。"哦？还是不好？我知道家兴在上海时拈
花惹草，对你不忠实，后来大家搬开了，好久得不到你的信息。只知道
除了忆若以外，你们又添了两个儿子。你们大儿子死时，家兴还给若柏
写一封信，说是为了减少你的伤心，决定搬入内地去了。我还以为你们
过得好了呢！怎么，家兴一直旧性未改？"

"不是家兴的错，我们的婚姻没有一个好的开始。"

"我那时就觉得你们好得太突然，结婚也太匆忙了。其实你住我家
那几年，喜欢你的人，何止家兴一个！既然一直不好，怎么早早不和他
分开？要我，我就受不了和别人共一个丈夫的！"

那胖的说："那么久远的事，要悔起来，不知有多少。而且，我即使
和家兴分开，也不可能把'家'放开。有了孩子，就像有了绳子，把两个
人捆在一起，哪怕是背对背的。孩子有时也真使人恨。"

"所以你们都不喜欢忆若。尤其是家兴，时常打骂她。你也不拦。"

胖的抢着说:"并不是我不拦,我拦了他就更有气。"

"所以忆苦总是往我们家跑,来了就不肯走,求着若柏打电话向你们求情,让她在我们家多玩玩。我们若柏倒喜欢她。每次有求必应,而且承美她们有什么,必有她的一份。而她对若柏也真亲。她对家兴一点也不好,对你也有点怕,对不对?"

"小时的确有点怕,大概那时候我自己心绪不好,不太理睬她。不过后来她很听我的话。不像承美对你那样,不放在心上。"

那瘦的坐直了身子,尖着声音问:"不把我放在心上? 谁说的? 你说的?"

那胖的知道失言了,有些慌张。"我的意思是她不把你的话放在心上。你年轻时与我不同,几乎天天在外面,不是骑马,就是溜冰,忙你自己的事,把承美她们,都丢给奶娘。承美从小就和弄堂里的小瘪三混在一起玩。你总还记得,她十四岁那年,跟着一个拍电影的小子跑了,三天不见人影,后来回家,你们若柏打了她两下,她一气,又跑了,三个月没有回来。有一天夜里,知道若柏不在,偷着回来,求着你带她去打胎……"

那瘦的连声问:"你怎么知道这些事的?"

那胖的一呆,手里的茶杯无端落下来,茶叶洒了一襟。她一手抓住杯子,一手把茶叶捏在手里,水由指缝间流在膝上。然后一片片地捡着茶叶,将它们丢入杯子里,挨时间。"你看你的记性! 是你自己写信告诉我的呀!"

那瘦的望着廊外的黄昏,恍恍惚惚的时刻,恍恍惚惚的记忆。自语地说:"我不记得曾经告诉过你这些事的,那么多年以前的事,连我自己都记不清了。"

那胖的忙忙地接口说:"美好的事可以记得一辈子,不开心的事很愿快快忘记。人到了我们这个年龄,既没有能力精力逞强,又没有雄心再去争名夺利,只想安安静静地靠一些美好的回忆过日子。年青时代好像一场轰轰烈烈的火,现在则是一个火尾子,一点点温意的灰。又像黄昏,一些迷迷濛濛的光亮,光亮就是闪金的,好的记忆。我的日子就是靠这些记忆打发的。"

那瘦的抓到机会了,说:"记得那时,你和家兴,一年三百六十五天,倒有三百六十天失和的,你哪来什么美好的记忆。"

那胖的说:"除了家兴,难道没有别的事可以回想了吗?"

"对了,你有一对好儿女。"

胖的满意地笑起来。"也不是出类拔萃的好,不过我还满意就是了。忆若常有信来,从不忘记我的生日,多少寄些礼物给我。我虽不用那些化妆品,看看也高兴。欧文结婚后,还是按月寄钱给我们,虽然不多,也是他的一份孝心。逢年逢节,回家来聚聚,大包小包的带回来,比你们承德……"

瘦的心有不甘,抢着说:"欧文是不是和那个姓梅的结婚?"

"哪个姓梅的?"

"我就恨你这一点,假痴假呆的! 就是那个和他同居了好几个月,个子小小的,说话时带着浓浓的鼻音那个女的。"

"哦,哦。你怎么知道他们同居的事?"

"承美一五一十地对我说的!"

那胖的脸上慢慢散着被激起的愤慨,一层微红,压盖了廊外一抹黄昏的余辉。"承美也真是! 一定要迫我说出难听的话来! 那时候她和无伦吵得昏天黑地,我好心好意邀她来我家住几天,散散心,正巧欧文放假在家,承美就想尽方法勾引他。"

那瘦的厉声说:"我不信!"

那胖的脸上更添了一层红,两腮鼓鼓的。"不信? 不信你问家兴!那时承美已三十,欧文才二十几岁,血气方刚,哪里抵得住她的勾引,她来了才两天,欧文就巴巴的和姓梅的闹翻了。姓梅的倒是个好孩子,气得几乎要寻死,听说到现在都没有结婚。承美把人家拆散了,还到处说欧文的坏话。不是我心坏,就是因为她做人这般恶毒,才生不出半个儿子来!"

"你也未免太幼稚,这种事,光靠一方面勾引,就可以成局的?"

"当然嘛! 俗话说,男想女,隔层墙,女想男,隔张纸。何况我们欧文,是个心地纯良的孩子,遇到承美这种女人,只要稍施媚功,就可以牵着他走的。他是我儿子,难道我不知道他? 等我发现了,我也顾不得和你的交情,就老实不客气地叫承美走路。欧文当时后悔得不得了,向我发誓再不愿见承美的面。"

那瘦的从容不迫地笑起来。藤椅似乎负荷不起她的笑,轻微的颤抖着。"可是欧文第二天就到承美处去找她,还有第三天,第四天,直到无伦听见风声了,把他们捉住为止。"

那胖的一脸的红骤然褪尽,剩下一堆圆形的白,像天角远处,一轮早来的月亮。"是这样的吗?"

"唔。无伦把他一顿毒打,连踢带推地把他轰到大街上,警告他说,如果下次再上他家门,包管叫他活的进去,死的出来。"

"是这样的吗? 怪不得每年承美夫妇来拜年,欧文都忙不迭地从后门溜了。还有一次,我不舒服,他们来看我,正遇到欧文回家,见了他们,连叫我一声都来不及,就转身走了。还有一次……我怎么以为他是遵守他的誓言呢? 这些年来,我一直以为他是个好儿子。"

那瘦的换了一种柔软的声音说:"他是一个好儿子么! 比起我们承德来,他真是好多好多了。俗话说:儿子是自己的好,丈夫是人家的好,对我说来，正好相反。"

那胖的把两个空茶杯，排在一起，一对，徐徐地说："你认为若柏是个好丈夫，是不？"

那瘦的脸上洒了一片满足的油光。"那还用说。并不是我故意在你面前神气，比起家兴来，若柏简直是个圣人。结婚三十年，从不曾做过一件对我不起的事，从不曾找过一个女人。"

"三十年中从不曾找过一个女人。"那胖的一阵微栗。秋天里的风，黄昏里的风，毕竟有点寒人。

"你不相信？"那瘦的诧异地看着她，"我们刚结婚那几年，你住在我家，你应该最清楚若柏的为人，不是吗？"

"是的。我知道他最清楚。"三十年前的旧事，如一圈远逝的烟，溶在陈旧的日子里，找不出它的影子。唯有吐烟的人，仍记得它是如何飘去的。

"你总还记得的，不是吗？"

"当然记得，怎么可能忘记。"

"他从不出门。教书回来，看看书，或是和孩子们玩玩，什么嗜好都没有。"

"而你那时真野，没有一天在家，不知忙些什么。"

"怎么，你忘记啦？ 我天天学骑马、开车、溜冰、游泳。我是体育系的，就喜欢运动。"

那胖的整个溶在回忆里，在灰暗的黄昏里捕捉那一丝飘忽的烟圈。"怎么会忘记。有一次，你和若柏约好去看电影，票也买了，你的同伴硬把你拉去看赛网球，你就走了。"

"若柏就只好不看。"

"不，他去看了，我陪他去的。"

"是这样的吗?"

那胖的接着说:"有一次,你们讲好带承德他们去龙华看桃花,在公园里野餐,你临时被小朱拖去看他新买的马,那匹马叫霍卡,我还记得,对吗?"

那瘦的兴冲冲地说:"对,对。你的记性真不坏。那天我回来,若柏有点不高兴。"

"不,他有点累。因为承德吵不过,我们还是去了龙华,玩了一天,玩得很开心,就是有点累。"

"是这样的吗? 到底老了,记不清许多。"

"又有一次,学校开化装舞会,你们老早就准备了,定做了服装,他做罗米欧,你扮朱丽叶,你们两人都很兴奋。那时我刚认识家兴,他也约了我去。我们三个人化装好了,坐在你家的客厅里等你,你却左等也不来,右等也不来。"

"那次的事真不巧。下午我去骑马,本来以为晚饭前可以赶回家的,谁知我们跑得太远了,回来时又迷了路。我心里急,死命的鞭着可怜的'神宝','神宝'发起火来,乱跑一阵,把我摔下来,扭伤了足踝,痛得我寸步难移,只好由他们抬到小朱家躺下。我打电话回家时,你们已走了,我就索性在朱家宿一宵,第二天回到家,若柏已去上课,而你还在睡。那天晚上累坏了你,一个人跳他们两个。"

"家兴并没有去。"

"是这样的吗?"

"我见你不来,就提议不去了。家兴坐得无聊,走了。若柏等他走了,坚持着我和他去。他是没有任何嗜好,除了跳舞之外。而我别的玩都不会,就对跳舞精。我们跳到半夜。"

"是这样的吗?"那瘦的渐渐把声音缩得很窄,窄得像根箭,刺划着黄昏的空气。瘦长的手指抓着没了茉莉的茶杯,指甲刮划着磁青,发出细微的刺心的声音,落在碎了的黄昏里。

"那次之后,每逢你晚上出去打桥牌,我们就去跳舞。他说家里太闷了,他受不了。"

"是这样的吗?就是去跳跳舞?"

那胖的凝视着廊外的黄昏。枝间的枯叶溶在渐来的灰暗里,地上的枯叶化在渐升的雾色中,池里的枯叶浸在静止的死水里。她的脸在黄昏里轻微地战栗,似乎要反抗渐浓的暮色。"不是这样的,不仅是这样的。"

那瘦的把茶杯紧抱着,紧抱着一个结实的,不会破碎的希望似的。"还有什么,还有什么我不知道的?"

"还有忆若!我们有了忆若。"

然后只听见茶杯砸地的声音,短促的,一个希望坠落的声音,以及小磁片的碎落,像记忆中碎落的小事,分散在长长的三十年的生命里,一切又归于沉寂。微风,轻叹,与压在胸里的狂怒都没有打破沉落的黄昏。黄昏里,似黄昏一般衰老的妇人对坐着,没有体力逞能称强,也没有精力勾心斗角,人生的战争已过,胜负亦已决定,胜利与失败,在黄昏里,也仅是模糊一片,没有笑,泪也少。暮色愈来愈浓了。

那瘦的不自觉地抚摸着宝石指环。那胖的抚摸着净白的手背。

那瘦的说:

"我早就该知道。忆若生下来时,我做干妈,给她取名,叫慧文,可是你叫她忆若。"

那胖的望着廊外的远处,远处来了两个人,隐隐约约。

"我早就该知道,你那样突然的和家兴结婚,而忆若又那样匆匆地来到人间!而家兴又那样对她虐待。我早就该知道!"

他们走得很慢,若柏背已驼,家兴有点臃肿。两人都提着篮,肩上扛着钓杆,想是钓了很多鱼。

瘦的还在说:"我早就该知道,家兴为什么在外面胡闹,而若柏又待我出奇的好。我早就该知道,为什么他对忆若这般亲爱。现在我也明白了,为什么别后,我没有给你信息,而你却知道我们家的一切情形。"

两个人已走到廊外那条小石子路上。不再是隐隐约约,不再是梦。

"而我一直以为他是我的,以为他从不曾沾过一个女人。空空的做了三十年的梦!"

那胖的终于说了:"梦本来是空的。"

那瘦的说:"但是你的不是空梦,你的梦是实在的,你比我好,你比我幸福!"尖尖的声音,穿过沉寂的黄昏,流过廊外的小石路,跌落在归来人的脚旁。两个行人站住了。

"幸福是无法比较的。而且,空梦实梦,也都醒了,真情假意也都过了,儿子女儿,也都远了,只剩下老伴两个,只有这是实在的。"

瘦的站起来,抖落一襟干了死了的茶叶,抖落了怀里干了死了的回忆。

"怎么,你打算走了?"

两个人已来到廊上,背上驮着沉沉暮色。

"若柏,趁天色还没有完全黑,我们还是回去吧。"

"咦,二十五年的话,都讲完啦?"

那瘦的走下石阶,站在若柏身边。那胖的起身送客,和家兴站在一排。

"也可以说讲完了,也可以说没有讲什么。反正有机会,留着慢慢讲好了。"那胖的说,和家兴一起送客人到大门。很快的,大家都消失在骤来的黑夜里。

施叔青:《壁虎》

作家介绍

施叔青(1945——　)本名施淑卿,出生于台湾古老的鹿港小镇,与姊姊施淑、妹妹李昂,结成台湾瞩目的文学队伍。施叔青写作开始甚早,因为不快乐:"我选择了写小说来打发该被打发的日子。像孩子堆积木似的,我把短短的情节聚了又拆,拆了又聚,一直等到最后积起来的比真的建筑更富于梦及惊诧的色彩为止。"①这篇小说就是《壁虎》,后来发表于1965年2月《现代文学》二十三期。施叔青开始创作时,正赶上《现代文学》《文学季刊》分别鼓吹现代主义及现实主义,施叔青回忆这时期的写作技巧:"我试着用象征,那段时间,我真热衷于运用这一种文学上的宝物。"②因之,她的作品取向超现实神秘主义手法,白先勇喻为卡夫卡式的梦魇气氛,小说人物夸大变形趋于怪异,而性与死亡两大主题贯穿她早期小说。③ 施叔青从淡江大学外文系毕业后赴美攻读戏剧,获纽

---

① 施叔青:《拾掇那些日子》,《那些不毛的日子》,台北:洪范书店,1988年版,第31页。

② 施淑:《论施叔青早期小说的禁锢与颠覆意识》,施叔青《微醺彩妆》,台北:麦田出版,1999年版,第264页。

③ 白先勇:《香港传奇》,施叔青《韭菜命的人》,台北:洪范书店,1988年版,第1—8页。

约州立大学硕士学位,曾受教于国剧大师俞大纲,相信戏剧训练也加重了她塑造人物及安排情节的张力。但　直要到1977年施叔青移居香港,开始以"香港的故事"系列,写出一个外来者的香港传奇,才真正结合了文学与戏剧的元素。写多了港人极乐主义"叹世界"的人生哲学,女人们活得世故心眼的小情小怨,蓦然回首,施叔青对自己"过分投入笔下女人,与她们共同呼吸生息的写法感到无比腻烦,决心要与笔下人物保持距离"。不甘局限于女作家题材视角,她更弦易张改以男性观点写出《维多利亚俱乐部》,象征权贵的俱乐部内的贪污案,闹上了法庭,主审法官不是别人,正是日后"香港三部曲"女主角黄得云的后人中英混血的黄威廉,从而揭开了"香港三部曲"的序幕。由以上脉络可知,鹿港、香港是施叔青写作素材很重要的载体。1994年,她离港回台定居,1997年"香港三部曲"第三部《寂寞云园》出版,整整二十年的香港因缘,才真正落幕。

2001年施叔青再次移居纽约曼哈顿小岛,加上中国台湾、香港,三岛鼎立,她不由要感叹:"想来我真是天生的岛民。"2001年春,施叔青在曼哈顿小岛开笔写《行过洛津》,"台湾三部曲"第一部,洛津即鹿港,以小说为清代台湾作传,2003年出版;《风前尘埃》——"台湾三部曲之二",2008年出版。在写作超过四十年之后,施叔青于2008年获颁第十二届"国家文艺奖"。

作品导读

施叔青早年小说最重要的场景不是别处,正是故乡鹿港。鹿港曾经风华鼎盛,是台湾民风人文开发最早的商埠,所谓一府二鹿三艋舺,帆影重重万商云集的台湾三大门户之一。水路码头来往旅人多了,出门在外格外需要庇佑,鹿港名寺天后宫请来福建湄洲妈祖神身,一介"女"神,抚慰了信众身心,穷算命富烧香的民间哲学,在这里得到明证。世道好的时候,大家有出路,一旦衰败,楼起楼塌最是叫人唏嘘,这也成了挑战信仰、道德、命运等的着力点。施叔青生之长之鹿港,多少知道些繁华落尽的小镇故事,故事隐藏着多少幽微情节皱折,每一道皱折究竟埋藏多少禁忌、怨魂、苦妓、疯狂、死亡……悲剧,我们无从得知,但可推论的是,在没有其他人生前,白先勇以小说家的眼光,指出鹿港没落折射出死亡、性、疯癫光束,是构成施叔青的经验世界非常重要元素的说法,应可成立。《约伯的末裔》是施叔青第一本小说集,但白先勇也许说对了,他指出了光天化日之下的正常社会人伦、道德、理性,在施叔青的世界是不存在的特质。[①] 这预言了施叔青的日后。施被评者视为后殖民小说里程碑的"香港三部曲"及迁移文学第一步(南方朔语)的"台湾三部曲"第一部《行过洛津》,都由变奏开始,繁华起伏更成了施叔青小说的主述。施叔青毋宁是幸运的,她的故乡就是她的写作原乡与原初题材,中间岔出去的"香港三部曲",是岛民书写的场景转换。因此,导读施叔青,不妨就从《壁虎》到她目前最新的作品《行过洛津》作为连接。

《壁虎》的主要象征即为壁虎,圆睁斜狠的小眼爬行的卑恶生物,投射人物是名家族闯入者——大嫂。主述者为丧母患肺病在家的十六岁少女,她对大哥有着近似乱伦的情愫。起初这位大嫂还恪守旧规,但终于忍不住豁了出去,当着众人吼叫道:"我要满足,我要官能的快活!"从此夫妻纵欲感官夜夜交欢作乐,如"赤裸的壁虎"。小说套用了"妖孽出

---

① 白先勇:《鹿港神话——〈约伯的末裔〉序》,《蓦然回首》,台北:尔雅,1978 年版,第 13—23 页。

必有伤亡"的传统概念,大嫂进门后,大哥辞了高薪工作,父亲因案入狱,其他哥哥出走,家道就此崩坏。于是少女在目睹哥嫂放浪形骸的裸体睡姿后,如驱邪童女,抓起剪刀掷向"贱恶的所在"。这样的内容与手法其实有点做作与公式化,施叔青那段时期作品用得最多的词汇是黯败、灭杀、怪癖、狂错、衰亡、迷信、畸零……我们不妨摹想当年,施叔青的自白"穿制服的高中女生,被故乡神秘的氛围所魇住的女孩,唯一逃离的方式,就只有借文字来吐诉我的惊吓与愁情"①的生涩气质,而反观《壁虎》里少女无所逃遁于性的毁灭处境,少女思春多么无以自处和苦闷。这是作者的夫子自道,也成为我们讨论施叔青小说里必须用更强烈的内容与文字才能表现的依据。

施叔青的姊姊评论家施淑认为,施叔青早期的小说,《约伯的末裔》、《拾掇那些日子》里的十四篇小说,无疑会被划入没有自己的文学史的女性文学第一发展阶段,即伊兰·修华特所说的模仿男性/主流文学。除了《壁虎》等四篇,表现个人的梦魇与心理风暴,以第一人称的内心独白方式进行外,其他小说注入男性叙述的比例愈来愈重。这样的小说表现有其局限,有着克里斯蒂娃定义的女性书写被边缘化的特质,显示施叔青陷在吕丝·伊希嘉雷(Luce Irigaray)女性话语(Le parler fémme 或 womanspeak)的状态中。伊希嘉雷定义女人间言谈的第一要义就是无法形容言说,它只能自己说,不能以后设方式被说,男人在时就消失。② 由此看来,施叔青的书写策略,必须等到她找到强势的女性角色出现,才有内容形式相接合的可能。"香港三部曲"借一位原本被边缘化的弱势女子黄得云,度过大瘟疫、阴暗娼妓生涯,站上了历史谱

---

① 施叔青:《那些不毛的日子·后记》,第 205—208 页。

② 托莉·莫:《性/文本政治:女性主义文学理论》,王奕婷译,台北:巨流,2005 年版,第 153—180 页。

系,反写香港百年被殖民史。黄得云的成功,绝非偶然。值得一提的是《行过洛津》里施叔青干脆把以前要借男性模仿言说的女性话语,以泉州伶人月小桂的反串旦角双重扮演为发声主轴,真是神来一笔。如此回头来看《壁虎》里的少女面目,难怪要觉得性格不够典型,但《壁虎》的完成不该只放在单篇小说的意义上来看。

当年那个借文字逃离鹿港的少女,多年后,在龙山寺廊下,施叔青与二姊相依看福建梨园剧团唱戏:"我会永远记住她坐在戏亭前的侧脸。"①写下"台湾三部曲"第一部开篇《行过洛津》,逃离的少女中年后又逃回了鹿港。换个角度看,她其实一辈子都没有离开过鹿港,即使她笔下的场景不是鹿港,也是鹿港的折射。

---

① 施叔青:《后记》,《行过洛津》,台北:时报文化,2003 年版,第 351—353 页。

壁 虎

当我还是个少女的时候,我一感到厌闷不遂心时我就想结婚,所以我结束我的少女生活是太早了些,我并不抱憾,为的是人人都告诉过我婚后的日子是另一个奇妙的开始,因之自然也能忘掉被迫记着的以前的许多事,我于是放心地置信着。促成我产生背叛自己的意识去跟一个我并不十分喜欢的男人结婚是缘由他将带我远离,摆脱了少女时代一些磨折心灵神经的苦痛记事。可是而今两年了,我的丈夫并不因为我的执意离乡使他放弃了那份可观的祖产而对我减少爱情。我反而在他过多的抚爱下变得丰腴而美丽,我竟渐渐地因着我的丈夫细致的体贴生活得十分快乐起来,真像是我爱他而作为他的妻子似的,这毕竟是十分可笑的一件事呵!我竟莫名其妙的好笑了。可是两年来秋的这季节,我们阁楼廊下的白壁间,总有三两只或好多只黄斑纹的灰褐壁虎出现。当夜晚我由我的丈夫极其温柔地拥着我走到我们的卧房时,这种卑恶生物总停止他们的爬行,像是缩起头圆睁斜狠的小眼特意对向我。每当这时,我都会突然自心底贱蔑起自己来,我始而感到可耻的颤栗,最后终是被记忆击痛。呵呵!果真我不该选择结婚忘却以前吗?

在西台湾,有时这也是雨季,洒洒落落的雨给人一身湿湿的清爽。哦,那年秋天,我十六岁,一个耽于梦及美的女孩子,轻度的肺痨使我辍学在家,而又正在妈妈丧亡的哀痛中,这情形使爱我的父兄更疼惜我这最小的女儿，也因为这，在我脆弱易感的性格上有了极度病态的夸大倾向。我整日在混杂好几种不同药味的房里哭泣，喋喋和憎恶贫穷与孤单。在这期间里，我竟然夜夜梦着涂擦颜色，油亮亮的僵化面具，一个个围在客厅那面圆石桌上十分呆板的跳着，舞着，我知道这很使我本来轻微的病势加剧，而我也无可如何地任其自然。一直到我刚由省城学成的大哥的归来，我这才又兴高采烈地热爱起生活来。在故乡堆高了的秋日桥岸上，我和我的略嫌青苍的大哥一起索求那只有我们能懂的绝对的美，然后，我把微微发热的额头仰高，由大哥感人的嘴唇深深去思想一些什么。我的愉悦是波形。就这样，我们渡过一个个苇花红染的黄昏。

　　而终于有一天，我必须像个勇士轰轰烈烈地去夺回即将失去的我的大哥及一切，那是一个要变成我的大嫂的女人的介入。我敌意的盯视这粉碎我纯白的爱的人，第一眼我开始怀疑她的美含有多少不纯洁。我记得，那是他们订婚的当晚，哥哥陪同她到音乐厅作初次造访。她的来到停止了这一晚的音乐欣赏，这种少有过的中断很使家人们因突然激动而沉默起来。没有人，甚至我的父亲，对她说些欢迎的话，可是她却满不在乎地摆动她丰满的身体和挥霍她已经狼藉不堪的声名。朝北的弓形白壁的尽头，有三两只怪肥大的黄斑褐壁虎倒悬在墙上，这女人踱到那一角的步姿使我忆起她一如壁虎。她像不太有灵魂，她却爱生命，爱到可耻的地步。她已成就的少妇风情和微有些倦态使我感出她是生活在情欲里。这一晚，她带着不可解释的妖异离开我们家。然而，十分可笑的是我失去大哥的惶恐和对这女人的恼恨竟很快消失了。大哥婚宴场面的豪华以及我们这轩颇具现代风的建筑的落成，这些使我有好几天心里充满亢奋和一种夸耀的迫切需要。

　　当足以造成忙乱的事因都过去之后，我们平稳了下来，由爸爸领头，我们一家恢复昔时的生活方式。大嫂十分自动地加入每个晚间音乐厅内的名曲欣赏。

　　过了两三天，大嫂再也伪装不下去必须静静谛听的那种神情，她鲁莽地猛由她座位中站直身子，神经质地吼叫："我不要这些，我要满足，啊啊！我可要官能的快活呵！我们确是只有爱欲和青春呀！"这时，我们正欣赏名歌剧《浮士德》，大嫂的叫喊使人听不到男高音的演唱。全音乐厅的人涨红着脸，尤其是哥哥们。父亲并不看她一眼，走开了。我皱起眉头凝视她，可怕的是我发觉她的眼睛中炽烧着一种渴求什么似的饥饿。仅止是下一天，我的灵魂向上的幺哥带着忏悔回神学院，他给姐姐的信上这样哭泣着："使我不胜悲哀的是长年使心灵洗净的我竟也逃不出人的低卑的行为力量……"更惊人的是我的誉满门族的二哥教我弹琴的手指冷而且颤，他像沉浮在巨浪大海中，无暇思议自己，却有一层罪恶蒙黯他清朗的眼神。一个有风的日午，爸爸和我在机场挥别了他，只有我知道二哥决意留学且如许仓促离家的真正原因。我感到我的大嫂根本不值得去恨。

　　往后的日子中我更懂些事，也更爱脸红了。每天晚上，当我咳得醒过来时，仅止是走廊对边，大哥房里细碎地传来笑浪，我感到无可比拟的羞辱，一种人的尊严被撕成片片。我再也睡不下去，只有一夜夜的失眠。后来为病情所需，我搬上楼住，发誓永不理那个糟蹋她所不能触摸到一切东西的女人。

　　大哥的迷恋罪恶使爸爸痛心，而他决意辞去待遇丰厚的工作跟大嫂排遣时间的方式震撼我们威望的门族。他们没有精神力量和一切秩序，只有披满酒与情，如同赤裸的壁虎，无耻存活，而在古风的小镇上，就如同我们这轩特样的现代建筑不被容允，我们灭杀了道律传统的价值。我只有整天对着一张张扭曲了的脸，无可逃避地作着回视。我害怕看到大哥紧闭尸灰的嘴唇。呵！我需要妈妈，妈妈伟大的爱心必能唤回过失的哥哥。可是，妈妈离开我们，好久了，我想哭。

就在这时，父亲不幸被卷入一个巨大的案子。事发的当天，两个警察带走了我的年迈的爸爸；冰冷高大的建筑和深秋黄昏的死寂，这氛围使我透不过气。我在全然无助中甚至想到久未曾见的我的大哥了，我要告诉他，我们已经一无所剩，什么也没有了，而父亲，他在警局里。第一次推开房门，我走了进去，空酒瓶，香烟灰，腐朽的霉味，不堪入目的彩色照片，脏布片，衣服构成房内的全貌。我透过濛濛飘尘中看到床上两个睡熟的躯壳。他们斜卧着，大哥细瘦的胳臂紧压在女人敞开的前胸，他的另只手环住她裸着的腰间，模糊不清的谵语在大哥喉间作响。两只怀孕的蜘蛛穿行于女人垂散床沿的发茨。血奔涌上我的脸颊，羞辱使我调开眼睛，我一转身，抓起桌几上的一把剪刀，抛向那贱恶的所在。我在破坏的补偿中冲出房间。

之后，我病了一些时候，经过长久的治疗，竟连我的肺痨也奇迹似的根治了，只是，甚至在我完全好了以后，我还是天天梦着一样的梦。我仰着脸，平躺在长沙发，我看到一张灰色的大网，网内有二十、三十、无数只灰褐斑纹壁虎窜跳着。突然，它们一只只断了腿，尾巴、前肢纷纷由网底落下，洒满我整个的脸、身子，我沉沉地陷下去，陷下去，陷于尸身之中。

以后的两年，幺哥回到镇上的教堂为上帝服务，我也学着信起教来，我们又把嫁出的姊姊接回来住。一个深秋极凉的清晨，父亲斜顶密密的细雨永远回家了。那案子的结果是由父亲两年监牢生活抵消。上帝并没有帮我，这栋楼房，尤其是那个空着的房间，秋天，以及音乐厅壁上的壁虎都必年年翻新的记忆，这已经成为我湿湿的季节性病症。

就这样，我结了婚，可怪的是我竟过着前所不耻的那种生活。我现在只是盼望,盼望着秋天赶快过去,那时,即使是廊下白墙上也不会有嘲笑我的可恶的壁虎了。并且最重要的是,我需要毫无愧怍地去接受我的丈夫的温存呵!

李昂:《花季》

作家介绍

　　李昂(1952——　)本名施淑端,生于鹿港商人之家。李昂有两位作家、学者姊姊——施叔青、施淑。作为家中的幺女,她承接了这样的文风。1965年才初二,李昂开笔写长篇小说《安可的第一封情书》,后投给《文学季刊》未被采用,否则她的写作生涯开始得会更早,及至1968年交出《花季》,一鸣惊人,正式进入文坛。她写作上的表现一直有着当代女作家少见的自觉与自信,开始创作就想"写得像男性作家一样",且"当台湾女作家还在写花花草草美丽事物,恋爱啦、买花啦、家里的猫咪等等时候,我从来不写"①。但这是否反而落入了男性语汇思维的窠臼呢?李昂早期也写感情主题的小说,如"人间世"系列。《人间世》写大学女生的性知识零蛋惊动万方,把个大学男女生的恋情故事写得如此幼稚,让人读之不忍,说具"争议性",算保留的了。施淑就分析说李昂的小说世界光怪陆离,人物荒诞不快的处境,主题则为现代文学中自我

---

　　① 简瑛瑛:《女性、主义、创作——李昂访问录》,《何处是女儿家》,台北:联合文学,1998年版,第213—214页。

与外界的冲突、焦灼、恐惧等支配,这样的题材与姿态,注定阅读者愉快不起来。1983 年,李昂以《杀夫》获《联合报》中篇小说首奖,将她的争议性推向高峰。《杀夫》复制了《春申旧闻》上妇人杀夫的新闻事件,女性如何被逼反,这是女性主义常见的话题了,但李昂的态度渐趋保留,她甚至认为:"去过一个妇女想要过的生活而且觉得幸福就好了。"①就在人们以为男性认同、信仰女性主义的李昂就此慈眉善目了,1997 年李昂推出《北港香炉人人插》,四篇小说主题锁定揭露社会、政治、人性的真实性,影射诽谤的戏码。在一位自认被波及的当事人跳出来"对号入座"后,炮火四射变调秀目不暇接。李昂一边应战,一边"谢谢埋单",让《北港香炉人人插》着实大卖特卖。文学的问题让连续剧洒狗血、新闻情节覆盖,如此演练,明眼人看门道都知道李昂小说从来不以文采取胜,是以发掘问题见长,②这回文坛政坛热闹滚滚看得人眼花缭乱,要止乱必须有更高的救赎。果然,2000 年,李昂推出《自传の小说》,以早年女性政治人物谢雪红为蓝本,这才终于回到她写作的初衷:女性主义文学并非只探讨"女性"而不探讨"人性"。③

作品导读

李昂十六岁高一那年写出了首篇正式发表的小说《花季》,并获选同年《书评书目》"年度小说选"。《花季》写小镇女学生翻阅王子公主圣诞树下"寻到永恒的幸福"的画页,于是兴起逃课去找自己的圣诞树的

---

① 简瑛瑛:《女性、主义、创作——李昂访问录》,第 225 页。

② 施淑:《文字迷宫——评李昂〈花季〉》,《两岸文学论集》,台北:新地,1997 年版,第 190—120 页。

③ 李昂:《我的创作观》,《暗夜》,台北:时报文化,1985 年版,第 186 页。

念头,而与花匠反写演绎了王子与公主的童话故事。受现代主义影响,李昂对内心思索与探寻充满好奇,进而也促发了她性别意识的自觉与早发:

> 我的初高中都是在彰化女中,那是一个极端压抑女性性别的,非常清教徒的学校。……女性主义理论所讲的受压抑的"另一个自我",我从来没有认同,所以也从未被压抑。①

如果用《花季》诠释李昂少女时期萌发的女性意识,买树之途两人独处的过程,女生对花匠的暧昧拟想,逼出无以名之的张力。女学生被带往一个安危难判悬宕境地,竟是自己一手促成,甚至她有机会离开,却举棋不定。路上她与学校几步之遥,但逃课的她由外远望学校,顿时又站在一个清醒的位置,以一个迥异于前的角度去想象,十六岁的李昂发出了对女老师的嘲弄:

> 新婚不久的国文老师不知又要以怎样轻柔的声音来讲课了,那真可笑,为什么一个女人一结婚就变得像一块软糖一样,还处处要显露出她不胜负荷的新受到的甜蜜。②

女学生兴味地玩着"完全主动的游戏"(《五十七年短篇小说选》)。说她是不知前景艰险的"小红帽"之三八版,③还真若合符节。端看三八

---

① 简瑛瑛:《女性、主义、创作——李昂访问录》,第213—214页。
② 李昂:《花季》,隐地编《五十七年短篇小说选》,台北:书评书目,1968年版,第220页。
③ 在这篇自访自己的记录中,李昂自曝"三八"是她的口头禅,见施淑端:《新纳蕤思解说——李昂的自剖与自省/施淑端亲访李昂》,李昂:《暗夜》,第161页。

女学生在学校门口没见到熟人,反应居然是"有着莫名的不安和高兴",说她天真,一步步将捉迷藏游戏推到危险边缘的始作俑者竟是女学生。得等到全身而退,让人松了一口气,才仿佛感觉这趟冒险之旅似完成又好像未完成,连女学生都懒懒地提不起劲:

> 一切竟是这样的无趣,什么也没有发生。但我是否真正渴望发生一些什么,我自己也不清楚。(《花季》)

未竟的旅程必须完成,李昂对性/身体政治的着墨,才要开始。对应法国女性主义大师西苏(Hélène Cixous)的"妇女们只有身体"论点,法国激进派女性主义的回应是:"女性作品由身体开始,我们性别上的差异也正是我们写作的泉源所在。"[1]"更多的身体,更多的写作。"[2]此乃西苏论述的基石,李昂拿来双重演练,跨越女作家的性别限制,走出一条奉行不讳的女性身体书写,高举"写作的泉源所在"旗帜。她笔下的《暗夜》《迷园》《北港香炉人人插》《自传の小说》中,游走情欲、政治议题的角色其来有自,原型人物不是别人,正是这位高中女生。

李昂得到《联合报》中篇小说大奖的《杀夫》,故事里陈江水以食物操控从来像吃不饱的林市,换取性的需索无度。而《迷园》则写出身鹿港世家的朱影红,在极梦菡园度过少女岁月,菡园日后颓败荒废,朱影红欲修葺父祖辈当年貌样(重返童女之身?),因而结识土地开发商林西庚。千不该万不该爱上这位台北出了名的花花公子,朱影红与林西庚

---

[1] 伊兰·修华特:《走过荒野中的女性主义批评》,张小虹译,《中外文学》第十四卷第十期(1986年3月),第77—114页。

[2] 埃莱娜·西苏:《美杜莎的笑声》(*The Laugh of the Medusa*),黄晓红译,顾燕翎、郑至慧主编《女性主义经典》,台北:女书文化出版社,1999年版,第94页。

极尽男女周旋之能事,看来真眼熟,小红帽寻寻觅觅要找圣诞树,不也正是一段"迷园"?若说朱影红与林西庚的性交易,是《杀夫》的知识分子都市版,那么《花季》的高中女生就是菡园没长大的朱影红与校园版。李昂笔下的角色常是些任性不道德的女子,《花季》的女学生、《暗夜》的李琳、《迷园》的朱影红……都有这样的型款,但这些女子又有些天真,否则朱影红不会爱上花花公子又性无能的林西庚,李琳不会爱上丈夫的朋友。这未尝不可理解为李昂的本质,她不止一次表示最不能容忍虚假与伪善。说到不道德,她认为那些指责她的人才不道德:"现今指责我的人,将成为明日台湾文化进步的丑角。"①这是天真了。无论如何,十六岁的李昂写出了高一女生的思春骚动,这才是人们要钦佩的。

---

① 李昂:《我的创作观》,《暗夜》,第 181—184 页。

花　季

　　那是在我逝去的光耀的青春里所发生的一件小事。

　　那时候，我还很年轻，年轻该是一个美妙的花季，可是我拥有的仅是从小书店买到的几册翻译小说，和我在梦中出现的白马王子。

　　事情发生得很简单，还有些无趣。临近圣诞节的十二月某一天，那早晨几乎可以说是这个月份里最光耀的，亮丽的阳光轻柔地成串洒下来，空气清冷而干燥。起床后，我留在后院，为察觉阳光是怎样地唤起沉睡中的景物而心中充满感动。

　　冬天迟升的太阳已照满院子，我该去上学了，可是那种感动是这般深深地震撼了我。我想，怀着如此细楚的情致去枯坐在教室里是十分可怕和不值得的，为什么我不给自己一个假期？爸爸和妈妈都到工厂了，没有人会知道我是否去上课的。

　　我再在院中待了一会，阳光暖暖地爬在背上，透过薄毛衣细细地抚着我，我在全然的舒弛下轻轻地旋转起来。在想象中，这时候总该会有一双美丽的黑眼睛在树丛中或花堆里细细地打量着我，那眼光是阴郁的，略带嘲讽的。我更加快速地旋转起来，可是那对黑眼睛始终没有出现。

　　枯坐在太阳下终是有些无聊的，我到屋中拿了一册画本，漫无目的地翻着，里面的人物一个个像在阳光下的细小尘土不着边际地飞闪过，翻到最后一页，在一棵很大的圣诞树下，王子同公主拉着手愉快地微笑

着,画旁有几小行字:

> "风吹动树上饰着的风铃,
>
> 王子和公主在十二月的圣诞里。
>
> 追寻到他们永恒的幸福。"

圣诞节啊! 我轻声说,感到有泪水爬上眼眶。我虽不能像他们一样过圣诞节,但我可以有一棵圣诞树,一棵属于我的,我可以用金铃子来装饰的圣诞树。

我投身在市场,穿过涌杂的人群,跨过地上摆着的蔬果,在一角找着一个卖花的花匠。

我要一棵树,差不多有二三尺高的。

什么样的树?

什么都可以,只要是有许多叶子的。

好的。

一个高大的女人突然一把抓住花匠,急促地说一些什么,就挤没入人潮了。我只能看到女人一双长着青筋的,像寺庙里盘着龙的柱子的腿,但不一会也就闪逝在肥瘦不同的脚群里了。

我站着,从早晨我没去上课到现在,一切都是如此得可笑。逃学,公主与王子,莫名离去的花匠,我四周的鲜花,鲜花外涌嚷的人群,一切一切都进行得十分古怪而滑稽,仿佛所有的秩序都给专爱恶作剧的精灵给扰乱了。

花匠再回来,手里还推着一部脚踏车。

上去。他说,语气粗率。

到哪儿? 我问。

去拿小树。

哦,这个莫名其妙的花匠。

你的花不会给人偷走吗?

不会的。答话中有明显的不耐。

我坐上车子的后座。好了,我说。

他开始踩动车子,安稳,缓慢,仿佛载着的不是向他买花的顾客,而是他女儿一类的东西。

我戏弄似的向四周的人微笑,熟识我的人会怎样地张大他们镶着金牙的嘴呵!我继续微笑着,可是在车子出了喧扰的人群时,我的微笑已纯属是装出来的,我竟然没能遇着一个熟人,一个能够引起任何骚动的熟人,我失望地将微笑按回嘴角。

车子滑过平坦的柏油路,渐向郊区行进,我仰着头,让十二月的寒风吹拂着我的额头,扬起我的发丝。我自觉这是一个美妙的姿势,而总该有一只美丽的黑眼睛在远处深深地凝望着我的,我坠入我为自己编的黑眼睛的故事里。

你的园子在哪儿?四周已经很少行人,路旁开始出现几区一人多高的甘蔗园,我才惊醒,有些惊慌地这样问。

前面不远的地方。是花匠的回答。

快到了吧!

快到了。

花匠平稳的调子并不能给我任何安全感,再加上四周荒凉的景物,使我想起可能发生的一件事。他会停下车子,转过装满诡笑的脸,一把抓住我,带我入那绵密的甘蔗园,他的被阳光晒成棕色的,还含着泥的手会掀开我的衣服,抚着我洁细的身子。一阵厌恶涌上,我转动一下坐姿,仿佛这样就可避免。

我必须要做一些什么,我向自己说,否则我将成为牺牲品了。我还这么年轻,属于我的花季不该太早枯萎的。

迎面来了一个挑着两个箩筐的农人。第一个快速来到我脑中的念头是我跳下来,不管将有怎样的伤害,再尽速奔向那个救命的农人。我犹豫了一下,我是多不愿摔痛呵。就在这短短的时间内,车子又向前滚动了一些,农人离我已有相当的距离了,我只有作罢。

我决定还是坐在车子上,静静地等候可能发生的事。如果花匠真有什么举动,我可以跑。在学校里,我是一名快跑健将,我不相信我会输给那么一个已近残年的男人。

我安心地坐着,开始构想一幕好戏。花匠再也跑不动了,我还能快速地奔跑,像一个矫健的山林女神,一面还回过头来嘲笑她的爱慕者。在这个时候,花匠该有怎样的一张脸孔呵!那必是为情欲激荡而扭曲了的,我这样想。

还远吗? 我嘲弄地拉着嗓子问。

不远了。花匠微转过头来,安抚地笑了一笑。

我可以看到他被太阳晒成黝黑的侧脸上高峙的勾鼻子和因脸颊下陷而拉下的薄唇的嘴角,他的额头高洁,上有深刻的皱纹,眼睛埋在还算黑的眉下,映着太阳,似乎还闪着光。在这张脸上我读不出情欲,有的只是已经断欲的老年人脸上才能有的那种黝黑的厉害。我微有些失望。

车子猛一颤动,花匠快速地回转过头,我觉得车子似是撞上什么东西。我机警地跳下来。

真太不小心了。花匠喃喃地说。弯低着身子尝试将撞歪的把手扳正。我站在一旁。先前那种好玩的感觉又回来了。真可笑,我同一个陌生的男人来到一个我很少到的地方,还站在一旁看修理车子,这倒像是法国电影里出游的情侣。

算了,我想回家,我几乎要这样说,但也许是花匠安沉的脸给了我新的保障,也许是基于某一种原因,我只在路上来来回回地绕圈子。

你再上来吧。花匠说,一脚跨上修好的车子。

我坐上后座。好了,我说。

在稍稍松弛下,我的想象力又恢复了。我想着花匠也许以前是读书人(他的前额给我一种知识的肯定),不幸却有一个不贞的妻子,后来他的妻子和人私奔了,花匠在受到重大的打击下开始依种花来谋生。我现在要到的必是开着细心栽种的各种花朵的园圃,在中央,有一幢白色的小屋子,四周爬满常春藤,还有一个在傍晚会有冉冉炊烟的小烟囱。

为了要证实我的想法,我侧转过头望了花匠一眼,可是在他平坦的背部上,我根本无法做任何确定的猜测。

我又想,他也许只是一个像他现在一样的花匠,而且很可能是一个心理不正常的家伙。一个人的外貌和他的举动往往是有很大差别的,我以前曾听说过这样的一个故事,一个为人所敬仰的老人却污辱了一个小学生。

车子吱的叫了一声,突然煞住了。我还没有完全放松的警觉使我很快地跳下来。我做出要起跑的姿势,我必须在最开始就取得优势,否则我将迷失在这一片海洋般的甘蔗园里。

花匠下车,缓缓地转过身子。就要来了,我对自己说,并退后一步。我的腿微微有些发抖,我怀疑我是否能够奔跑,但我的心中充溢着一种说不出的新奇和兴奋。这就要开始一个竞赛了,不是平稳的无聊,而是刺激的,异于平常那种只能坐着等唯一的电影院换片的空漠生活。

我们要抄捷径。花匠说,拉着车子率先进入一条不很明显的小路。

　　我可以感觉到我的心在缓慢地、冷淡地跳动,随在他身后,我怠惰地拖动脚步,身子虚晃晃的。

　　小路愈来愈狭窄,经常要拨开倾向路间的甘蔗才能通过。枯黄了的叶子条条垂在已经肥熟的棕红色的蔗杆上,风一吹,就发出沙沙的哑叫声。在这阳光无法透穿的蔗园里,到处尽是枯残了的生命和红棕色蔗杆在薄光下所造成的邪意,我想起地藏王庙里神像的脸,不觉打了一个冷颤。

　　刚刚由绝望引起的无所谓已由新的恐惧取代,我和花匠保持五六步的距离,准备随时转身逃跑。以往阅读过的神怪故事经由蔗园和对花匠的恐惧齐涌到我的脑中,以致走在几步前的花匠在太阳下逐渐消失他的形体而变成一只棕红毛色的兔子。

　　我努力想驱除这些怪异的幻象,但并不很成功,直到我们走完蔗园,爬上一个小小的土丘,我才甩开那一片棕红色——带着毛和血的。

　　土质松而细,踩上去会再滑下来,我困难地一步步向上爬。太阳晒得我的脸孔发热,蒸发的土丘更加的虚浮和散漫。我感到无助。四周没有任何可依附的,没有植物,更没有绿色,天是清静的蓝,蓝得没有一丝云,起不了一丝风,身后是枯黄和棕红的蔗园,周围则是一大片灰色的沙土。我渴想一只扶助的手,不管是谁的,只要能帮助我逃离这个陷阱。而花匠困难地推着车子的身影却使我开不得口。

　　我终于到达土丘上,相当猛烈且冰冷的风吹着我发汗的脸,寒冷再带来恐惧,我离花匠远远地坐下来休息。在这儿,我惊奇地发现我就读的学校的楼角在不远的树丛里随着风摇动树木而忽隐忽现。我抬起腕表,十点还不到,她们在上第二堂课。今天第二堂是国文,新婚不久的国文老师不知又要以怎样轻柔的声音来讲课了,那真可笑,为什么一个女人一结婚就变得像一块软糖一样,还处处要显露出她不胜负荷的新受到的甜蜜。

我们下去吧! 花匠站起来,说。

我站好双脚,轻轻地向前一滑,土粒的滑脱力相当大,使我几乎要跌倒,我只有一脚跳一脚地向下跑。

实在不该走这条路的,不过快些,可以不必绕圈子。花匠喃喃地说,拉好自行车。

上去。他说。

我坐好。我们就又向前行进。两旁已不见甘蔗园,出现的是漠漠的水田。已经全拔完的茭白只剩下几根枯枝仁留在水中,这些枯萎的植物我十分熟悉,如果猜得不错,这条路该可以通达我就读的学校。转过那个小小的土地庙,就可以看到学校的楼角。

她们还在上课。如果我也坐在教室,该是又去计算国文老师的肚子又大了多少,是否她在婚前就已怀孕。怀孕这个词汇一下子闪过我的脑子,如果我亦这样? 到那个时候,我该怎么办? 像书中失身的女主角终日忧郁,自杀? 去堕胎? 不会的,我向自己摇头,我可以跑得很快,何况离学校并不十分远。

学校的水塔已可望见。另一个新的疑惧升上,假如在校门口不幸遇着一个任课老师,那我将作何解释? 不过那也许是好的,我将可以从这个我已不能完全决定、完全主动的游戏中抽出身子。

校门口并没有人,我有着莫名的不安和高兴。在我尚未决定做些什么,校门又远远地被抛在身后了。

到底还有多远? 再走一段路,我有些辛苦地问。

就在前面不远的转角。花匠依然平稳地说。

车子逐渐接近一大片墓地,累累的坟茔像成熟的丰盛果实。阳光下,墓碑闪着奇特的白光刺痛着我的眼睛。为什么我不曾考虑到这个呵！他可能在利用完我后将我扼死，再抛到这荒塚里，没有人会知道的。我觉得冷，动了一下，几乎一脚就要跳下来。

前面转弯就到了。花匠说，似乎觉察到我的不安。

转弯，墓地就在我的右后方了，我觉得好过一些。花匠下车，推开一扇竹子编的门。

就在这儿，进来看看。

一个不很大的园子，种了几排绿绿的植物，我大多叫不出它们的名字，整个园子只有几株菜花瘦弱地独自开放。我难过得想要哭出来。沿途上我一直希望是开满暖色花朵的小园圃呵！虽然现在已临近圣诞，已是冬天。

花匠指给我几棵小树，它们是瘦小的，而且不适合用来装饰。看着看着，我一直都不满意。

在那一边我还种有一些，去看看吧。

好的。我说。随着他身后走入另一个小型的园子，在这里，我又看到远方散落的几个坟茔，不祥笼上。我才注意到这个园子十分的封闭，四周被一些有刺的像仙人掌的植物团团地围着，唯一的出口是刚才进来的那个小门，我环顾一下，想找出什么可逃避的地方。最后，在一端的墙角我看到斜倚着的一把锄头。我装着是去看那儿的一棵树，慢慢地，不着痕迹地走去。

这儿的几棵也不错。花匠说，随在我身后。

我想尽快离开这个地方，就随手指了一棵小树，花匠低下身子去挖掘。我退到伸手可握到锄头的地方，站住，恐惧和好玩的心情又涌上，我幻想着将有的一场战斗。

花匠突然站直身子，我握紧锄头的柄，向前拉了一些，可是花匠毫不知觉地只伸了伸腰就去伏下身子。锄头从我手中滑落，撞上身后的植物,发出并不很大的声响。

　　好了。他说。将掘起的树包好,走向园门,我跟在他身后走了出来。

　　出了竹子编的小门,我回到大路,走几步,一转弯,坟茔就又可看见了。我提着小树拔腿就跑,直到离坟地远远的才站住喘着气。

　　一切竟是这样的无趣,什么也没有发生,但我是否真正渴望发生一些什么,我自己也不清楚。想着还要走那么长的一段路,拉着小树,我懒懒地拖着脚,一步慢似一步。

陈若曦:《查户口》

作家介绍

　　陈若曦(陈秀美,1938—),1957年进入台湾大学外文系,受叶庆炳与夏济安启蒙,处女作《周末》即刊于夏济安主编的《文学杂志》(1957.11),之后发表《钦之舅舅》(1958.4)、《灰眼黑猫》(1959.3)等。随着《文学杂志》在1960年8月停刊及1960年与白先勇、王文兴等同班同学创办《现代文学》,之后陈若曦的《巴里的旅程》(1960.5)、《收魂》(1960.7)等小说皆发表在《现代文学》。大学时期的作品显示了她对旧式农村风土人情的同情和关注,夏志清即言《现代文学》标榜"现代",然陈若曦小说"不论题材、写作技巧,一点也不'现代'。倒同五四、三十年的传统拉得上关系。"[①]这个阶段的写作于1962年赴美留学后暂告结束。

　　1966年秋"文革"初始,这位木匠之女,向往社会主义氛围,由美申请回归中国,不仅亲领"文革"洗礼,并在1968年时为求自保,撕掉了欧阳子、白先勇、王文兴、李欧梵等《现代文学》成员的照片冲入马桶,向

---

　　① 夏志清:《陈若曦的小说》,《联合报》,1976年4月14日。

《现代文学》时代告别。① 在红色中国做了一场梦，1973 年申请出国获准，暂留香港等待重返西方期间，陈若曦停笔十年后复出，首写大陆逆旅记忆系列《尹县长》载于《明报月刊》（1974 年 9 月号）。之后《耿尔在北京》《晶晶的生日》等陆续发表，其针对"文革"中人性的抒发之作，撼动华文文坛，再度唤起读者对她的记忆，从而开启其创作生涯的另一阶段。日后其系列小说结集《尹县长》出书，英文版 *The Execution of Mayor Yin and Other Stories from the Great Proletarian Cultural Revolution* 1978 年出版，备受东西方瞩目，此书被视为陈若曦创作/人生重要的分水岭与戳记。这段经验创作包括长篇小说《归》、散文《"文革"杂忆》等。1989 年创组海外华文女作家协会，并当选首任会长。创作以来，无论早期乡土题材、中期大陆经验以及八十年代后描写美国华人社会作品，陈若曦一贯坚持写实主义风格。1995 年返台定居，2008 年出版自传《坚持·无悔——陈若曦七十自述》。

作品导读

被誉为"西方妇女解放圣经"的西蒙·波娃（Simone de Beauvoir）的《第二性》（*The Second Sex*）中译本 1986 年首次引入中国，堪称西方女性主义在中国的着陆年，②"第二性"始为一个在中国语境中能被理解的词汇。《查户口》并非小说集《尹县长》中最具议题性的作品，但对女性地位却饶富观察空间。与朴实直述归国学人婚姻无着的《耿尔在北京》、天真幼儿喊反动口号入了档的《晶晶的生日》相比，《查户口》除了

---

① 陈若曦：《照片》，《"文革"杂忆》，台北：洪范书店，1978 年版，第 7 页。

② 刘悠扬：《女性主义在中国》，载《深圳商报》，2007 年 10 月 22 日。

政治还涉及了食色性的面相。

关于"食"在中国，夏志清点出陈若曦小说透露了她看到的大陆"吃非常重要"、"只有吃还比较实惠"现象，①吃是低落的知识分子最后的寄托，耿尔的海外老友访华吃饭叙旧后：

> 夜深了，他起身告辞，老同学依依不舍地直送到大门口，还用英语说："老友，你再想想看，还有我能替你办的事没有？"
>
> 他真想了想后，笑了，"有的，你们常常回来观光，我好跟你们走走高级馆子，这对我也是莫大的享受了。"②

《查户口》里的女主人公彭玉莲对吃也别有寓意："我的原则是买得到就吃，存到肚子里保险，不像人家把钱存到银行里。"③食之外，夏志清亦提到彭玉莲是《尹县长》中生活最不正派、唯一我行我素、利用女性身体交换利益的"妖精"，④这就点出《查户口》的特别之处。《查户口》的彭玉莲菜农家庭出身根正苗红，丈夫冷子宣是才子型南京大学副教授，"百家争鸣"运动中攻击党的文教措施成了劳改常客，是沉默寡言典型的书呆子。相反的，彭玉莲活泼热情，一径"雪白整齐的牙齿"、"水汪汪的眼睛"、"曲线突出"、"种种风情"，是众人口中的"破鞋"。夫妻俩知识程度、年龄极不匹配。都什么时代了，彭玉莲活脱是偷汉子的现代"潘金莲"，居民委员会决定捉奸公审，借着查户口的名义上门搜人，攻防数回合，仍没有拿到人证。成为邻里公敌的彭玉莲，没事人般来去自由，

---

① 夏志清：《陈若曦的小说》，《联合报》，1976 年 4 月 15 日。

② 陈若曦：《耿尔在北京》，《尹县长》，台北：远景出版社，1976 年版，第 134 页。

③ 陈若曦：《查户口》，《尹县长》，第 73—74 页。

④ 夏志清：《陈若曦的小说》，《联合报》，1976 年 4 月 15 日。

学校建议冷子宣提离婚,偏偏他毫无表情:"如果彭玉莲要离婚,我随时答应,我自己绝不提出。"①陈若曦解释问题不在离不离婚,是什么呢?"冷子宣是个硬骨头,硬骨头的人有时迫得只好采取沉默作武器。"②吊诡的是,书出后有读者的感想是:"这对夫妇爱情真伟大呀! 女的为了让男的不去劳动,竟演红杏出墙,男的为了避掉劳改,也忍痛带上绿帽子。"无论我们对"文革"题材接受度如何,陈若曦在《尹县长》里运起"京腔"说"文革",开创个人"引号文学"体例,③见诸此阶段作品。《尹县长》题材择捡老到,文字语言叙述朴素简洁,创作演变过程与早期小说反差极大,我以为正因为陈若曦写出了很不一样的人性诠释与女性角色,这未尝不是她的书写解放。

---

① 　陈若曦:《查户口》,《尹县长》,第33页。
② 　陈若曦:《写在〈尹县长〉出版后》,载《联合报》,1976年3月30日。
③ 　《尹县长》出书后,陈若曦撰文响应读者,自陈小说:"为了存真,很多字眼就加了引号,当然,引号多了读者也许觉得突兀……我对朋友说,自己对文学一向没有贡献,要有,便是首创这'引号文学'了。"见《写在〈尹县长〉出版后》。

查户口

我跟彭玉莲并不熟。虽然是紧邻——我卧房的窗户便对着她家的窗户和大门——但因为工作单位不同，一向没有什么交谈的机会。早晚上下班时，偶然撞见，她总是热情地咧嘴一笑，露出一口雪白齐整的牙齿，水汪汪的眼睛滴溜溜送过来，叫人不由得跟着她的眼波打转，忍不住也笑脸相迎。宿舍里的老太太们背后叫她妖精，大概是嫌她这双眼睛生得太迷人。

在我们女人眼中，彭玉莲并非什么美人。她个子生得很矮小，不过善于保护，注重穿着，身材总显得很匀称；胸部的曲线特别突出，这可就引人注目了。她的头发一向找鼓楼的一家大理发店修剪吹风，一样的短发齐耳，但她的总是蓬松有致，显得与众不同，女孩子们都管那叫海派头。皮肤黑黑的，鼻子微塌，一张大脸像圆盘，与她矮小的身材不相称；然而一双眼睛却生得又大又亮，且富于表情，顾盼之间，似有种种风情，男人瞧着，不免魂不守舍，很多女人自然又嫉又恨。

我第一次同她打交道，还是在搬进宿舍以后一个冬天的早上。那天，我俩恰巧同时推着自行车出门，车上都挂了菜篮。她向我道早，我回答了她的招呼后，就一块儿跨上车，往菜场去。夜里刚下过雪，天气冷得很，我把自己裹得厚厚的，棉袄、棉裤、棉鞋外，还罩上毛大衣和风雪帽，浑身臃肿不堪，跨上自行车时颇费了一把劲。可是彭玉莲却只穿着一双上海出品的紫红呢鸭舌便鞋，一袭花绸面的丝绵袄裹在身上，还能露出腰身来,紫红的毛线帽子,配了黑手套,映着满地的白雪,越发艳丽得夺人眼目。

敢穿得这么色彩鲜明,我心里想,胆子不小呀!

瞧着鼻孔冒出的气都凝成了雾,我说:"没想到南京的冬天会这么冷!"

"我从来不喜欢南京,"她直言不讳地说,"冬天冷得要死,夏天又热得叫人不想活了。还是上海的气候好,身体强的人冬天一件厚毛衣也挺得过。"

听那夸张口气,我猜想她是上海人。上海人总有那么一份莫名其妙的优越感,直到今日,共产党也无法把它改造掉。

"真是促狭鬼!"她突然骂了起来,脚下狠狠地蹬着自行车的脚踏板。"选下雪的夜来查户口! 昨晚也查了你家吧?"

"是。"

想起夜里从温暖的被窝里爬出来,接受盘问,等重上床时,手脚被窝一片冰冷的情景,我忍不住打个寒噤。

"每次查户口都有我家,真是他妈的!"

第一次听到女人用三字经,我吓了一跳,一时难为情地低了头,不敢瞧她。

要说查户口,我也有一肚子牢骚。普查户口时,家家都查,倒也无话可说;有时却是抽查,一栋宿舍大楼往往只查几家。大家都说:"有问题的人家是每次必查的。"我家便是每次必查。心里尽管不服气,我可是连大气都不敢哼一声。

"昨天不知为什么又抽查起户口,"我搭讪地说。

"左不过吃饱饭没事做罢了。"她说完后冷笑了一声。"听我们钟表厂的人说,就为尼克松马上要来北京,各地都采取保安措施,大概这就保到我们这些人头上来了。"

说到这里，我们已骑到了菜市场。因为人群杂沓，我们也无心说话，彼此就分手，各自排队买菜去。

这以后，特别注意到她还是因为她丈夫冷子宣的缘故。他们夫妇给我一种不相称的感觉。首先，两人的年纪好像差了一大把，彭玉莲虽然跨进了中年，但神情、打扮总像抓着青春的时光不放，不像她丈夫暮气沉沉。冷子宣据说五十岁还不到，头发已半白了，两穴秃秃的，前额宽得像平原，一脸的皱纹不亚于刚犁过的田畦。他尤其近视得厉害，虽然架了近视眼镜，注视事物时，还得奔拉了头，弄得弓背哈腰似的。同他太太相反，他脸上难得见到笑容，沉默寡言的，同我们这些邻居都不打招呼。看他这一脸呆滞失神的表情，我总怀疑他有什么解不开的结扣在心头。有一个夏天的傍晚，我在窗口瞥见他背靠着自家的大门，呆呆地瞧着天空，嘴巴半张着，整个人像块化石一般。一直到他女儿出来喊他吃饭，一再地拽他的衣角，他才像梦中醒来似的，眼光落下地来。进门时，他还伸出手扯拉着眼镜角，惶惑地瞪女儿一眼。

这简直是个老头子嘛！我当时忍不住替彭玉莲叹口气。

不过，我刚搬进宿舍的头一年里，却也没见过冷子宣几回，原因是他长年在外面劳动。

记得刚搬进宿舍那天，我的系党委书记特地跑来向我介绍邻居的政治面貌，也提到冷子宣，一再说他是"老右派"。以后，偶尔也听到同事们喊他"老运动员"，因为几次政治运动都搞到他头上。他不但在"清理阶级队伍"中被关了一年多，连最近的"一打三反"运动也出了纰漏。后一场祸更是闯得莫名其妙。不知是哪个教员在一张废纸上写了"中国共产党"几个字，这冷子宣却在它们下面添了"的狗"两个字。纸团偏被人从废纸篓捡了出来交上去，于是新账加旧账，翻了一番，免不了总是劳动改造。这样,一个副教授便成了五七干校的"劳动常委",经年不着家门了。

　　我真正对彭玉莲感兴趣还是一九七二年夏天的事。有一个晚上,系里的周敏来找我,要我去居民委员家开会。周敏不但与我同事,也与我住同一栋宿舍。我喜欢她性情温厚,彼此常有往来。

　　"又开什么会呀,小周?"我问她,"还搞计划生育,我可不去啦,已经开了多少次会,填了几回表了!"

　　"不是,不是,"周敏说着,吃吃笑起来,"这回是潘金莲的事。"

　　"潘金莲?"

　　"就是你的贵邻彭玉莲呀!"

　　她指指我的卧房窗户,接着连连催我:"走吧,到居委会你就知道了。"

　　居委会就设在另一栋楼的常木匠家。常太太不做事,一直就当主任委员,每次妇女一开会,就把常木匠轰出去。这一晚,我们到达时,屋里已坐满妇女。我放眼一瞧,冷家的左邻右舍全到齐了,街道委员全出席,连老态龙钟的郭奶奶、施奶奶也来了,正七嘴八舌,说得好不热闹。我和周敏找了个床角坐下来。细听了一阵,我才明白,是商量着怎么监视彭玉莲,大家怀疑她有外遇了。

　　"这……到底有证据没有?"我侧过头,问旁边的周敏。

　　"证据?"

　　坐在我前面的施奶奶想是听见了,转过头来,颇为诧异地冲着我说开了:"有的是证据! 都被人瞧见几回了。有一回还是我亲眼见的呢! 一大早,一个男的从她家后门溜出来……呸,什么好东西! 还有一次是三更半夜,有人瞧见有个黑影推门进去,鬼鬼祟祟的,能有正经事吗? 真够不要脸了,也不想想女儿都十岁了!"

怪不得施奶奶骂人，这老太太年轻就守寡了，一手抚养大两个儿子，后来一个参军，一个入了党，她在我们宿舍里也算得上个德高望重的人物，眼睛里自然看不得一点邪。

"是不要脸！"七十高龄的郭奶奶也骂开了，"男人在下面劳动，她这里放胆偷汉子！怎么能带好自己的女儿？我每瞧见她那妖怪打扮就作呕！"

"可不，"周敏也加进来批评，"这奇装异服被群众批判几次了，真是屡教不改！"

"不但不改，还嚣张得很呢！"施奶奶兴致勃勃地接下去说。"记得去年夏天吧？她穿一件粉红的绸衬衫，衫子既薄又透明，她又把个奶子绷得高高的，走起路来一摇一颤的，在大院子里招摇过市。阎奶奶说了她两句，反而被她抢白了一顿，说什么：'你想要大奶子叫男人多咬几口就得了！'你听！当场把个阎奶奶臊得满脸通红，几乎哭着回去！"

"常主任不是也去批评过她的服装吗？"彭玉莲右边的邻居乘机出来揭发了，"她当面不敢顶撞，等主任后脚一跨出去，她就在屋里嚷起来了：男人还没有死，先要我作寡妇打扮呀！"

常主任一听，气呼呼地说："再不整整她，我们宿舍的风气都要败坏干净了！年轻姑娘要是跟她学，不就糟了？"

说完，主任拍拍手掌，集中了大家的注意力后，会就开始。

"文老师"——没想到主任第一个找到我头上来——"你住她对门，看到什么破绽没有？"

"破绽？没有注意……"

因为出乎意料，又当着大庭广众，我竟口齿不灵起来。

"今天请你来，就是一起商量怎么捉她一回。"主任说，"你的窗口正好对着她的大门和窗口，里面有什么动静，听得见，又看得清楚，前门这一关就靠你了。"

我不敢答应，推辞又不足，正在左右为难，周敏用指头戳戳我的背，我只好硬着头皮承应下来。

"好了！"主任提高了声音，满意地环视着大家，"前面这一关解决了，后面就由施奶奶等几家把守。现在接下去商量具体的步骤吧。"

"我说呀，"郭奶奶虽然年纪一大把，但开会总是踊跃发言，"一发现有男人进去，我们得到院里保卫科找人来抄她家，当场捉她一回，开个批斗大会狠狠斗她才好！"

大家都异口同声地赞成。突然周敏说："她要是硬不开门呢？"

"对呀，"主任也踌躇了，"得找个借口进去才行。"

"查户口！"不知是谁先叫了出来。

"好呀！"好几个人拍手附和。

"说查户口，哪个敢不开门？"

于是定下了步骤，谁家发现有男人进去彭玉莲家，得立刻报告居民委员会。居委会接着布置前后门的钉梢，然后打电话找学校里的保卫科，纠集人来捉奸。

本来会到此也就完了，然而彭玉莲是个热门人物，一提起便放不下，个个似乎忘却了一天的疲劳，唯恐漏了任何新闻，莫不拉长了脖子，歪着脑袋听。我本来对彭玉莲的事就不太清楚，现在突然被派了个钉梢的任务，自然想了解一下被钉的对象，也就从头到尾，吞进了所有的闲话。

原来这还不是彭玉莲的第一次失足。

早在一九六三年"四清"运动时，冷子宣随工作队到射阳县"三同"——与公社社员同吃、同住、同劳动——他系里的党委书记马遂便借口关怀教工家属，来接近彭玉莲，不时问寒问暖地献殷勤。这马遂生的小白脸一张,两片嘴又会说,彭玉莲禁不住引诱,便被他搞上了手。

那时,邻居全都看在眼里,但马遂是党支书呀,谁敢哼一声?起先还是乘空来幽会,厮缠一会儿也就走。后来便明目张胆了,有时马遂的老婆出差,他干脆夜夜宿在冷家。这事不但我们宿舍里的人都知道,连他老婆也风闻了,却装聋作哑。大家虽气愤,到底不忍心透露给冷子宣。

这马遂在彭玉莲之后,又搞上了学校里一个锅炉工的老婆。事情做得不密,叫人家丈夫发现,闹了开来,不得已写了检讨,校党委书记亲自施加压力,才勉强把丑事遮盖下去。正好,"文化大革命"起来了,那锅炉工起来造反,他老婆亲自上台揭发,造反派就勒令马遂坦白交代。等坦白书一交出来,群众都哗然了。原来连彭玉莲在内,马遂前后勾引了五个本校的女教工,手段、情节都恶劣透顶。

那一阵子,批判马遂的大字报满天飞,从校门口一直贴到食堂里,观众络绎不绝。冷子宣直到那时候才知道老婆的丑事,据说才几天功夫头发就白了一半,走路都蹒跚了,好像老了十年都不止。很长一段时间,他对谁都不讲话,像个白痴。有些人还替他捏了一把汗,怕他寻短见。

"这丑事抖了出来,夫妇不吵死啦?"我问周敏。

周敏笑了。她说:"怪就怪在这里。施奶奶住在她们家后门的斜对过,也十年多了,据说从不曾听见他俩吵过嘴!"

"真的?"我也感到纳闷,"不过,既然闹得满城风雨,彭玉莲也要写检讨啦?"

"检讨?"施奶奶又回过头来插嘴了,"快别提她的检讨啦!我们找她谈了多少话,几乎说破了嘴,好不容易才挤出她一张检讨书来。我是不识字,没有看,她们看的人都不满意。你猜怎么着?不老实得很呢!

硬给自己叫屈,说什么跟马遂来往是为了找机会给冷子宣摘掉右派的帽子呀,发生关系是不得已的呀,又说什么怕声张开来对丈夫不利呀……她还梦想人家给她树牌坊哪!"

正说着,常木匠推门进来。大家一看钟,已经过了十点,赶紧收住话头,都起身散了。

有一天,我下班后步行到幼稚园,接了小孩子回家。刚转出小巷口,迎面碰见彭玉莲骑车过来,车把上的尼龙网兜了一只芦花母鸡。她见了我们,立刻刹住了车,跳下来同我打招呼。

"今天怎么没骑车呀,文老师?"她笑眯眯地问。

"同事借走了,"我也含笑回答。

我瞧她满面春风,一副心安理得的神气,大眼睛黑得发亮,就是那黑皮肤,衬着雪白的牙齿,也带着几分俏。这天,她穿了一件的确良衬衫,外面罩了一件金黄色的细绒毛衣;一条蓝布裤子穿在她身上,不像别人显得肥大臃肿,而是轻巧利落,尺寸恰到好处。这一身衣着,颜色配得鲜亮,连穿法也与众不同。在南京,毛衣一向穿在外套里面,不敢露出来的——听说只有上海的年轻女工才敢把毛衣穿在外面,也常沿路受到注目礼呢。这彭玉莲敢这么穿着,在高等学府的宿舍里招摇过市,难怪被认为眼中钉。

孩子看见了鸡,早张大了眼睛瞧着,这时突然指手画脚地喊起来:"妈妈,鸡!鸡!"

我正为无话可说而发窘,听到孩子叫,就顺口说:"哪儿弄到这么一只大母鸡呀?"

"燕子矶的社员捎到我们厂的附近来卖的。"说着她又是咧嘴一笑。"三块半一只,贵是贵。鸡可是好鸡。我的原则是买得到就吃,存到肚子里保险,不像人家把钱存在银行里。"

说完,她自得地笑起来。看见孩子目不转睛地瞪着鸡,她弯下腰来问他:"你叫晶晶吧? 喜不喜欢吃鸡?"

孩子立刻来拉我的衣角了。"妈妈,我要吃鸡!"

我还来不及说话,彭玉莲已经转过脸来,很认真地问我:"你要吗? 这就让给你,我常常买到鸡的。"

"不要,不要,"我急忙推辞。

"要不,我下次替你捎一只好不好?"她说话那表情丝毫不像是客套。

这反而叫我急得发慌,怎好沾这名女人的光? 又是摇头,又是摇手,我一迭声地说:"不要! 不要! 我……不喜欢吃鸡。"

"是——吗?"

迟疑地,她凝视了我一眼,笑容逐渐收敛,脸色顿时暗了下来。我只好避开了她的眼光,隐隐感到两颊发热。

"那就算了,"她说,语调听得出来有些不自然,"再见吧,我先走了。"

看着她轻飘飘地飞驰而去,我如释重负地吁了一口气。

"小文!"

我回头一看,周敏不知何时从后面走过来。

"什么事跟潘金莲搅在一起呀?"

我把路上相遇及让鸡的一节讲给她听。"这个人也还爽快利落。"

周敏点点头。突然,她低低地对我说:"你不知道,她以前还是模范工人呢!"

"模范工人?"我有些不相信自己的耳朵。

"一点不假!"

周敏看我吃惊的样子,不禁微笑起来。当下,她拉了孩子的手,三个人慢慢走向宿舍。路上，她告诉我："彭玉莲除了爱打扮，偷汉子，别的也没什么毛病。要讲出身，父亲是上海闵行的菜农，属于响当当的'红五类'分子。她很早就是共青团员，本来也快入党了，就为了同马遂有关系，才被开除了团籍。"

"这处分也不轻了，"我说。

"这还是我们学校的造反派再三催促，南京钟表厂不得已才采取的行动呢。他们起先借口说：既然是受诱成奸，责任在男方，不在女方。"

"这次这个男的可知道是谁吗？"

周敏摇头。"据施奶奶说，不是我们附近的人，多半是他们钟表厂的人。"

"如果捉到了，钟表厂可该没话可说了！"

周敏扬了扬眉，微笑地说："也很难说。南京钟表厂出的紫金山表现在供不应求，他们抓产量都还来不及，哪顾得上这个？何况男女关系的问题在工厂里是司空见惯了，比不得政治问题可以无限加码，左不过是生活腐化而已，顶多写张检讨罢了。那马遂的情节多恶劣！民愤多大！大家都要求从严处分。院里只好报上省里，请求降级减薪，结果被省里驳了下来。"

"为什么驳了下来？"

我又一次难以相信自己的耳朵。

"省里说，虽然影响很坏，但不属于强奸，几个教员、工人都是心甘情愿嘛！还是属于生活作风问题，那就加强加强教育吧。学校当然很为难，不好向大家交代，后来几经交涉，省里才把马遂调到另一个大学去。"

"真是没得……"我沉吟了下，还是把"是非"两字强咽下喉去，只淡淡地说，"难怪彭玉莲一犯再犯。"

说着彭玉莲,忽然想起她丈夫的模样,总觉得格格不入的。我说:"小周,你不觉得彭玉莲和冷子宣有些不配吗? 女的还生气勃勃,男的已经老朽了似的。"

"冷子宣这几年是老得快,"周敏也有同感,只是话里带着惋惜的语气,"说来你可能又不相信啦,从前可是彭玉莲追求冷子宣的呢!"

"啊?"

我叫了起来。

"有这回事?"

周敏看我吃惊的样子,得意地笑了,但马上就郑重其事地向我说:"你不知道,反右以前的冷子宣同现在简直判若两人呢! 他是五六年提升为副教授的——我记得很清楚,我正好那年被分配到学校来教书的。那时,老婆刚死了一年,冷子宣本来不打算再结婚的,偏无意中在一个同事家邂逅了彭玉莲。女的一见就倾心了,主动找他到玄武湖划船。冷子宣很快就掉下水,一下子打得火热的,三个月后就结婚了!"

"这么快?"我听得将信将疑的。

"咳! 那时候的冷子宣自然神气不同,潇洒得很呢! 你想,三十岁出头就当了副教授,胸脯挺得高高的,走路都有派头——还有人专门学他走路的样子呢! 他是我们南京大学——他那时候还叫金陵大学——的高材生,出了名的才子,赋诗填词,样样都出人头地。就是太自命不凡,也太天真了。在'百花齐放,百家争鸣'那一阵子,他真相信了号召,跑出来大放了一通,攻击共产党和政府的文教措施,结果是我们学校第一个戴上右派的帽子。"

"真是……"我想说"典型的书呆子",又不忍心,只好长长叹了一口气。

"有个时期,他们系里也有意给他摘掉这顶帽子。偏偏这个时候,他们组长发现了他填的一首'沁园春'，题目也叫'雪'，只是大反其调，满纸萧条之气。人家认为他这是成心唱对台戏，恶毒讽刺毛主席，自然罪该万死了。这右派帽子不但摘不掉，只怕要戴进火葬场了！"

"你看过这首诗没有？"我好奇地问。

周敏摇摇头。

"冷子宣骨头也真硬，检讨书写了几回，就是一口咬定写实写景，死不承认是讽刺。有人要求公布全首词，但系里领导认为不宜扩大影响，连检讨书在一起，一概不公开。就这样，整个系热轰轰地批讨了一番，一般人却不知道这棵'毒草'的内容！"

这时候，我们已经进了宿舍大门。也许顾虑耳目众多，周敏不再说什么，彼此道了再见也就分手回家。

有一天夜里，我梦中恍惚听到打门的声音。醒来后侧耳细听，果然是有人在敲打冷家的门。我想，这彭玉莲也睡得真死，我都被敲醒了，她竟没有动静。接着便传来一个男子不耐烦的喊声："开门！查户口！"

又是查户口！我一听便厌烦起来，知道这下半夜是再也睡不成了。我一向有些神经衰弱，睡眠很差，夜里如果醒来，就难再合眼。我家既然是必查户，我想，干脆起来等他们吧，省得临时慌张，把孩子也搅醒了。

于是我扭亮了灯，爬起来穿上了衣服，把户口本找出来，然后坐在窗口的书桌前等候。这时，壁上的挂钟明朗敲打开来。十二点整，正是典型的查户口时间。我拉开了一角窗帘，朝外张了一眼。外面一团漆黑，只有冷家的灯火是亮的，大门半张着，窗口有人影晃动，只是隔着窗帘，也看不清楚。我随即放下了帘子，回身拿了一本书，在灯下随意翻看。

果然，一杯茶不到的工夫，我家的门便有人来敲打。我从容不迫地走去，拉开了门，随手就把户口本子递给第一个跨进门的人。

"哎呀，对不起啦，我们不是来查户口的。"

第一个进来的竟是居民委员会的常主任，她说话时脸上难得地带着几分道歉的神色。

一听不是来查户口，我反而不安起来。再看看那陆续跨进门的，两个男的是学校保卫科的，另一个女的有些面熟，大概是本校员工的家属。

"是这样，"还是常主任说话，"我们怀疑彭玉莲不老实，晚上有人看见一个男的溜进她家，一直没有出来过。刚刚我们借查户口撞门进去，只是没搜到人。那彭玉莲一脸通红，硬是做贼心虚的样子。只是她没犯法，我们也不能翻箱倒柜地抄查，只怕人被她藏起来了也说不定。现在特地来打声招呼，请你留意一下，看到什么动静，千万告诉我们居委会一声。"

我只好满口答应下来。主任又嘱咐了几句后，四个人才离开。

我除非吃饱饭没事干才管这闲事！心里恨恨地想着，我立即脱了衣服，熄了灯，又躺上床去。

果然不出所料，经过这一折腾，我睡意全消了，躺在床上，只是翻来覆去，就像是喝了多少浓茶似的，精神越来越好。该死的彭玉莲！久久睡不成觉，我不禁暗骂起来。她闯了祸，却弄得邻居为她失眠！继而一想，她几乎当众出了丑，也够险的了，似乎又为她庆幸起来。只是这男人是谁呢？我就住在她家对面，竟从来不曾注意到有什么面生的男人进出她家。我想，这大宿舍里，密密麻麻的多少户人家住着，人多自然嘴杂，说不定哪个好事的随口乱说，结果人云亦云，弄出了一场无谓的骚扰。

胡思乱想了一阵，也不知是什么时刻了，只见窗户微微现出曙色，窗户的轮廓也逐渐明朗起来。既然没有丝毫的睡意,我决定爬起来烧茶喝,写日记自娱。

穿好衣服后,我推开了一角窗帘,随意往外瞧瞧。谁知这一瞧,倒把我吓得倒抽了一口冷气。只见那冷家的门悄无声息地向里斜开出一道缝,一个人头探了出来,左右张了一眼后,悄无声息地闪出身子,垂着脑袋,帽沿拉得低低的,轻踏着步子,朝宿舍的后门方向走去。匆促之间,我没看清他的脸,但无疑是个男子,怎么也不会看差的。再看冷家的门,早已合上了,屋里没有亮灯,窗帘也低垂。不,下面的一角被拉开了,一张脸突然贴上了玻璃。我们四目相对,彼此都慌得缩回头,忙不迭地放下帘角。

好长一段时间,我呆呆地站在窗边,两只脚棉软软的,两只手紧紧揣在一道,盖住胸口,极力想把扑通乱跳的心镇压下来。如果我这辈子再见不到彭玉莲,我也忘不了她那双睁得滚圆的眼睛。是惊慌、羞愧,还是叛逆?我无法知晓。

一天不到的时间里,彭玉莲的事就传遍了学校和宿舍。事情也真凑巧,那天周敏一大早起身,就看见一个帽子戴得低低的男子慌慌张张地走向后门,用钥匙开了门出去。常主任早上来打听消息,她就如实汇报了。周敏并没有看见他从那家出来,但大家一口咬定那就是彭玉莲偷的汉子无疑。据说夜里查户口时,居委会主任曾看见桌上有一把钥匙,估计是彭玉莲把人藏在房里惟一的一只大衣柜里,但慌乱中来不及藏钥匙,因而丢在桌上的。常主任想通后,连连顿脚,大叫"可惜呀!可惜!"但后悔也无用,没有拿到人证,自然奈何彭玉莲不得。她照样骑着自行车,在宿舍里来去自由,就像没事人一般。

这件事免不了也传到苏北的"五七农场",估计冷子宣也略有耳闻了。在新年前几天,农场放假。冷子宣要回南京的前夕,他的组长找他谈话,把事情告诉了他,并说由于彭玉莲是一犯再犯,如果冷子宣想到离婚的话学校愿意考虑他的要求。谁知冷子宣竟毫无表情,只说:"如果彭玉莲要离婚,我随时答应,我自己绝不提出。"

这话一传出来,大家又议论纷纷了。有人啧啧称奇,称他"宽宏大量";有人骂他孬种,抱着"破鞋"不放;又有人幸灾乐祸地预言,夫妇一见面,冷子宣不把她打个半死才怪!

然而冷子宣到家那天,彭玉莲满面春风地拎了一只老母鸡回家,拔鸡毛时嘴里还哼着曲子。邻居们竖长了耳朵听,可是到天亮也没听见一句吵嘴的声音。接着,学校通知冷子宣开语文课,他就没再去劳动。这一来,我便常常看见他了,有时候在校园里踽踽独行,有时候在宿舍里凭窗对着天空出神,一呆就是半天。早晚上下班时,我也常碰见彭玉莲。她仍是笑眯眯地向我招呼,只是再也不肯停下来同我搭讪。

苏伟贞:《陪他一段》

作家介绍

苏伟贞(1954—)，广东番禺人，出生于台湾台南。1973年考入政治作战学校影剧系，1977年毕业后，任军职八年，后获香港大学文学硕士、文学博士学位。曾任《联合报》副刊副主任兼《读书人周报》主编，淡江大学中文系讲师，"中国文化大学"中文系助理教授，现任成功大学中文系专任教授。

主要作品有:中篇小说《红颜已老》(1981)、《世间女子》(1983)、《流离》(1989);短篇小说集《陪她一段》(1983)、《人间有梦》(1983)、《旧爱》(1984)、《离家出走》(1987)、《我们之间》(1990)、《热的绝灭》(1992)、《封闭的岛屿》(选集)、《魔术时刻》(2002)、《倒影台南》(2004);长篇小说《有缘千里》(1984)、《陌路》(1986)、《离开同方》(1990)、《过站不停》(1991)、《沉默之岛》(1994)、《梦书》(1995)、《时光队伍》(2006);散文《问你》(1984,后易名《来不及长大》1989)、《岁月的声音》(1984)、《单人旅行》(1999)、《私阅读》(2003);论著《孤岛张爱玲——追踪张爱玲香港时期（1952—1955）》（2002）、《描红——台湾张派作家世代论》(2006)等。

苏伟贞的作品曾多次获得《联合报》文学奖、《"中华日报"》文学奖、《"中央日报"》文学奖、梁实秋文学奖、《"中国时报"》文学百万小说评审团推荐奖、九歌出版社年度小说奖、府城文学奖等。

苏伟贞是二十世纪七十年代后期崛起于台湾文坛的重要作家,她的小说创作,最先以对女性的情感世界深度刻画为焦点,接着加入对眷村历史的重塑,最后发展成将两者加以结合,并在形而上的层次上对男女情欲与关乎生死的抽象问题加以追问和思考。如果说在小说中,她的女性、历史和生死的"话题"有一个线性的发展过程和渐次交织的运行轨迹的话,那么在她的散文创作中,对生命脆弱的强烈感受和对生死的深刻思考,则一以贯之。

作品导读

对于苏伟贞的小说世界,王德威的评说最为全面深刻。在王德威看来,苏伟贞的写作一方面在政治扰攘的社会氛围中书写爱欲纠缠,另一方面,她的情欲书写自成一格。"就算写最热烈的偷情、最缠绵的相思,苏的笔锋是那样的酷寂幽深,反令人寒意油生。以冷笔写热情,这是作家的独到之处了","苏伟贞笔下的男男女女是情场上的行军者,他(她)们厉行沉默的喧哗,锻炼激情的纪律,并以此成就了一种奇特的情爱景观"①——而在情欲书写中隐含"行军"和"纪律"的气质,显然又与苏伟贞的军旅生涯有关,这就牵涉到她的另一个重要的书写领域:眷村世界(以及与此相关的军人生活)。对此,王德威也所论甚详,指出"在

---

① 王德威:《以爱欲与兴亡为己任,置个人死生于度外——试读苏伟贞的小说》,苏伟贞《封闭的岛屿》,台北:麦田出版,1996年版,第7—8页。

苏伟贞的笔下,眷村儿女多血性,有义气",苏伟贞写的是眷村世界,可是"重心却宁仍是在一出出或惨烈、或诡异的爱情传奇上"①。到了《沉默之岛》,王德威发现,苏伟贞"要勘探的是(女性)情欲流淌、永不确定的抽象本质","苏伟贞的新女性在八〇年代已经豪爽过了,她们现在越发明白自己饱满而无名目的欲望,反而变得谦卑起来。她们是沉默之岛——这岛却是由欲望的海洋托负着,阴阴独立,深沉而傲岸"②。

王德威关于苏伟贞的论述,可以说道尽了苏伟贞小说的根本特点。正如王德威所说,以女性立场和军人气质,来看待、挖掘、书写和沉思男女情欲、眷村生活并升华出自己的独特认识和独特风格,是苏伟贞的独到之处。

《陪他一段》发表于二十世纪七十年代末,是苏伟贞的成名作也是代表作之一,小说发表后不但在台湾文坛引起轰动,而且也成为海峡两岸许多学者的评说对象。对于这篇小说,苏伟贞自己认为与《重逢之路》、《离家出走》、《旧爱》、《热的绝灭》等作品同属"离开"主题,而"离开即放弃"。并且,苏伟贞还自豪地认为,"如果我创造情感是为了完成一种'放弃'的模式,我深信里头还具有基本的人性"③。

《陪他一段》的故事非常简单:"长得不怎么样"但"笑的时候让人不能拒绝"的费敏,爱上了"他"——"一个并不显眼却很干净的人",而"他"却对旧爱李眷佟难以忘怀,可是为了"他",费敏愿意"我陪你玩一段"而不计后果。最后的结果是,费敏在陪"他"玩了"一段"之后,终于"离开"和"放弃"了"他"——自杀了。

---

① 王德威:《以爱欲与兴亡为己任,置个人死生于度外——试读苏伟贞的小说》,第18—19页。

② 王德威:《以爱欲与兴亡为己任,置个人死生于度外——试读苏伟贞的小说》,第21页。

③ 苏伟贞:《封闭——〈封闭的岛屿〉自序》,《封闭的岛屿》,第27页。

　　这篇小说能够吸引人并打动人之处,除了苏伟贞特殊的叙述方式所带来的阅读效果之外①,最重要的,还是小说中的人物关系和情感形态令人感到震惊。在小说发表之际的台湾(二十世纪七十年代末),现代社会都市消费文化的蔓延,已经无孔不入无所不在——情感世界自然也概莫能外,在男女交往中潜在的彼此算计和自我掂量的"赚赔逻辑"②,大概已经成为费敏那个时代爱情"市场"中的基本法则,在这样的"赚赔逻辑"和"市场法则"面前,费敏对"他"那种不计得失"奋不顾身"的爱情,就让人觉得有点不合"逻辑"和匪夷所思。

　　然而,这正是费敏的爱情感人、不同于常人和令人震惊之处——因为不计较得失,所以才能奋不顾身;因为为了所爱的人可以牺牲自己,所以才能无条件地"陪他一段"! 在某种意义上讲,费敏其实是在一个"消费"爱情的时代,兀自追求一种纯粹唯"情"的古典爱情! 看上去费敏是在用一种当代社会的"时尚"语言——"我陪你玩一段"——来给她的爱情罩上一种玩世不恭的现代色彩,可是在这种"现代性"背后,具有力量的不是"陪你玩一段"的"现代"表象,而是内含在其中的"问世间情为何物,直教生死相许"的"古典"实质! 生死尚且不计,岂会在乎赚赔?

　　在一个讲究"情欲政治"的时代,费敏在还没有开始这个"政治"之

----

　　① 陈思和教授在《多重迭影下的深度象征——试析苏伟贞小说创作中的三个文本》一文中,认为苏伟贞在《陪他一段》中"既不是全知的第三人称叙述,又不是叙述者或者日记主人的第一人称的完全独白,用的是双重第一人称转化为第三人称——即叙事者为第一人称,她阅读了主人公费敏的日记(第一人称),但是,叙事者又是用第三人称的形式在转述日记的内容,文本中经常出现费敏日记的独白,也经常夹杂着叙事者对费敏的评价,但这些第一人称话语却都通过第三人称话语表述出来。除了开始部分叙事者以第一人称叙述外,很快就转变为日记的读者与复述者,这与一般西方短篇小说的框形架构(即由叙事者的第一人称过渡到某文本的第一人称独白体)的叙事方法不同"。该文为陈思和教授提交给台湾成功大学中文系于 2010 年 3 月 6—7 日在台湾文学馆举办的"感官素材与人性辩证"学术研讨会的发言稿。

　　② 王德威:《以爱欲与兴亡为己任,置个人死生于度外——试读苏伟贞的小说》,第 10 页。

前,就已经放弃较量和博弈,自甘"下风"了,"费敏根本不是谈恋爱的料,她从来不知道'要'"——在爱情中只知付出("给")不知索取("要")的费敏,注定要"赔"得很惨了。

可是这个"赔"对于费敏来说,不是斗争失败的结果,而是自我有意的选择。在下决心"陪他一段"之前,费敏"去了一趟兰屿,单独去了五天",回来之后,她下定决心,义无反顾地走上了"陪(赔)他"的道路。

因为"陪他一段"是费敏经过仔细考虑(或内心斗争)后的自我选择,这就使得她的这种具有自我"牺牲"意味的爱情,带有了一种主动性——就此而言,费敏的"古典"爱情,其实是现代女性的现代演绎,它并不是被动的人生安排,而是女性自觉的爱情追求。也就是说,是费敏自己要在这场爱情中"赔"掉自己的——别忘了,是费敏在"陪他一段","陪"这个行为的发出者是费敏,因此在"陪他一段"这个表述的背后,其实隐含着一种强烈的"主动性"。如果说《陪他一段》这个小说具有女性主义意识,那它的核心应该就在这里。

当然费敏作为现代女性,要想在爱情中真正做到"无我"、"忘我",也绝非易事,因此她对爱情付出越多,她自己的痛苦也就越大。事实上,费敏是个"需要很多很多的爱"的现代女性,要她真正做到"情至深处无怨尤"是个难以企及的境界,因此她才会有"恋爱真使一个人失去了自己吗"的疑问,然而,费敏的意义恰恰就在这里:她并不是超人圣人,在爱情中她也想要拥有(很多很多的爱),也会有计较心(与李眷佟相比),也会有痛苦(发现"他"其实更爱李眷佟),可是即便如此,她还是自觉地选择为爱付出,为爱牺牲,"陪他一段",并在这个过程中实现自己的"真爱"。当她在这个矛盾中无法承受爱情之重时,她选择了"离开"和"放弃"——自杀,成全了"他"也完成了自己。

至此,我们可以说,《陪他一段》中费敏这个人物和她的"爱情故事"

所具有的震撼性,在于一个现代女性以"自我牺牲"(从"赔"到"自杀")的方式追求在她看来可以生死相许的古典爱情,虽然这一追求从结果上讲是失败了,可是追求这种爱情的选择本身,却因其主动性和自觉性而实现了现代女性意识的塑造及呈现。苏伟贞说:"对我而言,感情不是那么表面的,它必须经过人生的仪式,至少要爱过,才可以被放弃。"①苏伟贞的这个既具女性主义意味同时又深含"基本的人性"的爱情宣言,正是费敏在《陪他一段》中,用"文学的"形式"说"过的"话"。

---

① 苏伟贞:《封闭——〈封闭的岛屿〉自序》,《封闭的岛屿》,第27页。

陪他一段

费敏是我的朋友,人长得不怎么样,但是她笑的时候让人不能拒绝。

一直到我们大学毕业她都是一个人,不是没有人追她,而是她放在心里,无动于衷。

毕业后她进入一家报社,接触的人越多,越显出她的孤独。后来,她谈恋爱了,跟一个学雕塑的艺术家,从冬天谈到秋天,那年冬天之后,我有三个月没见到她。

春天来的时候,她打电话来:"陪我看电影好吗?"我知道她爱看电影,她常说那是一个活生生的世界在你眼前过去,却不干你的事,很痛快。

她整个人瘦了一圈,我问她哪里去了,她什么也没说,仍然昂着头,却不再把笑盛在眼里,失掉了她以前的灵活。那天,她坚持看《午后曳航》,戏里有场男女主角做爱的镜头,我记得很清楚,不仅因为那场戏拍得很美,还因为费敏说了一句不像她说的话——她至少可以给他什么。

一个月后,她走了,死于自杀。

我不敢相信像她那样一个鲜明的人,会突然消失,她父母亲老年丧女,更是几乎无法自持。昨天,我强打起精神,去清理她的东西,那些书、报导和日记让我想起她在学校的样子;费敏写得一手洒脱不羁的字,给人印象很深,却是我见过最纯厚的人。我把日记都带了回家,我不知道她的意思要怎么处置，依她个性，走前应该把能留下的痕迹都抹去，她却没有，我想弄懂。

费敏没有说一句他的不是，即使是在不为人知的日记里。

她在采访一个"现代雕塑展"的时候碰到他的——一个并不很显眼却很干净的人；最主要的，是他先注意到她的，注意到了费敏的真实。费敏完全不当这是一件严重事，因为他过不久就要出去了，她想，时间无多，少到让他走前恰好可以带点回忆又不伤人。

但是，有一天他说："我不走了。"那天很冷，他把她贴在怀里，叹着气说："别以为我跟你玩假的。"口气里、心里都是一致的——他要她。费敏经常说——人活着就是要活在熟悉的环境里，才会顺心。这是一件大事，他为她做了如此决定，她想应该报答他更多，就把几个常来找她的男孩子都回绝了，她写道——我也许是，也许不是跟他谈恋爱，无论如何，也该用心，交朋友是要花一辈子时间的。

费敏在下决心前，去了一趟兰屿，单独去了五天。白天，她走遍岛上每个角落，看那些她完全陌生的人和事；入夜，她躺在床上，听浪涛单调而重复的声音。她说——"怨憎会苦，爱别离苦"，这么简单而明净的生活我都悟不出什么，罢了。

我想起她以前常一本正经地说——恋爱对一个现代人没有作用，而且太简单又太苦！

果然是很苦，因为费敏根本不是谈恋爱的料，她从来不知道"要"。

他倒没有注意到她的失踪，两人的心境竟然如此不同，也无所谓了，她找他出来，告诉他——我陪你玩一段。

我陪你玩一段？！

从此，他成了她生活中的大部分。费敏不愧是我们同学中文笔最好的，她把他描绘得很逼真，其实她明白他终究是要离开的，所以格外疼他,尤其他是一个想要又不想要、一个深沉又清明、像个男人又像个孩子的人,而费敏最喜欢他的就是他的两面性格,和他给她的悲剧使命,让她过足了扮演施予者这个角色的瘾。费敏一句怨言也没有。

他是一个需要很多爱的人。有一天,他对费敏说了他以前的恋爱,那个使他一夜之间长大的失恋,那个教会他懂得两性之间爱欲的热情,费敏就是那个时候认识他的——他最痛苦的时候。他说——也许我谈恋爱的心境已经过去了,也许从来没有来过,但是我现在心太虚,想抓个东西填满。费敏不顾一切地就试上了自己的运气:他对她没有对以前女友的十分之一好,但是,费敏是个容易感动的人。

开始时,他陪费敏做很多事,彻夜把台北的许多长巷都走遍了,黑夜使人容易掏心,她写——他是一个惊叹号,看着你的时候都是真的。有次,他们从新店划船上岸时已经十一点了,两个人没说什么,开始向台北走去,一路上他讲了些话,一些她一辈子也忘不了的话——我需要很多很多的爱。费敏见他眼睛直视前方,一脸的恬静又那么炽热,就分外疼惜他起来。她一直给他。

他们后来好的很快,还有一个原因——他是第一个吻费敏的男孩。

她很动心。在这之前,她也怀疑过自己的爱,那天,他们去世纪饭店的群星楼,黄昏慢慢簇拥过来,费敏最怕黄昏,一脸的无依,满天星星升上来,他吻了她。

有人说过——爱情使一个人失去独立。她开始替他操心。

他有一个在艺术界很得名望的父亲,家里的环境相当复杂;他很爱父亲,用一种近乎崇拜的心理,所以,把自己几乎疏忽掉了。忘记的那部分,由费敏帮他记得,包括他们交往的每一刻和他失去的快乐。她常想,他把我放在哪里? 也许忘了。

他是一个不太爱惜自己的人,尤其喜欢彻夜不眠,她不是爱管人的人，却也管过他几次，眼见没效，就常常三更半夜起床，走到外面打电话，他低沉的嗓音在电话里，在深夜里让她心疼。他说：我坐在这里完全不知道该怎么办。费敏就到他那儿，用力握着他的手，害怕他在孤寂时死掉。因为他的生活复杂，她开始把世故、现实的一面收起来，用比较纯真、欢笑的一面待他。那到底是他可以感受的层次。

费敏是一个很精致的人，常把生活过得新鲜而生动；我记得以前在学校过冬时，她能很晚了还叫我出去，扔给我一盒冰淇淋，就坐在马路上吹着冷风，边发抖，边把冰淇淋吃完，她说——冷暖在心头。有时候，她会拎瓶米酒，带包花生，狠命地拍门说——快！快！醉乡路稳宜频到，此外不堪行！生活对她而言处处是转机。她不是一个多话的人，却很能笑，再严重的事给她一笑便也不了了之，但是她和他的爱情，似乎并不如此。

刚开始的时候，费敏是快乐的，一切都很美好。

春天来了，他们计划到外面走走，总是没有假期，索性星期五晚上出发，搭清晨四点半到苏澳的火车。他们先逛遍了中山北路的每条小巷，费敏把笑彻底地撒在台北的街道上，然后坐在车厢里等车开。春天的夜里有些凉意，他把她圈得紧紧的，她体会出他这种在沉默中表达情感的方式。东北部的海岸线很壮观，从深夜坐到黎明，就像一场幻灯片，无数张不曾剪裁过的形象交织而过。费敏知道一夜没阖眼的样子很丑，但是他亲亲她额头说——你真漂亮。她确信他是爱她的。

南方澳很静，费敏不再多笑，只默默地和他躺在太平洋的岸边晒太阳，爱情是那么没有颜色、透明而纯净，她心里满满的、足足的。他给了她很多第一次，她一次次把它连起来，好的、坏的。费敏就是太纯厚：不知道反击，好的或坏的。

回程时，金马号在北宜公路上拐弯抹角，他问她："我还小，你想过什么时候结婚吗?"她明明被击倒了,却仍然不愿意反击,是的,他还年轻,比她还小,他拿她的弱点轻易地击倒了她。车子在转弯时,她差点把心都吐出来。车子又快到了世俗、热闹的台北时,她笑笑:"交朋友大概不是为了要结婚吧?"样子真像李亚仙得知郑元和高中金榜时,说道:"我心愿已了,银筝,将官衣诰命交与公子,我们回转长安去吧,了我心愿与尘缘。"那般剔透晶莹的到底只是费敏,他给了她太多第一次,抵不上他说一句"我需要很多很多爱"时的震撼,是的,她不忍心不给。

回到台北,她要他搭车先走,她才从火车站走路回家。第一次,她笑不出来,也不能用笑诠释一切了。

第二天,他就打电话来叫她出去,她没出门,她不能听他的声音,费敏疼他疼到连他错了也不肯让他知道以免他难过的地步。他倒找上她家,看到费敏仍然一张笑脸,就讲了很多话,很多给她安全感和允诺的话,费敏在日记里写着——都没有用了,他虽然不是很好,却是我握不住的。费敏的明净是许多人学不来的,很少有人能像她一样把事情的各层面看得透彻,却不放在心上,而她的善解人意,便是多活她二十岁的人,也不容易做到。

以后,她还是笑,却只在他眼前,笑容从来没有改变过,两个人坐着讲话,她常常不知不觉地精神恍惚起来,他说:嗳!想什么? 她看着他,愈发是恍如隔世。她什么也不要想。

她常问他——怎么跟李眷佟分手的? 他从来不说,就是说了,也听出多半是假的。他总说——她太漂亮,或者她太不同于一般人,我跟不上。即使是假的,费敏也都记在心里,她希望有天开奖时,对对自己手上的运气。跟他谈恋爱后,她把一切生活上不含有他的事物都摒弃一边,看他每天汲汲于名利,为人情世故而忙,她就把一切属于世俗的东西也摒弃。跟他在一起,家里的事不提,自己的工作不提,自己的朋友不提,他们之间的浓厚是建立在费敏的单薄上。费敏的天地既只有他,所以他的天地愈扩大,她便愈单薄,完全不成比例。

日子过得很快,他们又去了一趟溪头,也是夜半。他对她呵护备至,白天,他们在台中恣意纵情,痛快地玩了一顿,像放开缰绳的马匹。

溪头的黄昏清新而幽静,罩了一层朦胧的薄纱。他们选了很久,选了一间靠近林木的蜜月小屋,然后去走溪头的黄昏,黄昏的光散在林中,散在他们每一寸细胞里;他帮她拍了很多神韵极好的黑白照片,她仰着头一副旁若无人、唯我独尊的神气。费敏的确不美,然而她真是让人无法拒绝。我们一位会看相的老师曾经说过,费敏长得太灵透,不是福气。但是,她笑的时候,真让人觉得幸福不过如此,唾手可得。

夜晚来临,他们进了小屋,她先洗了澡,简直不知道他洗完时,该用什么表情来面对他。她看了看书,又走到外面吸足了新鲜空气,她真不知道怎么跟他单独相处。

他洗完澡出来时,她故意睡着了,他熄了灯,坐在对面的沙发里抽烟,就那样要守护她一辈子似的。在山中,空气宁静得出奇,他们两个呼吸声此起彼落特别大声,她直起身说——我睡不着。他没扭亮灯,两个人便在黑暗里对视着。夜像是轻柔的撢子,把他们心灵上的灰,拭得干干净净,留下一眼可见的真心。

她叫他到床上躺着,起初觉得他冷得不合情理,贴着他时,也就完全不是了,他抱着她,她抱着他,她要这一刻永远留住的代价,是把自己给了他。

现在轻松多了,想想再也没有什么给他了。而第一次,她那么希望死掉算了,爱情太奢侈,她付之不尽,而且越用越陈旧,她感觉到爱情的负担了。

回去以后,她整天不知道要做什么,脑子里唯一持续不断的念头,就是——不要去想他。夜里没办法睡,就坐在桌前看他送的蜡烛,什么也不想地坐到天亮。她不能见他,想到自己总有一天会全心全意要占有他方会罢手,就更害怕。她的清明呢? 她一次次不去找他,但是下一次呢? 有人碰到她说:"费敏,你去哪里啦? 他到处找你。"她像被人抓到把柄,抽了一记耳光,但她依旧是一张笑脸。他曾经要求她留长发,她头发长得慢,忍不住就要整理,这次,倒是留长了些。她回到家里,又是深夜,用心不去想那句诗——拣尽寒枝不肯栖。拿起电话,她一个号码一个号码慢慢地拨。最后数字转回原点,她不带表情,那头:"喂——"她回应:"嗨——"两人都没有出声,终于她说:"我头发长长了些。"他仍然寂寞,仍然空虚地想用力抱住她。他情绪不容易激动,这次却只叫了"费敏",便说不下去。如果能保持清醒多好,就像坐在车里,能不因为车行单调而昏昏欲睡,随时保持清醒,那该有多好? 她太了解他了,她不是他车程中最醒目的风景。费敏不是一个精打细算的人,对于感情更是没有把握。放下电话,她到了他的事务所,在六楼,外面的车声一辆辆划过去,夜很沉重。他看着她,她看着他,情感道义没有特别的记号,她不顾一切地重新拾起,再放进去。有些人玩弄情感于股掌,有些人局局皆败,她就是属于后者。有天,她见到李眷佟,果然漂亮,而且厉害。她很大方地从他们身边走过,拿眼睛瞅着他——没有爱、没有恨,也不把她放在眼里,他原本牵着她的手,不知不觉收了回去。费敏沉住气走到天桥上时,指指马路,叫他搭车回去,转过头不管他怎么决定,就走了。人很多,都是不相干的,声音很多,不知道都说些什么。费敏一开始便太不以为意,现在觉得够了。车子老不来,她一颗颗泪珠挂在颊上,不敢用手去抹,当然不是怕碰着旧创,那早就破了。车子来了,她没上,根本动不了,慢慢人都散光了,她转过身去,他就站在她后面。几千年上演过的故事,一直还在演,她从来没有演好,连台步都不会走，又谈什么台词、表情呢？真正的原因，是这本剧本太老套，而对手是个没有情绪的人。他牵着她，想说什么，也没说，把她带到事务所，只是紧紧地抱着她，亲着她，告诉她——我不爱她。

费敏倒宁愿他是爱李眷佟的，他的感情呢？

她觉得自己真像他的情妇，把一切都看破了，义无反顾地跟着他。

后来费敏随记者团到金门采访，那时候美国刚建交，人心沸腾，她人才离开台北，便每天给他写信，在船上晕得要死，浪打在船板上，几千万个水珠开了又谢，她趴在吊床上，一面吐，一面写——人鱼公主的梦为什么会是个幻灭，我现在知道了。到了金门，看到料罗湾，生命在这里显得悲壮有力，她把台湾的事忘得干干净净，她喜欢这里。

就在那一个月，她把事情看透了——这一生一世对我而言永远是一生一世，不能更好，也不会更坏。她写着。每天，他们在各地参观、采访，日程安排得很紧凑，像在跟炮弹比速度。她累得半死，但是在精神上却是独立的，离爱情远些，人也生动多了，不再是黏黏的，模模糊糊的，那里必须用最直觉、最原始的态度活着。她看了很多，刻苦地生活，看到最多的，是花岗岩，是海，是树，是自己。

住在县委会的招待所楼上，每天，吃完晚饭，炮击前，有一段休闲时间，大家都到外面走走，三五成群，出去的时候是黄昏，回来时黑暗已经来了。她很少出去，坐在二楼的阳台上，脑子里一片空白，看着这些人从她眼帘里出现、消失。团里有位男同事对她特别好，常陪着她，她放在心里。碰过太多人对她好，现在，却宁愿生活一片空，她把一切都存起来，满满的，不能动，否则就要一泻千里。

她写信时，不忘记告诉他——她想他。

她买了一磅毛线，用一种异乡客无依无靠的心情，一针一针打起毛衣来，灰色的，毛绒的，打到最后就常常发呆，写出去的信都没回音，她还是会把脸偎着毛衣,泪水一颗颗淌下来。那男同事看不惯,拖着她,到处去看打在堤岸上的海浪,带她去马山播音站看对面的故国颜色,带她去和住在碉堡里的战士聊天,去吃金门特有的螃蟹、高粱,但是从来不说什么。一个对她好十倍,宠十倍,了解十倍的感情,比不上一句话不说让她吃足苦头的感情,她恨死自己了,十二月的风,吹得她心底打颤。

毛衣愈打到最后,愈不能打完,是不是因为太像恋爱,该结束时偏不忍心结束,费了太多心,有过太多接触,无论是好是坏,总没有完成的快乐。终于打完了,她寄回去给他。

回到台北,她行李里什么都没增加,费敏从来不收集东西,但是她带回了金门特有的独立精神,不想再去接触混沌不明的事,他们的爱情没有开始,也不用结束。

他现在更不放心在她身上了!

有天,采访一件新闻,三更半夜坐车经过他的事务所,大厦几乎全黑,只有他办公室那盏罩着黄麻罩子的台灯亮着,光很晕黄,费敏的心像压着一块大石头透不过气来。他父亲是个杰出的艺术家,有艺术家的风范、骨气、才情、专注和成就,但是在生活上很多方面却是个低能的人,他母亲则是个完全属于这个世界的人。很多人不择手段地利用他父亲,他父亲常常不明就里,全力以赴地去吃亏上当,家里的一切都靠他母亲安排,愈加磨炼了一付如临大敌处处提防别人的性情。他父亲的际遇使他母亲用全副精神关照他,让他紧张,他很敬重父亲,自己的事加上父亲的事,忙得喘不过气来。现在,夜那么深了,他不知道又在忙什么? 一定是坐在桌前,桌上计划堆了老高,而他一筹莫展,无论做什么,他都不愿意别人插手。费敏需要休息一阵了,她自己知道,他一定也知道。

费敏从此把自己看守得更紧。日子过得很慢,她养成了走路的习惯,漫无目的,她不敢一个人坐在屋里,常常吃了晚饭出去走到报社,或者周末、假日到海边吹风,到街上被人挤得更麻木。

从金门回来后两个月,她原本活泼的性情完全失去了,有天,她必须去采访一个文艺消息,到了会场,才知道是他和父亲联合办雕塑展的开幕酒会,海报从外面大厦一直贴到画廊门口,设计得很醒目。她不能不进去,因为他的成功是她要见的。展出的作品没有什么,由他父亲的作品,更加衬托出他的年轻,但是,她看得出,他的作品是费心挣扎出来的,每一件都是他告诉过她的——让我们的环境与我们所喜爱的人生紧紧地结合在一起。人很多,他站在她一进门就可以看见的地方,两个月没见,他一定是倒过又站了起来,站得挺直,她太熟悉他了,他的能力不在这方面,所以总是在挣扎,很苦。这些作品不知道让他又吃了多少苦,但是,他没有把它们放在眼里,她不敢再造次。真的要忘掉他说的——我需要很多很多的爱。他们之间没有现代式恋爱里的咖啡屋、毕加索、存在主义,她用一种最古老的情怀对他,是黑白的、人性的。他们两人都能理解的,矛盾在于这种形式,不知道是进步了,还是退步了。

他走了过来,她笑笑。他眼里仍然是寂寞,看了让她愤怒,他到底要什么?

他把车开到大直,那里很静,圆山饭店像个梦站在远方,他说——费敏,你去哪里了,我好累。她靠着他,知道他不是她的支柱,她也不是他的,没有办法,现在只有他们两个人,不是他靠着她,就是她靠着他,因为只有人体有温度,不会被爱情冻死。他问费敏——那些作品给你感觉如何?费敏说——很温馨。他的作品素材都取自生活,一篮水果,一些基本建材,或者随时可见的小人物,把它整理后发出它们自己的光,但是,艺术是不是全盘真实的翻版呢?是不是人性或精神的再抒发呢? 以费敏跑过那么久文教采访的经验来说,她清楚以人性的眼光去创造艺术,并不就代表具有人性,必须艺术品本身具备了这样的能力,才可以感动人。他的确年轻,也正因为他的年轻,让人知道他挣扎的过程,有人会为他将来可见的成熟喝彩的。

她不愿意跟他多说这些,她是他生活中的,不是思想层次中的,他不喜欢别人干涉他的领域,他更有权利自己去历练。夜很深,他们多半沉默着、对视着,两个月没见,并没有给他们彼此的关系带来陌生或者亲近,他必须回家了,他母亲在等门。以前,由费敏说——太晚了,走吧! 现在,他的夜特别珍贵,不能浪掷。他轻轻地吻了她,又突然重重地拥她在怀里,也许是在为这样没结果的重逢抱歉。

以后,她开始用一种消极的方式抛售爱情,把自己完全亮在第一线,任他攻击也好,退守也好,反正是要阵亡的,她顾不了那么多了。

他生日到了,他们在一起已经整整渡过一年,去年他生日,费敏花了心思,把他常讲的话,常有的动作和费敏对他的爱,记了一册,题名——意传小札。另外,用录音带录了一卷他们爱听的歌,费敏自己唱,有些歌很冷僻,她花了心血找出来。她生日时,他给了她一根大蜡烛,费敏对着蜡炬哭过几百次。这次,费敏集了一百颗形状特殊的相思豆给他。那天晚上,他祖母旧病复发,他是长孙,要陪在跟前,他们约好七点见,他十一点才来,费敏握着相思豆的手,因为握得太紧,五指几乎扳不直,路上人车多,时间愈过去,她的懊悔愈深。

他突然出现在她眼前时,费敏已经麻木了。他把车停在外双溪后,长长嘘了一口气,开始对她说话,说的不是他的祖母,而是李眷佟。她父亲病了,连夜打电话叫他去,他帮她想办法找医生,西医没办法,找中医,白天不成,晚上陪着,而他自己家里祖母正病着。费敏不敢多想,有些人对自己爱着的事物浑然不觉,她想到那次在街上李眷佟的神情,她捏着相思豆的手把相思豆几乎捏碎。他看费敏精神恍惚，摇摇她，她笑笑，他说：费敏，说话啊？

费敏没开口，她已经没有话可说了。她真想找个理由告诉自己——他不要你了！

可是她有个更大的理由——她要他。

他问费敏，有钱吗？借我二万？爸爸的事情要用钱，不能跟妈要。费敏没有说话，他就没有再问了。

第二天，费敏打电话给他——钱还要用吗？她给他送去了。他一个人在事务所里，那里实在就是一个艺廊，他父亲年轻时和目前的作品都陈列在那儿，整幢房子是灰色的，陈列柜是黑色的，费敏每次去，都会感觉呼吸困难，像他这一年来给她的待遇。他伸了长长的腿靠坐着书桌，问费敏，钱从哪里来的？从那个对她很好的男同事手里。费敏当然不会告诉他，淡淡地说——自己的。这一次，他很晚了还不打算回去，费敏看他累了，想是连夜照顾祖母，或者李眷佟生病的父亲？她要他早点回去休息，临走时，他说——费敏，谢谢。看得出很真心。

费敏知道李眷佟父亲住的医院，莫名地想去看看她，下班后，在报社磨到天亮，趁着晨曦慢慢走到医院，远远的，他的车停在门外。

他是个怀旧的人？还是李眷佟是个怀旧的人？而她呢？她算是他的新人吗？那么那句——只见新人笑不见旧人哭，该要怎么解释呢？

太阳出来了，她的心也许已经生锈了。

费敏给他最大的反击也许就是——那笔钱是从他的情敌处借来的。说来好笑，她从他情敌处借来的钱给她的情敌用。

情至深处无怨尤吗？这件事，费敏只字不提。

过年时，她父母表示很久没见到他了。为了他们的期望，费敏打了电话给他——来拜年好吗？费敏的父母亲很满意。然后她随他一起回他的家。那天,他们家里正忙着给他大姊介绍男朋友,他祖母仍然病着,在屋内愈痛愈叫,愈叫愈痛,家里显得没有一点秩序,她被冷落在一旁,眼看着生老病死在她眼前演着。她一个人走出他们家,巷子很长,过年的鞭炮和节奏都在进行,费敏一直很羡慕那些脾气大到随意摔别人电话、发别人疯的人,恋爱真使一个人失去了自己吗?

据我所知,费敏成长的过程并不单纯,足以使一个正常的人变得冷酷,但是她的事情包括我在内,没有几个人知道,由此可以看出费敏的耐力。她们家一共兄妹四人,费伯伯是个军人,生就一付勇猛刚硬的性情,她母亲正好相反。费伯伯随着部队到处调动,很少在家,所以她从小就在母亲的泪水中长大的,也因为如此,她顶怕看别人哭,自己就永远一张笑脸。两个哥哥,因为父亲不在,皮得像匹劣马,交了一大堆不三不四的朋友,他父亲一气之下说——他们两个要是考得上大学,我给他们背四年书包。她大哥不仅没考上大学,还因为不学好,被送去了少年感化院,费敏眼看着她父亲签了同意书。她父亲一生服务军旅,东征北讨,叱咤风云,却连两个儿子都教不好,心情之沉痛只有她最了解。他大哥到底出来了,俨然不像她们家的人,没多久,离家上船去了,每个月照例留薪,信却很少写,不知道他怎么捱的。她二哥的际遇是费敏一辈子无法忘掉的。二哥继承了母亲良善的本性,凡事替人着想,对费敏很好,她二哥长得很漂亮,也写得一手好字,但是没用,他那些朋友注定会害惨他。她父亲见她二哥不成材,便早早把他送到士校去锻炼,费敏记得他常写信说——很想家。人也变得很自卑,每次回家拿了爸爸的梅花官阶到学校给同学看——我虽然是个士官,我父亲可是个军官。有一天,她二哥休假回家,和几个旧日友好去玩,一会儿跑回来说:妈,我要回学校。他走了没多久,警察找上门来——他成了抢劫案的嫌疑犯。她二哥被人拖累,一毛钱没拿,事先也不知道,但是,开庭时,那些朋友都懂得抵赖脱罪，只有她二哥俯首认了罪，别说大学没考，连士校都没念完就进了牢狱。费敏用最大的容忍接受这些打击，不但不怨尤，而且付出更多的爱。她父亲把所有的希望寄托在她身上，费敏没让他失望，读一流的大学，在一流的机构工作。她知道，父母亲一辈子没有多少可以称慰的事，她是唯一的一件，所以不敢轻易动用感情，费敏不愿意叫人知道她沉痛的一面，就如同不愿意给人不愉快一样。我们这些朋友，从她那儿得来的，除了没有休止的启示外，还有一颗真诚善良的心。

　　后来在报上看到李眷佟父亲的讣闻，他们终于没能守住他父亲出走的灵魂。她打电话去，他总不在。那天李的父亲公祭，她去了，他的车停在灵堂外。李眷佟哭得很伤心，那张漂亮的脸，涂满了悲恸的色彩，丧父是件大痛，李需要别人分摊她的悲哀，正如费敏需要别人分摊她的快乐，同样不能拒绝。而他说——我不爱她。

　　是吗？她不知道！

　　多少年来，她在师长面前，在朋友面前，都是个有份量的人，在他面前费敏的心被抽成真空，是透明的。在日记里，费敏没有写过一次他说爱她的话，但是，他会没说过吗？即使在他要她，她给他的情况下？费敏是存心给他留条后路？他们每次的"精神行动"不能给他更多的快乐，但是他太闷，需要发泄，她便给他，她自己心理不能平衡。实体的接触，精神的接触，都给她更多的不安，但是，她仍然给他。

　　事情并没有因此结束，费敏放心不下，怕误会了他，却又不敢问，怕问出真相，他们保持每个星期见一次面，现在费敏是真正不笑了，从什么时候开始她不会笑的？她也不知道，两个人每次见面，几乎都在他车里，往往车窗外是一片星光，费敏和他渡过的这种夜，不知道有多少，她常常想起群星楼外的星星，好美，好远。

　　他们之间再也没有提起李眷佟,除了完全放弃他才能拯救自己外,其他的方法费敏知道不会成功,她索性不去牵扯任何事情。有一天,费敏说,出去走走好吗? 那段时间他父亲正好出国,事情比较少,他母亲眼前少了一个活靶,也很少再攻击,他便答应了。

　　他们没走远,只去了礁溪。白天,他们穿上最随便的衣服,逛街,逛寺庙,晚上去吃夜市。小镇给费敏的感觉像沉在深海中的珍珠,隐隐发光;入了深夜,慢慢往旅馆走,那是一幢古老的日式建筑,贝光沉淀在庭园里,两个人搬了藤椅、花生和最烈的黄金龙酒,平静地对酌着,浅浅地讲着话。“开始”和“结束”的味道同出一辙,爱情的滋味,有好有坏,但是费敏分不出来。

　　回到台北,等待他的是他父亲返台的消息,等待费敏的是南下采访新闻的命令。

　　费敏临行时,给他打了电话,他说——好,我来送妳。费敏问——一定来? 他答:当然。她从十二点最后一班夜车发出后,便知道他不会来了,火车站半夜来过三次,两次是跟他;夜半的车站仍然生命力十足,费敏站在“台北车站”的“站”字下面没有动过。夜晚风凉,第一班朝苏澳的火车开时,她一点感觉也没有了,时间过得真快,上次跟他去苏澳似乎才在眼前。高雄的采访成了独家漏网。

　　她回家后就躺下了,每天瞪着眼睛发高烧,咳嗽咳得出血;不敢劳累父母,就用被子蒙住嘴,让泪水顺着脸颊把枕头浸得湿透,枕头上绣着她母亲给她的话——梦里任生平。费敏的生平不是在梦里,是在现实里。

　　病拖了一个多月,整个人像咳嗽咳得太多次的喉咙,失去常性,但是外面看不出来。她强打起精神,翻出一些两人笑着的相片,装订成册,在扉页抄了一首徐志摩的《歌》——当我死去的时候,亲爱,你别为我唱悲伤的歌,我坟上……要是你甘心忘掉我……

那本集子收的照片全是一流的,感觉之美,恐怕让看到的人永远忘不了,每一张里的费敏都是快乐的,甜蜜的。

她送去时,天正下雨,他父亲等着他,他急着走,费敏交给他后,他才翻开,整个人便安静了下来,眼里都是感动,不知道是为集子里的爱情还是为费敏。她笑笑,转身要离去时,告诉他——"你放心,我这辈子不嫁便罢,要嫁就一定嫁你!"雨下得更大,费敏没带伞,冒着雨回去的。这是她认识他后,所讲的最严重的一句话。

她曾经写着——我真想见李眷佟。他们去礁溪时,她轻描淡写地问过他,他说——我们之间早过去了,我现在除了爸爸的事,什么心都没有!说来奇怪,我以前倒真爱过她。

她还以为,明白存在他们之间的问题是什么了呢,她真渴望有份正常的爱。见不见她其实都一样了。

国父纪念馆经常有文艺活动,费敏有时候去,有时候不去,她常想把他找去一起欣赏,松松他太紧的弦,但是,他们从来没有机会。那天,她去了,是名声乐家在为中国民歌请命的发表会,票早早卖完了,门口挤满没票又想进场的人群,费敏站在门口,体会这种"群众的愤怒",别有心境。群众愈集愈多,远远的,他走过来,和李眷佟手握着手,他们看起来不像是迟到了四十分钟,不像是要赶场音乐会,他们好像多的是时间,是费敏一辈子巴望不到的。费敏离开了那里,国父纪念馆的风很大,吹得费敏走到街上便不能自已地全身颤抖。怎么,报应来得那么快?她还记得上次他们牵着手碰见李,如果李爱过他,那么她现在知道李的感觉了。

晚上,她抱着枕头,压着要跳出来的心,十二点半,她打个电话去他家,他母亲接的,很直截了当地告诉她——没回来,有事明天再打。他们最近见面,他总是紧张母亲等门,早早便要回去,也许,他母亲骗她的。

他们最后一次见面是在群星楼,他一看到她便说——昨天我在事务所一直忙到十二点多……费敏不忍心听他扯谎下去,笑笑说——骗人。他一怔,她便说——音乐会怎么样?

他们怎么开始的,费敏不知道,也许从来没有结束过,但是,都不重要了,他们之间的事是他们的,不关李眷侪的事。费敏望着他那张年轻、干净的脸,这个世界上有很多演坏了的剧本,不需要再多加一个了。费敏不敢问他——你爱我吗? 也许费敏的一切都够不上让他产生疯狂的爱,但是,他们曾经做过的许多事,说过的许多话,都胜过一般爱情的行为。他可能是太健忘了,可能是从来没有肯定过,也许他们在一起太久了,费敏一句话也没多提,爱情不需要被提醒,那是他的良知良能。群星楼里有费敏永远不能忘记的梦;他们一直坐到夜半,星星很美,费敏看了个够,樱桃酒喝的也有些醉了。

她习惯了独自挡住寂闷不肯撤离,现在,没有什么理由再坚守了,她真像坐在银幕前看一场自己主演的爱情大悲剧,拍戏时是很感动,现在,抽身出来,那场戏再也不能令她动心,说不定,这却是她的代表作。

日记停在这里,费敏没有再写下去,只有最后,她不知道想起什么,疏疏落落地写了一句——

我需要很多很多的爱。

1979 年 11 月

王安忆:《雨,沙沙沙》

作家介绍

王安忆(1954—   ),生于南京,两岁时随母亲茹志鹃迁至上海读小学,1970 年初中毕业后赴安徽淮北农村插队,1972 年考入徐州地区文工团工作,1978 年回上海,任《儿童时代》编辑。1978 年发表处女作短篇小说《平原上》,1986 年应邀访美。1987 年进上海作家协会专业创作至今。现为中国作家协会副主席,上海市作家协会主席,复旦大学中文系教授,复旦大学中国当代文学创作与研究中心主任。

自从 1978 年开始发表作品以来,三十多年间王安忆笔耕不辍,创作了大量的作品,代表性的作品计有中短篇小说集《雨,沙沙沙》(1981)、《黑黑白白》(1983)、《流逝》(1983)、《小鲍庄》(1986)、《荒山之恋》(1988)、《海上繁华梦》(1989)、《伤心太平洋》(1995)等,长篇小说《69 届初中生》(1986)、《黄河故道人》(1986)、《流水三十章》(1990)、《米尼》(1992)、《纪实和虚构》(1994)、《长恨歌》(1995)、《富萍》(2000)、《上种红菱下种藕》(2002)、《桃之夭夭》(2003)、《遍地枭雄》(2005)、《启蒙时代》(2007)等,散文集《母女漫游美利坚》(与茹志鹃合著,1986)、《蒲公英》(1988)、《寻找上海》(2001)等,论著《故事和讲故事》(1992)、《心灵世界——王安忆小说讲稿》(1997)等。

王安忆的作品多次获得全国优秀短篇、中篇小说奖,《长恨歌》获"第五届茅盾文学奖"。1998年获得首届当代中国女性创作奖。2001年王安忆获马来西亚《星洲日报》"最杰出的华文作家"称号。

王安忆的小说,多以平凡的小人物为主人公,注重从小人物平凡生活中的不平凡经历与情感中,挖掘生活的内在底蕴。在艺术风格上,王安忆较为多变,既有早期小说常在平静的叙述中内含忧郁而又抒情的笔调,也有二十世纪八十年代不拘一格的先锋实验,更有二十世纪九十年代以后,在沉静和细致中展现的从容和大气。

作品导读

在二十世纪的中国女作家中,王安忆无疑是个重要的存在。她的小说创作不但数量大,而且质量高,特别是,王安忆的小说创作经常呈现出一种不断变化、不断突破的发展态势。这种变化和突破既体现在她的小说主题和题材方面,也体现在她的艺术技巧方面。有评论家用"寻找与发现"来概括王安忆小说创作的这一特点,相当准确。

从《谁是未来的中队长》到《本次列车终点》,从《窗前搭起了脚手架》到《流逝》,从《雨,沙沙沙》到"三恋"(《荒山之恋》《小城之恋》《锦绣谷之恋》),从《海上繁华梦》到《伤心太平洋》,从《小鲍庄》到《香港的情与爱》,从《黑黑白白》到《长恨歌》,从《富萍》到《启蒙时代》……王安忆在她的作品中所涉及的题材领域,遍及中学生生活、知青/乡村生活、上海市民/都市生活、进城者/底层民众生活;表现的主题则包括了对知青返城的观感,对"文革"岁月的反思,对上海历史的审视,对小市民悲欢的同情以及对人性不懈的挖掘。在艺术上,王安忆的作品有以故事情节见长的现实主义叙事，也有以意识流动结构全篇的心理表现主义，有突破禁忌大胆表现欲望的震撼书写，也有表现神秘力量的先锋实践……大陆文学自二十世纪五十年代以来从苏联传承的写实传统，以及新时期（1978 年之后）以来向欧美乃至拉美学来的各色现代主义、后现代主义的实验技巧，在王安忆那里可以说"兼容并包"，并最终熔炼成具有王安忆个人特色的一种叙事基调、结构方式和文字风格——王安忆的叙事基调和结构方式从总体上看是平实沉稳的，可是总有令读者惊奇的变化闪烁其间；王安忆的文字风格总体上看是优雅细腻日常生活化的，可是冷不丁也会有让读者大吃一惊的动荡跳跃、粗犷奔放和杀伐凌厉。

王安忆虽然是位女作家，但她对于评论界把她归为女性主义作家并不认同。在王安忆看来，她写的是人而不仅仅是女人，她描写的历史和社会属于所有人而不仅仅只属于女人。很显然，王安忆不愿意自己的文学世界因女性主义的标签而缩小了格局和范围。事实上，王安忆虽然身为女作家，在作品中自然会对女性的处境和命运给予更多的关注，并常常自觉不自觉地流露出女性的视野和立场，但从总体上看，她确实不是一个特别注重和强调"女性"身份的作家——如果说她的作品中透露出了女性的色彩，那更多的是体现在她观察的细腻、感悟的入微，而不是浓烈的女性意识。

《雨，沙沙沙》是王安忆"雯雯系列"中最有代表性的一篇作品。创作这篇小说时，王安忆与笔下的雯雯，在年龄上大概相距不远。那时的王安忆，对世界和人生的看法，或许也与雯雯一样，充满"梦"的憧憬和乐观——当然，雯雯身上的少女情怀，也许多少也有王安忆自己心境的投影。这就使《雨，沙沙沙》带有了一种抒情的意味。雯雯是个工厂的女工，一次因为下班后单位领导要为她介绍男朋友，谈话晚了，没赶上最后一班公交车,又恰逢雨天,正当雯雯一筹莫展的时候,一个骑车的男青年主动提出用脚踏车送她回家,犹豫之后雯雯坐上了这个男青年的车子。在路上,雯雯一直对这个男青年心存戒心,可是男青年的热情、坦诚、体贴特别是对生活中美的敏感,令雯雯深受感动,并因此在心中深深地喜欢上了这个用"爱"和"美"面对生活的小伙子。然而,雯雯和这个小伙子在那个雨夜分别后从此再也没有重逢——即便是雯雯在又一个雨夜有意落下最后一班公交车,骑车的小伙子也没能如她所期待的那样再次出现。

在这篇小说中,王安忆赋予了雯雯这样的特质:看似柔弱实则刚强,看似被动实则主动。作品中王安忆通过雯雯的视角,借助骑车小伙子这个人物形象所要表达的,是人不论在任何时候,都不要失去对生活的诗意感受和充满希望的梦想。这篇小说写的当然是一种不限于女性生活的普遍"共性",但从"女性"的角度对之进行分析,也是看取这篇小说的一个视角。

少女坐在陌生男性的脚踏车后座,并因此引发心理悸动和意识波澜,在李昂的《花季》中也出现过。不同的是,李昂《花季》中的少女对男性在防范的同时更期待有什么发生——浪漫和对异性的幻想是正处于青春期的"我"的心理基础和意识核心,而在王安忆的《雨,沙沙沙》中,雯雯对骑车小伙子的提防,却是源于生活经验的积累和对男性追求女性时惯用伎俩的洞察——刚刚经历过"文革"浩劫的现实人生已教会了雯雯怎样用一种"务实"的眼光看待世界,对于和骑车小伙子的雨中奇遇,雯雯最初根本就没有任何浪漫的想法。然而,如同《花季》中的"我"浪漫的期待落空一样,雯雯的"务实"精神也在小伙子的诗意生活态度面前彻底瓦解——"我"和雯雯从男性那里收获的都是与她们的期待/判断截然不同的"意外",正是在这种"意外"中,"我"和雯雯的女性身份,得到了凸显。

坐在陌生异性的脚踏车上，大概只有女性才会思绪万千，心中满怀疑虑和提防。如果说《花季》中的"我"坐上花匠的车子是主动选择的话，那么雯雯在那个雨夜坐上陌生小伙子的车子，则是别无选择的选择。看上去雯雯是被动的，可是在路上，雯雯却一直以戒备之心掌握主动，选择性地回答小伙子的问题，当小伙子温柔地把雨披披到雯雯的肩上并对生活中的美（天蓝色的路灯）表现出一种诗意时，雯雯被深深地打动了。她的"戒备"终于消除了，她把家庭住址毫无保留地告诉了小伙子——雯雯的主动由"戒备"转成了"信任"，而当她在心中把这个小伙子当成自己的"朋友"（在八十年代的中国大陆，青年人口中的"朋友"就是恋人的意思），并告诉了经别人介绍正在"处"的朋友小严的时候，她也是主动的。当然，当又一个雨天来临时，她选择了不上末班车而期待与骑车小伙子重逢，她还是主动的。

二十世纪八十年代的中国大陆，走出"文革"还没多久，与男性比起来，女性在"文革"中遭受的挫折也许令她们更加刻骨铭心，对社会和他人的不信任感，导致了雯雯（们）心中应有的浪漫和诗意已然枯萎。好在，骑车小伙子的感召，使雯雯心中蛰伏的浪漫和诗意得以复活，她终于主动地接纳并寻求人生的浪漫、诗意和梦。王安忆以少女雯雯的心路历程和爱情表现，昭示了一个新时代的来临，也为二十世纪的中国文学，提供了一个虽受磨难，却没有泯灭爱、美和梦的能力的女性形象。

雨，沙沙沙

天，淅淅沥沥地下起小雨。等末班车的人们，纷纷退到临街的屋檐下。一个穿扮入时的姑娘没动弹，从小巧的手提包里取出一把折叠伞撑起来。路灯照着伞上的孔雀羽毛花样，看起来，像一只开屏的孔雀。雯雯也没动弹，只是用白色的长围巾把头包了起来。这显得有点土气，上海时髦的女孩子，有的已经在卷发上斜扣着绒线帽了。不过雯雯不在乎，泰然地站在"孔雀姑娘"身边，一点儿都不回避这鲜明的对比。一同从农村回上海的同学，都迅速地烫起头发，蹬上高跟鞋，见了雯雯就要说："你太不爱漂亮了。"而雯雯就会立即反问："谁说的?"她不承认。

远处亮起两盏黄色的车灯，公共汽车来了。躲雨的人走出了屋檐，候在马路边，"孔雀姑娘"也收起了"屏"。可雯雯却踌躇不决地退了两步，她似乎在犹豫，是否要上车。

汽车越来越近，车上的无线传话筒清楚地传来女售票员的报站声，那是一种浓浓的带着睡意的声音。人们急不可耐地向汽车迎去，又跟着还在缓缓行驶的车子走回来。其实车子很空，每个人都能上去。可在这深夜，想回家的心情变得十分急切。只有踏上了车子，回家才算有保证。雯雯不由自主也向车门跑了两步。一滴冰凉的雨点打在她脑门上，雯雯的脚步停住了。

"喂，上不上啊?"这声音显然是向雯雯嚷的，因为车站上只有她一个人了。雯雯醒悟过来，上前一步，提起脚刚要上车，又是一大滴雨水打在脑门上。这雨点很大,顺着她的鼻梁流了下来。是在下雨,和那晚的雨一样。雯雯收起脚往后退了。只听得"嗤——砰!"一声,车门关上开走了。"发痴!"是售票员不满的声音。在这寂静的雨夜,通过灵敏度极高的扬声器,就好像全世界都听见了,在雯雯心里引起了回声:

"发痴! 我是发痴了?"雯雯问自己。一个人站在突然寂静了的马路上,想到要走七站路才能到家,而且夜要越来越深,雨会越来越大,雯雯不禁缩了下脖子。不过她又并不十分懊恼,她心里升起一个奇异的念头:也许他会出现在面前,披着雨衣,骑着自行车……他不是说:"只要你遇上难处,比如下雨,没车了,一定会有个人出现在你面前。"说完一蹬踏脚,自行车飞出去了。飞转的车轮钢条,在雨洗的马路上,映出两个耀眼的光圈。现在出现在面前的该是谁呢? 除了他,雯雯想象不出别的形象。

雨点子很细很密,落在地上,响起轻轻的沙沙声。雯雯把围巾紧了紧,双手深深地插进外套口袋,沿着公共汽车开去的方向走着。两辆自行车从身后驶来,飞也似的驶去,一眨眼就消失在蒙蒙的雨雾中。下着雨,人人都急着奔回去,可她——

"我是发痴了?"雯雯在心里又一次问自己,她放慢了脚步。可是又有什么办法补救呢? 算了,走吧! 反正末班车开跑了,确实没办法了。是啊,没办法了,和上次一样。上次怎么会"脱班"的? 啊,想起来了,是老艾和她说话呢,一下扯晚了。老艾是雯雯他们的车间主任,同时又是个慈祥的老阿姨。她喜欢雯雯,雯雯的妈妈又特别信任老艾。人家说老艾和雯雯有缘分。老艾给雯雯介绍了一个男朋友,姓严,是高考制度改革后入学的大学生。妈妈对雯雯说:"可以互相了解了解。"雯雯轻轻地说:"为什么要了解?"妈妈迟疑了一下说:"为了爱情。"雯雯更轻地说:"爱情不是这样的。"她总觉得这种有介绍人的恋爱有点滑稽,彼此做好起跑准备,只听一声信号枪:接触——了解——结婚。唉,雯雯曾对爱情充满了多少美丽的幻想啊!哥哥说:"天边飞下一片白云,海上漂来一叶红帆,一位神奇的王子,向你伸出手——这就是你的爱情。"雯雯对着哥哥的挖苦,不承认也不否认,只是牵动一下嘴角。她不知道爱情究竟是白云,还是红帆。但她肯定爱情比这些更美、更好。无论是在海上,还是天边。她相信那总是确确实实地存在着,在等待她。爱情,在她心中是一幅透明的画,一首无声的歌。这是至高无上的美,无边无际的美,又是不可缺少的美。假如没有它,生活将是不完全的。要说,这也是过去的想法了,这美被风吹日晒得渐渐褪了色。可是,那也绝不是一声信号枪可以代替的。不是,啊,决不! 雯雯坚决地摇摇手。

哥哥又说了:"天边飞下一片白云,海上漂来一叶红帆……"不等雯雯牵动嘴唇,他就加快速度,提高嗓门接着往下说:"船只进港,在吴淞口要受检查,来历不明进不来上海港。王子没有户口就没有口粮布票白糖肥皂豆制品。现实点儿吧,雯雯!"这位七〇届海洋生物系大学生,学了一年专业,搞了四年"革命",农场劳动一年后,分配在中学教音乐——天晓得。现在,他常常发愁没有好海味来发挥他的烹调术,这也许是他过去的爱好和专业,留下来的残余之残余了。

听了这一席话,妈妈重重地说了三个字:"神经病!"而雯雯"扑哧"一声笑了。笑了,但笑得无可奈何而辛酸,好像是在笑自己的过去。那位小严同志,看来也是个自尊的人,他没有死皮赖脸地来缠雯雯,这也博得了雯雯的好感。她真的犹豫了,然而她在犹豫的阶段停留得太久了。整整三个月,还没给人一个准信。那天晚上交接班时,老艾拉住雯雯在更衣室里,说:"那孩子是我看着长大的。"等她把此人生平叙述完后,雯雯跑出厂门直奔车站,可末班车"嘟"的一声开跑了。天又下起雨来。……

　　和这会儿一样,开始是一滴一滴落在雯雯额头上,然后就细细绵绵地下个不停。那"沙沙沙"的声音,就像是有人悄声慢语地说话。

　　雯雯的额发湿了,滴下冰凉的一颗水珠。她伸出舌头接住水珠,继续向前走去。不知不觉,一个站头过去了。雯雯又问了自己一遍:"我是发痴了?""不!"她很快就否定了。他说不定会来的,在人意想不到的时候,在人差不多要绝望了的时候。就像那天——

　　那天,雯雯朝着开跑的汽车叫了声:"等等!"随即就撒开腿追了。其实她很明白腿和汽车的速度悬殊,可她还是追了。这是她能做的唯一的努力,人总是不那么容易放弃希望。只要尚存一线,就要拼命地追啊追,尽管无望。一辆自行车赶过了她,但还被汽车抛远。而雯雯仍然追着,又叫了声"等等!"这声音在深夜听来,显得绝望而可怜。汽车越跑越远,而那辆自行车却转回了头。在空无一人的马路上,这声"等等!"是满可以认为在招呼他的。自行车一直驶到雯雯身边,停下了。

　　"不不,我不是叫你。"雯雯摇摇手,眼睛望着慢慢消失的汽车尾灯,又下意识地抬头看看滴滴答答沉着脸的天。

　　"坐我的车也可以的。"骑车人说。他披着雨披,雨帽遮去了上半个脸,但能感觉出这是个小伙子。

　　"坐你的车?"雯雯的眼睛发亮了,可只闪烁了一下,她立刻警觉起来,这会不会是无聊的纠缠? 她摇了摇头,"不!"

　　"不要紧,交通警下班了。万一碰上,你看,我就这样(他举起左手),你赶快跳下车。"

　　他的误解和解释,雯雯倒喜欢,这使她放心了一点儿。可她还是摇摇头,头发梢上甩下几滴水珠子。雨下得不小,远远走七站路,确实是件要命的事。她不由回过头看了一眼自行车。

　　雨帽遮住他的眼睛,他没看见雯雯的犹豫不决,催促道:"快上车吧,雨大了。"是的,雨越下越大了,"沙沙沙"的声音几乎变成了"哗哗哗"。

"你不上? 那我走了。"那人淡然地,说着就跨上了车。

"啊,等等。"雯雯急了。他这一走,这空荡荡的马路上,就只有她一个人,冒着雨,走七站路。她顾不上犹豫了,跑上去,果断地坐上了车后架。

他一蹬踏脚,车子冲出老远,雯雯身子一晃,伸手往前抓,但又赶紧缩回来抓车架。她忽然紧张起来,这是个什么人? 他要把我带到哪儿去? 哎呀,雯雯太冒失了,她不觉叫出声来:"你往哪儿去?"

这声音委实太响,而且太突然,吓得他哆嗦了一下。他放慢了速度说:"顺着汽车的路线,错了?"

没错,可他也未免太机灵了,这更加危险。

"对吗?"他转过头问,雨帽滑到脑袋后头了。

雯雯点点头,不吭声了。她看见了他的眼睛,很大很明亮,清清澈澈,好像一眼能望见底,雯雯的紧张情绪松弛了一点儿,但她仍然不能放心这个陌生人,尽管他有一双诚实的眼睛。眼睛? 哼,雯雯自嘲地微微耸耸肩。眼睛能说明什么? 曾经有过一双好眼睛,可是……雯雯不由得叹息了一声。

小伙子奋力踏着车子,顶风,又增加一个人的负担,看来有点吃力。他身体前倾,宽宽的肩膀一上一下。而雯雯坐在这宽肩膀后头,倒能避避雨了。雯雯抬起头,望着他的背影,脑子里老是缠绕着一个念头:他会不会有歹心? 他完全可能拐进任何一条小路、小弄堂。马路上静悄悄,交通警下班了,可是他一直顺着亮晃晃的汽车路线骑着,没有一点儿要拐进小胡同、拐进黑暗中去的意思。已经骑过三个站牌了,在骑过一个街心花园时,他忽然松开车把,满头满脸抹下一把雨水,一甩,不偏不偏正好甩在雯雯脸上。雯雯紧闭眼睛低下了头,心里有点暗暗好笑自己的多疑。

"你家住在哪儿?"小伙子发问。

啊,开始了,雯雯明白了,接下去就该问姓名,然后做出一见如故的样儿说:"认识认识吧!"哼!雯雯在心里冷笑了一声。这一套她见过,过去那个人,进攻的方式要抒情得多,他第一句话是:"我好像见过你。"可后来呢!雯雯不无辛酸地合了合眼。

"你家在什么地方?该在哪儿停?"小伙子又问了。雯雯这才想起来这不是公共汽车,不是到站就停车的。但随便怎么也不能告诉他住址。她只说:"停在前面第三个站头上好了。"

小伙子不做声了。雨下得小了点儿,可却像扯不断的珠子。尽管有人家肩膀挡着,雯雯的外套仍然湿透了,头发直往下滴水。她干脆低下头闭起眼睛,任凭雨细细绵绵地侵袭。

"真好看!"小伙子轻轻地赞赏着。

什么好看?雯雯睁开眼睛,这是怎么啦?雨蒙蒙的天地变作橙黄色了,橙黄色的光渗透了人的心。雯雯感到一片温和的暖意,是不是在做梦?

"你看那路灯!"小伙子似乎听到雯雯心里的发问。啊,原来是路灯,这条马路上的路灯全是橙黄色的。"你喜欢吗?"

"谁能不喜欢呢?"雯雯真心地说。

"嗯,不喜欢的可多了,现在的人都爱钱。钱能买吃的,买穿的,多美啊!这灯光,摸不到,捞不着。可我就老是想,要是没有它,这马路会是什么样儿的呢?"说着他回头望了望雯雯。

"岂止是马路?"雯雯在心里说。这时她发现自行车停了下来,小伙子下了车。他快手快脚地解下雨披,没等雯雯明白过来,就将雨披抢出个扇形,披上了雯雯的肩。不知是小伙子看到落汤鸡似的雯雯冷得打战,还是这灯光的橙黄色使他温柔了。

"不要! 不要!"雯雯抬手去扯雨披。只是这时的推辞中,已经没有戒备了,是真心感到过意不去。

"要的! 要的! 我身体棒,雨一落到身上,马上就烤干。你瞧,都在冒烟呢!"真的,他的脑袋上腾起一缕热气,"你家离站头有多远?"

雯雯不假思索地告诉了他,几条马路,几弄几号几楼,统统告诉了他。在这么一个橙黄色的温存的世界里,一切戒备都是多余的。

"你看前边。"小伙子压低声音说,好像怕惊扰一个美好的梦似的。

前边,是一个蓝色的世界。那条马路上的路灯,全是天蓝色的。"我每天晚上走过这里,总是要放慢车速。你呢?"

"我都是挤在汽车里,没有注意过。"雯雯老老实实地说,心里不觉有点遗憾。

"以后你就不会放过它了。"小伙子安慰雯雯。

车子骑得很慢,显出不胜依依。可是,这路毕竟只有一段,不一会儿就过去了。从这天蓝色中走出,忽然感到暗了许多,冷了许多。夜更深了,更静了,而那已经克服了的戒心和疑惧悄悄地上了心头。好在,前边就是雯雯的家了。车子缓缓地停稳了,雯雯下了车,跳进门廊,动手就解开雨披,交给了小伙子,说:"多亏了你,谢谢!"到了家,她心里踏实了,轻松了,不由也活泼起来。

小伙子系着雨披,尽管一身湿透,但仍然兴致勃勃:"谢什么? 不碰上我,碰上别人也一样。"

"真的!"小伙子认真地说,"我在农村插队时,有一次骑车上公社领招工表。到了公社才知道,名额被别人顶了。气得我呀,回去时,从坝子上连人带车滚了下来,腿折了,不能动! 十里八里也没个庄子,不见个人，我干脆闭上眼睛，随便吧！忽然，贴着地面的耳朵听见远远走来的脚步声。我想看看这人的模样，可眼睛睁不开。只感觉到他在我腿上放了一株草，一定是灵芝草。我一鼓劲就站起来了。"

"是个梦。"雯雯忍不住插嘴了，她听出了神。

"是个梦，不过这梦真灵。不一会儿，来了一伙割猪草的小孩，硬把我给抬到了公社医院。"

"真的。只要你遇上难处，比如下雨，没车了，一定会有个人出现在你面前。"他说完，一蹬车子，头也不回地消失了。

……走过第二个站牌了，并没有人出现在面前。雯雯不由停下了脚步，朝四下望了望，她发现自己太傻气了，也许那小伙子只不过是随便说说，她怎么当真。他的话固然挺动人，可是雯雯在十来年的生活中失去的信念，难道会被这陌生人的一席话唤回？谁又知道他这些话是真的还是编的。雯雯责备自己怎么又被这些话迷惑住，她早该觉悟了。当那白云红帆送来的人对她说"我们不合适"的时候，她就该醒悟了。

白云红帆送来的人啊！不知是从天边，还是海上来的。他站在满地的碎玻璃片上，阳光照在玻璃上，将五光六色折射到他身上……

那是"复课闹革命"的时候，雯雯背起久违的书包，高高兴兴来到学校。而学校刚结束了一夜的武斗，教学大楼上一扇扇没有玻璃的窗口，像失去了眼球的眼睛。雯雯拎着书包，踩着碎玻璃慢慢向校门走去。

这时，她看见了他。他没戴红袖章，也拎了个书包。他在等什么？是在等雯雯？不知道。当雯雯走过他身边时，他也转身随着雯雯一起走出了校门。他忽然说话了：

"我好像见过你。"

"一个学校嘛！"雯雯淡淡地说。

"不是在学校里见的。"他又说。

雯雯困惑了，停住了脚步。

"在什么地方呢？"他认真地想着。

雯雯困惑之极，却恍惚觉得是在别的什么地方见过。

"在梦里。"他嘴唇动了一下。不知确实说了，还是雯雯在想。反正，雯雯微笑了。

他们认识了，相爱了。他们不用语言来相互了解，他们用眼睛。那是双什么样的眼睛啊！真诚、深邃，包含着多多少少……透明的画，有了色彩；无声的歌，有了旋律。雯雯全身心地投入了这爱情，她是沉醉的，忘记一切的。忘记了自身的存在，忘记了时间的存在。可时间在走，一届届的中学生，莫名其妙地毕业了。他焦躁不安，当接到工矿通知后，又欣喜若狂。雯雯也高兴，是因为他不再焦愁。

很快就轮到雯雯分配了，一片红，全部插队。雯雯有点难过，因为要和他分两地。坚贞的爱情本来能弥补不幸的。可是他却说："我们不合适。"这真是雯雯万万没想到的。爱情，就被一个户口问题、生计问题砸得个粉碎。这未免太脆弱了。可却是千真万确、实实在在的，比那白云红帆都要确实得多。雯雯哭都来不及，就登上了北去的火车。心中那画呀、歌呀，全没了，只剩下一片荒漠。可是，不知什么时候起，这荒漠逐渐变成了沃土，是因为那场春雨的滋润吗？

自从那场春雨过后，雯雯晚上出门前，总先跑到阳台上往下看看；下中班回家，离这儿有十几步远时，也总停下往这边瞧瞧。生怕哪棵树影里、哪个拐角上，会闪出那人，一脸恳切钟情的样儿："我们又见面了！"现在的人可狡猾了。他们付出，就是为了加倍地捞回。那双眼睛，看上去倒是十分磊落，可谁敢保证？

不过，那人并没有露面。十天，二十天，一个月，一直没有露面。雯雯慢慢地放松了戒备,可她还是常常从阳台上往下望。或许这成了习惯,然而,在这习惯中,还包含着一点,一点期待。为什么?不知道,或许就因为他不再露面。雯雯开始想起他们的分手,分手前的几句话……在她的思绪回溯中,那紧张和戒备,全都无影无踪。照耀始终的是那橙黄和天蓝的灯光。

　　……

　　透过乌蒙蒙的雨雾,雯雯看见了第四个站牌。雨停了,"沙沙沙"的窃语声悄然消失,屋檐上偶尔滑下一颗水珠溅在地上。雯雯轻轻地叹了口气,从头上放下围巾,然而心中又冉冉地升起了希望:也许他预料到今天这场雨不会下大,不会下久。也许是下一次,下一次,真正是下雨的时候,真正是碰上难处的时候……唉,连雯雯自己都不能解释。这希望,怎么会是这样不灭不绝的。这只是自己一个美丽的幻想,而她却是怎样地信任这个幻想啊!她把信任毫无保留地交给了他。

　　那个星期天,雯雯对难得上门的小严同志说:"我有朋友了。"小严走了,不难过也不动气。这人倒实在,不虚假。只要不装,他们的分手本不会有难或动气。他刚走,在厨房炒鱼片的哥哥就冲进房间,说:"雯雯你疯了! 你哪来的朋友?"

　　雯雯不耐烦地说:"给你说有了,就有了嘛!"

　　妈妈温和地劝雯雯:"老艾对你们双方都了解。这样认识的朋友比较可靠。"

　　"我有了!"雯雯抬高了声音说。她又想起在那橙黄的灯光下,小伙子说:"这灯光,摸不到,捞不着。"

　　"啊,我知道了。在那天边,在那海上……"

　　雯雯忽然发火了,怒气冲冲地打断了哥哥的话:"我说你倒该回到海上去。你曾经做过多少海的梦,现在它们都到哪儿去了? 哪儿去了?

油锅里去了!"

　　哥哥被妹妹的抢白呛住了,张大着嘴说不出话来。他在毛线衣外头系了条嫂嫂的花围裙,样子很可笑。可他只愣了一小会儿:"这就是生活,生活! 而你是青天白日做大梦!"他走到妹妹面前,伸手抱住雯雯的肩膀,恳切地说:"你不能为那朦胧缥缈的幻想耽误了生活,你已经付出过代价了。"

　　雯雯挣开哥哥的双手,转过身子,将脸贴在阳台的落地窗上,她的眼睛下意识地在阳台下的树影中寻找着。

　　……

　　几架自行车载着邓丽君软软的歌声和一阵笑语,从身后驶来。小伙子的车后架上各带了一位姑娘,也许是刚结束舞会。人去了好远,还留给寂静的马路一缕歌声:"好花不常开,好景不常在……"

　　雯雯重重地摇摇头,湿漉漉的短辫子打在腮帮上。不知什么时候,细雨又悄无声息地下起来了。生活中是有很多乐趣,一定也包括梦想的权利。雯雯别的都不要,只要它。尽管她为它痛苦过,可她还是要,执意地要。如果没有它,生活会是怎么样……而她隐隐地但却始终地相信,梦会实现。就像前面那橙黄色的灯。看上去,朦朦胧胧、不可捉摸,就好像是很远很远的一个幻影。然而它确实存在着,闪着亮,发着光,把黑沉沉的夜,照成美丽的橙黄色,等人走过去,就投下长长的影子。假如没有它,世界会成什么样? 假如没有那些对事业的追求,对爱情的梦想,对人与人友爱相帮的向往,生活又会成什么样?

　　雯雯在这柔和亲切的橙黄色中走着,她走走停停,停停走走,心里充满了期待。他会来吗? 也许会,他说:"只要你遇上难处,比如下雨,没车了,一定会有个人出现在你面前。"

　　"你是谁?"雯雯在心里响亮地问道。

"我是我。"他微笑着。

"你是梦吗?"

"梦会实现的。"

前边那天蓝色的世界,真像披上了一层薄纱,显得十分纯洁而宁静。雯雯微笑着走进去了。

雨,绵绵密密地下着,发出"沙沙沙"的悄声慢语。雨水把路洗得又干净又亮堂,使得这个天蓝色和"沙沙沙"组成的世界明亮了。

西西:《像我这样的一个女子》

作家介绍

"西"就是一个穿着裙子的女孩子两只脚站在地上一个四方格子里。如果两个西字放在一起,就变成电影菲林的两格,成为简单的动画……从一个格子跳到第二个格子,跳跳,跳跳,跳格子。——西西[1]

西西(张彦,1938—   )作为香港具有实验性、探索性的代表作家,创作以来,自最早的《东城故事》(1966)起已超过四十年。但要论写作分水岭,则非《我城》莫属。[2]《我城》的意义给出了西西小说重要的主题,"出现一个地图上没有的新大陆,大家可以搬到那里去。"[3]1970年中期发表的《我城》[4]想象香港历史地理,西西可谓开山始祖,由城而发

① 西西:《造房子》,《像我这样的一个女子》,台北:洪范书店,1984年版,第2页。

② 何福仁:《胡说怎么说》,西西、何福仁《时间的话题——对话集》,台北:洪范书店,1995年版,第198页。

③ 何福仁:《胡说怎么说》,西西、何福仁《时间的话题——对话集》,第198页。

④ 《我城》出版有四个版本,分别是1979年香港素叶出版删减版、1986年台湾允晨文化版、1998年香港素叶版、1999年台湾洪范书店版。若未说明,本文所标示出版年皆为洪范版。

展出"肥土镇系列",《飞毡》(1996)是此系列的大整合。肥土镇,一般认知即香港,但西西小说已表明她笔下建构的是一个只有"城籍"而无"国籍"的地方。① 换言之,这正是香港(人)的身份,论者洛枫亦提醒我们两者间的"寓言性",即肥土镇不等于现实世界的香港。② 虚构"我城"异质空间、美学、文学观念,《美丽大厦》(1990)、《我城》《飞毡》等,可说与罗兰·巴特的"城市文本"(city as text)形成最具体的对话。西西创作另一不容忽视的主题,是她自 1980 年代着手建构的香港女性日常生活史的"白发阿娥系列",《白发阿娥及其它》(2006)为长期经营始成形之书。

《像我这样的一个女子》发表于 1982 年 9 月 7 日《联合报·联合副刊》,并获次年《联合报》第八届小说奖推荐奖,推荐理由:"《像我这样的一个女子》,用散文诗的方式写作小说,虽然篇幅很短,但结构均衡完整,采第一人称的内心独白,语气上的紧密程度非常迷人。小说一路铺陈下来,有一个比较沉重的主题,触及生命比较底层的某些东西,把哲学和思想的思考和小说结合在一起,是一篇非常吸引人而且分量很重的小说作品。"③就此西西广受台湾文坛注目。作品有诗集、散文、长短篇小说《西西诗集》《剪贴册》《胡子有脸》《我的乔治亚》《缝熊志》等近三十种。

---

① 西西:《我城》,台北:允晨文化,1986 年版,第 143 页。

② 洛枫:《历史想象与文化身份的建构——论西西的〈飞毡〉与董启章的〈地图集〉》,《中外文学》总 334 期(2000 年 3 月),页 191—192。

③ 《大风起兮——〈联合报〉第八届小说奖暨附设散文奖总揭晓》,《联合报》第 8 版,1983 年 9 月 16 日。

作品导读

　　西西小说创作最锲而不舍的追求：讲故事的方式。

——郑树森《读西西小说随想》①

　　《一千零一夜》是我深爱的旧典范，讲故事的人由漫漫长夜一路讲到天亮，不断思索也不停搜索，留神听客的反应，随时变换叙述的策略，照福柯所说，这其实是一种抗拒死亡的方式，当然，这迟早证明终究是徒劳的努力……然而，在真实与虚构之间，我以为讲故事的人，自有一种人世的庄严。

——西西《母鱼》②

　　西西书写是看重"游戏心态"的，那也几乎成为其最初的创作宣言，（香港文化人何福仁用"始终如一的游戏心态"，导引不太说话的西西与之对谈出一本对话集《时间的话题》。③）事实上，并不避言对童话天真世界爱好的西西，更向童话体借镜实验"轻松愉快的语调"，甚而"就想写得快乐些，即使人们以为我只是写嘻嘻哈哈俏皮的东西"。④ 但喜欢创新的西西，并不止于"轻松愉快"的创作实验，⑤她把在稿纸上创作，比拟为一种跳格子的游戏，小女孩一个又一个格子跳着，"那是一种热闹的

---

　　① 　郑树森:《读西西小说随想》，西西《母鱼》，台北:洪范书店，1990 年版，第 3 页。

　　② 　西西:《后记》，《母鱼》，第 218 页。

　　③ 　西西:《说出本书来》，西西、何福仁《时间的话题——对话集》，第 i 页。

　　④ 　何福仁:《童话小说——与西西谈她的作品及其它》，西西《像我这样的一个女子》，第 207—208 页。

　　⑤ 　西西自言写小说:"我希望能够提供读者一样东西:新内容，或者新手法。"见《童话小说——与西西谈她的作品及其它》，第 207 页。

游戏,也是一种寂寞的游戏"①。这样一径的童趣快乐,难怪招来"故作天真之虞"的评论,②但我以为这种"天真本色"③既是西西的创作宣言,也是她的创作姿态。她总是旁观自外,以"另外一种眼光去看,另外一种态度,一种乐观、善意的态度"来写作,并进行——语言的实验。④ 针对这样的书写姿态,我们其实要问,女作家的"天真"书写能不能在女性主义理论中找到一个"严肃"的位置? 这或者是很好地解读《像我这样的一个女子》的角度。就因为这样的天真本色,所以与理性对立。《像我这样的一个女子》中的女子从事的工作是为死人化妆,可说是"不平常环境中的平常人"⑤,这个身份成为所有朋友目中"恐惧的幽灵"⑥。这令人害怕的手艺由一生未婚的姑母传授,姑母表示:"不必像别的女子那般,要靠别的人来养活你。"⑦也意味着从此与爱绝缘。姑母传艺给"我",主要的原因是面对亡者,"我并非一个胆怯的人"⑧。从小失去父母,"我"其实是一个不懂得保护自己的女孩,对爱情的天真想象,于是像个小女孩般"毫无保留地表达了我的情感",且一直对男友隐瞒化妆的对象。于是,当男友要求参观"我"的工作时,直接复写当年姑母的男

---

① 西西:《造房子》,《像我这样的一个女子》,第 2—3 页。

② 王德威在一篇比较西西《我城》与《美丽大厦》的评论文章里,指出《我城》中"西西汲汲追求富有童趣的诗化意象,亦时有故作天真之虞"。见王德威:《都市风情——评西西的〈美丽大厦〉》,何福仁编《西西卷》,香港:三联书店,1992 年版,第 413 页。

③ 此为陈丽芬论文名,见陈丽芬:《天真本色》,张美君、朱耀伟编《香港文学@文化研究》,香港:牛津大学出版社,2002 年版,第 517—530 页。

④ 何福仁:《胡说怎么说》,西西、何福仁《时间的话题——对话集》,第 202、204 页。

⑤ 阿巴斯(Ackbar M.Abbas):《香港城市书写》,萧恒译,张美君、朱耀伟编《香港文学@文化研究》,第 304 页。

⑥ 西西:《像我这样的一个女子》,《像我这样的一个女子》,第 111 页。

⑦ 西西:《像我这样的一个女子》,第 115 页。

⑧ 西西:《像我这样的一个女子》,第 121 页。

友"失声大叫,掉头拔脚而跳"出化妆工作斗室故事,[1]此将落实姑母之前的预感"我的命运或者和她的命运相同"吗?[2] 小说并未提供结局,而这样的女性角色诉求,西西颠覆了长久以来主流文学里女性作家/角色的天使形象,符合了桑德拉·吉尔伯特(Sandra Gilbert)和苏珊·古芭(Susan Gubar)《阁楼里的疯女人》(*The Madwoman in the Attic*,1979)里女性作家召唤来的怪物疯女人。[3] 小说中"我"的独白、自嘲、疏离,正是站在与世隔绝的阁楼位置,这是"阁楼里的疯女人"成人童话版了,而最悲哀的是,这里面,没有疗愈的可能。

　　所以,令人好奇的是,如果西西写的是"像我这样的一个男子",还有什么看头?

---

① 西西:《像我这样的一个女子》,第 121 页。

② 西西:《像我这样的一个女子》,第 122 页。

③ 托莉·莫:《性/文本政治:女性主义文学理论》,王亦婷译,台北:巨流,2005 年版,第 69—71 页。

像我这样的一个女子

　　像我这样的一个女子,其实是不适宜与任何人恋爱的。但我和夏之间的感情发展到今日这样的地步,使我自己也感到吃惊。我想,我所以会陷入目前的不可自拔的处境,完全是由于命运对我作了残酷的摆布,对于命运,我是没有办法反击的。听人家说,当你真的喜欢一个人,只要静静地坐在一个角落,看着他即使是非常随意的一个微笑,你也会忽然地感到魂飞魄散。对于夏,我的感觉正是这样。所以,当夏问我:你喜欢我吗的时候,我就毫无保留地表达了我的感情。我是一个不懂得保护自己的人,我的举止和语言,都会使我永远成为别人的笑柄。和夏一起坐在咖啡室里的时候,我看来是那么的快乐,但我的心中充满隐忧,我其实是极度地不快乐的,因为我已经预知命运会把我带到什么地方,而那完全是由于我的过错。一开始的时候,我就不应该答应和夏一起到远方去探望一位久别了的同学,而后来,我又没有拒绝和他一起经常看电影。对于这些事情,后悔已经太迟了,而事实上,后悔或者不后悔,分别也变得不太重要。此刻我坐在咖啡室的一角等夏,我答应了带他到我工作的地方去参观,而一切也将在那个时刻结束。当我和夏认识的那个季节,我已经从学校里出来很久了,所以当夏问我是在做事了吗,我就说我已经出外工作许多年了。

　　那么,你的工作是什么呢。

　　他问。

替人化妆。

我说。

啊,是化妆。

他说。

但你的脸却是那么朴素。

他说。

他说他是一个不喜欢女子化妆的人,他喜欢朴素的脸容。他所以注意到我的脸上没有任何的化妆,我想,并不是由于我对他的询问提出了答案而引起了联想,而是由于我的脸比一般的人都显得苍白。我的手也是这样。我的双手和我的脸都比一般的人要显得苍白,这是我的工作造成的后果。我知道当我把我的职业说出来的时候,夏就像我曾经有过的其他的每一个朋友一般直接地误解了我的意思。在他的想像中,我的工作是一种为了美化一般女子的容貌的工作,譬如,在婚礼的节日上,为将出嫁的新娘端丽她们的颜面;所以,当我说我的工作并没有假期,即使是星期天也常常是忙碌的,他就更加信以为真了。星期天或者假日,总有那么多的新娘。但我的工作并非为新娘化妆,我的工作是为那些已经没有了生命的人作最后的修饰,使他们在将离人世的最后一刻显得心平气和与温柔。在过往的日子里,我也曾经把我的职业对我的朋友提及,当他们稍有误会时我立刻加以更正辩析,让他们了解我是怎样的一个人,但我的诚实使我失去了几乎所有的朋友,是我使他们害怕了,仿佛坐在他们对面喝着咖啡的我竟也是他们心目中恐惧的幽灵了。这我是不怪他们的,对于生命中不可知的神秘面我们天生就有原始的胆怯。我没有对夏的问题提出答案时加以解释,一则是由于我怕他会因此惊惧,我是不可以再由于自己的奇异职业而使我周遭的朋友感到不安的,这样我将更不能原谅我自己;其次是由于我原是一个不懂得表达自己的意思的人,而且长期以来,我同时习惯了保持沉默。

但你的脸却是那么朴素。

他说。

当夏这样说的时候,我已经知道这就是我们之间感情路上不祥的预兆了。但那时候,夏是那么的快乐,因为我是一个不为自己化妆的女子而快乐,但我的心中充满了忧愁。我不知道,在这个世界上,谁将是为我的脸化妆的一个人,是怡芬姑母吗?我和怡芬姑母一样,我们共同的愿望仍是在我们有生之年,不要为我们自己至爱的亲人化妆。我不知道在不祥的预兆冒升之后,我为什么继续和夏一起常常漫游,也许,我毕竟是一个人,我是没有能力控制自己而终于一步一步走向命运所指引我走的道路上去;对于我的种种行为,我实在无法作出一个合理的解释。我想,人难道不是这样子的吗,人的行为有许多都是令自己也莫名其妙的。

可以参观一下你的工作吗?

夏问。

应该没有问题。

我说。

她们会介意吗?

他问。

恐怕没有一个会介意的。

我说。

夏所以说要参观一下我的工作,是因为每一个星期日的早上我必须回到我的工作的地方去工作,而他在这个日子里并没有任何的事情可以做。他说他愿意陪我上我工作的地方,既然去了,为什么不留下来看看呢。他说他想看看那些新娘和送嫁的女子们热闹的情形,也想看

看我怎样把她们打扮得花容月貌,或者化妍为丑。我毫不考虑地答应
了。我知道命运已经把我带向起步跑的白线前面,而这注定是必会发
生的事情,所以,我在一间小小的咖啡室里等夏来,然后我们一起到我
工作的地方去。到了那个地方,一切就会明白了。夏就会知道他一直
以为我为他而洒的香水,其实不过是附在我身体上的防腐剂的气味罢
了;他也会知道,我常常穿素白的衣服,并不是因为这是我特意追求纯
洁的表征,而是为了方便我出入我工作的那个地方。附在我身上的一
种奇异的药水气味,已经在我的躯体上蚀骨了,我曾经用过种种的方法
把它们驱除,直到后来,我终于放弃了我的努力,我甚至不再闻得那股
特殊的气息。夏却是一无所知的,他曾经对我说:你用的是多么奇特的
一种香水。但一切不久就会水落石出。我一直是一名能够修理一个典
雅发型的技师,我也是个能束一个美丽出色的领结的巧手,但这些又有
什么用呢,看我的双手,它们曾为多少沉默不语的人修剪过发鬓,又为
多少严肃庄重的颈项修理过他们的领结。这双手,夏能容忍我为他理
发吗? 能容忍我为他细意打一条领带吗? 这样的一双手,本来是温暖
的,但在人们的眼中已经变成冰冷。这样的一双手,本来适合怀抱新生
的婴儿的,但在人们的眼中已经成接抚骷髅的白骨了。

　　怡芬姑母把她的技艺传授给我,也许有甚多的理由。人们从她平
日的言谈中可以探测得清清楚楚。不错,像这般的一种技艺,是一生一
世也不怕失业的一种技能,而且收入甚丰,像我这样一个读书不多、知
识程度低的女子,有什么能力到这个狼吞虎咽、弱肉强食的世界上去和
别的人竞争呢。怡芬姑母把她的毕生绝学传授给我,完全是因为我是
她的亲侄女儿的缘故。她工作的时候,从来不让任何一个人参观,直到
她正式收我为她的门徒,才让我追随她的左右,跟着她一点一点地学
习,即使独自对着赤裸而冰冷的尸体也不觉得害怕。甚至那些碎裂得

四分五散的部分、爆裂的头颅，我已学会了把它们拼凑缝接起来，仿佛这不过是制作一件戏服。我从小失去父母，由怡芬姑母把我抚养长大。奇怪的是，我终于渐渐地变得愈来愈像我的姑母，甚至是她的沉默寡言，她的苍白的手脸，她步行时慢吞吞的姿态，我都愈来愈像她。有时候我不禁感到怀疑，我究竟是不是我自己，我或者竟是另外的一个怡芬姑母，我们两个人其实就是一个人，我就是怡芬姑母的一个延续。

从今以后，你将不愁衣食了。

怡芬姑母说。

你也不必像别的女子那般，要靠别的人来养活你了。

她说。

怡芬姑母这样说，我其实是不明白她的意思的。我不知道为什么跟着她学会了这一种技能，就可以不愁衣食，不必像别的女子要靠别人来养活自己，难道世界上就没有其他的行业可以令我也不愁衣食，不必靠别的人来养活么。但我是这么没有什么知识的一个女子，在这个世界上，我是必定不能和别的女子竞争的，所以，怡芬姑母才特别传授了她的特技给我，她完全是为了我好。事实上，像我们这样的工作，整个城市的人，谁不需要我们的帮助呢，不管是什么人，穷的还是富的，大官还是乞丐，只要命运的手把他们带领到我们这里来，我们就是他们最终的安慰，我们会使他们的容颜显得心平气和，使他们显得无比地温柔。我和怡芬姑母都各自有各自的愿望，除了自己的愿望以外，我们尚有一个共同的愿望，那就是希望在我们的有生之年，都不必为我们至爱的亲人化妆。所以，上一个星期之内，我是那么的哀伤，我隐隐约约知道有一件凄凉的事情发生了，而这件事，却是发生在我年轻的兄弟的身上。据我所知，我年轻的兄弟结识了一位声色性情令人赞羡的女子，而且是才貌双全的，他们彼此是那么的快乐，我想，这真是一件幸福的大喜事，然而快乐毕竟是过得太快一点了,我不久就知道那可爱的女子不明不白地和一个她并不倾心的人结了婚。为什么两个本来相爱的人不能结婚,却被逼要苦苦相思一生呢。我年轻的兄弟变成了另外一个人了,他曾经这么说:我不要活了。我不知道应该怎么办,难道我竟要为我年轻的兄弟化妆吗。

我不要活了。

我年轻的兄弟说。

我完全不明白事情为什么会发展成那样,我年轻的兄弟也不明白。如果她说,我不喜欢你了,那我年轻的兄弟是无话可说的。但两个人明明相爱,既不是为了报恩,又不是经济上的困难,而在这么文明的现代社会,还有被父母逼了出嫁的女子吗? 长长的一生为什么就对命运低头了呢。唉,但愿在我们有生之年,都不必为我们至爱的亲人化妆。不过,谁能说得准呢,怡芬姑母在正式收我为徒,传授我绝技的时候曾经对我说过:你必须遵从我一件事情,我才能收你为门徒。我不知道为什么怡芬姑母那么郑重其事,她严肃地对我说:当我躺下,你必须亲自为我化妆,不要让任何陌生人接碰我的躯体。我觉得这样的事并无困难,只是奇怪怡芬姑母的执着,譬如我,当我躺下,我的躯体与我,还有什么相干呢。但那是怡芬姑母唯一的一个私自的愿望,我必会帮助她完成,只要我能活到那个适当的时刻和年月。在漫漫的人生路途上,我和怡芬姑母一样,我们其实都没有什么宏大的愿望,怡芬姑母希望我是她的化妆师,而我,我只希望凭我的技艺,能够创造一个"最安详的死者"出来,他将比所有的死者更温柔,更心平气和,仿佛死亡真的是最佳的安息。其实,即使我果然成功了,也不过是我在人世上无聊时借以杀死时间的一种游戏罢了,世界上的一切岂不毫无意义,我的努力其实是一场徒劳,如果我创造了"最安详的死者",我难道希望得到奖赏? 死者是一无所知的，死者的家属也不会知道我在死者身上所花的心力，我又不会举行展览会，让公众进来参观分辨化妆师的优劣与创新，更加没有人会为死者的化妆作不同的评述、比较、研究和开讨论会。即使有，又怎样呢？也不过是蜜蜂蚂蚁的喧嚷。我的工作，只是斗室中我个人的一项游戏而已。但我为什么又作出了我的愿望呢，这大概是支持我继续我的工作的一种动力了，因为我的工作是寂寞而孤独的，既没有对手，也没有观众，当然更没有掌声。当我工作的时候，我只听见我自己低低地呼吸，满室躺着男男女女，只有我自己独自低低地呼吸，我甚至可以感到我的心在哀愁或者叹息，当别人的心都停止了悲鸣的时候，我的心就更加响亮了。昨天，我想为一双为情自杀的年轻人化妆，当我凝视那个沉睡了的男孩的脸时，我忽然觉得这正是我创造"最安详的死者"的对象。他闭着眼睛，轻轻地合上了嘴唇，他的左额上有一个淡淡的疤痕，他那样地睡着，仿佛真的不过是在安详睡觉。这么多年，我所化妆过的脸何止千万，许多的脸都是愁眉苦脸的，大部分的十分狰狞，对于这些面谱，我一一为他们作了最适当的修正，该缝补的缝补，该掩饰的掩饰，使他们变得无限地温柔。但我昨天遇见的男孩，他的容颜有一种说不出的平静，难道说他的自杀竟是一件快乐的事情？但我不相信这种表面的姿态，我觉得他的行为是一种极端懦弱的行为，一个没有勇气向命运反击的人，从我自己出发，应该是我不屑一顾的。我不但打消了把他创造为一个"最安详的死者"的念头，同时拒绝为他化妆，我把他和那个和他一起愚蠢地认命的女孩一起移交给怡芬姑母，让她去为他们因喝剧烈的毒液而烫烧的面颊细细地粉饰。

没有人不知道怡芬姑母的往事，因为有一些人曾经是现场的目击者。那时候怡芬姑母仍然年轻，喜欢一面工作一面唱歌，并且和躺在她前面的死者说话，仿佛他们都是她的朋友。至于怡芬姑母变得沉默寡言,那就是后来的事了。怡芬姑母习惯把她心里的一切话都讲给她沉睡了的朋友们听,她从来不写日记,她的话就是她每天的日记,沉睡在她面前的那些人都是人类中最优秀的听众,他们可以长时间地听她娓娓细说,而且,又是第一等的保密者。怡芬姑母会告诉他们她如何结识了一个男子,而他们在一起的时候就像所有的恋人们在一起那样的快乐,偶然中间也不乏遥远而断续的、时阴时晴的日子。那时候,怡芬姑母每星期一次上一间美容学校学化妆术,风雨不改,经年不辍,她几乎把所有老师的技艺都学齐了,甚至当学校方面告诉她她已经没有什么可以再学的时候,她仍坚持要老师们看看还有什么新的技术可以传给她。她对化妆的兴趣如此浓厚,几乎是天生的因素,以致她的朋友都以为她将来必定要开什么大规模的美容院。但她没有,她只把她的学问贡献在沉睡在她前面的人的身体上。而这样的事情,她年轻的恋人是不知道的,他一直以为爱美是女孩子的天性,她不过是比较喜好脂粉罢了。直到这么的一天,她带他到她工作的地方去看看,指着躺在一边的死者,告诉他,这是一种非常孤独而寂寞的工作,但是在这样的一个地方,并没有人世间的是是非非,一切的妒忌、仇恨和名利的争执都已不存在;当他们落入阴暗之中,他们将一个个变得心平气和而温柔。他是那么的惊恐,他从来没有想到她是这样的一个女子,从事这样的一种职业,他曾经爱她,愿意为她做任何事,他起过誓,说无论如何都不会离弃她,他们必定白头偕老,他们的爱情至死不渝。不过,竟在一群不会说话、没有能力呼吸的死者的面前,他的勇气与胆量完全消失了,他失声大叫,掉头拔脚而逃,推开了所有的门,一路上有许多人看见他失魂落魄地奔跑。以后,怡芬姑母再也没有见过他了,人们只听见她独自在一间斗室里,对她沉默的朋友们说:他不是说爱我的么,他不是说不会离弃我的么,而他为什么忽然这么惊恐呢。后来,怡芬姑母就变得逐渐沉默寡言起来，或者，她要说的话也已经说尽，或者，她不必再说，她沉默的朋友都知道关于她的故事，有些话的确是不必多说的。怡芬姑母在开始把她的绝技传授给我的时候，也对我讲过她的往事，她选择了我，而没有选择我年轻的兄弟，虽然有另外的一个原因，但主要的却是，我并非一个胆怯的人。

你害怕吗？

她问。

我并不害怕。

我说。

你胆怯吗？

她问。

我并不胆怯。

我说。

是因为我并不害怕，所以怡芬姑母选择了我作她的继承人。她有一个预感，我的命运或者和她的命运相同，至于我们怎么会变得愈来愈相像，这是我们都无法解释的事情，而开始的原因也许是由于我们都不害怕。我们毫不畏惧。当怡芬姑母把她的往事告诉我的时候，她说：但我总相信，在这个世界上，必定有像我们一般，并不畏惧的人。那时候，怡芬姑母还没有到达完全沉默寡言的程度，她让我站在她的身边，看她怎样为一张倔强的嘴唇涂上红色，又为一只久睁的眼睛轻轻抚摸，请他安息。那时候，她仍断断续续地对她的一群沉睡了的朋友说话：而你，你为什么害怕了呢。为什么在恋爱中的人却对爱那么没有信心，在爱里竟没有勇气呢。在怡芬姑母的沉睡的朋友中，也不乏胆怯而懦弱的家伙，他们则更加沉默了，怡芬姑母很知道她的朋友们的一些故事，她有时候一面为一个额上垂着刘海的女子敷粉时一面告诉我：唉唉，这是一个何等懦弱的女子呀,只为了要做一个名义上美丽的孝顺女儿,竟把她心爱的人舍弃了。怡芬姑母知道这边的一个女子是为了报恩,那边的女子是为了认命,都把自己无助地交在命运的手里,仿佛她们并不是一个个活生生有感情有思想的人,而是一件件商品。

这真是可怕的工作呀。

我的朋友说。

是为死了的人化妆吗,我的天呀。

我的朋友说。

我并不害怕,但我的朋友害怕,他们因为我的眼睛常常凝视死者的眼睛而不喜欢我的眼睛,他们又因为我的手常常抚触死者的手而不喜欢我的手。起先他们只是不喜欢,渐渐地他们简直就是害怕了,而且,他们起先不喜欢和感到害怕的只是我的眼睛和我的手,但到了后来,他们不喜欢和感到害怕的已经蔓延到我的整体,我看着他们一个一个在我的身边离去,仿佛动物面对烈焰,田农骤遇飞蝗。我说:为什么你们要害怕呢,在这个世界上,总得有人做这样的工作,难道我的工作做得不够好,不称职?但我渐渐就安于我的现状了,对于我的孤独,我也习惯了。总有那么多的人,追寻一些甜蜜温暖的东西,他们喜欢的永远是星星与花朵。但在星星与花朵之中,怎样才显得出一个人坚定的步伐呢。我如今几乎没有朋友了,他们从我的手感觉到另一个深邃国度的冰冷,他们从我的眼看见无数沉默浮游的精灵,于是,他们感到害怕了。即使我的手是温暖的,我的眼睛是会流泪的,我的心是热的,他们并不回顾。我也开始像我的怡芬姑母那样,只剩下沉睡在我的面前的死者成为我的朋友了。我奇怪我在静寂的时刻居然会对他们说:你们知道吗,明天早上,我会带一个叫做夏的人到这里来探访你们。夏问过:你们会介意吗。我说,你们并不介意。你们是真的不介意的吧。到了明天,夏就会到这个地方来了,我想,我是知道这个事情的结局是怎样的,因为我的命运已经和怡芬姑母的命运重叠为一了。我想,我当会看到夏踏进这个地方时魂飞魄散的样子,唉,我们竟以不同的方式彼此令彼此魂飞魄散。对于将要发生的事情,我并不惊恐,我从种种的预兆中已经知道结局的场面。夏说:你的脸却是那么朴素。是的,我的脸是那么朴素,一张朴素的脸并没有力量令一个人对一切变得无所畏惧。

　　我曾经想过转换一种职业,难道我不能像别的女子那样做一些别的工作吗? 我已经没有可能当教师、护士或者写字楼的秘书或文员,但我难道不能到商店去当售货员,到面包店去卖面包,甚至是当一名清洁女佣? 像我这样的一个女子,只要求一日的餐宿,难道无处可以容身? 说实在的,凭我的一手技艺,我真的可以当那些新娘的美容师,但我不敢想像,当我为一张嘴唇涂上唇膏时,嘴唇忽然咧开而显出一个微笑,我会怎么想,太多的记忆使我不能从事这一项与我非常相称的职业。只是,如果我转换了一份工作,我的苍白的手脸会改变它们的颜色吗,我的满身蚀骨的防腐剂的药味会完全彻底消失吗? 那时,对于夏,我又该把我目前正在从事的工作绝对地隐瞒吗? 对一个我们至亲的人隐瞒过往的事,是不忠诚的,世界上仍有无数的女子,千方百计地掩饰她们愧失了的贞节和虚长了的年岁,这都是我所鄙视的人物。我必定会对夏说,我长时期的工作,一直是在为一些沉睡了的死者化妆。而他必须知道、面对,我是这样的一个女子。所以,我身上并没有奇异的香水气味,那是防腐剂的药水味;我常常穿白色的衣裳也并非由于我刻意追求纯洁的形象,而是我必须如此才能方便出入我工作的地方。但这些只不过是大海中的一些水珠罢了。当夏知道我的手长时期触抚那些沉睡的死者,他还会牵着我的手和我一起跃过急流的溪涧吗? 他会让我为他修剪头发,为他打一个领结吗? 他会容忍我的视线凝定在他的脸上吗？他会毫不恐惧地在我的面前躺下来吗？我想他会害怕，他会非常地害怕，他就像我的那些朋友，起先是惊讶，然后是不喜欢，结果就是害怕而掉转脸去。怡芬姑母说：如果是由于爱，那还有什么畏惧的呢。但我知道，许多人的所谓爱，表面上是非常刚强、坚韧，事实上却是异常地脆弱、柔萎；吹了气的勇气，不过是一层糖衣。怡芬姑母说：也许夏不是一个胆怯的人。所以，这也是为什么我一直对我的职业不作进一步的解释的缘故，当然，另外的一个原因完全由于我是一个不善于表达自己思想的人，我可能叙说得不好，可能选错了环境、气候、时间和温度，这都会把我想表达的意思扭曲。我不对夏解释我的工作并非是为新娘添妆，其实也正是对他的一场考验，我要观察他看见我工作对象时的反应，如果他害怕，那么他就是害怕了。如果他拔脚而逃，让我告诉我那些沉睡的朋友：其实一切就从来没有发生。

可以参观一下你工作的情形吗？

他问。

应该没有问题。

我说。

所以，如今我坐在咖啡室的一个角落等夏来。我曾经在这个时刻仔细地思想，也许我这样做对夏是不公平的，如果他对我所从事的行业感到害怕，而这又有什么过错呢，为什么他要特别勇敢，为什么一个人对死者的恐惧竟要和爱情上的胆怯有关，那可能是两件完全不相干的事情。我年纪很小的时候，我的父母都已经亡故了，我是由怡芬姑母把我抚养长大的，我，以及我年轻的兄弟，都是没有父母的孤儿。我对我父母的身世和他们的往事所知甚少，一切我稍后知悉的事都是怡芬姑母告诉我的，我记得她说过，我的父亲正是从事为死者化妆的一个人，他后来娶了我的母亲。当他打算和我母亲结婚的时候，曾经问她：你害怕吗？而我母亲说：并不害怕。我想，我所以也不害怕，是因为我像我的母亲，我身体内的血液原是她的血液。怡芬姑母说，我母亲在她的记忆中是永生的，因为她这么说过：因为爱，所以并不害怕。也许是这样，我不记得我母亲的模样和声音，但她隐隐约约地在我的记忆中也是永生的。可是我想，如果我母亲说了因为爱而不害怕的话，只因为她是我的母亲，我没有理由要求世界上的每一个人都如此。或者，我还应该责备自己从小接受了这样的命运，从事如此令人难以忍受的职业。世界上哪一个男子不喜爱那些温柔、暖和、甜美的女子呢，而那些女子也该从事一些亲切、婉约、典雅的工作。但我的工作是冰冷而阴森、暮气沉沉的，我想我整个人早已也染上了那样的一种雾霭，那么，为什么一个明亮如太阳似的男子要结识这样一个郁暗的女子呢，当他躺在她身边，难道不会想起这是经常和尸体相处的一个人，而她的双手，触及他的肌肤时，会不会令他想起，这竟是一双长期轻抚死者的手呢。唉唉，像我这样的一个女子，原是不适宜与任何人恋爱的。我想一切的过失皆自我而起，我何不离开这里，回到我工作的地方去，世界上从来没有一个我认识的人叫夏，而他也将忘记曾经结识过一个女子，是一名为新娘添妆的美容师。不过一切又仿佛太迟了，我看见夏，透过玻璃，从马路的对面走过来。他手里抱着的是什么呢？这么大的一束花。今天是什么日子，有人生日吗。我看着夏从咖啡室的门口进来，发现我，坐在这边幽黯的角落里。外面的阳光非常灿烂，他把阳光带进来了，因为他的白色的衬衫反映了那种光亮。他像他的名字，永远是夏天。

　　喂，星期日快乐。

　　他说。

　　这些花都是送给你的。

　　他说。

他的确是快乐的,于是他坐下来喝咖啡。我们有过那么多快乐的日子了。但快乐又是什么呢,快乐总是过得很快的。我的心是那么的忧愁。从这里走过去,不过是三百步路的光景,我们就可以到达我工作的地方。然后,就像许多年前发生过的事情一样,一个失魂落魄的男子从那扇大门里飞跑出来,所有好奇的眼睛都跟踪着他,直至他完全消失。怡芬姑母说:也许,在这个世界上,仍有真正具备勇气而不畏惧的人。但我知道这不过是一种假设,当夏从对面的马路走过来的时候,手抱一束巨大的花朵,我又已经知道,因为这正是不祥的预兆。唉唉,像我这样的一个女子,其实是不适宜与任何人恋爱的,或者,我该对我的那些沉睡了的朋友说:我们其实不都是一样的吗? 几十年不过匆匆一瞥,无论是为了什么因由,原是谁也不必为谁而魂飞魄散的。夏带进咖啡室来的一束巨大的花朵,是非常非常的美丽,他是快乐的,而我心忧伤。他是不知道的,在我们这个行业之中,花朵,就是诀别的意思。

朱天文:《这一天》

作家介绍

朱天文(1956—)出身文学家庭,受父母朱西宁、刘慕沙影响,1972 年 8 月第一篇小说《仍然在殷勤地闪耀着》刊于《联合报·联合副刊》,揭开创作舞台序幕,那年她才高一,十六岁。日后妹妹朱天心亦加入写作行列,成了一家子都是写作人的文学家庭美谈。如此安于纯粹的写作生活,毋宁出于性格上的一种静定及对生活方式的择拣。

朱天文写作之路的岔出,是 1982 年参加《联合报》"爱的故事"散文征文,《小毕的故事》虽仅得佳作奖,却因被改编搬上荧幕,并获 1983 年金马奖最佳影片、最佳导演,成为一般公认的开启台湾新电影重要序幕之作。1983 年与侯孝贤合作《风柜来的人》,从此开启两人长期合作的关系,日后侯孝贤成为国际重要导演,他的作品《悲情城市》《好男好女》《恋恋风尘》《海上花》《最好的时光》等,都看得见朱天文的笔意。

朱天文出道虽早,但论社会参与,恐怕终得谈到《三三集刊》。受胡兰成煽动青春,"热切想到一个名目去奉献",1977 年 4 月《三三集刊》创刊,直接促成"三三书坊"1979 年的成立,"朱家班"是主要成员。1981 年胡兰成去世,"三三群士"不久散伙,朱天文自道,"下课钟还没敲呢,都纷纷跑光了",觉得"我们是始作俑者,更不可原谅"。及至读到梁启超谏告台湾民族运动先驱林献堂,"切莫以文人终身",物伤其类,难免感叹。①

朱天文在八十年代后期出版《炎夏之都》,可说是写作生涯的重要转折,1990 年的《世纪末的华丽》,持续推上高峰,并与 1994 年获时报小说大奖的《荒人手纪》,连成一道黄金棱线。

2000 年启笔,朱天文在暌违多年后交出长篇小说《巫言》。首章《巫看》于 2003 年 9 月刊于《印刻文学生活志》,同时宣告进入"阳春白雪'只写表面'离题再离题的写作(生活)之境"。我们对这样的表白不该意外,回想起来,早有寄寓,《荒人手纪》写完,朱天文自道:"锋芒敛尽,成了个孤僻隐者。"②而此时朱天文已近中年。只是,詹宏志评《世纪末的华丽》写出了"年纪"言犹在耳,朱天文及身而返偏离更远。

"熬炼七载形成魂魄"③,2008 年春《巫言》出版,距《荒人手纪》已十三"冬"。这次,朱天文从荒人"生成"巫者。④

作品导读

要了解朱天文小说的女性角色,或者该逆时由她拿到小说大奖的《荒人手记》⑤往前回溯及《这一天》。黄锦树论《荒人手记》写作究竟,为

① 朱天文:《花忆前身》,《花忆前身》,台北:麦田出版,1996 年版,第 63—64 页。
② 朱天文:《花忆前身》,第 95 页。
③ 《巫言》的出版宣传文案。
④ 黄锦树论述朱天文《荒人手记》与《巫言》,认为作者自我的分化,原是小说写作的惯用技艺之一。见黄锦树:《巫言乱语——关于两部长篇小说的评注》,"舞鹤作品研讨会"论文,高雄中山大学哲研所主办,2008 年 6 月 20 日。
⑤ 《荒人手记》得到 1994 年《"中国时报"》首届百万小说大奖首奖。

步入中年的朱天文，"悄悄穿起少女时期的神姬之服，幽幽的向她的兰师跳起巫女之舞，是礼敬，也是对他当年期许的一个回答"[①]。兰师不是别人，正是胡兰成，三三的精神导师。朱天文青年时期起便受胡兰成启蒙，论女人是其中很重要的一部分。在他许多论女人文章中的基本看法是："史上是女人始创文明，其后是男人将它理论学问化。"他在1981发表的《女人论》中不仅重申他的推理："新石器时代的女人的发明，都不靠理论，而靠感。"更进一步期许朱天文再造"新石器女人文明时代"，难怪写于1990年的《世纪末的华丽》，朱天文即已先演练胡兰成赋予她的使命，《世纪末的华丽》那段让人惊艳的"女性主义宣言"（黄锦树语）是这么写的：

> 湖泊幽邃无底洞之蓝告诉她，有一天男人用理论与制度建立起的世界会倒塌，她将以嗅觉和颜色记忆存活，从这里并予以重建。[②]

但朱天文的女性主义宣言并非直接过渡到《荒人手记》，在《日神的后裔》里，朱天文曾演绎上述所说的"女性主义宣言"意念：

> 一生里女人们的启蒙季节到来的时候，她的身体，她的心智，她的全部人横荡展开像一座新琴，沉默如深渊，沃黑似星空，等待人们来打开她弹出清越华丽的乐章。[③]

---

① 黄锦树：《神姬之舞——后四十回？（后）现代启示录》，朱天文：《花忆前身》，第300—301页。

② 朱天文：《世纪末的华丽》，《世纪末的华丽》，台北：远流出版社，1990年版，第192页。

③ 朱天文：《日神的后裔》，《花忆前身》，第219页。

只是《日神的后裔》写到 1992 年第七章便"写不下去"，虽停笔末完，《日神的后裔》仍潜藏着要回答的"女人论"企图："那是一部触角遍及台北、古今中外、历史、神话的女性故事。"①非常清楚的《日神的后裔》里的女性故事，日后穿越到《荒人手记》的同志（另类女人），"女人论"这才转换完成，且可说是"女性主义宣言"的一次完整演出。可要联结"女人论"的日常生活版，这就得回到《这一天》以及《叙前尘》，写于 1982 年 10 月的《这一天》，却是写于 1983 年《叙前尘》故事的续集，两篇并着看，才会明白没有胡兰成的口传心授，朱天文的女性思考与对象是什么样子。《叙前尘》是朱天文同业父母朱西宁与刘慕沙的真实故事，小说中林传丽（刘慕沙）客家小姐双十那天寅夜私奔，委身外省军官方海成（朱西宁），其任侠烈性义无反顾，让人想起胡兰成对朱家姊妹的调教："女人做的是格物，男人是致知。民间说'男有刚强，女有烈性'，果然比说女有温柔对。"②就因烈性，刘慕沙，不，林传丽才"倔爆性子"地由方海成的拜把老五接应，新竹南下凤山嫁了有一海票光棍哥们的穷大兵，在一个完完全全的男人世界，二十岁就当了八个拜把兄弟之家的一员。弟兄们只身来台理所当然地视林传丽，不，刘慕沙的家是自己的家，没有什么公主王子的浪漫故事，但传奇也就在于，背景彻头彻尾不同的男女居然可以把日子过得平凡热闹体己没散伙。十五年过去了，爱动爱笑热性子林传丽，修成正果，父母谅解了，弟兄们早已拿她当"自己人"。日子来到 10 月 10 日"这一天"，也是家庆日，拜把老五带了个女孩请三哥三嫂掌眼，活脱十五年前再上演，传丽忙得兴头里外兼顾，远近亲疏

---

① 张启疆：《"我"的里面有个"她"——专访朱天文》，《人间周刊》，《"中国时报"》，1994 年 4 月 6 日。

② 朱天文：《花忆前身》，第 71 页。

也拿捏得剔透分寸,看着真是叫人眼热,也就很难不越过小说往里望到小说背后的真实性。如果这故事发生在女性主义挂帅时代或个人主义一点的女子身上,"这一天"哪会到来? 想着就好庆幸,还好朱天文的女性主义宣言要到九十年代才成形。

　　而《这一天》好就好在是个家常故事,有了人性与生活温度,袁琼琼以作家之眼指出朱天文其人其文是个性内与文字风格泼辣利落互为呼应,真一语中的。① 而我以为,林传丽凭直觉跟了方海成,不是"感"是什么? 岂不正合了"女人论"的宗旨,回返最初,这篇看似简单的故事,也因此才有了深意。

---

① 袁琼琼:《天文种种》,朱天文《最想念的季节》,台北:三三书坊,1984 年版,第 10 页。

这一天

十月十日，恰也是家庆日。方太太起了个早，先把冰箱里的排骨拿出来解冻，然后刨瓠瓜，八个青不溜丢的瓜够刨一气了，昨天猪肉李送来四斤饺肉，当方家是开馆子的呢。早些年没热水器的时候，还不是煮饺子的大锅也拿来烧洗澡水。今天的主客是老五。

十五年前的今天，方太太仍是林家传丽，就在这一天离家出走，到凤山跟上尉大兵方先生结婚的。前一晚老五在院墙外先把林家大小姐的行囊运了出去，次日传丽只说到小学校带合唱，火车坐至新竹，会合了老五，平快直达高雄。方先生是日公务在身，千忙万忙中来车站接着他们，将传丽暂时安置到表哥家，待租了房子后才补行仪式。

说起那年头，真还都是一群大孩子，拜把兄弟方先生排行三，传丽年纪轻轻二十岁，让大家三嫂长三嫂短喊着，论实际年龄，老八跟她同年。放假过节什么的，老三有家了，光棍兄弟们便来家里泡一天，也是传丽好客，投了他们大兵粗里来大里去的脾气，皆喜这位爱笑爱动的新嫂子。兄弟们哪个不是少小离家只身渡海来到台湾，自然更视传丽家是自己家了。

传丽跟老五最投缘，且都是倔爆性子，不见的时候叨念，见面讲没两句话倒又杠起来。然而这个老五好叫人心疼！

若是太平盛世，老五在四川的家开米行，很殷实的人家，上面六个姐姐，他幺儿，从他结实孩子气的脸膛，方口方鼻，爽朗而有时带一点邪恶的笑,不难想像少年的他定是被女眷宠惯了的,是那种聪明不肯下功夫,桀骜、不驯、自尊,骨子里其实仁慈而优柔的少年,娶个温婉的妻子,终生恩爱。十八岁那年,向文君表妹家里提亲,就是那年,日机轰炸时全家死了,唯大姐二姐嫁在外地,剩下他跟六姐,六姐迅速嫁了位公务员;他从军,同条船来,结识了方海成。

第一次见老五即在新竹火车站上,她不认识他,他却从海成那里看过她的照片,传丽彷徨在月台边等候招领,一壁担心撞见熟人,一壁恐怕和老五错过了。那一天,站上遍插旗帜,大风大太阳,旗子漫天劈叭乱响,异常搅人仓皇,沙尘刮着碎纷纷的日影有一荡没一荡贴地打来,沙沙沙把人也砾砾揉碎了。传丽掉在空前绝望的沙谷里,渐感觉到远远有人走近来,走近了,她一抬头,猎猎的旗海里仿佛忽然升起一座礁岩,她仰视才看见了他的额发,眉宇,和俯视她的一双澄褐的眼睛。“林小姐?”

“老五!”她不记得是不是一把抓住他臂,只觉地平天稳都踏实了。

约好的,昨晚趁喂狗饭的吠声乱里,听见院外墙根下一声低喝“老五”,便将一包行李隔墙递了过去,听见枯吃枯吃踩着面包树落叶的脚步跑远去,一跌坐在柴堆旁,清澈听着狗脖上拴的铁链与狗食盆触击的凄啷啷响,不知怔了多久,直给蚊子咬痛了。素昧平生,她就那么信任老五是自己的人。

老五领她到车上坐下,许是见她黄尘尘脸儿,去洗手间拧湿了帕子来给她擦,一擦一褶黑,擦了整条帕子,洗过后晾在前座椅背上。老五说:“林小姐你放心,我们三哥是好人,你跟他绝不会错。”

问他昨晚住哪里,就在火车站对面一家旅社,老五笑起来,一口抢眼的白牙,“整晚没睡,都是臭虫。”

老五跟他讲海成的兄弟们,大哥宁波人,满嘴阿拉阿拉怕她要听不懂的,且要忍忍大哥一脑子的冬烘思想,见面时若当场来个三从四德诫令不为怪,但愿臭骂她淫奔之女就算开通了。二哥瘟,四哥烈,一个皖南,一个皖北,皖南瞧不起皖北土,老五大手大脚大嗓门学给她看,"喏,你们皖北人见过这个没有? 还是都用石头揩?"一包草纸扔到四哥怀里,恼得老四蹦起来揍人,就乐了二哥。

老五说他们八兄弟是大宋杨家将,当时传丽并没有听过杨家将的故事,老五告诉她京戏里的杨五郎是花脸扮,传丽也不晓得花脸是何物。戏台上五郎还未出,先听见幕后一声叫:"好酒——"是杨五郎与辽战败,削发为僧,是日背了师父下山去赴牛羊大会,吃得醺醺大醉回来,听说寺里借宿了一位壮士,就要盘问,其实这位壮士便是当年战场失散的杨六郎。五郎六郎一问一答,从杨府令公爷杨继业,夫人佘太君,一路问下来。那杨大郎替宋王长枪丧命,杨二郎短剑下一命身亡,杨三郎被马踹尸如泥酱,四郎八郎失落在番邦,杨七郎芭蕉树上乱箭穿心,杨六郎,镇守三关的杨六郎。那杨五郎,有呀,杨五郎,弃红尘当了和尚——老五人一仰,椅背上一瘫,"我家都炸死了,台湾就我一个人。"

传丽转脸看他,以为他哭了,却朝她咧嘴一笑。

她想说一些安慰的话,老五倒也没有哀伤的意思。因为实在讲了很多话,遂倦倦困着了。传丽盹盹醒醒,始终警觉,觉得老五口中的另一个世界陌生极了。她与海成相识两年,见面统共四次,照她林家家世,海成一个外省人,穷大兵,注定是无望的,但她就相信他,在还不懂得他之前就相信他了。海成生活里她最先实感到的世界是老五,另一个完完全全的男人的世界,她从不曾知道的,忽然叫她宛转清恻,眼泪汩汩流了一脸。老五睡死了不知,一起一伏的酣息在她身边呼呼吹着。

十五年过去,女儿都念高中了,兄弟们各自成家生子,唯老五一个孤家寡人,干到蛙人队队长,四十初儿,仍然军服皮带一扎,肚子不凸一点。仍然豁豁佻佻一副蛙人亡命之徒本色,过今天没明天。薪饷下来大半也花在他们一家身上,什么年头呀家常过日子的,来就又是五爪苹果,又是水蜜桃,一包包巧克力糖,牛肉干分给孩子,带孩子们到西门町看狄斯耐卡通片,一人一筒冰淇淋,上孔雀行买新衣。便是军人保险受益人亦给了大丫头。孩子们最喜欢这位五叔叔,个头魁梧,故叫做大叔叔,从小喊惯了"大嘟嘟",至今不改。

日前老五突然写来一信,约定今天带一位女人来家请三哥三嫂掌眼,夫妇俩着实吃一惊。方先生笑说:"这个老五该打,保密成这样,怕我们拆散他!"

方太太另邀了二哥八弟来,陪客都到了,主角还没来。众皆揣想老五是个玩家,眼界高,交的准夫人十九不离谱,个个已磨拳擦掌猴看美人儿了。

人没到门口,声音先到,"丫头三个,大嘟嘟来啦。"才成家时老五每戏传丽,砰砰拍着门念白道:"三姐,开门来——"倒成了一别十八年的薛平贵。

"该罚,该罚,一屋子就等你们这对娇客。"

"交通管制嘛。"老五作个大揖。介绍女朋友,于小姐。

才一眼,都把于小姐过了一遍,说不上来,只觉硕大骨感,大眼睛大嘴巴、宽颧,脚下蹬双高跟鞋,仰之弥高。眷舍矮门浅户,于小姐走动一下,不是磕了门楣,就撞了灯泡,遂找着一处安份坐下。电唱机上一团桃簇簇纸扎花圈,是大丫头上午参加总统府前庆典,她们学校负责站万岁的万字,从荧幕上实况转播看到,的确壮观。于小姐寡言,傍在唱机旁默默端坐,笼罩着霞光红影,自成一种含蓄。

方太太看得清楚,心中一热,麻油做酱油荡剌倒了一碗盅。眼梢跳跳一剪人影飞到身后,笑问:"三嫂你看怎么样?"

仍被吓一跳,方太太嗔道:"还这样骚包兮兮!"

老五向来会卖小,顿时塌了笑容,"三嫂不喜欢?"

方太太斗性又起:"什么嘛,才见,话都没讲两句。"

老五一脸的晦丧,说:"她就是有点嘴秃——看不出,那么大个儿,讲起话比蚊子叫还听不见。三脚踩不出个屁来!"说着嘿嘿笑起来。

"挡光啦。"方太太老声老气斥他。

老五让到门侧,泼进半边天光,窄腻的厨间乍时分了阴阳,方太太在阴地,老五在阳地。依稀多年多年以前曾有这么一刻的恍惚,当时几家合一块天井做厨房,老五出营至三嫂处,踢门来见传丽蹲在地上生炭炉,竹篱笆筛进一隙隙灿黄斜阳,横隔院中,悄无声息像时间的沙流金沉沉流过,将两人浴成凝淀。老五扬起手上一串排骨,"三嫂,咱们晚上炖豆角吃,上次三哥从表舅那里拿来一包,我记得只吃了一半——"

"吃个头!"传丽撒手站起,烟熏的还是气哭的,踢炉一脚。

老五忙接过炭柴钳子,拨弄拨弄一晌就起了火,仰脸冲传丽一咧齿,"这不就好了。"

传丽破涕为笑,却不服输。"怪了,这炉子都听你们的话!"一拔身,提着排骨虎瞪瞪进屋去了。

谁不是,都曾经想要不平凡、不寻常,结果是平凡地结婚生子,时光流转从风华到平素,怎么也难以承认。不才昨儿的事,大丫头扔给翁妈妈带,她跟海成老五到市里看电影,就有那么疯,连看两场,还记得片名,一部《天鹅公主》,一部《宫本武藏》。回家时已满天星斗,三人经过烧窑场停下来,守着窑口看了好一会儿,烧透的红成了冻冻的橘金,像会碾出蜜汁,老五讲着文君表妹,那样铮铮一条汉子,也浓楚得化不开了。

也许方太太是替老五不平,好难说。今天,到底是应当高兴的日子。方太太手底下理好一大碟卤味拼盘，抬头见老五倚在门侧发愣，当他已去前间了。责道："怎么把于小姐一个人丢在客厅。"

老五说："我们长官介绍的。也蛮可怜，父亲金门炮战那时候打死了，她老大，下面两个弟弟，商职念完她就出来做事供弟弟念书，书都念得不错，大的现在美国读硕士，小的在辅仁。她又孝顺母亲……一拖就到这个年纪——"

方太太说："老实就好。我看于小姐很文静，不错的。"

老五开心了。"我跟她说，在台湾我没别的，三哥三嫂就是我的亲人。她嘛嘴秃是真的，不会喊人一声——"

方太太说："你喜欢，哥儿们还有什么话说。"

老五双脚叭响一并，接了拼盘要端前去，方太太笑说："以后不要再买那些东西，什么五爪苹果，吃起来跟地瓜没两样。"见他露一口白牙笑，叹气："听到没，老——五。"老五嘻着脸径自去了。

晚上，大家走到村后山丘头看放烟火，小小一块草坡来了不少村人，男一堆，女一堆，小孩四处流窜玩金鱼火花。山脚下，笑语扬荡上来，一列红灯笼冉冉经过村门口，转个弯，隐在夹竹桃丛篱中摇摇烁烁走远去，游行队伍到海军村子去了。方家小女儿倏地划着一枝火花，高举着："于阿姨，好玩。"

于小姐只不敢接，又迫又羞，一叠声怯笑幼稚得很。男人堆里抛来老五的大嗓门，"玩玩，又不会炸，哪儿这么胆小。"

金鱼火花到了于小姐手中，众皆鼓掌喝彩，掌声未落，火花星星碎碎扑地而灭，黑黢里亦知于小姐一团炭热，诧异怎么火花到手便熄了。顷刻间，远天地平线上开出一蓬银紫流星。又一蓬翠雾，溶溶凝成金急雨，纷纷跌下，那么远在天边，却近得淋了个透。

李渝:《朵云》

作家介绍

　　李渝(1944—2014),二十世纪六十年代初台大外文系三年级因选聂华苓的课,开始小说写作。早期作品《四个连续的梦》(1964.7)、《夏日一街的木棉花》(1965.5)、《水灵》(1965.5)、《彩鸟》(1965.11),多刊于《文星》《现代文学》。笔下流露虚无感伤存在主义风格,与小说家丈夫郭松棻被归为台湾现代主义文学的先驱实验与创作者。大学毕业后赴美专攻中国传统艺术史和文学史,获柏克莱加州大学博士学位,长期任教纽约大学。七十年代初始与郭松棻、刘大任等参与中国留美学生保钓运动,停笔十多年,一直要等到1983年以《江行初雪》得到《"中国时报"》小说首奖,才又重与台湾文坛接续上。因执念"小说是隐私性的,是写给自己的",迟至1991年才出版第一本短篇小说集《温州街的故事》。1997年夏,正待出版第二本小说集《无岸之河》,这个集子收1965年至1996年的十二个短篇,时间跨度足足三十年,已然见出创作上对题材、形式、文字等的踟蹰索求与反复思辨,却在三校版面时,6月30日郭松棻凌晨中风倒地。李渝落入不可名状的惊恐和躁狂,以致精神崩溃,经历种种地狱般的治疗才重回人间。朋友劝责他们必须放弃文学,因为文学"只会制造像你们这种病人和疯子"。李渝也对自己说,再也不写不出版什么了,"活着是一点意义都没有",这是现代主义内在的应答了。李渝自剖从忧郁症回来,"任何时候脚下裂开,就能又掉进去",体悟人生"盼见地面能落脚",于是将《无岸的河》改名为《应答的乡岸》,1999年出版。① 哪知难关重现,2005年同样6月30日郭松棻再次中风,于7月9日辞世。2013年李渝重写旧作或放弃原文另起新文交出《九重葛与美少年》,唯不动第一篇发表的《水灵》,"谨以青涩文字记志与松棻共度的少年时光"。2014年5月5日,李渝在美国纽约家中自杀过世。郭松棻逝世十年,李渝从未走出伤痛。

李渝早慧而作品不多,出版长、短篇小说集《金丝猿的故事》《温州街的故事》《应答的乡岸》《贤明时代》《九重葛与美少年》及美术评论文集《族群意识与卓越风格》等。

作品导读

李渝真耐读。沉思吟哦,如品味书法绘画。

写作多年,李渝的小说,从现在到最初,怎么看,她那"不知所措的心情"的基调一直都存在。② 即使写至最深情向往处,下笔仍踟蹰节制绝不松手,乍看下似工笔精描,但回味起来又觉是隐去线条的写意画,或者受过美术专业训练。这造就了李渝式美学,时间是共同的主体:《温州街的故事》写的是"失败了却以巨大的身影"倒映温州街(过去了

---

① 以上引言皆出自李渝:《作者序》,《应答的乡岸》,台北:洪范书店,1999年版,第1—5页。

② 李渝:《集前》,《温州街的故事》,台北:洪范书店,1991年版,第②页。

的)旧日时光;《应答的乡岸》扩大及于"走过来的日月"①;《金丝猿的故事》往返了台北城市秘林与大陆西南蛮荒地金丝猿故乡的恩怨纠葛;《贤明时代》为历史故事,写武则天永泰公主、韩王舞阳刺客聂政、印度巴布尔王梦中花园之新编。李渝自言"学习美术史的人喜欢依年序早晚来排列事物"②,可以这么说,李渝作品内容、题材、手法不离时间,亦有着年序感。

就因为艺术浸透如画痕,她笔下的温州街忆往显得纯粹而令人神往。温州街地理位置在台北市南区一隅,台湾大学教授宿舍基地,1949年前后不少来台传奇知识分子("当年的才子,学运的领袖呢"、"中国第一本欧洲文艺复兴史,谁写的——")③落脚于此。李渝父亲任教台大地理系,亦是其中一员。温州街故事,多由少女眼光收束而成,《烟花》里的阿莲,《朵云》《菩提树》的阿玉等便是。上一代的人生动乱,织入女孩成长过程,编写独特的生命情调。《朵云》的角色、情节、时空背景看似单一狭仄,但以十六岁少女阿玉为视角的第三人称书写,并没有我们以为的二元对位:青春/沧桑、清纯/内敛、幸福/寂寞……反而阿玉从来都不天真地掺揉父辈沉郁际遇,直言直叙,淡墨皴擦手法:

> 窗缘上边镶着随梁,五六寸宽的横木,镂空刻了几笔山还是水的线条。黄昏又从那里摸进来,落在阿玉脚旁的席面上,就留下了一排郁金色的山水画。④

---

① 李渝:《序》,《应答的乡岸》,第1页。
② 李渝:《集前》,第②页。
③ 李渝:《朵云》,《温州街的故事》,第186、195页。
④ 李渝:《朵云》,第180页。

　　李渝是以山水人物来写角色的,淡泊出尘,不带半丝烟火味。温州街就是画卷里的一条长河。

　　故事结构简洁,几笔线条便勾勒出暖暖含光意境。阿玉十六岁那年,父亲拿到专任教授聘书,一家人搬进了温州街宿舍,整幢日式房子石灰板分成前后两半,另一半住着夏教授(女儿若在身边,也有阿玉大了。)①。只身来台的夏教授用了个头脸收拾干净的欧巴桑帮佣,妇人乡下有丈夫,隔壁总是缄默,"一朵云,轻轻飘过礼拜天的蓝天"②,阿玉房间面对后院。阿玉成为中介与视角。经过夏教授身边:

　　　　看见他合上眼,进入了恍惚。黄昏的天色反映在他两小片圆镜片里;有一朵云,无着无落地飘过。③

　　　　后院廊柱搭起了竹架种丝瓜,茸茸的丝光菱角叶爬上了瓜架,父亲带回了校园八卦:"都知道这回事。"和下女的事。
　　　　从瓜架的空隙,有一朵远云飘过。④

　　　　家里来客人打牌,母亲要阿玉去隔壁借几个蛋加菜,看见夏教授"光着的脚,正由欧巴桑的双手捧着,搓抚在自己宽敞而又温暖的胸前。"⑤

----

①　李渝:《朵云》,第 194 页。
②　李渝:《朵云》,第 181 页。
③　李渝:《朵云》,第 186 页。
④　李渝:《朵云》,第 191 页。
⑤　李渝:《朵云》,第 194 页。

这一段紧接续：

> 找个门当户对的填房，不是好些吗？张教授的声音。
>
> 老夏太太还在大陆，填什么房，母亲说。
>
> 再娶再嫁吧，这年头。另一个说。
>
> 可知道，父亲的声音，中国第一本欧洲文艺复兴史，谁写的？
>
> ——老夏呢。二十几岁呢。
>
> ——谁不二十几？张教授说。
>
> 一车车给拉走的，连麻袋都来不及盖的，也都二十几呢。
>
> 不都给清了，二十几。①

李渝的视角转换总是如水墨自然无缝晕染开来。无论阿玉还是其他声音，没有批判，只有哀矜，为小说定音。封闭叙事，交叠夏教授暮年，阿玉青春期，如书法双勾描摹手法，墨晕不出字外。

说来，故事最动人的细节就在描写二位知识分子夏先生的沧桑蕴藉及阿玉父亲含蓄哀感的身影。这样的原型人物，不是别人，正是李渝的父亲，"父亲是很好看的，有种从里边发出来的彬彬文质"②，也是父亲把她带进温州街。

李渝前期写作深受父亲与其同辈知识分子故事影响："其它不标明'温州街的故事'的故事，也都是温州街故事的延伸。"③父亲与父辈的作用，我认为促发了李渝"多重渡引"美学："小说家布置多重机关，设下几道渡口，拉长视角的距离，读者的我们要由他带领进入人物，再

---

① 李渝:《朵云》，第 194—195 页。

② 李渝:《郎静山先生·父亲·和文化财》,《温州街的故事》，第 222 页。

③ 李渝:《集前》，第③页。

由人物经过构图框格般的门或窗,看进如同进行在镜头内或舞台上的活动。"①

　　修华特观察女性文学传统发展有三个阶段:第一阶段女性化(Feminine,模仿男性传统),第二阶段女性主义者(Feminist,反抗男性标准和价值),第三阶段成为女性(Female,自我发现,寻求自我认同新身份)②。写下温州街故事,这以父亲形象为记忆中心的国度,刻画了"一种想与遥远的父亲和过去了的温州街再连结的心情"③,某种程度的李渝,始终沉溺在极个人的书写状态里。奇特的是,十足女性化,却夷然自若。

　　吕丝·伊希嘉荷(Luce Irigaray)《另一个女人的窥视镜》(*Speculum of The Other Woman*)中关于父权主宰论点,谈到女人的主体性,女人若要超越男人,必须"封闭自己"④。从以上角度看,女性创作姿态,李渝无疑逆返而行。

---

　　①　李渝:《无岸之河》,《应答的乡岸》,第8页。

　　②　伊兰·修华特:《走过荒野中的女性主义批评》,张小虹译,《中外文学》第十四卷第十期(1986年3月),第65—66页。

　　③　李渝:《台静农先生·父亲·和温州街》,《温州街的故事》,第232—233页。

　　④　托莉·莫:《性/文本政治:女性主义文学理论》,王奕婷译,台北:巨流,2005年版,第164—165页。

朵　云

阿玉曾经十六岁。那时候，天比较蓝，太阳比较亮，风比较暖和。

父亲拿到专任教授的聘书，一家人特别高兴，坐了三轮车，从信义路的违章建筑，经过罗斯福路盛开的木棉花，来到宿舍区温州街。

灰旧的日式木房，屋檐低低覆盖在防盗木条上。矮冬青长得很密，一棵棵连成了围墙。没有大门，碎石和水泥压成的门桩分立在中间，算是到了进口。

两三尺宽的通道，已经泱泱掩过来茅草，窸窸撩着阿玉的脚。

阿玉抱着装满碗盘的篮框，抬起头，看见檐角伸着很长的涡花，棕榈的流苏叶，正轻轻拂弄着青灰色的屋瓦。

黄昏落在瓦上。

父亲把腋下的书包放在台阶旁，弯起修长的手指，细细抚摸着门框。

上好的楠木呢，父亲说。

拉开木门，从黝暗的玄关拢来阴湿的霉味，脚下的瓷砖已经踩出了水泥底。阿玉把碗篮搁在脚旁，解开球鞋的带子。

榻榻米的绿边已经有几段碎裂，席面湿唧唧的，弄潮了袜子。

窄长的穿廊倒是光亮，滑净的木板地，长排的纸门。廊缘底下斜伸出一丛羊齿，翠绿的细叶整齐对生着，叶尖弯弯垂到了地面。

阿玉把篮子放到厨房的木桌上，再去看别的房间。

一下进了里屋看不见,阿玉摸着墙,一间走过另一间。

走到后头的一间,面对阿玉迎来一扇小窗。黄昏已经过来窗前,小猫似的落到了阿玉的脚旁。

窗缘上边镶着随梁,五六寸宽的横木,镂空刻了几笔山和水的线条。黄昏又从那里摸进来,落在阿玉脚旁的席面上,留下了一排郁金色的山水画。

可是山水到墙边就不见了;这只是半间房;本是从前什么人家的一整幢房子,都在中间用石灰板隔开,分成了两半。

阿玉走到窗前,踮起脚,看见竹篱笆那边的后院,摆着一盆绿底红边的宽叶海棠。

考上第一志愿真不容易,父亲说,这间面对后院的小房间,就全给了阿玉用。

刚洗过的榻榻米还散着草席香。阿玉把被往上拉,盖住下巴。还是搬来的第一个礼拜天。

谁家鸽子排在屋檐,咕噜噜咕噜噜挤来挤去,搓掺着脖子。

有几只飞远去。

一朵云,轻轻飘过礼拜天的蓝天。

躺到十点多,阿玉才想起父亲嘱咐的窗帘还没买。

从巷子出去,往右拐,一直往前走,看着小学校旁摆出地摊,就快到菜市场了,母亲说。给了阿玉二十块钱。

阿玉穿上绿衬衫黑裙子,拉开木板门,跨出脚,看见矮冬青的那边门前,站着一个妇人,手里拿着一个小包,用报纸卷成了三角形。

妇人把钥匙放进了洞眼,正要开门,看见阿玉从这边出来,就转过头,和气地朝阿玉笑了笑。

妇人的头发梳得真水亮。

布店就在鱼摊旁。阿玉买了两码绿色的格子布;父亲的书房有两扇对开的木窗。

有点知识分子味呢,父亲说。

阿玉捧着针线盒,把小凳子搬到后院,垂着齐耳的短发,就着斜斜的阳光,穿过一根绿色线。

啄,啄,啄,竹篱笆那边传来轻轻的叫唤。

阿玉斜过头,从篱缝看过去,一个小老头,仰头站在屋檐下。

顶上的头发都朝后翻,透着茅草般的光亮。

从手里的小三角包,抓出一把谷子。

吃呀,吃呀,仰头对着一个笼子,小老头低声说。

阿玉缝完了窗帘,给父亲挂好,回来自己的房间,爬上书桌。

屋檐底下挂着乌黑的笼子,一对通体金黄的鸟,尾羽闪着墨紫色的光泽,啾嗞嗞地在叫。

第一回看到夏教授,还以为是个老头子,其实跟父亲差不多的年纪。

母亲拿回来一只大竹笼,还有两把干稻草,说是用一个旧台灯,跟前巷养鸡人家换来。

过几天,又拿回一只黑母鸡,和二十个鸡蛋。

黑母鸡孵出了十只芦花,十只洛岛红。毛茸茸的小鸡摇摇摆摆抖开来,一堆堆绒线球似的。

就在我的窗前,不能放远点,父亲说。

这太阳多,天也快凉,母亲说。

一天父亲叫过来阿玉。要是看到什么秧秧,给我挖几棵回来,父亲说。

还有丈把远,阿玉就看中了那棵丝瓜秧。跳下脚踏车,从书包找出一把化学尺，撩起裙子的一角，跨过水沟。已经抽出了好几片大叶呢。

父亲把丝瓜种在廊脚，请巷口杂货店的大儿子过来帮忙，沿着廊柱，搭起了竹架。

夏天还有一阵热，丝瓜抽出茸茸的菱角叶，爬呀爬的，爬上了竹架，遮住了那笼母鸡和小鸡。

吐着棉絮的沙发抬出去，又换回来两只旧藤椅。

父亲把小凳放在藤椅旁，凳上搁着抽烟斗的件件东西。

父亲坐下藤椅，轻轻吐出一口气。侧身从小凳上拿起烟斗，把一根白色的细绒丝放进柄里，抽了几下。打开小皮夹，拿出一撮透黄的烟丝，放进斗里。用把小铁柄按紧，划亮了火柴。

送给自己的礼物，还是从西门町买回来，庆祝拿到聘书。

叭叭试吹了几口，才满意地靠去椅背。

白烟袅袅升上的天空，已经出现了几颗星子。

知道老夏的事么，父亲说。

哗啦的水声里，阿玉听不见母亲说什么。

一个人住，倒也是寂寞。父亲接着说。

妇人用日文叫夏教授"神涩"，额头梳得滑净滑净的，每根头发都拢到了后面，圆髻整齐地兜在网子里，还斜插了一串月弯似的茉莉。

里外都是花香；父亲带回一把玫瑰，说是农学院自己培养的。在厨房四处找，不知道放到了哪里，那只用报纸跟卖酒矸换来的洋酒瓶。

我过生日，你怎不记得买点花。母亲说，嗤嗤刮着鱼鳞。

中国人不作兴这套，父亲说，就着刮鱼的水槽装满五分水，拿着剪刀去客厅。

洋红色的玫瑰剪得一般齐，浸在墨绿色的长瓶里。

今年玫瑰开得长，入秋了，还是紧紧的苞，父亲说。轻轻哼起一首歌。

厨房传来煎鱼的声音。

楠木房子透明地亮起,羊齿展开轮生的细叶。

妇人膝上放着一张绿叶,端坐在后院,半举起浑圆的白臂膀,拆开支支发夹,揭开发网,一倾头,抖散了发。

流泉似地披下来,在早上八九点的阳光里,一头一肩一背都是。

拿起一把琥珀色的篦子,沿着脸线,往后微倾着头,一片片篦到了腰际。

再把篦尖点在泡着刨木花的瓷碗里,掠起一点水,拂在每一片发上,通体梳得水光光。

放下了篦子,十个指尖撩着卷着,流泉变成了幽涧。

绕过来肩头,嘴里咬着一截红头绳,把辫尖扎紧了,夹在两个指节间,绞呀绞,绞成了乌溜溜的圆髻;用一支银簪穿过去,贴贴地别在脑后。

从膝头碧绿的芋叶里,然后拿出一串新月形的茉莉。

只是先生的发,无论在一天的什么时候,都萧瑟得像秋日的干草。

教堂的钟声响起,沉重而缓慢地扩散在青瓦上。

夏教授在路中央停住了脚,向钟声的方向微仰起头。

阿玉放学,从夏教授的身旁骑过,看见他合上眼,进入了恍惚。黄昏的天色反映在他两小片圆镜片里;有一朵云,无着无落地飘过。

钟声回荡着回荡着远去,从一排排篦梳般的青瓦间。

当年的才子,学运的领袖呢,父亲说。点上了烟。

白烟袅袅穿过瓜叶,升去近夜的天。

可是——那时候,谁又不是左派,谁又不是革命志士哩。洗碗水声间,父亲径自低声说。啾溜溜地,全身金黄的鸟,开始叫晚食。

隐约的咳嗽声,黄鸟的啾吱声,还有窸窸窣窣的缝衣机声。

妇人一边给人家作裁缝。

为了做条体育课穿的黑裤,阿玉还是第一次进来这边。

和家里的格局真是像,只是一入门,就用作了书房。临窗放着一张旧木桌,墙上排满了书。书架漏空的角落,斜撑着一个镜框。起黄的黑白照里,一对年轻的夫妇,男的穿着小翻领西装,女的梳着鬈鬈刘海,并排靠肩坐着,中间有个小女孩。三个人,都浅浅地在笑。

阿玉跟在妇人的身后。穿廊旁边的泥地上,有一株桂花开着米黄色的小花。

妇人的房间就是隔壁自己的那间;放书桌的地方放了一架旧缝衣机。墙角棉被折得方方正正。紫红底上开着几朵大红的牡丹。

虽然不喜欢宽肥的灯笼裤,可是母亲说要做这样的也没办法。

班上的同学都穿紧腿的短裤了。

量好了尺寸,从里头出来,阿玉在鸟笼前停下脚,用指甲轻轻叩了叩笼子的细木条。两只小鸟吓得挤去了边旁,一声不响,黑珠子似的眼睛,动也不动地瞅住阿玉。

是斑纹鸟呢,妇人说,从乡下特别给先生带来。

阿玉走到门口,不知怎样说谢谢。

先生叫我欧巴桑,妇人浅浅笑着说。

台湾人喜欢用日文,母亲说,端出两杯热茶。

老夏给日本人关过,在牢房里,给灌辣椒水,父亲说。

已经快胜利了,说是作地下工作。从鼻子。

伤了肺了,母亲说,在另只藤椅上吹着茶面。

还记得沙坪坝那几年?

怀里塞几个馒头,透早出去,洞里就是一天。

是啊,是啊,怎不记得。

炸弹隔着洞壁扔下来,那么薄薄一层。

一头一脸的沙,出洞连自己都不认得了。

战争在瓜架底下进行,黄昏惶惶地不安起来,后墙那边人家的窗口,有一盏没有罩子的电灯,大概才被人手拧开,还兀自轻轻在摇晃。

鸽子都回家。静悄悄的青瓦上面,横过去三两条寂寞的电线。天色红绛绛地落下。

阿玉从榻榻米上直起腰,轻轻掩上门,把战争关在门外,从桌上拿起书,翻开来。

还是夏教授星期天给的这本。

那天下午下起雨,早上没带雨衣,骑到杂货店也快湿透了。

夏教授撑着大黑伞,正从那头过来。

下来吧,小妹。

阿玉煞住了车。

夏教授把书夹到腋下,把伞换过一只手,移过来伞面。

书包背这边,别弄湿了,夏教授说。

学校喜欢么。

阿玉低头嗯着,算是回应。

数理喜欢么。

什么都能考得好的阿玉想了想,一时也答不上来。

史地呢?

英文学得好?

一句没一句,夏教授一边走,一边和气地问。

阿玉看着眼前伞缘挂着水;几步路的巷子,竟走了这样久。

小妹,小妹。礼拜天的早晨,夏教授从墙那边叫她,要她过来一趟,说是在学校附近的书摊，看到这本泰戈尔。

青色的底面，画了几笔水纹，标题下面飞着一只白色的鸟。

阿玉打开书。黄昏从她肩后悄悄过来，温暖地落在书页上。

放学遇到夏教授的时候并不多。

下课以后，夏教授经常要在研究室待一会，等偌大的文学院静下来。

抚着冰凉的扶手，一步步走下台阶，绕过前厅黝暗的石柱，沿着上灰下蓝的墙壁，经过空无一人的教室。

后门水塘旁，那株春日早开的芙蓉已经结子。

若是郁闷地传来咳嗽声，就是到家了。

然而无论在不在家，黄昏一过，隔墙就缄默起来。

只有这有一声没一声的咳声，像低吹着的箫管，寂寞地提醒还有人在。

都知道这回事，父亲轻声说。

什么事？母亲哗啦啦收着碗筷。

和下女的事。

也真是，堂堂一个教授——

父亲没接话，低头清理着烟柄，换上一斗新丝，划亮了火柴，嘶嘶点上了烟。

从瓜架的空隙，有一朵远云飘过。

一个人住，可也真寂寞，父亲说。

送裤子过来时，欧巴桑还带了一小包刨木花，要送给母亲。说是丈夫从乡下新刨来，选了杉木，特别刨得细，还留着香气呐。

阿玉把灯笼裤扔进壁橱，爬到书桌上。那边院子的泥地边，蹲着一个穿卡其短裤的男人。把鸟笼放在跟前，眯着眼，正看得专心。

虽然黑黑瘦瘦,倒是个清秀的男人。

除了种田以外,还养了几笼鸟,欧巴桑说。

先生养的这对,就是自己孵出来的呐。

可是男人不好意思留在房里,先生一回来,就退到院子去。先生要他一块来吃饭,只是在院子里点头,始终不肯进来。

要他留一晚也不要,说是会吵了先生,况且鸟也得自己喂才放心。

吃过了饭就要走,先生给了几件裤子衣服,都是好料子,先生自己都还舍不得穿呐。

天也黑得真快。

挽着一只紫底飞着白鹤的布包,欧巴桑跟在男人身后,二前一后出了巷口。

送到了○南站,给他买了票,把布包交到他手上,看他上了公共汽车。

下次再来,还是自己回去,怕要等过年了。

黄花落下,露出拇指大的蒂。

吃不到瓜的,天黑得早,父亲说,捡起地上的花。

可是喜欢绕院咯咯跑的黑母鸡,每早都在窝里留下一个白晃晃的蛋。

阿玉,去借几个蛋来,母亲在厨房叫。

家里来了助教小王和理学院的张老,说是要打几圈。

阿玉按铃按了好几下,没人出来应。阿玉又扬声叫了一次。

前庭落了一地的棕榈叶,木板门是闩上的。

防盗木静悄悄立在窗前,沐染着郁黄的晚光。

阿玉撩起裙角,拨开冬青的短枝,把脸挂在木条间,却沾到一眼睑的蜘蛛丝。

　　隔着朦胧的玻璃，努力看进去。

　　从木的间隔，斜斜落进一条条郁暗的阳光，灰尘金粉似的在跳动。

　　桌上有壶茶，细细冒着白气。

　　梳着刘海的少妇在镜框里，静静地对阿玉浅笑。

　　可是，屋里没有人。

　　阿玉挑开忍冬，沿了屋侧，小心往后头走去。

　　通廊上也没人，一条过道浸在黄昏里，撒了一地米色的小花。

　　阿玉绕过廊缘；海棠在院中径自舒展着宽叶。

　　看见阿玉突然出现在眼前，吱溜的双鸟一下又噤了声，缩挤到笼那边，斜瞅着阿玉。

　　阿玉把脸藏在鸟笼后面。

　　窗前摊着一块蓝底的花布。暮色已经进来，把缝衣机的影子长长投在榻榻米上。

　　机影斜入晕暗的墙角。

　　在墙角，阿玉看见，蓬松着一丛秋草似的头，正陷睡在枕中。没戴眼镜的眼睛，消失在迷蒙的眼缝后。

　　瘦小又白皙的脸，像沉睡的孩子，身上几朵牡丹开得盛，掩盖了覆在底下的身子，倒让一双嶙嶙的光脚，落到了棉被的外头。

　　棉被的外头，蜷腿背着阿玉，坐着一个妇人，上半身的衣服搭叠在腰际，坦露出滑润的双肩和背脊，在朦胧的光线里。

　　黄昏穿过随梁的镂花，在这平广丰腴的背脊上，映出一排郁金色的山水。

　　阿玉侧过一点头，看见光着的脚，正由欧巴桑的双手捧着，搓抚在自己宽敞而又温暖的胸前。

　　女儿若在身边，也有阿玉大了，父亲说。

找个门当户对的填房,不是好些么? 张教授的声音。

老夏人人还在人陆,填什么房,母亲说。

再娶再嫁吧,这年头。另一个人说。

可知道,父亲的声音,中国第一本欧洲文艺复兴史,谁写的?

——老夏呢。二十几岁呢。

——谁不二十几? 张教授说。

一车车给拉走的,连麻袋都来不及盖的,也都二十几呢。

不都给清了。二十几。

一块钱还能买不少东西。母亲说。吃了一张牌,碰了一张牌,摊开来,和了三番。

为了不好让人听见,牌桌设在里屋,上面还加了床军毯。人声和牌声都从军毯底下闷着出来。

一盏青白的日光灯,围着四张苍黄而又衰疲的脸。

台风快来的前一天,天特别亮。干爽的空气浸漫着肥皂香。

欧巴桑抖开一件圆领衫,把两只袖子穿过竹竿,顺着竿子拉平了。搭在墙上的那头,已经晾出了几件白衣白裤,还有小碎花的裙子。

阳光长长的,水滴滴答答地落着,挂下一排玻璃珠子。衣服轻轻在风里拍打。鸟在笼里啾啾地鸣叫。

妇人用裙摆擦干湿手,扶了扶发髻,仰起光净的头。那片蓝天真明亮。阿玉把下巴搁在窗缘,觉得天光从来没有这样的遥远。

可是夜里起了风,一阵阵加紧,风里又带来了雨,涮涮打在窗玻璃上。

后院的竹篱笆给吹倒,是一点左右的事,哗的一声斜擦下来,倒过来阿玉家这边。

还在准备明天的小考,阿玉吃了一惊,慌张站起身,把脸贴上玻璃。

外头一片浑暗,自己窗前的弱光里,雨丝罗网似地在卷织。

墙那头突然亮起了灯。过了好一会,随着拉门的声音,出来披着雨衣的人身,蹒跚去了院子,挣扎着弯下腰。为了用手臂捧起已经翻倒的海棠,却让披衣从肩上滑了下来。

本是慢性气管炎,吃了夜雨,转成了急性肺炎。

老夏的肺本就不好,这下——

父亲摇着头,要母亲选两只鸡送过去,那是夏教授出了院,父亲从隔壁看他回来的那天。

阿玉一手抓着芦花,一手抓着洛岛红,就这么伸长臂膀,离自己远远倒提着。一路翅膀掀打得睁不开眼睛。

小妹是么——

经过穿廊回家时,里屋传来细弱的声音。

阿玉跟在欧巴桑的身后,涩涩地站到了房门口。

进来吧——

阿玉低头走到床侧,嚅嚅地喊了声夏伯伯。

从棉被底下抽出一只手,轻轻拉住了阿玉的。

潮湿却很温暖的手。

书看了吗?他微笑着说:

还喜欢么?

若是喜欢,就多看。自己去前面书房找。喜欢什么就抽出来看。

其实,夏教授慢慢地说,中国的东西更好,可惜这里看不到。

来玩,自己去书房,喜欢的就带回家去。

阿玉走到房门口,夏教授还殷殷叮嘱。

果真接着几个礼拜天,当牌局在里屋设起,黄昏变得无奈,阿玉就会走到隔壁的木门前。

梳着水光光的发髻的欧巴桑,总是款款浅笑拉开门,弯身礼貌地让阿玉进来。

夏教授的脸色有阵也像回复了往常。那天还起来,在书房陪了一会阿玉,给她说了些书的名字。从一大排史记的后面,摸出一本薄薄的小册子。

没有封面,四边起黄的书页;阿玉拿在手里,翻开第一页。

人睡到不知道时候的时候,就会有影子来告别,说出那些话——

多奇怪的句子,阿玉停住了手,心里想。

中国人,是不能不看的。

夏教授在身旁说。

阿玉把没封面的书带回来房间。当黄昏温暖地爬上自己的双肩,她再翻开书,看到了一段句子:

　　……然而我又不愿意他们因为要一气,都如我的辛苦辗转而生活,也不愿意他们都如闰土的辛苦麻木而生活,也不愿意都如别人的辛苦恣睢而生活。他们应该有新的生活,为我们所未经生活过的。

当少年离自己愈是远去的以后,阿玉常想起那几个深秋的黄昏,洒着一地桂花的通廊,弥散着茶香的书房,本本没有封面的小书,病中的夏教授给她列出的中国作家的名字。还有《故乡》里的句子,一段段,总是忠心地载负着阿玉的日子。

夜晚的温州街开始滴滴答答地落起小雨,夏教授去世的一阵子。

这一落,就要落到明春了,父亲说。关上通廊的纸门。

缠绵而又无望的秋日已留在廊外。

冬天来到温州街。两排低矮的木房愈发黯下来,怯怯缩在冬青的后面。只有低覆在屋上的瓦,仍旧端庄地排列着,闪着青光,勾着涡花,向灰空伸着望乡的手。

冬天不好照顾,芦花和洛岛红慢慢都变成了红烧鸡。不过黑母鸡给留了下来,说是明春再孵一笼。

挺会带小鸡的,母亲说。

父亲不用再惦挂丝瓜长得密不密,也不尽往根底铺烟灰、倒茶汁了。何况架子也吹倒,还是那次台风来的晚上。

可是他对盆栽又生了兴趣。

沿着后墙搭起砖头架,放上瓦盆,要母亲把蛋壳都留着。

弯着腰,在手里细细捏碎了,一点点铺到土上。

这只是准备工作,父亲说。

等春天再来,天再暖,园艺系的周公要送给他六棵日本枫。

天黑得真快,欧巴桑跟男人回去的那天,才不过走到巷口,一前一后的两个身影就昏恍起来。只有欧巴桑手腕底下的那只白鹤,准是布上的色料沾着萤粉,反而特别清亮地映照着早来的夜光。

白鹤一颤一颤闪出灰黯的温州街,阿玉再也没见它回来。

一九八五年二月

朱天心:《新党十九日》

作家介绍

朱天心(1958—)的说法:"现在想来,长大依然是一件苦事,要割舍丢弃的太多太多了。"这段叙述出自她的第一本书《方舟上的日子》(1977,言心版),写于1975年,那年,朱天心十七岁,已经自觉距离"小时候"很远很远了。写作,朱天心早慧,虽生长于文学家庭,父母朱西宁、刘慕沙,姊妹朱天文、朱天衣,但她的心性与关怀和同业家人路途之上其实殊异。是袁琼琼的话,"两个人(朱天文、朱天心)的作品我都看得很热心,觉得是天才小孩。因为性情,我一直比较偏爱天心,天心的东西火热,而且老有种孩子气的新鲜"①,挑明朱天心其人其文。所以有评者把朱天心的早期作品划入"闺秀文学"派,我以为是一种误解,詹宏志或者说对了,那时期的作品可归结为朱天心蓝色时期的人性数学推演想象。评者公认朱天心写作的转向,始于《我记得》的社会政治观察成篇,《想我眷村的兄弟们》将其写作思考推至另一高峰。之后的《古都》及父亲朱西宁去世后神形无所至也无所不至的《漫游者》,朱天心引

---

① 袁琼琼:《天文种种》,朱天文《最想念的季节》,台北:三三书坊,1984年版,第9页。

领文风、议题的能力,往往勾出阅读者最躁动的忧患与悲伤。

受胡兰成礼教启蒙,1977 年与朱天文、马叔礼、谢材俊诸子创"三三集刊",亦成为现当代华文文学家族人数最众的文学团体,对二十世纪七十年代青年文艺追随者影响深远。出版有《击壤歌》《想我眷村的兄弟们》《学飞的盟盟》《小说家的政治周记》《古都》《漫游者》《猎人们》等。

作品导读

我以为,《新党十九日》①是得和《击壤歌》②并着看的。

十九岁,朱天心(小虾)的《击壤歌》写出了北一女三年黄金时光,成了高中生的校园圣经。女孩们的故事,不脱吃喝玩耍考大学友谊夹缠,这群总爱各处乱逛的死党们,街道校园海边呼呼而过,童女度日,真有股逆流而行的志气。但高中总要结束,走出校园的小虾,得等到朱天心写出《新党十九日》,我们才得以见到女孩们长大进入社会后的切片,而此时,朱天心刚满三十岁。

这里,且撇开朱天心近年涉入甚深的政治、族群认同议题不谈,光从女性处境来看《击壤歌》里"世上总有那么两件事会叫我哭,爱和国家"的小虾,和《新党十九日》里的女主角为丈夫烧狮子头调味时自况,"调理出的有新鲜、刺激、冒险、自由,而且好像与经国大事有那么一点儿关系",一以贯之有着一向关注家与国的痕迹,也就看出朱天心之感伤所在。

《新党十九日》里,当了十几年的家庭主妇逐渐失去了现实感,生活

① 朱天心:《新党十九日》,《我记得》,台北:远流出版社,1989 年版。
② 朱天心:《击壤歌——北一女三年记》,台北:长河出版社,1977 年版。

(命)重心围着丈夫定吾、女儿咪咪、儿子毛毛,却从被表姊游说买了股票开始,人生有了惊人的变化。早上家人前脚出门,她后脚跟去号了(家/学校),认识了股友(死党?)贾太太,且在那个新家,她看报纸(即使只看不懂的财经版)、坐快餐店(以前那里洋化得像租界)、买专业财经杂志(学生期买参考书后第一次),然后像灰姑娘辛德瑞拉,赶在丈夫孩子前面回去,做饭。

直到财政部门宣布开征证所税,她跟着股友脚步走上街头,夹在同党队伍中摇(绿)旗呐喊要台湾执政党的财政部长郭婉容下台,她甚至把脚步伸到从没去过的立法、行政部门去游行抗议呼口号。股票使她有了自己的党。

这场政治洗礼的处境,差可比拟俄共中央妇女工作部长柯仑泰(Alexandra Kollantai)的言论。这位世界上第一位女部长、女大使,是社会女性主义的老前辈,她在其《新妇女论》中提出让妇女走出厨房,加入社会生产行列,主张"厨房和结婚分开,这和宗教和国家分开同样,是妇女命运史上的重大变革"①。壮哉斯言,如果柯仑泰的主张早被实践,女人还要革命上街头吗? 当年柯仑泰的部分主张只经过短暂的实验就不了了之。反证《新党十九日》里的"她"要走出厨房进入社会谈何容易,于是将"她"赶回厨房成了众人的共识。

首先是她的家人上场。一天开晚饭时间,电视正播着波湾战事,怕影响手上股票,"她"加入视听,结果丈夫儿女齐喊饿,"三人同声合力把她赶回厨房"。

相对地,她的家人认同亦开始松动。丈夫极专注地与来访同乡谈

———————————

① 柯仑泰:《生活的革命》,顾燕翎、郑至慧主编《女性主义经典》,台北:女书文化出版社,1999年版,第404、405页。

大陆近况，她好骇异他关心的事如此遥远，内心呐喊着：

> 好想去摇那枝自己选择的旗子，跟一群比咪咪毛毛定吾要与
> 她熟悉多了的陌生人齐心喊口号，喊好大声，关不关乎股市征税真
> 的都无所谓。①

　　股市长黑，游行队伍更壮大，已不仅是"生活的革命"，更演变成为
"党的革命"，于是当这位街头新人面对队伍中"蓝中有绿，绿中有蓝"的
群众，油然而生"她与眼前这些好多手摇小绿旗的人是对不一样的"维
护之情。及至警方祭出镇暴部队、迅雷小组、喷水车应对，她还是"好壮
烈"地参与同党某次游行(小虾：有时乱的时代是比治的时代要来得伟
大和应该的。②)；队伍突然大乱起来："逮人啦!"她慌极随众人翻越分隔
岛栏杆(我要做只大鹏鸟，下一次风起的时候，我可要凌风飞起。③)；望
见贾太太对面向她招手获救似的跑了过去，此时一记"当头棒喝"朝她
重重敲下：

> 　　一名警察快步倒退中差点撞到她们，生气地喝道："还不赶快
> 回去煮饭，你们这些欧巴桑真不要命。"她应声掉下泪来。④

　　这位新生股票"菜篮族"，曾经有那么几分可能走上柯仑泰的新女
性之路，却在此刻逼出眼泪被打回原形。(小虾参加结业典礼，女孩子
们正兴奋得不可开交，校长突然对着麦克风吼道："你们怎么这样不守

---

　　① 朱天心：《新党十九日》，第 159 页。

　　②③ 朱天心：《击壤歌》，第 133,139 页。

　　④ 朱天心：《新党十九日》，第 167 页。

妇道!")

　　她仍坚持去示威,和贾太太在快餐店里看晚报,全因"这些是她的最后据点"。直到第十九日,大伙冷静下来,游行现场一个人都不见,清扫的老先生说:"刚才就这么哗一声的全部跑回去,又有得钱赚啰。"昔日同党如今正稳稳地坐在号子里打趣那场乱发高烧似的日子,"但是她,跟他们,是不一样的"。端的是孤家寡人,竟找不到一个人表白。哪知重返家庭,另一波更大的挫败才扑来,她翻越马路分隔岛的模样登上了杂志:

　　　　数名男女正狼狈不要命地翻越马路分隔岛上的栏杆,最近镜头的一人——她才知道自己的臀部从背后望去竟如此庞大滞重。①

　　表面上,她不仅跨出厨房,还飘上了社会政治版,但反观此时此刻,她的"亲人"呢?于是,我们看见这位离开《击壤歌》校园后进入社会/家庭的失联者:

　　　　对着眼前三名高高矮矮的陌生人嚎啕起来,垂着手,哭得好大声好无助,像一个稚龄迷路的小孩儿。②

---

①② 朱天心:《新党十九日》,第172页。

新党十九日

　　她开始喜欢并习惯每天下午在速食店里的时光。因为长年夏凉冬暖的室内空调总使爱坐临窗位子的她长期下来快失去了现实感,尤其有好阳光的天气,透过每一小时就有工读生出来擦一次的白色木框方格玻璃窗望出去,她完全忘了外面夏热冬凉的现实而相信自己置身的果真是一个美丽的城市。

　　她有时独自一人,有时和才认识两个月住民生社区的贾太太面对面坐着,桌上的咖啡好香但好难喝但那无关紧要,总之是气氛里不可少的一部分。虽然贾太太比她有钱得多,但她们的默契是当日谁的股票上涨便谁付账,自然事情之前的好长一段时间都是两人抢付。

　　她们中学女生一样地一面吃炸薯条洋葱圈一面抢着诉说上午听来的种种,好兴奋国家大事原来也可以被她们谈论,例如那天下午她们谈的主题是:郭婉容之所以恢复开征证所税,是为了要与她的表哥彭明敏里应外合一起整垮国民党。

　　那前一日的话题是:力主开征证所税的是俞国华,目的是要给李登辉难看,要他在双十阅兵的同时另外得阅十万名抗议股友。

　　至于再前一日的话题则是:证所税的开征其实是李登辉幕后主使支持的,用意在架空俞国华的财经决策权,至于万一股市因此崩盘,账一定会算在一向没有人缘的俞身上,到情况糟得差不多时李再以救星姿态出面挽救股市。可谓一箭双雕。

起初,很长的一段时间里,她都不敢也从未一人独自进过速食店,觉得那里洋化得像一个外国在台的租界似的。其实她也出过国,咪咪考上高中那年暑假母女两人参加旅行团去东南亚玩过一趟。在泰国住过五星级饭店,在新加坡在莱佛饭店饮过新加坡司令,在香港时定吾的表弟还请她们在半岛酒店喝咖啡,那维多利亚式的装潢都没让她觉得怎么,只二楼的乐队正好奏着一首她做家商学生时很熟悉的西洋流行歌叫她好高兴。女儿咪咪当然不知道是什么歌,定吾的表弟告诉她那是首老歌叫做"寿喜烧",并说当年唱这首歌的日本歌星前不久在日本国内空难死掉了等等,因此三人莫名其妙的只好严肃起来为一个他们都不认识的人致哀。

可是好奇怪的连在香港不同语言、价钱只要一半,因此咪咪大喊一定要吃个过瘾的速食店都没让她有任何异样的感觉,反倒回了台北,事隔三年咪咪进大学第一次拿家教费请她去吃家乡炸鸡时她有种在异国之感。先是咪咪夹着英文点东西,然后被服务生快速有礼地询问连带影响地催问她要点什么,她觉得咪咪变得好陌生,以至她都不敢犹疑问咪咪传统快餐与传统全餐的差别,只好随便乱点。

用餐时她客气地说着品尝心得并勉以家庭主妇的眼光表示唯一的缺点是牛油味重了些,咪咪好认真地分辨起来,说他们的品管非常严格,炸油超过一定的时间就得整个倒掉换新,而且从营养健康的标准是绝不可能用动物油的,并举例她一些在速食店打工的同学亲身所见。

她因此有些恍惚也有些寂寞地拿起咪咪说新推出的热巧克力喝着,并很不以为然咪咪怎么会点二十块钱一杯的红茶,那一个茶包买起来不用一块钱。但最让她吃惊的是,吃完东西咪咪竟然老老实实地收拾干净并乖乖拿去丢弃处理,做得好自然家常,因为咪咪和弟弟毛毛从来在家里是吃完饭拉开椅子就走的。她曾经命令或要求或甚至在母亲节那天都无法使他们破十几年的例，仅仅只是饭后把碗筷拿到厨房水槽，遑论洗碗或其他家事。

但是四五月以后，整个变得如此不同。

起先她只是禁不起表姊的游说，把一笔她根本不想标下但被抽签分配的到期会款随表姊拿去买了些股票，然后半个月不到便净赚两万多的获利令她好奇起来，每天早上好不容易等咪咪毛毛和定吾前脚才出门，她后脚便迫不及待地赶去号子里。中午十二点下了课似的就近拣家速食店还好尚未吃腻的叫份传统全餐边吃边看报。她通常不管看不看得懂的工商、经济日报随意换着看，很喜欢那一面喝咖啡一面看报的气氛，很像电视里雀巢咖啡的广告，也有点像印象里每天早上的定吾，但是定吾吃的是泡饭臭豆腐乳和金兰小菜心，且定吾看的是成家以来一直订的《"中央日报"》，直到年初报禁开放经毛毛反复抗议后才改为《联合报》。

但她总无法忘情以家庭主妇的眼光估计那几块炸鸡的成本至多不过二三十元，还好当天一个涨停，账面上多出的数千元实在可不用如此计较，而且那些报纸起初她根本就都看不懂呢，只好翻来覆去找寻她握有的那几家公司或该行业的相关报导。

没认识贾太太时，她常可如此翻弄报纸，其间并不好意思地再叫杯饮料坐到四点，不久隔窗便可清楚看到不远廊下书报摊的晚报送达，什么报先到便买什么，因此几乎没看过《中时晚报》。她当然先打开股市分析版，一一印证上午号子里听得的各种利空或利多的消息，但往往弃报起身回家时总是更迷惑，例外清楚的是，她可以十分确定该报的财经记者大概买的是哪几家的股票。

她总控制很好地在其他三人回家前至少半小时到家，打开所有房间的灯，抽油机开得轰轰响，并确实赶着做晚饭，因此好长一段日子他们似乎都没有察觉她大不相同的生活。其实已经有好几年,他们根本就不知道他们不在家的时间她都在做些什么。

开始觉得有点儿奇怪的还是定吾吧。她从厨房端盘刚炒好的菜到餐桌上,远远听到电视新闻里冒出几个她熟悉的词儿,便忘了其他的,立在那儿看。有时记挂着炉上的油还热着,便要定吾开大声点她好听得到,定吾摸索着可能陷在屁股底下的遥控器边好奇怪地看她一眼,的确自家里有电视以来,她肯定没看过的节目就是晚间新闻,因为那个时间她通常正在厨房里忙。

有次正在报国际新闻,她忍不住站近电视好紧张地生怕波斯湾又有什么紧张状况,虽然她只有一点点的南亚股。那次不仅是定吾仰头看了看她,连咪咪都很不习惯她此时此刻出现在这里似的皱了皱眉,见她菜洗一半手还湿淋淋地正滴着水,更不习惯了,撒娇似的怨怪她:"妈人家中饭没吃肚子快饿死了。"毛毛也粗声附议,三人同声合力把她赶回厨房。

于是她也自觉有些失职地加紧手下的动作,等汤滚开前的片刻看到映在玻璃上自己的脸孔,说不上什么心情的对自己做了个顽皮的鬼脸,有些迫不及待地想赶快把他们打发吃完饭,收好善后,赶快上床,黑夜过了她又可以去号子里看盘。一个上午听来的话题加起来抵得过她有生以来知道的全部,有荒谬的有有道理的,有她懂的有她不懂的,但那无关紧要,甚至钱,都并不是那么重要。她短线进出过几回,本钱不可思议的早已回来,这其中有所谓贾太太那里某某任要职的亲戚传来的可靠内线消息,也有自己的一番判断——后来证实是错的——但买错了都还赚,简直是场幼年时做的捡钱梦。拜托拜托千万千万不要醒,哪怕每天只小家子气的赚个车费加中饭钱加报费就好,只因为她太喜欢那样的生活,和那些个美丽充实的下午时光。

　　有个晚上，她居然等定吾睡了，毛毛咪咪各自回房后，一人在餐桌上摊开她下午买的一本专业财经杂志，是她做学生买参考书后的第一次买书，因此大为惊异一百多块的书价如此贵。

　　她给自己泡了杯茶，不管待会儿万一失眠，——其实她都看不懂哩，尤其那些图表、数字、公式，可是她很有兴致地细细咀嚼着那些名词：美国道琼指数、日本日经指数、香港恒生指数、野村证券、美林证券（好像胡立阳就是当过这家公司的副总裁）、IBM、日本电信电话、艾克森、壳牌石油集团、伊藤忠商事……灯下，她眼睛暖暖地感动起来，原来世界如此之大，却又与她是这样近，念念就都到眼前来，所以她好喜欢和贾太太谈邻居朋友般的你一句王永庆张荣发如何如何，我一句蔡家或吴家兄弟又怎样怎样。她们甚至谈自己亲人似的细数阿布拉除了国宾年底好像要介入太平洋建设股、亚聚陈又开始回老本行塑胶股、老雷最近做的是中纤可是偶尔也碰一碰台塑南亚和华纸、海山刘……还有威京小沈，重心还是摆在造纸股里的士纸台纸荣成和南港轮胎上。她尤其把小沈当自家人似的好记得他的种种事迹，例如去年威京和东帝士抢标八德路一块唐荣厂地，结果小沈连税以十五亿多得标；还有小沈也是眷村出生，也当过海员，因此她好觉亲爱地把他当作是那个自小就保护她也欺侮她、海专毕业跑船第一年就死在海上的唯一弟弟的后半生，好光荣地很以他出人头地为傲，因此曾忠实地跟随他买台纸士纸，乃至小沈后来自组一家证券公司，她还感情用事地次日便跑去开户，虽然那儿离她的家要远多了，搭公车甚至还要转车。

　　这一切，都让她有了年轻并且成长的感觉。好几年来她第一次觉得每天认真看副刊和影剧版的大学生女儿原来还是比她幼稚；还有大她十岁、从结婚以来就事事教她像教他的学生们似的定吾，绝对不会知道美国中西部谷物今年是丰收还是旱荒，也绝对不知道张荣发是当今全球首屈一指的航业巨子而非欧纳西斯一族,虽然定吾是教地理的;她更小怕只要毛毛在家便开着不停的 ICRT 电台,虽然她依旧听不懂,但她一定比毛毛知道什么是 GATT、OPEC 或 NICS(起码字面上的意思)……

她觉得才不过几个月来,自己偷偷长得好高好大,好像回到青春期时代每晚洗澡时打量自己的身体变化,好陌生,可是大概是好的吧。她掩藏一个谜底似的仍然日日如常面对家人,时时要忍住快漏出来的笑意,觉得自己好顽皮、好快乐。

但是那之后,整个全都乱掉了。

回想起来她算运气好的,居然就在那天,一来基于数日来居高思危的心情,二来早答应咪咪要趁放假几日逛遍一定会打折的百货公司而卖掉了一些股票。然后中饭未吃便赶回家,因为是星期六,咪咪和定吾会回去的。

结果过午不久便和早已等得不耐烦的咪咪出门了,市区里的车辆反常的少,大约都出城度假或回南部,但百货公司却满满是人。她看不得咪咪那种在化妆品专柜前流连不去、好像幼时看到别家小孩吃东西的贪馋相,便随她意思买下伊莉莎白雅顿的口红、腮红和眼影,说有打折结果仍只是赠送香皂,好贵!但一旁照样好多太太小姐买起保养品来一买就是全套并面不改色。她友善的对她们匆匆一笑,很容易断定她们一定都是她的股友们。

付完账,咪咪吃惊高兴得脸儿又红又烫,她看了顿觉咪咪变得好幼小可怜,便提议去体育用品部给毛毛买双鞋并允她自己也挑一双,虽然家里的鞋柜有一大半是被她的各式鞋子占满。结果咪咪自己挑了一双又不肯打折的旅狐休闲鞋,试穿时迟迟决定不了要绿色的还是黄色的。她在一旁等着好高兴自己大方的并没有被那幅广告海报的男女挑逗姿势给弄得脸红，于是一口气要店员把两双都包起来，并又给毛毛挑了双Reebok。咪咪大概是奇怪她的金钱如此充沛，竟一反在家的跋扈，对她认生且羞怯起来。

于是她又好心软地请咪咪到地下食品街喝咖啡吃蛋糕，并随这些日子的习惯想买份晚报，但经过该有卖晚报的几个贩卖点都说卖光了。她当时还无甚知觉，只喝咖啡时习惯如在号子里似的随时全副警戒竖耳听壁角，于是她收听到了一些愤怒咒诅的字眼，对象是郭婉容、俞国华、李登辉、国民党、武则天、慈禧太后……这些破碎的字眼丝毫拼凑不出任何讯息，但她仍毅然地决定中止要替定吾和自己买些东西的下半场逛街而打道回府。

家里定吾正在看电视新闻，她好自然地问定吾有没有什么新闻，定吾说："这郭南宏说高速公路不收费，还不是老样子塞得一塌糊涂，还好这个中秋不用回你家。"

她只好问定吾："我听到街上有人在说什么郭婉容……"定吾随即潦草地告诉她下午财政部宣布明年要恢复开征一种股票的什么税，于是开始骂起玩股票的人。她想大概就是前不久号子里盛传的证所税吧，她第一个只想到从此大概无法瞒住定吾她也在弄股票的事了吧，有些忧烦起来，顾不得咪咪在一旁深深注视着她。

接下去的连续假日怎么那样漫长，咪咪和毛毛比正常上学日还要早出晚归地在外面疯，定吾老僧入定在家电视从早开到晚，因此她照顾一个大婴儿作息似的侍候着定吾无法抽身出去。就算出门去得了，号子也休市四天，贾太太那里她这才想起虽然两个月来熟得老同学似的但结果交情也只限于号子和速食店里，并没有彼此家里的电话可奔走相告一下。她觉得自己像失了群的某种飞禽，有些孤单失落，好想念群居的日子，因此一到晚报出报的时间便赶快去买，觉得那是她和这世界的唯一联系，但原本只是略为寂困的心，却被报上官方一片安慰解释之声弄得好慌张。原来事态可能真的会变得很可怕，她暗自盘算着，虽然本钱早回来了，而且就算被套牢也不是借贷来的钱，何况她持有的大多是绩优股，或许忍耐熬过一长段时间总有回升之日吧……可是大概还是不能这样计算，否则那日和咪咪的乱花钱就花的是自己的了，好梦方酣，多不愿意这一切、这些个日子以来的生活被改变。

她乏力地坐在静黯的餐厅忘了开灯，仿佛又回到这十几年来的生活，永远属于这屋子这家里最幽荒的一角，以前她并不在意，现在想起来却不耐烦不甘愿了。

假日的第三天，她认真而定吾瞌睡懵懂地一起看完了电视现场转播的财政部记者会，并非受定吾影响的，她也觉得郭婉容"有所得就该缴税"所言甚是，也很安心现场有如此多的记者比她紧张万分，所追问的问题也远急切过自己。而定吾的心情似乎很好，频频叹道："就是该这样做，否则我们这些拿死薪水的快活不下去喽。"

她说不上什么心情地略微有些不好意思，起身去厨房准备晚饭。

当晚，没想到表姊来了电话，快哭出来的声音说："你看她还一直笑，还笑得出来！一定是和倪文亚星期六就全部卖光了。"

她才知道表姊骂的是郭婉容，便问她被套了多少，表姊痛喊起来："本来上礼拜三才差不多卖光光，礼拜五听她说还不征那个税，我礼拜六听人家说了全部给它买台凤的买到还好高兴，完了我下半辈子要当台凤的老板娘了！"接着随即要她今后几天全天候待命等她的通知上街头去。她觉得不可思议，表姊骂她："你还真听那个疯女人的话哎呀什么上街头难为情，难为情，当然她自己先溜干净了。"

接着告诉她一大堆大户如何得内线消息早就跑个精光的事，好比老雷前一阵子竟在行情大好时天天大杀中纤股，就是国民党给他以往爱国大户的酬谢；还有最可靠的是党政关系一向最好的远纺徐有庠向来喜欢自己的股票漂亮，可是上星期在旗下的亚东证券大卖了两百多万股的远纺；辜家的中信从九月中旬起每天都在大卖，国信周六中午只两小时就卖出六亿多，还有荣安邱早几个月前跟要员打高尔夫球时，就已获得"这回不要再玩了"的确实消息，两星期前把台凤农林股早出光了，"只有我那么傻，居然一点消息都没有，跑去当台凤老板娘！"

乱糟糟地接不上话中，她居然还匆匆想到威京小沈，不知道他也适时地跑成了没，表姊听她半天没声响，骂她："你知不知道这次就是国民党等着看好戏，看那些做官的和大户财团联手宰我们这些散户，所以我们散户要大团结，不要急着卖了中计，你整天没事最应该上街头，我老公国民党的也都要翘班帮我们去闹。"

她讷讷地问着："可是我们要说什么呢？"

"取消征税啊，要不就休市，什么有所得就要缴税，根本摆明了要打压行情嘛，我老公说，国民党这招是学黑道勒索六合彩赢家，把人家冒险赚来的钱提高抽头坐享其成捞光光。"

她这也才觉得事态有些严重，乖乖地应答："我后天一早会去号子里看看。"

表姊再三约束她："千万不要挂蓝单，我们打算成立个自救会，第一步就是大团结，不要自己泄了人气，必要时拉你家咪咪毛毛一起上街，反正真崩盘了全家谁也活不成！"

起先头一日还好，虽然果然长黑收盘，可是号子里满满是人跟行情旺的时候一样很热闹。一家人讨论家中大事般的有说要仿效去年崩盘时去钱纯家丢石头那样去郭婉容家，便有人接口郭这回是靠俞国华背后撑腰所以该去俞家扔石头，但也有人说真正主使者是李登辉，那么就要好好准备到双十阅兵典礼那天给他好看。也有的说哪还能等到那时不如先分头打电话给所有的号子立委,要他们在院会内联合炮轰郭婉容下台或起码取消恢复课税,不然明年选立委一票都不给他们。于是更有人主张打电话给各报的财经记者明天报上立即见效,反正他们大多也遭套牢,更多的坚持求助于民进党,"国民党不要股票,我们就不给它选票!"一个跟表姐年纪身份相仿的女人大声喊出结论,引得了全场喝彩。

接着有个男人趁热宣布明天上午十点半在"立法院"前集合,并激大家别的号子今早已经有好多人去了,只有我们这家没有。

于是那日,她和贾太太如常地中午离开号子后便在附近的速食店里盘桓,认真地讨论上午的话题。贾太太有近千万被套牢,还好那笔钱据当初她的说法是她先生给她玩的,随便她要老实买珠宝细软或出国旅游什么的,任她花用总之弄光了也就那么多,她先生倒看得真开,因为贾太太最后持有的都是台塑南亚绩优股,她先生说早晚总会涨回来,"假使连王家都垮了我一千万也认了。"贾先生如此说。

因此她们反倒落落大方地不动气,自觉很像印象中各自丈夫在男人堆里聊天的景象,贾太太甚至勉强说英文:"所以你看这 Shirley Kuo 根本没把她老公放在眼里嘛,不然星期五院会里那些立委问她证所税的事她咬死不肯说,第二天却主动召开记者会宣布,还故意不在立法院,存心不给她老公面子。想想也是,当初三十几嫁一个大自己二十几的老头说什么也不是十几岁小孩的不顾一切,所以是早算好的。有朝一日爬得够高时就来整国民党吧,说好听是跟西施一样美人计。"又说她先生大学里还给郭的表哥彭明敏教过,好像家里有一本彭所写的书,答应明天带来看看。

那日的奇异的结论竟使她带着一颗很柔和的心返家。做饭时听到定吾一面看电视新闻一面痛骂,并要一旁的毛毛替他牢牢记下立委的名字,"妈的这些股票立委,老子下次一票都不投你,这种败类丢尽我们国民党的脸。"正在看报纸的毛毛也在附和但骂的是报纸记者,她侍候他们用餐,沉默不语地觉得面对面坐着的自己的丈夫和儿子变得好陌生,并奇怪着十几分钟前还痛怒的定吾怎么此刻正涎着脸问她好久没吃红烧狮子头了。那一刻,她好同情郭婉容,忍受大自己二十几岁丈夫的老来颠顸的痛苦,应该远胜过才五十出头的定吾所带给她的吧……

　　次日,号子里的人开始稀了,她和贾太太不等收盘就去喝咖啡,边乱翻着贾太太带来的书,好奇一向足蹬起码两寸高跟鞋的贾太太今天怎么穿双簇新的球鞋。她多看了一眼,认出是咪咪替毛毛挑的那个Reebok牌。贾太太笑起来,说自救会的讲这几天随时可能会有状况,主要还要看中南部的投资人什么时候上来,"万一到时候警察追才好跑啊!"两人偷偷笑得东倒西歪,不知为什么好期待好快乐,好像回到小学游艺会的表演前夕,于是也打定主意明天跟咪咪借双球鞋来穿,并越发坚信证所税的开征是郭婉容和彭明敏岛内外联手打算整垮国民党以便于海外台独组织的接收……但如此的结论乱乱的想不出与今后自己的利益或这群股友或相反的定吾那边的人要如何调理清楚,只肯定好同情彭明敏的失去一条手臂,虽然那是美国人炸断的,且是在日本,并不关国民党的事。

　　于是贾太太开口提议去看看有什么状况也算尽些力。如此的心情下哪想回家,便欣然同意前去。

　　结果等贾太太取了车并上路,两人才知道彼此都不晓得立法院在哪儿,不知这事为什么那么好笑的笑不止,只好接力回忆电视上几次在立法院前闹事的都是把市议会前的圆环堵得个大瘫痪,那么到了市议会再下车步行,反正哪里人多就往哪去。做好决定,两人继续笑得快歇斯底里,只觉得好兴奋、又好可怕,也有点好壮烈。

　　她们自然很快就找到了立法院前的人群,人虽然好多,却各自三五成群地站着聊着,并无印象中会有的若何激烈行动。

　　她和贾太太四处游走着,只要哪里有人大声讲话她们就趋前去,例如好几个戴着墨镜但仍被贾太太认出是某电视台的演员和歌星,其中一人忿忿地说道:"缴这个税我不反对,可是政府这样偷偷摸摸就不对,防我们跟防贼一样,下次再有什么升旗什么团结自强大会我绝对不那么傻还去参加,他们给我们什么回报,消息都不肯先透露一点儿!"

　　她和贾太太无法附和地互望了望,顺手接下一名口呼"郭婉容下台!"但已快喊不出声的中年男子散发的传单,下面只潦草写着:要求郭婉容自杀以谢民众,郭婉容电话七〇〇六九六六,地址台北市敦化南路五三九巷十一楼之一。贾太太看毕很觉幽默地说:"幸亏他们命大住十一楼,鸡蛋石头丢不上去。"

　　此时一名同号子里的熟面孔男人看到她们,便主动前来搭话且问她们来多久了,她们说才刚到,男人便热心地报告战况,说刚刚朱高正也被喊出来啦,有什么用,平常那么神勇现在一看到我们就跟看到大便一样唯恐沾脏了他,一点都不肯替他们出气。"我就说请愿书上干嘛都写民进党的立委,什么民进党国民党,找被套牢的就没错,也不用那么多,一个许荣淑一个吴德美就好,爱钱的女人叫起来比谁都凶,管他花猫黑猫,会抓老鼠的就是好猫。"随即意识到她们两个正巧也是女人,会站在这里也一定是被套牢的,便客气地邀请她们去前面签血书,一人只需5cc血,她们同声说好,赶快隐入人群中,差点撞到一名举张蒋经国遗像的白发老头。老头念经似的逢人就说:"要是蒋经国还在,一句话休市就休市,延长一年就延长一年,问题早解决了才不会这么乱!"这才发现他所举的木牌两旁还各有一行毛笔字:返乡费套牢,国民党跌停。

　　两人都同时发现有人朝这里摄影,赶忙推开彼此,事后并约定随时提防再有任何相机或摄影机，"我老公要是在电视上看到我不疯掉才怪！"贾太太有些撒娇味道地说。

她也想到万一被定吾看到那才不知道会出什么样的状况完全不敢想下去，于是一起往人稀处走去，那里有好多小摊子。贾太太抢掏钱买了一人一支沾满花生粉的猪血糕，不自觉地边走边吃逛起其他摊子来，都觉得很像小时候过年的气氛，而且垃圾竟可顺手乱丢，更像在庙前看野台戏时一模样。

但愉快的心情迅速被那书摊上各种耸动惊栗的书名字句给吓光光，翻都不敢翻地只得又赶忙朝人多处挤去，那里有名好像在报上看过的面善男子正拿着麦克风立在略高处演讲。他以台语说："过去咱拢只关心自己的利益，每当别人受害，别的团体在抗议，我们都不关心，农民五二〇抗议，我们会说自己种水果赚了钱还要来抗议，股友今天抗议大家就骂他们投机爱钱，其实咱大家拢是国民党的受害人，咱大家应该团结起来，有一部分人受害，大家都应该支持他们的利益，建立一点整体感。"

她听了也忍不住随众鼓起掌，认为这是这些个日子以来说得最有理最大派的话。继续听讲中，有人一路散发过来并递给她和贾太太一人一支小旗子。面对手中那支绿白相间的小旗子，她乍然满脸通红但说不出是什么一种感觉。她望望贾太太，贾太太也有些发愣，随即开玩笑似的举起来乱晃两下，笑着说："管他的，谁帮我们说话我们就靠谁。"

此时小雨落起，气氛却转热烈起来，有人站在高处挥着大些的绿白旗子高呼："郭婉容下台！俞国华下台！"

她和贾太太也摇晃着手里的东西同声喊起来，随时有一大片嘘声和吆喝声，她寻声望去，见一警察高举警告二字木牌，上面小字写着"行为已违反动员戡乱时期集会游行法，应立即停止并解散"，左下方是警察单位及年月日时等。

　　她和贾人人见了当下也嘘起来,此时有人重振旗鼓高喊:"民进党万岁! 民进党万岁!"因为那人云霄的声音实在太大了,事后她竟完全想不起到底自己喊了没,只回家前发愁要如何处置手里的小旗子……最后决定不带回去,趁横越马路时偷偷扔在中山南路的安全岛上,很容易便被为了十月庆典而插满了的旗海掩盖住了。

　　当天晚上,电视新闻果真有播出下午立法院前的那一场。她远远立在餐厅一角慎防万一荧光幕上蹦出自己摇小绿旗的镜头好预作准备。

　　定吾边看边对毛毛骂:"我说国民党已经够笨了还有这什么民进党也这么笨,这种唯利是图的选票你也要,除非股票一路跌到明年选举前一天,不然只要一回升他们比谁都现实,还不赶回号子去,比谁都怕乱,乱党乱党,到时候一有钱赚你看他们比谁都怕民进党,恨不得离得愈远愈好!"

　　看报纸的毛毛也搭腔:"对啊,我们历史老师说国民党是股票党,民进党是投机党,我们公民老师说李焕这下可惨了,俞国华这次事情从头到尾都不买他的账,不过最高兴的一定还是李登辉。"说完怪笑几声。

　　不仅她听不懂,连定吾也很烦躁地答不上话,只得把香港脚抬到茶几上一阵猛抠。好在镜头早已经离开抗议现场,移入院内,一名委员正激动地大力抨击郭婉容,名字打出来,她认出熟朋友似的脱口而出:"这是大顺证券的老板啦。"又换一个立委,见了名字她又好高兴地喊道:"这个是板信的老板。"再换一名好凶霸的女子,她也认出来了:"是宝来的……"差点说出来就是打算向她请愿的。

　　定吾闻声回头看了她半天,很没力气地呵斥她:"你不要什么都听阿梅乱讲。"阿梅就是她那表姐,早以玩股票闻名于他们一家。

于是她赶紧收敛起来，回厨房继续那好费工夫的红烧狮子头，猛然之间，呼一口大气，深被自己连日来的大胆行径吓一跳，摇着一面旗子在街头人群中呼口号，是几个月，甚至几天前她想都想不到的事，但那滋味似乎并不坏——手下不忘记把盐的分量下得很小心，定吾年过五十后开始很留心这些——勉强调理出的有新鲜、刺激、冒险、自由，而且好像与经国大事有那么一点儿关系，当然最顺便最希望的是因此能回到这一切混乱之前的那些个她深深喜爱的日子，美丽而充实饱满。

于是接下去的日子，要不就是早上去号子打个转——那里通常只有一些新贴的各式标语，例如该日出现一张"股票对折出售，请电洽"，以及人潮退尽因而显露出来的几名中兴保全警卫——然后速食店里吃早餐看早报，下午去街上摇旗呐喊，或颠倒过来，上午去游街，下午看晚报喝下午茶，端视当日街头活动的时间、地点而定。

她甚至在一个星期三上午去了国民党"中央"党部前，希望能亲身向来开会的党政要员们表示抗议，但只老远地看到好多黑头车鱼贯驶入驶出；有天他们激动起来差点闯过正搭建的阅兵观礼台而到台北"总统府"前，但却适时地被各种警察拦住，因此决定去李登辉官邸，才走到弘道中学又有人倡议不如等次日会齐南部上来的两千名股友再说。

还好那几天天气实在很好，她清爽地穿着咪咪的球鞋，随身提包里装一些水果零食，在城中区四处游走着好像小学时的秋季远足。那十月光朗的气氛使得附近囤满待校阅的各个兵种所不时发出的轰轰军歌声才没显得好肃杀，这其中若有任何担心处，就是希望学校就在离这儿不远的毛毛不要哪天在路上碰她个正着，因此她回家前一定仍狠心把那拿了一日的小绿旗扔掉。所幸第二天只要往街头一站总很快地就能得到充沛不绝的补给。有天她还多拿了方布条，上面墨汁淋漓好惨烈的一个"恨"字，她也因而有些难为情起来——边想边接过一名民进党市议员宣传车所散发的豆浆与面包——决定明年年底的选举(不知是选什么,立监委或市议员县市长?),她一定要认真投给民进党,甚至想办法拉来咪咪的那一票。往年,定吾没叮的时候她都忘了投,定吾叮的时候只好一起去并听从定吾指点投下与定吾一致的选票。

这期间有两日她没出去,一来那两日自救会发起的活动是在中山纪念馆前合染一大幅血书,一来正巧是假日,起码定吾一定在家。

她默默不语地侍候着一家人起居饮食,几度快要盹着地听一个来访的定吾同乡聊大陆现况的种种(他才以非公务员身份探亲归来),见定吾少有的专注清醒的神情,暗暗骇异定吾所真心关切的事物怎么跟自己如此遥远,好怕他会一时兴起把前些时她替他买且瞒住价钱的那些名牌背心夹克及两套好丑好土却好暖好贵的肤色英国羊毛内衣裤一股脑托人全送给大陆的亲人。

晚饭吃得早,客人走后,定吾居然兴致昂扬地提议全家去中正纪念堂前看放焰火,咪咪臭一张脸忍痛答应,毛毛摊尸在沙发上说要留在家看录影带。天啊她忽然无法忍受眼前所有这一切,好想好想,好想依昨天看过的通知传单去大同小学参加民进党办的演讲会,她好想去摇那支自己选择的旗子,跟一群比咪咪毛毛定吾要与她熟悉多了的陌生人齐心喊口号,喊好大声,关不关乎股市征税,真的都无所谓。例如她也好想大声替农民们喊冤,顾不到早上买菜时还愤愤不解没有任何天灾菜价为什么总是居高不下;好想支持那些被石化工业污染或反六轻设厂的居民,但隐隐担心因此会影响到自己手中虽然只有一点点的南亚股;也好同情随地可见到处请愿的退伍老兵,很希望他们的战士授田证能卖得愈高愈好,虽然不明白那与自己的利益是何关系;也十分赞成海外所有同胞均能任意返乡,虽然有点恐惧着其中激烈者会把像定吾这种纯种外省人给丢进台湾海峡;更全心支持当局全面改选,因此极为反常地在这点上与国民党籍的定吾倒恰巧一致。

那晚的结局是,她什么都没做地随定吾咪咪挤在中正纪念堂前的台阶人丛中看焰火,本不想来的咪咪也很快地随众兴奋地欢呼尖叫着。她望着没有焰火的另一片暧暧的天幕,好大的风里她寂寞地落下以为早已枯干了的家庭主妇的眼泪。

次日,她一早就去号子里,两日的各种庆祝盛典原来还是一场虚幻,根本对大局毫无半点影响,只一名男子正袖手站在那平日显得好小现在空荡荡甚至有回音的电视墙前不求对象地发表演说。"人家中共宣布要收回香港都还提早十五年通知,让居民来得及办移民或买卖不动产,反倒台湾政府说干嘛就干嘛,全不顾我们的死活⋯⋯"见她站在那儿发呆,便告诉她今天所有号子联合一起上街头,催她怎么还不快赶去。

她闻言赶忙赶去中山南路,努力往人多或有绿旗出现处走,但那日街头气氛甚奇怪,到处掉了一地的小旗子,她只好向一名站在路边看似生气的年轻女人问发生什么事。女人说:"还好你躲过了!"告诉她刚刚警察来抓人,抓走四个,其中一个是他们自救会会长,"我们台湾人真的太好欺负了,应该团结起来学人家韩国丢汽油弹,你看俞国华敢不敢再护郭婉容,她先生是李登辉都没有用!"

她拾起两支小旗子,挥掸干净,一支递给那女人,一面自己持着,不知人群都转战到哪里去了,只得到处走走,半天一个熟面孔也见不到,遂只好讪讪地把那面小旗子又藏在安全岛的树丛里。

吃中饭时,老地方碰到贾太太,贾太太也只听说但没碰上早上的那一场,便互相复诵听来的,有点生气,也有点害怕起来。贾太太拍拍自己胸口说:"我老公昨天还说要我这几天不准出门,说过几天一定会开始抓人了,我说怎么可能,没想到我老公说的还真准。"

　　旁桌也有几个女人频频惊呼得好大声,也是同号子里的熟面孔,化妆穿着一看就知道是上班的。怪道每天早上居然还都起得来,总盘踞住号子里靠饮水机那角落的几个位子旁若无人地说笑得好大声,叽喳快乐得像一群中学女生,而其实并不用真正关心涨跌似的很叫人妒嫉,有时好撒娇地故作虔诚认真地听一名隔座的热心男子发表独家小道消息或上一堂好专业的股市行情分析,结果总是完全听不懂地充满着天真与依赖地问:"那你说我到底应该签哪支?"尚改不了玩那好土的大家乐六合彩的旧用语,叫她一旁听了又好气又好笑,很想当场向人声明,无关乎职业,她与她们是绝对不一样的。

　　因此好几天来第一次认真问贾太太:"你先生真的不怪你?"

　　"要怪有一百个比我该怪的,郭婉容 Number one。"贾太太都不认真回答,起身馋馋地又去买份洋葱圈。

　　她只好想回自己身上,要是定吾早晚发现她也是他天天痛骂——甚至有天还以老国民党员署名写了封读者投书痛骂党籍立委陈适庸,不知登出来没——的对象,不知道会是一种什么景况。奇怪的是她并不感到害怕,也绝不承认自己是定吾或报纸舆论版上非投资人所批评的那样唯利是图。她也不觉得民进党像定吾说的那样不堪。虽然这几天在街上带他们抗议最力并请他们吃面包豆浆的那名民进党市议员是个被大套牢的股市名作手,但这些在她看来都不怎么重要。她反倒清楚地记起一些贾太太上回带给她看的那本郭婉容的表哥所写书中的片段,一些她不很明白的理想、民主,足以使一些人终身不懈甚至数度坐牢地去追求与维护。那么这些日子以来在街头的那些摇旗呐喊的行径,在她看来仿佛遥遥地与那些有某种关联,原来自己所能做的事还好多,至少不是个无用之人,如此的发现又让她暖暖地感动起来。

　　于是第二天早上赶计程车去国民党"中央"党部,才刚过"央行"就因前面交通管制被赶下车,无暇顾及正找着钱的司机骂的是投资人还是郭婉容,只管小跑步往那里赶去。

大约是开中常会并且前一日报上刊载南部将有好几十辆游览车的股友要北上会师,有好多的镇暴部队,站在外围一个抱着公事包的年轻男人告诉她今天出动了二十几组镇暴部队,还有迅雷小组和好几辆喷水车。她觉得不可思议,男人又告诉她到时务必要躲开喷水车,因为那喷出来的水加了化学药剂,回家叫你痒三天,"就跟五二〇一样啦!"

她听了说不出话来。那男子便继续热心地告诉其他人相同的话,她不禁朝一处正发出惊呼声的人堆走去,被围观的是一个像定吾年纪的男人,正在烧《联合报》、《"中国时报"》等,边烧边骂道:"退报退报大家团结不要订啦,每天把我们骂得像落水狗一样……"旁边站立着一名斯文老者被气氛感染似的从口袋里掏出本什么也扔进火堆里:"退报我还退党呢,妈的 B 李登辉台湾人不管我们大陆人死活了,这个这个民进党万岁。"

有人笑出声来,也有人跟她一样好尴尬。这时一个念念叨叨的白发老头摇支绿旗从她面前走过,她认出他是好几天前举蒋经国遗像的那个人,说不上一种什么心情的好想正式加入民进党,好想在一个挂张大旗的大堂内与一群同志举手宣誓并背诵一些壮严的字句,好想为一些共同的理想努力奋斗。她与眼前这些好多手摇小绿旗的人是绝对不一样的,例如那一个身穿韩国五彩亮片衣、手挽一只大概是真的鳄鱼皮包的欧巴桑,一名穿着年纪跟咪咪一样、手抱只马尔济斯狗的女孩,一名口嚼槟榔正用旗杆搔背的工人模样的男人——好像那个帮她们家修个马桶修了一星期只因为其间频频被六合彩搅珠打断的可恨水电工——还有一个年纪打扮跟她相仿的家庭主妇,当场把旗子扔在地上只为了腾出一只手来多抢几份宣传车正散发着的饮料……

此时人群中忽然一阵有人以冻得像石头般的饮料丢向罗列整齐的警察阵中。混乱中她正无法决定要跟进还是后退,前面的人们忽然晋群一样地向她奔来,后面追击的是如雷震天的敲打声,她当然也一起跑得好快,然后不约而同地止了步,回身望去。好在镇暴警察只是敲盾牌吓人并没抓人打人,但他们与镇暴警察的盾牌阵之间的十来公尺地上,却零乱地掉了一地垃圾和小绿旗,那似台风过后的灾难场景忽然让她觉得非常凄凉。这时有人劫后余生似的发出歇斯底里的笑,也有人开始痛骂警察是国民党家养的狗奴才,很快导出结论:"所以我完全不反对纳税,可是要我们冒了高风险缴出的钱用来养狗咬主人我不干!"

有人为他这番话喝彩,但他迅速被一名跛脚的浓妆中年女子拖走:"夭寿啊紧替我找我这双 Bally 鞋的左脚,落去啊啦。"此事不知为什么那么好笑,听到的人都痛笑一顿,没听到的人只好笑得更大声。

近中午时,有消息传出国民党中常会今天早上根本没讨论有关股市已长黑十天了的事,一名男子立刻暴怒起来:"妈的摆明了不要我们这几百万张选票,不怕我们造反就走着瞧,大家冲啊!"

大家正都席地而坐并没人站起来跟进,却热烈地在传递一批刚补充到的小绿旗,一名男子边意兴阑珊地接过她传的旗子边撇撇嘴:"民进党也没用啦,姚嘉文还亲口对记者说,郭婉容是我大学老师我不便批评,连他党主席都这样表明立场了。"

一个胖胖的老妇听了好吃惊:"敢有影?"

一名头上绑条白布的男人插嘴:"有啦,他有帮我们讲话啦,前天晚上他在大同小学有说喔,当初清政府就是把四川铁路收回国有才引起革命,今天股市风暴搞不好会叫国民党提早下台,换我们民进党做。"

先前的男子冲他:"将来你们姚嘉文当总统许荣淑当财政部部长就不用征税啦!? 到时候还不是一样,他要用钱不跟我们老百姓拿跟谁拿?"

　　乱糟糟的叫她也想不出任何话来,但每个人这时都举起旗子摇得好热烈起劲,刹那间举目所及整个都是绿色的旗海,不远处站着的好多记者之类的人都举起相机来抢拍,她好恨自己忍不住又把头低了低。

　　过午不久,忽然席地坐的人纷纷起身,有人告诉她说是自救会要带大家游行,大军开拔的混乱中竟然碰到表姊,形容狼狈不堪,不等她问,表姊自己开口解释:"刚才跟镇暴部队面对面骂得好凶,结果被霹雳小组冲出来拖了好远摔在路边。"她想不出话来安慰,表姊叹口气:"反正我什么都不在乎了,你姊夫说要跟我离婚,我说那我以前替家里赚来的那么多呢,他才换的那辆新车呢,都不算数啦,他打牌的人会不知道有赢会没有输!"

　　不知为什么她虽同情却很不喜欢听表姊讲的这些话,并觉得快落单了地向前跟上去,表姊拉住她:"算了,都没有用,我们去吃点东西。"

　　结果她选择了去游行,以为只是单纯地错过了一顿午餐,不知事情怎会发展成那样。

　　起初她们浩浩荡荡走过忠孝西路时,还有些中午休息的上班职员和一些不知是抗议什么的什么人陆续加入,整个队伍变得臃肿难行。直到近台北火车站时,前面有人传来消息说队伍的前导车被镇暴警察拦住了……"逮人啦!"好多人这样喊,大乱起来,包括她,不记得喊了没,慌慌张张随众人翻越那分隔岛上的栏杆,好高好难着力并差点摔下来,但其实三两下就爬过它了。好像到处都是警察,盾牌敲得她心慌意乱,她好恨他们这么残酷冰冷使她变得跟只躲死的蟑螂一样慌张可怜。迟疑之间,忽然看见贾太太立在不远的廊下向她招手,获救似的怎么也就那么简单无阻拦地几步就跑到贾太太跟前。贾太太抓住她的手,不知道是谁似的发抖地告诉她:"我正在里面吃中饭,看到你在那里……"

　　她才发现此刻原来就在常去的速食店几步之遥处,一名警察快步倒退中差点撞到她们,生气地喝道:"还不赶快回去煮饭,你们这些欧巴桑真不要命。"她应声掉下眼泪来,发呆地望着远远近近掉了一地的小绿旗,而自己手中那支五分钟前还迎风高举的小旗子怎么什么时候也丢到哪里去了。贾太太拍拍她的手臂:"我们赶快进去吧,喝点东西。"

　　室内的气氛竟然这么温暖安和,头上歪戴小帽年纪与咪咪相仿的女侍正礼貌愉快地问她要点些什么,在这里用餐还是外带,她回头望望外面,不能置信。

　　她从洗手间梳妆整齐了出来,贾太太不知是不是为了安慰她的准备了一大堆新鲜消息,有什么好灵的文曲居士说十月底必将有个反弹,因为股市的斗数命盘是文昌化忌,十月的流月是贪狼忌禄冲,禄被冲破当然没有涨势,等乙丑月天梁化权、天机忌禄冲、太阴忌权冲,起码会有个中级反弹,意思就是即使回不到今年最高点,但再叩七千大关是指日可待的。见她听得不专心而且大概听不懂,又告诉她一些较着边际的,比如她们都持有的一家上市公司在某平原的土地政府即将开放使用用途,而且捷运系统也要经过那里……

　　由她坐的靠窗位望出去,恰巧被一棵好大的马拉巴栗树给挡去大半,看不到街景,也因此无法想像刚刚人们是不是就这样散了,就如同她一样,满心忠诚热切地想做些什么,然后也不是如何大的灾难甚或尚未及身,就这样此刻坐在这里安然地喝咖啡,寻常自若如室内的每一个其他的人。

　　那日回家的路上堵塞得好厉害,到家居然已是新闻时间,毛毛好大一个人蹲在沙发上骂:"太过分了,赌博也要有点赌品,输了连人家火车都拦下来妈的无耻极了!"都听到她开门进来的声响,转过脸来看她并喊饿,她瞪毛毛一眼,讨厌他说粗话和坐没坐相。

抽油机和油爆的响声中,她一点都听不到电视新闻的播报声,也奇怪一点都不好奇,甚至懒得去想毛毛刚才说的话:心绪很潦落,也好不想做饭菜,只想坐下来发个呆,但厨房里一张椅子都没有。此时定吾却发话了,立在她身后不知有多久地吓了她一大跳,因为定吾是典型的君子远庖厨,除了偶尔找辣椒大蒜是从不进厨房的。定吾问她:"你表姊傍晚打过电话来问你安全到家没,你也在跟人家玩股票? 被套牢了多少?"

她老实地回答:"我有些绩优股,那都是投资没影响。"没一点力气多做解释,定吾大概在她身后瞪她很久吧,临了抛下一句话:"什么投资你那叫投机! 投机不成只好投资,都一样。"

当晚,她虽疲倦却不想睡觉地独自坐在餐桌旁,泡一杯咖啡,不想喝,纯为了掩盖住桌中那一小碟不用收冰箱的虾酱蒸肉所散发出的臭味和坏情调,并取出两个月前买的那本财经杂志,一页页地翻,仍然看不懂但一切文字却一致显得如此荒谬。大标题说年底前股市必将涨破一万点,振振有词地分析各种利多或利空的因素,还有油价的涨跌、台币汇率的未来走势乃至 PVC 和 PE 价的预估,巧巧的全都正相反,不知有没有读者会像打电话到气象局抱怨一样打到杂志社怨怪做此预测的作者。她突然烦躁起来,大异于前时读此的心情,想不通北欧式管理和POS 贩卖系统与她有何干系,统一要开银行味全要在泰国设味精厂杨铁工具机居然在欧洲得品质金星奖便由它去吧,奇怪知道申请纽西兰移民的资格条件以及德航计划将与中共合资在北平设立航空维修工程公司于她有何益处,老实说就算是日本要买下什么城市或台湾是世界第一大黄金输入地区她都乐观其成不愿吃惊。

放弃了阅读"马克的谷底"、"美元对日元的下限"等图表,她以最后残存的求知欲选择一篇题目叫"穷人有福了"的文章,以为其内容于她最近好想做些事的心情会有所启发,结果发现原来是联合国如何建议给予第三世界赖债联盟国家的债务打个七折以利于它们还债的可能……下面就看不懂了,也不想再看了,伏在桌上很快就睡着了,直到半夜被起来上厕所的咪咪给摇醒。

接下去的数日,她仍不顾定吾的警告天天出去,行尸走肉似的摇旗乱走再无法融入同伴们的任何起落的情绪。她仍常在速食店里看晚报,但都只随意地浏览一下就一丢,反正才五块钱,而且很厌倦其中所发出的各种哀号或争吵声。她且冷眼看身边的人们,置身事外地觉得他们好可怜,干净西式的环境、弥漫不去的奶油香咖啡香和整日播放的流行45情歌热唱的卡带,言谈间再夹一两个英文单词儿,一定就以为自己是在美国或其他类似诸国了。

她其实非常不想这样破坏自己的心情,毕竟不知为什么,这些是她的最后据点。

第十九日,她为了等咪咪出门再走而弄得很迟,到中山南路时已经十点多了,却几乎一个人都没有,除了零星几个好自然的过往行人。她纳罕起来,见有几名清洁队人员在整理街道,地上之物是这些日子以来习于见到的各色垃圾和白布条标语和一些绿旗,一棵行道树下很突兀地摆着一面大绿旗和一幅蒋经国遗像。

大概是见她伫立良久,一名在她附近清扫的老先生好心地告诉她:"刚才就这么哗一声地全部跑回去,又有得钱赚喽。"说完仿佛觉得很好笑地笑起来。

她想一定是有什么利多的消息或甚至郭婉容真的决定延征一年证所税吧,她说不出什么感觉地就近拣了张白铁椅坐下,看他们把那些垃圾或旗子或遗像,不分党派地都集中好,倒入路旁停着的垃圾车里——这些日子来的种种片段咔嚓咔嚓随那倒垃圾的速度一迭照片似的摊撒在她眼前——觉得自己像发了一场高烧，好虚弱，清楚见到好多好多这些日子曾跟她一起在街头摇旗呐喊的人，现正挤在电脑荧幕前或拿着磁卡无意识地在自动回报系统上没事的刷来刷去，忙乱中一定摇摇头暗笑起来，也一定想怎么搞的那段日子跟发一场高烧一样失了魂魄，并偷偷为自己的大胆行径咋舌不已……但是她，跟他们，是不一样的，她急切但不知道该去向谁的如此表白着。

星期六的晚上，一餐饭全家人吃得气氛怪异无比，她想他们一定全都知道了，洗着碗生起气来，不知为什么这事会变得如此羞耻不可告人，一不小心手头太重地打破一只碟子，客厅也应声传出一声咪咪的惊呼。她寻声出去，客厅茶几围着的三张脸正瞪大眼睛看她，太复杂的神情让她当下害怕起来。然后毛毛把几上的一本杂志递给她，她接过来，是周末时定吾通常报纸看完只好巷口小店随意买来乱看的杂志。她还不及发问，眼睛也迅速被一张相片吸引过去，台北市的街头，乱纷纷逃窜的人群，地上落着好多眼熟的小旗子——心脏因此一阵乱跳撞得肋骨发疼——数名男女正狼狈不要命地翻越马路分隔岛上的栏杆，最近镜头的一人——她才知道自己的臀部从背后望去竟如此庞大滞重——更眼熟的是灰底黑树枝纹的毛衣外套、外销成衣店三九九元买的假皮黑长裤、咪咪的白球鞋、蟑螂逃生的可怜样子，照片旁边有一行说明文字："逃命要紧，支持什么党以后再说。"

看完文字，她无法再次确认她今生从未看过的自己的背影，因为泪水早已经漫过眼睛，好烫地滑满一脸。她一点都不想去拭，只放下杂志，对着眼前三名高高矮矮的陌生人嚎啕起来，垂着手，哭得好大声好无助，像一个稚龄迷路的小孩儿。

邱妙津:《玩具兵》

作家介绍

邱妙津(1969—1995)作为一名作家、女同志,自成完整性,她在生命的最后一口气写了二十封书信,搭架出一个私人的"残酷剧场"。她自白道,"唯一完全献身的那个人(她的名字叫絮)"①背弃,爱情不能实现、世界并不接受之后,1995年6月25日她选择在异乡巴黎自杀身亡,以文以身证道,成为同志书写史出手最重的一页,回荡出绝对的爱,绝对的声音。她生前出版的《鳄鱼手记》②,在她逝后得到《"中国时报"》小说奖推荐奖,《鳄鱼手记》中的"拉子"、"鳄鱼"成为台湾女同志自我代称最独特私有的符号,更因着她的死及书写被看见。但邱妙津终究要与世界断裂,生的挣扎与死的决心也是邱妙津创作很重要的主轴,在《鬼的狂欢》中她即自序道:

……我开始进行与世界绝裂、自我封固的防卫工事,因为被告

---

① 邱妙津:《蒙马特遗书》,台北:联合文学,1996年版,第9—10页。

② 邱妙津《鳄鱼手记》有多个版本,最早版本为时报文化出版公司,于1995年5月1日初版。

知一批关于我生存条件的密码,由于这批密码似乎会冒渎震怒世界,我无可救药地被世界单独划割出来。①

《鳄鱼手记》中的"我",既是拉子也是鳄鱼,亦与文本内外形成对应:鳄鱼/拉子/邱妙津,生存条件密码冒渎了世界,预言了她的终极演出:

> ……我既慌乱又有某种冷酷的镇静,一把利剑藏在我的咽喉里,我想是与我残忍的命运对决的时候了,我下了个毒誓,如果这次我还是眷恋着她,那无论如何屈辱,我都要跟着她,直到死在她面前。
>
> ……我在这里,我被世界彻彻底底推出来……无论我心里是怎样的人……甚至没有"不公平"或"道德"的问题,因为世界根本就没有看到我。②

生前即书写遗书,中外文坛不乏这样的例子。法国浪漫主义大师夏多布里昂即是"一个虽然还活着,却已经告别了世界的作者",他的《墓中回忆录》(*Memoires d'outre tombe*)在在提醒读者,"这是一个死去的人在讲述他和世界、历史的纠葛"③。

邱妙津对女同志书写领域影响深远,写作以来,以《囚徒》获《"中央日报"》短篇小说文学首奖(1988),《寂寞的群众》(1990)获联合文学中篇小说新人推荐奖,曾拍摄三十分钟十六厘米影片《鬼的狂欢》,1997年

---

① 邱妙津:《自序——抽象小说》,《鬼的狂欢》,台北:联合文学,2003年版,第1页。
② 邱妙津:《鳄鱼手记》,台北:印刻出版公司,2006年版,第208—209页。
③ 夏多布里昂:《墓中回忆录》,郭宏安译,台北:网络与书出版,2007年版。

台湾同志首次举办十大梦中情人票选活动,邱妙津获女同志梦中情人的榜首。《蒙马特遗书》小由魏瑛娟改编/导为《蒙马特遗书——女朋友作品 2 号》于 2000 年搬上剧场,在台北"国家大剧院"实验剧场演出。种种风潮,可称之为邱妙津现象。

作品导读

　　一般都认邱妙津的诀别书信集《蒙马特遗书》是她最重要的压卷之作,而带着有阴阳缝隙的身体①死去的邱妙津,《玩具兵》里则如前身般预知了她拟仿男性身体强渡关山的疲困。为何疲困?我以为正系于保加利亚裔法国学者朱莉亚·克莉斯蒂娃(Julia Kristeva)的"反抗"概念:"反抗是关系到我们的心理机能,我们的精神生活,以及作为生命的一种心理现象。"②同样的反抗情境,放在邱妙津作品中,具体化为小说中不断出现的强烈的分裂的性别差异呈现风格化的身体的理想/幻想,创造出的"怪物"身体意象。邱妙津自评"从我独特的眼看自己,是个类似希腊神话所谈半人半神的怪物"③,这样的借寓比比皆是:

---

　　①　关于身体缝隙,涉及的是身体的阴阳性,邱妙津是这样形容的:"在 positive(阳)—passive(阴)的意义上,Laurence 的热情型态更 positive 于我,她的热情更饱满、坚实于我,而使我的身体在与之接触时,能够成熟到我过去所无法成熟的全部缝隙。这些缝隙,是过去男人身体将我作为一个女人身体而进入的时候,或是在我最热烈地与一个女人相爱的时候,都不曾成熟显现出来的缝隙。"也就是说,在她世俗定义的女性身体,存在着一个缝隙,是阳性热情让邱妙津体悟到所谓的缝隙饱满。见邱妙津:《蒙马特遗书》,第 171—172 页。

　　②　茱莉亚·克莉斯蒂娃著,纳瓦萝(Marie-Christine Navarro)访谈:《思考之危境》,吴锡德译,台北:麦田出版,2005 年版,第 59—60 页。

　　③　邱妙津:《鳄鱼手记》,第 106 页。

长得奇丑无比，脾气又古怪……像某种怪物……①

我是个"怪物"，这个怪物用它的手抚摸拥抱你，用它的嘴亲吻你，用它怪物的欲望热烈渴望着你的身体……我在心中与这个"资格"挣扎，无法将"怪物"的自我体验从心上的肉拔开……②

这样将自我从女性身体"流放"（exilé）出去，正是茱莉亚·克莉斯蒂娃谓之的"贱斥"（abjection），亦即人看到不洁物，油然生厌而呕吐。厌恶感来自身体与心理对外在的抗拒，克莉斯蒂娃认为此种抗拒，始于当主体的形成而"与母亲的分离"，也就是说"贱斥"仪式是呕出我、驱除我，借一种推离行为，排出杂质，完成"我"。③

这个"我"，"转世"为男身 Zoë 身份：

一个抽烟斗，留长头发，骑脚踏车，热衷学小提琴，重新恢复创作小说，并开始按进度写诗，……交游广阔，个性开朗潇洒，俊秀漂亮的 Zoë，……如果我"可以"转世成功，……我将要吻她……④

可以这么说，《玩具兵》正是以"转世"的男人身体，显示出困在女性身体中男性潜在的对快乐幸福健康的世俗渴望。《玩具兵》中（男性）作者与笔下小说"我"既虚构也铺陈现实的文本与对话，交代了麦杰这个

---

① 邱妙津：《鳄鱼手记》，第 60 页。

② 邱妙津：《鳄鱼手记》，第 118 页。另以"贱斥理论"解读邱妙津部分请参考傅淑萍的博士论文第三章：《以克莉斯蒂娃的"贱斥"理论解读邱妙津》。

③ 茱莉亚·克莉斯蒂娃：《恐怖的力量》，彭仁郁译，台北：桂冠图书出版公司，2003 年版，第 5 页。

④ 邱妙津：《蒙马特遗书》，第 53 页。另这个怪物身体，还会奇特地让邱妙津逆向感觉自己"在变成一个'女人'（一个庸俗般的'女人'定义）"，见邱妙津：《蒙马特遗书》，第 125 页。

角色的自我驱逐的历程。麦杰和二男里奇、小飞及二女晴、雯租住在一幢五间房木屋中,麦杰、里奇、小飞都是艺术学校立志当画家的狂人,晴、雯则是念文学的好友,他们的住屋名为"忧梦小屋"。麦杰喜欢收藏玩具兵,五人合买过一组很贵的法国玩具兵,一组五个,取名"忧梦兵团"。他们在忧梦小屋同住了五年,从二十岁到二十五岁,晴个性开朗活泼,雯沉默阴郁,麦杰和晴成了一对,五人中最能居中缓冲的是小飞。他们同住的最后一夜,小飞不在,麦杰喝醉强暴了晴,里奇拖出他狠打,雯目睹这一切无助哭泣。第二天小飞回来不知道发生了什么事,一切成了谜,接着麦杰走掉了,"忧梦兵团"不见了,展开属于他一个人的记忆之旅:"走路、坐车到一个地方,做苦工换钱,再走路、坐车到另一个地方,幸福快乐无比。"①小说以倒叙展开,先定调了"幸福快乐"的多义记忆,接着故事由作者/小说角色的同步进行。五年后,麦杰一个个走访故友寻救赎,谈的回忆的都是玩具兵。最后一站是探望雯,玩具兵成为拒绝现实与伤痕的象征,这样的生命情境,可以在雯问麦杰的话里得到一点点答案:

　　"'忧梦小屋'小屋里的那组'忧梦兵团'是被你偷走的吧?"

　　"我只能靠这样来拒绝现实,否则我无法抵挡必须离开你们的现实。……"

　　"为什么回来的?"

　　"为了一句话——我要原谅的事太多了。"

　　"要原谅什么事?"

---

① 邱妙津:《玩具兵》,《鬼的狂欢》,第110页。

　　　　"原谅命运的残忍、原谅现实已是这样、原谅我心里的痛苦。"①

　　若说"反抗"是《玩具兵》是邱妙津拟仿男性身份写作的原创表征，那么幸福健康快乐，便是她作品的终极追求，也是《玩具兵》反复演练的词语：

　　　　目前为止，我都一直过着幸福快乐的日子，那就像我坐在背景写着"幸福快乐"四个字所拍摄下的巨幅照片，我就定格在这画面上。
　　　　……你有关于"幸福快乐"四个字的想象或实际保存的画面吗？要过幸福快乐的日子，才是高尚的人噢，且幸福快乐的日子愈多，就愈高尚。②
　　　　我希望死前记得自己一生都幸福快乐，我可是很重视我一世"幸福快乐"的英名！③

　　《玩具兵》里的作者/小说角色一再把自己抛掷出去，表面上看是现实与梦想的抗拒，深一步往里看，"忧梦兵团"正是邱妙津转世与栖身的空间，未尝不可视为邱妙津以男性身体对真实残忍的女性的贱斥最奇特的书页。

---

　　①　邱妙津：《玩具兵》，第 120—121 页。

　　②　邱妙津：《玩具兵》，第 105 页。

　　③　邱妙津：《玩具兵》，第 123—124 页。关于幸福健康快乐的追求，邱妙津的小说《鳄鱼手记》中有："我无话可说……祝你们幸福快乐！"见邱妙津：《鳄鱼手记》，第 223 页。另《蒙马特遗书》最后一章也引了希腊导演安哲罗浦洛斯（Theo Angelopoulos）的诗文——我祝福您幸福健康。见邱妙津：《蒙马特遗书》，第 194—196 页。

玩具兵

你大概就是捡到玩具兵的人吧？不一定用捡的，可能是别人送给你的、原来的屋主留下的、从拾破烂那里买来的，或者你就住在垃圾堆里，还有一种可能——偷的。

到目前为止，我都一直过着幸福快乐的日子，那就像我坐在背景写着"幸福快乐"四个字所拍摄下的巨幅照片。我，就定格在这张画面上，我的生活，就等于几千几万个日子坐在那里，不动。

你若是认得"幸福快乐"四个字，就会知道为什么我要坐在那里，不动，埃及法老住在金碧辉煌的金字塔里，就会幸福快乐得，不动。值得的，你有关于"幸福快乐"四个字的想象或实际保存的画画吗？要过幸福快乐的日子，才是高尚的人哦，且幸福快乐的日子愈多，就愈高尚。

我很早就推论出这个逻辑，所以我把"幸福快乐"的照片挂在床尾的墙壁上，每天起床后，就跳进"幸福快乐"前面坐着，晚上困了再从照片里爬出来睡觉，一天下来，骨头总是很酸。为了怕我脑里的软东西忘记"幸福快乐"四个字，起床后我让自己躺着大声喊十次"今天我很幸福快乐"，甚至怕未来我死时说什么胡话，我更是加紧训练自己，每天睡前大声喊二十次"我幸福快乐地死去"。我可是很重视我每天"幸福快乐"的荣耀和一世"幸福快乐"的英名哦！

"很早"到底是什么时候？可以说从拍摄照片那一刻起，我的记忆就是"幸福快乐"，然后接着"同前、同前、同前……"前面的日子到底在干什么，完全忘记了。奇妙得很，忘记的空白后面却紧接着一段像工笔画般细致清晰的纪录，似乎是空白部分没洗干净的尾巴。

所以我的记忆可以分成漂亮的三段：

尾巴之前——空白

尾巴之间——工笔画

尾巴之后——幸福快乐

（作者按）叙述的"我"名叫麦杰，几岁不详，起码三十岁以上，男。他曾从事过推销员、地摊小贩、磨蜡工人、画家、小说家、乞丐等十数种行业，至今尚存在人世。至于住在哪里，也无法考察。他是个没人知道的小人物，连他的家人都忘了他曾存在过，因为他也忘记别人的存在。他狂热的只有两件事，不断迁徙变换生活环境和收藏玩具兵。

除了各式各样的玩具兵外，他行囊里一直保留的还有一幅照片，他坐在"幸福快乐"四个字前，小丑似的对着镜头笑。他每天睡前、起床后必取出来，对着它默默流泪。他刻意隔绝亲人和年轻时期的朋友，背着简单的行李，远离所有的记忆，和沾染记忆的地方，变成一个不断被记忆追逐的人。

昏暗的暮色中，远望小小的黑点，曳着歪倒在斜坡上的条影，赶无尽的路。（待续）

替"我"取了名字后，作者才比较安心，他无法忍受主角没有名字的小说，就像无法忍受有一天他要出现在小说里，只用"作者"两个字来代表他一样。看了"我"的叙述后，他想他看的时候作者是"我"，现在他要把这段叙述写成他的小说，作者就是他了。他必须为习惯他的小说的读者负责。若完全改写，超过交稿期限要扣钱，只好靠添补的叙述，把

"我"这个人改造成符合现实逻辑的人物。

　　作者把半截香烟戳进座位窗边的铁盒里,火车行驶发出细嘶声,窗外景色如长卷的胶卷拖过,一格滑过一格。他把笔夹在耳缝,觉得修补后还是有两处不完美。

　　(1)他安排"我"曾是小说家,但以"我"所做不合人性的叙述,真是诋毁"小说家"三个字。

　　(2)根本不可能有人拍"我"所说的,背景是"幸福快乐"四个字那种照片,他却还得把这个东西努力写成真的,读者一定会嘲笑他。

　　作者摘下耳后的笔,继续在他随身携带的画板上写,腿上的画板盛着继续被制造出,扭动的字。

　　你应该也很喜欢玩具兵,我最好这么安慰我自己,因为你还有可能是个玩具兵的狙击狂,每天不宰个玩具兵就没法睡得着觉。有这种人吧? 连吸血鬼都有人干,但应该让你长什么样呢? 左下巴长了块十块钱大的黑斑,然后你为了这块大黑斑沦为玩具兵狙击狂,就是这样。

　　关于那段空白部分没洗干净的尾巴,我曾经试过把水灌进脑袋里,但怎么样都没办法把它冲出来,我想脑袋里的排水管还是满细的。那是没头没脑的一段记录,从我记得我有记忆以来,它就嵌在我记忆带中间,长长的空白之后首先放映的就是这段工笔画一般的记录。我像看着自己在演外国语言发音的片子,虽然每天倒带几遍推敲,却还是觉得它只是我脑里取不出的炸弹破片,写着一九八〇年出厂,如此而已。

　　画面一开始,我站在郊外一条四线的大路上,高举双手用身体拦住一辆往北满载猪的大货车,司机竟然愿意让我搭便车。

　　"你身上怎么比猪还臭?"司机从口袋里取出口罩戴上。

　　"我不知道唉,别人比猪还香吗?"

"从哪里来？"

"我忘了"这句话是现在加的，原来的字幕是突然模糊，跳到下一幕。但那时候我穿着一条破布般的牛仔裤和像中了散弹的褐色汗衫，头发长到肩上，和胡子连成一片乱草，背着一个沾满泥巴的直筒状大登山袋，像是隐居在山里的野人。

货车开了三个小时，进了一座我还颇熟悉的城市，当车回旋在滑入城市的螺旋形交流道时，整车的猪发出惊人的尖叫，我也被一股力量驱迫得尖叫起来，像在恶梦里以我所能发出最大声音的方式尖叫。熟悉会使人产生恐惧的电流，你相信吗？

猪司机把我丢在市中心，密密麻麻的眼睛都像要钻进我的衣服里撕破仅剩的布料。我在公共电话上按了几个键，现在还记得是九三五七八二八。然后就有一个男人从密密麻麻的眼睛里挤出来，用强壮的胳臂紧紧抱住我，放开，带我回他家。

"妈，我带我的朋友回来了，五年没见面的老朋友。"不知道为什么我就是知道这个男人叫小飞，小飞的妈妈坐在长形餐桌的一端。他们正在吃午餐，桌上还摆了小飞饭吃一半的碗。

"看你那副干瘪的德行，快坐下来吃几碗公饭。"小飞拿起大碗公挖了满满的饭。

"你是要把这五年没让他吃够的饭都塞满他的嘴巴，是不是？"飞妈看不过去他这孩子气的举动。

"你想如果猪跟我们一起坐在餐桌上，它会不会点点头，说它能吃光碗公的饭？"

"瘦的猪会，肥的猪不会。"

"好吧！我是瘦的猪。"我只好乖乖地扒那碗公饭。

电视机上还摆着一具十五公分高的玩具兵，头戴黑色圆高帽，红色双排扣制服,黑色半短裤,绑着交叉鞋带的银色长筒靴,腰间背着鼓,扭紧发条就会"咚咚咚"地敲起鼓米。它高高地站在那里,像是整个屋子的指挥官。

"你果然是你,紧盯着玩具兵的眼珠子还在,以前你总是拖着我到处搜购各式各样的玩具兵,这个城市里绝大部分的玩具店老板都跟我们很熟。哪,那就是你,它也叫麦杰!"(注:作者修改成麦杰,实在没料到"我"后来会替自己取名字。)

小飞拿着玩具兵带我进他的房间,我坐在床上把玩"麦杰"。

"你走掉后,忧梦小屋就退租了,雯在大家发现你不见之后就先发觉,留信说她受不了,半夜离开了。里奇在雯走后,天天酗酒,后来身体搞坏,被家人硬接回家。晴把工作辞掉,哭着说她要去找你。我老爸跟着过世,我只好把五把钥匙一起退还房东,回家陪老妈。伙伴这五年过得怎样?"

"走路、坐车到一个地方,做苦工换钱,再走路、坐车到另一个地方,幸福快乐无比。"这段话就比较像是属于我的记忆。

"去看看晴吧! 她一直都在等你回来。当初到底为什么离开?"

小飞抓起吉他,翻开一本老歌谱,把空白带放进录音机卡带夹,要我把过去常和他搭档合唱的老歌录下来,说不知道下次还有没有机会听我唱。下午的阳光从窗户照在他专心调弦的脸上,我突然想起,算算他也三十岁了。

我扭紧"麦杰"的发条,它振奋地敲着鼓,"咚咚"声伴着吉他录进去。

这幅工笔画清晰得让我头痛,可能是老天爷造我时嵌进我脑袋的某种启示,会不会是关于第三次世界大战。所以现在我把它写在一张纸上。

小飞送我到教堂前面的街头，小飞叫她晴的女人远远在教堂前向小飞招手，我慢慢地走过去，她竟也飞奔地朝我跑来，不，是朝着小飞，醒红的衬衫从我肩旁擦飞而过，我搔搔头。

"刚才为什么不叫住我，让我还追到小飞家，被他糗了一顿。"

"我坐在这里看一件红衣服飞在人群里，蛮好看的啊！"

这教堂建在热闹的街上，教堂前面有个小广场，爬下广场的阶梯就是两旁连接着商店街的走道。我和她坐在广场外缘高临街道的短墙上，黄昏透亮的黄在紫红的砖格上缓缓浮游。

"这五年吃了不少苦吧，你怎么忍心让我看到你这副模样？"她拨弄着我散乱的头发。

"满轻松的，来的时候还有运猪的货车愿意载我来。"

"这几年我从北到南住了七八个城市，每到一个地方，除了白天工作，晚上就到各公共场所去找你，尤其是向玩具店的老板打听，直到今年年初才死心，回到这里，逃避我们就是全部你要做的吗？"

"也许吧？为什么理由活着都可以唉！"我把双手抱紧弯曲的双腿，像只受惊的鸟。

"你看过小飞了，这几年他真的长大了。有一天我和他站在一栋高楼顶看黄昏七彩的晚霞，他突然转头对我说：'晴，我觉得我很老了，老得不再是你们以前认识的小飞。我要好好照顾我妈，还有，好想再看看麦杰一次，老到只有这两个愿望唉！'"我不知怎的难抑热泪盈眶，没理由眨一眨眼。

我们垂着的脚下，稀稀落落的人无谓地穿梭，一个老人推着载满玩具的脚踏车，停在我们正前方的街道上。玩具箱外挂着一个带刺刀的机器玩具兵，扭紧发条双腿会踏步，它斜睨着眼，骄傲地瞅着我们。

"记不记得以前我们住在忧梦小屋时,你经常半夜还一个人坐在客厅,一起扭紧几十个玩具兵的发条,让它们打鼓的打鼓、踏步的踏步,然后自己高兴得像个孩子。现在不觉得自己也像它们一样在原地踏步吗?"

"我现在搜集的是会前进的玩具兵了!"

"如今,那个彼此拥抱的世界已经荒凉死寂了,我仍然不懂,不懂那样一个世界是如何结束的,不懂、不懂,哈哈……"

"整个过程只是场阴谋而已,像堆积木,堆得再高还是会倒的,不再堆就是了。""你曾经有一次想过要娶我吗?"

"没有唉,一次也没有。"

"能不能拜托你勉强说一次有,一次就好!"

"晴,这几年谢谢你了,对不起!"我弯着身向她鞠躬。

天色渐渐完全暗下,教堂的广场上亮起白色的球状灯,每丛三球,披被着宁静的温柔。她从袋子里拿出一把剪刀,就着通明的白光为我修齐乱发,黑色的发轻轻铺落在红砖上。

(作者按)麦杰二十岁那年,在艺术学校里认识小飞和里奇,三个人当时都是立志当画家的狂人,因臭味相投,决定租下一个房子合住。他们找到市郊一间独栋的大木屋,由于共有五间房间,所以又招租了两个房客,就是晴和雯这对念文学的好朋友。他们共同为这个家取名作"忧梦小屋",因为他们全都二十岁,正处在热烈追逐梦想实现的年龄,整屋子挤满了梦,特别不知道梦在哪里。那是一个梦很容易碎的年代。

麦杰和里奇两人个性都刚硬倔强,所以既是彼此欣赏的知己又是互较短长的对手,经常因艺术观点而争得面红耳赤。小飞则经常扮演协调者,他是个稚气很重的大顽童,对很多事总是漫不经心,所以能居中缓冲麦杰和里奇的硬脾气。小飞和麦杰又特别亲近，两人经常像最佳拍档一样，合作唱歌、玩闹，麦杰由于是五人中最早出生，又特别把小飞当弟弟疼。

晴就像她的名字一样开朗活泼，很快就和三个男生打成一片。雯却刚好相反，沉默而略带阴郁，经常一个人关在房里整天，她的美完全表现在她那手用干净的字迹写成的诗上，她对诗的热情和她外表的冷漠正好颠倒。

他们在"忧梦小屋"里合住了五年，从二十到二十五岁。（待续）

作者把头探出火车窗外，深吸一口新鲜空气。他愈写愈顺利，"我"所叙述的嵌进他脑里莫名其妙的故事，竟然能被他改写成他所要的小说，"我"到死也想不到吧。而"我"似乎是知道等一下车一到站，就有人等在剪票口要向他拿稿，所以"我"的叙述也愈来愈具真实感，虽然还是偶有一两句不识相的打岔，破坏连贯的气氛，但基本上需要他修补的是愈来愈少了，下车应该就可以交稿，他难掩心中的得意。

只是，作者仍不免抱怨"我"这种没头没脑的叙述方式，完整地交代所发生故事的过去和结局是身为作者的责任，这正是让读者接受它的真实性所在，否则小说有什么乐趣可言。好在，"我"根本不可能是小说家。火车开进漆黑的山洞。

正当我在完整地记录下这片炸弹破片的全貌时，说来荒唐，我竟然必须花愈来愈大的力量克制我自己，让我的理智清醒地辨别清楚，我所正在记录的不是我，只是用我这个人，或说跟我长得一模一样的人去演的戏，然后戏拍成影片后又嵌进我的脑袋里，真是愈说愈邪门。总之，我不能乱感动就是了。赶快把这张纸写好塞进玩具兵的鼓里。

"还颇帅的哦,跟从前没什么两样,小飞怎么在电话里告诉我,说你像野人?"

"晴看不过去,替我拔了头发,你倒是比我更像野人!"

小飞帮我和里奇安排在这家地下酒吧见面,我们就坐在彩色喷泉旁的两只黑色高背铁椅上,中间一张圆形石椅。喷出喷泉的是有对白色翅膀的天使雕像,周围一圈迷离的雷射灯。

里奇满嘴胡楂,一顶宽边帽盖住眼睛,偶尔露出的眼眶布满血丝,大吊带裤上沾了些油彩,手紧握住酒杯。

"你倒是很性格。说撇下人家就撇下,说要看人家,勾勾手她就得来让你看,然后呢,拍拍屁股又走人,这算什么?"

"关于五年前晴的事,你还是不能原谅我?"

"这不是原不原谅的问题,如果我还有五年前的体力,老实说,我会替晴在这里宰了你!"

"如果是那样就好了,干脆我们再回到五年前,你把我宰了,这样我就不用搭运猪的车五年后再赶回来!"对呀,这样我也不用在这里辛辛苦苦地记录。

"麦杰,你这个该死的家伙,你把我心中尊敬的麦杰打破了,你怎么会了解你带给我多大的痛苦。如果连麦杰也会干那种事,那么这世界就丑陋得令人难以忍受一秒钟。我想厌恶你,但那就等于厌恶整个世界,你知道吗?"

"你没有必要为我干的丑事付出那么大的代价,你只须要唾弃我就够了!"就是啊,我看不出这有什么相关。

"说得倒轻松,记不记得你是怎么认识我的? 那时我还是个吸毒的人渣,一个晚上被一群人迷迷糊糊打得血肉模糊,你把我救走。你说报答你的方法就是戒掉所有坏习惯,专心画画。跟你住在一起后,我不分昼夜地画,就是为了超越你,我的标杆,哈哈……"

吧台上响起叮叮当当的音乐,一座玩具兵的旋转灯座转动着,五个玩具兵绕着轴成一个圆圈,随着转动似乎很快乐地忽上忽下,每个玩具兵在灯罩顶配一枚鹅卵形的小灯泡,像住在温暖的天堂里。

"我们五个以前合买过一组很贵的法国玩具兵,刚好有五个,各取了我们的名字,你还替它们做了个漂亮的木屋子,叫'忧梦兵团',记得吗? 可惜已不见踪影了。"里奇拉开帽子欣赏旋转灯座。

"眼睛里的血丝不会是画上去的吧。"我请侍者换了大酒杯。

"酒画上去的,我已经是个没有酒活不下去的废人了,没有地方敢用我,我老爸还像傻瓜似的默默养我。我们都是被打败的士兵……麦杰,你原来不是的。"他把喷泉的水捞上来抹在脸上。

"雯呢? 怎么没和她在一起?"我猛猛喝掉半瓶酒。

"和她在一起? 你这个王八蛋!"他"啪"打了我一巴掌,我把一口酒喷在石桌上。"你最清楚她是什么样的女孩子——执着刚烈,只要她认定跟一个人,别人就绝对不会再有接近她的机会,而十年来她认定的就是你,但你也毁了她。"

"我不配,她也永远不会再接受我了!"

"我更是不配,从一开始就不配,只能偷偷地看她快乐地和你在一起。但那没有关系,我最恨的是,我双手奉上我最心疼的人给你,你竟然把她摔成碎片!"

"这一切都像是摔破的瓷器,虽然每一块都还在,但哪一块和哪一块无论如何却再也对不起来了,满眼都是裂痕。或许过去真的太美好完整了,我花了五年还没有习惯忍受破碎,虽然这才是一生的常态。"

我和里奇默默地对饮,痛快地喝干几瓶酒,旋转灯座已熄灭,天使仍然喷着纯真的喷泉,沁凉的空气包围着。我背起烂醉的里奇踉跄离开酒吧，他喃喃说着：

"麦杰，不要再走了！我会戒酒，专心画画……嗯，我们五个再拥抱在一起……在寒冬中。"他的眼泪湿了我的褐色汗衫。

载着里奇的计程车开动，在深夜里扬起轻柔的灰粒。就快消失了，我像触电般大吼——"再见，里奇！"

（作者按）他们五个人彼此相爱，在那样的日子里，即使寂寞也是一种热闹温暖的寂寞，即使孤独也是一种拥挤黏腻的孤独，似乎心一出声立即可以得到回响，眼一点亮就能触到回报的眼眸。他们经常穿着相同图案的 T 恤一起上街，像五胞胎，手牵手挤成一横排过街，天不怕地不怕。"忧梦小屋"进门就可以看到正对面的墙上挂着一张放大的照片，五个人穿着厚外套、戴着圣诞老公公的尖形帽，紧紧拥抱在一起像团大雪球，背景在山林里，飘着白点点的雪。

而他们的关系也像"连连看"的图形一样复杂。里奇从雯一搬进来住就经常盯着她的一举一动，晴则对麦杰情有独钟，总是把麦杰的生活起居照顾得无微不至。前两年小飞非常忙碌地穿梭于撮合他们这两对，却总觉得少了点盐巴或酱油什么的调味料。直到有一天晚上，三个人撞到麦杰和雯搭着肩并坐在海堤边听海风，大家才明白两个人的恋情已经在暗中持续很久了，为了怕破坏五个人和谐亲密的生活，所以不敢让大家知道。

从此，五个人订下公约：绝对不能让私下的男女感情破坏五个人的生活，还是像以前一样五人同进同出，不能特别把谁和谁孤立看待。

他们住在一起的最后一年的最后一夜，里奇半夜二点闯进晴的房间，拖出喝醉酒强暴了晴的麦杰，小飞不在，里奇发了疯地用拳捶打、用脚踹踢倒在客厅的麦杰，抓起他的头发，将额头往大理石桌缘猛撞，皮绽血流。晴缩在房间的角落，抱紧身子放声哭嚎，雯冲出房间，从背后拖住满脸泪痕的里奇，边喊"住手，你会打死他的"，边无助地呜咽着。最后雯清除了里奇砸在麦杰身上的几十具玩具兵，扶起满脸血泪模糊的麦杰，抱着坐在客厅的地上，黑暗中再也没有任何声音。

　　隔天小飞回来时，一切已经结束，他只能把所有玩具兵运到垃圾场，永远解不开心中的谜。（待续）

　　作者站起来把火车的窗户向上再推高，推到窗框的极限，因为他觉得气氛沉闷得有点难过。他转了转手上的笔，是一辆反向的火车像飞弹一样穿过，尖锐的汽笛声钻进耳孔里，他突然有种奇怪的感觉——（多么希望这不是"我"写得莫名其妙的故事，而是完完全全属于他的小说。）但已经来不及把"我"的口气彻底抹除了，这篇小说已注定要当一只两头的怪鸵鸟。

　　但他愈来愈克制不住另一种想法——（说不定他所填补的真正故事的真相，连"我"也不知道的，没有任何人能说它不是。）他把手上的笔转得愈来愈快，他笑着想，所以他还是唯一的作者。

　　若是这样，就得解决一个问题——（到底要安排谁偷了"我"所说塞着他写好纸的玩具兵），作者边摸着鼻子想。火车猛然震动了一下，推到极限的窗户"碰"一声，关上。

　　写完四分之三了，我觉得很无奈，对天发誓哦，这些真的不是属于我的记忆，我好像愈写愈变得百口莫辩，连我自己在写到跟那个叫什么里奇的人对话时，自己也好像被一股力量卷进去，把我催眠成里面的"我"，我用钻子钻着我的脑袋，也才只能勉强冒出一两句我的声音，提醒你"真正的我在这里啊"，但还是非常吃力。我这么说。你就知道我带着这片炸弹碎片的岁月有多无辜，每把自己的记忆倒带一次，就要经历一次这种苦恼。像桌上摆着一对双胞胎的我,穿一样的衣服,要费力去辨认哪一个的肚脐旁一颗黑痣,就是这样。

如果一切都照我安排的进行,你就会是打破鼓拿出这张纸的人。

送走里奇后,我照着里奇给我的地址,赶到雯驻唱的餐厅门口等她,这一整条街的夜空缀满各色霓虹招牌,黑里闪烁着发光的亮点,雨就这么不疾不徐地飘了起来。

"雯——"午夜十一点,餐厅的门涌出一批人,瘦弱的她左肩背着吉他,右肩背着一个大背包,挤在人群里,艰难地移动。我恐慌地大声唤着她的名字,好怕她被人潮冲走,心里翻涌上阵阵心酸。即使现在只是叙述,酸液仍然在翻涌着。

她抬起头触到我的眼神那刹那,很痛苦地紧闭着眼,几秒后才张开,奋力地朝我移过来。

"你回来了呀?"她轻轻地说了这句,神情安详,像是我们两昨天才见面般自然,飘动的水蓝色长裙似在跟我打招呼,它是我送给她的二十五岁生日礼物。

"我有好多好多话要对你说。"我帮她背过来左肩的吉他和右肩的背包,一起站在走廊上望穿雨林。

"太迟了,一切都像对不准焦点的老相机了。"

"为什么？只要你原谅我,一切都还来得及。"

"我从来没有不原谅过你,你也为自己赎够罪了。是伤害,我们五个人心里所受的伤害。五年来每过一天就刻上一痕伤害,完美破碎的伤害、分离的伤害、思念的伤害、再也回不去的伤害。一件刻满伤痕再也没有地方刻的回忆,只好丢掉,我们要不起的,会痛。"

她从背包里拿出一把雨伞,撑开,遮着我走向前面红砖道的公车站牌。雨伞的木头伞柄刻成戴着圆高帽的玩具兵头形,我伸出手握住推着玩具兵伞柄的她的手。

"'忧梦小屋'里的那组'忧梦兵团'是被你偷走的吧?"

"我只能靠这样来拒绝现实,否则我无法抵挡必须离开你们的现实。要离开的那一夜我被残忍撕裂了,我从来不知道世界上有那么可怕的现实等着要一口喂我吞下。"

"'忧梦兵团'帮助你面对现实了吗?"

"没有,我离现实愈来愈远,我们仍然一起活在'忧梦兵团'里的幻觉在我和世界间建起一道透明的墙,我躲在里面。只要想到已经和你们分离,必须一个人在沙漠里踽踽独行,就痛苦难当。"

"这几年我也很少和其他人联络,每次偶然见到面总是很悲伤,好像老天爷砍了一斧头后,每个人身上都裂开一条缝,拼在一起是一条很美的大裂缝。见面就会看到彼此裂痕上手工粗糙的缝线。"

"我也见过他们三个人了,去碰触那么巨量的记忆却无法悲伤,悲伤不起,那是无意义的。"

"我们的感情会像手足一样永远交缠在心底的。"

她说这句话时冷静得仿佛在念一句台词,白皙的脸上像涂了层刚强的风霜,我注视着她嘴唇上唯一柔和的线条,像个被抛弃的小孩般,害怕即使把她磨成灰她也不会温柔地看我一眼,如她从前看我的一眼。

"为什么回来的?"

"为了一句话——我要原谅的事太多了。"

"要原谅什么事?"

"原谅命运的残忍、原谅现实已是这样、原谅我心里的痛苦。"

"看我们之后就能原谅了吗?"

"至少我总算面对破碎的现实了,弥补起过去和现在的裂缝,或许能给我力量凿穿阻隔住我和世界的墙……"

闪烁不熄的霓虹灯交映在柏油路上,一块块浅浅的水洼晃动着油光,三五成群的人反复地踩碎油光,溅起水渍,从站牌前走过。

我快速地扫过她的眼角,发现她眼里敷着薄薄的一层泪光,我心里为她贮藏的一大块温柔刹那间融化开,漾成温热的一片。

"雯,我们不该长大的,长大使我们和最爱的人分离。"我平静地说。

"嗯,长大也使我们懂得了自己的限制和世界的规则,都是些想不到的。"她仍然焕发着坚强的眼神定位在前方某点上。

"我们两的限制和规则就是永远的分离吗?"

"点头说你懂好吗? 麦杰,从破碎的现实缺口站起来,从现在开始向前走,去创造幸福好吗?"

"你相信会再找到绿洲吗?"

"一定会的。"她咬紧嘴唇猛点着头。

公车从转角弯进街头,我心里皱缩成一团,慌乱得想抱住她不让她走。

"车来了,我要走了。嗯,伞拿去,不带伞的老毛病还是不改。"

她把吉他和背包抢过去,将伞柄硬塞进我的手掌,我早已僵如木头。车停在站牌前,她踏上车门的踏板,回头深深地看我一眼,眼角淌出一大颗泪。终于以她从前的温柔看我一眼了,我想一切都够了。

车开动,我踏着地上的水追喊着——

"请放心……我会懂的……"雨继续下。

背起地上的大登山袋,把伞收进袋里,淋雨走到水果摊,买了一大包红西瓜。一辆载满猪的货车打着刺黄的前车灯对着我猛按喇叭,让我搭便车来的猪司机让我再搭便车回去。我坐在货车前座快乐地吃起红西瓜,一块紧接着一块,来不及吞咽多余的口水,整个眼眶都装满西瓜，又红又咸，却不知要回去哪里唷。

　　终于写完四分之四了，我的手已累得发抖，虽然最后和雯这个女人的部分是最可怕的，写得我心惊胆跳，像在通过鬼门关，脚一没站稳就要掉进万劫不复的深渊一样。我紧憋着气，这次反而我的声音哼都不敢哼一声，怕被里面凶狠的"我"发现了，把我整个拖进去，啃个精光，然后再跳出来大剌剌地当起我来。这可不是好玩事儿，也许你已经先被拖进去啃个精光，开始相信我和炸弹碎片里的"我"是同一个人了，不过那可是你自己的不幸，我没有力气再发第二次誓。

　　我要把我收藏的几个玩具兵，连同这一个一起放在火车最后一节车厢的车尾，我想它们会喜欢我这个主人的最后安排吧？火车开动后，它们可以站着浏览风景，像高尚的贵族。我不得不这么做，我要是不把这段写下来交给玩具兵们送走，炸弹碎片就会继续嵌在我记忆带的前头，我太无辜了。我希望死前记得自己一生都幸福快乐，我可是很重视我一世"幸福快乐"的英名！

　　其实你就是第二个偷玩具兵的人，你为什么要偷玩具兵呢？所有关于玩具兵的象征意义在炸弹碎片里都有写，你自己找找看吧！所以就算你看完这张纸后要如何改写"我"的故事，你还是早已被炸弹碎片写进去了，这是我第一次发现炸弹碎片的好处。最后请你好好照顾我的玩具兵们。

　　再见了，忧梦兵团！

　　作家花了十几分钟的力气，总算把刚才"碰"一声关上的窗户再推高到极限，然而火车已进了他该下的站。他从座位底下拿出一个黑色手提箱,按了开关打开箱盖,抓起散放在地上的五个玩具兵,丢进琳琅满目的玩具兵堆里,盖上箱盖,锁住。

隔着剪票口,他把一迭稿纸和另一张破纸交给等稿的编辑,轻松地交代。

"除了最后一个'待续'改成'完结'外,剩下的四分之一照着这张破纸抄就可以了。"提起黑色手提箱,吹着口哨通过剪票口。

1978 年 8 月完稿

原载《自立晚报》

黄碧云:《呕吐》

作家介绍

黄碧云(1961——)的成长多元复杂。她出生于香港,高中曾赴台湾就学,大学主修新闻(香港中文大学),研究所攻犯罪学硕士学位(香港大学),拥有合格律师执照。第一篇小说《她是女子,我也女子》投稿香港《年青人周报》(*Youth's Weekly*),从此走上纯文学之路。1987年出版首部散文集《扬眉女子》,已见出日后作品的原型:扬眉、展眉。论者不止一次提到她对人世的"绝望",香港文化人颜纯钩看她小说"写死亡,凶杀,分手,精神分裂,癌症,打打杀杀"而思问:"对人生真的那么悲观绝望吗?"黄的回答很简单:"我真的解释不来。……我不觉得绝望两个字可以总结我的小说。"①杨照则谓,黄碧云写尽各种绝望姿态,神学里有所谓懒惰、贪婪、骄傲等七宗罪不被宽恕,而黄指向最无可宽恕的第八种罪则是"绝望"。② 2002年黄碧云开始在港从事律师工作(她们说你不要写了,读者都不明白你在写什么。我就觉得很绝望。——黄碧云《沉默诅咒》)。

---

① 颜纯钩:《与黄碧云聊天》,《文学世纪》第2期,2000年5月,第22、23页。

② 杨照:《人间绝望物语》,黄碧云《突然我记起你的脸》,台北:大田出版社,1998年版,第3—8页。

两年后,辞掉律师工作(我从此得到自由,自由也必成为我的诅咒。——黄碧云《沉默诅咒》),赴西班牙南部城市塞维利亚长期习佛朗明哥舞(为了推销自己的小说,便立心不良地做了一个读书小剧场《媚行者》,做完以后更加懊恼;小说没推销成功,一样卖那永不可踰越的二千本。……所有的追求只不过是一个姿势。①)辗转香港、西班牙等地:"我的人生也从此进入省减时期:真的不需要那么多。我甚至不再需要一个姿势。不需要那么激烈。"②七年后,"经历长长的沉默"③,于2011年8月推出中篇小说《末日酒店》,"永不可踰越的二千本"宣言,于这位"从来不容许观众,读者,编辑,或任何人,决定我的作品"④的香港作家,会是对她一个人的诅咒吗? 著有《温柔与暴烈》《七宗罪》《烈女图》《媚行者》《十二女色》《血卡门》《沉默。暗哑。微小》《末日酒店》等。

作品导读

　　(叶细细)她是这样一个有条理的女子……钢铁般的意志……她不是那种浪漫的人……

　　　　　　　　　　　　　　　　　　　——黄碧云《呕吐》⑤

　　我但求做一个清醒合理的人。

　　　　　　　　　　　　　　　　　　　——黄碧云《后话》⑥

---

① 黄碧云:《虚假和造作的》,《沉默。暗哑。微小》,台北:大田出版社,2004年版,第202页。
② 黄碧云:《虚假和造作的》,第206页。
③ 黄碧云:《小书小写》,《末日酒店》,台北:大田出版社,2011年版,第116页。
④ 黄碧云:《虚假和造作的》,第207页。
⑤ 黄碧云:《呕吐》,《突然我记起你的脸》,台北:大田出版社,1998年版,第19页。
⑥ 黄碧云:《后话》,《她是女子,我也是女子》,台北:麦田出版,19944年版,第201页。

黄碧云笔下角色叶细细、赵眉、陈玉、詹克明、许之行……他们忽而情人忽而纠缠不清，忽而正常忽而精神失常，他们不断地反复地以不同的身份出现在黄碧云小说中，透过作者/叙述者的双重发声，黄碧云或是叶细细、赵眉还是陈玉？不如看黄碧云对角色的观照："冰凉而怜悯的，对生命的透视，或许这是陈玉。叶细细是一个纵情生活的人。透过这两个人物，我不知可否将反反复复，互相参照与冲突的存在状态，铺陈得清楚可读。"①她书写的重点是人物及他们如何行世。（我只是一个安份的女人，想与一个人发展一段单纯的感情关系。何以世皆不容我。）②她早期著作《温柔与暴烈》揭橥了两大人物原型"温柔"与"暴烈"，其《我身，我说》更进一步阐述："温柔与暴烈的意思是，如何以温柔包围暴烈。不是征服，是包围。"③杨照曾概言，读黄碧云小说得先懂得什么是耽溺，黄碧云即以她特殊的耽溺，反复、参照、冲突呈现某种秩序及扭曲。④董启章亦以作家之眼，看出黄碧云的反复、参照正是执行理性、秩序的诉求策略：

　　黄碧云的艺术精粹，在于节制。……黄碧云最追求理性……巴哈是黄碧云的重要参照坐标。……巴哈大提琴无伴奏组曲，代表理性、逻辑、因果、反复、对照、格律形式之美，赋格的艺术。⑤

---

① 黄碧云：《后话》，第 202—203 页。
② 黄碧云：《她是女子，我也女子》，《她是女子，我也是女子》，第 7 页。
③ 黄碧云：《我身，我说》，《后殖民志》，台北：大田出版社，2003 年版，第 22 页。
④ 杨照：《人间绝望物语》，黄碧云《突然我记起你的脸》，第 3—4 页。
⑤ 董启章：《节制的艺术》，《同代人》，香港：三人出版社，1998 年版，第 139—140 页。

　　董启章提供了我们一种不以表象的暴烈来理解黄碧云小说的路径,要解读《呕吐》,我们不妨从黄碧云的第一篇小说《她是女子,我也是女子》开始。这篇小说中,与《呕吐》女主人公同名的叶细细已登场,叶细细可以称得上她小说的原初角色,小说中,叶细细爱上同是女子的许之行,两人都喜欢歌手汤姆·威兹(Tom Waits),读克莉斯蒂娃、安吉拉·卡特(Angela Carter),两人情谊不为学校所容,许之行离开,叶细细咬牙面对:

　　　　"不要流泪。不要埋怨。"我希望成为一个明白事理的人——凡事都有迹可寻。①

　　《她是女子,我也是女子》里叶细细是名女同志,来到《呕吐》成为一名黑白混血女孩,九岁时亲睹母亲叶英被人奸杀,受到惊吓,从此不断呕吐。叶英姐妹淘詹太太将细细接回家由念医学院放暑假的儿子詹克明照顾,细细一见詹克明:"拿着我的掌,合着,便在其中呕吐起来。"②詹克明假期结束要回学校了,行李被细细吐得阵阵酸馊物并暴力攻击詹克明,被制服后的细细低声对詹克明说:"不要走。"詹克明有了女友,细细失踪坠落陋巷,克明循呕吐物找到她问道:"为什么?"

　　　　细细抱着我,在我耳边微弱的道:"我爱你,詹克明。"这是我所知道的、最荒谬的爱情故事了。③

---

①　黄碧云:《她是女子,我也是女子》,第 17 页。

②　黄碧云:《呕吐》,第 15 页。

③　黄碧云:《呕吐》,第 23 页。

从此,爱—呕吐—暴力,成为两人聚散的模式。一直要到詹克明与细细做爱升起欲呕吐的感觉,才明白了:"感情如此强烈,无法言语掌握,只得剧烈呕吐起来。"①阴阳、是非、温柔暴烈、爱不爱……詹克明或许没说对,这其实是一个最温柔深情的故事了。谈到这篇小说的呕吐意象,黄碧云并不讳言与《呕吐》同收在集子里的小说的发想与完成:

> 《创世纪》写的是创世纪,《心经》写的是心经,《呕吐》写的是沙特的呕吐……《山鬼》写的是山鬼。在广西河池的苗族山区,我在那里迷了路……回来读《离骚》、《天问》、《山鬼》……山鬼是名之再造:《创世纪》不是创世纪,《心经》也不是心经,《呕吐》不是呕吐……我写那没有写的。②

当《呕吐》写的是法国存在主义大师萨特同名小说《呕吐》(La Nausee)时,萨特笔下的主角罗昆丁(Roquentin)是一名对周遭世界产生极深嫌恶感的男子,引发一种心理上的呕吐欲望,小说强调的是存在的绝望。名之再造后的"《呕吐》不是呕吐"时,细细对詹克明以(做)爱毁爱将自己抛掷:"决定不再爱我,做一个正常的人。"③体现了黄碧云的洁净清空美学,一种理性达于"恐怖的力量"。根据克莉斯蒂娃《恐怖的力量》中的"贱斥"论点,一种强烈的厌恶排斥之感,像呕吐出不属于自身系统的异质残渣,呕吐物即卑贱体(abject),依照克莉斯蒂娃的说法,卑贱体与主体"我"对立、抗衡,卑贱体作为遭彻底逐出的堕落物,从未停

---

① 黄碧云:《呕吐》,第 31 页。
② 黄碧云:《记述的背后》,《突然我记起你的脸》,第 173—174 页。
③ 黄碧云:《呕吐》,第 23 页。

止它对主人的挑战,在我驱逐"我"、呕出"我"的行动中,我在呕吐的暴力中,把"我"生卜,"我"逐渐变成一个他者。[①] 这恐怕正是叶细细"做一个正常的人"的终极意义。

《呕吐》（存目）

---

① 茱莉亚·克莉斯蒂娃:《恐怖的力量》,彭仁郁译,台北:桂冠图书出版公司,2003 年版,第3—5 页。

陈雪:《寻找天使遗失的翅膀》

作家介绍

陈雪(陈雅玲,1970——　)在2009年交出进入"圆熟期"最重要的长篇小说《附魔者》,这部既乡土又都会、既现实又心理、既情欲又性别、既传记又虚构的小说,同步交代了陈雪创作以来的题材关怀,可视为陈雪向以往的告别之作。

陈雪早期作品着重挖掘女同恋内在情欲题材,1993年以《寻找天使遗落的翅膀》参加"联合文学新人奖",虽未得奖,但仿佛启开了陈雪的创作天眼,视见小说角色草草巡游男/女/女情欲游戏,最后身心深受女同志阿苏启发,成为陈雪日后同志、乱伦、情欲、自传等创作人物及题材的原型。《寻找》一文几经周折才与《异色之屋》《夜的迷宫》《猫死了之后》收于《恶女书》(1995)出版,奠定了陈雪(恶)女同性恋小说书写的基石。可以这么说,陈雪这一时期作品集中"同性恋身份为主题采成长小说方式书写"[①],而《恶女书》的出版正值台湾二十世纪九十年代中期同

---

① 刘亮雅:《边缘发声:解严以来的台湾同志小说》,《情色世纪末:小说、性别、文化、美学》,台北:九歌出版社,2001年版,第83页。

志运动蓬勃展开之际，①是在此基础上的歧路展演，使得相关议题能够凝聚共生。之后《梦游 1994》（1996）收《色情天使》《蝴蝶的记号》《梦游 1994》等篇，掀动乱伦、双性恋、恋母异色议题按钮，体现了"或许因为女同志受到了性与性别的双重压制，女同志小说较常出现对认同困境的探讨"的议题面向，进一步衔接打造个人创作轴线。② 吊诡的是，正是透过《恶女书》陈雪才能构筑复返之路，以前传形式重回迷宫梦境打造的家庭剧场重建与解构之《桥上的孩子》中那个异变的恶女形象。若说《恶女书》逆返跨越身世之墙往事追忆录的《桥上的孩子》，是为前传，那么"眼都不眨一下"（朱天心言）凝神逼视小说女主人公陈春天从家庭、情人多次绝决放逐的《陈春天》（2005）和具有"恐怖的力量"永远的逃跑者、失神者、离开现场者、遗弃者"不存在的女儿"（骆以军语）的《附魔者》，便勾勒出陈雪自传三部曲。

2009 年，陈雪宣布与女友早餐人结婚讯息。2012 年两人合作出版《人妻日记》。

作品导读

"为什么必须让女同性恋情欲远离日常境界?"杨照如是问。

---

① 台湾第一个女同志团体"我们之间"于 1990 年 2 月成立，张老师出版社于 1990 年所出版的《中国人的同性恋》是台湾本土第一本关于同性恋的论述。台湾第一个同志专业出版社"开心阳光"在 1995 年成立，开始出版同志相关书籍。1994 年台湾第一家女性主义书店"女书店"开幕，1995 年第一个校园女同志社团"台大女同性恋研究社"成立，同年首届"校园同志苏醒日"在台大举办，1995 年男同志团体"台湾同志社"成立，1996 年 2 月"同志空间行动阵线"在新公园举办园游会，1997 年"彩虹·同志梦·公园"园游会在台北新公园举行，建立台湾在 6 月同志骄傲月举办大型活动的传统。这些都带动了同志运动的蓬勃发展。

② 刘亮雅：《边缘发声：解严以来的台湾同志小说》，第 83 页。

陈雪写于1993年的《寻找天使遗失的翅膀》是以第一人称告白体形式呈现的女同情欲短篇小说,成为日后她写作的主调。2004年同样充满自传色彩的长篇小说《桥上的孩子》出版,小说家骆以军言:"是一次无论对她个人,对我这样一个读者或同辈同业来说,皆十分珍贵的书写实践。"①此实践之于陈雪探戡情欲性别路途的伊于胡底当然是未知数,可知的是,之于小说创造的女性角色,陈雪却习惯性地注入"我"的成分,以"我"入小说,偏偏这个"我"却总是"不存在"似的缺乏一种现实感,②愈发衬托她以作家之笔一再借着文本否认现实之于人生的可能。她笔下的人物,几乎没有个人生活,杨照早就看出:"为什么必须让女同性恋情欲远离日常境界?"③《寻找天使遗失的翅膀》便像一篇世界曾经存在于现实或现实曾经存在于世界的否定之作:

> "我写作,因为我想要爱。"
>
> 我一直感觉到自己体内隐藏着一个封闭了的自我,是什么力量使它封闭了自我……
>
> 于是我写作,企图透过写作来挖掘潜藏的自我。……
>
> 第一篇没有被我撕毁的小说是《寻找天使遗失的翅膀》,阿苏比我快一步抢下它,那时只写了一半,我觉得无以为继,她却连夜将它读完,读完后狂烈地与我做爱。④

小说主述者草草,十岁时父亲车祸身亡,十二岁便从母亲邪恶淫秽

---

① 骆以军:《读〈桥上的孩子〉》,陈雪《桥上的孩子》,台北:印刻出版公司,2004年版,第7页。

② 陈雪:《新版自叙》,《恶女书》,台北:印刻出版公司,2005年版,第8页。

③ 杨照:《何恶之有》,陈雪《恶女书》,第24页。

④ 陈雪:《寻找天使遗失的翅膀》,《恶女书》,第32—33页。

的男女关系明白了性,引为罪恶并仇恨,从此拒斥母亲。大学时母亲割腕自杀而逝,失去了母亲的草草开始疯狂写作,一日闯进一家酒吧,六杯血腥玛丽下肚遇见了阿苏。阿苏如此酷似草草母亲,是草草欲望的化身,育孕她的子宫,"透过你,我才重逢了自己。"①每每与阿苏女女做爱后,往事重组,一步步逼近母亲赤裸的心灵,发现误解了母亲的淫荡。

阿苏的出现具有寻找意味,寻找什么呢? 阿苏说:"我们需要的是一双翅膀,只要找到它就可以重新自由地飞翔。"②

草草拼命写作,小说完稿,草草失去了关于阿苏的所有记忆,甚至无法确定她是否真正存在过。草草跳上车找去父亲坟墓,父亲墓旁是母亲的坟,刻着名字"苏青玉"。仰望天上云朵,幻化成一双翅膀。

阿苏,就是母亲,就是作品。

逃逸否定难以归档的人生,陈雪召唤、挖掘、追忆往事与现实抗衡,这也使得她笔下的角色和故事,透过一次次的穿插补叙,如同编织产生拼接布般的变貌与变形效果,但我们还是要问,到底什么是自传文本的原型与镜像主体呢?

关于编织与文本(text)的关系,本雅明考证 text 字源为拉丁文 textum,原意正是编织(texere)。③《寻找天使遗失的翅膀》里的草草:"我总是无法编年记述,我的回忆零碎而片段,事实在幻想与梦境中扭曲变形……即使我努力追溯,仍拼凑不出完整的情节……"失去了时间与现实感。

正是这些故事幻影喂养着草草在面对人世最基本真实的死生、爱

---

① 陈雪:《寻找天使遗失的翅膀》,第46页。

② 陈雪:《寻找天使遗失的翅膀》,第50页。

③ 本雅明:《普鲁斯特的形象》,张旭东、王斑译,《启迪》,北京:生活·读书·新知三联书店,2008年版,第216页。

欲、物质……显得那么难以面对的以自白形式却又抽离，那些折射零乱的心影录，淆惑了作者的主体身份，才好借笔下人物安全地躲在角色织网后面制造情节张力，我认为这是陈雪（让她的角色）留在第一人称、女性声音叙事的原因吧？

> 我从来没有写过非第一人称的小说。很多人把第一人称的小说等同于作者的自传……通常一个女作家这样写，别人会说她的格局不够大，文学技巧不够，没有实验性等等，但我不觉得。我觉得第一人称是很有挑战性的。……我坚持用女性的声音，而且是非常阴性的声音。①

如此反复编织，符合了罗兰·巴特（Roland Barthes）所言，正是主体隐没于织物的纹理内，于是自我消融了，如蜘蛛化于它所创造出来的蜘蛛网的分泌物中。②

也难怪陈雪小说中的角色总是在玩寻找、逃离、重现的戏码，小说最后，草草倒卧于母亲墓前，"宛如蜷缩在她的子宫"，牙牙学语。叙述主体呈现了："我回来了，逃离你多年之后我终于回来了。"

《寻找天使遗失的翅膀》（存目）

---

① 邱贵芬：《在情欲中翻转身份定位——访谈陈雪》，《台湾文艺》第158期，1996年12月，第122—123页。

② 罗兰·巴特：《文论》，《文之悦》，屠友祥译，上海：上海人民出版社，2009年版，第79页。

黎紫书:《推开阁楼之窗》

作家介绍

黎紫书(林宝玲,1971——　)出道以来,即连获三届马来西亚花踪文学奖马华小说首奖、《联合报》文学奖小说大奖。① 谱写传奇,一则说明她笔下的主题既特殊又共象受到关注的事实;二则宣告了黎紫书写作时代的崛起及虔诚于文学的姿态。因着黎紫书创作过程与马华文坛的息息相关,探析黎紫书的创作特色与马华性,她自己的句子,"我的文字终于会成为这时代的另一种异端邪说",是很适合的切入点。②

晚近马华作家在台湾文学奖中频频大放异彩,小说的表现尤其亮眼,李永平、商晚筠、潘雨桐、张贵兴、黄锦树、贺淑芳、陈志鸿……俨然编织一张马华作家世代谱系,并蔚成台湾文坛"无马不成文"的现象。在这个得奖队伍里,黎紫书是唯一非学院出身且未在台受教育的作家,但黎紫书的得奖记录何其傲人,的确"异端"、"异数"(马华诗人傅承得语)。而所谓"邪说"大多来自她选材带有史话成分的家族故事及铺陈

---

① 花踪文学奖每两年举办一次,黎紫书分别于 1995 年、1997 年、1999 年获奖;《联合报》文学奖黎紫书分别于 1996 年、2000 年获首奖,2005 获推荐奖(二奖)。

② 黎紫书:《另一种异端邪说》,《天国之门》,台北:麦田出版,1999 年版,第 11—13 页。

抑郁阴森的创作手法,王德威进一步指出她的书写毋宁说是更在探讨人性深的欲望与恐惧。她得《联合报》小说首奖的《蛆魇》(1996)写人如鬼魅活在祖屋,最后罪孽难违;第三届花踪文学奖作品《把她写进小说里》(1994)及第四届花踪文学奖作品《推开阁楼之窗》(1996)都写"如何逃离,或吊诡的逃向罪的禁忌与诱惑"①主题,皆可作如是观。《把她写进小说里》的女主人公江九嫂莫可名目地克父克母、弟弟逃家、丈夫落跑的阴暗乖讹命运,《推开阁楼之窗》也有相似的女性角色。作品反复探勘人性阴暗面,难怪马华文化人傅承得也要说阅读黎紫书小说"不会是愉快的经验"。但不争的是,类此"异国情调"文本,精确地传达出作家在创作"属于我的年代"的路途上,"省视自我和卑琐人性的过程"②的书写企图与挣扎。多年来,看过马华文坛的经典之争、现实派与现代派的怨仇、本土与留台作家的爱恨纠缠,她的结论是:"这真是一个精彩的年代。"并且,她的小说宣誓是:"我将会快乐而疯狂地继续创作。"③

　　出版有短篇小说集及散文集《天国之门》《微型黎紫书》《山瘟》《无巧不成书》《简写》《野菩萨》《暂停键》,2010 年推出第一本长篇小说集《告别的年代》。

作品导读

　　黎紫书创作以来作品并不多,自 1995 年第三届花踪文学奖以《把她写进小说里》崛起,今年(2015)正好满二十年,短篇小说、散文之外,

---

①　上述王德威论点皆引自王德威:《黑暗之心的探索者》,黎紫书《山瘟》,台北:麦田出版,2001 年版,第 5 页。

②　傅承得:《异数黎紫书》,黎紫书《天国之门》,台北:麦田出版,1999 年版,第 7—9 页。

③　黎紫书:《另一种异端邪说》,第 13 页。

仅仅交出长篇小说《告别的年代》(2010)及短篇小说集《野菩萨》(2011)、《山瘟》(2001)、《天国之门》。但黎紫书所形成的"黎紫书现象"①,即使放在擅写胶园雨林深处题材的马华前辈作家中,也无掩其题材的视景与特色的同与不同。譬如题材上的贴近,像反映大马华族社会变化及国族寓言题材的创作《山瘟》《州府纪略》与刻画家族伦常情欲冲突的《蛆魇》《某个平常的四月天》《天国之门》《把她写进小说里》《推开阁楼之窗》等,皆同样集中书写这块土地上的动荡消长。而王德威和同为马华作家的黄锦树都指出,黎紫书与当地华文创作者有所不同都与现代媒体有关,不仅在于她下笔眼观四路,多了一份"对海外趋势的自觉"②,亦系其"注重包装与营销"③。这提醒了我们,从马华女作家身份看黎紫书的题材、得奖与跨国界扬名海外的际遇,④使人想起商晚筠(1952—1995)。商晚筠1977年以《君自故乡来》成为首位获台湾《联合报》小说奖的马华女作家,⑤进而得到联经出版社肯定为其出版短篇小说集《痴女阿莲》(1977)。从文学传承的角度看,她们都关注女性命运议题,譬如商晚筠的《痴女阿莲》《未亡人》,黎紫书的《蛆魇》《把她写进小说里》《推开阁楼之窗》。然进一步梳理,商晚筠刻画的《痴女阿莲》的女子白莲有一张锅底脸,单纯痴想一心一意把自己嫁出去;《未亡人》的美娘二十三岁守寡却守贞不改嫁;另《君自故乡来》里的春妹是不在南洋而留守唐山老家看祖坟的传统妇女——可以这么说,作为马华女作

---

① 黎紫书编著:《花海无涯》,吉隆坡:有人,2004年版,第98、99—100页。

② 王德威:《黑暗之心的探索者》,黎紫书《山瘟》,第4页。

③ 黄锦树:《艰难的告别》,《告别的年代》,台北:联经出版公司,2010年版,第5—6页。

④ 1998年台湾城邦出版集团在吉隆坡与黎紫书签约出版她第一本小说集《天国之门》,首创台湾出版社在东南亚与当地作家签约之举,鼓舞了当地马华文坛。傅承得:《异数黎紫书》,黎紫书《天国之门》,第7页。

⑤ 商晚筠之后再以《痴女阿莲》获《联合报》第三届小说奖佳作。

家的前行者,商晚筠塑造的女性不脱"中国符号"形象。① 反观崛起于 1990 年代的黎紫书,她的女性角色显得心事曲折多层次,譬如《赘》写中年主妇被无聊无情的丈夫孩子漠视把自己养出满身赘肉、《州府纪略》来去无影踪的美丽女革命者、《蛆魇》及《把她写进小说里》《推开阁楼之窗》里女主人公的情欲探勘与宿命,均营造出一种浓艳神秘的气氛,写尽了离散。家庭不再是她们唯一的追求,她们总在抗拒自身或逃离,她们定义自己的存在,彻底摆脱了"中国符号"。我认为,这是文学传承最动人的异变。更胜者,黎紫书在 2010 年交出了长篇小说《告别的年代》,这是对商晚筠未完的长篇小说《跳蚤》的另一超越。②

　　归结上述,黎紫书小说中一直有一个不断想突破困境却陷入轮回宿命的女性原型角色,其代表人物就是《推开阁楼之窗》里的小爱母女,小爱的母亲是五月花旅社老板娘,一个来历不明但美丽的女人。五月花老板张五月发妻病逝,小爱四岁那年与母亲被带回五月花,小爱十岁时,母亲爱上一名日本军人悬梁自杀,这也成为小爱摆脱不掉的流言。死亡,是黎紫书小说里女性角色最常逃避的命运。

　　小爱在众人的飞短流长声里长成和母亲一样妩媚标致的女孩,张五月见此一个劲儿地摇头叹息,皮包里躺着相士批小爱母亲"红颜薄命"的眉批,"简单明了,没有留下躲避的余地"③。小爱十八岁那年,街上来了一个奇怪的说书人,三十岁出头,淡漠的眼神,左眼眼角有道三寸来长的新疤,肩上站着一只怎么逗也不说话的巨大红鹦鹉。落脚五月花。美丽的小爱现身说书现场,慵懒半阖凤眼听说书人讲三国故事。

---

　　① 詹宏志:《紫色之书》,黎紫书《天国之门》,第 6 页。

　　② 虽然黄锦树认为纵使不写长篇小说也无损于黎紫书被写进马华文学史。见黄锦树:《艰难的告别》,第 7 页。

　　③ 黎紫书:《推开阁楼之窗》,第 56 页。

空气里飘浮着人们的轻言絮语,不外母女如何相像,小爱何时会步上母亲后尘死于非命云云。小爱抗拒"把她与母亲形象拉扯在一起"①,但揽镜触目惊心自己简直是母亲的赝品,而"受困于母亲未完的宿命,那深邃而神秘的眼潭,是否正是她命运的出口呢?"②于是,她敲了那人的房门:"带我走,离开五月花。"③

　　一如命定,说书人被人枪杀死在暗巷,不语的红鹦鹉守在说书人身边,突然发出聒噪尖细的声音:"带我走,带我走,带我离开五月花。"④下雨的命案现场,雨水打在身上,仿佛命运对她的鞭笞。

　　五月花的阁楼上,怀孕的小爱重复做着噩梦,她在床上生下了许多婴儿,有一双手接着,"白皙的皮肤被满手的污秽的血液凸现了她妖冶的美丽。小爱的视线沿着那双手的曲线攀爬过去,看见了她的母亲"⑤。一个炎热焗闷的午后,小爱"在孩子的哭声中看到自己未来深不可测的命运,一双悬空的脚丫在她记忆的最深处摇晃,从未静止"⑥。小爱溺死了婴儿。同时警车来到,把被控杀婴却一脸豪气像"即将就刑"的老兵的张五月带走。此时,五月花阁楼窗子意有所指地被推开,露出一张美丽的脸庞,也寓示了小爱终于摆脱命运离开了五月花。

　　如此看,黎紫书的叙事何其不由分说、暧昧。看似经营母女宿命主题,却又给出转机。多年后,五月花经过多次易主,最后成为画廊。多年后叙事者也是画家的画展上,出现一位妇人带着两个孩子徘徊不去地站在一幅《说故事者》油画前,书里的"说故事者"是一位肩上站着鹦

---

① 黎紫书:《推开阁楼之窗》,第60页。
② 黎紫书:《推开阁楼之窗》,第61页。
③ 黎紫书:《推开阁楼之窗》,第66页。
④ 黎紫书:《推开阁楼之窗》,第69页。
⑤ 黎紫书:《推开阁楼之窗》,第71页。
⑥ 黎紫书:《推开阁楼之窗》,第83页。

鹉的说书人。

黎紫书对爱情的想象无疑传奇与浪漫，她的小说每有追求爱情不惜送命的男女，她掌握人物情节十足自信，是"作者论"的最佳示范。

黎紫书的故事未完，五月花旅社，日后发展为长篇小说《告别的年代》的主要现场。

推开阁楼之窗

　　说故事者的背影占据了半幅画,他的面前是一群正襟危坐的少年男女。油彩凝厚,搅糊了人物的嘴脸与神情。而我依稀辨认出左上角的少女,铅华未洗,眼中火光炯炯。我知道,故事正要开始。

　　说故事的,是一个肩上站着鹦鹉的中年男人。小爱站在伞下,看着乘兴而来的人们慌乱散去。是一个不祥的下午,骤雨从云层坠下,弥天盖地。于是人群如溃巢的蚂蚁,不等故事发展下去,便流失在许多幽深的巷街和几列店铺的五脚基。

　　撑雨伞的小爱依然顽固地站在柏油路上。斜飞的雨丝溅湿她昨日才漆过白鞋样的帆布鞋,复又在蓝色的校服裙裾印上水纹。有人在喊小爱走吧,好大的雨你还有好长的路。

　　小爱没应声。她的眸子眨也不眨,视线穿过厚厚的雨帘,看见那男人蹲在店铺侧门的石阶上。眼眶深凹,仿佛两口老井,深不可测。淡绿的须根,是蔓生于两腮与下颌的青苔,覆盖他黧黑而沧桑的半张脸。

　　你必然知道故事已经开始。当那男人肩上的鹦鹉不安地拍搧翅膀,他朝雨中站立的少女看了一眼。小爱觉得他像透了香烟广告海报里的模特儿,有着峥嵘的轮廓和纠结在眼角的长条疤痕。那男人没有移开他的视线,向来大胆的小爱也不禁腼腆起来。她忽然转身,踩着路上鼎沸的雨声,远奔而去。

我的父亲在他的补鞋摊前，看着小爱跑上五月花旅社的骑楼。当我不慎把醮饱颜色的水彩笔掉在他刚铺上新垫子的地摊，我留意到他的眼神仍然逗留在对街的骑楼上。

"小爱越来越标致了，像她阿妈。"

我的父亲和附近的男人都在暗中怀念着死去的五月花老板娘。听说那是一个美丽但声名狼藉的妇人。大概是在十四年前，五月花的老板张五月出了一趟远门，回来就带着风华正茂的女人和四岁的小爱。

关于小爱的身世，坊间流传着许多不同的说法。人们自己杜撰的故事大多光怪陆离，荒谬失真。没有人相信那是张五月在多年前养在外头的野女儿，必须等到他那哮喘病的结发妻子两脚伸直才敢带回家里。谁会相信呢，像张五月丑得那样可怜的男人，居然会生下一个美丽趣致的小爱。

尽管坊间终日飞短流长，小爱还是在众人的议论声浪中渐渐长大。据说她姣好的面目与慵懒的体态，和她的母亲长得一个模样。那个来历不明的女人喜欢斜倚门楣独个儿嗑瓜子；与上前搭讪的男人说话时，总是眉眼含春，神态轻佻。她在小爱十岁那年便死于悬梁，就在五月花寂寂的阁楼上。张五月抱着女人的灵柩号啕大哭，送殡的人听到他连连叫喊女人的名字，喊得声音逐渐嘶哑，直让平日善于妒恨的妇人们都难抑心酸。

雨中的下午，肩上站着鹦鹉的男人走进五月花旅社。当年的五月花是街场有名的旅馆，南来北往的旅人和携了廉价妓女的矿工，总是行色匆匆。因此，看遍三教九流的张五月，在瞥见那男人清癯的脸和他肩上体形庞大的鹦鹉时，几乎立即断定他不是一个寻常人物。

张五月的招牌笑脸,在第二次丧妻后便已不复见,你很难在那皱成一团的五官里分辨他的喜怒哀乐。人们都说他只有在面对女儿小爱时,绷紧的脸皮才能松懈下来。街坊们都知道张老板溺爱他的女儿,然而小爱不仅面貌酷似她的母亲,就连个性也一样浪荡不羁。她憎厌父亲的多方约束,就如同她母亲当年。

肩上站鹦鹉的男人在五月花住下第三天,老板张五月便发现他的女儿曾经几次站在通往三楼的梯阶上,昂头与一把深沉的声音交谈。他听到加插在谈话内容中,鹦鹉嗑瓜子的声音。果然是那个邋遢潦倒的流浪汉,他妈的卖艺者,婊子生的……张五月几乎要把脸埋在他的账簿里。只有他听到自己心里怒骂的声音,以及那些抄袭自妓女咒骂嫖客的用词。直至小爱与男人的谈话声中止,张五月霍然惊觉那些粗俗龌龊的字眼并未消弭,它们爬满了他的账簿,甚至还可以听到它们正在他体内啃蚀什么的声音。

就像以前跟小爱的母亲呕气一样,张五月一个劲儿摇头叹息。这是命啊。相士给他的眉批,他经年放在皮包里,等着书写在黄纸上的命运,如何应验在他的生活中。说得好,"红颜祸水",一个字也不多,正如他批小爱的母亲"红颜薄命"。就这么简单明了,没有留下躲避的余地。

那年,五月花的张老板已是一个六旬老人。人生走到这样的风烛残年,已经懒得要去忤逆相士的意思。他再叹一口气,收好账簿,像往常那样枯坐着守望人潮与车轮熙攘往来的大街。路经五月花而好奇张望的人们,都不知道此刻那愁眉苦脸的老人,正在想念他的妻房。一个是父母之命媒妁之言,三书六礼迎过门的陌生女人,跟着他越洋过海,居然捱到他开了这家五月花。只是那女人没有享福的命,终究熬不住一身顽疾。

说是拜过父母天地，毕竟只是没有说出口的承诺；只有同甘共苦的感激，却没有同生共死的感情。他连那女人的相貌都记不起来了。只有后来的那个，才真叫他刻骨铭心。想来也真傻，那年在旅途上碰见她，三更半夜，背着女儿敲他的房门。记忆清晰得丝毫毕露，女人随意挽了个髻，踩着木屐。"头家，要吗？五块钱就成了。"

五元吗？他要了。自问不是逢场作戏的人，只是……背上的孩子睡着正酣，圆圆的脸上犹有泪痕。他不知哪里来的冲动，猛地掏出一张皱巴巴的五元钞票，塞在女人单薄的掌心。那一个异地的晚上，他抱着那温暖而沁着轻微汗酸的身体，竟像回到多年前的洞房之夜，来不及怎样，就泄了。他压在那女人身上。"别走，我再给你五元。"

后来他睡了一会儿，刚有点反应，便翻身，却听到浴室里传来孩子哭泣的声音。那女人如遭电击，霍地弹起，还裸着身子。"不干了，五块钱还你。"她狼狈地捡起地上的衣物，倒像是被人捉奸，感染得他也紧张起来，赶忙穿上裤子。活了大半辈子，这还是第一次看见有带着女儿接客的妓女，多尴尬。

小女孩被抱出来的时候，依然哭声嘤嘤，伏在女人的胸脯啜泣。他的角度只看见女人的侧脸，姣好的面目，长长的睫毛覆盖着一双细长的凤眼。"乖，乖，不哭不哭，妈妈在这里，在这里。"女人抚着小女孩的背脊，在浴室门到窗口的小地方里来回走动，语气隐隐透露她苦苦压抑，终于还是着了痕迹的怨怼。

直至现在，张五月还是不明白那女人怎么要把孩子生下来。或者，在那一片穷乡僻壤，尤其是她口中常说的那一座人迹罕至的橡胶林里，要处理一个多余的生命，岂不轻而易举。说不准她一直惦记着孩子的父亲，就是那个有了家室的，温文儒雅的小学教师。

张五月想到这里，禁不住打了一个哆嗦。他不敢想象自己心爱的女人,瞒着他在一个女孩的身上延续她对另一个男人的依恋。纵然她美丽的胴体已经在坟下腐化成一副骸骨,可是张五月仍然感觉到妒火在他体内狂烧,至今尚未将他的爱恨都烧成灰烬。

你要是在这一刻走过五月花店门的骑楼,你将看见老板张五月把他的脸挤成一粒发霉的橘子。他此刻的心情就像脸上的五官一样挤迫而紊乱。小爱与她母亲的形象在他脑中交互穿插,还有那个肩上站着鹦鹉的男人,脸上挂着狡黠而狰狞的笑意,像鬼魅似的四野飘游。

旧街场三人合抱的榕树下,这阵子来了一个奇怪的说书人。以前没见过这么年轻的说故事者,才三十出头的样。陌生的脸孔,淡漠的眼神;左眼的眼角还缠着一道三寸来长的疤,红彤彤的新肉,骤眼竟觉得像蜈蚣,肩上站着巨大的红鹦鹉,却是怎么逗也不说话,只一个劲儿猛啃瓜子。

不知哪里散播的传言,肩上站鹦鹉的男人是马戏团里逃出来的叛徒,他与班主决裂后,带着饲养多年的鹦鹉亡命天涯。这男人有一个与谣言完全吻合的形象,好事的人们三五成群地聚集在榕树下,企图为他的身世编制更精彩的内容。小爱就是其中的一个。她混在那些打赤膊捋裤脚的工人堆里,听那男人述说一些残缺的三国故事,当中夹杂着游击队伍在丛林和沼泽地里的实战例子。

美丽的小爱如一朵惹眼的向日葵,在日头火烧似的午后,震惊了大群满身汗酸狐臭的男人。他们有意靠拢小爱,却深恐身上黏腻腻的汗水会亵渎了这天使一样的人物。几个大胆的免不了要在口头上占点便宜,却都因小爱脸上冰冷的颜色而悻悻然离开。

冷眼旁观的人们莫不知道小爱是为了那男人而来。他们不动声色地观察着。小爱斜靠着树干,半阖的凤眼,显得倦怠而慵懒。一个老工人用手肘撞一撞他的同伴。"喂，你看小爱，多么像当年的……"类似的说法在人们的交头接耳中获得认同，年老的工人仿佛看见过去的五月花老板娘，倚着门框嗑瓜子，斜眼瞄过路上的行人，算是烟视媚行了。如此放浪形骸，总撩得柜台里的丈夫心头火起，少不了又一场厮打谩骂，上演五月花的日常好戏。

小爱触觉了空气里飘浮着人们的轻言絮语，对于故事中的三国风云似已心不在焉。她蹙一蹙眉头，只觉得众人狐疑的目光在她身上游走，把她瞧得忐忑不安。他们又是在谈论着母亲吗？说是母女相像，倒掩饰不了心里隐约的幸灾乐祸，只看她何时步母亲的后尘，死于非命。

她颇抗拒别人把她与母亲的形象拉扯在一起。所以，当她发现镜中的少女有了那女人的雏形时，便慌忙梳起辫子，甚至后来烫了一头波浪，只为那松髻妇人的形象早已深入人心。可是那细眉长眼，单薄的两唇，丰腴的体态……在在是依循那女人的面目仿造出来的赝品，连她自己看着也觉触目惊心，几要错疑镜中人物只是母亲的替身。

几次在昏黯的阁楼，父亲踩着老木梯嘎吱嘎吱的声音，拾级上来，都在那门槛上踌躇一会，才问她要不要一杯杏仁茶。记得那是他对母亲说话的语气。每次是在楼下争吵过后，硬着头皮捧上最得母亲欢心的茶点，细心体贴啊——却忘了她由小便厌恶杏仁的味道。

她在每个人的瞳孔里都看到母亲留给他们的记忆。而他呢，竟像是因为母亲早死，便非得为延续别人的记忆而活下去不可。年纪轻轻的小爱已经发觉自己受困于母亲未完的宿命，而在那肩上站着鹦鹉的说故事者脸上，她终于发现了相同的、不甘于摆布的眼神。那深邃而神秘的眼潭，是否正是她命运的出口呢？

那天晚上，空气略为潮湿，你也许就像其他人一样，很早便钻进被窝里，等待季候风挟雨声而至。惯于早寝的小爱却辗转难眠，她等着父亲房里暗了下来,便蹑足走下阁楼。

　　她敲了那人的房门。

　　肩上站鹦鹉的男人站在阳台上。一个小得仅可容身的洋灰台,随处晾着破旧的汗衫和内裤。我把刚完成还湿漉漉的水彩画捧在手上细细欣赏,五月花的白底红漆招牌,在书中显得醒目惹眼。于是我昂脸对照着现实的繁乱和艺术的虚空,兀地发觉一个奇怪的男人站在历史遗漏的角落吞云吐雾,鼻孔喷出的白烟混合在清晨的雾气中,像过量的清水模糊了他脸上的颜彩。

　　我看见男人每吸进一口烟,微颤的双唇似在喃喃自语。我怀疑他正在与肩膀上的鹦鹉轻声交换彼此的秘密。至此,我终于发现那男人温柔的一面;水样的眼神及悬于眼角的笑意,竟暖和得似是与情人耳鬓厮磨。

　　小爱的脸在阳台后的窗洞里倏而闪现。刹那之间,我明显看见那美丽的脸上涨满了幸福和迷茫。五月花的招牌投下黑影,如网,笼罩住小爱因负荷了极度的欢乐而逐渐憔悴的脸庞。男人似乎觑了她一眼,转身,赤裸的背脊闪耀着初晨朝露般,晶莹的汗光。

　　两个星期以后,小爱与那男人的暧昧关系像细菌炸弹被突然引爆。仿佛每个认识五月花老板与他的女儿的人,都像感染瘟疫一样,疯狂地争相谈论着这桩艳闻。五月花老板娘的名字夹杂在洪水般的流言里,一再被提起。素来宁静的旧街场卷起一片沸腾的喜悦,桥头摆摊子相命的瞎子不必占卜也预测了五月花即将应验的灾难。

　　张五月依然镇日守住一个老旧的小柜台。在那里,他像一个患痴呆症的老人,守住他唯一可安身立命的净土。挽着提包或菜篮子路过的妇女,像在动物园看见一头待毙的老狮子,纷纷滥情地施予怜悯的目光。张五月始终不动声色，坍塌的鼻梁规律地操作他的呼吸，朝天的鼻孔逐渐胀大，又缓缓收缩。这个时刻，过于寻常的缄默倒显得吊诡，只有蹬着木屐拎个大脸盆的老妓女上楼下楼，在五月花窄小的接待处放逐了空洞而沓乱的脚步声。

小爱似乎不曾发觉四周潜伏的危机。在享受短暂的放晴时，她仿佛遗忘了九月其实是全年最长的雨季。九皇爷庙已经挂上长串的三角彩旗，巨大的龙香仿若擎天之柱，却被细微的燃烧慢慢蚕食。往年的这个时候，小爱最喜欢挤在虔诚上香的同学中，留意他们重复咀嚼可笑的祷词，以及看着雨丝在凉水摊的日光灯下斜斜划过。今年的小爱突然变得漠然而倦怠，她再也无法对街上虚伪的繁盛提起兴致。尤其是学校的考期日益迫近，小爱自觉在这种浮躁枯闷的日子里，青春正逐日凋零，她唯有以频繁的翘课行动来逃避这莫名的恐惧。

说故事的男人仍然每天带着他的鹦鹉去说故事。三国的纷攘已演到赤壁之战，硝烟的气息却来自故事以外。远处的椰花酒档，在一群醉生梦死的印度劳工之间，有一双虎视眈眈的眼睛，在男人眼角的肉疤上对焦。没有人察觉这一双眼睛正在噬咬着男人的命运，他们对于故事里膻腥的血的味道，以及小爱在故事外散发的狐媚与浪荡，都表现得极度饥渴。

就在街上所有人都涌到近打河畔迎接九皇爷的那一个晚上，细雨如赴世代的生死之约，如常飘下。每个人都把脸昂向漆黑的夜空，意图窥探是谁的手撒下这一把雨花，为每年的九皇爷诞营造同样凄美的氛围。游行的队伍在人群的簇拥中放声叱喝，汗水如雨，从每个人的额角坠落在他们的脸颊。

一只巨大的鹦鹉依然镇压在男人的肩膀。他把烟蒂扔在经过五月花的人群里,依稀听到一些咒骂的语言迸裂成细碎的聒噪。头上系布条的白衣汉子用庄严肃穆的神情衬托着仪式的进行,九顶缀着彩色灯泡的朱红轿子如酒醉的印度汉,摇摇晃晃地向着桥头的方向前进。我与小爱都挤在人群围成的墙阵之中,随着湍急的人潮流向远处。小爱频频回望,看着男人驻足于阳台上的身影。我拽着她的袖子随波逐流,走吧走吧,你答应过我一起去看大游行啊。

　　当喧嚣的人声混杂着锣鼓铜钹的铿锵之声流散在广大的远方,五月花所在的街上显得突兀地冷清萧条。肩上站着鹦鹉的男人扔下最后一根烟蒂,看着烟蒂在下坠的姿态中爆开最后的火光。他转身,一把冰冷的菜刀就抵在他的胸膛,寒意钻过汗孔直沁入五脏六腑。是大家忽略的张五月,他抬起头来逼视着男人惊愕的脸,瞩目的鼻孔仍然规律地伸缩启阖,神情平静得像一头饱食的兽。

　　鹦鹉不安地稍挪它的位置,两只巨大的翅膀微微搧动。男人无法在张五月的凌厉目光下遁逃,他不得不借着一盏昏黯的孤灯去审阅眼前的老人。岁月的老根盘踞于他脸上的肌肉,松垮的眼袋像盛了两泡无从宣泄的泪水,红眼撑开,一如火伞。肩上站鹦鹉的男人在五月花住下近一个月了,要等到一把白钢菜刀的光芒映上他的瞳孔,才惊觉自己从未认清楚旅店老板张五月的脸。

　　"你走吧,趁着小爱还没回来。"张五月把菜刀抓得更紧些,刀锋陷入男人结实的胸部,似乎即刻要迫出一道血痕。"走吧,别打小爱的主意,你这个跑江湖的只会害了她。"他的语气平坦顺畅,就像在念一句熟读的台词,只是一张脸因过分绷紧而逐渐扭曲,仿佛那早已溃不成形的五官还将随时溶解,终至化成一摊血浆。

　　男人不动声色,他觉得左眼的疤疤隐隐生痛,感觉竟似有人再以尖器抵住他的眼角。当时他多么奋勇,忍着鲜血与眼中泪水搅拌的腥味,一把推倒敌人，再接过谁递来的巴冷刀，扶乩似的闭上双眼猛劈猛砍。及至他的伤口长出新肉，那狰狞的肉疤毋宁变成光荣的表征，才听到同僚向他形容当时从对方体内爆发的血浆，居然美若喷泉。

张五月目睹男人眼角的红肉疤突然抽搐，像盘踞的蜈蚣蠢蠢蠕动。他发觉灰翳如一层薄膜，阻隔了他在男人眼中的搜索。"你这个不知底蕴的东西，还会是好人吗。"他朝地板吐一口唾液，尽力把所有不屑与轻蔑的神情集中在两眉之间，于是眉目与鼻子挤成脸上的一团烂肉，并且还在延续当中的扭曲。

男人感觉到刀口已划破胸膛的表皮，紧随着血液溢出身体以外的，是虫蜇似的痛楚。他无法掩饰自己对于血，甚至是一切类似血状的物体的恐惧。胃中翻滚上来的气流经过喉咙冲出他的口腔，已经露出原形，是一口呻吟。"我走，放下你的刀。"他把身子迎向刀口，倒把张五月吓得往后退了一步，手上的钢刀晃了两下，在男人黧黑的脸上折射了灯的冷意。

床上凌乱地散置了一些未干的衣物，洗衣粉浓烈的柠檬味混杂着一股汗渍发酵的霉味，涨满了狭小的单人房。男人把床上的衣物塞进小旅行袋里，手掌触及那张失去弹性的床褥。他的记忆唐突地兜了一个圈，霍地记起那个午夜敲门的女孩，在这床上，像个荡妇似的叫嚣着。那是一个雷雨之夜，他的鹦鹉冷然凝视着床上的缱绻，而浪潮一样翻涌过来的雨声，恰恰淹没了女孩的吟叫。"带我走，离开五月花。"她用牙齿轻轻摩挲他的耳垂，说话的声音随着鼻息喷进他的耳道。

那是一个名叫小爱的女孩。他迟疑，随手捡起床上一条卷曲的头发。头发的主人长得什么样呢？他辛苦搜刮自己的记忆，女孩的样貌竟已无从追索，而被他的身体与这床褥吸收过的体温，湮远得如同幻觉，或是一场雨夜之梦。男人把头发放进衣袋里，拎起旅行袋，开门，走远。房里只剩下持刀的张五月，他静静聆听拖鞋拽过楼板的单调声响，始终不知该怎么除下那张画着诧异和怅惘的面具。

我的父亲坐在骑楼的石墩上，他的感冒将那蒜头般肥大的鼻子折磨得火辣辣的红，清澈的鼻涕如水簌然淌下，怎么拭也不能阻断水势。这真是一个难熬的雨季，父亲把鼻涕擤在路上，心里暗自骂了一句脏话。就在这时候，他看见雨中的五月花走下一个男人。通体浑红的鹦鹉在街灯的光晕下刺痛了他的眼睛，是那个说故事者啊，怎么是他呢这么冷的夜。

男人沿着骑楼走下去，回头向五月花那窄小的楼梯瞥了一眼。他把旅行袋抱在怀内，朝雨中的前路左顾右盼，终于一跺脚，转身背着桥头的方向急步离开。父亲好奇地看着暗处的巷弄窜出两个高大的人影，猫一般敏捷地逮住了肩上站鹦鹉的男人。唐突的事件发生在街灯的范围以外，父亲从石墩上弹起，隐约看见三个人影闪入错综而幽暗的后巷。

大雨倾盆倒下，仿佛要为这猝不及防的变数作出最后的掩护。我的父亲怔忡僵立在原地，抖动的右眉预示了雨季里可能发生的一切灾祸。他再次擤了一把鼻涕，颓然叹息。何必在意呢只是一个外乡人，看他那模样就知道背后必然有一则不寻常的故事。我那笃信命运之说的父亲再向雨中看了一眼，心里揣测远处幽谧的巷弄内正在延续着怎样的故事。

肩上站鹦鹉的人果然怀藏着一个不寻常的身世。在大雨将歇的清晨，有个宿醉刚醒的印度汉子匆匆赶到五月花附近的巷子内，他一路狂奔便已迫不及待地拉下裤链，手掏着那活儿准备解放还在他体内发酵的廉价酒水。就在他踏入那巷子的第一个转折处时，赫然看见地上站了一只红色大鸟，正低头啄食散落在柏油路上的葵花瓜子。

　　早起的人们很快便听到巷子里发现死人的消息。每个人都像穷极无聊般乘兴赶到现场，人群蜂拥的盛况竟与昨夜的冒雨游行丝毫无异。警车响起的笛声尖锐地划破旧街场堆砌多年的平静和安宁，小爱遂从昏睡中惊醒。她推开五月花阁楼的小窗，把乱发蓬松的头颅探出窗外。交头接耳的人们如大群苍蝇聚集在不远的巷口，淤塞了大街的交通。发生什么事了，小爱心里嘀咕。

　　小爱赶到现场时，牛毛般的雨丝仍在连绵飘下。纷攘的人群撑着各式雨伞，在命案现场如突兀绽放的奇花异卉，点缀着九月凄凉的雨景。小爱奋力推挤过去，终于来得及在尸体盖上黑色塑胶布之前，对那男人进行最后的瞻仰。

　　据说子弹是从右边穿过他的大脑，再由左边眼角贯穿而出。小爱看见盘缠在男人眼角的肉疤变成一团模糊的烂肉，血液犹自那深邃的黑洞内缓缓溢出，渗着额上滑落的雨水，稀释地染红他紫黑的脸颊。小爱只觉得那是一张陌生的面孔，尸体上圆睁的双目和洞开的嘴巴，都不像是曾经被她疯狂热吻过的嘴脸。

　　红色的鹦鹉始终守在男人的身边。当警员们把载尸体的担架推进黑车内，伫立于担架上的鹦鹉忽然焦躁地拍动它的翅膀，聒噪似地说起话来。这是人们第一次听见鹦鹉的声音，尖细可笑。带我走，带我走，带我离开五月花。它说。

　　人们迅即回过头来，把好奇和嘲弄的目光泼洒在小爱的脸上。小爱被人群层层包围，她无助地转动眼眶内两只晶莹的眼球，看见人们的眼光像大盆硫酸任意泼泻过来，腐蚀着她身上每一寸皮肉。那是一种撕心裂肺的痛楚，小爱只觉得浑身烧痛，体无完肤。围观的人们都忘不了小爱当时痛不欲生的神情，他们从未见过小爱如此狰狞可怖的脸，一如她风华绝代的母亲，在多年前躺在灵柩内接受瞻仰的表情。

　　小爱绝望地垂下她的眼皮,仿似在接受人们在窃窃私语中传递的咒骂与鞭笞。雨水拄在她蓬乱的鬈发上,像串串珍珠,滑下,坠在她不断抽搐的肩膊。小爱看着雨丝在她粉红的裙子染上斜纹,脑里一片空白混沌。世界慢慢旋转,人声、车声、雨声……搅成一团斑斓的颜色,充斥在她的脑中,逐渐膨胀。小爱感觉到身体的重心随着这种旋转的幻觉而摇摆不定,她两脚发软,就要向前扑倒。

　　"回去吧。"一只苍老的青筋攀布的手扶住了她的肩膀,她回头,皱得犹如烂橘的脸凑得那么近,近得让她无法回避那人眼中荡过的水光,以及无以掩饰的各种复杂的感情。小爱再次垂下她的眼皮,长长的睫毛微微颤悚。她悲怆而天真地笑了起来。

　　五月花旅社有一个小小的阁楼,除了一扇天窗透来的晴光以外,那阁楼长年埋葬在郁暗阴沉的氛围里。空气像荡不出去的幽魂,一直滞留在那些藤椅、书桌、梳妆镜和睡床的周围,或是牵绊在墙角张罗的许多八卦一样的蛛网中。难以想像美丽的小爱从小就活在这个阴霾沉沉的环境里,她像是天窗边缘野生的一株不知名的植物,苦苦钻过瓦片之间的缝隙,意图把此生最灿烂的花朵开在窗外的大千世界。

　　小爱躺在床上,这两个月里她几乎从未离开过阁楼,尤其是这张凌乱的床铺。天窗上的植物其实是一株蒲公英,她看清楚了,风把蒲公英送到这里,落脚,生根。现在蒲公英开花了,棉花团似的绣球,在风中摇摆,茫茫然,竟像是四野张望。小爱细心地观察着蒲公英的生长。透过这个角度的观望,她仿佛获得偷窥者的满足,在庆幸着蒲公英安然成长的同时,也阴险地等待着蒲公英母女仳离的命运。

　　在五月花的阁楼中,小爱夜夜重复着同样的噩梦。梦里的她就在这古老的木床上诞下许多婴儿。那些丑陋的婴孩被淋漓的鲜血与黏成一团的胞衣层层包裹，有一双手就在她两腿张开的地方等待着，拉拽着每一个钻出头来的孩子。那是一双女人的手，白皙的皮肤被满手污秽的血液凸现了她妖冶的美丽。小爱的视线沿着那双手的曲线攀爬过去，看见了她的母亲，正邪恶地对着所有甫出娘胎的婴儿念着什么咒语。

小爱醒来的时候总是满身冷汗。雨季不知在哪一个晚上离开了旧街场，只有潮湿的空气依然忧伤而迟滞地存在着。小爱额上的汗珠犹如清晨花瓣缀满的雨露，然而她知道心里的郁闷与气候嬗递并无太大的关联。这个月来她一直在呕吐，每次她吐得苦涩浊黄的胃液都从鼻孔里流出来的时候，她就会想到死亡——像谁在阁楼中撒开偌大的一张八卦。

父亲张五月每日捧来一碗杏仁茶。小爱觉得父亲变得更腼腆更阴沉了。像被一只大手捏皱而不能熨平的脸庞，让小爱感觉到父亲的沉默已经演变成肉体的痛苦。杏仁的味道像某种虫类的恶臭，小爱曾经一口饮下，温热的液体还未流抵胃里便忤逆地翻涌上来，吐了满床。洗过晾过的被单依然透着杏仁的气味。小爱觉得自己浑身都散发着同样的气息，由薰黄的发根到苍白的脚趾，每一个毛孔都沁发着熟悉的、遗传自死去的五月花老板娘的体味。

什么时候小爱发觉自己的身体已无法辨知昼夜，体内那与生俱来的时钟似乎在她不察觉的刹那，曾经停止过它的运作。如今小爱变成了一头昼伏夜苏的动物，总是在梦中醒来后，嗅着唾液留在枕上的味道，以及窗子漏进了震耳的蛙蝉争鸣。月亮的银光透过天窗，仿如一匹上好的白绢落下。小爱经常因此悲从中来，她伸过懒腰后总会发觉眼眶挤出了两行液体，沿着脸颊的弧线淌至她的嘴角，一股咸味随即涌入她的鼻喉。

每当张五月蹑手蹑脚地推门进来时,小爱便像一头警戒中的母猫,翻身假寐。张五月常常会轻声叹喟,小心翼翼地为她拉上被子。小爱感受到张五月混浊的鼻息,暖暖地喷进她的耳道。被子里的身躯大概会打一个哆嗦,小爱赶紧再换一个睡姿,把大半张脸埋入枕头内,掩饰她的不安。张五月通常待上几分钟便会离去,然而偶尔也会反常地拉过一张藤椅,守在床畔浅声哼唱一首走调的古老日本曲子。

有一次小爱听到他重复唱着"沙古拉——沙古拉——",拙劣的歌声粗糙地摩擦着黑夜光滑的缎带,使得原本已空洞的夜色变得更荒凉。她忍不住偷眼看去,只见张五月把双手放在胸前交叠,瘦小的背脊陷入微凹的藤椅背里,干裂的嘴唇吞吐着他万劫不复的歌声。小爱臆测她的父亲又想起了往事,是日本人占据这里时的林林总总吗? 还是她早逝的母亲被发现双脚悬空在这阁楼的横梁之下?

十岁的某一天,小爱唱着她常听父亲哼唱的几句"沙古拉——沙古拉"推开房子的门板。那年她已经暗暗地憎厌着这终年幽暗阴郁的地方,以及从房子的门隙倾泻而出的,争吵与谩骂的声音。母亲的声音尖锐刺耳,夹着哭与吼叫,总是权威地压过父亲低沉的嗓子,高高扬起,复绕着横梁回旋良久。

那一天清晨,房子里出奇地宁静,小爱随着老门板发出的"呀呀"声响,小脚跨过门槛。她看见父亲背向着她坐在藤椅中,伸长脖子仰望半空垂吊着的,母亲苍白的脚丫。她不期然也僵持着这种举目的姿态,看到白绢缠在母亲修长而白皙的颈上——像月亮泻下,被天窗筛过的光华。

张五月把他似懂非懂的日语歌词重复唱了好几遍,唱得这些歌词都因过度的咀嚼而糊成一团后,便会起来把藤椅放回原位,拖着蹒跚的步伐离开小爱的房间。

所有住在旧街场的老人都喜欢回忆，他们在平淡似水的家庭生活中，悠闲如金鱼缸里的游鱼：唯一的嗜好便是聚集在茶餐室里，围着云石桌面猛灌唐茶。当年显赫的豪气已经像壶中的茶叶，经过许多次加水冲泡以后，变得无色无味。好在这些老人的话题里永远有个乱世，他们喋喋不休地批判着日本皇军在这片土地上干下的罪行，直至有人按捺不住重重地拍打桌面，老人们应声而起，胃里发酸的茶水遂化成唾液或浓痰，吐在茶室地面或墙壁的瓷砖上。

当年五月花老板娘勾搭上一个日本军人的事迹，小爱就是在茶室里听回来的。孩提时候的小爱，已经习惯了呼吸充斥着谣言与脏话的空气。关于母亲的故事总是不堪入耳。对于别人冷嘲或怜悯的目光，她连身上的汗孔也逐渐变得麻木。对母亲最后的印象只是一具悬挂在阁楼中的尸体，生前所有荣辱都已变得遥不可及。

奇怪的是小爱在很多年后依然记得那个日本军人的样子，那个穿土绿色制服、头戴同色军帽、手上还持着装了刺刀的步枪的年轻人，仿佛连体内沁出的汗水也透着淡淡的血腥。小爱长大后想起那男子，才发觉他的面目异常清癯，鼻梁上搁着一副眼镜让他看来与其他如狼似虎的军人格外不同。

她不知道母亲是怎样与那男人结识的。那年头风声鹤唳，据说日本兵在街上抓了女人，总爱到五月花来征用一个房间。小爱被母亲抱在怀里，在阁楼中听到地板下传来女人号啕而哭的声音。母亲每每咬着牙齿，连连说着咒骂日本人的话。时间如蜗牛爬过，母亲带着寒意的声音，听来竟微觉发抖。

母亲死去的前一天，小爱随着她到街上跑了一趟。那天，太阳像拖拽着妇女走进五月花的日本兵那样横蛮,而五月花老板娘也像经过了长久的饥渴后,吸收了阳光的热能,显得容光焕发,惹得路上三五成群的男人窃窃私语。小爱发觉母亲收敛已久的媚态,突然从她身上的每一个细微的动作里透发而出,为此她感到吃惊而骄傲,只是当时想不到这竟是一次回光返照。

就在快回到五月花的某个巷口,一个穿日本军服的男人突兀闯出,撑开两脚屹立在两人面前。小爱抬脸,那男人顶着一个白茫茫的日头,背光的脸部显得阴森冰冷,泼墨似的暗影掩盖他的表情。小爱霍地想起那些在五月花发泄精力后,脸上挂着疲倦而满足的神情踽踽离开的男人,她的灵魂在体内打了一个哆嗦,忽然放声哭了起来。

母亲不语,脸色霍然转红,烧了两耳的媚意。她慌张地抱起小爱,右手抚弄着她耳边的小辫子。"你来干什么?"她问,语气竟然柔和得像清晨的微风拂过蔷薇花瓣。小爱今生从未听过母亲如此温柔的语调,她伸出触电一样的双手抚摸母亲耳鬓散乱的黑发,只觉得这张脸上的表情何其陌生。妈妈。她轻声喊。

那男人走前一步,把脸迫在小爱的眼前。"记得,明天九点。"他的话说得生涩,像是艰辛地吐出一口哽塞已久的浓痰。母亲脸上的红潮更沸腾了,她把小爱抱得更紧些,右手在她的背脊不安地上下搓弄。"得了,你快走吧。"说完,她仓皇地回身,离开。

小爱伏在母亲的胸脯上,她真切地感觉到那丰满的胸怀里包裹着一颗蹦蹦乱跳的心。她看见那军人仍然站在原地,阳光在他的眼镜玻璃片和步枪的尖刃上熠熠生辉,耀眼得很。母亲鬓边的乱发随风飞散,拂打在小爱稚嫩幼滑的小脸上,有点麻,火辣辣的痛。年幼的小爱对于这一幕竟耿耿于怀,飞跑中的母亲鲁莽地冲过对街,有人按响潮浪般的车笛。颠簸中,巷口那个绿色的身影依稀还在她的瞳孔里摇晃。

　　农历新年过去以后，关在五月花阁楼里的谣言终于成了送走年兽的最后一串鞭炮，劈哩啪啦地燃放起来。点燃这串鞭炮的是一个叫七婶的老妇人，她在元宵节前夕走下五月花窄小的楼梯，手里拎着的藤箱子哐啷哐啷地响起金属与玻璃罐子撞击的声音。"丢那妈搞什么鬼，没事寻你老妈子开心。"她边走边骂，微跛的左脚踩着奇异的木屐声，响过旧街场漫长的大路。

　　翌日下午，张五月就看见了一群好事的妇人，在他的柜台前指指点点。张五月扬起他手上的背抓子，朝头顶上空乱舞一通。"去吧，吵死人的臭东西。"他说着把那竹片削成的抓子掷向妇人们聚拢的地方，吓得她们迅速闪避，其中两人回头对他骂了两句什么。

　　张五月等那几个女人摇着肥大的臀部离开后，惯性地看着街上金色的阳光熔岩一样漫过旧街场。喝下午茶的时间，人声与车声更鼎沸了。气温还在腾升中。张五月想起昨晚在厨房里烧起的沸水，水蒸气从锅里冒起，白色的烟雾，弥漫，像许多看不真切的往事。他听到七婶的木屐声敲击着木板梯阶，往阁楼走去，慢得要让他的心跳凝结。

　　小爱的尖叫声戳破了锅里的气泡，雾气更浓了。张五月冲出那个被回忆焖煮的小厨房，火速冲上阁楼。房门开着，七婶站在门外猛吐口水。"发什么癫呀贱货，还嫌不够贱吗非要生下一个野种。"张五月推开七婶。走吧走吧。他走进房里，乌黑的地板上摆阵似地散置了瓷碗的碎片，一股难闻的药材味在房里翻滚。

　　小爱坐在床沿，喘气。蓬松的乱发遮蔽了她的大半张脸。张五月听到小爱呜咽的声音，精致而苍白的脚丫因不及地面而垂吊着，微微摇荡。走吧，钱给你。张五月从裤袋里掏出几张钞票，递给七婶。那女人一把抢过，转身走开时犹自喃喃喃咕着什么。

木屐声远去以后,张五月被一种突如其来的疲惫侵袭,仿佛虚脱似地,颓然扶着板墙跪坐下来。小爱饮泣的声音越来越响亮、凄切。张五月睨她一眼,隆起的腹部看来像翻扣了一个小簸箕,已经无法遮掩了。张五月抬头仰望顶上的横梁,那里曾悬死过一个未婚生女的母亲,如今小爱将步随这女人走过的路,钻进他永远无法看清的死巷。

那就是爱吗?张五月问。声音如同他欲哭无泪的眼睛一样干瘪粗糙。小爱像是没听见,依旧嘤声哭着。爱?张五月阖上他愈渐沉沉的眼皮,黑暗中浮映着那女人朦胧的脸,满颊泪痕。放我走,放我离开五月花。哀恸中依然美丽的脸,怎么竟像是多年来受尽屈辱。张五月心中绞痛,伸手替她拭去眼角新溢的泪水。"为什么,一个日本男人?"

你不懂。女人压抑着哭得沙哑的声线。那是爱。她眼中的泪水多如苍角滴落的串串雨珠,滑上张五月的手背,温热。张五月凝视那些晶莹的泪水辗过他手背龟裂的图纹,仿如硫酸一样腐蚀他的血肉脉搏,痛。他的手指沿着泪流的方向滑下她细白修长的脖子,粗硬的指甲在那细腻的皮肤上刮出浅淡的红色。爱?张五月憎恨这个字眼。他抚摸女人的颈项,轻柔得像是害怕掌心的厚茧会磨损她吹弹得破的皮肤。"你就从来没爱过我!"他突然用力捏住那脖子,对着女人霍然变色的脸,吼叫。

女人眼里的瞳孔猝然收缩,她挣扎着,要掰开张五月的手掌。张五月看见那女人洞开的嘴,深邃的黑洞,呵着气,不知要说什么,他恨死了这张美丽的脸,如今正丑陋地扭曲着,变形。他听到身体内某个部分传来狂笑的声音,像野火一样,熊熊地烧了起来。就让我们一起死在这里吧,一辈子也别想离开五月花。张五月闭上眼,咬紧牙龈,任由女人的十指在他青筋毕现的手背划上斑驳的血痕。

直到现在,张五月仍然感到两手拇指与食指衔接的地方,常常会隐隐作痛。他把今生的力气都留在那女人的身体里了吗？他松开手，那女人依然睁着两眼，苍白的舌头舔着她紫黑的下唇。死亡对于她是一件不能置信的事，床上的行李箱还搁着她对明天的憧憬与希望，而如今这些希望已随着她逐渐冷却的身体，慢慢枯萎。

夜色在天窗外发酵，寂寞的感觉像星子眨眼似的，在张五月的心里刺痛。"别哭了。"他爬起来。"我让你把孩子留下来。"说着，他捡起地上零星的碎瓷片，抓在掌心。痛的感觉透心彻骨，张五月却已经累得无力摆脱他一辈子的恐惧和痛楚。

走的时候，小爱仍在细声啜泣。张五月却像往常一样，仿似不愿惊醒阁楼中沉睡的灵魂。轻轻地，轻轻把门带上。

警方在一个炎热焗闷的午后来到五月花。那时天上的云层压得很低，灰黑的乌云仿佛从某处巨大的烟囱滚滚涌来，聚拢在旧街场的天空。欲雨未雨的天色最让人心情沉重，我的父亲在他的补鞋摊前环顾着逆风疾走的人们，觉得莫名其妙的惆怅和颓丧。

警笛声从近打桥头传过来，利刃似的划破了凝聚在半空中的，旧街场的百年大梦。街上昏昏欲睡的人们都不期然地竖起耳朵，脸向警车来处踮脚张望。有人喊了起来，警车，警车喔。我的父亲跳起来，一脚踢翻了他的工具箱。住在旧街场的人们对于佩带军械的制服人员有一种根深蒂固的警戒，他们几乎都屏住呼吸，等候着车载来的讯息和谁的命运。

警车停在五月花门前，几个马来警员慌张地冲上那狭窄的楼梯。人们听到警员的皮鞋鞋跟踏上木板梯阶的沓乱声响，空洞，像另一种警讯。到底发生什么事呢？人群向五月花的柜台簇拥过去，这才发现老板张五月没有坐在那儿，只有他惯用的乌木算盘横亘在柜台上，被一抹倾斜的阳光涂上一层炫目的油亮。

长年住在五月花的老妓女哭号着走下楼来,她抓住一个围观者的手臂猛力摇撼。

"他,他杀死了婴孩。"那人对这突如其来的举动感到失措,他瞪着老妓女洗得发白的单薄睡袍,以及睡袍中隐约透现着干瘪松垮的乳房,咽下一口唾液。

张五月后来随着几个警员下楼。套在他手上的钢质手铐,在乌云筛漏的阳光下闪耀着忧郁的色彩。人群顿然起了骚动。是张五月,张五月杀了婴孩。人声排山倒海地淹没了五月花,我的父亲用一种英勇的姿态挤到围观群中的核心,他看到张五月昂起头来望向远天,两行混浊的泪水滚至嘴角,他伸出舌头舔了。父亲震惊于这一幕,他告诉我张五月看来像一个即将就刑的老兵,眉宇之间有着让天地动容的豪气。

人群中钻出几个记者模样的人物,他们不由分说地举起照相机,朝张五月惨若金纸的脸打起镁光,闪雷一样,映得那张难看的老脸染了一层霉苔的颜色。张五月坐入警车之前,忽然用力挣脱了两个警员,转身,抬头。大伙儿不期然顺着他的目光望去,五月花阁楼上的窗子打开了,一张美丽的脸庞像张挂在风中的面具,摇摆着。小爱,是小爱啊。有人大声喊叫,声音在半空中崩裂,如蒲公英的绣球被风拆散。

第二天的报章都刊登了张五月的照片,附上一张婴儿躺在黑色塑胶布上的小图。湿漉漉的身体,阖上眼皮却仍浮凸的眼珠,肠子一样缠乱纠结的脐带,红得渗血的皮肤,紧贴着头皮的毛发……婴孩的脸像透了过去在柜台里打瞌睡的旅店老板张五月,圆圆的脸颊遍布水珠,洞开的小嘴,仿佛有一声冻结的呼号。

事情发生后,五月花关上了乌黑色的大门。人们常常有意无意地经过那儿,或是往深邃幽暗的侧门楼梯探头张望。住在五月花的老妓女依然每晚站在骑楼,上前搭讪的男人为她点燃一支又一支香烟,要她说出五月花不为人知的故事。老妓女摆了一副历尽沧桑的面容,绘声绘影地说出她在五月花的走廊上遇见了婴孩的鬼魂。那孩子嘤嘤而泣,身上隐约透着污水尿液的膻味。果然,是被人硬塞进马桶冤死的啊。

人们越来越想念小爱,他们常常仰望着五月花高高的、遥远的阁楼。偶尔有人晾起了衣物,飞扬的裙裾一再激发起街坊的遐思与无边的想象。可怜的小爱获得了所有同情与怜悯,大家都在揣测她会否终老于那暗黑的阁楼,如同她母亲在阳光伸不到触角的阁楼里结束一生。

小爱后来发现张五月的房里有一只鸟笼。笼里躺了一只僵死的画眉,成千成万的红蚂蚁在尸体上推挤、耸动。骇人的景象,小爱想起了那只红得火烧一样的鹦鹉,还有刚出生的,皮肤嫩薄得血丝毕现的婴儿。孩子细微的哭声仿佛还闷在阁楼的空气中,偶尔沾在小爱的皮肤和衣物上,有一股无法抖落的血腥。

居然不知道父亲何时养了这画眉。小爱打开鸟笼,想像中小鸟振翼飞远的情景,虚幻得像幼年时听来的童话。是不是每个人的心里都豢养了一只飞不起的鸟儿呢。小爱摇撼鸟笼,杯子里的谷粒撒下,蚂蚁惊吓得四处窜爬。这是父亲养的小鸟啊,她努力要记起张五月望向阁楼的脸,在高处俯视,那张长年累月紧皱着像橘子皮的脸,慢慢溶解,七情六欲随着檐角雨漏般的眼泪,点点滴滴。

十余年来,小爱第一次看真了张五月的脸。那天在厕所里,她捧着孩子,裹着一层血淋淋的黏液,蠢蠢蠕动,像新生的小狗。孩子长得多么丑,小爱无法在这张脸上找到她对那男人的记忆,她只记得男人的眼角盘了一道肉疤,红色。而此后这孩子也将成为寄生于她身上的一块肉瘤吗?她想起七婶盛药的瓷碗在地上迸裂,破碎的瓷片和水珠溅弹开来,声音清脆,锋利得可以割破她在阁楼中编织了许久的大梦。小爱霍地打了一个寒颤,孩子兀地撕破喉咙哭喊起来。

她伸手按住孩子的嘴巴,手掌因极度的心虚和恐惧而变得硬冷。哭声并不响亮,却丝丝缕缕地钻出她无法合拢的指缝。小爱更慌张了,她失措地将孩子塞入怀中,哭声仍然炽烈。天呀,这是一个多余但真实的生命,她切实感受到手上的肉体正不安地活动,要为他的存在而挣扎。小爱发觉自己无法掌握这从她体内孕育而生的肉体,她在孩子的哭声中看到了自己未来深不可测的命运,一双悬空的脚丫在她记忆的最深处摇晃,从未静止。

孩子仍在初醒的悲恸中,抢天呼地。小爱咬紧下唇,高举起那一块龌龊的肉体。孩子啊,心里喊了一声,便猛然将这小小的身躯塞入身旁的马桶。那婴儿毫不反抗,柔若无骨的身子贴着瓷管的形状而扭曲。小爱的五指抓紧婴孩的头部,浊黄的污水冒起了好几个气泡,裂开,竟像释放了几声哀号,无力地飘游于空气中。小爱拉下冲水掣,清水从马桶四周涌下,哗啦哗啦,卷了很深的漩涡;孩子被卷入深处,高速旋转,像在搅拌着他的灵魂和肉身。

产后的身体疲弱得即将瘫痪,倦意攀上,沉淀在小爱的眼皮。她伏在马桶上,凝视那沉溺在水中的肉体,是她无法消弭的罪证。累啊,连哭的力气也没了。小爱闭上双眼的一刻,听到身后传来一声幽长的叹息。她转过头,父亲扶着门框站在她身后,朦胧的脸上有一双噙泪的眼睛,在黑暗中闪烁着晶莹的光芒。

把小鸟的尸体丢入垃圾桶的时候,小爱忽然非常想念张五月,还有她死去已久的母亲。她推开阁楼的窗门,阳光和微风倾盆涌入,翻卷着她素白的睡衣,像要在顷刻间融化她的身躯。

在画展上，我重遇了小爱。就在那张名为"说故事者"的油画前，有一个徘徊不去的老妇，带着两个可爱的孩子。我一眼便认出了她，虽然岁月公平地摄取了她美丽的容颜和婀娜的身段，但是我可以辨出她含着泪光却仍媚意盈盈的眼睛。

数十年暌违让我激动得喊不出她的名字。自从张五月被判罪成监禁后，小爱在一个月圆的夜里离开了五月花。那晚我在窗前临摹旧街场的夜景，看见五月花窄小的侧门被人推开，走出一个熟悉的身影。银色的月光下，我确认了那是过去一年来隐居在五月花阁楼上的小爱，虽然印象中的蓬曲短发，其时已长得可以在脑后挽一个松髻。

当晚的夜里我一直惦记着小爱离去的脚步。高跟鞋踏在柏油路上发出了响亮的咯咯声音，一直延续到桥头的方向。月光把她的影子削得单薄瘦长，复铺染一抹绚丽的银亮。我愕然望着那背影隐入远处的夜色，直至睡梦中依然听到河水在桥下流过的声音，却喊不出小爱的名字。

五月花经过多次易主，现在已成为我的画廊。阁楼是我作画的地方，在那个幽暗阴凉的小楼，我常常梦见小爱扬起水袖，风起时站在天窗上翩然起舞。醒来往往发觉风把新的蒲公英带到层顶上。记忆最深刻的是父亲在弥留的日子里，每当哮喘病发作后，总是说他看见了美丽的五月花老板娘，躺卧在阁楼的横梁上嗑瓜子，什么也不说，沉默得像许久以前那个说故事者的鹦鹉。

一直不愿离去的老妇人终于在打烊的时候，拉着两个孩子离开。我把大门关上，拾级走上阁楼。亮灯后的阁楼依然饥渴地等待着阳光。我推开那唯一的窗门，已经是华灯初上的时刻，街上的行人疏疏落落地走过，慢慢，夕阳昏淡的颜色逐渐沉淀在旧街场黄锈的历史中。

一九九六年十二月

平路:《婚期》

作家介绍

　　平路(1953——　)本名路平。1982年开始写作,1983年以《玉米田之死》得到《联合报》小说征文首奖,时隔六年,1989年以《台湾奇迹》再获《联合报》小说首奖。早期她的作品无论主题、角色、材料、叙述……皆"非关男女",如《人工智能纪事》《郝大师传奇》《椿哥》等,既具实验性也多以男性发声。她自己也说:"之前,我其实不喜欢在文字中谈论自己。再久以前,矫枉过正吧,我的小说主人翁性别多是男的,刻意去规避与我本人做出任何联想。"①在二十世纪八十年代崛起的同代女性作家里,她称得上是"异类"。

　　是从1994年《行道天涯》开始,她翻写孙中山、宋庆龄的革命与结盟故事,尤其对宋庆龄的爱情、女性纤巧的心思,发生无比的兴趣。她透露开始要行走的写作路线:"我看自己及接下来的作品,觉得有愈来愈多自己内心的声音,以前这种声音好像比较少,在《行道天涯》里,我

---

　　① 平路:《文字悬丝》,《巫婆的七味汤》,台北:联合文学,1998年版,第131页。

听到较多自己女性、自由的声音,我的下一部小说①,是非常自我,有很多女性,也是我自己的声音……"②意味着她的小说视角的改变。

作为"女性的声音"的分界线,以及之后接续的《百龄笺》《婚期》《凝脂温泉》,甚至散文《巫婆的七味汤》《我凝视》,都显示平路着力的改变,2002年更进一步出版《何日君再来》,副题"一位大明星之死",主角人物指向传唱《何日君再来》的台湾女歌者。女歌者红遍华人世界,突然病逝异邦轰动一时,对照其人其主题:"她毕生最大难题是,怎么样才能逃离别人的眼光。"说来不无自况之意,这恐怕亦是平路的人生写照了。

作品导读

平路在一篇讨论作家作品经验与母女关系的文章里,援引贝尔·切夫尼(Bell Chevigny)观察女性写作与母亲内在的关系,"是某种程度再造自身",无异绘出一条"母女关系"路径。③ 我们不妨循由这条路径切入《婚期》,再回返她笔下自身母女关系的书写,印证切夫尼"再造"之说,会发现她的作品不仅在在多所着墨"再造自身"的痕迹。打造作品中的作品,平路究竟有何心事、意图? 譬如她自白母女关系,便十足耐人寻思:

弗洛伊德说过:"没有任何地方像母体一样,我们可以多么确

---

① 下一部小说应指《百龄笺》。

② 杨光记录整理:《在时代的脉动里开创人文的空间》,《文讯》第130期,1996年8月,第81—86页。

③ 平路:《伤逝的周期——张爱玲作品与经验的母女关系》,杨泽编《阅读张爱玲》,台北:麦田出版,1999年版,第212页。

定的说,我们曾在那里。"曾经孕育过我？我曾经在那个身体里？我其实不那么确定。①

　　平路的心事呼之欲出,"母女关系"竟成她晚近小说最主要关注的题旨。据此,我们大胆推测,《婚期》有相当程度的自白。失去什么？这才是这篇小说的重点,亦就是,表面上小说写一名女子"失婚记"的内外种种,骨子里其实写的是"失亲记",失亲者,失去母亲。诚如美国当代女性主义诗人阿德里安娜·里奇(Adrienne Rich)在《女人所生》(*Of Woman Born*)中所写:"母亲失去了女儿,女儿失去了母亲,那是最主要的女性悲剧。"延伸来看,母女关系,一直是女性小说极重要的主题。

　　《婚期》叙述及故事都简单,作家身份的职场三十八岁女子,因纵火烧掉自宅而进了警局,询问警察不仅调出了她的资料,也复印了她的小说《爱情屋》。《爱情屋》有着类似的烧屋劫毁情节,只不过《爱情屋》烧的是模型(假)屋,女主人公烧的是和母亲住的套房。小说就从《爱情屋》展开牵引出如俄罗斯娃娃般一个套着一个的故事,是前面所说女性写作者、母亲关系、再造自身的演式与变形。小说中女子与中风的母亲同住,父不详加上长期母女关系悖逆,古怪的是,作为女儿她哪儿都没去,照理行动不便的母亲又能奈她如何？因此,选择留下来成为彼此的对手,亦是角力的开始:

　　　　梦里,睡在我旁边的母亲分明比我年轻,对照她自己的过去,甚至比整天坐在缝衣机后面的时日还年轻些。醒来之后我不平地

①　平路:《母亲的小照》,《我凝视》,台北:联合文学,2002年版,第8、9页。

想，我，作她的女儿，分明被她逼老的。①

在这场角力战里，每天，女儿从外头带便当回家，菜色永远一样，母亲却从不吭声，似乎说出来，就是哀求投降。这是一场母女肉搏战："难道我们母女俩一直在无声无息地比赛什么？她若赢了，我就输了！"②就因是肉搏战，肉身存在的意义便在于它既是生命的载体，也是意志精神的传输器，当然，也是武器，或者说，是爱与不爱的试温计。母女两人角力多年，身心内外练得娴熟精到，招招见血，譬如拿身型做文章：

> 像她从小对我的诅咒，反反复复骂道："大手大脚，这个福薄的囡啊！"③

我们不禁就联结到平路的散文《母亲的小照》落段：

> 我从小身形瘦长、大手大脚，加上扁阔的骨架，母亲说，那都是女人命苦的征兆。④

再有《婚期》里女儿对身体的畏惧：

> 从小，我就畏惧身体的接触。与母亲睡一张床的时候，我多害

---

① 平路：《婚期》，《中外文学》总第 299 期，1997 年 4 月，第 10 页。
② 平路：《婚期》，第 11 页。
③ 平路：《婚期》，第 11—12 页。
④ 平路：《母亲的小照》，第 7 页。

怕她的呼吸吹到我脸上,会有一种黏腻的感觉。①

平路《母亲的小照》则有近似的描写:

> 从来都很少碰触母亲。我们母女关系中并不包括身体的
> 接触。②

明明暗暗的对峙较劲,直到女儿意外地有了婚姻对象——振维,终于盼到有人可以把她生命中的暗影赶走,希望乍现:

> 第一次见到振维,我坐在咖啡馆墙角的暗影当中,他从玻璃门
> 外的光亮向里面走。……他不会明了把一个人从黑暗拉扯到光明
> 一端的价值。……③

可这毕竟是母女之间的战役,三人游戏,振维注定是出局的那个人。婚期近了,女儿卑微地要求振维至少拍组婚纱照,振维勉强答应了,偏偏拍照那天烈日当头,强光耀眼,活脱把振维照出原型:

> 好像在跟自己作最后的挣扎。"太假了!"只听到他大吼一声,
> 手里撕扯着捆在腰际的布。……松掉领结,愈走愈快,很快跨越安
> 全岛的栅栏,穿过马路……失去踪影。④

---

① 平路:《婚期》,第 15 页。
② 平路:《母亲的小照》,第 8 页。
③ 平路:《婚期》,第 10 页。
④ 平路:《婚期》,第 18 页。

振维带走了唯一等待到的光明,到头来,她拥有的,只有母亲:

　　我仿佛听见母亲浊重的鼻音,那是夹杂着啐骂的梦呓,她口腔内的气息?……她追赶到了?[①]

她追赶到了吗? 女儿与母亲,竟如此难逃于天地间。即使在平路写的最男性观点的小说里,我们也很少见到这样的绝望。

---

① 平路:《婚期》,第 19 页。

婚　期

我的一个疑问是：什么人，擅自抄袭我脑海里的意念？

我的另一个疑问是：当意念强烈起来，凭脑海里的意象，算不算犯罪？

我在现场周遭徘徊，要找一个答案。直到你拉起我的手臂，把我带到这里来。

1

小时候，你一定玩过火。

你一定试过那种滋味：火柴在手指上愈来愈短，神经末梢传来灼烧的感觉，痛痛的、麻麻辣辣的，你要赶紧丢掉，但在一瞬间，又舍不得看着火光熄灭。

中元普渡的时节，你见过蜷曲在火光里的金纸：焦黑镶着艳红的边，跟着妖娆的火舌，在铁盆中翻滚。我蹲在那里，觉得地面上燥热起来。直到脸薰得红通通的，脚麻了，我还在翻找，找那些没有化为灰烬的金纸……

"南无阿弥陀佛夜，哆他伽多夜……"仿佛幽冥与人世的对话，往生咒的念诵声中，纸人放进火里。"阿弥唎哆，毗迦兰帝，阿弥唎哆，毗迦兰多……"烧成灰，我想也是一个了结的办法——了结人世间算不清的恩怨吧!

2

你太认真了,办个案子居然费尽苦心,想知道我的过去——我苦笑地看着你手里我的旧作,一个叫作《爱情屋》的极短篇。

你数数复印的页码,一份收进档案夹,一份放在我面前。

我自己写过的文字,在这里读到反而陌生起来。

简单的故事,男人对着一栋自己设计的房子在自言自语。他回想过去,颇为内疚的样子。因为,

> "他们住的环境一直不理想:双拼的公寓,挤在嘈杂的巷弄里,摸黑爬三层脏兮兮的楼梯,屋子小,建材太旧了。"

他为什么自责,也关系着本身的职业:

> "……营造公司做职员的他,近几年,替客户画了不少幅设计图,监督工人拼制成了好几幢样品屋,薪水虽然还可以,他没办法送给妻子一栋亲手设计的房子。"

这一次,他终于有了机会:

> "……根据设计图,新房子最别致的还是楼顶有一角菱形的天窗。晴时,光线从天窗洒向地板,亮晃晃的,仿佛错落了几盏水晶灯花。雨天,水珠一颗颗砸碎在玻璃上。此后漫长的岁月里,他可

以想象妻子听着雨声凝思的眼神。"

"他不喜欢那些俗艳的色彩,假今分的。为了别出心裁,他规划的房子底层有一圈白色的回廊。夏夜凉风习习,想象中,他的妻子便可以坐在回廊的摇椅上,水溶溶的月色,就顺着她白皙、覆了些绒毛的后颈流泻下来。……"

"文字很细密。"你摇着手里的档案夹,不怎么相信地望着我,想从我呆滞的表情里发现一些什么。当然,让你更有兴趣的是那个出人意表的结局:

"如今他抬起头,望着依然毫无怨色的妻子,镜框里的女人正眼睁睁地——看他亲手把这幢新落成的房子捧进火里。"

我一时也觉得诧异。火? 一把火烧了,当年,我怎么能够预知后来的结局?

3

那可能就是我最有才气的作品了,一篇叫作《爱情屋》的短小说。

年轻的时日,中文系出身的我,曾经有过一些文采。一年年办公桌坐下来,损害的正是文采。

到现在,我还是会用想象力塑造看不见的细节,譬如,站在我与母亲三平不到的房间里,化腐朽为神奇一般,我的眼睛会把旧的壁纸剥落,然后换上织花的帷幔。微风吹拂,白缎的穗子翻飞到窗外……啊,好不翩跹。

我一直喜欢玩这样的游戏,走到一处风景美好的地方,我会痴痴地想,将来,要跟心爱的人到这里,再在沙滩上走一次。事实上,几年前,并没有适切的对象,但我连环岛蜜月的路线都计划好了,金沙湾有一个小旅馆,就在海的岬角,那里是我蜜月旅行的第一站。

这样的游戏百玩不厌,包括向外国订阅新娘杂志。我花很多时间研究白纱礼服流行的趋势,有什么新的样式与剪裁,仿佛就要轮到我了。有时候在想象中,我也为自己的婚礼布置场地,小小的教堂就好,虽然我不信教,但我喜欢教堂的气氛。我看过人家婚礼上缀着玫瑰花的拱门,甬道铺满玫瑰花瓣,红色玫瑰代表爱情,婚纱一路拖曳过去,那是一扇通往幸福的门扉。

音乐呢?好不好用教堂的风琴作乐器?We've only begun 的曲调,迢遥的长路这才开始……多么罗曼蒂克!

我总在思索一些服装设计的细节:礼服的领口是心形的,为了拉抬上身的长度,造成高挑的错觉,腰身要低下去,袖子要垫起来,在手肘上换成透明的镂空纱。裙子四周嘛,多年前我已经想好用心形的绉褶作装饰,拖着白缎子蝴蝶结,要不要戴帽子?我喜欢宽宽的帽缘,环扣上同样的大蝴蝶结,走在音乐的节奏里会飘飞起来;但宽阔的帽缘可能遮盖了礼服肩线的优美剪裁……小时候看多了衣服图样,我对细部的设计相当有把握,也因为对细节的掌控能力,站在那扇穿衣镜前面,不用实地走进现场,我都能够目睹悬垂下来的蕾丝燃烧成熊熊的火柱,长长的尾纱作了助纣为虐的易燃物,那是一幅惊心动魄的画面!

我仿佛看见前一瞬间还沉醉在幸福光景里的新娘,从试衣室跑出来,提着长裙仓皇地逃逸……

杂沓的步履间,地下滚动着从衣服上松落的珠串,迎着火光映出斑斓的异彩。下个分秒,高热中光泽褪尽,好像火葬场里烧出来的舍利子……

无动于衷地想象灾劫后的情境，我自己知道，我的本性中本来有异常残忍的一面。

真是残忍吧！长久以来，我期待某种了结残局的方式：

上个月，我们住的大楼失火。半夜，有人急促地拍打我的门，我下床，门开了一条缝往外望——走廊上是奔跑的脚步。"后面出口，不要走前面"，人声嚷嚷地。对我而言，噩梦成真，我一向的恐惧就是电梯不能搭，难题是怎么把母亲抱上轮椅，轮椅又怎么样下去那个生锈的安全梯？床上的母亲骨碌碌转着眼珠，伸出细瘦的手臂，却已经挣扎着要起来。我弯下腰，费了好大力量，扶她趴在我的背脊上。腿不能用力，她手臂紧紧地攫捉住我。背负着她，我几乎不能喘气，怎么再走那道只有一人宽的梯子？我勉强把她挪移到楼梯口，人声已经远了，大概都疏散到了楼底下。间歇地，我只闻到母亲头上黏腻的发油味，感觉她身上恶浊的体热，一种腐臭的气息，从她口里散发出来。火烧起来了吗？可能已经熄灭，或者只是个无聊的玩笑。那一秒钟，心里突然生出邪恶的念头，松开她的手，让她掉下去呢？……人们发现半身不遂的老太婆倒在血泊中，旁边的女儿尽管扯着喉咙哭号（我可以装得很像），没有人会露出太惊异的表情：火场时常发生的不慎失足事件。

多年前，母亲不也编造过同样离奇的故事？

站在那里，我已经知道，火足以撩拨起人们心里最邪恶的意念；而且更关键地，是足以掩灭一切的罪证，留下来都是灰烬。

念头只是一闪就闪了过去。第二天，我又照样坐在母亲对面，看她津津有味啃鱼头，从喉咙里发出一种奇特的响声，再把鱼刺好整以暇地吐了满桌，等着我去收拾。整天坐在轮椅上，奇怪的事情发生了，她显然比我更享受食物的滋味，食量比我大得多。每到吃晚饭，看她那副好胃口的样子，我就像童年时候一样恨她，恨她让我成为同学的笑柄，用客人剪剩的布拼起来给我做制服……我哭着不肯上学，她拿起量布的尺，一下一下，打在我身上。

不能还手的缘故吗？——童年感觉的疼痛，以为结了疤，其实如影随形跟着我，跟着我愈长愈大。

然后她放下筷子，咂咂嘴巴。她总是发出一个很响的饱嗝，声音那么大，没有外人，我一样替她觉得窘迫。她打嗝的声音一年比一年响亮，她就是故意给我听的，她能够做的事情不多，要我不得不注意她的存在。

打个饱嗝，过两个钟头，再打几个大大的呵欠，那就是母亲重要的生活内容。我们几乎从来不交谈，更接近事实的说法是：我才不给她跟我讲话的机会，这是消极的抵制。此外，我还在各种细微的地方从事我有限量的报复：譬如，我知道她多么盼望出来透透气，我可以推轮椅带她到外面吃饭，但我没有，我宁可包进去，上上下下太麻烦了，我告诉自己。我宁可每天傍晚站在自助餐摊子前，等阿巴桑打包两盒烩饭。

"小姐，不换一换？"阿巴桑好心地问一声。不了，我面无表情地摇摇头，等她在盒子里装上半条红烧鱼与一瓢空心菜。

"你家代志真简单，天天咁款。"阿巴桑自言自语。

我在心里苦笑了……如果可以选择，谁喜欢千篇一律的日子？谁又会拒斥迎向光明的生活？

第一次见到振维，我坐在咖啡馆墙角的暗影当中，他从玻璃门外的光亮处向里面走。门推开了，他的脸上还留有外面行道树上的阳光，一刹那间，我的两颊热烫烫地，心跳无缘无故加快起来……

以振维的优越条件，他却不会明了把一个人从黑暗中拉扯出来的价值，正好像他也不会明了什么叫作彻底无望的日子！

4

多年来,规律到近乎迟滞的日子是愈陷愈深的泥沼,就这么一步一步地陷了进去。早晨醒了,总要费好大的劲才把眼睛睁开。

没有生病,只是恹恹地缺乏生气。还没迈开脚步,黑暗的力量已经由四面八方包裹过来。

也怪我自己愈来愈胖,多出一些赘肉的缘故:腰身变臃肿不说,脖子也粗了,短袖的袖口失去活动的余裕,令人惊异的是连鞋子尺码都一年比一年大半号!

能够逆反岁月的似乎只有我母亲,中风以后她反而神奇地停止了老化。自己推着轮椅在屋里绕来绕去,她脸上的黑斑逐渐退却,显出之前从没有出现过的血色。

梦里,睡在我旁边的母亲分明比我年轻,对照她自己的过去,甚至比整天坐在缝衣机后面的时日还年轻些。醒来之后我不平地想道,我,作她的女儿,分明被她逼老的。

每天夜晚,听着她咳嗽、吐痰、清喉咙,听她把身体从床上挪移到轮椅上,轮椅嘎嘎地往前走,再把自己从轮椅挪移到马桶上,然后是拉扯卫生纸的声音、马桶冲水的声音、靠着手臂用力把身体挪移上轮椅的声音(圈圈上照例会留下几滴尿液)……我知道,单单与母亲的生活纠结在一起,就足以让我对一切事物失去了兴趣。是的,我在这些年里失去了许多:生育的能力正急遽衰减(我已经三十八岁)、各种感官正急遽钝化,看着我以前写过的文字,那是我写的吗?渐渐不再想起自己曾用文字编织故事……

心情沮丧的时候,每一天的日子都不容易……必须说服自己才能够继续过下去，而母亲瞒着我，像个小女孩一样咿咿呀呀唱些旧日的老歌。我进门她才陡然打住，做错事一样地慌忙掩住口。

母亲只知道我怕噪音，我索性告诉她，从小，我就受够了她缝衣机单调的声音。

母亲抬起脸来望着我，眼色好像一头受伤的小兽。从此，我在家的时候她尽量不弄出任何响声，我去上班她才敢打开电视。

难道我们母女俩一直在无声无息地比赛什么？她若赢了，我就输了！

母亲脸上的老人斑愈来愈淡，淡得快要看不见了；照镜子时发现，我颧骨上方出现一块铜钱大小的黑斑。

很多个晚上，卧在床上，我知道她没有睡，黑暗里瞪住我，天花板上一只伺机而动的猫。

同时，我感觉到平躺着的自己正一点点地下沉、一寸寸地灭顶。

我急需一个出口，急遽的改变，似乎是我唯一可以抓住的希望。而遇到振维，以为找到了那个出口，好像在地下匍匐向前爬，突然看见隧道尽头的那点光亮……

我猜，对幸福的人，一份心动的感觉，替他们增添的不过是额外的一些什么；对我这样的人，却带来所有的补偿：生命有了令人期待的允诺！

那些时日，我却看见母亲脸上讥诮的神情，她必然发现了我的异常情况（我偶尔晚归，其实不太晚，吃了晚餐就回来）。她坐在轮椅上等我进门，脸上有一丝掩不住的阴沉笑意。母亲其实一直都知道的（她为什么知道？），像她从小对我的诅咒，当年，坐在缝衣机后面，她已经反反复复骂道：

"大手大脚，这个福薄的囡啊，你不会孝心到帮我缝寿衣，休想我欢欢喜喜看你穿嫁衣!"

5

多年来,我一直喜欢读购屋的广告:一个一个小方格数过去,终于选定外形可爱的那一栋——然后设想自己住在那栋房子里,有好几间屋子需要布置,我会挑壁纸的花样、窗帘的颜色,然后选家具、选桌布、选床单……我搭积木一样地在心里绘制家的图样。

想来,这也是为什么我当年会写《爱情屋》那篇小说。置身想象的房子里,我看到外面的风吹拂窗帘布,鹅黄色的泡泡纱拂过我的面孔,布不够长,下面镶着同样色系的荷叶花边。

小时候,母亲的缝衣机旁就是层层叠叠的布,别人拿过来做衣服的。母亲不准我的手去碰:"弄脏了怎么赔?"坐在那里,就用想象的——依我的意思,为那些五颜六色的布一件一件配上洋裁书的式样……

缝衣机后面有一片墙,贴着从杂志上剪下来的图片,都是眉目清秀的日本女人。穿着洋装或套装,大大的扣子作装饰,镇上医生娘身上常见的式样,与我没什么关联。惟独一张是结婚礼服:蓬蓬裙,短到膝盖,戴着一双长长的长到肘部的白手套。

大概是当年流行的婚纱样式,我最喜欢那帧图片,常常用手指头去摸,想象那种镶花的布料(特别那片胸前透空的白纱),碰触起来是什么感觉。

"穿那款衫,你要有那款命!"母亲习惯对着发愣的我斥骂一声。

生起闷气,我就想象划一根火柴,把缝衣机上那堆布料烧个精光,不知道会不会放出冲鼻的异味?好像母亲常做的那样,点个火在布边晃晃,然后要客人鼻头凑近嗅一嗅,告诉客人有没有买到假的毛料!

有一回,母亲还煞有介事告诉我,我爸是消防队员,死在一场大火里。

我从来没有认真地相信她,身份证上,父亲一栏就是"不详"两个字。

邻家二嫂偷偷跟我咬耳朵,俊俏的后生在店里帮忙,头家肚子大了他脚底抹油。跑走那天店里无缘无故失火,没烧起来就被熄灭,还是二嫂浇下去的第一盆水。

难道因为那把火,母亲才有了"消防队员"的说法?

二嫂的话当然比较可靠。母亲有一次漏了嘴,骂我不肯学洋裁,踩缝衣机又倒轮卡住。那回母亲顺口道:

"像那个夭寿的,针车也会踩到针断掉!"

母亲还在想那个人吗? 除了这次露了一点口风,再没有任何蛛丝马迹。

说不定,我与母亲就在这些地方相似,我们都是决绝的人。男人离开她,在她心上,劈劈啪啪烧成了灰!

情爱的范畴里,原来无有妥协的余地——要不,烧成熊熊的大火,要不,根本燃点不起来⋯⋯

碰到振维之前,我不是没遇见过其他的男人,甚至是与我一样憧憬婚姻的男人。总有热心同事替我作媒,催我不要太挑剔,老大不小了,拣什么呢? 然而往往一顿饭的光景,已经发现自己失去了耐性:对那些挖鼻孔的、舐嘴巴的、刀叉会响的、刮盘子刮到精光的,以及两片嘴唇之间黏稠的唾液沾连成细丝的男人,一旦被我看出破绽,恶心的感觉翻涌上来,我就一概敬谢不敏,绝对不会再有第二次的机会!

哎,死囝仔真是死心眼哟,像我母亲以前常骂我的。

振维就要在我生命中出现的时候,我做过一个梦,有个男人的影子,面孔看不清,伸出于等着我把 只手递上去。梦中,我意会他要一步步牵我走,我碰触到他的手,清凉的感觉像软软的砂流过掌心,很少有那么宁静甜美的梦境。

振维推门进来的那一瞬,坐在咖啡馆的暗影里,我陷入某种恍惚的情境:受到梦的影响吗? 还是寂寞的太久了? ……我眼睛定定地盯住振维那张脸,在冗长的等待之后,是他,梦里难辨眉目的那个人。

然后我们开始交往,对我来说,那是无休无止在心里期盼(不如说是乞怜?)的日子:总在下班后约会,振维一定叫餐厅里当日的特餐。他客气地笑,例行几句寒暄的话("这几天又热起来了","公司事忙,呃,总是忙。"……)然后从容地拿起刀叉,把食物切成小块放在嘴里,他垂着眼皮细细地嚼,坐在对面的我,并不存在于他的世界里。

名为约会,我也会怀疑他只是要在下班后有一顿比较悠闲的饭。吃完了,他送我上计程车,跟我说下星期再见。

时日久了(其实是我自己在穿衣镜前站久了),多希望他也会从我平凡的颜面上看到吸引他的什么(我上司有一次在心情很好的时候告诉过我,我是耐看的,看多了,就会看出一种楚楚可怜的美感)。我涂上新买的口红,学着穿高跟鞋走路(包括有一次差点扭伤脚踝),这一切都由于对一个男人的情绪牵扯——

几个月相处过程中,确实想过告诉振维我心里的感受,但我更害怕这一类的摊牌会惊吓到他。如果他吓得再不找我了,我便像自由落体一样,直直坠回原先毫无起色的日子……

相反过来看,如果门开了一条缝,当时他有一点点喜欢我,对我来说,就是不可言喻的幸福了。

我相信……只要给我一段时间,共同生活的许诺之下,坐在我布置的房子里,面前,铺着我精心选来的桌布,桌上是我为他亲手烹调的菜色,他会开始理解我,有一天,他可能真正爱我,甚至就此离不开我。

他毕竟没有给我那样的机会。

6

振维始终不明白把一个人拖出泥沼的价值!

认识振维之后,我的生活充实多了,与他会面的机会不多,我却在精巧的想象世界里益发流连忘返:我一次次进去百货公司,走入寝具部门布置想象中的卧房,床罩是细碎的小花与纠结的藤蔓,我最喜欢的那一种。床单呢? 我拣选的是同样设计的碎花布,但是少了藤蔓,我在设想这样参差的效果。

另一方面,我从来不敢去想,被两个身体压皱了的床单,会是怎么个模样?

我们见面,隔着一张餐桌,振维总是坐得很端正。不拿刀叉的时候,他的手臂紧贴着身体两侧。仿佛有一道无形的藩篱,他从来没有僭越的勇气。

从小,我就畏惧身体的接触。与母亲睡一张床的时候,我多害怕她的呼吸吹到我脸上,会有一种黏腻不洁的感觉。虽然这些年来,一周一次,我必须把母亲抱进澡盆,看着她垂到肚脐前的乳房,失去重量地漂浮起来,她花白的阴毛,经过水温的滋润而怒张着。

认识振维后,我花更多的时间坐在澡盆里,用丝瓜瓤做成的刷子搓洗自己的身体:包括凹陷的肚脐、潮湿的腋窝,还有底下阴唇一道道曲折的沟回。我泡在水里用莲蓬头冲刷,不厌其烦地刷洗干净,担心有腐坏的气味吧,一再无意识地重复同样的动作。

有时候会问我自己,为什么洗得那么干净? 我在准备什么样的仪式?

振维甚至没有牵我手的意图。

面对面坐在餐桌前,饭菜还没端上来的时刻,振维也会有一搭没一搭跟我说话,"今天雨真大,为什么最近老在下雨?"他并不期待我的回答。

而我喜欢听振维说话的嗓音,好像淙淙的雨声,让我可以踟蹰于那间想象的房子里。窗帘在潮湿的空气中翻飞起来,露出织花的纱幔,水珠一颗颗砸碎在窗玻璃上……振维说了些什么,我没有听清楚。我们两人都活在自足的世界里,他跟我说话,并不等我回答;他说话的时候,也不看我的眼睛,会碰上不小心泄漏的秘密似的——

坐在他对面,我常有晕眩的感觉。好像泡在澡盆里,过一会悠然醒来,天花板好像转了一个方向,刚刚盹着了么?

怕他看出我的不经心,我有些慌张地赶紧坐直身子。

就是在我们常去的那家"芳邻"餐厅,振维语气平淡地告诉我他的提议。他喝完汤,用餐纸揩揩面颊,不疾不徐地说:

"如果你不反对,我们不妨办个结婚手续,了却家人的心愿,老人家也会安心。"

他在求婚吗? 跟我求婚吗? 他开始喜欢我了? 决定跟我共同生活? ……来得那么突兀,事前一点征兆也没有。我用手扶住桌子,真不敢相信,那瞬间,我的心荡漾在模糊的喜悦里。

他不等我回答,兀自又说道:

"不必改变既定的生活形式,你还是可以住原来的地方,结婚,"他沉吟了一下,"对现代人,经常是个必要的手续。"

一时之间,我不知道该说什么。

半天,只想起了一件事。顺着他的语气,嗫嗫嚅嚅地,听起来倒像在恳求他:

"婚纱照,呃,总要拍的?"

然后我抬起头,看见他脸上浮现出萧索的神色——

"作个纪念也好,你要,就拍吧。"半晌,他语气和缓地说。

7

婚期愈近(就是订好去法院公证的日子),我们见面的次数反而愈来愈少。

振维的公司正巧在忙。除了餐厅里见面,默默地陪我吃完一顿特餐,都是我自己在张罗婚纱的事。

这才想到在我多少次的拟想里,看见的也只是披上新娘纱的自己,旁边并没有其他人。

中山北路一家店里,找到了我要的礼服式样,居然符合想象中增删多次的设计图:心形领口、公主腰线、蓬蓬的裙子拖到地,四周有心形的绉褶,白缎子蝴蝶结……站在镜子前面,我左顾右盼,穿了贴身马甲之后,腰细了一圈,人显得苗条许多,镜子里……好像梦境成真一样!

记得有一次,还没有认识振维,我经过一家观光酒店,借上那里洁净的厕所。从厕所走出来的时候,天窗的光线洒下,涂了一层淡淡的金箔,恰巧一对穿结婚礼服的新人站在那里,脸孔微微上仰,在折射的光线里,脸孔显得柔和又明亮。世界上如果有一种东西叫作幸福,我相信……那,就是所谓的幸福了。

我决心把自己镶进那一天的光亮当中。

愈是患得患失,回到家,我愈要装得若无其事,努力不让母亲觉察到一点异样。

同时,我始终不敢要求振维多做一点事情。

后来回想,振维恐怕还是将信将疑(面对我的时候,他其实颇有愧色),他不相信,我只要他站在那里,站在我旁边就好,他不必做任何事的——

每天,我都会去婚纱摄影的店里转一转,翻翻他们作为招徕的大照相簿,总有一些琐细的小事要我做决定。

去的次数多了,我注意到那个烟囱一样的回旋梯。有天下午,从梯子上面走下来的时候,几乎被比我身高要长的礼服绊倒(衣服修改到合身,那是后来的事)。刚开始试穿,踩着店里出借的高跟鞋,我还要踮着脚,才不会踩到过长的裙摆。

每次都是我一个人,去改礼服、选鞋子、配耳环,礼服试一次,再试一次,再回来修改……好像一个人扮家家酒似的。

正式排演的日子,必须振维来到现场。回想起来,要说错……或许做错了这个决定。

振维准时走进棚里,瞧见我上妆后粉白的脸,他眼望着地,还是被我看到一丝骇异的表情。

造型师替他敷粉,为他画眉毛,他受罪似的闭上眼睛。导演要他牵起我的手,对我作出含情脉脉的样子,看得出来,他配合得有些勉强。

午后,按照计划是到户外拍外景。跟着扛在肩上的摄影器材,几个人前前后后指挥,振维显得愈来愈不耐烦。他的眉毛挑起又放下,似乎努力在压抑自己。那时候,我真希望他能够回头看我一眼,看见我恳请他的眼神。

安全岛上找了一个定点,喇叭声尖锐刺耳,照出的却是如茵的青草地,摄影师自顾自解说这几张保证有欧洲风味。大太阳底下,我撑一把秀气的小伞，梳麻花大辫子；振维的脸上架了一副细框的金边眼镜，腰上捆绑着晶亮的布，衬衫在胸前打了密匝匝的绉褶。

烈日下拍照，振维背后渗出了大块汗渍。他本来不矮，腰部束上宽幅的布，两条腿显得粗短许多。

那时候，我才意会到应该替振维找个更适合的造型。

一只手拿镜子，让化妆师用粉扑补妆，我还不放心地看着振维。那位摄影师正比手划脚教他怎样摆姿势。

突然间，不知谁的声音高昂起来，我赶紧放下镜子望过去，振维脸上现出我从没有见过的激动表情，好像在跟自己作最后的挣扎。

"太假了！"只听到他大吼一声，手里撕扯着捆在腰际的布。

他甩开那截彩布，松掉领结，愈走愈快，很快跨越安全岛的栅栏。穿过马路，人行道上跑了起来……

我眼巴巴看着他在下条街的转角处失去踪影。

之后，他没有再找过我，一个电话都没有！

过了几天，婚纱摄影店里的经理告诉我，未付的余额已经结清。

振维又托人捎来口信，很对不起我。而我当然知道，一旦这么说，我们之间的一切就结束了，原本没什么稳固的基础，这样一来，什么都结束了。

荒唐的尤其是，那家店把放大加框的沙龙照送到我与母亲的公寓里，摆在我睡觉的床上，大红缎带扎着，像是喜气洋洋的礼物。

我没言没语的母亲，在我上班的时候，已经眯着眼，看清楚这一场我不必解释的闹剧。

其实她早就洞悉的，正如她多年前的诅咒，命，我哪里有这款样的好命？

望着照片上嘲弄我的笑靥，倒让我记起多年前的往事：小时候，跟母亲闹别扭,就把她洋裁簿上的小布块撕下来,顺手贴到另一页去。别人的尺码,别人的款式,母亲照样做了起来。结果,我被关在屋里挨了一顿木尺。

"错了,错了,错了……"跪在冰冷的水泥地上,不停地喃喃念着。

对着放大的婚纱照,我清楚听到自己的声音:错了,就没有挽回的机会了。

8

幸福其实相当脆弱,随时可以化为灰烬。你说是不是?

那个往上旋转的楼梯上,我轻轻挪移,我的动作带起一阵风。我举高手中的烛火,照亮了像框内一对对新人。

暗影里,我仿佛听见母亲浊重的鼻音,那是夹杂着啐骂的梦呓。我感觉手心黏腻的汗意,她追赶到了?……四周的空气愈来愈燥热起来……

我想着自己,穿一件拖曳白缎带的大蓬裙,人堆里仓皇地奔逃。蒸腾的浓烟中,走在我身旁的你,会牵我一把?你理当牵起绊倒在地下的女人。

我燃一支火柴,把婚纱照片放进火里。像框烧起来了,高热变形的压克力、往后倾倒的模特儿以及垂挂下来的帷幔,混出一股奇异的恶臭。……俪影一双双烧成了焦黑的窟窿,这是我为幸福送终的方式。

你一定不相信的,理由何其薄弱:一组送错了地方的婚纱照,也会构成纵火的动机?

但是你要知道,有一种渴望,如同仰着脖子等待光明,而那份渴望——总在四顾无人的黑夜里益发炽烈起来!

赖香吟:《岛》

作家介绍

赖香吟(1969——　)生于长于府城台南。台湾大学经济系毕业,转而攻读日本东京大学"总和文化研究"获硕士学位,1995 年以《翻译者》获联合文学小说新人奖首奖后,终于走到文学路上。赖香吟的作品不多,然写作起步早,如收在《岛》中的《蛙》《虚构与纪实》都写于 1987 年,那年,十八岁的赖香吟才是大一新生。出身商学院,却心系小说,一路走来常与文坛暌违错过,转折再转折,岂非《翻译者》主题?——我们不过是生活在一个翻译再翻译的世界,翻译,只为了达成某种程度的沟通与理解。

崛起于二十世纪九十年代,九十年代亦成为赖香吟小说书写再书写的主题。出版于 2000 年的《岛》的后记题名"告别九〇年代",不仅联结了八十年代后期作品,更宣示了向九十年代告别,小结赖香吟写作生命前行阶段。其中"岛"系列,为岛屿性格的联想成篇,充满记忆与历史的辩证,清新耐读,与《翻译者》题旨,都是跨族群翻译与历史书写常讨论的课题。赖香吟生性、文学话语都节制隐晦,离开了"翻译者"转译媒介,要真告别九十年代却也不是那么容易,毕竟九十年代如刻印青春稚气的史前岁月,因此在赖香吟更具难言的意义,她总是强调那是她和同世代作家的"黄金伤痕岁月",于是九十年代遂成为她书写的主轴。如果九十年代代表了时间线性,则九十年代的"岛"系列代表了地理空间,拼贴时空。"岛"系列主要讲寻找,甚至是离开了才能寻找,一直在是不能寻找的,年代也一样,必须告别才能回看。果然,2007年赖香吟出版了《史前生活》,序《回看九〇年代》,只这么一告别再回看,又是七年,《史前生活》还收1994年未发表中篇小说《蝉声》。幸而,书写架构清楚了,不再逃逸,回忆,于焉展开。2012年,交出以青春结伴写作的友朋邱妙津为诉说对象的"关于我自己,其后与幸存之书"的《其后》。

作品导读

1987年岛上解严,同时开放两岸探亲;1996年岛上第一届民选总统出炉。现在再来谈戒/解严、离/返乡内容小说用以见证这个时空,会不会是爱台湾、本土化的一种悖论?

偏偏赖香吟的小说既有解严,还有1996年后以"岛"命名的小说系列,更怪的是出身台南的赖香吟,居然写出了岛上"返乡"的题材,男主角的名字,索性就叫"岛"。真是皇天后土,其心昭昭。赖香吟的笔下人物有种原型,性格性向模糊,总是欲语又止,有些退缩,《虚构与纪实》《滋味》《蝉声》里的角色都是,就因这样,我以为台南女儿的府城足迹并不在见证什么大历史,说是回望南都自身小历史还亲切些。叙述过程中,无奈也好,不耐也好,是这一代小儿女的心事了。

《岛》写于1999年,作者自言以此"对整个九〇年代告别"。① 世纪

---

① 赖香吟:《告别九〇年代》,《岛》,台北:联合文学,2000年版,第198—200页。

末人人在告别,吊诡的是,赖的告别,却是一种"回到"。小说故事点集中于十天年假,北城广告媒体工作的女子"林",和小她七岁的同居男友"岛"计划一路南下旅行。岛对古都南城充满热情想象,接下了南城深度旅游手册稿约。年假前一天,林赌气抹煞南城:"有什么特殊之处。"岛拂袖而去。岛不见了,这成了小说最重要的线索。林的消极抵抗有着"君自故乡来"的焦虑,出身南城边陲贫穷的鱼塭盐乡,觉得南城哪来什么文化? 是根本不想回到的记忆黑洞,她拒绝响应岛对南城种种浪漫怀想,终演成岛出走。① 反过来说,岛不见了,她才好开始耽溺在一个一个梦中,与"岛"及自己展开对话,呼唤不见的岛及南城出现。熟悉弗洛伊德学说的人,不免联想他观察孙子玩抛线球游戏演绎出的"不见了/在那里"论证。线球抛出后,孙子发出"fort"(不见了),找回时则叫"da"(在那里)。线球即母亲(体),"不见了/在那里"——通过游戏,小孩表现了"他所能掌握对象的消失和回复"能力。② 转换成这篇小说主题,首先就线球/母亲来说,不言而喻,乡土常用来象征母亲,再说"不见了/在那里"的意义。林的故乡"不见了/在那里",和岛"不见了/在那里"对立,绝非偶然。诚如岛父说林:"是历史太多的女人,而岛的未来可以是一片远景。"③千丝万缕的,不仅是个人历史"不见了/在那里"、记忆"不见了/在那里"、故乡"不见了/在那里",也是情感"不见了/在那里"之辩证。如此来看,岛的抛掷出去(不见了),也才有了意义。一如林离乡才能回乡;岛不见了,才促发了林直视两人之间:热情/冷感、坦

---

　　① 赖香吟:《岛》,第159页。

　　② 刘毓秀:《精神分析女性主义》,顾燕翎主编《女性主义理论与流派》,台北:女书文化出版社,2000年版,第170—171页。

　　③ 赖香吟:《岛》,第165页。

白/隐匿……纠结,内心才会呐喊:"告诉我,岛在哪里——"①可,此岛何岛?岛和她,她和南城,一直有模糊的联结性。岛父说她历史太多,而岛的未来可以是一片远景,仿佛有历史就没有未来。岛父有所不知,因岛太年轻,她曾许下约誓,不问两人未来;相对,南城不也是有历史才吸引了岛,换句话说,岛喜欢林不就因为林有历史。走到这一步,在哪里真不重要了,寻找的过程才重要,不说明白才是正道。

第八天,她回到南城寻找岛,此举使她走进了"从前"也是"未来"。先说"从前"那部分,她像个观光客,买了市街地图,"沿途复习这条过往的路线却使她感到回忆如此可疑,那样一段岁月真正存在过吗?"②同时靠着外地人"岛"留下的笔记为视角,"模模糊糊看出了自己,一个小女孩。"③那个曾经不见了的她。至于"未来"那部分,涉及了林如何通过此行(从前)过渡到未来。这就必须从"岛"同系列下篇《热兰遮》里找答案,但先把《岛》做个了结吧。旅程将结束,林绝望了:"找不到岛,或许这就是答案了。"沿海岸线续行,忽然眼前出现一大片海埔新生地,她再也难掩疲惫焦虑,大叫道:"那条旧港的出海口呢?"④没有出海口了,在找不到的尽头,给了她一个新的线索。(赖香吟在公共电视"文学风景"第十集接受专访的说法。)果然,《岛》下篇《热兰遮》里,岛死了,给出了新线索,林回到南城待产,她怀了岛的孩子,她将成为母亲。一个"母体",作为一个从没有出现过的男主人公,看来岛才是那个掌控者。以小说解,这胎儿显然是岛留下的所有讯息,什么讯息呢?赖香吟通篇写来,语多保留,仍是她含蓄浓郁又轻描淡写的笔意,但我们也许可以在

---

①　赖香吟:《岛》,第 166 页。
②　赖香吟:《岛》,第 167 页。
③　赖香吟:《岛》,第 169 页。
④　赖香吟:《岛》,第 170 页。

小说结尾答客问,寻找到一点蛛丝马迹,这关乎小说的主题,岛/南城的命运将如何?

"孩子的父亲是怎样的人?"

"一般的人。"

"去哪里了呢?"

"不知道。"

"不想谈吗?"

"嗯。"

"你要叫他什么名字?"

"岛。"①

一脉传承,记忆相生,这就是"岛"的未来。

---

① 赖香吟:《岛》,第 197 页。

岛

　　年假的第一天,她在午寐的恶梦中惊醒,发现岛仍然没有回来。

　　依照原来计划,此刻她应该已经和岛踏上旅程了,自北一路南下,岛将领她看到一片全新的视野,岛孩子气的快乐使她对这趟旅程充满了期待。

　　然而几天前的一次争吵,切断了他们之间的连络。岛自那晚便没有回来,她继续在办公室没日没夜地忙,她想自己可没闲工夫赌气,现阶段她得牢牢抓稳的是工作,而不是岛,岛还年轻,她可没有。

　　如此直到休假前一天,她仍然没有收到岛的任何讯息,连通电话都没。她不由得起了牵挂,打了几次岛的手机,无人回应,她倔强地不肯留言,她不想让他知道她等着他……

　　昨夜她回来已经非常晚,有许多工作必须在休假前处理完,回来的车上她与自己打赌,进门会不会看见一个沉睡的岛,或是正在浴室冲澡的岛,她想赌赢了,就什么都不问,但是,若赌输了呢——

　　就去睡觉吧。她很累。

　　结果她输了,打亮灯,她连个鬼影子也没看见。

　　按筹码她该倒下就睡,假期终于开始了,闭上眼睛她可以睡到天荒地老,再也不用在闹钟声响里挣扎。岛既然不出现,那么旅行大约是取消了吧,她望着空空的行李袋想,真可笑,我指望什么。她衣服也没力气换便瘫床躺下,以为自己很快就会睡熟,结果仍然不是,她的脑中不断浮现出岛，她失眠了。

　　第二天，她继续待在家里，然而已经转入耽溺的睡眠。她不断做梦，梦见手枪，梦见办公室的水杯，或是梦见燥热不已的城市，其中一梦她还看见手枪跟着岛去旅行。

　　醒来她觉得十分孤单，手枪是她一手养大的猫，上月才病逝，如今竟在梦里欢乐地不认识她了。岛一手驾车，一手抚摸着手枪，车里正放着新摇滚唱腔的台湾民谣。

　　你们去哪里？她不高兴地问。

　　出走南城啰。岛摇下车窗说。

　　出走个什么头，你是厌倦了北城所以要去南城。

　　话一出口她想完了。果不其然，车子扬长而去。

　　她伏在窗边，一边吸烟一边回想梦境，其中岛的神情让她感到陌生，看起来似乎是慎重其事的。他要去哪里，她止不住揣测，莫非真去南城，她不懂为什么岛对南城那样幻想。说点南城的事给我听。岛常这样要求她。但她总不喜欢谈，基本上她是个没有耐心叙述细节的人，再说，岛如同他人那样私心迷恋南城并不使她感到欢喜。她是个土生土长的南城人，但在来到北城之前，她从未了解这有什么特殊之处。王城府城，寺庙城堡炮台老街，她听他人提及故乡总是如此沉重久远，不由得诧异自己生命前半竟能过得那么无轻无重。

　　我离开南城许多年了；她有时赌气否认：我算不上是南城人。

　　我算不上是南城人。那天争吵她似乎也说了这句话，岛拂袖而去，讥讽她是个冷感的女人。事后她心中大痛，是的，她必须承认岛这样的说法对她而言过于残酷，因此她与他僵持了许多天，互不连络。她想岛终会自己回来，他一向是这样子，使使性子气过之后又什么事都没有地拉着她说他的新发现新计划。他热情得像个孩子。

　　然而梦里他如个成熟男人般驾车走了,她醒来赶不走那些被遗弃的感受,只好归罪于这个无所事事的假期。她捻熄第三支烟,关上窗,打电话去办公室关照,又上网读了几份杂志,最后决定出门去。

　　第三天,她穿一件黑色低胸短上衣,铁灰色长窄裙,细步走在闹区,想起岛说她太像个北城人。你是故意的吧?他怀疑她,街上人人都故作教养。岛不在的今夜她颈上圈了一条白色短链,甚至撒了几滴鲜艳的香水,她自己也很难说得清楚,其实是这些色泽与气味使她感到安全。

　　夜街吵闹不已,她先逛了家新开幕的个性家具店,又到巷弄深处一间曾经与岛同去的怪餐厅吃饭。老板如常带着尼泊尔男帽巡桌和客人聊宗教,之后她把玩街面各式精品直至商家打烊,路过柳树垂荫的茶艺馆,有个同事隔着玻璃认出她。

　　嘿,你不是和岛去旅行了吗?

　　她支支吾吾感到脸上一阵热,不知如何应对。同事好热情地邀她进去聊天,她坐不住很快又告辞出来,她向来不爱茶艺馆的风雅调。代我向岛问好啰!同事送她出来时又说了一遍岛的名字,她落荒而逃,无论如何说不出岛失踪了。

　　她仰望夜空,想起岛的样子,固执而鲁莽。有什么不可以?我爱你你爱我有什么不可以?他身手矫健地往溪涧攀爬。你多吃我七年饭是干什么用的?胆小鬼!他伸手过来拉她,她犹豫着,然而当他真放下她独自往前涉去,她又忍不住喊:岛!

　　他回头看她,之间隔着清澈的溪水,山谷里一个人都没有。

　　你需不需要我?他问。

这算什么问题？她气恼极了：你很过分。

不这样问你永远也不会回答。

那是两年前的事。她站在那儿无论如何料不到生命中还会遇见一个比自己年轻七岁的男子，爱与不爱恐怕她都败势连连。终了是岛心软过来拉她，涉水行路，双方默默没再答问什么，但似乎就此成了默契。之后，岛更常来找她，她不肯吐露心事岛便兀自讲着自己，读了什么想什么，讨厌什么爱什么……

后来岛在关系中的坦白与乐观经常令她感到羞愧，相对她如此隐匿，如此悲观抑制着正常的情欲，这一点后来扩散成为他们诸多争吵的根本原因——岛愈一头热，她就愈无法自制地泼他冷水，好比岛愈热衷于跑田野，她就愈质疑这个工作的含糊性，她也不赞成岛接下那个南城深度旅游手册的稿约，而这正是岛出走的理由，她拒绝回应岛对南城的种种浪漫怀想。

你啊，对他人冷漠，对自己也冷漠，都市人的宿疾。

她推门走进夜暗酒馆的瞬间，想起岛的脸。

馆内气氛正热，乐团演唱也在迷醉边缘，满室情绪宛如下过毒的酒，她单点一杯琴，模仿岛的喝法，岛的姿势；她不得不承认自己等待着岛，整个晚上她无一不在追溯她与岛所定过的路程。

午夜十二点，她拨了家里的电话号码。

倘若岛已归家他便会接听。

铃声拉过二十响，她知道自己屋子怎么样也没那么大，挂断电话。

如此她结束假期的第三日，旅行的可能性愈来愈低。她路过吧台再点了杯琴，计算在凌晨打烊之前绝不离开这里。

好久没有来过这里了。母亲说。

仿佛身在南城,四周望去只是一片盐田。母亲说海边风大,她探探头:海在哪里?

有盐田当然就是离海不远啰,傻孩子。

傻孩子。她睁开眼,身边果真一阵冷风。

第四天,她再度由梦中醒来,窗户不知什么时候被吹开了。

离开南城多年,她初次梦见童年的风景。

岛仍未归家。

她开始翻他桌上的书籍资料,想从其中抓住可能的线索。

历史散步,府城搜奇,圣迹采访。她益发确定他是去南城了。

出走南城。

车子轻快地跑,天坛,北极殿,她仿佛看见旅人岛按图索骥探访着南城最精华的景点,赤崁楼,天后宫,清代大街,报恩堂,手枪咕噜咕噜发出愉快的声响。

而她被遗弃在北城梦着偏远的南城景色,阡陌纵横的荒漠盐田或是鱼塭,鹿耳门溪沧海桑田而成的广阔海埔,那里的确是她生命的来处,因此,她的确算不上是个南城人,因为那是南城最边陲也最贫穷的区域。

犹记儿时最初的远足经验,日正当中她随队伍鱼贯而行在那片高盐分的热土地。我们很快就要到四草了,小朋友。老师骑着脚踏车前前后后地巡看他们,那是她童年所去最远的地方,但印象中并不雀跃,全程每个人都渴得像条发臭的鱼干。

如此历历如绘记起这段久违的旅程,使她口干舌燥,想到儿时居住的地理每每令她感到燥热,怪的是方才梦里那么冷瑟。她起身倒了一杯水,并随手打开电视,更可怪的是岛的父亲正神色枯萎地在荧幕里讲课:慈禧扼杀了戊戌变法,引来一场几乎使国家毁灭的滔天大祸,等到洋兵进入北京,仓皇出奔,有同丧家之犬,知道她今后的命运系于洋人……

多么冷门的时段,岛的父亲看来又老了一些。

她不由得想起初次与岛去家中拜访父亲的情景,那是一个富足而自认有教养的家庭,家族相簿里的岛无邪又稚气,父亲手枕着书神情威严,家族三人穿戴如此整齐端坐如山——

林小姐,我想岛还年轻,不懂事,有机会还请您多给他开导开导。

父亲如此一句客套话便简洁地遏止了她与岛的愿望。

此刻她坐在电视机前审视这个老人的面容,并不怨怪他作为一个父亲的心情。那个下午,父亲几次替她倒茶,若有似无探询着她的生活与职业,其间岛总不知轻重地替她回答,并且吹嘘操作媒体广告的她是多么字字珠玑,甚至炫了几句她制造的发烧广告词。她默默看着父亲的微笑,这样子吗,嗯,这一行的确是要有点脑筋。那种笑容里有一种她这年纪已经能够理解的世故,谨慎的言辞之中其实什么都没有,或者说,所有言辞都在礼貌地表示距离,一种最好是愈拉愈远的距离。

待会什么都不要说。她不由得劝阻了岛:你我的事就不要明说吧。

于是终了她便如同一个长姐般在晚餐前告辞,尽管彼时岛的激情已经完全将她缠绕住,岛很坚定,她也的确动了心,虽然还不至于要承诺一个立即且明确的关系,但那天他们的确有试探父亲心意的念头。结果算是挨了闷棍,她与岛继续无所承诺地相处着,激情慢慢沉淀,而父亲也快速衰老了。

第五天,她决定不再出门,面对自己的等待。

她开始打扫屋子,把岛塞得满屋的书报杂志,海报名片节目单,烟盒药物说明书,瓦片石头土屑等等无数纪念物,一一整理归位,然后坐在他的桌上看了终日的书。

或许众人都以为她去旅行了,电话像断了线般无动无静。

入夜她打开岛的电脑,伏在键盘上自言自语起来:

　　岛,不知道你带着手枪究竟去哪里了? 我待在家里无聊地度着假,哪里也不想去……我怕自己一旦去了哪里就再也不回来了……岛,虽然我比你更清楚,且是我说下约誓,不问我们的未来,但是,有时我还是会想啊,岛,我们两人,真可以站在一起看着什么远方吗? 那远方,你在那里吗? 或是,有更多的人在那里? 而,我会不会因此离开,或是,我根本不会往那里去,而只能恋栈着今日的安逸,或随时随地准备抽身而退……

第六天,吹进来的风有些燥热,老人们挤在茂密的榕树荫里,下棋摇扇,古书上写赤崁夕照,昏鸦千百,哑哑乱啼,至晓始终。然而,她百思不解,南城如何会有乌鸦。

她看尽岛桌上所有资料,脑里所有南城印象几近重新洗脾,难以相信赤崁与安平之间曾是一片汪洋海域。热兰遮,普罗民遮,台江内海,五条港,仿佛一场太空漫游,她在她所居住过的南城漂漂荡荡脚下踩不到底。

北城开始下雨,她闭上酸涩的眼睛,趴在桌上睡着了。

直到门铃响起,她惊跳起来。

岛的父亲站在门口。

我很久没有看见岛了。他眼里充满父亲的直觉。他坐在岛的桌前说,他有办法可以让岛重新回到医院,毕竟那才是岛的本行。

您说是不是? 林小姐。

她笑一笑。

父亲说她是个历史太多的女人,而岛的未来可以是一片远景。

请你离开岛吧。他临走前说:请明白我这作父亲的心意吧。

第七天。恶梦终日。

炽热的盐田白茫茫地在大地无尽展开,仿佛是正午,她睁不开眼,朦胧看见三两个小孩蹲在田埂沟前钓鱼,挖来作饵的半条蚯蚓已经晒成了干,干扁扁的线索——

告诉我,岛在哪里——

她在梦里对着烈日开枪。

砰!

她被后坐力震倒在地,岛从后头嚎哭而来,宛若已然失去心爱的人,她梦里梦外分不清地看见自己如死鱼僵躺于地,岛抱起她,奔跑……

奔跑……

手枪软如丝绒偎在她的怀里,喵声如泣如诉,她觉得自己或将死去……

第八天,阳光从云后露脸,山影已经完全无踪无迹了,路旁展开一片盛夏平原稻作,她已接近南城,长途开车使她头昏脑涨。

进入市区,她停下来买了一份市街地图,如同一个外地来的观光客。

她沿图搜寻曾经熟悉的街名,但实际街景情调多已不同,她实际目睹到,无论是跟她的记忆比,或是跟那些古书比,南城都变得很多。

岛在哪里?

她如狗专心嗅闻这城市的气氛,希望自己能像指南针般感应出岛的方向。

东西南北,寺庙城堡炮台老街。这很可笑,她在南城最热闹的街道对自己说,我就不能自己来旅行嘛。

于是她驱车跑离南城,无目的地在省道上奔驰。永康,新市,安定,西港,佳里,七股,她似乎从来也没搞清楚过这些乡镇名称的顺序,而只是一条跑尽了又再弯进另一条,一区路过了又再路过另一区。她有点气馁,旅行过于单调,且她似乎快要迷路了,跑过这么大片土地,留在她脑中只成了几个零星的光点,像幼时那种玩连连看的游戏,连不起来……

要等到她跑过那个叫新寮的聚落时,她才确定自己又回到了南城。

那是她的出生地,位于南城行政区的最边陲,虽然没有住过很长的时间,但记忆总还是在的,比如说,街道弯口的小庙,总是无人等候的公车站牌,某栋没有更改的建筑物。她在一家超商前停车歇息,讶异认出此间似是外婆总差她来买酱菜的那家旧杂货铺,店内收银台的少女正专心地在看漫画。

如此一个村庄竟在这儿过了这么多年,啊,她不由得发出叹息。之后,她溯游记忆的道路,追随儿时公车,经过安南区的市集,越过盐水溪,走公园路,然后在民族路口下车,一路夜市逛到赤崁楼底,多么奢侈欢快的记忆——

她的确因此顺利回到了南城市中心,可是,沿途复习这条过往的路线却使她感到回忆如此可疑。那样一段岁月真正存在过吗?时间空间仿佛折叠成一只大盒子,将所有足供指认的人证物证都秘密收藏起来,然后置放在生命的某个角落,让人再次打开之际已经恍然搞不清存在的时间,所在的空间……

她很难将这条繁华道路重新置回二十多年前的场景,尽管公园路口那家王冠银楼确确实实还矗在那里,儿时她总是看到这个路标就准备拉铃下车。她怀疑那个小孩变个魔术是否就成为今日的自己,或者根本是个不相干的人,某部电影充满怀旧的画面罢了。

当夜她来不及离开南城,躺在故乡的旅馆,她感觉自己心底有道坚强的堤防正在被大浪冲毁,她期待岛能出现,引领她走完这趟没有计划的旅行。

黑猫手枪在黎明的梦里喵喵哭泣,她揉揉眼睛,看见它蜷缩在遗迹的墙垣,与岛失散,成了一只流浪猫……

第九天,她游遍南城中区数十个景点,再涉昔日台江内海层层淤积,凭吊西区传奇又沧桑的遗容。之后,她继续朝西走,无比惊讶地发现所有运河鱼塭都已不复存在。南城完全已经填海造陆,毫无章法可言的高楼建筑傲慢地更改了安平区的景观。

过去孤悬河外的荒无史迹如今变得花俏且繁华,在商家与小贩的环绕中等待一波又一波的游人。

她走进安平窄巷之间曲曲折折地寻找岛,印象中这是岛最常来的地方,一条龙,单伸手,三合院。她带着他密密麻麻的笔记,慢慢学着辨认,灯洞,墙门,八角窗,她模模糊糊看出了自己,一个小女孩,一个寻常爱憎怨喜的女人,循着昔日运河后街风月繁华之迹寻岛到此,仍然不见岛的踪影。

向海续行,她暗计跑尽防风林边最后一条道路便结束这趟寻找岛的旅程。找不到岛,或许这就是答案了。车子愈开愈快,沿途渐渐一个人都没有了,她诧异地看着眼前的新土地——

那条旧港的出海口呢? 她大叫。

　　土地大片大片浮涌出来,她不免手足无措地握紧了方向盘,防风林尽头岔开一条新路忽地将她送上一座从未来过的大桥,桥上风势强劲,安平一下子退到身后,而前方路标大字指示出四草。她张望许久发现桥下这片汪洋大水正是盐水溪,而桥竟如此临危盖在海口之上。原来安平四草之间最后的海域已经完全被连结起来了,她很犹豫是不是要再顺桥驶往那片辽阔广袤的盐田,事实上,依照未来的计划,那儿将更新成为南城的科技工业区,岛会去那里吗?

　　她站在那条无穷大无穷大的跨海桥上,完全见识到自然浩沛的海势,南城的沧海桑田……

　　岛,这是假期的第十天,你还记得我们的约定吗?

　　你的父亲来找过我,不过,不要多想,他对我可说是很和善的,只是,我想他真是老了,就像任何一个老人一样,渴望着与孩子和解,等待着孩子归家。岛,我亲爱的小朋友岛,不要误会我的意思,我想你真该回家了。

　　此刻我身在南城,是的,我来找你,想要与你相见。但我不知道你在哪里,你还在与我赌气吧,我收不到你的任何讯息。你不在这段日子里,我想了很多,也起了念头想和你们一同编写那本南城深度旅游手册。也许我知道得不够详尽不够专业,但我总算有了一点信心去做,就算是你给我一个机会吧,或是我来与你分工,就像你所希望的,我们可以分忧解劳……呵,写到这个句子使我如此创痛,岛,与你相处这么久,我从来没有清楚对你传达到什么。你说我对自己太生疏,对过去太枉然,或许这些你都是对的,也是我没对你负到责任的地方,但我不同意你说我拿着爱情来填补生活的空隙,真的,岛,无论我再如何地年长于你,爱情在我心中的重量与纯度绝对不下于你,也是因为那样,我才不言不语,这你会明白吗?

当然,我也有不是的地方,就像我从来不曾给你写着这样的文字,我过于担忧且如强迫症般地,节省着自己的言语与情绪,以至于有时我真正什么也不感应,什么也呼唤不到了。这就是我使你气恼的地方,是不是?岛。找寻你的旅程把我带到这个城市,看着南城人熙攘地走在闹街,好相熟地相互招呼,这些景象之中的确存在着某些情愫在呼唤我……岛,关于你想知道的我的过往人生,我的记忆,我会慢慢去想的,不,事实上我是经常想着的,只是我还不想潦草地告诉你罢了,给我一点时间,也给你自己一点时间,好吗?

在这一次的分离里,我经常梦见手枪,不禁讶异自己的生命毕竟和它如此甜蜜相关。岛,我不知道何时你才会回北城,也不知道你是否愿意回新店山坡上的家。至于我,我是希望你回去的,因为我很喜欢那个山坡,特别是从山坡上望去的北城风景,且你的父亲还在那儿等你……我在南城已经没有任何亲人了,这次回来,第一次深刻明白到这一点,是个迟来的感悟,但也隐约敲开了心中的冰层……我没法再写下去了,我的假期即将结束,岛,让我们下次相见再重头说起,好吗?

图书在版编目(CIP)数据

穿过荒野的女人：华文女性小说世纪读本 / 苏伟贞，
刘俊主编.—南京：南京大学出版社，2015.8
ISBN 978 - 7 - 305 - 15107 - 1

Ⅰ.①穿… Ⅱ.①苏… ②刘… Ⅲ.①短篇小说－小
说集－世界－现代 Ⅳ.①I14

中国版本图书馆 CIP 数据核字(2015)第 090020 号

出版发行　南京大学出版社
社　　址　南京市汉口路 22 号　　　　邮　编 210093
出 版 人　金鑫荣
书　　名　**穿过荒野的女人——华文女性小说世纪读本**
主　　编　苏伟贞　刘　俊
责任编辑　沈卫娟
照　　排　南京紫藤制版印务中心
印　　刷　江苏凤凰扬州鑫华印刷有限公司
开　　本　880×1230　1/32　印张 17.125　字数 410 千
版　　次　2015 年 8 月第 1 版　2015 年 8 月第 1 次印刷
ISBN 978 - 7 - 305 - 15107 - 1
定　　价　56.00 元

网　　址：http://www.njupco.com
官方微博：http://weibo.com/njupco
官方微信：njupress
销售咨询：(025)83594756

版 权 说 明

本书所收入的作品中,有少数几篇已故作者的作品未能联系上著作权人获得授权。请此类作品的继承著作权人与我社联系协商授权事宜。

南京大学出版社

2015 年 8 月